Jeffery Deaver arbeitete als Anwalt in der Wall Street sowie als Journalist. Er lebt in New York und hat bereits sechs Spannungsromane geschrieben, die von der Kritik lobend aufgenommen wurden.

Von Jeffery Deaver ist außerdem erschienen:

Tod im Hyazinthenbeet (Band 67056)

Dieses Buch wurde auf chlor- und säurefreiem Papier gedruckt.

Deutsche Erstausgabe Juli 1995

Titel der Originalausgabe »Praying for Sleep«

Originalverlag Viking Penguin, New York
Umschlaggestaltung Agentur ZERO, München
Satz MPM, Wasserburg
Druck und Bindung Ebner Ulm
Printed in Germany
ISBN 3-426-60373-X

2 4 5 3 1

Jeffery Deaver

Nachts, wenn du nicht schlafen kannst

Roman

Aus dem Amerikanischen
von Klaus Fröba

Knaur

Und lockt ihn keine Wendung des Gesprächs
Heraus, warum er die Verwirrung angelegt,
Die seiner Tage Ruh' so wild zerreißt
Mit stürmischer, gefährlicher Verrücktheit?

WILLIAM SHAKESPEARE
Hamlet

I Die Stunde der Bestie

1

Sanft wie eine Wiege schaukelte ihn der Leichenwagen. Die alte Karre holperte über den von Baumwurzeln aufgerissenen, von Frostbeulen aufgeplatzten Asphalt der Landstraße. Sie zockelten nun schon stundenlang über das Waschbrett, es hätte ihn nicht gewundert, wenn es noch tagelang so weitergegangen wäre. Aber plötzlich quietschten die altersschwachen Bremsen, der Wagen legte sich scharf in die Kurve, und dann waren sie auf glatter, ebener Fahrbahn, auf einer Staatsstraße, und kamen schneller voran.

Er rieb das Gesicht an dem Stück Satin, das in die gummierte Leichenhülle eingenäht war. In der Finsternis hätte er natürlich nicht sehen können, was in schön geschwungener Schrift mit schwarzem Faden auf das gelbe Stück Tuch eingestickt war, aber er hatte es schon vorhin gelesen:

Union Gummiwaren
Trenton, NJ 08606
MADE IN USA

Er schmiegte die aufgedunsene Wange an den Stoff und sog durch die winzige Öffnung – dort, wo der Reißverschluß nicht ganz zugezogen war – die Luft ein. Daß der Leichenwagen plötzlich so ruhig dahinglitt, gefiel ihm gar nicht, es beunruhigte ihn. Es kam ihm vor, als stürze er geradewegs in die Hölle oder mindestens in ein tiefes finsteres Loch, in dem er womöglich – mit dem Kopf nach unten – auf ewige Zeiten festhing ...

Der Gedanke machte ihm angst, und als die Angst lange genug Zeit gehabt hatte, sich immer mehr aufzublähen, fand er die Kraft, sich zu einem Entschluß durchzuringen. Den Kopf in den Nacken gelegt, die wulstigen Lippen nach innen gezogen,

packte er mit den kräftigen, wie bei einer alten Katze gelblichgrau verfärbten Zähnen den Reißverschluß und fing mit seiner mühevollen Kleinarbeit an: einen Zentimeter, noch einen ... Stück für Stück zerrte er den winzigen Griff nach unten. Die Luft in der Leichenhülle war kalt und verbraucht, er atmete sie gierig ein. Je mehr er in sich hineinsaugen konnte, desto mehr ließ seine Platzangst nach.
Die Männer, die für den Abtransport der Toten zuständig waren, nannten diese Gummisäcke ›Behälter für Unfalltote‹. Aber er hatte nie erlebt, daß sie je einen Unfalltoten darin transportiert hätten. Die, die sie wegkarrten, waren daran gestorben, daß sie sich das Treppenhaus im Block E hinuntergestürzt hatten. Sie waren krepiert, weil sie sich die Pulsadern aufgeschlitzt hatten. Mit dem Gesicht in der Kloschüssel waren sie verreckt. Oder weil sie sich, wie der Mann heute nachmittag, einen Fetzen Stoff um den Hals geschlungen hatten.
An einen Unfall konnte er sich nicht erinnern.
Wieder schob er die Zähne vor und arbeitete weiter am Reißverschluß. Schon zehn Zentimeter, zwölf. Sein kahlgeschorener runder Schädel tauchte aus der zackengesäumten Öffnung auf. Er sah mit dem dicken runden Kopf und den gefletschten Zähnen ein bißchen wie ein Bär aus – nur, es war ein haarloser Bär, ohne das kleinste Fetzchen Fell, und der Schädel war bis auf wenige helle Stellen blau verfärbt.
Als er sich schließlich umsehen konnte, war er enttäuscht, daß sie ihn gar nicht in einem richtigen Leichenwagen wegkarrten. Ein ganz gewöhnlicher Kombi. Nicht mal schwarz, sandfarben war er. Keine Vorhänge am hinteren Fenster, keine Sichtblende. Schemenhaft, weil der Herbst schon Dunstschwaden in die Abenddämmerung mischte und der Wagen ziemlich schnell fuhr, sah er die Umrisse der Bäume, die Masten von Überlandleitungen, Verkehrsschilder und Scheunen vorbeihuschen.
Nach fünf Minuten nahm er sich wieder den Reißverschluß vor, wütend, weil seine Arme immer noch in dem verdammten Gummisack feststeckten. »Scheiß-New-Jersey-Gummi. Beschis-

sen gute Wertarbeit«, murmelte er und zerrte den Reißverschluß ein paar Zentimeter tiefer.
Eine steile Falte grub sich in seine Stirn. Was... was war das für ein Geräusch?
Musik. Kam von den durch eine Spanholzplatte vom hinteren Stauraum abgetrennten Vordersitzen. Eigentlich hatte er nichts gegen Musik, aber es gab eine Art von Gedudel, bei der er rot sah. Die zum Beispiel, die er jetzt hörte – Country-Musik, eine Westernmelodie. Dabei lief ihm jedesmal eine Gänsehaut über den Rücken.
Ich hasse diesen Scheißgummisack, dachte er. Ekelhaft solide gearbeitet.
Dann fiel ihm ein, daß er nicht allein war. Daß dieser Sack vollgestopft war mit den Seelen der zerschmetterten und aufgeschlitzten Leichen. Die Treppenspringer, die in der Kloschüssel Ertrunkenen und die mit den aufgeschnittenen Pulsadern – alle waren sie hier drin gefangen.
Er glaubte fest daran, daß diese Seelen ihn haßten. Weil er sich dazugemogelt hatte. Deshalb wollten sie ihn lebendig hier begraben, in diesem verdammten Gummisack, für immer und ewig. Und während ihm das durch den Kopf ging, überfiel ihn zum erstenmal an diesem Abend echte Panik – blutige, siedendheiße, eiskalte Panik. Er versuchte sich, wie er's gelernt hatte, durch Atemübungen zu entspannen, aber es war schon zu spät. Er brach in Schweiß aus, Tränen stiegen ihm in die Augen. Er zwängte, so weit es nur ging, unter der straffsitzenden Hülle die Hände nach oben und trommelte gegen die dicke Gummihaut. Trat mit den nackten Füßen dagegen. Rammte den Nasenrücken gegen den Reißverschluß, der sich prompt festhakte und sich kein Stück mehr vor oder zurück bewegen ließ.
Und da fing Michael Hrubek zu schreien an.
Die Musik brach ab. Gedämpfte Stimmen, irritiertes Murmeln. Der Wagen schlingerte nach rechts wie ein Flugzeug, wenn es von starkem Seitenwind gepackt wird.
Hrubek stemmte sich mit aller Kraft hoch, sank kraftlos

zurück, versuchte es wieder – und noch einmal und noch einmal. Seine knotigen Nackenmuskeln schwollen von der Anstrengung an wie Schiffstaue, die Augen traten ihm fast aus den Höhlen. Er schrie, weinte, schrie. Eine Klappe in der Trennwand flog auf. Zwei weiße Augäpfel starrten in den Stauraum. In seiner Angst nahm Hrubek weder den Wärter wahr, noch dessen hysterisches Gestammel. »Halt an!« rief der Mann, »bring, um Himmels willen, die verdammte Karre zum Stehen!«

Der Kombi schleuderte auf die Bankette zu, Splitt prasselte in wildem Stakkato gegen das Bodenblech, eine Wolke aus Staub hüllte den Wagen ein. Die Pfleger sprangen heraus und rannten nach hinten. Vor der Heckklappe tauchten zwei pastellgrüne Overalls auf. Einer der beiden Pfleger riß die hintere Tür auf. Über Hrubeks Kopf ging ein kleines Lämpchen an, aber das Licht spendete keinen Trost, im Gegenteil, es versetzte ihn nur noch mehr in Angst und Schrecken und löste eine neue Flut unartikulierter Schreie aus.

»Scheiße«, sagte der eine Pfleger, »der ist gar nicht tot.«

»Ist gar nicht tot? Verdammt, das ist ein Ausbruchsversuch. Los, zurück nach vorn.«

Hrubek fing wieder zu schreien an und bäumte sich, wie von Krämpfen geschüttelt, auf. Seine Adern schwollen zu verschlungenen Knotensträngen an, zum Zerreißen gespannt zeichneten sie sich auf dem blauen Schädel und im Nacken ab. Blutgetränkter Schaum quoll ihm aus den Mundwinkeln. Beiden Pflegern war klar, daß er kurz vor einem Schlaganfall stehen mußte. Und genau das hofften sie.

»He! Gib Ruhe!« schnauzte der jüngere Pfleger ihn an.

Der andere schrie mit schriller Stimme: »Du brockst dir nur noch mehr Ärger ein.« Dann sagte er ruhig und leidenschaftslos, ohne Zorn und Vorwurf: »Wir haben dich. Also, mach hier kein Theater. Wir bringen dich jetzt zurück.«

Hrubek stieß einen gellenden Schrei aus. Die bloße Urgewalt dieses Schreis schien zu bewirken, daß der Reißverschluß des Gummisacks aufplatzte und die winzigen Metallzähne wie

Schrotkugeln in alle Richtungen davonstoben. Schluchzend, nach Luft japsend, bäumte er sich auf, gab sich einen Ruck und ließ sich über die hintere Ladekante zu Boden rollen. Und da kauerte er nun auf dem Seitenbankett, nackt bis auf die Boxershorts, den Kopf an die Stoßstange gebettet, deren Chrom sein Gesicht wie eine verzerrte Fratze widerspiegelte. Die beiden Pfleger, die mit tänzelnden Schritten zurückwichen, schien er gar nicht wahrzunehmen.
»Also gut, jetzt reicht's aber«, sagte der jüngere drohend. Als Hrubek nicht darauf reagierte, sondern nur, von Weinkrämpfen geschüttelt, den Nacken an der Stoßstange rieb, schwang er den abgebrochenen Ast einer Eiche – doppelt so lang wie ein Baseballschläger.
»Nein«, rief sein älterer Kollege noch, aber es war schon zu spät. Mit aller Wucht hatte der jüngere Kollege den Knüppel auf Hrubeks nackte Schulter geschlagen. Fast lautlos brach ein Stück vom Ast ab, Hrubek schien den Schlag überhaupt nicht gespürt zu haben. Der jüngere Pfleger drehte das übriggebliebene Stück kurz in den Händen, packte neu zu und holte aus. »Warte, du Saukerl.«
Diesmal fing der ältere den Knüppel mit der Hand ab. »Nein, das ist nicht unser Job.«
Hrubek rappelte sich hoch, seine Brust blähte sich mit jedem Atemzug mehr auf. Stumm starrte er auf die beiden Wärter, die hastig nach hinten auswichen. Aber der Koloß machte keine Anstalten, sich auf sie zu stürzen. Erschöpft stand er da, musterte die beiden einen Augenblick lang mit verwunderter Neugier und ließ sich dann wieder zu Boden fallen. Auf allen vieren kroch er, wimmernd wie ein Baby, die Böschung hinunter ins Gras. Vom naßkalten Herbsttau, der ihm wie mit Eisfingern die Haut streifte, merkte er nichts.
Die beiden Pfleger nahmen sich nicht einmal Zeit, die Hecktür zuzuschlagen. Verstohlen verdrückten sie sich nach vorn und sprangen ins Führerhaus. Im nächsten Augenblick preschte der Kombi los, ein Schwall von Splitt und Staub deckte Hrubek zu, der in seiner Benommenheit die unzähligen Steinchen, die

auf ihn einprasselten, gar nicht spürte. Zur Seite gekrümmt, lag er keuchend da und pumpte sich die Lungen voll mit kalter, nach Dreck, Exkrementen, Blut und Schmieröl stinkender Luft. Erleichtert sah er den Kombi in einem Schwaden aus blauen Auspuffgasen und Reifenabrieb verschwinden.

Er war den Männern dankbar dafür, daß sie diesen schrecklichen Sack mitgenommen hatten – dieses verdammte Ding aus der Gummiwarenfabrik von New Jersey, das vollgestopft war mit den Geistern der Toten.

Es dauerte nur wenige Minuten, dann war von seiner Panik nur noch der dumpfe Schmerz der Erinnerung geblieben. Auch der versank wie ein verdämmernder Gedanke, dann war es ausgestanden. Hrubek kam auf die Füße und reckte sich – kahlköpfig und blau wie ein Druide – zu seiner vollen Länge von einsdreiundneunzig. Er riß ein Büschel Gras aus und wischte sich den Mund und das Kinn ab. Dann studierte er die Landschaft. Die Straße verlief mitten durch ein tief eingeschnittenes Tal, links und rechts vom Asphaltband ragten Felsbuckel aus dem Boden. Hinter ihm, im Westen – dort, wo der Leichenwagen hergekommen war, lag, meilenweit weg und verloren im Dunkel, die Heilanstalt. Vor ihm flackerte der Lichtschein entfernter Häuser.

Wie ein Tier, das seinen Häschern entkommen ist, drehte er sich, immer auf der Hut, taumelnd im Kreis – unschlüssig, welche Richtung er einschlagen sollte.

Und dann, als habe er Witterung aufgenommen, wandte er sich den Lichtern im Osten zu. Er fing zu rennen an, sehr schnell – und mit einer seltsamen, wie aus düsteren Vorahnungen erwachsenen Geschmeidigkeit.

2

Aus dem Graublau des Himmels war tiefes Schwarz geworden. »Was ist das? Da drüben?« Die Frau deutete auf eine Sterngruppe über der Baumreihe aus Erlen, Eichen und einigen wenigen Birken, die – weit, weit hinten – die Grenze ihres Grundstücks markierte.
Der Mann saß neben ihr, er stellte sein Glas auf den Tisch und drehte den Kopf. »Ich bin nicht ganz sicher.«
»Ich wette, es ist das Sternbild der Kassiopeia.« Ihr Blick löste sich vom Himmel und schweifte in die Weite, wo sich, nur durch das tintenschwarze Loch eines dunklen Neu-England-Sees von ihrem Grund und Boden getrennt, der State Park erstreckte.
»Gut möglich.«
Seit einer Stunde saßen sie hier draußen auf der Terrasse, genossen die für November ungewohnt laue Abendluft und ließen sich innerlich von einem guten Fläschchen Wein wärmen. Die Kerze in der meerblauen Lampe warf mildes Licht auf ihre Gesichter, in der Luft lag der süßliche Geruch von halb verrottetem Laub. Obwohl es im Umkreis von einer halben Meile keine Nachbarn gab, unterhielten sie sich mit gedämpfter Stimme, fast im Flüsterton.
»Spürst du nicht auch manchmal, daß uns hier draußen immer noch irgendwas von Mutter umgibt?« fragte sie zögernd.
Er lachte. »Weißt du, wie ich mir Geister immer vorgestellt habe? Sie müssen nackt sein, denke ich. Arme Seelen laufen nun mal nicht in Kleidern herum, oder?«
Sie warf ihm einen Seitenblick zu. Mehr als das Grau seiner Haare und das helle Braun seiner Freizeithose konnte sie, weil die Schatten der Nacht tiefer geworden waren, nicht mehr erkennen. Und sie dachte bei sich: Wenn ich beschreiben

sollte, was mir bei diesem Anblick spontan durch den Kopf geht, würde mir am ehesten das Wort »gespenstisch« einfallen.
»Daß es keine Geister gibt, weiß ich selber. So hab ich das auch nicht gemeint.« Sie griff nach der Flasche und schenkte sich nach. Kalifornischer Chardonnay, ein edler Tropfen. Sie schätzte im Halbdunkel die Entfernung falsch ein, der Flaschenhals schlug klirrend gegen das Glas. Unwillkürlich zuckten sie beide zusammen.
Der Blick ihres Mannes ruhte wieder auf dem Sternbild, als er fragte: »Beunruhigt dich irgend etwas?«
»Nein, nein. Überhaupt nicht.«
Lisbonne Atcheson ließ die Finger durchs kurzgeschnittene blonde Haar gleiten, erreichte aber mit dem gedankenverlorenen Spiel ihrer geröteten, schon ein wenig faltigen Hände nur, daß das Haar nun anders lag, wenn auch nicht unbedingt ordentlicher. Zufrieden reckte sie ihren – trotz der schon vierzig Lebensjahre schlank gebliebenen – Körper und ließ den Blick ein paar Sekunden lang über das dreistöckige Haus im Kolonialstil gleiten, das hinter ihnen in die Nacht ragte. Und einen Atemzug später sagte sie: »Was ich vorhin gemeint habe ... das mit Mutter ... es ist nicht leicht zu erklären.« Aber sie war nun mal Lehrerin, daran gewöhnt, Kinder in der Sprache der Queen zu unterrichten, und der Regel verpflichtet, daß man, so schwierig es sein mochte, wenigstens den Versuch unternehmen mußte, sich präzise auszudrücken. Also nahm sie einen neuen Anlauf. »Eine Art von Gegenwart, das habe ich gemeint.«
Wie aufs Stichwort fing die Kerze zu flackern an.
»Ich ziehe die Bemerkung zurück.« Sie nickte der Flamme zu, sie mußten beide lachen. »Wie spät ist es?«
»Kurz vor neun.«
Lis rutschte tiefer in den Gartenstuhl, zog die Knie an und schlang sich den langen Baumwollrock so um die Beine, daß nur noch die Spitzen ihrer braunen, mit goldfarbenem Weinlaub verzierten Cowboystiefel unter dem Saum hervorsahen. Als sie wieder einen Blick hoch zu den Sternen warf, ging ihr

durch den Sinn, daß ihre Mutter sicherlich eine gute Spukerscheinung abgegeben hätte. Vor acht Monaten war sie gestorben – hier draußen, wo sie und Owen jetzt saßen. Die alte Dame hatte, den Blick in der Weite der Landschaft verloren, in ihrem geliebten antiken Schaukelstuhl gesessen und sich plötzlich, als habe sie etwas Besonderes bemerkt, vorgebeugt und »oh, natürlich« gesagt, und dann war sie gestorben – von einer Sekunde zur anderen, still und friedlich.

Das ganze Haus hätte sich trefflich als Szenario für Spukgeschichten geeignet. In dem klobigen, trutzigen Bau gab es so viel Platz, daß sogar eine der kinderreichen Familien, wie sie im gebärfreudigen achtzehnten Jahrhundert gang und gäbe gewesen waren, leicht darin untergekommen wäre. Von außen machte es mit den von allen Wettern gegerbten, braunen Schindeln und den dunkelgrün verputzten Fugen einen etwas düsteren Eindruck, es erinnerte ein wenig an ein Schuppentier. Zur Zeit der Revolutionskriege war es eine Soldatenschenke gewesen, später hatte man es innen in viele kleine, durch schmale Flure verbundene Räume aufgeteilt. Die längs- und querlaufenden Deckenbalken waren vom Holzwurm befallen, und Lis' Vater hatte steif und fest behauptet, die daumengroßen Dellen, die noch in den Pfosten und an einigen Stellen in den Wänden zu erkennen waren, stammten von jenen Musketenkugeln, mit denen die Soldaten der Rebellenarmee die Briten Zimmer um Zimmer, Stockwerk um Stockwerk aus dem Haus vertrieben hätten.

Weiß der Himmel, wie viele Hunderttausende von Dollar die Renovierung des Hauses in den letzten fünfzig Jahren verschlungen hatte, aber aus unerfindlichen Gründen hatten es ihre Eltern nie geschafft, ordentliche elektrische Leitungen legen zu lassen; mehr als ein paar schummerige Lampen mit niedriger Wattzahl konnte das marode Netz nicht verkraften. Von der Sitzecke auf der Veranda sah es aus, als blinzelten überall trübe gelbsüchtige Augen durch die Lamellen der Klappläden.

Lis, mit den Gedanken immer noch bei ihrer Mutter, sagte: »Es

war kurz vor ihrem Ende, da hat sie zu mir gesagt: Ich habe gerade mit deinem Vater gesprochen. Er hat mir gesagt, daß er bald zu mir kommt.« Es war eines von jenen Gesprächen gewesen, bei denen einem unwillkürlich eine Gänsehaut über den Rücken kriecht, denn damals war ihr Vater schon seit zwei Jahren tot gewesen. »Natürlich hat sie sich das nur eingebildet. Aber für sie war es so, als hätte sie wirklich mit Vater geredet.«
Und er selbst, ihr Vater? dachte sie. Nein, Père L'Auberget geisterte bestimmt nicht als Spukerscheinung durch das Haus. Er war tot umgefallen, als er in der Herrentoilette auf dem Heathrow Airport wütend am Handtuchspender gezerrt hatte, weil das widerspenstige Ding kein Papier ausspucken wollte.
»Aberglaube«, sagte Owen.
»Nun, in gewisser Weise ist er ja tatsächlich zu ihr gekommen. Ein paar Tage später ist sie gestorben.«
»Trotzdem.«
»Ich rede über die Gefühle von Menschen, die von sich glauben, daß sie zusammengehören. Davon, was sie wohl empfinden, wenn einer von ihnen nicht mehr lebt und der andere spürt, daß sie sich bald wiedersehen werden.«
Er fand das Gerede über die Geister der Toten langweilig, nippte an seinem Weinglas und kam dann, um das Thema zu wechseln, auf seine bevorstehende Geschäftsreise zu sprechen. Das heißt, eigentlich ging es ihm mehr um die Frage, ob es wohl zu schaffen sei, sich vor Donnerstag noch einen Anzug reinigen zu lassen. »Ich meine, weil ich doch bis Sonntag bleibe. Wenn ich ...«
»Warte mal.« Lis drehte rasch den Kopf und starrte auf die dichtgewachsenen Fliederbüsche, die ihr den Blick auf den Hintereingang des Hauses versperrten. »Hast du nichts gehört?«
»Nein, ich glaube, ich habe nichts ...« Er brach mitten im Satz ab, hob den Finger, nickte. Sie konnte sein Gesicht nicht sehen, aber die Geste verriet, daß auch er nun angestrengt ins Dunkel lauschte.
»Da!« sagte sie. »Da war es wieder.«

Leise patschende Schritte, die auf der Zufahrt näherkamen. Oder bildete sie sich das nur ein?
Sie suchte Owens Blick. »Ob das wieder der Hund ist?«
»Der von den Busches? Nein, der steckt im Zwinger. Hab ich vorhin, als ich beim Joggen vorbeigekommen bin, selber gesehen. Wild, würde ich eher sagen.«
Lis seufzte. Das Rotwild aus dem nahegelegenen Wald hatte sich im Laufe des Sommers auf ihrem Grundstück an Blumen, Obst und Gemüse für gut und gern zweihundert Dollar gütlich getan und ihnen erst letzte Woche einen wunderschönen japanischen Zwergahorn so kahlgefressen, daß der Sprößling sich bestimmt nie wieder erholt. Sie stand auf. »Na, denen jag ich so einen Schrecken ein, daß sie so schnell nicht wiederkommen.«
»Soll ich das lieber übernehmen?«
»Nein, ich wollte sowieso noch mal anrufen. Und vielleicht mach ich mir einen Tee. Möchtest du auch was?«
»Nein, danke.«
Sie griff nach der leeren Weinflasche und machte sich auf den Weg zum Haus. Kaum mehr als zwanzig Schritte den von Ziersträuchern und in voller Blüte stehenden Pflanzkübeln gesäumten Pfad hinunter – und dann noch an den Fliederbüschen vorbei, die freilich um diese Jahreszeit recht trostlos aussahen. Auf dem kleinen Teich schwammen die Blüten der Wasserlilien, doch als sie genauer hinsah, entdeckte sie – wie verwunschen im gelben Lichtschimmer aus dem Obergeschoß des Hauses – auf der Wasserfläche ihr Spiegelbild. Obwohl es nicht für ihre Ohren bestimmt war, hatte sie gelegentlich aufgeschnappt, daß der eine oder andere es ein »einfaches« Gesicht nannte. Sie hatte solche Bemerkungen nie als abwertend empfunden. Einfach, das war für sie ein Synonym für »schlicht«, und Schlichtheit war ihrer Meinung nach nicht nur die Anfangsstufe, sondern geradezu die Voraussetzung für Schönheit. Zum zweitenmal an diesem Abend fuhr sie sich mit der Hand durchs Haar, der Wasserspiegel half ihr dieses Mal, tatsächlich ein wenig Ordnung in ihre Frisur zu bringen –

gerade noch rechtzeitig, bevor eine Brise ihr Spiegelbild im Teich zerfließen ließ.
Sie ging weiter – jetzt innerlich entspannt, die rätselhaften Geräusche waren nicht mehr zu hören. Und überhaupt, hier in Ridgeton mußte man sich nicht fürchten. Ein zauberhaftes Dörfchen, von bewaldeten Hügeln umgeben, eingebettet in saftig grüne Weiden. Rinder- und Schafherden, wohin man auch blickte, eine richtige Bilderbuchlandschaft. Und die Gegend war berühmt für ihre Rennpferdezucht. Hier waren sich Menschen, lange bevor die dreizehn Staaten die Idee einer politischen Vereinigung erwogen hatten, einig gewesen in der Überzeugung, daß die Behaglichkeit des Lebens ein höheres Gut sei als wirtschaftlicher Fortschritt und zur Schau gestellter Reichtum. Eine Maxime, die durch drei Jahrhunderte hindurch Ridgetons Entwicklung bestimmt hatte. Auch hier hatte die neue Zeit ihre Spuren hinterlassen, auch in Ridgeton konnte man Pizza über die Straße und Tiefkühlkost kaufen und Gleitboote mieten und Videos ausleihen, aber wenn es Abend wurde und all das gesagt und getan war, was gesagt und getan sein mußte, wurde das Dorf zu einer Festung hinter wehrhaften Mauern. Es wurde dann wieder, was es seinem tiefsten Wesen nach war: ein Ort, an dem die Männer ein erdverbundenes Leben führten – denn die Erde war es, von der sie lebten, auf der sie ihre Häuser bauten und deren Wert die Höhe des Darlehens bestimmte, das sie aufnehmen konnten – und die Frauen die Kinder großzogen und sich um Haus und Herd kümmerten.
Ridgeton war eines von jenen glücklichen Fleckchen Erde, an denen man mit menschlichen Tragödien nur selten und mit roher Gewalt nie in Berührung kommt.
Und so war Lis, als sie feststellte, daß die mit türkisfarbenem Butzenglas ausgelegte Hintertür offenstand, eher verwundert als ernsthaft besorgt. Sie blieb stehen, die pendelnde Bewegung, mit der sie die Weinflasche hin und her geschwungen hatte, hörte abrupt auf. Schwindsüchtig gelber Lichtschimmer malte vor ihren Füßen ein verzerrtes Viereck auf den Rasen.

Sie machte einen kleinen Bogen um die üppigen Fliederbüsche und suchte die Zufahrt ab. Nein, keine fremden Autos. Der Wind, vermutete sie.

Und dann ging sie ins Haus, stellte die Weinflasche auf den klobigen Klotz mitten in der Küche – ein schönes altes Stück, das früher tatsächlich der Hackklotz eines Schlachters gewesen war, und warf flüchtig einen Blick auf die Treppe, die von der Küche zum Keller führte. Nein, da war nichts, kein pummeliger Waschbär, kein vorwitziges Stinktier. Einen Atemzug lang blieb sie noch stehen und horchte, ob sich im Haus etwas rührte. Als sie nichts hörte, stellte sie den Kessel auf den Herd, kramte in ihren Vorräten an Kaffee und Tee und entschied sich für einen Hagebuttentee. Sie wollte gerade nach der Dose greifen, als ein Schatten über sie fiel. Sie erstarrte. Rang nach Luft. Und blickte schließlich in zwei haselnußbraune Augen.

Die Frau, die vor ihr stand, war Mitte Dreißig, sie trug eine locker fallende Bluse aus weißem Satin, einen Minirock aus irgendeinem schimmernden Material und Stulpenstiefel mit niedrigen Absätzen. Die schwarze Jacke hatte sie sich über den Arm gelegt, den Rucksack über die Schulter gehängt.

Lis schluckte, sie merkte, daß ihr die Hände zitterten. Einen Augenblick lang standen sich die beiden Frauen reglos gegenüber und musterten sich stumm. Dann löste sich Lis mit einem Ruck aus der Erstarrung, beugte sich vor und schloß die andere in ihre Arme. »Portia!«

Die jüngere ließ den Rucksack von der Schulter gleiten und stellte ihn neben die Weinflasche auf den Hackklotz. »Hallo, Lis.«

Ein paar Sekunden lang Schweigen, zum Schneiden dick.

Dann sagte Lis: »Ich hab gar nicht... Ich meine, ich dachte, du rufst vom Bahnhof aus an. Wir waren schon ziemlich sicher, daß du nicht mehr kommst. Ich wollte dich anrufen, hab aber nur den Anrufbeantworter erwischt. Na ja, jedenfalls ist es schön, dich wiederzusehen.«

Sie hörte selbst, wie nervös sie die Sätze herunterhaspelte. Besser, sie hielt den Mund.

»Da war jemand am Bahnhof, der hat mich mitgenommen. Warum soll ich euch Mühe machen, hab ich mir gedacht.«
»Das hätte uns doch keine Mühe gemacht.«
»Wo habt ihr eigentlich gesteckt? Ich hab schon oben nach euch gesucht.«
Lis antwortete nicht, sie stand nur da und starrte die junge Frau an. Dieses Gesicht – und das blonde, von einem schwarzen Stirnband gehaltene Haar ... derselbe Farbton wie bei ihr.
Portia wiederholte stirnrunzelnd ihre Frage.
»Oh, wir sitzen draußen. Mit dem Blick auf den See. Ist das nicht eine merkwürdige Nacht? Wie im Altweibersommer. Und das im November! Hast du was gegessen?«
»Ja, danke. Brunch, heute nachmittag um drei. Lee war da, wir sind erst spät aufgestanden.«
»Komm mit nach draußen, zu Owen. Trink wenigstens ein Gläschen Wein mit uns.«
»Nein, wirklich, ich möchte nichts.«
Sie gingen denselben Pfad zurück, den Lis gekommen war, nebeneinander, nur durch ein paar Millimeter getrennt, aber auch die kamen ihnen wieder wie eine unsichtbare Mauer vor, so dick hing das Schweigen zwischen ihnen. Schließlich fragte Lis, wie die Bahnfahrt gewesen sei.
»Na ja, ich bin angekommen. Wenn auch mit Verspätung.«
»Und wer hat dich mitgenommen?«
»Ich kenn ihn nicht. Ich glaube, sein Sohn und ich sind zusammen auf die High-School gegangen. Er hat mir dauernd was von einem Bobbie erzählt. So, als ob ich den kennen müßte. Aber er hat mir seinen Nachnamen nicht genannt.«
»Bobbie Kelso, der ist in deinem Alter. Sein Vater ... das ist so ein Langer, Kahlköpfiger?«
»Ja, der wird's gewesen sein«, sagte Portia beiläufig, während sie den Blick über den schwarzen See gleiten ließ.
Lis sah ihre Schwester an, als suche sie irgendwas in Portias Augen. »Es ist lange her, seit du das letzte Mal hiergewesen bist.«

Portias einzige Reaktion war ein undefinierbarer Laut, vielleicht ein unterdrücktes Lachen – oder auch nur ein Schniefen. Sie legten die letzten Schritte schweigend zurück.
»Willkommen!« rief Owen seiner Schwägerin entgegen, stand auf und küßte sie auf die Wange. »Wir hatten schon alle Hoffnung aufgegeben.«
»Hm – na gut, gehen wir's noch mal eines nach dem anderen durch. Ich hatte keine Gelegenheit, euch anzurufen. Tut mir leid.«
»Kein Problem. Hier auf dem Land nehmen wir so was locker. Komm, trink ein Schlückchen Wein mit uns.«
»Kelso hat sie vom Bahnhof aus mitgenommen«, sagte Lis. Sie deutete auf einen Gartenstuhl. »Setz dich. Ich mach eine neue Flasche auf. Wir haben uns eine Menge zu erzählen.«
Aber Portia wollte sich nicht setzen. »Nein, danke. Es ist ja noch nicht so spät. Warum erledigen wir nicht erst mal die schmutzigen Geschäfte?«
Wieder konnten sie das Schweigen mit Händen greifen. Lis' Blick pendelte zwischen ihrer Schwester und ihrem Mann hin und her. »Ich finde ...«
»Es sei denn, es gibt irgendwelche Probleme.«
Owen schüttelte den Kopf. »Nicht direkt.«
Lis zögerte. »Warum setzt du dich nicht ein paar Minuten zu uns? Für alles andere bleibt uns doch morgen noch Zeit genug.«
»Eh-eh«, machte Portia, »bringen wir's lieber gleich hinter uns.« Sie lachte. »Wie die Anwälte so zu sagen pflegen.«
Owen wandte sich zu ihr um. »Wie du willst.« Lis hätte gern in seiner Miene gelesen, aber sein Gesicht lag im Schatten. »Im Arbeitszimmer liegt alles bereit.«
Er ging voraus, Portia maß ihre ältere Schwester mit einem bedeutungsvollen Blick und folgte ihm.
Lis machte sich noch einen Augenblick lang auf der Veranda zu schaffen, blies die Kerze aus, nahm den Leuchter ... Als es beim besten Willen nichts mehr zu tun gab, ging auch sie aufs Haus zu. Es war, als wollten ihr die Tautropfen, die sie mit den

Stiefelspitzen aus dem nachtfeuchten Gras aufwirbelte, den Weg weisen. Kassiopeia hingegen schien hoch über ihr am Nachthimmel ihr Antlitz zu verhüllen; das Sternbild verschwamm hinter milchigen Schwaden, dann verschluckte eine dunkle Wolke es vollends.

Kies knirschte unter seinen Schuhen, die altertümlich anmutenden, schmiedeeisernen Lampen an den aus grobgehauenen Granitsteinen gemauerten Außenwänden des Gebäudes warfen alle paar Meter ihren Schein auf die Zufahrt, und so war er, während er auf das Gebäude zuging, abwechselnd in helles Licht getaucht und in Finsternis gehüllt. Von oben, aus einem der Fenster, hörte er das schrille, atemlose Wehklagen einer Frau. Sie schrie eine Qual, die nur sie allein verstand, hinaus in die Nacht. Ihren Namen kannte er nicht, für ihn war sie nur die Patientin 223-81.

An der vergitterten Tür neben der Laderampe machte er halt und schob seine Plastikkarte in den Schlitz des silberfarbenen Kästchens, das hier, wo alles aussah, als habe man sich vor eine mittelalterliche Ritterburg verirrt, wie ein anachronistischer Fremdkörper anmutete. Die Tür schwang auf, der Mann trat ein. Ein halbes Dutzend Augenpaare richtete sich auf ihn. Aber die Männer und Frauen in weißen Kitteljacken oder blauen Overalls sahen, als ob sie ein schlechtes Gewissen hätten, schnell wieder weg.

Ein junger Arzt kam eilends auf ihn zu, drängte sich neben ihn und flüsterte: »Es ist schlimmer, als wir dachten.« Er wirkte mit seinem zerzausten schwarzen Haar und den dicken, unruhig bebenden Lippen ausgesprochen nervös.

Dr. Ronald Adlers Blick huschte über die kleine Gruppe, die sich hier versammelt hatte. »Schlimmer, Peter? Ich weiß zwar im einzelnen noch nicht, was los ist, aber ich bin darauf gefaßt, daß es ziemlich schlimm ist.«

Er strich sich das ungekämmte sandgraue Haar aus den Augen und fuhr sich, den Blick auf den Toten gerichtet, gedankenverloren mit dem Zeigefinger über die Wange. Der

Leichnam eines hünenhaften, kahlköpfigen Mannes lag vor ihm, die große Tätowierung auf dem rechten Oberarm hatte sich im Laufe der Jahre ein wenig verwaschen. Auf dem Stiernacken zeichnete sich ein rötliches Würgemal ab. Das Gesicht war bleich, an der dunklen Farbe des Rückens sah man, wie tief der Blutpegel schon im toten Körper abgesunken war.

Adler gab dem jungen Arzt unwirsch einen Wink. »Gehen wir in mein Büro. Warum lungern hier so viele Leute rum? Scheuchen Sie sie weg! In mein Büro, sofort.«

Die beiden Männer verschwanden durch eine schmale Schwingtür und liefen den halbdunklen Flur hinunter, schweigend, nur vom Widerhall ihrer Schritte begleitet und von einem rätselhaften gedämpften Jaulen. Vielleicht immer noch die Patientin 223-81. Oder der Wind, der durch das immerhin schon hundert Jahre alte Gemäuer der Heilanstalt strich. Der Staat sparte an allen Ecken und Enden, das vom Holzwurm zerfressene Deckengebälk hatte sich verzogen, und die Wände aus rotem Granit verbreiteten eine spartanische, klösterliche Atmosphäre. Wenigstens hatte man sie in Adlers Direktionsbüro tapeziert. Dennoch sah es hier eher aus wie im Kontor eines billigen Jakobs oder in der Kanzlei irgendeines Winkeladvokaten.

Adler knipste das Licht an und warf den Mantel auf die altmodische Couch. Der Notruf heute abend hatte ihn zwischen den Schenkeln seiner Frau erreicht. Also gut, er war aus dem Bett gekrochen und hatte sich in aller Eile angezogen. Daß er den Gürtel vergessen hatte, merkte er erst jetzt, der Hosenbund war ihm über den Bauch gerutscht. Sagen wir: über eine gewisse Leibesfülle, die, wenn man in den Vierzigern ist, zu den beinahe unvermeidlichen Attributen ans Älterwerden gehört. Trotzdem war ihm die schlackernde Hose so peinlich, daß er sich schnell hinter dem Schreibtisch verkroch. Er starrte ein, zwei Atemzüge lang aufs Telefon, als könne er gar nicht fassen, daß es nicht klingelte.

Dann herrschte er den jungen Assistenzarzt an: »Also los,

Doktor. Stehen Sie hier nicht rum. Setzen Sie sich und berichten Sie mir.«

»Ein detailliertes Bild haben wir noch nicht. Er sieht Callaghan der Statur nach zum Verwechseln ähnlich.« Peter Grimes deutete mit dem Kopf in Richtung Ladestation, wo der Tote lag. »Wir vermuten, daß er ...«

Adler unterbrach ihn. »Von wem reden Sie? Wer ist *er*?«

»Der Flüchtige, meinen Sie? Michael Hrubek. Nummer 458-94.«

»Weiter.« Adlers Handbewegung signalisierte Ungeduld, Grimes legte ihm einen abgegriffenen Aktenordner auf den Schreibtisch.

»Also, was Hrubek betrifft – es sieht so aus ...«

»Hrubek? So ein Großer, Breitschultriger? Ich hätte nie gedacht, daß der uns Ärger macht.«

»Hat er auch nicht. Bis heute.«

Adler starrte irritiert auf den jungen Assistenzarzt. Grimes' wulstige Lippen schnappten bei jedem Wort auf und zu wie ein Fischmaul. Adler fand das so widerlich, daß er den Blick rasch senkte. Er blätterte in der Akte, während Grimes fortfuhr: »Er hat sich den Kopf kahlgeschoren. Wie Callaghan. Den Rasierapparat muß er irgendwo geklaut haben. Dann hat er sich das Gesicht blau gefärbt. Hat einen Kugelschreiber zerbrochen und die Tinte mit Wasser ...« Irgend etwas in Adlers Blick beunruhigte ihn. Er wußte nicht genau, ob es Zorn oder Ungeduld oder beides war, setzte sich aber vorsichtshalber und beeilte sich, mit seinem Bericht zu Ende zu kommen. »Und dann ist er in die Tiefkühlkammer gestiegen. Eine Stunde hat er da drin gehockt, jeder andere wäre erfroren. Kurz bevor unsere Leute Callaghan abholen und zum Coroner bringen wollten, hat Hrubek den Toten versteckt und ist selber in den Leichensack gekrochen. Die Männer haben sich ordnungsgemäß davon überzeugt, daß tatsächlich ein Toter drin lag, kalt und blau, und ...«

Ein kurzes, bellendes Gelächter kam über die dünnen Lippen des Direktors. Das Lächeln, zu dem sie sich verziehen wollten, verkümmerte, als er plötzlich den Eindruck hatte, daß ihn von seinen eigenen Lippen der Duft seiner Frau anwehte. »Blau? Das kann doch nicht stimmen. Blau?«

Grimes konnte ihm das schnell erklären, Callaghan war durch Strangulation gestorben. »Er war, als wir ihn heute nachmittag gefunden haben, blau angelaufen.«

»Dann, junger Freund, war er nur vorübergehend blau. Sobald man jemanden, der sich erhängt hat, abschneidet, ist die Blaufärbung ganz schnell verblaßt. Wieso wußten die blöden Kerle das nicht? Ich denke, die arbeiten öfter für den Coroner?«

»Nun – äh ...« Den Rest schenkte sich Peter Grimes.

»Hat er den Fleischkutschern was getan?« Eine dunkle Vorahnung sagte Adler, daß er möglicherweise irgendwann heute nacht anfangen mußte, schon mal grob zusammenzurechnen, was als Folge dieses Ausbruchs an Schadenersatzforderungen auf den Staat zukommen konnte.

»Nicht ein Haar hat er ihnen gekrümmt. Beide behaupten, sie hätten versucht, ihn wieder einzufangen, aber er sei spurlos verschwunden.«

»Wieder einzufangen! Das glaube ich denen aufs Wort.« Adler nickte hämisch und wandte sich wieder der Akte zu. Mit einer Handbewegung bedeutete er Grimes, ruhig zu sein, und las nach, was in den Papieren über Michael Hrubek festgehalten war.

> *DSM-III-Diagnose: Paranoide Schizophrenie ... Monosymptomatisch, von Wahnvorstellungen verfolgt ... Behauptet, in insgesamt siebzehn Heilanstalten eingewiesen worden und aus sieben geflohen zu sein; eine offizielle Bestätigung für diese Angaben liegt bislang nicht vor.*

Adler sah hoch. »Aus sieben Heilanstalten geflohen? Sieben?« Ehe dem jungen Mann eine Reaktion auf diese rhetorische Frage einfallen konnte – eine überzeugende Antwort hätte es sowieso nicht gegeben –, war der Direktor schon wieder in seine Lektüre vertieft.

... Die Einweisung erfolgte gemäß § 403 der bundesstaatlichen Gesetze über die Verwahrung Geisteskranker auf unbefristete Zeit ... Akustische Halluzinationen ohne visuelle Begleiterscheinungen ... Leidet unter schweren Panikanfällen, in deren Verlauf mit psychisch bedingten Gewaltakten seitens des Patienten gerechnet werden muß. Der Intelligenzquotient des Patienten wird als durchschnittlich bis überdurchschnittlich beurteilt ... Lediglich bei Aufgaben, die extrem abstraktes Denken erfordern, zeigt der Patient Schwierigkeiten ... Glaubt, daß er aus religiösen Gründen verfolgt und geächtet werde. Er führt das darauf zurück, daß Menschen, die ihn hassen, unwahre Gerüchte über ihn verbreiten ... Die Begriffe Rache und Vergeltung scheinen, oftmals in biblischen oder historischen Zusammenhängen, bei seinen Wahnvorstellungen eine entscheidende Bedeutung zu haben ... Es ist eine partikulare Abneigung gegen Frauen festzustellen ...

Dann las Adler das beigeheftete Blatt mit den Daten über Hrubeks Körpergröße, Gewicht und Blutwerte und den Meßergebnissen der physischen und psychischen Belastbarkeitstests. Er verzog keine Miene, obwohl sein Herz ein paar Takte schneller schlug, als ihm klarwurde, daß dieser verdammte Kerl eine mörderische Bestie war, Gott im Himmel.

»Derzeit ruhiggestellt durch chlorpromazine Hydrochloride«, las er vor, »dreitausendzweihundert Milligramm pro Tag, in mehreren Dosen ... Ist das ernst gemeint, Peter?«

»Ich fürchte, ja. Drei Gramm Thorazin.«

»Scheiße«, murmelte Adler.

»Äh ...« Der Assistenzarzt kippte nach vorn und stemmte die Daumen so heftig auf einen Bücherstapel, daß das Fleisch unter den Nägeln rot anlief. »Dazu wäre allerdings anzumerken ...«

»Raus damit. Ohne Umschweife.«

»Er hat die Medizin in die Backentasche geschoben.«

Adler spürte, wie ein Hitzeschwall über sein Gesicht zog. Seine Stimme war nur noch ein heiseres Flüstern, als er sagte: »Weiter. Erzählen Sie, was los war.«

»Es war ein Film.«
»Ein Film?«
Grimes schlug klickend die lange nicht mehr geschnittenen Daumennägel aneinander. »Ein Abenteuerfilm. Und der Held hat so getan, als nähme er Drogen ...«
»Sie meinen, bei uns im Freizeitraum? Worauf wollen Sie eigentlich raus?«
»Wie gesagt, ein Abenteuerfilm. Aber er hat das Zeug nicht wirklich geschluckt. Die Pillen, meine ich. Er hat so getan, als würde er sie nehmen, aber er hat sie in der Backentasche versteckt und später ausgespuckt. Ich glaube, es war Harrison Ford. Äh – der Hauptdarsteller. Eine Menge Patienten haben es danach ein paar Tage lang genauso gemacht. Ich nehme an, bei Hrubek hat keiner damit gerechnet, daß er so was überhaupt gedanklich umsetzen kann. Darum hat das bei ihm niemand kontrolliert. Vielleicht war der Hauptdarsteller auch Nick Nolte.«
Adler atmete langsam aus. »Wie lange hat er sein Zuckerchen nicht genommen?«
»Vier Tage. Oder, sagen wir, fünf.«
Adler dachte nach. Sein Gedächtnis war geordnet wie ein medizinisches Handbuch, im Geiste schlug er das Kapitel *Psychopharmaka* auf. Psychotisches Verhalten wird bei Schizophrenie durch die Verabreichung antipsychotischer Medikamente kontrolliert. Physische Nebenwirkungen, wie etwa bei Narkotika, waren bei Thorazin nicht zu befürchten. Aber wenn der Stoff dem Körper vorenthalten wurde, mußte Hrubek Wirkung zeigen. Übelkeit, Schwindelgefühle, Schweißausbrüche und gesteigerte Nervosität. Und solche Erscheinungen waren Vorboten eines mit großer Wahrscheinlichkeit zu erwartenden Anfalls von Panik.
Und Panik war es, was Schizophrene so gefährlich machte.
Ohne die gewohnte Dosis Thorazin konnten sich Patienten wie Hrubek in psychotische Wutausbrüche hineinsteigern. Mitunter wurden sie sogar zum Mörder. Sie hörten dann Stimmen, die ihnen einflüsterten, sie hätten ganz recht daran getan, zum

Messer oder zum Baseballschläger zu greifen, und die sie drängten, loszuziehen und es wieder zu tun.

Hrubek, machte Adler sich klar, würde überdies unter schwerer Schlaflosigkeit leiden. Was konkret bedeutete, daß er sich zwei, drei Tage lang in einem krankhaften Wachzustand befand. Zeit genug, um all seine chaotischen Wahnvorstellungen auszutoben.

Das schrille Wehklagen wurde lauter, es drang bis in Adlers Büro. Adler fuhr sich mit den Handballen über die Wangen. Wieder roch er den Duft seiner Frau. Und wünschte sich, er könnte die Uhr um eine Stunde zurückdrehen. Und vor allem wünschte er sich, nie etwas von Michael Hrubek gehört zu haben.

»Wie ist das mit dem Thorazin rausgefunden worden?«

Grimes' schnappende Fischmaullippen kauten wieder Wasser. »Einer von den Pflegern hat das Zeug unter Hrubeks Matratze gefunden. Vor einer halben Stunde.«

»Wer?«

»Stu Lowe.«

»Wer weiß sonst etwas davon? Daß der Kerl sich das Zeug in die Backentasche geschoben hat?«

»Er selbst und Sie und ich. Und die Oberschwester. Lowe hat es ihr erzählt.«

»Oh, das ist ja wirklich großartig. Also gut, hören Sie zu. Sagen Sie Lowe ... sagen Sie ihm, wenn er je wieder ein Wort, auch nur ein verdammtes Wort darüber verlauten läßt, ist er seinen Job los. Und ... Augenblick mal ... die Särge ...« Ein beunruhigender Gedanke ging Adler durch den Kopf. »Die werden doch im Block C aufbewahrt? Wie, zum Teufel, ist Hrubek dort hingekommen?«

»Das weiß ich nicht.«

»Dann finden Sie's raus.«

Grimes saß mit hochrotem Kopf vor Adlers Schreibtisch. »Das ging alles sehr schnell«, stammelte er. »Extrem schnell, würde ich sagen. Wir haben noch nicht mal die Hälfte der Informationen, die wir brauchen. Ich muß Akten anfordern und verschiedene Leute anrufen.«

»Sie werden niemanden anrufen.«
»Verzeihung. Ich verstehe nicht ganz.«
Adler blaffte ihn an: »Sie rufen ohne meine ausdrückliche Genehmigung niemanden an.«
»Nun, der Vorstand ...«
»Mann Gottes! Erst recht niemanden vom Vorstand.«
»Nun, bisher habe ich ja keine Telefonate geführt«, beeilte sich Grimes zu versichern und fragte sich, wieso er eigentlich auf einmal kein Fünkchen Zivilcourage mehr aufbrachte.
»Du lieber Gott!« explodierte Adler, »die Polizei haben Sie auch noch nicht verständigt?«
»Nein, nein. Natürlich nicht.« Er hatte bei der Polizei anrufen wollen. Vorhin. Aber da war gerade Adler gekommen. Mit Bestürzung stellte er fest, daß ein unkontrolliertes Zucken durch seine Finger lief. Großer Gott, hoffentlich kein Anzeichen für einen bevorstehenden Kollaps des zentralen Nervensystems? Nicht daß er in Ohnmacht fiel oder seinem Chef auf den Fußboden pinkelte!
»Sollen wir die Polizei verständigen oder nicht?« grübelte Adler halblaut vor sich hin. »Lassen Sie uns mal gemeinsam darüber nachdenken. Er hält sich sicher noch in der Nähe von ... Wo ist das Ganze passiert?«
»Bei Stinson.«
Adler wiederholte den Ortsnamen leise. Dann umklammerte er den weißen Aktenordner mit beiden Händen, als ob er ihn festhalten müßte, damit er nicht davonschwebte in die unergründlichen Höhen dieses viktorianischen Kerkers, den man ihm als Büro zumutete. Dann hellte sein düsteres Gemüt sich ein wenig auf. »Wer hat die Leiche aus der Tiefkühlkammer geholt und zum Leichenwagen transportiert?«
»Lowe und ... der andere war, glaube ich, Frank Jessup.«
»Schicken Sie beide zu mir hoch.« Adler vergaß die schlackernden Hosen, stand auf und ging zum Fenster. Das Glas starrte vor Schmutz, es hatte bestimmt seit Monaten kein Fensterleder mehr gesehen. »Sie sind mir dafür verantwortlich, daß die Angelegenheit absolut vertraulich behandelt wird, verstanden?«

»Ja, Sir«, sagte Grimes automatisch.
»Und finden Sie, gottverdammt noch mal, raus, wie der Kerl aus Block E entkommen konnte.«
»Ja, Sir.«
»Sagen Sie allen vom Personal: Falls jemand gegenüber der Presse auch nur ein Wort verlauten läßt, ist er gefeuert. Keine Polizei, keine Presse. Wenn einer von denen hier auftaucht, schicken sie ihn zu mir hoch. Unser Job hier ist hart genug, oder sehen Sie das anders? Na also. Und – äh – die beiden Wärter ... zu mir. Sofort.«

»Ronnie, fühlst du dich jetzt besser?«
»Mir geht's gut«, zischte der übergewichtige junge Mann wütend. »Also, wie steht's? Was werden Sie dagegen unternehmen? Mal ganz ehrlich.«
Dr. Richard Kohler spürte, wie sich die billigen Sprungfedern verzogen, als der Patient im Bett nach oben rutschte, bis fast ans Kopfteil, so weit wie möglich von ihm weg, als sei er schuld an allem, was Ronnie quälte. Ronnies Blick huschte unruhig hin und her, voller Mißtrauen gegen den Mann, der ihm in den letzten sechs Monaten Vater, Bruder, Arzt und Freund gewesen war. Nun musterte er ihn aus Augen, denen nichts entging – nicht die gewellte Locke im schütter werdenden Haar des Arztes, nicht sein hageres Gesicht, die schmalen Schultern, die beinahe mädchenhaft schlanke Taille. Es war, als wolle er sich Kohlers Aussehen unauslöschlich einprägen, um nötigenfalls der Polizei eine möglichst genaue Personenbeschreibung geben zu können.
»Bedrückt dich irgend etwas, Ronnie?«
»Ich kann das nicht verkraften. Ich schaff's nicht, Doktor. Es macht mir einfach zuviel Angst.« Er winselte wie ein Kind, das sich gegen ungerechte Vorwürfe wehrt. Und dann, von einem Augenblick zum anderen völlig ruhig und vernünftig, sagte er im Plauderton: »Ich glaube, es ist vor allem dieser Dosenöffner.«
»Oder liegt's vielleicht an der Küche? Diese Küchenarbeit – ist es die vielleicht?«

»Nein, nein, nein«, wimmerte Ronnie, »der Dosenöffner, den kann ich nicht verkraften. Ich weiß nicht, warum Sie das nicht verstehen.«

Kohler mußte gähnen – so herzhaft, daß sein ganzer Leib dabei zu beben schien. Sein Körper verlangte so nach Schlaf, daß er bereits Schmerzwellen aussandte. Kein Wunder, der Arzt war seit drei Uhr auf den Beinen. Hier, in der halboffenen Abteilung, hielt er sich seit heute morgen um neun auf. Zuerst hatte er den Patienten dabei geholfen, das Frühstück zuzubereiten und den Tisch zu decken. Um zehn Uhr hatte er vier von ihnen zu ihrer Arbeitsstelle gefahren. Halbtagsjobs, wenigstens das. Er mußte jeden Tag, auch heute, eine Menge Zeit aufwenden, um den anderen Angestellten zu erklären, wie es um seine Patienten stand und daß sie von ihnen nichts zu befürchten hätten.

Den Rest des Tages hatte er mit den fünf jungen Frauen und Männern verbracht, die zu Hause geblieben waren, entweder weil sich bisher für sie noch kein Job gefunden hatte oder weil sie heute, am Sonntag, frei hatten. Der übliche Tagesrhythmus. Das therapeutische Einzelgespräch mit jedem seiner Schutzbefohlenen. Danach der eintönige Alltagstrott: Hausarbeit. Sie hatten kleine Projektgruppen gebildet, weil seine Patienten das, was gesunde Menschen ganz selbstverständlich erledigen, nur zu bewältigen vermochten, wenn sie jemanden an ihrer Seite wußten, mit dem sie sich beraten konnten. Tomaten schälen, Gemüse waschen und kleinschneiden, Fenster putzen, organische und nichtorganische Abfälle aussortieren, Badezimmer saubermachen, sich gegenseitig etwas vorlesen. Die einen absolvierten ihr tägliches Pflichtprogramm mit gesenkten Köpfen, allenfalls mit gelegentlich gerunzelter Stirn. Andere waren selbst von einfachsten Handgriffen so überfordert, daß sie den ganzen Tag nervös an den Lippen nagten oder sich die Augenbrauen auszupften und jeden Moment Gefahr liefen, infolge zu starker Beatmung der Lunge zusammenzubrechen. Aber irgendwie klappte es eben doch.

Und dann die Katastrophe.

Kurz vor dem Abendessen bekam Ronnie seinen Anfall. Ein anderer Patient öffnete neben ihm mit einem elektrischen Dosenöffner eine Büchse Thunfisch. Und in dem Moment fing Ronnie zu schreien an und rannte aus der Küche. Was eine Kettenreaktion von Hysterie unter mehreren anderen Patienten auslöste. Kohler hatte sie schließlich so weit beruhigt, daß sie mit dem Abendessen anfangen konnten. Sie nahmen gemeinsam am Tisch Platz, Kohler saß bei ihnen. Nach dem Essen wuschen sie das Geschirr ab und machten in der Küche Ordnung. Danach spielten sie Spiele und berieten, was sie im Fernsehen sehen wollten. Die Mehrheit entschied sich für eine Wiederholung von *Cheers*, die Minderheit, die für *M*A*S*H* votiert hatte, fand sich murrend damit ab. Anschließend gab's die Medizin. Die Pillen schluckten sie mit Saft, das Thorazin in flüssiger Form schmeckte sowieso nach Orangensirup, das löffelten sie pur. Und dann war es Zeit zum Schlafengehen.
Nur Ronnie wollte nicht ins Bett kriechen, Kohler fand ihn im hintersten Winkel seines Zimmers, in die Ecke gekauert.
Und nun, als er ihn wenigstens dazu überredet hatte, sich aufs Bett zu legen, fragte er ihn: »Was schlägst du denn vor, was ich gegen das Geräusch unternehmen soll?«
»Weiß ich doch nicht.« Ronnies Stimme klang dumpf, wie erstickt, er kaute auf der Zunge herum. Das machten die Patienten immer, wenn ihnen der Mund von den Proketazinen ausgedörrt war.
Maßnahmen dem Zweck anzupassen – das war die schwierigste Aufgabe für schizophrene Patienten. Das führte unweigerlich zu Streß. Und Ronnie wurde hier in der halboffenen Abteilung, weiß Gott, dauernd vor diese Aufgabe gestellt, ging Kohler durch den Kopf. Er mußte ständig Entscheidungen treffen. Und selbständig vorausplanen. Die Geborgenheit der Heilanstalt gab es nun für ihn nicht mehr. Er mußte selbst mit den Dingen klarkommen, jeden Tag, von früh bis spät. Ein ständiges Ringen. Und Kohler erkannte mit beklommenem Herzen, daß der junge Mann den Kampf verlieren würde.
Draußen vor dem Fenster, nur undeutlich zu sehen in der

Dunkelheit, erstreckte sich der Rasen. Den ganzen Sommer über hatten die Patienten ihn mit akribischer Sorgfalt gemäht, und jetzt, im Herbst, lasen sie mit der Hand jedes Blatt auf, das es gewagt hatte, sich auf ihren Rasen zu verirren. Er musterte, während er auf das dunkle Viereck des Fensters starrte, das Spiegelbild seines verhärmten Gesichts und überlegte – er hatte sich das dieses Jahr wohl schon hundertmal gefragt –, ob er sich nicht einen Bart wachsen lassen sollte, damit seine Züge ein wenig voller aussahen.

»Morgen«, versprach er seinem bekümmerten Patienten, »morgen werden wir irgend etwas dagegen unternehmen.«

»Morgen? Na, das ist ja phantastisch!« fuhr Ronnie ihn an. Mit gefletschten Zähnen bleckte er den Mann an, dem er seinen Seelenfrieden verdankte, soweit man bei ihm von Seelenfrieden reden konnte, und darüber hinaus wahrscheinlich sogar sein Leben. »Könnte ja sein, daß ich morgen schon tot bin? Oder wenn Sie nun bis morgen tot umgefallen sind, Mister? Ich hoffe, Sie vergessen's nicht bis morgen.«

Schon lange vor seinem Medizinstudium hatte Richard Kohler begriffen, daß man nie persönlich nehmen durfte, was ein Schizophrener tat oder sagte. Das einzige, was ihn an Ronnies verbaler Attacke störte, war, daß er an der Wut seines Patienten ablesen konnte, wie weit der arme Kerl davon entfernt war, irgendwelche nennenswerte Fortschritte zu machen.

Eine seiner Fehlentscheidungen, mußte Kohler sich eingestehen. Nach seiner Einlieferung ins Marsden State Hospital hatte Ronnie gut auf die dort übliche Behandlung angesprochen. Kohler hatte lange laboriert, um die richtige Medikation in der angemessenen Dosierung für ihn zu finden, und mit der psychotherapeutischen Behandlung begonnen. Als eine Patientin in der halboffenen Abteilung so weit gewesen war, daß man sie nach Hause entlassen konnte, hatte er dafür gesorgt, daß Ronnie den freigewordenen Platz bekam. Und dort war dann schlagartig offenkundig geworden, daß Ronnies Leiden viel schwerer war, als Kohler geglaubt hatte. Das Leben in der kleinen Gruppe, unter ständigem Streß, hatte Ronnie weit zurück-

geworfen. Er verfiel in dumpfes Brüten, sonderte sich von den anderen ab und zeigte deutliche Anzeichen von Paranoia.
»Ich trau Ihnen nicht«, fauchte Ronnie ihn an. »Es ist doch arschklar, was für 'ne Show hier abgezogen wird. Ich mag Ihre Spielchen nicht. Und damit Sie's nur wissen: Heute nacht kommt Sturm auf. Elektrischer Sturm, elektrischer Dosenöffner – kapiert? Ich meine, Sie erzählen mir dauernd, ich kann das verkraften und ich kann jenes verkraften. Aber das ist doch alles Kacke.«
Kohler notierte sich im Geiste, wie oft und in welchem Kontext Ronnie das Verb »verkraften« gebrauchte und was das auslösende Moment für seinen Panikanfall heute abend gewesen war. Es war schon zu spät, um heute abend noch etwas damit anzufangen, aber gleich morgen früh um sechs würde er sich in seinem Büro im Haupthaus in Marsden Ronnies Akte vornehmen und eine entsprechende Eintragung machen.
Er reckte sich und hörte, wie es irgendwo in seinen Knochen knackte. »Möchtest du lieber wieder drüben in der Heilanstalt sein, Ronnie?« fragte er, obwohl seine Entscheidung im Grunde schon feststand.
»Und wie ich das möchte! Da drüben ist nicht so 'n Rummel wie hier.«
»Nein, dort geht es ruhiger zu.«
»Ich glaub, ich möcht gern wieder dahin zurück, Doktor. Ich muß zurück. Weil, weil ...« Die Gründe, die er aufzählen wollte, hatte Ronnie vergessen. »Also, da gibt's 'ne Menge Gründe, warum ich dahin muß.«
»Gut, dann machen wir's so. Am Donnerstag. Und jetzt mußt du ein bißchen schlafen.«
Ronnie – noch in der Kleidung, die er den ganzen Tag getragen hatte – rollte sich auf die Seite und zog die Knie an. Als Kohler darauf bestand, daß er den Pyjama anziehen und sich ordentlich zudecken sollte, gehorchte Ronnie ohne Murren. Aber er bestand darauf, daß das Licht anblieb. Und er sagte nicht gute Nacht, als der Arzt den Raum verließ.
Kohler machte seine Runde durchs Erdgeschoß. Einige Patien-

ten waren noch wach, saßen im Gemeinschaftsraum vor dem Fernseher oder hielten ein Schwätzchen mit dem Wärter, der für die Nachtschicht eingeteilt war. Eine Brise strich durchs offene Fenster und lockte Kohler, so müde er auch war, ins Freie. Ein für November ungewöhnlich warmer Abend.

Das erinnerte ihn an einen Herbstabend im letzten Studienjahr an der Duke University. Er sah noch vor sich, wie er die Rolltreppe hinuntergelaufen war – eine 737, United Airlines, sogar das wußte er noch. Die tausend Meilen vom Flughafen Raleigh-Durham zum LaGuardia waren ihm wie ein Katzensprung vorgekommen, den größten Teil der Strecke hatte er sowieso fest geschlafen. Er wollte die freien Tagen um Thanksgiving zu Hause verbringen. Tatsächlich hatte er allerdings die meiste Zeit im Murray Hill Psychiatric Hospital in Manhattan verbracht. Am Freitag, als die Ferien zu Ende gingen, hatte ihn sein Vater ins Büro zitiert und ihm die Leviten gelesen. Geradezu streitsüchtig bestand der alte Herr darauf, daß sein Sohn das Studienfach wechselte. Internist sollte er werden, nicht Psychiater. Er war so weit gegangen, daß er das zur Vorbedingung für die weitere finanzielle Unterstützung machte.

Am nächsten Morgen hatte sich Richard Kohler für die Gastfreundschaft zu Hause bedankt, einen Nachtflug zurück zum College gebucht und am Montag, als die Vorlesungen wieder anfingen, im Büro der Finanzverwaltung um Stundung der Studien- und Collegegebühren gebeten, damit er sein Studium der Psychiatrie fortsetzen könne.

Wieder spürte er, als er gähnen mußte, Schmerzwellen durch seinen Körper fluten. Er dachte sehnsüchtig an sein Zuhause – ein kleines möbliertes Apartment, eine halbe Stunde weit weg. In dieser ländlichen Gegend hätte er sich mühelos ein Haus mit einem großen Grundstück leisten können. Er hatte aus Bequemlichkeit darauf verzichtet. Er wollte keinen Rasen mähen und keine verblühten Rosen schneiden und nicht dauernd mit dem Pinsel in der Hand herumlaufen. Was er wollte, war eine Fluchtburg, klein und übersichtlich. Zwei Schlafzimmer, jedes mit einem Bad. Alles auf dem gleichen Stock, keine Treppe. Das mußte ja nicht heißen, daß er sich nicht einen gewissen Luxus leistete. Sein Apartment hatte eine Warmwasserheizung – eine der wenigen, die es in dieser Gegend gab. Ein paar Ölgemälde von Kostabi und Hockney hingen auch darin. Die Maklerin hatte seinerzeit besonders betont, daß es sich bei der Einbauküche um eine »Designer-Küche« handle. Auf seine Gegenfrage, ob nicht jede Küche ein von irgend jemandem entworfenes Design haben müsse, hatte sie, sehr zu seinem Vergnügen, mit einem irritierten Lachen reagiert. Für ihn war die kleine Wohnung – von der der Blick tagsüber meilenweit über einen grünen Flickenteppich aus kleinen Waldstücken und Weiden und nachts bis zu den weitverstreuten Lichtern von Boyleston reichte – zu einer Insel der Vernunft inmitten einer vorwiegend von Irrsinn beherrschten Welt geworden. Und das stimmte in seinem Fall nicht nur im übertragenen Sinn.

Trotzdem, an diesem Abend fuhr er nicht nach Hause. Er ging zurück in das Gebäude, in dem die halboffene Anstalt untergebracht war, ging die knarrende Treppe hinauf und drückte in dem knapp drei mal vier Meter großen Zimmer mit dem Feldbett, dem Schrank und dem an die Wand geschraubten Metallspiegel die Tür hinter sich zu.

Er streifte sich die Jacke von den Schultern, lockerte den Schlips, legte sich aufs Feldbett und trat sich mit dem linken Fuß den rechten, mit dem rechten den linken Schuh von den Füßen. Er warf noch einen Blick aus dem Fenster. Ein paar schon halb verblaßte Sterne schimmerten am Himmel, aber weiter hinten im Westen brauten sich dunkle Wolken zusammen. Der Sturm. Er sollte, hatten sie im Radio gesagt, ziemlich heftig werden. Er selbst mochte den Regen, aber er hoffte, daß es keinen Donner gab, das würde viele seiner Patienten in Angst und Schrecken versetzen. Die Sorge war freilich, sobald er die Augen geschlossen hatte, vergessen. Schlaf war alles, woran er noch denken konnte. Er schmeckte die Müdigkeit, sie wühlte wie ein dumpfer Schmerz in seinen Beinen, und als er gähnte, trieb sie ihm kalte Tränen in die Augen. Es dauerte nicht mal eine Minute, bis er eingeschlafen war.

3

Ein Dutzend Unterschriften, und sie waren um etliche Millionen reicher.

Gut hundert Blatt Papier – in schön verschnörkelter Schrift handbeschrieben, gespickt mit Floskeln wie *insoweit* und *wohingegen* – lagen vor Lis und Portia auf dem Schreibtisch. Eidesstattliche Versicherungen, Empfangsbelege, Steuerrückerstattungen, Rechtsübertragungen, Vollmachtserklärungen. Owen, Anwalt vom Scheitel bis zur Sohle, reichte die Unterlagen Blatt für Blatt weiter, verfolgte mit ernster Miene, wie die Federhalter übers Papier kratzten, kommentierte jede geleistete Unterschrift mit der Feststellung »rechtmäßig vollzogen«, drückte sein Notariatssiegel daneben, zückte den Mont Blanc, um gegenzuzeichnen, und nahm das nächste Blatt von dem Stapel, der sich vor ihm türmte. Portia schien sich über sein feierliches Getue und die pingelige Genauigkeit zu amüsieren, Lis dagegen, seit sechs Ehejahren an Owens akribisches Gehabe gewöhnt, nahm keine Notiz von seiner aufgesetzten Würde.

»Ich komme mir vor wie der Präsident bei der Unterzeichnung eines Staatsvertrages«, meinte sie.

Sie saßen sich im Arbeitszimmer an jenem massiven schwarzen Mahagonitisch gegenüber, den Lis' Vater in den sechziger Jahren in Barcelona gekauft hatte. Anläßlich des heutigen Abends und der feierlichen Testamentsvollstreckung hatte sie die mit Lack überzogene Collage ausgegraben, die sie ihrem Vater bei der Party geschenkt hatte, mit der er – zehn Jahre war das nun her – den Verkauf des Geschäftes und den Eintritt in den Ruhestand gefeiert hatte. Auf die linke Seite des Posters hatte sie ein Foto vom ersten Firmenschild geklebt: ein schlichtes Brett mit der handgemalten Aufschrift *L'Auberget et Fils Ltd.* Anfang der fünfziger Jahre war das gewesen. Rechts prangte auf dem Poster ein Hochglanzfoto, das das prächtige Firmenschild zum Zeitpunkt des Verkaufs zeigte: *L'Auberget Getränkeimport, Inc.* Die Schmuckranke aus grünem Weinlaub und purpurroten Reben drumherum hatte Lis eigenhändig gemalt, mit sehr viel Liebe, wenn auch nicht ganz soviel Kunstfertigkeit. Der Lacküberzug hatte im Laufe der Jahre einen kleinen Gelbstich angenommen.

Über geschäftliche Dinge hatte der alte Herr nie mit seinen Töchtern gesprochen (männliche Nachkommen gab es nicht, das *et fils* hatte er nur dazugesetzt, weil er dachte, es mache was her). Erst als Erbschaftsverwalterin, nach Vaters Tod, hatte Lis begriffen, wie überaus erfolgreich er als Geschäftsmann gewesen war. Daß er mit Leib und Seele in seinen Geschäften aufging, hatte sie schon als Kind erfahren; er war ständig geschäftlich unterwegs gewesen. Aber bevor Mutter gestorben und das Erbe an sie und Portia übergegangen war, hätte sie nie gedacht, daß ihm seine harte Arbeit so ein enormes Vermögen eingebracht haben könnte: neun Millionen in bar, dazu das Haus, eine Filiale in der Fifth Avenue und ein Landhaus in der Nähe von Lissabon.

Owen sammelte die Papiere ein und ordnete sie zu verschiedenen Stapeln, die er sorgfältig bündelte und jeweils mit einem Versandvermerk versah. »Für dich, Portia, werde ich Kopien fertigen lassen.«

»Heb sie irgendwo gut verschlossen auf«, warf Lis ein.

Portias Mund wurde zu einem schmalen Strich, sie konnte es nicht leiden, wenn die ältere Schwester sie so bevormundete. Ehe Lis irgendeine Entschuldigung murmeln konnte, stellte Owen eine Flasche Champagner auf den Tisch, ließ den Korken knallen und schenkte drei Gläser ein.

»Also«, sagte Lis, »dann trinken wir ...« Sie merkte, daß Portia und Owen sie gespannt ansahen. »... trinken wir auf Vater und Mutter.«

Die Gläser schlugen klingend aneinander.

Owen sagte: »Praktisch ist die Erbmasse damit verteilt. Die Überweisungen sind vorbereitet. Es bleibt nur das gemeinsame Konto der Erbengemeinschaft bestehen, aus dem noch fällige Gebühren und Anwalts- und Kontoführungskosten und so weiter bezahlt werden – und, äh ... diese andere dumme kleine Geschichte.« Er warf Lis einen Blick zu. »Hast du's ihr schon gesagt?«

Lis schüttelte den Kopf.

Portia suchte Owens Blick. »Was soll sie mir gesagt haben?«

»Wir haben es erst Freitag erfahren. Jemand will eine Klage anstrengen. Unter anderem gegen dich.«

»Was?«

»Das Testament wird angefochten.«

»Nein! Von wem?«

»Es gibt da ein Problem mit dem Vermächtnis deines Vaters.«

»Was für ein Problem?« In Portias Blick lag hämisches Vergnügen, gemischt mit einem Anflug von Mißtrauen. »Ist etwa irgendwas nicht sauber formuliert worden?«

»Mich mußt du nicht so ansehen. Ich hab den Text nicht aufgesetzt. Ich rede von dem Problem mit seiner Schule. Na, klingelt's bei dir?«

Als Portia den Kopf schüttelte, erklärte Owen es ihr. Andrew L'Aubergets gesamtes Vermögen war bei seinem Tod auf seine Frau übergegangen, zu treuen Händen. Bei ihrem Tod war das Erbe den Töchtern zugefallen – bis auf eine Zuwendung an Andrews frühere Schule, ein privates College in Massachusetts.

»O Vater, vergib mir, ich habe gesündigt«, hauchte Portia sarkastisch und bekreuzigte sich. Du liebe Zeit, wie hatte sie das vergessen können! Vater hatte doch wahrhaftig oft genug – weitschweifig und mit blumigen Worten – von den Jahren im Kensington College erzählt.

»Eine Donation von tausend Dollar.«

»Na und? Sollen sie die doch kriegen.«

Owen lachte. »Aber damit sind sie nicht zufrieden. Sie wollen die Million, die er ihnen ursprünglich zugedacht hatte.«

»Eine Million?«

Lis erklärte ihrer Schwester den Rest. »Ein Jahr vor seinem Tod hat die Schule Mädchen zum Studium zugelassen. Das allein war schon schlimm genug. Aber man hat außerdem eine Resolution erstellt, derzufolge es künftig verpönt war, jemanden wegen seines Geschlechts oder seiner sexuellen Neigungen zu diskriminieren. Aber das muß dir doch alles bekannt sein, Portia?« Sie sah ihren Mann an. »Hast du ihr denn keine Kopien von Vaters Schriftwechsel geschickt?«

»Ich darf doch sehr bitten, Lis! Sie als Mitbegünstigte hat selbstverständlich Kopien erhalten. Was soll denn so eine mißtrauische Frage?«

»Die Kopien sind bestimmt bei mir angekommen. Aber ihr wißt ja, wie das ist. Wenn man Post mit dem Briefkopf eines Anwalts bekommt und es liegt kein Scheck dabei, legt man den Schrieb beiseite.«

Lis hatte offensichtlich schon eine Bemerkung auf den Lippen, schluckte sie aber hinunter. Owen sagte: »Euer Vater hat aus Protest einen Nachtrag zum Testament verfaßt und darin die Zuwendung auf tausend Dollar begrenzt.«

»Der alte Scheißer.«

»Portia!«

»In dem Brief, in dem er das College über die Testamentsänderung unterrichtet hat, stand unter anderem – und ich zitiere das ziemlich wortgetreu, er sei nicht *gegen* Frauen und Zugeständnisse an die neue Zeit, aber ganz entschieden *für* Tradition.«

»Ich bleibe dabei: Was für ein Scheiß.«

»Tja – und nun ficht die Schule das Testament an.«

»Und was tun wir?«

»Nun, vor allem müssen wir einstweilen einen Betrag in Höhe der ursprünglich beabsichtigten Zuwendung auf einem Sperrkonto bereithalten, bis die Sache geklärt ist. Aber du mußt dir deswegen keine Sorgen machen. Wir gewinnen. Es sind lediglich ein paar Formalitäten abzuwarten.«

»Keine Sorgen machen?« platzte Portia heraus. »Hier geht's um eine Million Dollar.«

»Oh, die verlieren den Fall«, versicherte ihr Owen. »Es ist allerdings richtig, daß er die neue Verfügung zu der Zeit getroffen

hat, als er ziemlich regelmäßig Percodan genommen und Lis sich häufig hier im Haus aufgehalten hat. Darauf hebt der Anwalt der Schule jetzt ab. Er sei nicht im Vollbesitz seiner geistigen und körperlichen Kräfte gewesen und habe unter unzulässiger Einflußnahme einer anderen Begünstigten gehandelt.«
»Wieso glaubst du dann, daß sie nicht gewinnen?«
Lis nippte mit verbissener Miene an ihrem Champagner. »Diese Anwürfe will ich nicht noch mal hören.«
Ihr Mann lächelte.
»Ich meine das ernst, Owen.«
Owen sagte zu seiner Schwägerin: »Nun, der Anwalt der Schule ... Ich habe mich ein wenig umgehört und in Erfahrung gebracht, daß er namens der Schule Verhandlungen mit einer Firma geführt hat, bei der seine Frau die Aktienmehrheit hält. Man nennt das Verletzung der anwaltlichen Treuepflicht. Ich werde ihm also vier- oder fünftausend anbieten, wenn die Sache damit beiderseitig als erledigt angesehen wird.«
Lis sagte zu Portia: »Bei ihm hört sich das an, als wär's ein ganz legaler Schachzug. Für mich ist so was Erpressung.«
»Natürlich ist es Erpressung«, sagte Portia. »Na und? Aber denkst du, daß dieser Anwalt die Schule dazu bewegen wird, die Sache als erledigt zu betrachten?«
Owen nickte. »Er wird seine ganze Überredungskunst aufbieten, dessen bin ich sicher. Es sei denn, er ist erpicht darauf, seinen Wohnsitz künftig in einer Strafvollzugsanstalt zu nehmen.«
Portia lachte. »Demnach sitzt er so oder so am kürzeren Hebel.« Sie hob ihr Glas. »Gute Arbeit, Herr Rechtsanwalt.«
Owen stieß mit ihr an.
Portia trank ihr Glas in einem Zug leer und ließ sich von Owen Champagner nachschenken. »Lis«, sagte sie, »ich an deiner Stelle würde mich an der Seite so eines Schurken nicht wohl in meiner Haut fühlen. Wer weiß, vielleicht springt er eines Tages mit dir genauso um, wie er's mit anderen tut.«
Irgendwas in Owens beherrschter Miene verrutschte, er lachte kurz auf.
Lis sagte: »Ich denke, ich bin einfach nur gekränkt. Ich hab

nicht mal was davon gewußt, daß im Testament eine Zuwendung an die Schule vorgesehen war. Ich meine, kannst du dir etwa vorstellen, daß Vater über so etwas je mit mir gesprochen hätte? Unzulässige Einflußnahme! Da kann ich nur sagen: Sollen sie doch klagen.«

»Und ich sage: Laß das deinen Anwalt regeln.«

Ob es an ihrem betont sportlichen schwarzen Stirnband lag oder an ihrer forschen Art, irgendwie kam es Lis vor, als habe sich ihre jüngere Schwester heute abend auf wunderbare Weise wieder in das kleine Mädchen von einst verwandelt. Sie mußte an die Zeit denken, als Portia sechs oder sieben Jahre alt gewesen war. In diesem Alter war zum ersten Mal deutlich geworden, daß die beiden Schwestern wenig gemeinsam hatten. Jede ging ihren eigenen Weg, im kleinen wie im großen. Heute abend glaubte Lis zu spüren, daß diese Wege sie immer weiter auseinanderführten.

Owen schenkte sich Moët nach. »Das ganze Problem wäre überhaupt nie entstanden, wenn euer Vater sein Geld und seine Absicht – die ursprüngliche und die geänderte – für sich behalten hätte. Das ist die Moral der Geschichte: Man kann nun mal nicht ungestraft Gutes tun.«

»Bist du als Anwalt sehr teuer, Owen?« fragte Portia.

»Absolut nicht. Und schon gar nicht bei schönen Frauen. Das ist alles mit dem vereinbarten Pauschalhonorar abgegolten.«

Lis trat demonstrativ zwischen die beiden – ihre Schwester, die durch Blutsbande, und Owen, der vor dem Gesetz mit ihr verbunden war – und schlang die Arme um ihren Mann. »Da siehst du, was für ein gewiefter Regenmacher er ist.«

»Viel kann's da nicht regnen, wenn er keine Rechnungen ausstellt.«

»Ich hab ja nicht gesagt, daß ich umsonst zu haben bin. Ich sage nur, daß ich nicht teuer bin. Qualität hat immer ihren Preis.«

Lis ging auf die Treppe zu. »Komm mit, Portia, ich will dir was zeigen.«

Die beiden Schwestern ließen Owen weiter seine Papiere

ordnen und gingen nach oben. Wieder stand das Schweigen wie eine trennende Wand zwischen ihnen. Anscheinend, ging es Lis durch den Sinn, können wir uns nur unterhalten, wenn Owen dabei ist.

»So, da sind wir.« Sie ging voraus, stieß die Tür zu einem kleinen Zimmer auf und knipste das Deckenlicht an. »Voilà.«

Portia ließ den Blick durch das offenbar erst vor kurzem neu eingerichtete Zimmer schweifen. Ein flüchtiges Nicken, das war die ganze Reaktion. Dabei hatte Lis einen Monat Arbeit in dieses Zimmer investiert. Mindestens ein dutzendmal hatte sie die Ralph-Lauren- und Laura-Ashley-Läden nach Tapeten und Stoffen mit alten Druckmustern abgeklappert. Sie hatte sogar irgendwo ein altes Himmelbett aufgetrieben, das tatsächlich genauso aussah wie das, in dem Portia geschlafen hatte – hier in diesem Zimmer, vor vielen, vielen Jahren.

»Na, wie findest du das?«

»Ist gut, wenn man die alten Sachen aufhebt, wie?«

»Portia! Ist es nicht toll, daß ich diese Dekostoffe gefunden habe? Dasselbe Material, dasselbe Muster. Vielleicht einen kleinen Schuß mehr ins Gelbliche. Weißt du noch, wie wir Mutter geholfen haben, die Vorhänge zu nähen? Ich war damals ... ja, vierzehn war ich. Und du warst neun.«

»Kann schon sein. Ich erinnere mich nicht mehr.«

Lis sah ihr in die Augen.

»Eine Menge Arbeit.« Wenigstens das kam Portia schließlich über die Lippen. Sie ging ein paar Schritte auf dem geflochtenen ovalen Teppich, kam zurück. »Unglaublich. Als ich letztes Mal hier war, sah's aus wie eine Rumpelkammer. Mutter hat das Zimmer ziemlich herunterkommen lassen.«

Warum sagst du dann nicht, daß es dir gefällt? fragte sich Lis im stillen. Laut fragte sie: »Erinnerst du dich noch an den guten alten Pooh?« Sie deutete mit dem Kopf auf einen abgewetzten Teddybären, dessen Glasaugen leer in die Ecke starrten, in der gestern noch, bevor Lis noch mal gründlich saubergemacht hatte, eine silbern schimmernde Spinnwebe gehangen hatte.

Portia gab dem Bären einen kleinen Stups auf die Nase, dann ging sie zur Tür. Auf der Schwelle blieb sie mit verschränkten Armen stehen.
»Was ist los?« wollte Lis wissen.
»Es ist nur ... ich bin nicht sicher, ob ich bleiben kann.«
»Wie meinst du das?«
»Ich bin eigentlich gar nicht darauf eingerichtet.«
»Redest du etwa von heute? Aber es ist schon neun. So spät kannst du doch nicht wieder wegfahren.«
»Es gehen ja auch nachts Züge.«
Lis' Gesicht glühte. »Ich habe gedacht, du bleibst ein paar Tage.«
»Ich weiß, so hatten wir's abgesprochen, aber ... Ich glaube, ich nehm doch lieber den nächsten Zug. Ich hätt's dir natürlich gleich sagen sollen.«
»Du hast nicht angerufen, um uns zu sagen, daß du erst später kommst. Und daß wir dich nicht abholen müssen – davon hast du auch kein Wort gesagt. Du tauchst einfach hier auf, steckst dein Geld ein und verschwindest wieder.«
»Lis ...«
»Du kannst dich doch nicht zwei Stunden in die Bahn setzen und dann kehrtmachen und wieder zurückfahren. Das ist doch unsinnig.« Lis ging zum Bett. Sie streckte die Hand nach dem Bären aus, dann überlegte sie sich's anders, setzte sich auf die Tagesdecke und sah ihre Schwester an. »Portia, wir haben seit fünf Monaten kaum ein Wort miteinander geredet. Seit dem letzten Sommer haben wir kaum ein Sterbenswörtchen gewechselt.«
Portia trank ihren Champagner aus und stellte das Kelchglas auf die Kommode. Ihr Gesicht ließ ahnen, daß sie nachdenklich geworden war.
»Es ist im Augenblick ziemlich schwierig für mich, von zu Hause weg zu sein. Lee und ich machen eine harte Zeit durch.«
»Wann hattet ihr denn mal eine gute Zeit?«
Portia machte eine fahrige Handbewegung, die das ganze Zimmer einzuschließen schien. »Tut mir leid, daß du dir soviel Arbeit

gemacht hast. Vielleicht klappt's nächste Woche. Oder demnächst mal. Dann komm ich früher und bleib über Nacht.«
Ein Augenblick Stille. Bis plötzlich Owen nach Lis rief. Es hörte sich an, als sei es sehr wichtig. Lis blickte beunruhigt zur Tür, sah auf ihren Schoß und stellte verblüfft fest, daß sie nun doch den Bären in den Händen hielt. Sie stand mit einem Ruck auf und setzte den Teddy wieder aufs Kissen.
»Lis!« rief Owen noch einmal, »komm mal runter!«
»Ich komme.« Lis wandte sich zu Portia um. »Laß uns nachher darüber reden.« Und ehe Portia irgend etwas einwenden konnte, war sie schon auf der Treppe.

»Sieht aus, als wär hier einer durchgelaufen.«
»Ja, würd ich auch sagen.«
Vor den beiden Pflegern lag ein tief eingeschnittenes Tal – unwirtlich wie eine Schlucht, voller schwarzer Felsbrocken und einem Gewirr aus toten, halbverrotteten Weinranken. Der Boden glitzerte, als hätten Millionen Schlangen sich hier gehäutet. Sogar der Tau war so schmutzig, daß ihre Overalls inzwischen aussahen wie die dunkelblauen Schutzanzüge, die sie bei ihrer Arbeit im Scheiß-und-Piß-Block trugen.
»O Mann, guck dir das an! Wie soll man denn hier Fußspuren finden?«
»Seine erkennst du bestimmt. Größe zweiundfünfzig. Außerdem ist er barfuß. Oder wer, zum Teufel, glaubst du, ist sonst hier durchgelaufen? Und jetzt halt die Klappe.«
Der Mond verlor sich hinter Wolkenschwaden, und je dunkler die Nacht wurde, desto mehr kam den beiden Männern das schmale, vor ihnen leicht ansteigende Tal wie ein Szenario aus einem Horrorfilm vor.
»Äh – nur mal so gefragt: Treibst du's mit der Psaltz?«
»Adlers Sekretärin?« Stuart Lowe kicherte. »Wär ja wohl das blödeste, was ich machen kann. Weißt du, ich denk, wir hätten dem Alten was pfeifen sollen. Einfach nein sagen. Wir sind ja keine Bullen.«
Die beiden waren kräftige, großgewachsene, muskulöse Kerle,

richtige Sportskanonen. Lowe war blond, Frank Jessup ein dunkler italienischer Typ. Zwei, die gewöhnlich alles so nahmen, wie es kam. Den Männern und Frauen, die ihre Schutzbefohlenen in der Heilanstalt waren, brachten sie weder Zuneigung noch Haß entgegen. Job ist Job, und in einer Gegend, in der's kaum einen guten gab, mußten sie froh sein, daß sie eine ordentlich bezahlte Arbeitsstelle hatten.

Trotzdem, der Auftrag, mit dem sie heute nacht losgeschickt worden waren, schmeckte ihnen überhaupt nicht.

»War 'n Fehler«, murrte Lowe ärgerlich. »Aber wer hat denn auch mit so was gerechnet?«

Jessup lehnte sich an den Stamm einer Pinie, seine Nasenlöcher blähten sich, als er den Terpentingeruch einatmete. »Und wie is's mit Mona? Vögelst du die?«

»Wen?«

»Mona Cabrill. Winsel-Mona. Die Schwester im Block D.«

»Ach, die. Nö. Du etwa?«

»Hab's noch nicht probiert«, sagte Jessup. »Ich würd ihr ja gern mal 'ne Dosis Thiopental reinjagen. Und in dem Moment, wo sie umkippt, besteig ich sie.«

Lowe grunzte mißmutig. »Komm, wir kümmern uns lieber um den Scheiß hier.«

»Ach, Mann, den hätten wir längst gehört. So 'n Bulle wie der schleicht hier nicht rum, ohne daß es irgendwo knackt oder knirscht. Letzte Woche hat sie keinen BH angehabt. Donnerstag war das. Die Oberschwester hat sie nach Hause geschickt, sie sollte sich so 'n Ding umschnallen. Aber 'ne Zeitlang gab's da oben in D 'ne irre Tittenshow.«

Eine feine Spur Holzgeruch lag in der feuchten Luft, entweder von einem Lagerfeuer oder von einem Holzofen. Lowe preßte sich müde die dicken Handballen in die Augenhöhlen. Und weil er nicht direkt zugeben wollte, wieviel Angst er hatte, sagte er: »Also, ich bleib dabei: Für die Art Arbeit werden die Cops bezahlt.«

»Pscht«, zischte Jessup plötzlich. Lowe kauerte sich blitzschnell hin. Dann kapierte er, stieß ein blökendes Lachen aus und verpaßte seinem Kumpel einen kräftigen Schlag auf den Arm. Jessup boxte zurück, und für eine Zeitlang wurde ein richtiger Schlagabtausch daraus – nicht böse gemeint, aber doch so, daß sie's beide spürten. Das beste Mittel, ein bißchen Dampf abzulassen.

Dann stiefelten sie weiter, das ansteigende Tal hinauf. Zugegeben, die ganze Sache war ihnen unheimlich, aber mehr wegen der äußeren Umstände, nicht wegen dem Kerl, der abgehauen war. Sie kannten Michael Hrubek gut, beide. Beinahe die ganzen vier Monate, die Hrubek nun schon im Marsden State Hospital einsaß, war er Lowes Aufsichtsbereich unterstellt. Der Kerl konnte ein verdammtes Arschloch sein – ewig unzufrieden, sarkastisch, einer von der Sorte, die einem auf den Geist geht, aber einen ausgesprochen gewalttätigen Eindruck hatte er nie gemacht. Trotzdem redete er Jessup noch mal zu: »Wir kratzen die Kurve und rufen die Bullen an.«

»Wir bringen ihn zurück und behalten unsere Jobs.«

»Die können uns doch deswegen nicht feuern. Wie hätten wir denn so was ahnen sollen?«

»Die können uns nicht feuern?« schnauzte Jessup ihn an. »Du Traumtänzer! Du und ich, wir beide sind Weiße unter Vierzig, uns können die jederzeit feuern. Und die machen das glatt. Die nehmen das nicht einfach so hin, wenn wir uns drücken.«

Lowe bestand darauf, daß sie nun endlich den Mund hielten. Sie legten die nächsten zehn Meter schweigend zurück und waren dem Ende dieses bedrückenden, schluchtähnlichen Tals schon ein gutes Stück nähergekommen, als sie das Geräusch wahrnahmen. Ein sehr leises, halb verwehtes Geräusch. Vielleicht eine weggeworfene Plastiktüte, die im Wind raschelte. Nur, hier unten wehte kein Wind. Vielleicht ein Reh? Nur, ein Reh stolpert nicht durch die Nacht und summt irgendeine Melodie vor sich hin.

Die beiden Pfleger sahen sich an und griffen nach ihrer Ausrüstung. Jeder hatte eine Dose Tränengas und einen Gummiknüppel dabei. Den Schlagstock fest in der Faust, gingen sie weiter.

»Der will keinem was tun«, behauptete Lowe. »Ich kenn ihn gut, ich hab doch ’ne Menge Zeit mit ihm verbracht.«
»Da bin ich aber glücklich, daß du das so siehst«, flüsterte Jessup. »Behalt den Scheiß gefälligst für dich.«
Lowe stammte aus Utah; das leise Wimmern erinnerte ihn an einen Kojoten, der in eine Falle getappt ist und ahnt, daß er die Nacht nicht überleben wird. »Es wird allmählich lauter«, sagte er, als ob Frank Jessup das nicht hören könnte. Nur, der war so verängstigt, daß er die Lippen nicht mal mehr zu einem »Pscht« auseinanderbrachte.
»Ist bestimmt ’n Köter«, meinte Lowe.
Aber es war kein Hund. Das Wimmern kam aus Michael Hrubeks aufgedunsener Kehle. Und da tauchte er auch schon selbst auf. Ohne sich darum zu scheren, wieviel Lärm er machte, sprang er mit einem Satz mitten auf den Pfad und baute sich – keine zehn Meter vor den beiden – wie ein zur Salzsäule erstarrter Koloß auf.
Lowe fühlte sich plötzlich – eingedenk der unzähligen Male, die er Hrubek gebadet und verhätschelt und sich auf seine verworrenen Argumente eingelassen hatte – als Teamchef. Er trat einen Schritt vor. »Hallo, Michael, wie geht’s dir denn so?«
Als Antwort ein Murmeln, mehr nicht.
Jessup rief: »Hallo, Mr. Michael – mein Lieblingspatient. Alles okay bei Ihnen?«
Bis auf ein paar schmutzige Fetzen war Hrubek nackt. Eine Spukerscheinung aus Gott weiß welchen außerirdischen Regionen. Vor allem das Gesicht hatte etwas Gespenstisches – die blaue Haut, die aufgeworfenen Lippen, der irre Blick.
»Ist dir denn nicht kalt?« brachte Lowe heraus.
»Ihr Scheißkerle, ihr seid Pinkerton-Detektive.«
»Nein, ich bin’s. Und das ist Frank. Du kennst mich doch, Michael. Aus der Heilanstalt. Und Stu kennst du auch. Wir sind die netten alten Arschlöcher aus Block E. Deine Pfleger . . .« Er lachte gutmütig. »He, sag mal, wo willst du denn ohne Klamotten hin?«

»Sag du mir lieber, was du unter deinen versteckt hast.« Es hörte sich an wie ein gereiztes Schnauben.
Und mit einem Schlag wurde Lowe bewußt, wie die Dinge hier draußen lagen. Mein Gott, sie waren nicht in der Anstalt. Hier gab's keine anderen Pfleger, die ihnen zu Hilfe kommen konnten, und kein Telefon und keine Schwester, die notfalls zweihundert Milligramm Phenobarbiturat zur Hand hatte. Ihm wurde speiübel vor Angst. Und als Hrubek einen Schrei ausstieß, sich umdrehte und den Hang hinaufflüchtete und Jessup hinter ihm herhetzte, rührte sich Lowe nicht von der Stelle.
»Frank, bleib hier!« rief er seinem Kumpel zu.
Aber Jessup blieb nicht stehen. Also gut, Lowe setzte sich schließlich auch in Bewegung, immer den schmalen Pfad entlang, hinter dem blau-weißen Monster her, das weiter den Hang hinaufjagte und dabei weinerlich bettelte, sie sollten nicht schießen und ihn nicht quälen. Schauerlich warfen die steilen Bergwände das Echo zurück. Lowe schloß zu Jessup auf, sie rannten Seite an Seite weiter und schwangen, während sie durchs Unterholz brachen, ihre Gummiknüppel wie Macheten.
»Mein Gott«, japste Jessup, »auf die Felsen! Wieso rennt er denn ausgerechnet auf die Felsen zu?« Und in diesem Augenblick tauchte vor Lowe ein Bild auf. Erst letzte Woche war das gewesen, hinter dem Haupttrakt des Hospitals, auf dem Kiesweg ... Hrubek war, die Schuhe zusammengebunden um den Hals gehängt, barfuß über den Kies marschiert und hatte dabei leise irgendwas vor sich hin gemurmelt. Als ob er seinen Füßen gut zureden wollte. Sie beschwören wollte, ja nicht schlappzumachen.
»Frank«, keuchte er, »das kommt mir irgendwie komisch vor. Wir sollten sehen, daß wir ...«
Und da riß es ihnen auch schon die Füße weg.
Sie flogen. Segelten einfach durch die rabenschwarze Nacht, über und unter und neben ihnen schwebten Felsen und Baumkronen. Sie schrien wie aus einem Munde, als sie in den

tief eingegrabenen Hohlweg stürzten, den Hrubek – weiß der Himmel, wie – mit traumwandlerischer Sicherheit überwunden hatte. Es kam ihnen vor, als stürzten sie in eine unergründliche Tiefe. Sie streiften Äste, prallten hart gegen Fels, drehten in der Luft ein paar Saltos ... Und dann schlugen sie endlich auf. Etliche Atemzüge lang lagen sie reglos in schlammigem Grau. Durch Lowes Hüfte kroch eisige Kälte, bis hinauf zum Arm.

Jessup schmeckte Blut. Lowe interessierte sich zunächst für seine Finger, die ihm merkwürdig verkrümmt vorkamen. Aber einen Augenblick später war das belanglos geworden. Denn als er sich den Schlamm vom Unterarm wischen wollte, stellte er fest, daß es gar kein Schlamm war. Nacktes, rohes Fleisch – überall dort, wo normalerweise Haut sein mußte. Eine gut dreißig Zentimeter lange offene Wunde. »Der saublöde Wichser«, heulte er, »ich tu dir Arschloch doch gar nichts. Das wär das letzte, was ich tun würde. O Jesus – ich verblute. Oh, verdammte Scheiße.« Er stemmte sich halb hoch, preßte die Hand auf die Wunde und spürte entsetzt, wie heiß und feucht sich das rohe Fleisch anfühlte.

Jessup lag immer noch reglos in dem nach Grubengas stinkenden Morast und atmete stoßweise ein – in kleinen Schüben, seine Lungen waren wie gelähmt, mehr hätten sie auf einmal nicht aufnehmen können. Irgendwann war er dann endlich in der Lage, mit flüsternder Stimme auszustoßen: »Ich ... ich glaube ...«

Lowe sollte nie erfahren, was Jessup glaubte, denn in diesem Augenblick brach Hrubek mit einem Satz durchs Unterholz. Als wollte er eine Fliege wegpusten, stieß er Stuart Lowe beiseite, bückte sich, riß beiden Männern die Spraydosen mit Tränengas aus dem Gürtel, schleuderte sie ins Dunkel und beugte sich über Lowe. Der stieß, als er hochblickte und das boshafte Grinsen auf Hrubeks Gesicht sah, einen gellenden Schrei aus.

Aber Hrubek schrie noch lauter. »Hör auf! Hör mit dem verdammten Lärm auf!«

Lowe verstummte, nutzte Hrubeks Panik und kroch auf allen

vieren davon. Jessup schloß die Augen und fing an, unzusammenhängendes Zeug zu stammeln.
Lowe brachte den Gummiknüppel hoch.
»Ihr kommt von Pinkerton«, fauchte Hrubek. »*Pink*-er-*Ton* ... Aber den *Ton* geb ich hier an, Mister Superwärter. Und *pink* ist nur dein beschissener Arm. Hast du dir schlau ausgedacht, was? Aber ich sag dir was: 's wär verdammt gemein von dir, auf mich loszugehen. Ich hab's nämlich eilig, ich muß mich um 'ne *Tote* kümmern.«
Einen Augenblick lang schien der Gummiknüppel über Lowes Fingern zu schweben, dann landete er mit Schwung im Schlamm. Von all dem, was danach passierte, wußte Lowe später nur noch, daß er davongerannt war – blindlings in den Wald, und daß sein bißchen Mut sich genauso glitschig klumpte wie das junge Grün unter seinen Füßen.
»Laß mich nicht allein, Stu!« Jessup hatte es schreien wollen, aber weil er den Mund im Schlamm vergraben hatte, wurde nur ein Gurgeln daraus. »Ich will nicht allein sterben.«
Als Stuart Lowe im Dunkel untergetaucht war, kniete Hrubek sich mit seinem ganzen Gewicht auf den zweiten Pfleger. Jessups Kopf wurde tief in den Morast gedrückt. Er roch Gras und nasse Erde – ein Geruch, der ihn an seine Kindheit erinnerte. Und da fing Frank Jessup zu weinen an.
»Du blödes Arschloch.« Hrubek wurde zornig. »Mann, ich kann mir nicht mal deine Klamotten anziehen!« Wütend zerrte er an dem Einnäher in Jessups Overall. *Eigentum des Marsden State Hospitals.* »Wofür bist du überhaupt *gut?*« Er verfiel in einen Singsang. »*Gut'* Nacht, Ladies, *gut'* Nacht, und wenn ich gehe, bleiben euch nur eure Tränen ...«
»Michael, bitte, laß mich laufen!«
»Du bist dahintergekommen, wo ich mich verstecke. Damit ist die ganze Überraschung im Arsch. Gut' Nacht, Laaaaadies, gut' Nacht, und wenn ich gehe, bleibt euch nur der *Tod!*«
»Ich verrat's keinem, Michael. Bitte, laß mich laufen. Bitte! Ich hab doch eine Frau zu Hause!«
»So, hast du? Ist sie hübsch, Frank? Fickst du sie auch oft

genug? Besorgst du's ihr vielleicht auch manchmal auf die grobe Tour? Komm schon, verrat mir, wo sie wohnt.«

»Bitte, Michael ...«

»Tut mir leid«, flüsterte Hrubek und drückte ihn tiefer.

Jessups Schrei war gellend laut. Und sehr kurz. Zu Hrubeks unbändigem Vergnügen scheuchte er eine wunderschöne Eule auf – ihr Gefieder schien im blauen Licht der Schlucht wie mit Gold bestäubt. Sie schwang sich von einer Eiche und rauschte so nahe an Hrubeks verdutztem Gesicht vorbei, daß er den mächtigen Flügelschlag auf der Haut zu spüren glaubte.

»... weisen wir noch einmal auf die Sturmwarnung des Nationalen Wetterdienstes hin. Die Warnung richtet sich vor allem an die Einwohner der Counties Marsden, Cooper und Mahican. Sturmböen mit Spitzengeschwindigkeiten bis zu hundertdreißig Kilometern in der Stunde und Tornados sind zu erwarten, in tiefer gelegenen Gebieten auch schwere Überschwemmungen. Der Marsden River führt bereits Hochwasser, die Flut wird voraussichtlich noch um mindestens einen Meter steigen, der höchste Pegelstand wird zwischen ein und zwei Uhr morgens erwartet. Sobald neue Informationen vorliegen, werden wir Sie über die aktuelle Entwicklung unterrichten ...«

Als Portia ins Arbeitszimmer kam, traf sie Lis und Owen mit besorgten Mienen über das Teakschränkchen mit der Stereoanlage gebeugt an.

Das Programm wurde mit klassischer Musik fortgesetzt, Owen schaltete das Radio aus.

Portia wollte wissen: »Was ist denn eigentlich los?«

»Sturm.« Owen warf einen Blick zum Fenster. »Der Marsden – das ist einer der Flüsse, die den See speisen.«

»Wir haben schon Kostenvoranschläge eingeholt für die Aufstockung der Deiche«, sagte Lis. »Aber vor dem Frühjahr hatten wir natürlich nicht mit Hochwasser gerechnet.«

Lis ging in den angrenzenden Wintergarten und inspizierte durch das Glasdach den Himmel. Da oben sah es düster und verhangen aus, aber eigentlich noch ganz friedlich.

Portia merkte, daß ihre Schwester sich Sorgen machte. Sie wandte sich mit einem fragenden Blick an ihren Schwager.
»Der Wintergarten hat kein festes Fundament«, erklärte ihr Owen. »Eure Eltern haben die Grundplatte direkt auf die nackte Erde setzen lassen. Wenn der Garten überflutet wird ...«
»Der ist zuerst verloren«, sagte Lis. Und dachte mit einem Blick auf die fünfzehn Meter hohe Eiche, deren Äste sich über dem Glasdach wölbten: Ganz davon zu schweigen, wieviel Schaden der Baum anrichten mag. Sie schielte zur seitlichen Backsteinwand. Der steinerne Wasserspeier mit der lang rausgestreckten, in sich bizarr verdrehten Zunge war ihr noch nie so fratzenhaft gemein vorgekommen, auf einmal schien der weit aufgerissene Mund des Satyrs sie boshaft anzugrinsen. »Verdammt«, flüsterte sie.
»Seid ihr denn sicher, daß es Hochwasser gibt?« fragte Portia. Sie hörte sich irritiert an. Wahrscheinlich, dachte Lis, weil sie ahnt, daß es schwierig wird, heute nacht noch die geplante Flucht aus ihrem Elternhaus anzutreten.
»Wenn das Wasser noch einen Meter steigt, muß es die Dämme überfluten«, antwortete sie. »Dann drückt es mit aller Wucht in den Garten. In den Sechzigern ist das auch schon mal passiert, erinnerst du dich? Damals hat es die alte Holzveranda weggerissen. Die war genau hier, wo wir jetzt stehen.«
Nein, sie könne sich nicht daran erinnern, sagte Portia. Lis' Blick huschte wieder zu den Fenstern hinüber. Wenn ihnen bloß Zeit genug geblieben wäre, die Glasteile mit Sperrholz abzudecken, das Dach und die Seitenwände. Aber sie konnten von Glück sagen, wenn sie es schafften, wenigstens auf der zum See hin gelegenen Gartenseite einen kniehohen Wall aufzuschütten und die Fenster bis zur halben Höhe zu verbarrikadieren, bevor der Sturm zuschlug.
»Also gut – schaufeln wir Sand und kleben alles zu, so gut es geht.«
Owen nickte.
Lis wandte sich an ihre Schwester. »Portia, wenn ich dich nun bitte ...«

Portia reagierte nicht.
Nein, dachte Lis, sie ist nicht nur irritiert. Sie wittert so etwas wie eine Verschwörung der Natur, die sie zwingt, heute nacht hierzubleiben.
»Wir könnten deine Hilfe wahrhaftig brauchen.«
Owens Blick pendelte fragend hin und her. »Hattest du nicht vor, ein paar Tage zu bleiben?«
»Ich muß zurück. Noch heute nacht. Wirklich.«
Sie muß? fragte sich Lis. Und wer zwingt sie dazu? Etwa ihr Freund, mit dem sie gerade harte Zeiten durchmacht?
»Ich bring dich morgen früh zum Bahnhof. In aller Frühe. Du verlierst höchstens eine Stunde Arbeitszeit.«
Portia nickte. »Ja, gut.«
»Du ...«, sagte Lis, »das rechne ich dir hoch an.« Es klang aufrichtig.
Sie eilte in die Garage, ein stummes Dankgebet an den Wettergott auf den Lippen, der ihre Schwester hier festhielt. Wenigstens diese Nacht. Aber dann erschrak sie. Auf einmal kam ihr das Ganze wie ein böses Omen vor. Abergläubisch nahm sie ihr Dankgebet zurück. Und dann ging sie an die Arbeit. Stellte die Schaufeln bereit, zerrte den Stapel Leinensäcke nach vorn, zählte nach, wie viele Rollen Klebeband sie hatten.

4

Drei in zwei Jahren.« Der hochgewachsene Mann in der adretten grauen Uniform rieb sich den farblich genau zur Dienstkleidung passenden grauen Schnurrbart. Er konnte sich nicht verkneifen zu sagen: »Die rennen euch weg wie die Ratten.«

Dr. Ronald Adler fummelte am Hosenbund herum. Es sollte ein abgrundtiefer Seufzer werden, aber dann hörte es sich eher an, als habe er nur Luft geholt, um seinerseits in die Offensive zu gehen. »Verschwenden wir damit nicht bloß unsere Zeit, Captain! Ich denke, wir hätten, weiß Gott, Wichtigeres zu tun.«

Der State Trooper ließ ein glucksendes Lachen hören. »Wieso haben Sie eigentlich über den Vorfall nichts gemeldet?«

»Wir ... äh ... über Callaghans Tod haben wir ordnungsgemäß Meldung erstattet«, sagte Adler.

»Sie wissen genau, wovon ich rede, Doktor.«

»Ich dachte, wir könnten ihn ohne großes Aufsehen zurückholen.«

»Ach – und wie? Mit einem Wärter, der seinen Arm die nächsten paar Wochen in der Schlinge spazierenträgt, und noch einem, der sich den Overall vollgeschissen hat?«

»Er ist im Grunde kein gewalttätiger Mensch«, versuchte Peter Grimes zu vermitteln. Womit er immerhin erreichte, daß Adler und der State Trooper wieder Notiz von ihm nahmen.

»Mein Gott, von erfahrenen Pflegern hätte man natürlich erwarten können, daß sie geschickter vorgehen. Die beiden haben da draußen ein bißchen Cowboy gespielt und sind prompt in die Schlucht gestürzt. Dabei haben sie sich verletzt.«

»Aha, einfach so gestürzt. Ihr Jungs wolltet die Sache vertuschen. Und das paßt mir gar nicht.«

»Hier gibt's nichts zu vertuschen. Ich kann nicht jedesmal bei Ihnen anrufen, wenn irgendein Patient stiftengeht.«
»Versuchen Sie nicht, mich für dumm zu verkaufen, Adler.«
»Wir hätten ihn ja beinahe gekriegt.«
»Habt ihr aber nicht. Also, wie sieht er aus?«
Grimes machte den Anfang. »Er ist groß ...« Dann schien ihm die Angst, sich womöglich in überschwenglichen Adjektiven zu verlieren, die Zunge zu lähmen.
»Wie groß, zum Teufel? Mal ein bißchen Tempo, Freunde, wir vertun nur unsere Zeit!«
Adler gab ihm in groben Zügen eine Personenbeschreibung und fügte hinzu: »Er hat sich den Kopf geschoren und das Gesicht blau gefärbt. Fragen Sie mich nicht, warum, er hat's eben getan. Braune Augen, ein breites Gesicht, fleckige Zähne. Und er ist siebenundzwanzig Jahre alt.«
Captain Don Haversham, der doppelt so alt war, machte sich in seiner betont ordentlichen Handschrift Notizen. »Okay, wir werden ein paar Streifenwagen in die Gegend von Stinson schicken. Ich verstehe, daß Ihnen das nicht paßt, aber darauf kann ich keine Rücksicht nehmen. Und nun sagen Sie mir, wie gefährlich er ist. Müssen meine Leute damit rechnen, daß er in den Bäumen herumturnt und sie von oben anspringt?«
»Nein, nein«, versicherte der Direktor und warf Grimes, der sich gedankenverloren den schwarzen Schopf kratzte, einen warnenden Blick zu. »Er ist – wie soll ich sagen? Wie ein liebenswerter großer Hund. Der Ausbruch war nur ein Spielchen.«
»Wau-wau«, machte der Captain. »Ich meine, mich erinnern zu können, daß er was mit der Sache am Indian Leap zu tun hatte. Da gab's nichts Liebenswertes. Und an einen Hund würde ich dabei auch nicht denken.«
Warum fragt dieser Captain mich überhaupt nach meiner Meinung, wenn er sich schon selbst ein Urteil gebildet hat? murrte Adler stumm in sich hinein.
»Ich will wissen, ob er nach wie vor gefährlich ist, nachdem ihr ihm hier vier Monate lang am Gehirn herumgesägt habt.

Wenn ich an den Burschen denke, den Sie gestern abend ins Leichenschauhaus gebracht haben, schätze ich, daß mit ihm immer noch nicht gut Kirschen essen ist. Und noch eine Frage: Dieser Hrubek – nimmt er brav seine Pillen?«
»Ja, ja, tut er«, sagte Adler rasch. »Aber – nicht so voreilig, die Sache mit Callaghan, das könnte durchaus ein Suizid gewesen sein.«
»Selbstmord?«
»Der Coroner wird's uns mit letzter Sicherheit sagen.«
»Bestimmt wird er das.« Haversham rieb sich mit grimmigem Vergnügen die Hände. »Trotzdem, ein hübscher Zufall, würde ich sagen, wie? Dieser Callaghan bringt sich um, und euer braves Hätschelkind Hrubek kriecht – schwupps – in den Leichensack.«
»Hm ...« Adler malte sich aus, wie er Haversham in die alte Naßzelle sperrte – zusammen mit Billie Lind Prescott, die, ohne ihr Stelazin, dort Stunde um Stunde aus voller Lunge vor sich hin jaulte und dazu masturbierte.
Grimes warf ein: »Es ist nämlich so ...« Als sich die beiden Männer zu ihm umdrehten, brach er ab.
Adler sprang in die Bresche. »Was mein junger Kollege zum Ausdruck bringen will, ist, daß Hrubek sich während der Zeit bei uns wie ein Musterpatient verhalten hat. Er sitzt einfach nur still da und tut keinem was zuleide.«
»Wie ein Stück Gemüse«, sagte Grimes.
Ein speichelndes Lachen kam aus Havershams Kehle. »Gemüse? Vorhin war's noch ein Hund. Das wird ja immer schöner. Also, ich will jetzt wissen, um welche Art Irrsinn es sich handelt. Exakt, bitte.«
»Er ist ein paranoider Schizophrener.«
»Schizo? Gespaltene Persönlichkeit? Hab ich schon ein paarmal im Kintopp gesehen.«
»Nein, keine multiple Persönlichkeit. Schizophrenie bedeutet, daß er Wahn- und Angstvorstellungen hat und mit Streßsituationen nicht fertig wird.«
»Er ist also verblödet? Geistig zurückgeblieben?«

Formulierungen, bei denen sich einem Psychiater die Haare sträuben mußten. Aber Adler reagierte sehr beherrscht. »Durchaus nicht. Sein IQ ist durchschnittlich bis überdurchschnittlich. Er kann lediglich nicht vorausdenken.«
Der Captain kicherte. »Na ja, irgendwie muß er ja wohl doch vorausdenken können, finden Sie nicht? Sonst hätte es ihm kaum gelingen können, aus einer geschlossenen Anstalt für geisteskranke Kriminelle zu entkommen.«
Adler kniff nachdenklich die Lippen zusammen und hatte sofort wieder den Geschmack seiner Frau auf der Zunge. Ob er davon eine Erektion bekam? Nein, da rührte sich nichts. »An diesem Ausbruch sind die Wärter schuld«, sagte er zu Haversham. »Dafür werden sie eine Disziplinarstrafe bekommen.«
»Mir scheint, die sind schon genug bestraft. Mindestens der mit dem gebrochenen Arm.«
»Hören Sie, Don, können wir die Sache diskret abwickeln?«
Der Captain grinste. »Ach? Ist die Aussicht auf ein bißchen Publicity so erschreckend, Mister-zwei-in-drei-Jahren?«
Adler ließ zwei, drei Atemzüge verstreichen, dann sagte er so leise, daß seine Stimme kaum zu vernehmen war bei dem entsetzlichen Wimmern, das durchs ganze Haus drang: »Jetzt hören Sie mal genau zu, Captain. Sie haben den Finger exakt auf dem wunden Punkt. Mir werden jährlich an die tausend verdammt bedauernswerte Menschen aus dem ganzen Nordwesten ins Haus geschickt, aber das Geld, das mir für die Behandlung und Pflege zur Verfügung steht, reicht strenggenommen allenfalls für ein Viertel dieser Leute. Was ich tun kann, ist ...«
»Ja, schon gut.«
»Was ich tun kann, ist, das Leben dieser Leute ein bißchen erträglicher zu machen. Und ich kann alle anderen – die, die irgendwo da draußen in ihren Häusern und Wohnungen leben – vor ihnen schützen. Mit dem beschissen knappen Geld, das ich kriege, tu ich wahrhaftig alles, was in meinen Kräften steht. Erzählen Sie mir bloß nicht, daß bei Ihnen nicht auch haufenweise Stellen gestrichen worden sind.«

»Doch, das stimmt. Das ist leider so.«

»Aha. Und wenn nun dieser Ausbruch an die große Glocke gehängt wird und irgend so ein Arsch von Reporter einen Riesenwirbel daraus macht, gibt's zwei Möglichkeiten. Entweder wird mir mehr Geld zugewiesen, oder der Staat wird die Möglichkeit erwägen, diese Anstalt zu schließen.« Adlers weitausholende Bewegung schien sämtliche Blöcke des Hospitals einzuschließen und all die hoffnungslosen Fälle, die hier vor sich hin vegetierten und unablässig wimmerten oder den Tag verschliefen, die finstere Pläne schmiedeten, sich in Alpträumen ihres Irrsinns verloren oder sich mit wirren Träumen von einem Leben in Freiheit und Gesundheit betäubten. »Wenn's soweit kommt, wird die Hälfte dieser Leute frei da draußen herumlaufen. Und das ist dann ihr Problem, nicht meines.«

»Ja, ja. Nun drehen Sie mal nicht gleich so auf.« Haversham hatte, wie die meisten höheren Polizeioffiziere, nicht deshalb Karriere gemacht, weil er ein besonders findiger Bursche war, sondern weil er sich, worum es auch ging, von seiner Erfahrung und vom gesunden Menschenverstand leiten ließ. »Ich will jetzt die volle Wahrheit wissen. Wenn Sie mir sagen, daß es sich bei dem, der sich da draußen herumtreibt, um einen relativ harmlosen Patienten handelt, dann geht das klar. Sollte er aber gefährlich sein, dann liegt der Fall ganz anders. Also, wie ist das nun?«

Adler zog sich den Hosenbund hoch. Und fragte sich, ob seine Frau wohl in diesem Augenblick zu Hause genauso hitzig masturbierte wie diese Billie Lind Prescott.

»Hrubek ist völlig apathisch.« Adler schien, während er das sagte, Peter Grimes mit seinen Augen festzunageln. Der junge Assistenzarzt nickte dümmlich und bestätigte: »Der torkelt rum wie im Halbschlaf. Als ob er bis obenhin mit Gin abgefüllt wäre.« Und wußte selber nicht, was ihn, Teufel noch mal, eigentlich dazu brachte, so etwas Dämliches zu sagen.

»Okay.« Für Haversham schien die Sache entschieden zu sein. »Ich geb das als normale Patientensuchmeldung raus. Eins von Ihren Schäfchen hat sich verdrückt, und nun sind Sie seinetwegen besorgt. So was lockt keinen hinterm Ofen hervor. Unsere sogenannten Regionalreporter werden nicht mal Notiz davon nehmen. Nicht, wenn ihnen gerade ein Sturm das Dach abdeckt.«

»Ich bin Ihnen sehr verbunden, Don.«

»Und nun habe ich noch eine Frage. Können Sie ein paar Dollar lockermachen?«

»Wie meinen Sie das?«

»Ich kenn jemanden, der uns in dieser Sache eine große Hilfe sein könnte. Aber der Mann ist nicht billig.«

»Wir sind eine staatliche Heilanstalt«, sagte Adler. »Bei uns ist Geld Mangelware.«

»Mag sein. Aber Ihnen ist nun mal ein irrer Typ weggerannt, der zufällig auch noch aussieht wie Attila der Schreckliche. Also, was ist? Wollen Sie, daß ich was unternehme?«

»Oh, unbedingt, Captain. Unbedingt.«

Ein frierender, völlig verängstigter Michael Hrubek stand barfuß in der Mitte des großen rechteckigen Stücks nackter Erde. Irgendwann mußte das so etwas wie eine Wiese gewesen sein, ein paar Grashalme hatten sogar überlebt. Er hielt mit beiden Händen die schmutzigen, schlammbespritzten Shorts fest und starrte auf das heruntergekommenen Gebäude.

Der kleine Laden – Tierpräparate, Fallen und Jagdzubehör – war mit Stacheldraht eingezäunt. Das heißt, jetzt lag der halbe Zaun auf dem Boden, ein paar Pfosten waren durchgerostet. Ein trostloser Anblick, der Hrubek irgendwie tief deprimierte. Er war den ganzen Weg gerannt – von der Schlucht, in der er die beiden Wärter attackiert hatte, bis hierher. Angelockt von den weitverstreuten Lichtern, die gespenstisch durch den Nebel schimmerten. Ein Truck-Stop. Dieser kleine Laden gehörte dazu, eine Imbißhalle, eine Tankstelle und ein zweites Geschäft, das sich Antiquitätenhandel nannte. Der Secret Service war ihm auf den Fersen, überhaupt keine Frage. Er wollte eigentlich nicht stehenbleiben, er wollte weiterrennen. Aber er sagte sich, daß ein nackter Mann ... Er sagte es laut:

»Der fällt überall auf wie ein bunter Hund. Mach dir da ja nichts vor.«

Dann hatte er das Fenster in diesem etwas abseits gelegenen Laden entdeckt. Und damit war alles klargewesen.

Seit ein paar Minuten stand er nun schon hier, wie festgewurzelt, und starrte in das Innere des Ladens. Stierte auf die sieben winzigen Tierschädel. In kochendem Wasser abgeschälte, schneeweiße Knochen.

Oh, guck dir das an. Guck dir das an, Mann!

Sieben war eine wichtige Zahl in Michael Hrubeks Kosmos. Er beugte sich vor, zählte laut mit und freute sich jedesmal, wenn er den Klang seiner eigenen Stimme hörte.

Sieben Schädel, sieben Buchstaben. M-I-C-H-A-E-L.

Mach jetzt keinen Fehler, dachte er. Dies ist eine besondere Nacht.

Hrubeks Denken wurde in starkem Maße durch den Gebrauch von Metaphern bestimmt. Jetzt, genau in diesem Moment, stellte er sich vor, er sei gerade aufgewacht. Er schlief gern. Für sein Leben gern schlief er. Stunde um Stunde konnte er im Bett liegen. Am allerliebsten auf der Seite, die Knie so weit angezogen, wie das bei seinen kräftigen Schenkeln und dem mächtigen Brustkorb und dem dicken Bauch ging. Auch wenn er wach war, verbrachte er die meiste Zeit in einer Art Schlaf. Er taumelte dann von einem chaotischen Traum in den anderen. Zerfließende Gesichter tanzten an ihm vorüber. Eine pausenlose Sequenz verwirrender Träume, die von seinen Ängsten genährt wurden – und natürlich auch von den Medikamenten.

Wach auf!

Er legte den Finger auf das schmutzige Fenster und schrieb es in den Staub. Ein i – wie ich. *Ich bin* hellwach wie *nichts.* Wie *NICHTS.*

Er ging um den Laden herum. Fand ein Schild, auf dem stand, daß der Besitzer in Urlaub sei. Er trat die Seitentür ein und ging in den Laden. Machte einen Rundgang. Hielt sich aber in respektvollem Abstand zu dem ausgestopften großen Braunbä-

ren. Die Bestie stand hoch aufgereckt in der Ecke, die Zähne gebleckt, das Maul zu einem lautlosen Schrei aufgerissen. Hrubek atmete tief ein. Es stank nach Moschus und gekochtem Wild. Eine seltsame Heiterkeit erfüllte ihn, seine Hände begannen zu zittern. Er entdeckte Regale mit Kleidungsstücken und fing an, in den Stapeln aus T-Shirts und Overalls zu kramen, bis er das eine oder andere Stück gefunden hatte, das einigermaßen passen mochte. Dann fand er Socken. Und schließlich eine Mütze aus irischem Tweed. Die gefiel ihm besonders. Er setzte sie sofort auf.
Ein Blick in den Spiegel. »Macht was her«, flüsterte er.
Er suchte weiter und fand ein Paar Arbeitsstiefel. Er hatte seine liebe Mühe, bis es ihm gelang, die Füße hineinzuzwängen. »John Worker«, murmelte er beeindruckt und streichelte liebevoll die Sachen, die er ausgesucht hatte. »Alles von John Worker, sehr elegant.« Er entdeckte ein Reinigungsmittel, gab einen kräftigen Schuß davon auf einen Lappen und fing an, auf seinem Kopf herumzureiben. Er mußte die verdammte blaue Tinte von der Stirn und von den Wangen abkriegen.
Schließlich fand er einen grünen Leinenrucksack. Mit feierlichem Ernst packte er die sieben bleichen Tierschädel hinein. Dann ging er – immer mit einem mißtrauischen Seitenblick auf den brüllenden Bären – durch den schmalen Verbindungsgang zum Verkaufsraum. Dort waren ihm schon vorhin die Zellophanbeutel mit gepökeltem Fleisch aufgefallen. Er riß sie mit den Zähnen auf und verschlang das salzige Fleisch. Alle acht Päckchen.
Das war's wohl, dachte er und wollte gerade gehen, als sein Blick unter den Ladentisch fiel. Sein Gesicht verzog sich zu einem breiten Grinsen.
»Ein Geschenk von Jesus Christus, dem Herrn aller Tränen.«
Eine Waffe. Ein langläufiger Colt. Hrubek hielt sich die Waffe vor die Nase, roch daran, ließ den kalten Stahl über seine Wange gleiten und grinste wie ein kleiner Junge, der gerade einen Zehndollarschein in der Hosentasche verschwinden

läßt. Er verstaute sie im Rucksack und huschte nach einem letzten Blick auf den Bären durch die Tür.
Plötzlich fiel helles Licht auf das kahle Viereck, irgendwo schlug scheppernd eine Aluminiumtür zu. Hrubek tauchte hastig in dem offenen Schuppen neben dem Laden unter und kramte die Pistole aus dem Rucksack.
Eine Männerstimme zerriß die Stille der Nacht. »Du hast ihn da draußen liegen lassen, also holst du ihn auch selber wieder rein. Und wenn das Ding verrostet ist, gerb ich dir das Fell, junger Mann.«
Die Stimme kam aus einem schäbigen, hellerleuchteten einstöckigen Haus, das knapp zehn Meter vom Laden entfernt lag. Aus dem Schornstein stieg kräuselnder Rauch auf, es roch nach Holz und Abfällen.
Ein Junge, vielleicht acht oder neun Jahre alt, trottete mit trotziger Miene an dem Schuppen vorbei, schaute aber weder nach links noch nach rechts, sondern verschwand hinter dem Laden. Einen Augenblick später kam er zurück. Er hatte einen Hammer in der Hand, hielt ihn sich dicht vor die Augen und kratzte mit dem Daumennagel an den Rostspuren herum. Ein hoffnungsloses Unterfangen.
Und dann zuckte Hrubek zusammen. Ein Geräusch – ganz in der Nähe. Ein fetter Waschbär hatte sich in den Schuppen verirrt. Stöberte in den Abfällen herum. Daß sich ein Mensch im Schuppen aufhielt, hatte das Tier in seiner Freßgier wohl gar nicht gemerkt.
Aber da war ja noch der Junge. Er mußte die kratzenden Pfoten auf dem Betonboden gehört haben und war stehengeblieben. Nun kam er, den Hammer wie eine Keule geschwungen, näher, trat unter das Schuppendach und spähte angestrengt ins rabenschwarze Dunkel.
Hrubeks Herz fing wild zu klopfen an. Er überlegte verzweifelt, was er tun sollte, wenn er dem Jungen plötzlich gegenüberstand. Was soll ich ihm sagen, wer ich bin? Ah – ich weiß schon. Ich sag ihm, ich bin Wilhelm Tell. Und dann schieß ich ihn in den Kopf. Und während er sich das alles in Gedanken zurecht-

legte, versuchte er krampfhaft, seiner Panik Herr zu werden. Sein eigener Atem kam ihm wie ein heiseres Röcheln vor.
Auch der Waschbär schien etwas gehört zu haben. Zwar war es nicht Hrubeks Atem, was ihn aufgestört hatte, die Schritte des Jungen machten ihn unruhig. Nur, als er herumfuhr, war es eben doch Hrubek, den er sah. Von panischer Angst getrieben, setzte das Tier zum Sprung an, griff den Mann, der wie aus dem Nichts vor ihm aufgetaucht war, mit dem Mut der Verzweiflung an und grub ihm die scharfen Zähne ins Bein. Einen Herzschlag lang verschlug es Hrubek den Atem, dann hatte er das ausgewachsene Tier am Wickel gepackt. Die messerscharfen Zähne des Waschbären steckten noch tief in seinem Bein, als er zudrückte und dem Tier das Genick brach.
Ganz schön tapfer, dachte er. Nur, du hast eben kein Glück gehabt.
Ein Zucken lief durch das Tier, dann war es tot.
Tapfer, kein Glück und tot.
Der Junge kam noch ein, zwei Schritte näher, blieb stehen, lauschte. Als er nichts mehr hörte, schlenderte er langsam zum Haus zurück. Die Außenlampe verlosch.
Hrubek beruhigte sich allmählich wieder, während er dem Waschbären gedankenverloren mit der Hand übers Fell strich. Dann bettete er das Tier so, daß es auf dem Bauch lag, streckte ihm fast liebevoll die Hinterbeine, legte den buschigen Schwanz ordentlich dazwischen und zog die Vorderbeine gerade. Er fing vor Gier zu sabbern an, tastete die Werkbank ab, fand einen Schraubenzieher und stieß ihn dem toten Tier von hinten in den Schädel. Er zog den Schraubenzieher heraus, packte den Kadaver und schleuderte ihn in die Ecke.
Er wollte gerade endgültig das Weite suchen, als er, dicht über seinem Kopf, sechs Fallen hängen sah.
Schau an, noch mehr Geschenke ... Mach jetzt keinen Fehler, die Dinger sind Gold wert. Die können den Burschen vom Secret Service ganz schön zu schaffen machen.
Er stopfte drei Fallen in den Rucksack, blieb, als er wieder im Freien war, an einer Stelle, an der der Nebel ein wenig dichter

hing, einen Augenblick lang stehen und roch an seinen Händen. Benzin und der scharfe Moschusduft des Waschbären. In der vom Holzfeuer geschwängerten Luft mußte er sich die Finger dicht unter die Nase halten, um den Geruch aufzunehmen. Er atmete tief durch – so tief, daß die Lungenflügel zu brennen anfingen. Fast augenblicklich spürte er die Erektion. Als ob er sich die Luft bis zwischen die Schenkel gepumpt hätte. Er zog seinen Penis aus dem Overall und fing an, ihn zu reiben. Das Blut des Waschbären, das ihm noch an den Händen klebte, wirkte wie eine Gleitcreme. Mit geschlossenen Augen ließ er – im selben Rhythmus, in dem sich sein rechter Arm auf und ab bewegte – den Kopf kreisen. Er spürte, wie die Erregung wuchs und wie ihm immer schwindeliger wurde, je hastiger und unkontrollierter er atmete.

Sein Stöhnen klang wie ein Laut aus einer fremden Welt, nie zuvor hatte er so einen Laut gehört. Und dann spritzte er in einer gewaltigen Ejakulation seinen Samen auf die dunkle Erde.

Er wischte die Hände im Gras ab, drückte sich die Irenmütze fester auf den Schädel, kroch ins nächste Gebüsch und machte es sich auf der nackten Erde bequem.

Es gab nur noch eines, was ihm fehlte. Gerade jetzt hätte er es gebraucht. Aber er ahnte tief in seinem Herzen, daß Gott es ihm schon bald schenken würde.

Owen Atcheson zog einen Stapel Leinensäcke aus dem Verschlag. Sie kamen gut voran, draußen vor dem Wintergarten – da, wo der Rasen leicht abfiel – war der Wall aus Sandsäcken bereits über einen Meter in die Höhe gewachsen. Kein Wunder, daß ihm alle Knochen weh taten. Er reckte sich. An den für morgen angesetzten Besprechungstermin durfte er gar nicht denken. Von der Geschäftsreise Mitte der Woche ganz zu schweigen.

Er schielte nach draußen. Lis war damit beschäftigt, Sand in die Leinensäcke zu schaufeln, ein Stück weiter drüben.

Als er leise, wie auf Zehenspitzen, den verglasten Windfang

hinunterging – vorbei an Pflanzen, deren Namen er sich einfach nicht merken konnte und eigentlich auch gar nicht wissen wollte –, sprang klickend die Zeitschaltung der Bewässerungsanlage an und hüllte die Pflanzen und die Steinplatten, mit denen das Fundament verkleidet war, in Wolken aus feinem Wassernebel.

Am Ende des Ganges blieb er stehen. Portia sah hoch, ihre haselnußbraunen Augen trafen sich mit seinem Blick.

»War mir doch gleich so, als hätte ich dich hier gesehen«, sagte er.

»Erste Hilfe.« Sie zog den Rock hoch, und Owen sah, obwohl sie sich von ihm wegdrehte, auf ihrem Oberschenkel, eine Handbreite über der Kniekehle, eine dünne Blutspur.

»Was ist denn passiert?«

»Ich wollte eine neue Rolle Isoliermaterial holen. Und wie ich mich bücke, jag ich mir so 'n blöden Dorn in den Hintern. Ein Stück steckt noch drin, ich kann's spüren.«

»Sieht aber nicht schlimm aus.«

»Was du nicht sagst! Es tut aber verdammt weh.« Sie drehte sich um, musterte ihn von Kopf bis Fuß und lachte. »Weißt du, egal, was du tust, du siehst immer aus wie ein Lord auf seinem Landgut. Ein bißchen Mittelalter – mit einem Hauch Sir Ralph Lauren.«

Dem Tonfall nach hätte man denken können, Portia wolle sich über ihn lustig machen, aber ihr Lächeln fiel eher so aus, als habe sie mit der Bemerkung auf einen alten Scherz angespielt, den nur sie beide kannten.

Das Lächeln machte einer gequälten Miene Platz, als sie mit dem Finger (der rote Nagel schien Ton in Ton mit dem Blut abgestimmt zu sein) die Wunde abtastete. Sie trug an jeder Hand vier silberne Ringe, am einen Ohrläppchen baumelte ein kunstvoll ineinander verschlungenes Spiralgehänge, am anderen hingen vier Silberreifen. Auf Lis' Vorschlag, sich etwas Praktischeres anzuziehen, war sie nicht eingegangen. Sie trug immer noch den Rock mit den eingewirkten Gold- und Silberfäden und die locker hängende Bluse – ohne BH darunter, wie

Owen auf den ersten Blick feststellte. Er taxierte unauffällig ihre Figur. Lis hätte er eine auffallend knabenhafte, hübsche Erscheinung genannt, bei ihrer Schwester fiel ihm nur das Klischee von der vollbusigen Schönheit ein. Erstaunlich, wenn man bedachte, daß dieselben Gene in ihnen schlummerten.
»Ich will mir das mal anschauen«, sagte er.
Sie wandte ihm wieder den Rücken zu und hob den Rock an. Er knipste ein Tischlämpchen an und drehte den Schirm so, daß das Licht auf den hellhäutigen Schenkel fiel. Dann kniete er sich neben Portia und inspizierte die Wunde.
»Wird er wirklich weggeschwemmt?« fragte sie. »Der Wintergarten, meine ich?«
»Wahrscheinlich.«
Portia lächelte. »Was soll Lis nur ohne ihre Blumen anfangen? Hast du eine Hochwasserversicherung?«
»Nein. Das Haus liegt tiefer als der normale Pegelstand. Da unterschreibt mir natürlich keiner eine Police.«
»Die Rosensträucher wären wahrscheinlich sowieso nicht mit versichert.«
»Das kommt ganz auf die Police an. So etwas muß man als erhöhtes Risiko versichern.«
»Anwalt bleibt eben Anwalt«, sagte Portia. Er sah auf, war sich aber wieder nicht sicher, ob sie ihn verspotten wollte. »Die Holzveranda, von der Lis vorhin gesprochen hat...« Sie schüttelte den Kopf. »Hier soll die gestanden haben? Ich glaube, da irrt sie sich. Und die ist gar nicht weggeschwemmt worden. Ich glaube, Vater hat sie abreißen lassen, weil er Mutter den Wintergarten bauen wollte.« Sie deutete mit einem Kopfnicken auf den Busch mit orangeroten Rosen vor ihr. »Lis tut so, als wäre der Wintergarten so was wie eine Reliquie. Dabei hat Mutter ihn nicht mal besonders gemocht.«
»Ich denke, Ruth hat ihre Blumen über alles geliebt?«
»So stellt Lis das dar. Aber das ist Unsinn. Vater hat auf dem blühenden Garten bestanden. Meine persönliche Theorie ist, daß er sich das alles nur ausgedacht hat, damit Mutter was zu tun hat, während er geschäftlich unterwegs ist.«

»Ach was, so boshaft kann er doch nicht gewesen sein. Nicht deiner Mutter gegenüber.« Owen kratzte ein bißchen verkrustetes Blut weg und sah sich mit zusammengekniffenen Augen die Wunde an.
»Das weiß man nie. Stille Wasser – und so weiter. Andererseits, dann hätte er ja paranoid sein müssen.«
»Das wäre mir nicht aufgefallen. Ich bin ihm sowieso, wann immer es möglich war, aus dem Weg gegangen.«
»Oh, das tut weh«, jammerte sie. Sie sah nach unten. »Sonntags fand, als wir Kinder waren, das Mittagessen immer auf der alten Holzveranda statt. Pünktlich um zwei. Vater läutete mit der Glocke, wir hatten schleunigst anzutanzen. Roastbeef, Kartoffeln und grüne Bohnen. Wir haben gegessen, er hat doziert. Über Literatur, über Geschäfte oder über die Raumfahrt. Manchmal auch über Politik. Aber alles, was mit Astronauten zu tun hatte, war sein Lieblingsthema.«
»Der steckt wirklich noch drin, der Dorn. Nur die Spitze. Ich kann das Ding sehen.«
»Tut höllisch weh. Kannst du ihn rausziehen?«
»Ich hab eine Pinzette da.« Er zog ein Schweizer Armeemesser aus der Tasche.
Sie kramte auch in der Tasche und brachte ein Wegwerffeuerzeug zum Vorschein. »Hier.« Er sah sie verständnislos an. Sie lachte und sagte: »Damit kannst du die Pinzette sterilisieren. Wer in New York lebt, lernt schnell, vorsichtig zu sein, bevor er sich irgendwas irgendwo reinschieben läßt.«
Er nahm das Feuerzeug und hielt die Spitzen der Pinzette in die Flamme.
»Ein echtes Schweizer Armeemesser«, sagte sie, während sie ihm zusah. »Ist da auch ein Korkenzieher dran – und weiß Gott was für Schnickschnack? Minischere und Vergrößerungsglas?«
»Portia, warum hört sich bei dir eigentlich alles so an, als ob du einen auf den Arm nehmen wolltest?«
»Das liegt vermutlich an meiner Großstadtschnauze. Damit ecke ich häufig an. Nimm's nicht persönlich.« Einen Augenblick lang war sie schweigend in den Anblick des Rosenbusches

versunken. Sie beugte sich leicht vor, schnupperte daran und sog den Duft tief in sich auf.

Er gab ihr das Feuerzeug zurück. »Ich wußte gar nicht, daß du rauchst.«

»Tu ich auch nicht. Jedenfalls keine Zigaretten. Übrigens – nach dem Essen, beim Nachtisch, da gab's ... na, was wohl?«

»Keine Ahnung.«

»Port.«

Darauf hätte er eigentlich selbst kommen müssen, gab er zu.

»Magst du Portwein?«

»Nein, aus Port mach ich mir nichts.«

»Auww ... Himmel, tut das weh.«

»'tschuldige.«

Er faßte ihr Bein von vorn, drückte den Schenkel mit seiner großen Hand nach hinten, hielt ihn fest und preßte die beiden winzigen Zähne der Pinzette tiefer, damit er den Dorn fassen konnte. »Halt den Saum hoch, damit kein Blut drankommt.«

Sie zog den Rock ein wenig höher und verschaffte ihrem Schwager so einen ausgiebigen Überblick über ihre Unterwäsche. Dunkelrote Höschen mit Strapsen. Er konzentrierte sich auf die Pinzette.

Sie biß die Zähne zusammen und schloß die Augen. »Ich kann Portwein eigentlich auch nicht ausstehen, aber notgedrungen bin ich so was wie eine Expertin geworden. Ich mußte mir ja beim Essen immer Vaters langatmige Vorträge anhören. Neunzehnhundertsiebzehn war ein exzellenter Jahrgang. Und auch das Jahr der Jahrhundertflut. Und die war ... na, wann?« Sie wölbte fragend die Augenbrauen. Als er nicht antwortete, schnaufte sie erst einmal, weil es gerade wieder besonders weh tat, und dann sagte sie: »1963, natürlich. Ich dachte, ihr feinen Gentleman-Farmer wüßtest das aus dem Effeff.«

»Aus der Landwirtschaft mach ich mir genausowenig wie aus Port.«

»Na gut, dann eben Gartenpflege.« Er spürte, wie ihr Schenkel in seiner Hand bebte, und faßte fester zu. »Ein wirklich guter Neunzehnhundertsiebzehner muß ein Bouquet haben, das ein wenig an Tabak erinnert. Ach Gott, die Samstagabende! Nach dem Port ... und nach Vaters langatmigen Auslassungen über Port oder die NASA oder Literatur oder, weiß der Himmel, was ... und nachdem wir unsere *bolos levados* mit Marmelade verdrückt hatten, wußten wir Kids nichts mehr mit uns anzufangen.« Sie sog scharf die Luft ein. Dann fragte sie: »Owen, ich hätte eigentlich gar nicht herkommen müssen, oder? Ich hätte die Papiere doch auch in New York unterschreiben können? Dann wäre das notariell beglaubigt und dir zugeschickt worden, hab ich recht?«

Er zögerte. »Das wäre möglich gewesen, ja.«

»Was hat sie dann wirklich von mir gewollt?«

»Du bist doch ihre Schwester.«

»Soll das heißen, daß ich selber wissen muß, warum sie mich hierhergebeten hat? Oder willst du damit sagen, daß sie Sehnsucht nach mir gehabt hat.«

»Viel hat sie jedenfalls nicht von dir gehabt.«

Portia lachte atemlos. »Hast du das kleine Biest bald?«

»Ist schon fast draußen.« Owen warf einen Blick zur Tür. Falls seine Frau jetzt in den Wintergarten gekommen wäre, hätte sie Portia und ihn in einer – na, sagen wir: mindestens dem Anschein nach verfänglichen Situation erwischt. Er spürte, wie seine Schwägerin sich drehte und wand, als er mit der Pinzette in der Wunde herumstocherte. Sie biß sich auf die Lippen und sagte kein Wort mehr. Und dann zog er den abgebrochenen Dorn heraus und stand auf.

Portia, den gold- und silberfarben schimmernden Rock immer noch geschürzt, drehte sich zu ihm um. Erneut erhaschte er einen Blick auf ihr Höschen. Und auch jetzt nahm er rasch wieder Zuflucht zur Pinzette. Er hielt sie hoch und zeigte Portia den Dorn. Eine schimmernde Glasur lag darauf, wie von Blut.

»Ich hätte das Ding für größer gehalten«, sagte sie. »Danke. Du bist eben ein Mann für alle Fälle.«

»Es ist nicht so schlimm. Nur ein kleiner Einstich. Aber du solltest irgendwas drauftun. Baktin oder Peroxid.«

»Hast du so was?«
»Oben im Bad. In dem neben deinem Zimmer.«
Sie tupfte ein Papiertaschentuch auf das Bein, um zu sehen, ob die Wunde noch blutete. »Oh, die verdammten Rosen«, murmelte sie, ließ den Rocksaum fallen und ging zur Treppe.

5

Er schlang die Arme um sie und preßte seine Lippen auf ihre. Kein zärtlicher Kuß. Ihre Finger schlossen sich um seine kräftigen Oberarme, sie zog ihn näher an sich heran. Ihre Brüste, nur vom dünnen Stoff der blauen Bluse verhüllt, rieben sich an seinem nackten Brustkorb.

Ich hab die Beherrschung verloren, dachte Owen. Ich hab die gottverdammte Beherrschung verloren.

Er schloß die Augen. Küßte sie, als wolle er nie mehr aufhören. Zwängte die Zunge zwischen ihre Lippen. Spielte mit ihrer Zunge. Sie nagte ein bißchen an seiner Unterlippe. Sog sie sich in den Mund. Aber dann wurde sie plötzlich unruhig. Drehte sich nervös weg.

»Nein«, herrschte er sie an, »küß mich.«

»Aber wenn sie auf einmal ...«

Owen brachte sie zum Schweigen. Er war sicher, daß sie nur halbherzig protestierte. Das Risiko, hier draußen ertappt zu werden, machte ihre Leidenschaft nur größer. Vielleicht war es überhaupt der auslösende Funke gewesen.

Er ließ die Hände über ihre Bluse gleiten. Einer der Knöpfe riß ab, fiel zu Boden. Ein kurzes Schaudern überlief sie, aber darin erschöpfte sich ihr Widerstand auch schon. Sie spürte, wie seine Handrücken über ihre nackten Brüste glitten, als er die Bluse auseinanderschob.

»Weißt du, ob ...« wollte sie sagen, aber er küßte ihr einfach alle Worte weg. Er spreizte die Hand. Er hat so riesige Hände, dachte sie noch, und da spielte sein Daumen schon mit ihrer linken Brustwarze, sein kleiner Finger kreiste auf der rechten. Seine andere Hand tastete sich unter dem Stoff der Bluse zu ihrem Rücken vor. Er faßte sie zwischen den Schulterblättern und zog sie ganz eng an sich heran.

Er zog ihren Rock hoch, den Saum stopfte er unter dem Gürtel fest. Ihr nacktes Fleisch schimmerte bleich in der Dunkelheit. Sie schob die Hüften vor, aber er ließ die Hand nur kurz über das stramm sitzende Höschen gleiten. Ein Streicheln, mehr nicht. Dann faßte er sie an der Hand. Ihre Hand in seiner, zog er den Reißverschluß seiner Hose auf, holte den Penis heraus. Er führte ihre Finger, zeigte ihr, wie sie sich schließen, wie sie fest zupacken und ihn reiben sollte – mit hartem Griff, so hart, daß es ihm fast weh tat. Als sie die Finger lockern wollte, befahl er ihr: »Nein, noch fester.«
Sie tat, was er wollte.
Einen Augenblick später stoppte er sie. Er faßte sie an den Schultern und drehte sie. Erst sanft, dann hastig, immer drängender, bis sie ihm den Rücken zuwandte. Er legte ihr die Hand auf den Hinterkopf und stieß sie nach vorn. Dann zerrte er ihr den Schlüpfer herunter. Mit beiden Händen packte er sie an den Hüften und drang ungestüm in sie ein. Jetzt, spätestens jetzt hatte er wirklich die Beherrschung verloren. Er stieß wild und hemmungslos zu. Beide Hände auf ihren Brüsten, zog er sie nach hinten, spießte sie immer tiefer auf. Ihr Atem ging stoßweise, wie ein in winzige Stücke zerbissenes Keuchen. Er beugte den Kopf vor, suchte mit den Zähnen ihren Nacken, biß zu, fest und rücksichtslos, und schmeckte ihren Schweiß und ihr Parfum. Sie wand sich, krümmte sich wimmernd zurück.
Und dieses Wimmern war es, was ihn noch schärfer machte. Im letzten Moment glitt er aus ihr heraus. Ein heftiger Orgasmus schüttelte ihn, sein schleimig glitzernder Samen floß auf die Innenseiten ihrer Schenkel. Er rang nach Luft und stützte sich schwer auf ihren Rücken.
Erst da sah er, daß ihre Hand sich hektisch auf und ab bewegte, und es wurde ihm klar, daß sie sich die ganze Zeit über selbst gestreichelt hatte. Er ließ die Hände wieder zu ihren Brüsten gleiten, faßte mit zwei Fingern die Warzen, zog daran. Und ein paar Atemzüge später fühlte er, wie ihre Schenkel sich spannten. Ihre Stimme kippte, als sie – mit einem Laut, der an ein

winselndes Tier erinnerte – seinen Namen rief, ein Zittern schüttelte sie. Einen Augenblick lang blieb sie tief nach vorn gebeugt stehen, dann ließ sie sich zu Boden sinken und rollte sich auf den Rücken. Er kniete sich neben sie.
Dicht neben ihr war er, nicht mal eine Hand hätte zwischen ihre und seine Haut gepaßt. Aber sie berührten einander nicht.
Und sie blieben stumm, als fürchteten sie, daß Worte alles zerstören und ein Geheimnis preisgeben könnten, das sie für sich bewahren wollten. Er beugte sich über sie und küßte sie mit einer seltsamen Scheu, fast brüderlich, auf die Wange. Sie drückte kurz seine Hand, mit derselben spröden Zärtlichkeit.
Dann griff Owen nach der Schaufel, ging entlang dem Abzugskanal auf den See zu und verschwand in der Nacht. Er ließ seine Frau hinter dem sauber aufgeschichteten Wall aus Sandsäcken liegen wie ein Zufallsliebchen – irgendein Collegemädchen, mit dem er's gerade getrieben hatte.

Lis Atcheson beobachtete, wie sich die Wolken düster am Himmel ballten, zwischendurch schielte sie immer wieder mit einem unguten Gefühl zum Haus hinüber. Wer weiß, ob Portia nicht alles mitangesehen hatte?
Das Wasser schwappte – zum Greifen nahe – gegen die Felsen. Kein Zweifel, der Pegel stieg unablässig. Aber irgendwie hörte das Klatschen und Schlürfen sich trotzdem friedlich an.
Sie atmete ein paarmal tief durch. Eine Weile lag sie mit geschlossenen Augen da. Wie, um alles in der Welt, war das nur so plötzlich gekommen? überlegte sie. Owen, das wußte sie gut, machte sich mehr aus Sex als sie und brauchte so was wie vorhin häufiger. Doch auch bei ihm hing das von Stimmungen ab. Wenn er sich über etwas aufregte oder wenn ihm irgendwas durch den Kopf ging, war Sex für ihn gewöhnlich kein Thema. Seit er das letzte Mal abends im Bett zu ihr herübergekrochen war – also, das war bestimmt schon drei oder vier Wochen her. Und wie lange lag es zurück, daß sie es mal an irgendeinem verrückten Ort getrieben hatten? In der Küche oder draußen

bei dem alten Totempfahl der Cherokees? Du liebe Zeit, daran konnte sie sich kaum noch erinnern. Seitdem waren Monate vergangen. Viele Monate.
Und dann plötzlich, vor zehn Minuten oder so ...
Er war vom Wintergarten gekommen, mit einem Stapel Leinensäcke im Arm. Sie hatte ihn nicht kommen sehen, sie stand mit dem Rücken zu ihm und wuchtete gerade einen Sandsack hoch, um ihn richtig in den Wall einzupassen. Und da hörte sie auf einmal, wie neben ihr die leeren Säcke zu Boden plumpsten, und im nächsten Augenblick spürte sie auch schon seine Hände auf den Hüften.
»Owen, was treibst du denn da?« hatte sie noch gerufen, mit einem Lachen in der Stimme. Aber er hatte sie einfach stumm an sich gerissen. Und während er sie umarmte, hatte sie schon gespürt, daß er eine Erektion hatte.
»Nicht doch, dafür haben wir jetzt keine Zeit. Großer Gott, Portia kümmert sich oben um die Fenster, sie kann uns sehen!«
Er hatte ihr nur stumm die Hände auf die Brüste gelegt und sie leidenschaftlich auf den Nacken geküßt.
»Owen, nein!« Ein letzter Versuch, sich aus seinem Griff zu winden.
»Pscht«, hatte er gemacht und ihr die Hände unter den Rock geschoben. Hände, die unerbittlich, Zentimeter um Zentimeter, höher wanderten.
»Owen, bist du verrückt geworden? Doch nicht gerade jetzt!«
»Doch«, hatte er gesagt, »jetzt.«
Und dann auch noch von hinten. Eine Position, die er normalerweise nicht mochte. Er wollte sie am liebsten wehrlos auf dem Rücken liegen haben, festgenagelt, und lauernd ihr Gesicht beobachten, wenn er auf ihr lag und in sie hineinstieß. Was mochte bloß in ihn gefahren sein?
Vielleicht hing da oben, hinter den Wolken, der Vollmond?
Oder es war ...
Das Wasser schwappte rhythmisch gegen den Fels. Ein Blues, nur die Melodie fehlte.
Sie schielte zu den gelb schimmernden Fenstern hoch. Von da

oben konnte jeder sie sehen, vielleicht ein bißchen verschwommen bei dem düsteren Licht, aber doch deutlich genug. Ob Portia sie vorhin auch gesehen hatte?
Und wenn schon, dachte sie. Gut, dann hat sie's eben gesehen. Schließlich ist er ja mein Mann.
Sie schloß die Augen. Spürte, daß sie nahe daran war, einzudösen. Obwohl immer noch das Adrenalin in ihrem Kreislauf rotierte. Und obwohl sie keine Minute verlieren durfte, um die restlichen Sandsäcke aufzufüllen. Was sich jetzt anbahnte, das war wohl das eigentliche Wunder dieses Abends. O mein Gott, vergiß das Hochwasser, vergiß all die Orgasmen draußen in der freien Natur ... Ich glaube, gleich werde ich einschlafen.
Lis litt an Insomnie. Sie konnte vierundzwanzig Stunden ohne Schlaf auskommen. Mitunter sogar dreißig Stunden, sechsunddreißig. Aufgedreht und hellwach. Kurz nach dem Vorfall am Indian Leap hatte das angefangen, letzten Mai. Eine Viertelstunde oder zwanzig Minuten, nachdem sie eingedöst war, fingen die Alpträume an. Träume, in denen sie durch schwarze Labyrinthe irrte und durch Blut watete. Augen starrten sie an – tote Augen, aber sie bettelten trotzdem stumm um Gnade. Tote Augen, die auf gespenstisch grausame Weise zum Leben erwachten.
Jedesmal schreckte sie hoch wie von einem Peitschenknall getroffen.
Allmählich beruhigte sich dann ihr Herzschlag, die Schweißausbrüche an den Schläfen und im Nacken hörten auf. Und so lag sie anschließend im Bett, eine Gefangene ihres eigenen wachen Bewußtseins, wie gelähmt von der Müdigkeit, die immer quälender wurde, genarrt von ihren Halluzinationen. Stunde um Stunde lag sie wach, den Blick auf die blaugrünen Digitalziffern gerichtet, die unbarmherzig die Nacht auffraßen, Minute um Minute. Die Kombinationen der Ziffern bekamen in ihrer Vorstellung eine irrwitzige Bedeutung. 1:39 – das war blanker Hohn. 2:58 dagegen empfand sie als tröstlich. Und 4:45 war die letzte Barrikade. Wenn sie es nicht schaffte, bis zu dieser Grenzlinie eingeschlafen zu sein,

dann, das wußte sie, hatte sie in dieser Nacht die Schlacht verloren.
Sie wußte alles über den Schlaf. Einstein hatte jeden Tag zehn Stunden Schlaf gebraucht, Napoleon nur fünf. Den Weltrekord hielt ein Mann in Kalifornien, der geschlagene vierhundertdreiundfünfzig Stunden ohne Schlaf ausgekommen war. Ein gesunder Mensch brauchte durchschnittlich siebeneinhalb bis acht Stunden Schlaf, ein Kater sechzehn. Es gab eine Schlaflosigkeit, die zum Tode führen konnte, eine Spielart der Prion-Infektion, die den Thalamusbereich des Gehirns zerstörte. Lis besaß nicht weniger als zweiundzwanzig Bücher über Schlaflosigkeit und Schlafunregelmäßigkeiten, mitunter sagte sie sich im Bett die Titel auf, so wie andere, um einschlafen zu können, Schäfchen zählen.
»Es gibt nur eine Methode, um die Alpträume zu vertreiben«, hatte ihr Arzt gesagt. »Sie müssen sich selbst klarmachen, daß das nur Träume sind. Versuchen Sie, laut den Satz vor sich hin zu sagen: Du träumst nur Träume, und Träume träumen tut nicht weh. Du träumst nur Träume, und Träume träumen tut nicht weh.«
Sie befolgte seine Anweisung, aber das krampfhafte Bemühen, die zungenbrecherische Beschwörungsformel herauszubringen, ohne daß sie sich verhaspelte, hielt sie erst recht wach.
Heute nacht aber, während sie hier draußen lag – barbusig und mit hochgerutschtem Rock – spürte sie, wie der Schlaf sie ungewohnt schnell umfing. Sie entspannte sich immer mehr. Aus dem Wintergarten fiel ein verzauberter ultramarinblauer Schimmer, sie hörte, wie Owen klirrend die Schaufel auf einen Sandsack fallen ließ, sie sah Portias Schatten an einem Fenster im oberen Stock vorbeihuschen.
Alte Bilder tanzten ihr durch den Kopf. Sie spiegelten, wie sie erkannte, ihre Wachträume wider. Sie sah zerfließende Gesichter, Menschen, die sich in schwarze Schatten verwandelten, zu durchsichtigen Luftgebilden wurden oder die Gestalt wunderschöner Blumen annahmen.
Eine Blume faszinierte sie besonders, eine viktorianische John-

Armstrong-Rose, dunkelrot wie Blut. Aber ehe sie das Bild festhalten konnte, versank sie in den Nebeln des Schlafes.
Nicht mehr als zehn Minuten mochten vergangen sein, als ein Ast knackte – laut wie ein Schuß. Lis hatte bis dahin reglos dagelegen, die Hände vor der Brust gefaltet, wie eine in Stein gehauene Heiligenfigur. Nun schreckte sie hoch, von einem Augenblick zum anderen und unwiderruflich hellwach. Sie raffte die Bluse zusammen und streifte den Rock glatt, als sie die dunkle Gestalt eines Mannes durch die Schonung aus Schierlingstannen brechen und mit schwerem, unbeirrbarem Schritt näherkommen sah.

Während er den '79er Pick-up von der Nebenstraße auf die Route 236 lenkte und die Karre gemächlich auf siebzig kam, beschlich ihn der Verdacht, der alte Chevy könnte bald den Geist aufgeben. Aber dann hörte sich das Tuckern und Klopfen doch genauso störrisch an wie immer, und er beschloß, sich nicht weiter darum zu kümmern.
Trenton Heck lümmelte hinter dem Lenkrad wie in einem Liegesessel. Der linke Fuß ruhte auf dem Gaspedal, den rechten hatte er auf der Sitzbank ausgestreckt, direkt vor dem grämlichen Gesicht eines vier Jahre alten Rüden. So fuhr er immer – ein Bein ausgestreckt, das mußte sein. Auf den Hund als Beifahrer hätte er notfalls verzichten können. Und nur wegen dieses eigenwilligen Fahrstils hatte er einen Wagen mit automatischem Getriebe und durchgehender Sitzbank gekauft.
Er war genau zweiunddreißig Jahre älter als der Hund, gelegentlich nannten ihn die Leute »das Knochengestell vom Hammond Creek«. Wenn sie ihn allerdings erst mal mit nacktem Oberkörper gesehen hatten, muskelbepackt und durchtrainiert vom Jagen und Fischen und von allen möglichen Gelegenheitsjobs – was er eben so in dieser ländlichen Gegend ergattern konnte –, kamen sie schnell dahinter, daß er keinerlei Ähnlichkeit mit einem Knochengestell hatte. Er war *mager* – gut, das konnte man mit Fug und Recht sagen, auch *zäh*

ließ er sich gefallen. Erst seit ungefähr einem Monat wölbte sich eine Bauchfalte über dem Gürtel. Er war eben in letzter Zeit nicht dazugekommen, sich auszuarbeiten. Es konnte freilich auch daran liegen, daß die Intervalle zwischen zwei Dosen Budweiser immer kürzer wurden. Etliche Gramm Übergewicht gingen sicherlich auf das Konto der verdammten Knabberei vor dem Fernseher.
Er massierte sich die rechte Hüfte. Die Stelle, an der unter der abgewetzten Jeans die Wunde juckte. Das Geschoß hatte damals ein ganz schönes Loch gerissen. Vier Jahre war das her, demnächst konnte er das Jubiläum begießen. Trotzdem, die Narbe spannte immer noch. Zerrte ihm die Muskelstränge glatt, als wären da Gummibänder eingezogen. Irgendwie verdammt kalt fühlte sich das an.
Heck zog an einer Limousine vorbei und scherte dann wieder auf die rechte Spur ein. Komisch. Warum schlich der Kerl so? Vor ihm am Rückspiegel baumelte ein großer Knochen aus Plastik, täuschend echt. Heck hatte gedacht, er könnte den Hund damit foppen. Aber Emil dachte gar nicht daran, auf solche albernen Tricks hereinzufallen. War eben ein Rassehund.
Auf dem Highway fuhr er einen guten Schnitt heraus. Die unregelmäßigen Zähne gespitzt, pfiff er lautlos irgendeine Melodie, die niemand wiedererkannt hätte. Am wenigsten er selbst. Ein Verkehrsschild huschte vorüber, er nahm den Fuß vom Gas und tippte kurz die Bremse an. Was prompt dazu führte, daß der Hund nach vorn rutschte, auf den Vinylbezug der Sitzbank. Emil guckte noch griesgrämiger.
Heck nahm die Abfahrt und folgte dann eine Viertelmeile der miserabel asphaltierten Landstraße. Weit vor ihm tauchten ein paar Lichter auf, am Himmel spitzte schüchtern der eine oder andere Stern hinter den Wolken hervor. Aber das vorherrschende Gefühl war das einer grenzenlosen Einsamkeit. Da – der aufgegebene Verkaufsstand am Straßenrand, eine Bretterbude. Früher hatte ein Farmer hier Käse und Honig verkauft. Das war allerdings schon ein paar Jahre her. Er hielt, ließ den

Motor laufen und den Hund verwaist auf der Sitzbank liegen und kletterte aus dem Truck.

Heck war angezogen wie immer, es sei denn, es war wirklich knackig kalt: eine Bluejeans-Jacke über dem Baumwollhemd und darunter ein schwarzes T-Shirt. Der brünette Lockenschopf wurde von einer Kappe mit dem Logo der New York Mets gebändigt. Das Geschenk einer jungen Dame. Sie kannte alle Typen beim Namen, die damals in Flushing Meadow bei irgendeiner Schlägerei mitgemischt hatten. Und hatte selber auch gottverdammt harte Knöchel. Jill hieß sie. Im Grunde machte sich Trenton Heck nicht die Bohne aus diesem New Yorker Team, er trug die Kappe nur, weil sie ein Geschenk von ihr war.

Er sah sich nervös um, drehte langsam eine Runde über den staubigen Parkplatz und schielte mißmutig auf seinen Truck. Das Tuckern des Motors war Gott weiß wie weit zu hören. Und die Scheinwerfer ... da hätte er ja auch gleich ein Signalfeuer anzünden können. Er stellte den Motor ab, schaltete die Scheinwerfer aus und nahm, nun in Dunkelheit gehüllt, seinen Rundgang wieder auf.

Ein Rascheln, irgendwo ganz in der Nähe. Sein geübtes Ohr signalisierte sofort: ein Waschbär. Und Sekunden später huschte schon wieder etwas an ihm vorbei. Diesmal identifizierte er das Tier am Geruch, so abscheulich roch nur ein Stinktier nach Moschus. Diese kleinen Viecher waren zwar nicht gefährlich, vorsichtshalber ließ er, als er weiterging, trotzdem die Hand auf dem Bakelitgriff seiner alten Automatik ruhen. Sie steckte in einem womöglich noch älteren Cowboyholster, das er zünftig am Bein festgeschnürt hatte. Wenn schon, denn schon.

Der Himmel hing voller Wolken. Der Sturm mußte jeden Augenblick losbrechen. Laß es regnen, Herr, falls du da oben zuviel Wasser hast, sagte er stumm, ohne freilich den Blick zum Himmel zu heben, aber die Winde, die halt mal lieber noch 'n paar Stunden fest. Wär mir 'ne große Hilfe. Sei so nett und tu was für mich, ich kann's gebrauchen.

Hinter ihm knackte laut ein Ast. Er fuhr blitzschnell herum, um ein Haar hätte er gezogen. Tiere brachten selten einen Ast zum Knacken. Er erinnerte sich nur an zwei Fälle. Beim ersten Mal war's eine kreißende Maus gewesen, die Junge zur Welt brachte, das andere Mal ein zwei Meter zwanzig großer Grizzly, der ihn – offenbar im Bewußtsein seiner durch das Artenschutzgesetz garantierten Unantastbarkeit – mit unverhohlenem Heißhunger fixiert hatte.
Vielleicht ein besoffenes Reh, dachte er. Irgendwie muß man sich ja Mut machen.
Er ging weiter auf und ab. Plötzlich war der Parkplatz in helles Licht getaucht, Bremsen quietschten, ein Wagen hielt. Und dann kam, Grau in Grau, der Officer auf ihn zu, steif und aufrecht, als hätte er einen Stock verschluckt.
»Don«, begrüßte ihn Heck mundfaul.
»Trent. Schön, dich zu sehen. Ich bin froh, daß du Zeit für mich hast.«
»Nur, der Sturm wird bald loslegen.«
»Ich dachte, dein Emil kann eine Fährte mitten durch einen Hurrikan verfolgen?«
Er sagte zu Haversham, da könne was dran sein, aber er persönlich sei nicht besonders scharf darauf, vom Blitz erschlagen zu werden. Und dann wollte er wissen: »Also, um wen geht's bei diesem Ausbruch?«
»Um den Psycho, den sie letztes Frühjahr am Indian Leap geschnappt haben. Du erinnerst dich?«
»Wer nicht – hier bei uns in der Gegend?«
»Hat sich gestern abend im Leichensack von irgendeinem anderen armen Teufel davongemacht.«
»Hm. Vielleicht verrückt, aber doch irgendwie schlau.«
»Er treibt sich drüben bei Stinson herum.«
»Dann hat der Arsch ja 'n ganz schönes Tempo drauf.«
»Ja. Jetzt sind die Jungs vom Coroner hinter ihm her. Das heißt, im Moment nur noch einer. Und Charlie Fennel und zwei Trooper. Charlie hat seine Mädels dabei.«
Die Hundestaffel der Staatspolizei ... richtige Spürhunde wa-

ren das im Grunde nicht. Eher Jagdhunde, Labradors. Sie hatten denen beigebracht, eine Fährte zu verfolgen, mehr schlecht als recht. Aber wie das eben so ist bei neugierigen Weibchen, an jedem Baum und jedem Zaunpfahl blieben sie erst mal stehen. War immer ein Risiko, die von der Leine zu lassen. Ließen sich eben zu leicht ablenken. Kein Vergleich mit Emil. Der war spursicher. Wenn der erst mal eine Witterung aufgenommen hatte … also, der wäre glatt über ein Kaninchen weggetrabt, ohne sich auch nur einen Deut um das Viech zu kümmern. Von Emil war, wenn er durchs Gelände jagte, nichts zu hören als der hechelnde Atem. Die Mädels waren da ganz anders, für die war das Ganze ein toller Spaß, bei dem's was herumzutollen und Gründe genug gab, übermütig zu bellen. Trotzdem, wenn man hinter einem Ausgebrochenen her war, konnte es nichts schaden, eine Meute dabeizuhaben. Er fragte Haversham, ob er irgendwas hätte, woran Emil schnuppern könnte, um Hrubeks Witterung aufzunehmen.
»Unterhosen.« Haversham hielt ihm einen Plastikbeutel hin. Heck verließ sich darauf, daß der Captain Erfahrung in solchen Dingen hatte. Bestimmt hatte er darauf geachtet, daß die Dinger nicht schnell noch gewaschen worden und durch wer weiß wie viele Hände gegangen waren. »Soweit wir wissen, läuft er fast nackt rum«, fiel dem Trooper noch ein.
Heck dachte, Haversham wolle ihn auf den Arm nehmen.
»Nein, ganz im Ernst. Das ist ein Bär von einem Kerl, der hat ordentlich was auf den Rippen. Und Adler, der Chefarzt in Marsden, hat mir erzählt, daß Schizos die Kälte nicht wie normale Leute spüren. Die sind praktisch dagegen abgestumpft. Haben auch kein normales Schmerzempfinden. Die kannst du verprügeln, die merken das gar nicht.«
»Oh, gut, daß ich das weiß, Don. Sag mir bitte noch: Kann er zufällig auch fliegen?«
Haversham lachte glucksend. »Wenn du die reden hörst, ist er angeblich ganz harmlos. Er hat das schon oft gemacht. Adler sagt, daß er aus sieben geschlossenen Anstalten abgehauen ist. Sie haben ihn jedesmal wieder aufgespürt. Das ist so 'n

Spielchen für ihn. Ach ja – der Leichensack, in dem er sich rausgeschmuggelt hat ... Der Bursche, für den er eigentlich gedacht war, hatte Selbstmord begangen.«
»Harmlos? Haben die nie was über die Sache am Indian Leap gelesen?« Heck deutete mit einem Kopfnicken in die Richtung, in der Marsden lag, und fragte kichernd: »Aber wer ist dort drin schon verrückt und wer nicht?« Und dann brachte er es auf einmal nicht mehr fertig, Haversham in die Augen zu sehen. »Sag mal, am Telefon hast du was von fünfhundert gesagt. Als normales Honorar. Und dann war da noch von 'ner Belohnung die Rede. Zehntausend? Hab ich das richtig verstanden?«
»Ja, Sir. Aus meinem Fonds bezahle ich dich wie immer. Die Belohnung kommt vom Staat. Aus Adlers Budget. Er ist mächtig scharf darauf, den Burschen wiederzukriegen.«
»Aber schriftlich hat er's dir nicht gegeben, nehm ich an?«
»Adler? Ach was. Aber es liegt ihm wirklich viel daran, daß das Herzchen geschnappt wird. Nimm ihn an die Leine, und schon kassierst du das Geld. Du bist in diesem Fall der einzige, der nicht beim Staat auf der Lohnliste steht, Trent. Meine Jungs können sich bei so was keinen Penny dazuverdienen.«
»Okay, wir kriegen ihn.«
Der Captain blickte ziellos in die Nacht. Er schien an irgendwas herumzunagen. Schließlich sagte er: »Trenton? Ich hab dir erzählt, daß er nicht gefährlich ist. Nimm das nicht allzu wörtlich.« Er deutete auf die Waffe, die Heck an der Hüfte trug. »Da ist noch was, was ich dir sagen muß. Hrubek hat zwei Wärter angegriffen. Wenn ich Adler glaube, hat sich das zufällig so ergeben. Jedenfalls hat er dem einen den Arm gebrochen. Wie einen Zahnstocher. Wenn sie ihn nicht rechtzeitig gefunden hätten, wär der Junge womöglich jetzt tot.«
»Also, was nun? Ist er gefährlich oder nicht?« fragte Heck.
»Ich sage nur, sei auf der Hut. Sag mal, was ist das für 'n Ding, das du da an der Hüfte baumeln hast?«
»Meine alte P 38.« Heck tätschelte das Holster. Er erinnerte sich haargenau an den Tag, als er die Glock-Automatik losge-

worden war. An den Mann, der jetzt vor ihm stand. Er hatte damals, als er seine Siebensachen abliefern mußte, wie gebannt auf das schwarze Metall gestarrt. Zuerst die Handfesseln, das Schloß offen. Dann das Wappen der Trooper und den Dienstausweis. Die Uniform hatte er selbst gekauft, darum durfte er sie behalten. Aber er mußte einen Wisch unterschreiben, daß er sie nie wieder in der Öffentlichkeit tragen würde. Mit hochrotem Kopf vor Wut und Scham hatte er seine Unterschrift unter das Papier gesetzt.
»Kriegt man für das alte Ding überhaupt noch Munition?«
»Neun-Millimeter-Parabellum, mehr brauche ich nicht.«
Haversham steckte auf der Beifahrerseite den Kopf durch das Fenster des Trucks und kraulte Emil am Hals. Ungerührt und gelangweilt ließ der Hund die Prozedur über sich ergehen. Lediglich Havershams grauer Schnurrbart schien ihn zu interessieren. »Also gut, Emil, mach deinem Herrn und mir keine Schande, verstanden? Sei ein braver Hund und hol uns den Irren, der da draußen rumläuft.« Er drehte sich um. »Ist er nicht ein braver alter Kumpel?«
Und Trenton Heck, der daran gewöhnt war, jeder Hündin beizustehen, ihre Jungen zur Welt zu bringen, und die Welpen anschließend geduldig mit dem Nuckelfläschchen großzuziehen, irgendwelchen Apportierhunden Schlangengift aus der Schulter zu saugen, mit neunzig Sachen durch die Nacht zu rasen, um einen Hund zu retten, wenn er ihn retten konnte, oder ihm, wenn jede Hilfe zu spät kam, den Gnadenschuß zu geben ... Trenton Heck nickte dem Captain mit einem verhaltenen Lächeln zu. »Ist wohl besser, ich mach mich auf den Weg, ehe die Fährte kalt wird.«

»Wie, zum Teufel, konnte das passieren?« bellte Owen. »Das ist ein gefährlicher Irrer. So einer darf einfach nicht entkommen. Haben die den Scheißkerl etwa frei rumlaufen lassen?«
»Muß irgendwie 'n Durcheinander gegeben haben. Einzelheiten rücken die nur spärlich raus. Na ja, Sie wissen, wie das ist.«
Stanley Weber, ordentlich gewählter Sheriff von Ridgeton

einschließlich aller eingemeindeten Dörfer, war der Eindringling gewesen, der Lis aus ihrem Sekundenschlaf aufgeschreckt hatte. Er hatte gar nicht gemerkt, daß sie hinter dem Wall aus Sandsäcken lag, sondern war schnurstracks weitergestiefelt, bis ihn Portia den Abzugskanal hinuntergeschickt hatte, wo er auf Owen traf.

Daß er so mir nichts, dir nichts mitten in der Nacht bei ihnen auftauchte, war allerdings längst nicht so beunruhigend wie die Neuigkeiten, die er brachte.

»Mein Gott, Stan«, regte sich Lis auf, »ich denke, das ist eine Anstalt für geistesgestörte Kriminelle? Haben die denn dort keine Gitter?«

Erinnerungen wurden in ihr wach. Tiefliegende Augen, in denen so was wie unbekümmert fröhlicher Wahnsinn flackerte. Ein rundes Mondgesicht. Gelbfleckige Zähne. Und die heulende Stimme. »*Sic semper tyrannis*... Lisa-Eva ... Hallo, Lis-Evchen!«

»So was ist unverzeihlich!« Owen ging zornig auf und ab. Er war ein großgewachsener, breitschultriger Mann, man sah ihm an, daß er vor Kraft strotzte, und wenn sein Temperament mit ihm durchging, wurde sogar Lis manchmal angst und bange. Der Sheriff verschränkte, als ob er eine Barrikade gegen Owens Wut aufbauen wollte, die Arme vor der Brust und schob trotzig das Kinn vor.

»Wann ist das passiert?« fragte Owen. »Weiß man wenigstens ungefähr, wo er sich jetzt rumtreibt?«

»Das muß innerhalb der letzten Stunden gewesen sein. Es kam über Funk durch.« Er deutete, offenbar immer noch auf der Suche nach einem Blitzableiter für Owens Zorn, auf den Streifenwagen. »Ich hab mit Don Haversham gesprochen.« Und damit auch jeder mitbekam, daß das nicht irgendein x-beliebiges Telefonat gewesen war, fügte er hinzu: »Von der Staatspolizei. Ein guter Mann. Er ist Captain.«

»Oh, ein Captain? Mein Gott!«

Lis starrte auf die Füße des Sheriffs. Diese klobigen Stiefel ... da dachte man nicht an jemanden, der in einer kleinen

Dorfgemeinde Recht und Ordnung vertritt. Stan kam ihr eher wie ein Einzelkämpfer vor, irgendwo mitten im Krieg. Ein Windstoß erfaßte ihre Bluse, fuhr ihr wie mit naßkalten Fingern über die Haut. Blätter trudelten von den Ästen des mächtigen Ahornbaumes, als wollten sie sich rechtzeitig vor dem heranziehenden Sturm in Sicherheit bringen. Ein Schaudern überlief sie. Sie sah, daß die Küchentür noch offenstand, ging hin und zog sie zu. Dann hörte sie die Schritte im Wohnzimmer.

Portia stand unter der Küchentür. Immer noch in ihrem dünnen, sexy Outfit. Geradezu schamlos, wie die Bluse ihre üppigen Brüste betonte. Weber nickte der jungen Frau zu, seine Augen verirrten sich zweimal zu ihren Hüften. Portia registrierte es mit einem nichtssagenden Lächeln. Sie hatte den Discman in der Rocktasche stecken und im linken Ohr den einen Knopfhörer, das Kabel des anderen trug sie um den Hals geschlungen. Die Musik war mehr zu ahnen, als zu hören, ein undefinierbares leises *chunka-chunka*.

»Hrubek ist ausgebrochen«, sagte Lis zu ihr.

»O nein!« Sie zog den anderen Knopfhörer heraus und hängte ihn ebenfalls um den Hals. Die Musik wurde schlagartig lauter, harter Rock.

»Könntest du das bitte abschalten?« bat Lis. Portia nickte gleichmütig.

Sie standen nebeneinander auf den kalten, glasierten Terrakottakacheln, aufgereiht wie die Soldaten. Sicherlich ein Zufall, aber Lis kam es irgendwie albern vor. Sie brach aus der Formation aus und griff nach dem Wasserkessel. »Kaffee oder Tee, Stanley?«

»Nein, danke. Er irrt einfach auf gut Glück durch die Gegend, haben sie gesagt. Abgehauen ist er in der Nähe von Stinson. Von da sind's fast zehn Meilen zur Anstalt.«

Und – vorausgesetzt, daß er Richtung Osten läuft – fünfzig bis hierher, dachte Lis. Ungefähr so beruhigend, wie wenn man den Tank voll und sicherheitshalber zwei Zwanzigdollarnoten einstecken hat. Kann sein, daß das Geld im Falle eines Falles

reicht, kann sein, daß es einem nichts nützt, weil gerade keine Tankstelle in der Nähe ist. Immerhin, ein bißchen beruhigend war es doch.
»Also bewegt er sich von hier weg«, sagte Portia.
»Sieht so aus.«
Lis wurde wieder von ihren Erinnerungen eingeholt. Ein explodierendes, tanzendes Bündel geballter Kraft – so hatte der Irre sich mit zuckenden Beinen und schlackernden Armen vor ihnen produziert. Und alle im Gerichtssaal mit lüsternen Blicken fixiert. Besonders auf sie hatte er es abgesehen, sie regelrecht mit den Augen ausgezogen. »Lis-Eva! Lis-Evchen ...«
Sie glaubte noch sein schrilles Hyänengelächter zu hören. Ein Weinkrampf hatte sie geschüttelt, als es ihr vor fünf Monaten, im Gerichtssaal, in den Ohren gegellt hatte. Auch jetzt hätte sie am liebsten wieder geweint. Sie biß die Zähne zusammen, drehte sich um und machte sich mit dem Becher und einem Beutel Kräutertee am Herd zu schaffen.
Owen bombardierte den Sheriff immer noch mit zornigen Fragen. Wie viele Männer unterwegs wären, um ihn zu suchen? Ob sie Hunde dabei hätten? Und ob Hrubek irgendwie in den Besitz einer Waffe gekommen wäre?
Der Sheriff ließ das Kreuzverhör mit stoischer Ruhe über sich ergehen und wartete geduldig, bis er wieder zu Wort kam. »Tatsache ist, daß sie nicht allzuviel unternehmen. Die Sache ist als Routinemeldung rausgegangen. Nicht etwa als Fahndungsersuchen. Ich persönlich nehme an, er ist so gut wie geheilt. Ich meine, die kriegen das doch heutzutage mit ihrer Schockbehandlung ganz gut in den Griff. Mit diesen Elektrodendingern. Der spaziert irgendwo friedlich durch die Botanik, bis sie ihn auflesen. Ich persönlich würde sagen ...«
Owen schnitt ihm mit einer energischen Geste das Wort ab. Er wollte etwas sagen, aber Lis kam ihm zuvor. »Wenn sich niemand ernsthaft Sorgen macht, Stan, warum sind Sie dann überhaupt hier?«
»Nun, ich wollte fragen, ob Sie vielleicht den Brief noch haben.

Ich dachte, das könnte eventuell ein nützlicher Tip für die Trooper sein, was er vorhat.«

»Brief?« fragte Owen.

Lis wußte sehr gut, was Stanley Weber meinte. An den Brief hatte sie sofort gedacht, als das Wort »Marsden« gefallen war.

»Ja, ich weiß, wo er liegt«, sagte sie und ging, um ihn zu holen.

6

Mrs. Lis-Eva Atcheson,
Ich bin hier eingesperrt, wo ich keine Luft kriege und nichts hören kann. Es ist ***UNgeRECHT****, daß die mich hier festhalten. Die hindern mich zu* ***TUN****, was ich tun muß. Und das* ***IST WICHTIG****. Die sperren m****ICH*** *ein und haben mich* ***B****ei der Regierung* ***IN*** *wa-Shingt-****O****n mit einer* ***M****enge* ***L****-****Ü****-gen* ***DE****nunziert.*
*Lauter Aus****REDEN*** *& daß ich* ***GEFAeHR****lich bin und so. Und jeder glaubt das. Ich meine: denen. Die haben* ***MACHT*** *und sind* ***ÜBERALL****. Die sind* ***GEFAeHR****lich.*
Ein abgekartetes Spiel, & ich bin die Figur die sie ***hin*** *und her schieben.*
Die ***RACHE*** *ist mein und nicht* ***DES HERRN****. Weil der Herr weiß, was* ***ICH*** *getan* ***HABE****, und mir* ***KEINE RUHE*** *läßt. Er schießt jede Nacht auf m****ICH****. In den* ***KOPF!!!*** *Aber mein* ***SCHICKS****-al n-****E****-hme ich auf mich. Und* ***DU****, meine* ***SCHÖNE****, mußt es auch tun.* ***KOMM ZU MIR****. Bei mir findest Du die ewige Ruhe.*
*Rache. R-****EVA****nge. g****EVA****hr. r****EV****olution über****All****.*
EVA*, ewiges Weib.*
Komm zu mir. *ICH*
Dein Lover.

In grüner, schwarzer und blauer Tinte hatte Michael Hrubek den Brief geschrieben. Und ihren Namen und die »Unterschrift« in roter. Der Sheriff sog scharf die Luft ein, was sich auf irritierende Weise wie ein Pfeifton anhörte.
»Macht das für Sie irgendeinen Sinn?« Er hatte die Frage an Owen gerichtet. Lis beantwortete sie. »Das ist alles nur dummes Gelalle.«

Owen warf ihr rasch einen Blick zu, dann sagte er: »Als der Brief kam, haben wir gedacht, daß sich eines von den Kids einen dummen Scherz erlaubt hat.«
Lis unterrichtete die zweite Klasse der Ridgeton High-School in Englisch.
»Ich kenn mich aus in dem Kauderwelsch, das die zusammenreden.« Sie lachte freudlos. »Und in ihren Modewörtern. Ich bin da einiges gewöhnt.«
»Ich, dein Lover ...« Der Sheriff zog das Uniformkoppel ein Stück hoch. Er starrte ratlos auf den Brief. »Absender?«
Lis blätterte in der Sammelmappe, in der sie den Brief aufbewahrt hatte. Unter *Briefe/Verschiedenes.* Erst jetzt merkte sie, daß sie ihn hinter *Letzter Wille und Testament – Owen und Lis* eingeordnet hatte. Sie fand den Umschlag. Ohne Absender. Auf dem Poststempel las sie: Gloucester.
»In der Nähe von Marsden liegt das aber nicht gerade«, sagte sie betont.
»Darf ich mal telefonieren?« Der Sheriff sah Owen fragend an, der deutete mit einem Kopfnicken zum Telefon.
Lis lehnte sich gegen die Abdeckplatte der Unterschränke, trank in kleinen Schlucken ihren Hagebuttentee und dachte an den heißen Samstag im September. Sie war gerade dabei gewesen, einen Rosenbusch einzupflanzen. Teerosen, zitronengelbe Hybriden. Der Schweiß lief ihr über die Stirn, ein keckes Tröpfchen hing an ihrer Nasenspitze. Es war sechs Uhr abends, die Sonne stand schon tief und hatte ihren Glanz verloren.
Owen war den ganzen Tag geschäftlich unterwegs gewesen und gerade erst zurückgekommen. Und auf einmal stand er unter der Küchentür, ein Blatt Papier in der Hand. Sie blickte hoch. Und erschrak, weil er so erschöpft aussah. Sonst hielt er sich immer sehr gerade, heute ließ er die breiten Schultern so merkwürdig hängen. Der Rosenstrauch rutschte ihr aus den Fingern, ein Dorn riß ihr die Haut auf. Aber Owens ernste, sorgenvolle Miene ließ sie im ersten Augenblick den Schmerz vergessen. Sie setzte die Pflanze auf den Boden, wischte sich

die Hand an den Jeans ab und ging zu ihrem Mann hinüber. Er streckte ihr das Blatt Papier hin. Diesen Brief. Ein bißchen zögernd nahm sie ihn. Ihr Daumen ließ auf dem Umschlag einen Blutfleck zurück. Wie ein Wachssiegel aus alten Zeiten.
Portia überflog den Brief. Achselzuckend sagte sie zu Lis: »Ich hab ein bißchen Stoff dabei. Komm bei mir im Zimmer vorbei, wenn du was willst. Da fühlst du dich schnell entspannt.«
Lis blinzelte. Und gab sich Mühe, blasiert auszusehen. Nur meine Schwester bringt so was fertig, dachte sie und war sich wieder bewußt, wie groß der innere Abstand zwischen ihnen war. Bietet mir einen Joint an, während in der Gestalt des Sheriffs das leibhaftige Fünftel der Ortspolizei direkt daneben steht! Und auf dem Aufkleber draußen am Streifenwagen deutlich zu lesen ist: *Ridgeton sagt NEIN zu Drogen.* Portia, wie sie leibt und lebt. Verspielt, gerissen, verdorben. Der Schuß französisches Blut in ihren Adern. Sie läßt nichts aus, was gerade Mode ist. Läuft mit einem Discman herum. Und schleppt ständig einen ganzen Rattenschwanz hohlwangiger Jünglinge hinter sich her. Da hat sie nun das unsägliche Opfer auf sich nehmen müssen, einen Abend auf dem Land zu verbringen, und schon nutzt sie die erstbeste Gelegenheit, ihrer älteren Schwester eins auszuwischen. Darin war sie schon früher groß gewesen.
Lis gab ihr keine Antwort. Was Portia wieder nur mit einem Achselzucken quittierte, bevor sie Owen rasch einen Blick zuwarf und die Küche verließ.
Der Sheriff, der Portias Angebot nicht mitgekriegt und vermutlich auch nicht auf Anhieb verstanden hätte, worum es überhaupt ging, legte den Hörer auf. Er wandte sich, als sei das das Selbstverständlichste von der Welt, an Owen. »Tja ... um's auf einen kurzen Nenner zu bringen: Die sagen, daß sie absolut keinerlei Grund hat, sich auch nur im geringsten Sorgen zu machen.«
Sie? wiederholte Lis im stillen. Meint er etwa *mich?*
Zorn färbte ihr das Gesicht. Und sie merkte, daß selbst ihr Mann, gewöhnlich ein in der Wolle eingefärbter Konservativer,

angesichts des unverblümten Macho-Gehabes, das der Sheriff an den Tag legte, unruhig von einem Bein aufs andere trat.
»Das hat nichts zu bedeuten, sagen die. Hrubek ist eben ein Schizo. Wenn die einem gegenüberstehen, bringen sie die Zähne nicht auseinander. Vor lauter Aufregung. Deshalb schreiben die ellenlange Briefe. Aber da steht nur Quatsch drin. Und wenn's mal so aussieht wie 'ne Drohung ... Die haben selber die Hosen gestrichen voll. Die drohen nur, tun aber keinem was.«
»Und der Poststempel?« fragte Lis förmlich. »Gloucester?«
»Oh, was das betrifft ... Ich hab danach gefragt. Kann gut sein, daß er den Brief selber eingeworfen hat. Die haben Hrubek in der ersten Septemberwoche dahin geschickt. Da gibt's 'n Krankenhaus, da lassen die in Marsden manchmal spezielle Tests machen. Die nehmen's da mit der Sicherheit natürlich nicht so genau. Kann sein, daß er kurz abgewitscht ist und seinen Brief in den Kasten geworfen hat. Aber, wie ich vorhin schon gesagt habe, er ist Richtung Osten unterwegs. Weg von hier.«
Unwillkürlich sahen beide Owen an, nicht nur der Sheriff, Lis auch. Er war nun mal der Größte, und außerdem strahlte er irgendwie eine gewisse Würde aus. Da denkt man wahrscheinlich automatisch an den sprichwörtlichen Fels in der Brandung.
»Und wenn er gar nicht mehr nach Osten unterwegs ist?«
»Zum Teufel, er ist zu Fuß, Owen. Der Doktor sagt, es kann gar nicht sein, daß der 'n Auto fährt. Und daß den jemand mitnimmt – so 'n irres Riesenbaby ... Wer glaubt denn so was?«
»Ich stelle Ihnen lediglich eine Frage«, sagte Owen. »Was, wenn er gar nicht mehr nach Osten unterwegs ist? Wenn er's sich anders überlegt hat und hierherkommt?«
»Hierher?« fragte der Sheriff. Mehr fiel ihm nicht ein.
»Ich wünsche, daß Sie uns einen Ihrer Männer herschicken.«
»Tut mir leid, Owen. Kann ich nicht machen. Wir haben ...«
»Stan, das ist bitter ernst.«
»... die Sturmwarnung. Soll 'n ganz schöner Heuler werden.

Und Fred Bertholder liegt mit Grippe im Bett. Den hat's böse erwischt. Hat die ganze Familie angesteckt.«
»Ein Mann! Nur, bis sie ihn geschnappt haben.«
»Sehen Sie, sogar bei den Troopers sieht's eng aus. Die haben fast alles, was sie zusammenkratzen konnten, auf den Highway geschickt. Das ist 'ne Ausnahme. Wegen ...«
»... dem verdammten Sturm!« Owen spuckte ihm die Worte ins Gesicht. In Gegenwart von Leuten, die er nur flüchtig kannte, fluchte er gewöhnlich nie. Normalerweise hätte er sich nicht so gehenlassen. Sogar Lis war im ersten Augenblick geschockt. Nicht, weil er *verdammt* gesagt hatte. Aber sie wußte eben nur zu gut, wieviel Wut dahintersteckte.
»Wir haben unsere Prioritäten. Ach, kommen Sie, gucken Sie mich nicht so an, Owen. Ich bleib mit Haversham in Verbindung, und sobald sich was Neues ergibt, bin ich wie der geölte Blitz hier.«
Owen trat ans Fenster und blickte zum See hinaus. Er mußte, so wie er dastand, entweder vor Wut wie erstarrt oder tief in Gedanken versunken sein.
»Warum verbringen Sie die Nacht nicht in einem Hotel?« Der Sheriff machte den Vorschlag mit so aufgesetzter Fröhlichkeit, daß Lis ihn entgeistert anstarrte. »Da können Sie schön ruhig schlafen und müssen sich über nichts Sorgen machen.«
»Schön ruhig schlafen«, murmelte Lis, »natürlich.«
»Leute, glauben Sie mir, es gibt nichts, was Sie verrückt machen muß.« Stanley Weber warf einen Blick zum Himmel, vielleicht in der Hoffnung, den ersten zuckenden Blitz zu sehen und damit den Beweis zu haben, daß er wirklich keinen Deputy entbehren konnte. »Verlassen Sie sich darauf, ich bleib an der Sache dran.«
Der Sheriff deutete ein verlegenes Lächeln an und ging zur Tür. Nur Lis wünschte ihm gute Nacht.

Owen lief am Fenster auf und ab, warf immer wieder einen Blick hinaus auf den See. Es hörte sich nach einem festen Entschluß an, als er sagte: »Ich glaube, wir sollten das machen.

Das mit dem Hotel, meine ich. Wir nehmen Zimmer im Marsden Inn.«

Ein in die Jahre gekommenes und – wie Owen neulich selbst gesagt hatte – ziemlich lausiges Garni-Hotel. Kunststoffblumen auf den Tischen, Bauerngirlanden über den Türen, billig möbliert, entsetzliche Bilder von lebenden Pferden, toten Vögeln und drolligen, schielenden Kindern an den Wänden.

»Nicht gerade das beste Versteck vor einem Verrückten, das gibst du doch wohl selber zu?«

»Nach allem, was wir wissen, schafft er nicht mal die halbe Strecke bis Ridgeton. Ganz davon zu schweigen, daß er in einem Hotel unterkriechen könnte. Falls er überhaupt darauf aus ist, so schnell wie möglich bei uns aufzutauchen. Und davon mal abgesehen, das Hotel liegt immerhin nur zwei Meilen von hier entfernt. Ich hab keine große Lust, heute nacht noch weit zu fahren.«

»Erst müssen wir den Damm fertig bauen und überall die Fenster abdichten.«

Owen sagte zunächst gar nichts. Dann verriet seine Stimme, daß er mit den Gedanken ganz woanders gewesen war. »Du weißt doch genau, was für ein Kerl das ist.«

»Ich geh hier nicht weg, ehe alles fertig ist. Die Sandsäcke und ...«

»Warum mußt du immer anderer Meinung sein?«

Lis sah ihn erstaunt an. Sie hatte gelernt, mit seinen Launen zu leben. Meistens ließ er sie an jemandem aus, der überhaupt nicht gemeint war. Jetzt war es genauso. Er war wütend, aber nicht auf sie, sondern auf den Sheriff. Meistens reagierte sie in solchen Fällen dadurch, daß sie einfach zurückblaffte. Aber heute abend hob sie nicht mal die Stimme. Nur, nachgeben wollte sie auch nicht.

»Ich bin nicht anderer Meinung. Das mit dem Hotel, das ist in Ordnung. Aber ich räume das Feld erst, wenn der Damm um mindestens noch eine Lage Sandsäcke aufgestockt ist.«

Er starrte wieder hinaus auf den See. Lis griff nach dem Brief, der auf dem Hackklotz lag. Sie strich den Bogen glatt und

faltete ihn. Das leise Knistern erinnerte sie irgendwie an trockene Haut. Sie schüttelte sich und warf das Blatt Papier in das Sammelfach mit den noch nicht sortierten Rechnungen.
Lis zog die Jacke an. War er einverstanden oder nicht? Das wußte man im voraus bei ihm nie. Ihr Magen verkrampfte sich. Vorsichtig, um ihn nicht unnötig zu reizen, sagte sie: »Länger als eine Stunde werden wir dafür nicht brauchen.« Er gab keine Antwort. »Glaubst du, daß du bis dahin genug Sandsäcke aufschichten kannst?«
Endlich drehte Owen sich um. Allerdings nur, um zu fragen, was sie gefragt habe.
»Das mit den Sandsäcken. Schaffen wir das in einer Stunde?«
»Eine Stunde? Ja, das schaffen wir bestimmt.« Sie war verdutzt, wie locker er das sagte, erstaunlich gelöst. »Übrigens glaube ich nicht, daß es tatsächlich so schlimm wird, wie die sagen. Du kennst ja die Wetterfrösche hier in der Gegend, die schlagen doch dauernd falschen Alarm.«

Der Fahrer schaltete in den niedrigsten der dreizehn Gänge und lenkte den riesigen Sattelschlepper am Restaurant vorbei auf den Parkplatz. Er zog die Bremse an, schaltete den Diesel aus und nahm sich die Karte vor. Er wunderte sich, wie lange er brauchte, bis er ausgerechnet hatte, daß er's bis morgen nachmittag um vier bis Bangor geschafft haben mußte. Normalerweise ging das schneller bei ihm.
Er zählte sich noch zur jungen Generation, also trug er die Delphinkappe verkehrt herum und an den Füßen selbstverständlich Nike-Turnschuhe. Die Kassette, die zur Zeit im Recorder steckte, war reichlich ausgeleiert, aber er hatte noch etliche andere dabei, Rap und Hip-hop, bloß, so was ließ er lieber nicht offen herumliegen. Die Welt war voller Idioten, und die waren meistens auch noch stolz auf ihre Rassenvorurteile.
Er kletterte aus der Kabine, blieb dabei lange genug in der Schwebe, um einen ausgiebigen Blick in den linken Seitenspiegel zu werfen, machte aber nur die entmutigende Feststellung,

daß die verdammte Akne partout nicht kleinzukriegen war. Nicht mehr ganz so gut gelaunt, sprang er ab. Den halben Weg zum Restaurant hatte er schon geschafft, als jemand hinter ihm her bellte: »He, John Trucker ...«
Wie aus dem Boden gestampft tauchte der Mann neben ihm auf. Ein Kerl wie ein Baum. Mit Beinen, so dick wie Hackklötze. Der Fahrer blieb verblüfft stehen. Er mußte den Kopf in den Nacken legen, um dem Mann ins runde, verschwitzte Gesicht zu sehen. Ein gelbzahniges Grinsen, die Augen so aufgeregt wie sonst nur bei Kids.
»'n Abend«, stammelte der Fahrer.
Der Koloß guckte auf einmal ganz komisch. Schien seine liebe Mühe zu haben, überhaupt noch ein Wort rauszubringen. »Das ist mal 'n heißer Ofen, ist das«, sagte er schließlich, drehte aber nicht mal den Kopf, um einen Blick auf den Truck zu werfen. Als ob er Angst hätte, den Fahrer auch nur einen Moment lang aus den Augen zu lassen.
»Äh – danke. Du entschuldigst mich. Ich bin fix und fertig. Muß erst mal was zwischen die Zähne kriegen.«
»Klar, Mann, hau rein. Die Glücks-Sieben. Schau mal: eins, zwei, drei, vier, fünf, sechs ...« Er beschrieb mit dem ausgestreckten Arm einen Kreis um die Fahrzeuge auf dem Parkplatz. »Und deiner – sieben.« Er rückte sich die Wollmütze auf dem runden Kugelkopf zurecht. Darunter schien er ziemlich kahl zu sein. Das war doch wohl nicht etwa so 'n verkappter Skinhead-Nazi?
»Ist nämlich 'ne Glückszahl.« Der Wollmützentyp lachte eine Spur zu laut. »Oh – jetzt sind's allerdings acht.« Er deutete auf einen Lastzug, der gerade auf den Parkplatz fuhr. Die Lippen zu einem dümmlichen Grinsen verzogen, philosophierte er: »Irgendein Idiot vermasselt einem immer die Tour.«
»O ja, das kommt vor«, murmelte der Trucker, »das kann ich dir schriftlich geben.« Er wurde einfach nicht schlau aus diesem komischen Typen. Aber eines stand fest, es wäre ihm irgendwie peinlich gewesen, wenn die anderen Fahrer ihn

zusammen mit so einer Pißnelke gesehen hätten. »Ja, also dann: schön' Abend noch.« Er schlenderte aufs Restaurant zu. Der Große blinzelte erschrocken. »He – wart mal, wart mal! Fährst du nach Osten, John Trucker?«
Der junge Mann drehte sich um, bog erneut den Kopf in den Nacken und starrte in zwei düster blickende Augen. »Eigentlich heiße ich gar nicht so.« Er sagte das aber nur ganz leise.
»Ich bin nämlich unterwegs nach Boston. In die Geburtsstadt von unserem Land. Ich muß unbedingt nach Boston.«
»Tut mir leid, aber ich kann dich nicht aufsitzen lassen. Ich arbeite für ...«
»Aufsitzen?« Das Wort kam dem Großen anscheinend irgendwie komisch vor. »Aufsitzen?«
»Also, mitnehmen. Du verstehst, was ich meine? Ich arbeite für 'ne große Spedition, und die schmeißen mich raus, wenn ich so was mache.«
»Nicht mal soviel Glück? Nicht mal soviel?«
»Ich sag doch: ist Vorschrift.«
»Aber was soll ich denn dann machen?«
»Hier auf 'm Parkplatz ist das ganz schlecht.« Der Trucker sagte das, als hätte er ein Fragezeichen drangehängt. Es sollte nicht zu belehrend klingen. Dieser wandelnde Kleiderschrank hätte das womöglich in den falschen Hals gekriegt. »Wenn du 'n guten Rat hören willst: Du solltest losmarschieren, immer die Straße lang. Und den Daumen hoch.«
»Immer die Straße lang und den Daumen hoch. Aha.«
»Kann gut sein, daß einer hält.«
»Die Straße lang und Daumen hoch. Ja, das krieg ich hin. So komm ich dann nach Boston, he?«
»Siehst du die Kreuzung da vorn? Wo die Ampel ist? Da geht links die 118 ab, nach Norden. Wenn du die nimmst, kommst du zur Interstate. Und wenn du erst mal dort bist, ist es nur noch ein Katzensprung nach Boston.«
»Da bin ich dir aber wirklich dankbar, John Trucker. Gott segne dich. Immer die Straße lang und Daumen hoch.«
Der Hüne ging los. Mit muskulösem Gang, ein bißchen wie ein

schwankendes Schiff im Sturm, stiefelte er über den Parkplatz. Der Trucker schickte ein kurzes Dankgebet zum Himmel. Erstens, weil er bei diesem komischen Zusammentreffen mit heiler Haut davongekommen war, und zweitens, weil er nun eine tolle Story für die Kumpel im Restaurant auf Lager hatte. Eine, bei der er nicht mal viel ausschmücken mußte.

Peter Grimes kam ins Direktionsbüro zurück und setzte sich auf einen der Stühle am Schreibtisch. Adler fragte beiläufig, als wären sie mitten im Gespräch nur mal kurz gestört worden: »Wie war das?«

»Ich verstehe nicht ganz ...?«

Adler klopfte zornig auf einen grünen Aktenordner. »Die Tagesmeldung der Schwester vom Dienst. Ich lese hier, daß Hrubek freien Zugang zum Block C hatte. Er konnte überall nach Belieben herumlaufen, auf dem ganzen Gelände. Kein Wunder. Da konnte er leicht in den Sarg klettern. Sogar das mit der Tiefkühlkammer war ein Kinderspiel für ihn. O Peter, Peter, Peter – das gefällt mir gar nicht.« Adler hatte inzwischen sein Outfit durch eine beigefarbene Strickjacke dem altväterlichen Ambiente des Büros angepaßt. Er stocherte mit dem kleinen Finger im untersten Knopfloch herum.

Grimes setzte eine bedeutsame Miene auf. »Und ich hab rausgefunden, warum. Er hat an Dick Kohlers Spezialprogramm teilgenommen.«

»O Gott, doch nicht etwa in der halboffenen Abteilung?«

»Nein. Mit der Einschränkung, daß er sich hier auf dem Gelände aufhalten mußte. Das Milieu-Anpassungs- und Arbeitsprogramm. Ist mir zwar unerklärlich, aber er hatte einen Job auf der Farm. Kühe melken oder so was, nehme ich an.«

Grimes warf einen Blick durchs nachtschwarze Fenster. Irgendwo da draußen lag die Farm der Heilanstalt. Ein Zuschußunternehmen unter der Leitung von Patienten. Ein, zwei Hektar felsiges Hügelland.

»Warum steht davon kein Wort in der Akte?« Adler versetzte dem Aktenordner wieder einen Schlag mit der flachen Hand.

»Ich nehme an, das steht alles in irgendwelchen anderen Akten. Aber die haben wir nicht. Ich blicke da auch nicht durch. Aber irgendwie ist das Ganze sehr merkwürdig.«

»Hat der Vorstand zugestimmt, daß Hrubek an diesem Programm teilnimmt?« Da Adler als Direktor dem Vorstandsgremium selber angehörte, betete er im stillen um eine negative Antwort.

»Nein«, sagte Grimes.

»Aha.«

»Vielleicht hat Dick Kohler ihn irgendwie reingemogelt.«

»Reingemogelt?« fuhr Adler ihn an. »Mit solchen Äußerungen sollten wir uns sehr zurückhalten, junger Freund. Das war doch nicht etwa wörtlich gemeint: reingemogelt? Denken Sie noch mal darüber nach. Sehr gründlich und sehr schnell.«

»Na ja, ich weiß auch nicht. Hrubek wurde eigentlich immer streng überwacht. Es ist mir ein Rätsel, wer so was angeordnet hat. Aus den Akten geht das auch nicht klar hervor.«

»Dann ist er vielleicht überhaupt nicht ›reingemogelt‹ worden?« sinnierte Adler. »Könnte ja sein, daß da irgendein anderer Idiot was vermasselt hat.«

Grimes beschlich eine Ahnung, daß er gemeint sein könnte.

Der Direktor hielt kurz den Atem an. »Augenblick mal – Kohler gehört doch gar nicht offiziell zum Ärzteteam? Hat er ein Büro hier im Hauptgebäude?«

Grimes wunderte sich, daß Adler das nicht wußte. »Ja, das ist doch so vereinbart. Wir stellen jedem Mitarbeiter ein Büro zur Verfügung.«

»Er ist aber kein Mitarbeiter«, blaffte Adler ihn an.

»In gewisser Weise ist er's doch.« Seitdem der Trooper gegangen war, spürte Grimes, daß seinem Mut seltsamerweise wieder Flügel wuchsen.

»Ich will, zum Teufel, wissen, was hier gespielt wird. Und zwar innerhalb der nächsten Stunde. Wer hat im Block E Sitzbereitschaft?«

»Das weiß ich nicht so genau. Ich glaube ...«

»Peter, Sie müssen die Dinge endlich in den Griff kriegen!«

schnauzte Adler ihn an. »Finden Sie's raus und sagen sie ihm, er soll nach Hause gehen. Soll sich die Nacht freinehmen.«

»Jawohl. Äh ... nach Hause gehen? Meinen Sie das ernst?«

»Und sagen Sie ihm, er soll mit niemandem darüber reden.« Adler kramte in seinen Papieren, fand das Blatt, das er suchte, und reichte es Grimes über den Schreibtisch. »Ich bin neugierig auf diese Frau. Hat Hrubek je von ihr gesprochen? Oder jemand anderes?«

Grimes warf einen Blick auf das Blatt. »Mrs. Owen Atcheson? Nein. Wer ist das?«

»Sie war am Indian Leap dabei. Hat beim Prozeß gegen Hrubek ausgesagt. Gibt an, sie habe letzten September einen Drohbrief von ihm bekommen. Das war, als unser Riesenbaby in Gloucester mit Bauklötzen gespielt hat. Der Sheriff sagt, ihr Mann mache sich Sorgen, daß Hrubek es auf sie abgesehen hätte.«

»Ridgeton«, murmelte Grimes halblaut, »vierzig Meilen westlich von hier. Das dürfte kein Problem sein.«

»Oh?« Adler sah den jungen Arzt erstaunt an. »Gut, dann bin ich ja beruhigt. Und nun erklären Sie mir mal freundlicherweise, wieso das kein Problem sein dürfte?«

Grimes schluckte. »Weil Schizophrene gewöhnlich keine drei Meilen ohne fremde Hilfe zurücklegen können. Ganz zu schweigen von vierzig.«

»Aha«, sagte Adler in einem Ton wie ein verschrobener alter Oxfordprofessor. »Und was, lieber Grimes, verleitet Sie zu der Annahme, daß Sie die Möglichkeit einer Inanspruchnahme fremder Hilfe völlig ausschließen können?«

Grimes gab klein bei. Er sagte gar nichts. Wühlte sich nur mit den Fingern im Haar herum.

»Was, wenn er nun gar nicht auf sich allein gestellt ist, Doktor? Wenn er nun jemanden gefunden hat, der ihm hilft, wissentlich oder unwissentlich? Und was, wenn Hrubek gar nicht so ist wie die *meisten* Schizophrenen? Wie kommen Sie eigentlich dazu, die alle über einen Kamm zu scheren? Also, gehen Sie der Sache nach. Finden Sie heraus, was mit dem verdammten Kerl los ist.«

»Ja, Sir«, beeilte Grimes sich zu sagen. Soweit war es mit seinem Mut auch wieder nicht her.

»Falls diese ... Bleiben Sie noch einen Moment. Falls diese ...« Adler machte eine vage Geste. Auf eine konkrete Formulierung wollte er sich bei der Definition des denkbar schlimmsten Falles nicht festlegen. »Falls die Sache sich zu einem Problem auswächst ...«

»Wie denn das?«

»Sehen Sie zu, daß Sie Lowe ans Telefon kriegen. Ich möchte noch ein paar Takte mit ihm reden. Und ... wo steckt Kohler?«

»Kohler? Der wird heute nacht drüben in der halboffenen Abteilung sein. Von Samstag auf Sonntag schläft er immer dort.«

»Glauben Sie, daß er heute nacht noch mal hier auftaucht?«

»Nein. Er war heute morgen um halb fünf hier. Hat seine Auswertungen eingetragen und ist sofort wieder rüber in die Halboffene gefahren. Seitdem ist er den ganzen Tag auf den Beinen gewesen. Ich bin sicher, daß er jetzt im Bett liegt.«

»Gut.«

»Soll ich ihn anrufen?«

»Anrufen?« Adler starrte ihn fassungslos an. »Also, Doktor, wirklich! Er ist der letzte, dem wir auf die Nase binden, was sich hier abgespielt hat. Sagen Sie ihm ja kein Wort. Kein Wort!«

»Ich dachte nur ...«

»Nein, Sie haben eben nicht gedacht. Sie denken überhaupt nie nach. Mein Gott, Sie würden doch auch nicht das Opferlamm anrufen und sagen: Soll ich dir mal was verraten? Morgen ist Ostern!«

7

Der Dampf aus dem blauen Pappbecher mit Kaffee schlug sich in einer milchigen Ellipse an der Innenseite der Windschutzscheibe nieder.

Dr. Richard Kohler saß müde, mit hängenden Schultern auf dem Fahrersitz des fünfzehn Jahre alten BMW, tastete nach dem Becher, gähnte, daß ihm die Kiefer weh taten, nahm schlürfend einen Schluck von dem bitteren Sud und stellte den Becher wieder weg – ein Stück weiter rechts als vorher. Ein neues Oval Milchglas zeichnete sich ab, halb ins erste verschlungen.

Mit der Schwester, die heute nacht Dienst im Block E hatte, war er gut befreundet, sie gingen manchmal zusammen aus. Zwanzig Minuten war es jetzt her, daß sie ihn drüben in der halboffenen Abteilung angerufen, über Hrubeks Ausbruch unterrichtet und ihn gewarnt hatte, daß Adler bereits eifrig dabei sei, ganze Bottiche bereitzustellen, damit er sich, sobald es nötig wurde, die Hände in Unschuld waschen könnte. Kohler hatte sich kaltes Wasser ins Gesicht geschwappt und Kaffee gekocht, eine Thermosflasche voll, dann war er, noch halb benommen, zum Wagen getorkelt und losgefahren. Direkt hierher, auf dieses verschwiegene Eckchen auf dem Parkplatz, weil er hier nicht damit rechnen mußte, daß ihn jeder gleich auf den ersten Blick entdeckte.

Sein Blick fiel auf die neugotische Fassade des Hauptgebäudes. In ein paar Zimmern brannte Licht, eines davon, vermutete er, war das Büro des heißgeliebten Dr. Adler.

Das Personal wußte, wie Adler und er zueinander standen, sie hatten ihnen die Spitznamen Dr. Haßbuckel und Dr. Wortkarg angehängt. Trotzdem, ein wenig Mitleid brachte Kohler für den Direktor durchaus auf, wenigstens das. Seit fünf Jahren kämpfte der Mann nun schon als Chef der Anstalt um ein angemessenes Budget und gegen falsche politische Richtlinien. Wohl wissend, daß er auf verlorenem Posten stand. Die meisten staatlichen Anstalten waren bereits geschlossen, man setzte jetzt auf Behandlungszentren auf kommunaler Ebene. Aber ein paar der herkömmlichen Heilanstalten wurden eben doch noch gebraucht – für geisteskranke Kriminelle und für die Mittel- und Obdachlosen.

Eines dieser Überbleibsel war Marsden.

Adler kämpfte verbissen um öffentliche Gelder, sorgte dafür, daß seine Leute freundlich zu den armen Teufeln in der Anstalt waren, und versuchte auf seine Art, das beste aus ihrer verzweifelten Situation zu machen.

Anstaltsleiter in Marsden zu sein, das war ein undankbarer Job. Lieber hätte Kohler seinen Beruf an den Nagel gehängt, als den Posten zu übernehmen.

Damit hörte Kohlers Mitgefühl für den Direktor allerdings auch schon auf. Immerhin bekam Adler hundertzweiundzwanzigtausend Dollar im Jahr, einschließlich aller Beihilfen und Zuwendungen für staatliche Angestellte. Sogar die Versicherungsprämie gegen Schadenersatzansprüche wegen ärztlicher Kunstfehler mußte er nicht aus der eigenen Tasche berappen. Und dafür arbeitete der Mann nicht mehr als vierzig Stunden in der Woche. Er hielt sich nicht durch das Studium neuer medizinischer Literatur auf dem laufenden, nahm nicht an Fortbildungsseminaren teil und redete so gut wie nie ein Wort mit seinen Patienten, es sei denn, er mußte einem die höflichunverbindlichen Grüße irgendeines Kommunalpolitikers seiner Heimatgemeinde ausrichten.

Was Kohler dem Direktor am meisten verübelte, war dessen Idee, Marsden nicht wie eine Heilanstalt, sondern wie eine Mischung aus Gefängnis und Tageskindergarten zu führen. Ihm ging es darum, Patienten in Schach zu halten; ob durch die Behandlung Fortschritte erzielt wurden, interessierte ihn wenig. Unzählige Diskussionen hatten sie deswegen schon geführt. Adler vertrat die Auffassung, es sei kein Selbstzweck,

Menschen hinter Mauern festzuhalten, sondern der Staat habe lediglich dafür zu sorgen, daß Geisteskranke nicht für sich selbst und andere zur Gefahr würden.

Adlers Standardfrage bei solchen Diskussionen lautete: »Und wessen Aufgabe ist das wohl, verehrter Doktor?«

Worauf Kohler jedesmal gereizt zurückgab: »Stellen Sie mir genug Geld zur Verfügung, Sir, dann fang ich an, die Leute zu heilen.«

Vom ersten Tag an waren die beiden Ärzte wie Hund und Katze gewesen, weil Kohler sich keinen Deut darum scherte, was durch irgendein Gerichtsurteil für die Behandlung zwangsweise eingelieferter Patienten festgelegt war, sondern hartnäckig darauf bestand, auch in schweren Fällen unorthodoxe Methoden anzuwenden. Und plötzlich, sozusagen in einem Überraschungscoup, hatte er dann in Marsden das Milieu-Anpassungsprogramm eingeführt. Durch dieses Programm sollten nichtkriminelle Patienten, vorwiegend Schizophrene, an gemeinsame Arbeit und sozialen Umgang untereinander gewöhnt werden, wobei das Fernziel war, sie in die halboffene Abteilung in der Nähe von Stinson überstellen oder ihnen eventuell sogar erlauben zu können, sich ein kleines Apartment zu nehmen und dort ein nahezu normales Leben zu führen.

Adler war klug genug, auf Anhieb zu erkennen, daß er in den Nesseln saß. Er konnte sich nur unendlichen Ärger einhandeln, ob er sich dazu durchgerungen hätte, das Programm einfach wieder zu kippen, oder ob er es laufen ließ und irgend etwas dabei schiefging. Grundsätzlich war er nicht im mindesten daran interessiert, einen von diesen neunmalklugen New Yorker Ärzten mit ihren windigen Behandlungsmethoden in seinem mühsam ausbalancierten Boot sitzen zu haben. Erst vor kurzem hatte er den Versuch gestartet, Kohler versetzen zu lassen, und zwar unter dem Vorwand, der junge Arzt habe, da ihm eine ausreichend umfassende Ausbildung durch vorangegangene Tätigkeiten in anderen Einrichtungen der staatlichen Heilfürsorge fehle, nicht die nötige Qualifikation für Marsden.

Gerade an dieser Begründung war Adlers Versuch gescheitert, weil Kohler nicht festangestellt, sondern auf Honorarbasis verpflichtet war. Außerdem bahnte sich unter den Patienten geradezu eine Rebellion an, als das Gerücht aufkam, ihr Doktor Richard werde sie womöglich verlassen. Adler mußte nachgeben, und Kohler konnte weitermachen wie bisher. Aber er war auf der Hut, in kleinen Schritten baute er vorsorglich seine Position aus durch die freiwillige Übernahme von Aufgaben, vor allem aber durch geschickt geknüpfte Kontakte zu Schwestern, Sekretärinnen und Wärtern (und das waren eben genau diejenigen, die bei der täglichen Arbeit an den Schaltstellen der Macht saßen). Kein Wunder, daß die Animosität zwischen Kohler und Adler blühte und gedieh.

Viele der Ärzte in Marsden fragten sich, warum sich Kohler, statt eine gutgehende Privatpraxis aufzumachen, all diesen Ärger auflud. Erst recht konnten sie nicht verstehen, warum sich der Kollege für ein lachhaft geringes Honorar regelrecht aufrieb, und das in Marsden, unter so erbärmlichen, frustrierenden Arbeitsbedingungen, daß manche jungen Ärzte der Psychiatrie, einige sogar der Medizin den Rücken kehrten.

Aber Richard Kohler war ein Mensch, der immer hohe Anforderungen an sich selbst gestellt hatte. Kurz vor seinem Schlußexamen in Kunstgeschichte hatte er – mit exzellenten Noten – von einem Augenblick zum anderen umgesattelt und noch mal ganz von vorn angefangen, an der medizinischen Fakultät der NYU, im Alter von immerhin schon dreiundzwanzig Jahren. Eine verdammt schwierige Zeit, er hatte sich durchbeißen müssen. Auch die anschließenden Praktika am Columbia Presbyterian, am New Haven General und danach in einer Privatpraxis in Manhattan waren alles andere als ein Zuckerlecken gewesen. Er hatte alles kennengelernt, Menschen, die an Psychosen litten, sonst aber nahezu gesund waren, und Grenzfälle. Fasziniert hatten ihn immer die schweren Fälle – chronische Schizophrenie und dipolare Depressivität. Gegen alle Widerstände einer schwerfälligen Bürokratie hatte er die Zulassung als visitierender Arzt in Marsden, Framington und

anderen staatlichen Heilanstalten durchgesetzt, wo er dann bereitwillig einen Zwölf-, manchmal auch einen Fünfzehnstundentag auf sich nahm.
Man hätte denken können, Streß, der schlimmste Feind seiner schizophrenen Patienten, sei für Kohler geradezu ein Lebenselixier.
Für sich persönlich hatte er schon früh etliche Tricks entwickelt, um aufkeimende Ängste zu bekämpfen. Den besten Erfolg hatte er mit einer simplen, makabren Meditation: Kohler stellte sich vor, daß er mit Hilfe einer Nadel, die er sich in die Vene stach, ein flammendes weißes Licht aus dem Körper extrahieren könne – eben all das, was Streß ausmachte. Es war eine bemerkenswert wirkungsvolle Methode (obwohl er sich eingestehen mußte, daß sie am besten funktionierte, wenn er dazu ein Glas Burgunder trank oder einen Joint rauchte).
Auch heute nacht – hier im Wagen, eingehüllt in den Geruch von Leder, Öl und Frostschutzmittel – probierte er sein Glück damit. Allerdings ohne die unterstützenden Aufputschmittel. Diesmal funktionierte es nicht. Er versuchte es noch einmal, schloß sogar fest die Augen und malte sich die mystische Prozedur in allen Einzelheiten aus. Wieder nichts.
Seufzend ließ er den Blick über den Parkplatz schweifen. Er schrak zusammen und rutschte tiefer in den Sitz, als plötzlich der weiße Kastenwagen mit der Aufschrift »Intertec Bewachungsgesellschaft« auftauchte und langsam, den grellen Suchscheinwerfer wie einen Greifarm ins Dunkel gerichtet, in Schlangenlinien über den Parkplatz kurvte.
Kohler knipste die kleine, im Kopf des Kugelschreibers eingebaute Leselampe an, die er gewöhnlich während neurologischer Befragungen verwendete. Heute benutzte er sie, um sich wieder in die vor ihm ausgebreiteten Unterlagen zu vertiefen. Nur ein paar Bogen Papier, ein überaus dürftiger Abriß über Michael Hrubeks persönlichen Hintergrund. Die Akten über das Leben dieses jungen Mannes waren beklagenswert unvollständig, und da er zu den Patienten gehörte, die auf Kostenübernahme durch die Wohlfahrt angewiesen waren, gab es so

gut wie keine Angaben über frühere Aufenthalte in Heilanstalten und über die dortige Behandlung. Ein Mangel, den er ausnahmsweise nicht Adler ankreiden konnte. Michael gehörte zu den Patienten, über die man nicht einfach irgendwo Unterlagen anfordern konnte. Niemand wußte genau, wo und wie er früher behandelt worden war. Er lebte so häufig auf der Straße, war so oft aus Heilanstalten ausgebrochen und benutzte so viele Falschnamen, unter denen er mitunter auch aufgenommen und geführt worden war, daß es trotz aller Bemühungen nicht gelungen war, eine lückenlose Krankengeschichte zusammenzustellen. Außerdem litt er an einer Geisteskrankheit, die es ihm selbst unmöglich machte, ein klares Bild von seiner Vergangenheit wiederzugeben. Gerade das ist typisch für paranoide Schizophrene: Was sie über sich erzählen, ist ein unentwirrbares Knäuel aus Lügen, Wahrheiten, Einbildungen, Hoffnungen, Träumen und Wahnvorstellungen.
Dennoch vermittelte die Akte, die er überflog, jemandem mit Kohlers Erfahrungen Eindrücke, aus denen er, mindestens streckenweise, ein Bild zusammenfügen konnte, das sogar Details aus Michael Hrubeks Lebens- und Leidensgeschichte wiedergab. Auch wenn alles ein Fragment blieb, es war trotzdem in erschreckender Weise aufschlußreich. Kohler war in großen Zügen mit der Akte vertraut, er hatte sich vor vier Monaten, als Hrubek in seine Obhut gekommen war, damit beschäftigt. Nun wünschte er, er hätte sie damals gründlicher gelesen. Und er wünschte sich auch, daß ihm jetzt mehr Zeit geblieben wäre, sich mit den Einzelheiten zu beschäftigen. Aber auch jetzt reichte es nur dazu, die Seiten zu überfliegen.
Der weiße Kastenwagen war verschwunden. Richard Kohler legte den Aktenordner auf die Fußmatte, startete den BMW und fuhr über den regennassen Asphalt auf das einstöckige Gebäude zu, das er, auch wenn er mit anderen Dingen beschäftigt war, während der letzten halben Stunde nie ganz aus den Augen gelassen hatte. Er fuhr um den niedrigen Bau herum, sah die halb von einem verbeulten grünen Müllcontainer verdeckte Hintertür, tippte auf die Bremse, legte vorsichts-

halber den Sicherheitsgurt an, gab (seinem Gefühl nach nur ganz behutsam) Gas und lenkte den BMW (im Schneckentempo, hätte er geschworen) gegen die Tür. Dennoch reichte der Aufprall, um das Holz splittern zu lassen. Die Tür brach aus den Angeln und wurde wie ein Stück Pappe nach innen gedrückt.

Er zog den Chevy scharf auf die Bankette der Route 236. Quietschend griffen die Bremsen, die alte Karre scherte prompt ein Stück nach links aus, ein Ast von einem abgepflückten Orangenbaum schlug gegen die Wagentür.

Trenton Heck stieß die Tür auf und stieg aus. Eine Sodadose kullerte aus dem Truck und rollte scheppernd über die mit Felsen gespickten Bankette. Heck bückte sich, verfluchte sein ausgeleiertes Kreuz und drückte das Sperrgitter unter dem Fahrersitz hoch.

»Komm«, sagte er zu Emil. Der Rüde streckte und reckte sich kurz, dann war er mit einem Satz draußen, dehnte sich noch ein paarmal und musterte interessiert die rot und blau blinkenden Lichter auf dem Streifenwagen der State Trooper am Rand der Gegenfahrbahn.

Dicht hinter dem Dodge stand ein zweiter Streifenwagen, daneben ein hellbrauner Kastenwagen – der Typ, mit dem die Jungs vom Coroner abtransportierten, was nach einem Unfall oder einem Verbrechen übriggeblieben war. Vier Augenpaare waren erwartungsvoll auf ihn gerichtet, als Heck gemächlich den rauhen schwarzen Asphalt überquerte. Zuerst führte er Emil ein Stück beiseite. Er achtete immer darauf, daß der Hund sich nie lange in der Nähe der Wagen aufhalten mußte, die Auspuffgase stumpften sonst Emils Geruchssinn ab.

»Sitz«, kommandierte er, als sie im Windschatten der Fahrzeuge ein Fleckchen Gras gefunden hatten. Emil gehorchte. Seine Augen huschten unruhig umher, die Nähe einiger attraktiver vierbeiniger Mädels war ihm natürlich nicht entgangen.

»He, Trenton!« rief einer der Männer herüber. Ein stämmiger Bursche, kräftig gebaut, wenn man es höflich formulieren

wollte. Was sich da unter dem Koppel wölbte und die Knöpfe und Taschen spannte, war sicherlich nicht nur das Resultat einiger Bierchen zuviel, so was mußte man sich redlich anfuttern. Der Dicke hielt zwei junge Labradorweibchen an der Leine, die – neugierig, wie Mädels nun mal sind – auf dem Boden herumschnupperten.
»Grüß dich, Charlie.«
»Was seh ich denn da? Wenn das mal nicht die Superspürnase ist! He, Emil!«
Das war einer der jungen Trooper am Straßenrand. Und zwar der, den Heck im stillen ›Bübchen‹ nannte. Selbstverständlich nur hinter dem Rücken des schmalgesichtigen Jungen. Der übrigens nur sechs Jahre jünger war als Heck, aber so aussah, als wäre er gerade erst volljährig geworden.
Irgendwie nagte der alte Groll immer noch in Trenton Heck. Wenn sie ihn gefragt hätten – seinerzeit, als die große Sparaktion bei Vater Staat anlief –, er hätte einen Vorschlag auf Lager gehabt, wie man die Personalkosten dem gekürzten Budget anpassen konnte: Bübchen rausschmeißen und ihn selbst auf drei Viertel des normalen Gehalts setzen. Aber sie hatten ihn eben nicht gefragt, und so war das Milchgesicht immer noch festbesoldeter Trooper, während er es letzten Monat mit dem Abtransport von alten Waschmaschinen und Trockentrommeln zur Hammond-Falls-Deponie netto gerade mal auf siebenundachtzig Dollar gebracht hatte.
Heck nickte Bübchen zu und grüßte den anderen Trooper mit einem kurzen Handzeichen.
Charlie Fennel und Heck gingen auf den braunen Leichenwagen zu, ein junger Mann im blaßgrünen Overall stand daneben. »Nach 'ner großangelegten Suchaktion sieht das ja nicht gerade aus«, sagte Heck zu dem Trooper.
Fennel meinte achselzuckend, sie wären froh, daß sie wenigstens die paar Mann gekriegt hätten. »Heute ist nämlich so 'n Konzert unten im Civic Center. Dauert bis Mitternacht oder so. Nichts davon gehört?«
»Rock 'n' Roll«, knurrte Heck.

»Hm. Don hat vorsichtshalber 'n paar von unseren Jungs rübergeschickt. Letztes Mal hat's, als der Rummel gerade vorbei war, einen Toten gegeben.«
»Ich dachte, die haben bei so was ihre eigenen Sicherheitskräfte?«
»Ja. Und einer von denen war's, der den Jungen erschossen hat.«
»Ich weiß nicht ... die könnten mit Steuergeldern wirklich was Gescheiteres anfangen, als Aufpasser zu spielen für einen Haufen Halbstarker, die 'ne Menge Eintritt zahlen, bloß damit sie sich für den Rest des Lebens einen Hörschaden holen.«
Außerdem, informierte ihn Fennel, habe der Captain ein paar Streifenwagen an den Highway-Auffahrten postiert. »Du weißt ja, wie das bei so 'm Sturm ist. Wenn man sie da nicht gleich abfängt, müssen wir hinterher die auflesen, die's von der Fahrbahn gefegt hat. Äh – sag mal, ich hab was läuten hören, daß 'ne Belohnung ausgesetzt ist, wenn einer den Irren schnappt?«
Heck starrte zu Boden. Er wußte nicht, was er sagen sollte.
»Hör mal«, Fennel senkte die Stimme zu einem vertraulichen Flüstern, »ich hab davon gehört, wie's bei dir aussieht. Ich hoffe, daß du das Geld kriegst. Für dich dreh ich jeden Stein zweimal um.«
»Danke, Charlie.«
Die Beziehung zwischen Heck und Charlie Fennel hatte einen bizarren Hintergrund. Dieselbe Kugel, von der die sternförmige Narbe in Hecks rechter Hüfte stammte, hatte vorher einem Trooper, der neben dem Streifenwagen in Deckung gegangen war, die Brust durchschlagen. Der arme Kerl war auf der Stelle tot gewesen. Charlies Bruder. Der Rest beruhte auf einer von Trenton Hecks persönlichen Theorien. Er sagte sich, daß an der Kugel, bevor sie ihm in die Hüfte gedrungen war, vermutlich noch Blut geklebt haben mußte. Blut von Charlies Bruder. Und so waren er und Charlie in gewisser Weise Blutsbrüder.
Manchmal dachte er, sie sollten ihre Männerfreundschaft eigentlich intensiver pflegen. Je mehr Zeit sie allerdings zusam-

men verbrachten, desto weniger hatten sie das Gefühl, daß es viele Gemeinsamkeiten zwischen ihnen gäbe. Von Zeit zu Zeit redeten sie davon, daß sie demnächst mal gemeinsam jagen oder fischen gehen wollten, aber dabei blieb's dann jedesmal. Und insgeheim waren sie beide froh darüber.

Während sie noch neben dem Kastenwagen des Coroners standen, reckte Heck den Kopf und atmete tief durch die Nase ein. Der typische Fäulnisgeruch, wie immer in Herbstnächten mit hoher Luftfeuchtigkeit. Er nahm noch mal eine Nase voll. Fennel sah ihn fragend an.

»Riecht nirgendwo nach einem Holzfeuer«, sagte Heck.

»Nein. Kommt mir auch nicht so vor.«

»Weiß der Henker, wohin Hrubek will. Daß er 'n Haus in der Nähe gerochen hat – das kann's jedenfalls nicht sein.«

»Lernst du so was von Emil?« frotzelte Fennel.

Heck wandte sich an den jungen Mann aus dem Team des Coroners. »Was genau ist passiert?«

Der Mann warf Fennel einen Blick zu, er wollte erst dessen Einverständnis einholen, ehe er einem Zivilisten so eine Frage beantwortete. Heck wartete gelassen, er hatte sich inzwischen daran gewöhnt, daß es mit seiner Amtsautorität aus und vorbei war. Als Fennel verdrossen genickt hatte, erzählte der Fahrer Heck, wie sich der Ausbruch abgespielt hatte, und fügte hinzu: »Wir haben versucht, ihn wieder einzufangen.«

»Einfangen wolltet ihr ihn?« Heck konnte sich ein hämisches Grinsen nicht verkneifen. »Nun, das kann ja eigentlich keiner von euch verlangen. Ich könnt's euch nicht übelnehmen, wenn ihr die Beine in die Hand genommen und gesehen hättet, daß ihr wegkommt. Zum Teufel mit dem Verrückten.«

»Ja, das stimmt. Aber wir sind nicht abgehauen. Wir haben's versucht«, sagte der Mann achselzuckend. Vom Ergebnis sagte er nichts, in seinem Alter erwähnte man Niederlagen nicht gern.

»Gut, packen wir's«, sagte Heck. Er sah, daß Fennel seinen Labradors schon die Fährtenleine angelegt hatte. Kein Wunder, daß die Mädels so nervös waren. Einen Spürhund durfte man immer erst im letzten Augenblick an die Fährtenleine nehmen, und dann mußte es auch wirklich losgehen, sonst wurde das Tier nur unruhig. Er wollte Fennel schon einen kleinen Nachhilfeunterricht geben, aber dann schluckte er hinunter, was ihm auf der Zunge lag. Wie der Trooper das hielt, war seine Sache. Trenton Heck war nicht mehr Ausbilder für die Hundeführer.

Er zog das Laufgeschirr aus rotem Nylon und die Fährtenleine aus der Tasche. Emil wußte natürlich gleich, was los war. Er war sofort auf dem Sprung, rührte sich aber noch nicht von der Stelle. Heck hakte ihn fest und wickelte sich das Ende der Leine ums linke Handgelenk. Absichtlich nicht ums rechte, wie er das gewöhnlich tat. Wer weiß, ob der irre Hüne nicht unter Strom stand oder mit Medikamenten vollgepumpt war. Da wollte Heck, der Havershams Warnung noch im Ohr hatte, die Schußhand lieber frei haben. Dann nahm er aus der anderen Jackentasche den Plastikbeutel und zog die zerknüllte Baumwollunterhose heraus.

»Ach du lieber Gott!« Bübchen rümpfte die Nase. »Schmutzige Jockeys?«

»Gibt nichts Besseres als Moschusgeruch«, murmelte Heck und wedelte dem jungen Trooper mit dem schmuddeligen Ding vor der Nase herum. »Gut, was?«

Bübchen nahm Reißaus. »He, Trenton, laß das! Nimm die Dinger weg, da klebt doch die Soße von diesem Irren drin!«

Charlie Fennel lachte roh. Heck beließ es bei einem Schmunzeln und rief Emil zu: »Okay.« Was für den Hund das Kommando war, auf die Beine zu kommen.

Sie gaben Emil und den Mädels Gelegenheit, einander ausgiebig zu beschnüffeln; Hunde nehmen es damit sehr genau, und das braucht eben seine Zeit. Dann hielt Trenton Heck seinem Fährtenhund Hrubeks Unterhosen hin, aber nicht etwa direkt vor die Nase, sondern ein, zwei Handbreiten vor Emils Kopf, dicht über dem Boden. Ein Mensch hätte vermutlich überhaupt nichts gerochen, und wenn, wäre die Witterung von einer Sekunde zur anderen verflogen gewesen. Bei Emil war

das anders, er vergaß Hrubeks Witterung so schnell nicht wieder.
»Such!« rief Heck. »Such, Emil!«
Zitternd vor Ungeduld, die Nasen dicht über dem Boden, liefen die drei Hunde los. Anfangs bekamen sie noch viel Straßenstaub und den scharfen Geruch von Benzin und Schmieröl ab, was sie mit einem ärgerlichen Niesen quittierten, aber sie hatten die Spur aufgenommen, und von nun an hätten sie die unsichtbaren Moleküle eines bestimmten Menschen aus Millionen anderen herausgerochen.
»Such, such!«
Emil übernahm die Führung, zerrte an der Leine und zog Heck hinter sich her. Die beiden Labradors folgten dichtauf. Fennel war ein kräftiger Bursche, aber die beiden Hündinnen, jede gut und gern einen halben Zentner schwer, brachten ihn gehörig ins Schwitzen. Er torkelte wie ein Betrunkener neben Heck her, der ebenfalls seine liebe Mühe hatte, mit Emil Schritt zu halten. Es dauerte nicht lange, bis beide Männer wie zwei alte Dampfloks keuchten.
Die Hündinnen dippten immer wieder die Nasen auf den Boden, überall dort, wo Hrubeks Fuß den Asphaltbelag der 236 berührt hatte. Das typische Trittsiegel-Tracking von Hunden, die für die Jagd ausgebildet waren. Emils Methode war anders. Er nahm ein paar Sekunden lang die Fährte auf, dann trabte er mit erhobenem Kopf los, und erst nach einer Weile tauchte seine Nase wieder nach unten. Das nannte man Leinen-Tracking, die kräftesparende Methode eines erfahrenen Fährtenhundes. Vom ständigen Schnüffeln auf dem Boden war ein Tier nach wenigen Stunden völlig erschöpft.
Plötzlich brach Emil seitlich aus, weg von der Straße, nach Süden hin, in freies, mit hohem Gras und dichtem Buschwerk bestandenes Gelände. Nicht gerade das, was Trenton Heck sich gewünscht hatte. Hier war es sogar für einen Mann von Hrubeks Statur nicht allzu schwierig, sich irgendwo zu verstecken.
»So, so, Brüderchen«, knurrte er und ließ den Blick argwöh-

nisch über das verwilderte Ödland schweifen, in das ihn Emil immer tiefer hineinzerrte, »du hast es wohl mehr mit der malerischen Umgebung, wie? Na gut, wir kommen trotzdem nach.«

Fennel rief Bübchen und dem anderen Trooper zu: »Bleibt auf der Straße. Immer auf unserer Höhe. Wenn ich euch brauche, ruf ich euch über das Handy. Und wenn ich euch rufe, dann kommt ja nicht ohne Schrotflinte.«

Und der Mann aus dem Team des Coroners rief ihnen nach: »Er ist wirklich verdammt groß. Ehrlich Leute, das ist nicht bloß so dahergeredet!«

Kohler ließ den Parkplatz der Heilanstalt hinter sich und bog auf die lange Zufahrtsstraße ein, die ihn zur Route 236 führen würde. Freundlich winkte er einem Wachmann zu. Der hatte aber keine Zeit, den Gruß zu erwidern, er rannte eilends zum Parkplatz, wo gerade die Alarmglocke anschlug.

An sich konnte Kohler als approbierter Arzt selbstverständlich jederzeit ein Rezept für jedes frei im Handel erhältliche Medikament ausschreiben, aber Adler hatte per Hausverordnung verfügt, daß bei verwahrungspflichtigen Mitteln – bei Narkotika, Sedativa und Anästhetika – ohne seine oder Grimes' Genehmigung jeweils nur die Tagesdosis ausgegeben werden durfte. Durchaus eine sinnvolle Anweisung. Man hatte einen jungen Helfer dabei erwischt, daß er sein Einkommen durch den Verkauf von Xanax, Miltown und Librium an Schüler der örtlichen High-School aufbesserte. Kohler hatte keine Zeit, sich auf lange Diskussionen mit dem Nachtdienst-Apotheker einzulassen und dem Mann irgendwelche Märchen zu erzählen. Und so hatte er eben darauf vertraut, daß ihm die solide Stoßstange seines alten BMW sehr viel schneller als Antragsformulare und windige Begründungen zu dem verhelfen würden, was er brauchte.

Als er auf dem Highway war, hielt er an und inspizierte das Ergebnis seines nächtlichen Einbruchs. Da war zunächst einmal die Spritze zur hypodermischen Injektion. Ein wahres

Monstrum, wie man es gewöhnlich im Behandlungszimmer eines Arztes nie zu Gesicht bekam. Ungewöhnlich groß, zwölf Zentimeter lang, zweieinhalb im Durchmesser, der Glaskolben mit Nirosta-Stahl ummantelt. Die Nadel unter der Schutzkappe aus Plastik war ungefähr fünf Zentimeter lang und ungewöhnlich dick. Obwohl nie jemand praktische Erfahrungen mit so einem Ding gesammelt hatte, am allerwenigsten der Hersteller, gehörte es zum festen Inventar des Hospitals. Auf dem Beipackzettel war vermerkt: »Zur Notbehandlung bei Patienten in extremen Erregungszuständen.«

Daneben lagen zwei große Flaschen Innovar, ein häufig verwendetes Anästhetikum, das Kohler wegen der – auch bei intramuskulärer Injektion – raschen Wirkung ausgewählt hatte; die allermeisten Anästhetika mußten intravenös gespritzt werden. Da er als Psychiater selten Gelegenheit hatte, anästhetische Behandlungen durchzuführen, wußte er wenig über Innovar, eigentlich kannte er nur die wichtigsten Gegenanzeigen und die nach dem Körpergewicht zu berechnende Dosis. Fest stand jedenfalls: Die Menge, die er dabeihatte, reichte, um gut ein Dutzend Menschen ins Reich der Träume zu befördern.

Nicht ganz so sicher war er sich über die strafrechtlichen Konsequenzen seines Vorgehens. Da es sich aber um Substanzen der Kategorie II handelte, die streng unter Verschluß gehalten wurden, kalkulierte er die Möglichkeit ein, daß er soeben ein schweres Verbrechen begangen hatte.

Er stopfte die Spritze und die beiden Flaschen in den rostfarbenen Rucksack, den er heute statt der sonst üblichen Aktentasche bei sich trug, dann griff er nach dem kleinen weißen Umschlag. Als Bonbon für sich hatte er zusätzlich, weil es sich gerade so schön anbot, ein paar Kapseln Chlorphentermin geklaut, zwei davon schluckte er sofort. Er legte den Gang ein und hoffte, während er losfuhr, daß die Leckerchen rasch Wirkung zeigten, und zwar die erhoffte. Er nahm selten irgendwelche Medikamente, und sein Körper reagierte mitunter ganz merkwürdig darauf. Bei ihm konnte es gut sein, daß die beiden Kapseln, die eigentlich ähnlich wie Amphetamine wirken sollten, ihn paradoxerweise schläfrig machten. Er hoffte inständig, daß das nicht passierte. Gerade heute nacht brauchte er unbedingt einen klaren Kopf.

Heute nacht mußte er in Hochform sein.

In einem *extremen Erregungszustand,* das konnte man wahrhaftig sagen.

Während er auf der Route 236 Tempo zulegte, den Blick starr in die Nacht gerichtet, fühlte er sich hilflos und preisgegeben. Er überlegte, ob es besser gewesen wäre, sich – trotz aller vorangegangenen Differenzen – an Adler zu wenden und um dessen Hilfe zu bitten. Schließlich war der Direktor mindestens genauso daran interessiert, daß Hrubeks Ausbruch nicht an die große Glocke gehängt wurde und sie ihn so lautlos wie möglich aufspürten und zurückholten. Nur, so einig Adler und er sich in ihrem Ziel waren, so unterschiedlich waren ihre Motive. Also wäre es wohl doch ein sinnloses, in seinen Auswirkungen sogar ein verheerendes Unterfangen gewesen, sich mit Adler absprechen zu wollen. Er hätte damit möglicherweise seine Stellung in Marsden, vielleicht sogar seine Karriere als Arzt aufs Spiel gesetzt.

Ja, zugegeben, manches von dem, was ihm durch den Kopf ging und ihn bedrückte, hatte gewisse Züge einer Paranoia – sozusagen das Anfangsstadium jenes Zustandes, in dem Michael Hrubek Tag für Tag leben mußte. Und dennoch gab es einen bedeutsamen Unterschied zwischen Kohler und seinem Patienten: Michael mußte als Paranoiker eingestuft werden, weil er sich ständig von irgendwelchen Feinden umgeben sah, die seine verborgensten Geheimnisse ausspähen wollten, wobei es eben beides, sowohl die Feinde als auch die Geheimnisse, nur in Michaels Wahnvorstellungen gab.

In seinem Fall, sinnierte Kohler, während der Tacho des BMW langsam auf achtzig kletterte, ging es um reale Feinde und reale Geheimnisse.

8

Wie ein gut zugerittenes Pferd, wenn es einzelne Rinder von der Herde trennen soll, änderte Emil blitzschnell die Richtung und jagte kreuz und quer durch Hartlaubgehölz und über störrische Grasbüschel, bis er die Witterung wieder aufgenommen hatte. Er fand die Stelle, an der Hrubek sich auf die Wärter gestürzt hatte, schlug einen Haken und kehrte zur Straße zurück, dann bog er wieder vom Asphalt ins offene Gelände ab und jagte durchs Unterholz. Und die Labradors trabten brav hinterher, voller Vertrauen, daß er sie schon richtig führen werde. Einige Minuten lang hastete der Suchtrupp so über Stock und Stein – grobe Richtung Osten, weg von der Heilanstalt, parallel zur Route 236.

Plötzlich, während sie sich ihren Weg durch raschelndes hohes Gras bahnten, zog Heck energisch an der Leine und rief dem Hund zu: »Sitz!« Emil blieb abrupt stehen. Heck glaubte durch die Leine wie durch einen elektrischen Leiter das aufgeregte Zittern und Beben des Tieres zu spüren. »Leg dich!« Widerstrebend ließ Emil sich nieder.

Den Mädels konnte Fennel seine Kommandos zurufen, sooft er wollte, sie zerrten weiter an der Leine. Der Trooper zog sie einige Male zurück und rief ihnen immer wieder *Sitz!* zu, aber sie gehorchten einfach nicht. Viel zuviel Lärm und Unruhe für Hecks Geschmack. Ein disziplinloser Haufen, dachte er. Womit er nicht nur die Labradors meinte, sondern auch Fennel. Aber er ließ sich seinen Ärger nicht anmerken, stapfte allein weiter und leuchtete bei jedem Schritt mit einer starken Taschenlampe den Boden vor seinen Füßen ab.

»Guck mal, was ich entdeckt habe«, rief er und richtete den Lichtstrahl auf einen frischen Fußabdruck. Der Abdruck von jemandem, der barfuß lief.

»Gottverdammt noch mal«, keuchte Fennel, »das ist Größe 52, wenn nicht 54.«
»Nun, daß er groß ist, wissen wir ja.« Heck legte zwei Finger in eine Vertiefung. Der Ballen eines riesigen Fußes mußte sie in den Boden getreten haben. »Ich will dir was anderes zeigen: Er hat ein ganz schönes Tempo drauf.«
»Genau, du hast recht! Der läuft. Der *rennt*. Und dieser Dr. Adler will uns weismachen, daß der wie benebelt durch die Botanik torkelt.«
»Der hat's verdammt eilig. Rennt, als wär morgen alles zu spät. Komm, wir haben 'ne Menge Zeit aufzuholen. Such, Emil, such!«
Fennel hetzte seine Hunde auf die Fährte, immer den Fußspuren nach, und die Labradors liefen los. Aber Emil wollte diesmal merkwürdigerweise nicht die Führung übernehmen. Er stemmte sich auf seinen muskulösen Beinen hoch, blieb aber wie festgewurzelt stehen. Die Nase hoch in die Luft gereckt, die Nüstern gebläht, drehte er den Kopf von einer Seite zur anderen.
»Na, kommt schon!« rief Fennel.
Heck sagte gar nichts. Er beobachtete nur, wie Emil die Umgebung absuchte, erst links, dann rechts. Und auf einmal drehte der Hund sich Richtung Süden und hob den Kopf.
»Halt mal da vorn!« rief Heck Fennel hinterher. »Mach dein Licht aus!«
»Was ist los?«
»Tu einfach, was ich sage.«
Ein leises Klicken, und die beiden Männer und die drei Hunde waren in Dunkelheit gehüllt. Heck wurde klar, daß sie hier draußen in der Wildnis herumstanden wie auf dem Präsentierteller. Der Irre konnte irgendwo im Dunkel lauern, im Windschatten, keine drei Meter weit weg, mit einer Eisenstange oder einer abgebrochenen Flasche in der Hand.
»Was ist denn, Trenton? Komm doch endlich!«
»Allzu eilig sollten wir's auch nicht haben.«
Fünfzig Meter nördlich von ihnen bewegte sich der Fahrzeug-

konvoi im Kriechtempo über die Straße, vorn der Streifenwagen, ganz hinten Hecks Pick-up. Emil tat ein paar kleine Schritte, reckte weiterhin den Kopf in die Luft, schnüffelte nach links und nach rechts. Heck beobachtete den Hund gespannt.

»Was soll das denn?« fragte Fennel flüsternd. »Die Fährte ist da drüben. Hat er sie verloren?«

»Er weiß, wo die Fährte ist. Da muß irgendwas anderes sein. Vielleicht wittert er etwas. Nicht so stark wie die Fußspuren, aber irgend etwas liegt in der Luft.«

Durchaus möglich, überlegte sich Heck, daß ein schwitzender Koloß wie Hrubek Körpergeruch ausgeströmt hatte, der jetzt wie eine Duftglocke in der Luft hing. In feuchtwarmen Nächten wie heute dauerte es oft Stunden, bis so eine Wolke aus Tausenden feiner Moleküle sich verflüchtigt hatte. Und Emil roch das natürlich.

Einfach weiterzerren mochte Heck den Hund nicht. Seine Erfahrung sagte ihm, daß Tiere mitunter schlauer sind als Menschen. Er hatte Waschbären zugesehen, wie sie den Schraubdeckel an einem Marmeladenglas aufdrehten, als hätten sie das von Kindesbeinen an geübt. Und einmal hatte er einen tolpatschigen Grizzly (denselben, der ihn kurz vorher so gefräßig angestarrt hatte) dabei beobachtet, wie er mit der mächtigen Klaue nicht nur ein, sondern gleich zwei Löcher in den Deckel einer 7-Up-Dose bohrte und anschließend das süße Zeug wegschlürfte, ohne daß auch nur ein Tropfen danebenlief. Und Emil (wer hätte das besser beurteilen können als Heck?) war zehnmal schlauer als jeder Bär.

Er wartete noch einen Moment ab, aber es war weder etwas zu sehen noch zu hören.

»Komm, Emil.« Er drehte sich um und ging los.

Aber Emil wollte nicht mitkommen.

Heck starrte mit zusammengekniffenen Augen ins Nachtdunkel. Der Mond versteckte sich hinter Wolken, was da am Himmel hing, war nicht mehr als die Ahnung eines schwachen Lichtscheins.

Na, komm schon, Junge, dachte er, laß uns wieder an die Arbeit gehen. Unsere fette Belohnung trabt uns mit zirka fünf Meilen pro Stunde Richtung Osten davon.
Emil schnüffelte im Gras, er zitterte am ganzen Leib. Heck zog die 38er, richtete den Lauf nach vorn und bog ein Büschel teils grüner, teils ausgebleichter Halme beiseite. Langsam und vorsichtig bewegten sie sich weiter. Und nach ein paar Schritten fanden sie, was Emil gewittert hatte.
Emil war schon ein Mordskerl. Mit einem Geruchssinn wie ein Setter fand er untrüglich seine Jagdbeute. Diesmal war es nur ein Stück zerknülltes Papier in einer Plastiktragetasche.
Fennel war langsam zu ihnen herübergekommen. Er baute sich Rücken an Rücken hinter Heck auf und ließ den Blick mißtrauisch über das hohe Gras schweifen. Seine schwere Automatik wanderte nervös von einer Seite zur anderen. »Ist das 'ne Falle?«
Der Gedanke war Heck auch schon gekommen. Flüchtige Verbrecher machten das manchmal so, wenn sie von Hunden gejagt wurden. Sie ließen irgendwo, wo sie sich gegenüber ihren Verfolgern taktische Vorteile ausrechnen konnten, ein stark riechendes Kleidungsstück zurück oder urinierten auf den Boden. Und sobald der Fährtensucher und sein Hund an der Fundstelle haltmachten, griffen sie aus dem Hinterhalt an.
Heck beobachtete eine Weile, wie Emil sich verhielt, dann sagte er: »Nein, glaube ich nicht. Wenn er in der Nähe wäre, hätte Emil ihn längst gerochen.«
Dennoch hielt er, als er die Plastiktüte aufhob, den Blick auf das Gras gerichtet, das ringsum wie ein mannshoher fahlgelber Wall aufragte. Und sein Finger spielte nervös am Abzug. Er drückte Fennel den Plastikbeutel in die Hand. Sie suchten sich eine Stelle, an der ihnen das Gras nur bis an die Knöchel reichte. Hier konnten sie ihren Fund in Ruhe begutachten, ohne mit einem Überraschungsangriff rechnen zu müssen.
»'n Stück Zeitung«, sagte der Trooper. »Muß er rausgerissen haben. Auf der einen Seite ist Reklame, Messing und Kupfer und so was. Auf der anderen ... ach, guck mal an! Ein

Stadtplan. Innenstadt von Boston. Sehenswürdigkeiten und so, na, du weißt schon.«
»Boston?«
»Ja. Sollen wir die Highway-Patrouille verständigen? Damit sie die wichtigsten Verbindungsstraßen Richtung Massachusetts überwachen?«
Heck sah im Geiste schon, wie sich die schönen zehntausend Dollar in nichts auflösten. »Warten wir lieber noch eine Weile damit«, sagte er. »Kann ja sein, daß er das Zeug nur hier hingelegt hat, um uns auf eine falsche Fährte zu locken.«
Fennel schüttelte den Kopf. »Ach was, Trenton. Wenn er gewollt hätte, daß wir's finden, hätte er's irgendwo am Highway weggeworfen, nicht hier im hohen Gras.«
»Möglich.« Heck hörte sich an wie jemand, der sich nicht mehr viele Hoffnungen macht. »Aber ich glaube trotzdem ...«
Krack ...
Ein scharfes Geräusch, dicht hinter Hecks Ohr, wie ein Gewehrschuß. Heck fuhr herum, die Waffe im Anschlag, sein Herz schlug einen Trommelwirbel. Aber es war nur Fennels Handfunkgerät, er hatte den Empfänger auf volle Lautstärke gestellt. Nun drehte er schnell den Lautstärkeregler zurück und klappte den Schutzdeckel der Sprechmuschel auf. Drüben auf der Straße fingen die blauen und roten Dachleuchten auf Bübchens Streifenwagen zu kreisen an.
Fennel schirmte die Sprechmuschel mit der hohlen Hand ab. »Hier Fennel«, sagte er leise ins Mikro, »kommen!«
Was mag da bloß los sein? wunderte sich Heck.
Fennel war schon fertig, er hängte sich das Walkie-talkie wieder ans Koppel und sagte zu Heck: »Komm. Sie haben ihn gefunden.«
Heck rutschte das Herz in die Magengrube. »Sie haben ihn? O verdammt.«
»Na ja, noch nicht ganz. Er hat's bis zu einem Truck-Stop in Watertown geschafft und ...«
»Watertown? Das liegt sieben Meilen von hier.«
»... und hat versucht, per Anhalter weiterzukommen. Dreimal

darfst du raten, wohin. Nach Boston. Als der Trucker nein gesagt hat, ist er zu Fuß losgezockelt, nach Norden. Los, fahren wir da rüber. Wir hängen uns an seine Fährte. Mann, ich hoffe, er ist außer Puste. Was mich angeht, ich fühl mich jetzt schon wie nach 'ner halben Stunde Dauerlauf. He, Mann, guck nicht so finster, Trenton, du bist trotzdem 'n reicher Mann. Er ist ja nur dreißig Minuten weit weg.«

Fennel und seine Mädels setzten sich Richtung Straße in Bewegung.

»Komm, Emil«, rief Heck. Der Hund zögerte noch einen Augenblick lang, dann kam er langsam hinter seinem Herrn her. Viel Lust hatte er offensichtlich nicht, das freie Gelände, so kalt und naß die Gräser und Sträucher auch sein mochten, wieder gegen seinen rutschigen Platz auf der kunststoffbezogenen Sitzbank in Hecks altem, stinkendem Chevrolet einzutauschen.

Sie hörte die schweren Schritte auf der Kellertreppe und dumpfe Geräusche wie von Metall. Da wußte Lis Atcheson augenblicklich Bescheid, es war ihr, als sei plötzlich Rauhreif über die Stimmung der Nacht gefallen.

Owen tauchte unter der Tür des Wintergartens auf, warf seiner Frau kurz einen Blick zu und ging zum angrenzenden Schuppen, um noch weitere Leinensäcke bereitzulegen.

»O nein«, hauchte Lis. Kopfschüttelnd ließ sie sich auf eine Bank fallen. Owen unterbrach seine Arbeit, kam herein und setzte sich neben sie. Er strich ihr übers Haar. Genau wie immer, wenn er ihr irgendwas erklären wollte, wovon sie seiner Meinung nach nichts verstand – geschäftliche Angelegenheiten, Grundstücksfragen oder Dinge, die etwas mit seinem Beruf zu tun hatten. Aber heute nacht mußte er ihr nichts erklären. Er trug nicht mehr seine Arbeitskleidung. Er hatte das dunkelgrüne Hemd und die ausgebeulten grüngrauen Hosen an – die Sachen, die er gewöhnlich unter seinem orangefarbenen Regencoat trug, wenn er zur Jagd ging; seine Füße steckten in den teuren wasserdichten Stiefeln.

In den Händen hielt er eine Jagdflinte und eine Pistole.
»Das kannst du nicht machen, Owen.«
Er legte die Waffen neben sich. »Ich habe gerade noch mal mit dem Sheriff gesprochen. Sie suchen mit vier Männern nach ihm. Lausige vier Männer schicken die los! Und er ist bereits in Watertown.«
»Aber das liegt doch östlich von hier. Er ist in der anderen Richtung unterwegs, weg von uns.«
»Das spielt keine Rolle, Lis. Guck dir doch an, was für ein Tempo er vorlegt. Von dort, wo er abgehauen ist, bis Watertown – das sind sieben oder acht Meilen. Zu Fuß. Da kann keine Rede davon sein, daß er ziellos in der Gegend herumirrt, wie benommen. Er hat irgend etwas ganz Bestimmtes vor.«
»Ich möchte nicht, daß du die Sache in die Hand nimmst.«
»Ich will mir lediglich mit eigenen Augen ein Bild davon machen, was sie unternehmen, um ihn zu kriegen.« Er sprach mit strenger, entschiedener Stimme. Sie kannte den Tonfall von ihrem Vater. Wenn jemand so mit ihr redete, fühlte sie sich jedesmal wie gelähmt.
Trotzdem sagte sie: »Versuch nicht, mich zu beschwindeln, Owen.«
Seine Augen verengten sich, wie von einer Stahlklammer zusammengezogen. Auch darin war er Andrew L'Auberget ähnlich. Das schwache Lächeln, das er andeutete, glaubte sie ihm keinen Augenblick lang. Aber was half's? Sie hätte genausogut auf die marmoräugigen Jagdtrophäen einreden können, die Owen in seinem Arbeitszimmer aufgehängt hatte. Was immer sie jetzt sagte, sie wußte im voraus, daß es an ihm abprallen würde. Sie legte ihm die Hand auf den Arm und ließ die Finger über den rauhen Stoff seines Hemdes gleiten. Er deckte ihre Hand mit seiner zu.
»Geh nicht«, bat sie und zog ihn zu sich heran. Sie spürte, wie sehr seine Nähe sie erregte. Das hatte nicht nur etwas mit dem zu tun, was vorhin geschehen war. Er war es – er, so wie er war –, der die Leidenschaft in ihr weckte. Seine Stärke war es, seine

Ausstrahlung, das Verlangen, das sie in seinem Gesicht las. Sie küßte ihn stürmisch, atemlos, mit offenem Mund. Und wußte keine Antwort auf die Frage, ob das, was sie dazu trieb, nur pure Lust war oder vielleicht der unbewußte Versuch, ihn festzuhalten. Ihn in den Armen zu halten, bis die Nacht vorüber war und damit die Gefahr.

Was immer sie bezweckt hatte, sie erreichte mit der leidenschaftlichen Umarmung gar nichts. Er schlang einen Augenblick die Arme um sie, dann stand er auf und ging zum Fenster. Sie kam hinter ihm her. »Warum sagst du's nicht ehrlich? Du willst ihn jagen. Und erlegen.«

Sie versuchte im Spiegelbild der Glasscheibe seine Miene zu deuten. Eigentlich hätte sie erwartet, daß er irritiert aussah oder verärgert. Aber er kam ihr völlig ruhig vor, er schien mit sich im reinen zu sein. »Ich habe nicht vor, irgend etwas Gesetzwidriges zu tun.«

»Aha? Und wie würdest du einen Mord dann nennen?«

»Mord?« wisperte er mit barscher Stimme und fuhr – den Blick auf die Treppe zum oberen Stock gerichtet – herum. »Denkst du nie vorher nach, bevor du irgendwas sagst? Wenn sie das nun gehört hat!«

»Portia wird dich schon nicht gleich anzeigen. Darum geht's auch gar nicht. Es geht darum, daß du nicht einfach hinter jemandem herjagen kannst, um ihn ...«

»Hast du vergessen, was am Indian Leap passiert ist?« fuhr er sie an. »Manchmal denke ich, daß mir das mehr zugesetzt hat als dir.«

Sie wandte sich ab, als habe er sie ins Gesicht geschlagen.

»Lis ...« Er erschrak selbst über seinen unbeherrschten Gefühlsausbruch. »Tut mir leid, ich hab's nicht so gemeint. Aber er ist ein Tier. Du weißt selber, wozu er fähig ist. Du weißt es besser als irgend jemand sonst.«

Er riß sich zusammen, seine Stimme klang wieder beherrscht. »Er hat's diesmal geschafft, auszubrechen, er kann's jederzeit wieder schaffen. Sogar in Gloucester hat er's fertiggebracht, sich solange wegzustehlen, daß er den Brief an dich einwerfen konnte. Und wenn er nun bei der nächsten Gelegenheit ganz wegbleibt? Und direkt hierherkommt?«

»Die schnappen ihn heute nacht. Und diesmal stecken sie ihn ins Gefängnis.«

»Solange er geistig unzurechnungsfähig ist, müssen sie ihn wieder in eine Anstalt einliefern. So will's das Gesetz. Schau dir doch die Fernsehnachrichten an. Der Trend geht dahin, nach Möglichkeit Insassen der Heilanstalten zu entlassen, jeden Tag kannst du das hören. Kann gut sein, daß sie ihn nächstes oder übernächstes Jahr einfach auf freien Fuß setzen. Und dann werden wir nicht mal mehr gewarnt, bevor er hier auftauchen kann. Plötzlich bei uns im Garten steht. Oder im Schlafzimmer.«

Die ersten Tränen flossen, sie wußte, daß sie das Streitgespräch verloren hatte. Daß es so ausgehen würde, hatte sie von Anfang an geahnt, schon als er die Treppe heraufgekommen war. Owen hatte zwar durchaus nicht immer recht, aber er war, egal, worüber sie diskutierten, fest davon überzeugt. Für ihn schien es das Selbstverständlichste von der Welt zu sein, mitten in einer stürmischen Nacht seinen vierradgetriebenen Geländewagen mit Waffen vollzuladen und loszuziehen, um einen Psychopathen zur Strecke zu bringen.

»Ich möchte, daß du mit Portia in das Hotel ziehst. Wir haben jetzt genug Sandsäcke aufeinandergepackt.«

Sie schüttelte den Kopf.

»Ich bestehe darauf.«

»Nein! Owen, das Wasser steht schon einen halben Meter hoch, und es hat noch nicht mal angefangen zu regnen. Was ist denn mit dem Teil des Gartens unten am Anlegesteg? Wo der Bach einmündet? Da müssen noch mindestens zwei oder drei Lagen Sandsäcke drauf.«

»Da unten bin ich fertig. Ich hab jede Menge Sandsäcke aufgestapelt. Der Damm ist fast einen Meter hoch. Falls der Bach noch mehr anschwillt, können wir sowieso nichts machen.«

»Sehr schön«, sagte sie kühl, »dann zieh los, wenn du's

unbedingt willst. Geh los und spiel Soldat. Aber ich bleib hier. Ich muß noch den Wintergarten abdichten.«
»Vergiß den Wintergarten. Gegen Sturmschäden sind wir versichert.«
»Das verdammte Geld interessiert mich nicht. Mir geht's um die Rosen, verdammt noch mal. An denen hänge ich. Ich würd's mir nie verzeihen, wenn denen was passiert.« Sie setzte sich wieder auf die Bank. Sie merkte, daß sie, solange sie neben ihm stand und er sie um Haupteslänge überragte, überhaupt keine Chance hatte, sich gegen ihn durchzusetzen. Merkwürdigerweise hatte sie das Gefühl, daß sie ihm im Sitzen, obwohl sie da noch kleiner wirkte, eher ebenbürtig war.
»Es passiert überhaupt nichts. Ein paar zerbrochene Scheiben, vielleicht.«
»Du hast den Wetterbericht gehört. Sturmgeschwindigkeiten von hundertzwanzig Kilometer pro Stunde.«
Owen setzte sich neben sie. Er faßte nach ihrem Oberschenkel, packte hart zu, preßte ihr den Ellbogen gegen die Brust. Er irrte sich, wenn er dachte, daß er sie so beruhigen könnte. Im Gegenteil, nun kam sie sich erst recht verletzlich vor. Sie konnte sich nicht wehren, seine Nähe war erdrückend.
»Ich wünsche, diesen Punkt nicht weiter zu erörtern«, sagte er mit ruhiger Stimme. »Und ich möchte nicht, daß ich mir Sorgen um dich machen muß. Ich möchte, daß du für dich und Portia Zimmer in dem Hotel nimmst. Sobald sie ihn haben ...«
»Sobald *du* ihn hast, meinst du.«
»Sobald sie ihn haben, rufe ich bei dir an. Dann kommt ihr beide nach Hause, und wir erledigen die restlichen Arbeiten.«
»Owen, er ist in die andere Richtung unterwegs.«
Seine Augen blitzten. »Willst du dir selber was vormachen? Lis, er schafft sieben Meilen in einer dreiviertel Stunde. Er hat irgend etwas vor. Denk doch mal nach. Weshalb bist du bloß so verdammt stur? Da draußen läuft ein Mörder herum. Ein psychotischer Mörder! Er kennt deinen Namen und deine Adresse.«

Lis sagte nichts. Ihr Atem ging flach. Owen schmiegte das Gesicht in ihr Haar. »Hast du denn alles vergessen?« fragte er flüsternd. »Erinnerst du dich nicht mehr an die Gerichtsverhandlung?«
Lis sah hoch. Ihr Blick begegnete der lüsternen Fratze des steinernen Satyrs. Und im Geiste hörte sie Hrubek wieder singen: »Lis-Eva, Lis-Evchen – meine Eva der ewigen Verführung. Meine schöne Lis-Eva.«
Eine fröhliche Stimme riß sie aus ihren düsteren Gedanken. »Bißchen spät, um fischen zu gehen, oder?« Portia stand unter der Tür und musterte amüsiert Owens Aufzug. »Ist die Sandsackparty zu Ende?«
Owen stand auf, hielt aber den Blick weiterhin auf Lis gerichtet.
»Gut«, sagte sie, »ich pack ein paar Sachen ein.«
»Hast du vor, irgendwohin zu gehen?« fragte Portia.
Owen sagte kurzangebunden: »In das Hotel.«
»Jetzt schon? Ich denke, das steht erst später auf dem Programm? Wenn der Irre hier auftaucht und Boogie tanzt... Oh, Pardon. Da bin ich wohl mitten ins Fettnäpfchen getappt?«
»Er kommt schneller voran, als alle gedacht haben. Ich will mich mit dem Sheriff in Verbindung setzen. Mit ihm besprechen, was sie unternehmen, um ihn zu finden. Lis und du, ihr geht in das kleine Garni-Hotel, ein Stück die Straße hoch.«
»Mir soll's recht sein.« Portia drehte sich achselzuckend um und ging nach oben, um ihren Rucksack zu packen.
Lis stand auf. Owen faßte nach ihrem Bein, schloß mit sanftem Druck die Finger. Und sie fragte sich, was das wohl bedeuten sollte. Hieß das: Danke? Oder: Siehst du, ich habe gewonnen? Ich liebe dich? Oder nur: Gib mir meine Waffen, Weib?
»Es wird nicht allzulange dauern. Ein paar Stunden, höchstens. Komm, schließ die Tür hinter mir ab.«
Sie gingen in die Küche. Er küßte sie. Nahm sich sogar viel Zeit, aber sie merkte ihm an, daß er mit seinen Gedanken schon weit weg war – draußen in der Wildnis oder irgendwo auf einer Straße, auf der seine Beute durch die Nacht rannte. Er

steckte die Pistole ein und hängte sich die Jagdflinte über die Schulter. Dann ging er nach draußen.
Lis schloß die Tür hinter ihm, drehte den Schlüssel zweimal im Schloß, legte den Riegel vor. Sie trat ans Fenster, schaute zur Garage hinüber. Er lenkte den schwarzen Cherokee rückwärts aus der Garage, hielt kurz an. Das Innenlicht des Wagens war nicht eingeschaltet. Sie hob die Hand zum Abschiedsgruß. Und fragte sich, ob er ihr wohl auch zuwinkte.
Er bog in die Ausfahrt ein. Natürlich, er hatte recht. Owen wußte mehr über Hrubek als all diejenigen, die sich von Berufs wegen mit ihm befaßten – der Sheriff, die Trooper, die Ärzte. Nicht nur Owen wußte es, sie wußte es auch. Sie wußte, daß Hrubek keineswegs harmlos war. Daß er nicht dumpf wie ein Tier ziellos herumirrte. Daß er in seinem Gehirn, so erbärmlich es auch darin aussehen mochte, irgendeinen Plan mit sich herumschleppte. Sie wußte es. Nicht so, wie man weiß, daß zwei und zwei vier ist. Sie wußte es, weil ihr Herz es ihr sagte.
Einen Augenblick lang lehnte sie die Wange an die Scheibe. Dann bog sie den Kopf zurück, blickte auf das Glas und machte sich etwas klar, worüber sie noch nie nachgedacht hatte: Diese Scheiben, dieses gezogene, von winzigen Bläschen fleckige Glas war vor mehr als zweieinhalb Jahrhunderten in der Werkstatt irgendeines Glasbläsers hergestellt worden. Wie, dachte sie, konnte etwas so Fragiles all die turbulenten Jahre überdauert haben, die dazwischen lagen?
Als sie den Blick wieder nach draußen richtete, waren die Hecklichter des Geländewagens verschwunden. Trotzdem verharrte sie noch eine Weile so, die Stirn an die Scheibe gelehnt, und starrte hinaus auf die dunkle Zufahrt – dorthin, wo sie Owen und den Wagen zuletzt gesehen hatten.
Da stehe ich nun, dachte sie ungläubig, das brave Weib eines jener unerschrockenen Männer aus der Pionierzeit. Da stehe ich und starre hinter meinem Mann her, der sich aufmacht durch Nacht und Sturm, um denjenigen zu töten, der mich töten will.

Die Staubwolke verzog sich, die roten Hecklichter der Fahrzeuge verschwanden hinter einem Hügel drüben im Osten, die Nacht war wieder still. Wolken, die vom Westen herübertrieben, verschleierten den fahlen Mond, der genau über einer Felsnase am Rand des verlassenen Highways hing.
Anzeichen für den Sturm gab es bis jetzt nicht. Nicht mal eine Brise rührte sich. Hier an diesem Streckenabschnitt des Highways hätte man in diesen Sekunden denken können, die Natur habe den Atem angehalten.
Michael Hrubek zog sich die geliebte irische Wollmütze bis über die Ohren, ließ die Pistole wieder im Rucksack verschwinden, bog das hohe Gras auseinander und setzte seinen nächtlichen Marsch mitten auf der Route 236 fort.
GET ...
Die Silbe schwamm in seinem Hirn, tauchte ein wenig tiefer, schoß wieder hoch. Wie auf einer Achterbahn, nur ganz langsam. Er wußte, daß es eine ungeheuer wichtige Silbe war, nur, der Sinn der drei Buchstaben schlüpfte ihm, sooft er danach greifen wollte, immer wieder davon. Weg war er, und ihm blieb nur das Kribbeln, weil er ihn wieder nicht erhascht hatte.
Was kann das nur heißen? überlegte er. Ich soll irgend etwas damit anfangen, aber was?
Er blieb stehen, beschrieb trippelnd einen engen Kreis auf dem Asphalt und zermarterte sich das arme, verwirrte Hirn auf der Suche nach einer Antwort. Was, zum Teufel, bedeutete GET? Angst fraß ihn von innen her auf. Und auf einmal wußte er: *Sie* waren es, die seine Gedanken blockierten – die Soldaten, die ihn gerade eben noch gejagt hatten.
Gut, laß uns mal nachdenken.
GET ...
Was konnte das *möglicherweise* heißen?
Hrubek starrte nach vorn, nach Osten, den Highway hinunter, dorthin, wo die Soldaten jenseits des Hügels verschwunden waren. Verschwörer! Mitsamt ihren schnüffelnden, knurrenden Hunden. Gottverdammte Wichser! Einer in Grau, einer in

Blau. Also ein Konföderierter. Und ein Unionssoldat – derjenige, der das Bein ein wenig nachzog. Den haßte Hrubek am meisten.

Dieser Mann war ein Verschwörer. Ein Scheiß-Unionssoldat.

GET …

GETTO?

Ganz allmählich verblaßte der Haß, als er daran dachte, wie er die beiden an der Nase herumgeführt hatte. Nicht mal fünfzehn Schritte von den Soldaten entfernt hatte er gehockt, in einer mit Staub und Erde zugewehten Vertiefung am Rand eines Felsvorsprungs, hoch über ihnen, die Waffe durchgeladen, den Finger am Abzug. Und unten im hohen Gras hatten sie gestanden, hatten sich mit dem Plastikbeutel zu schaffen gemacht und waren nicht darauf gekommen, die Blödmänner, daß er den absichtlich dort hingelegt hatte. O Gott, wie die geredet hatten – so komisch, richtig fremdartig. Und das verdammte feuchte Hecheln ihrer Hunde. Blut und Wasser hatte er geschwitzt.

Und auf einmal sah Hrubek die Buchstaben vor sich. Nur ganz kurz. GETO. Sie huschten vorbei. Und weg waren sie.

Er erinnerte sich daran, wie die bunten Lichter auf dem Polizeiwagen angefangen hatten, sich zu drehen. Kurz danach waren die Soldaten zu den Fahrzeugen zurückgekehrt, und der eine – der, den er am meisten haßte, dieser magere Arsch in Blau, das Hinkebein – war mit seinem Hund in den kleinen Lastwagen gestiegen. Türen zu und Gas und ab. Nach Osten.

Hrubek machte sich ganz klein, kauerte sich auf die dunstbeschlagene Straße und legte die Wange auf den kühlen Asphalt. Dann stand er auf.

»Gut' Nacht, Ladies …«

Langsam fiel's ihm wieder ein. GETO … Krampfhaft kniff er die Augen zusammen und starrte den Highway hinunter, diesmal nach Westen. Und da nahm er das schwarze Asphaltband gar nicht mehr wahr, er sah nur noch die Buchstaben, die allmählich zu tanzen aufhörten und sich ihm zuliebe in Reih und Glied nebeneinander aufstellten. Wie brave kleine Soldaten.

GETO 4 …
Hrubeks Kopf war vollgestopft mit Gedanken. Ineinander verschlungenen Gedanken. Wunderschönen Gedanken. Nichts hielt ihn mehr fest, er marschierte weiter.
»… und wenn ich gehe, bleiben euch nur eure Tränen …«
GETON 4 …
Da!
Da, das war's! Er ging darauf zu. Endlich hatten die Buchstaben sich ordentlich aneinandergereiht.
GETON 47 M …
Die Hunde waren weg. Und die Verschwörer auch. Der Scheißkerl mit dem Hinkebein, Dr. Richard, das Hospital, die Wärter alles weg. Er hatte alle seine Feinde abgehängt. Er führte sie alle an der Nase herum.
Michael Hrubek blickte tief in seine Seele. Und erkannte, daß er seine Ängste unter Kontrolle hatte. Und sah die Aufgabe, die er zu erfüllen hatte, klar wie einen lupenreinen Diamanten vor sich. Er blieb stehen, nahm einen der winzig kleinen Tierschädel aus dem Rucksack, bettete ihn ins Gras am Fuß des Verkehrsschildes und murmelte ein kurzes Gebet. Dann ging er weiter. Ging vorbei an dem grünen Schild, auf dem RIDGETON 47 MEILEN stand, bog vom Highway ab ins gras- und buschbestandene Gelände und fing zu rennen an.
Immer schneller, immer weiter nach Westen.

II Indian Leap

9

Sanft streichelt er mit den Blütenblättern einer gelben Rose ihre geöffneten Lippen.
Seine Augen lassen ihre keine Sekunde lang los. Eine halbe Armlänge trennt ihn von ihr, und so ist er ihr nahe genug, um in den Duftkreis ihres Körpers einzudringen, aber nicht so nahe, daß sie die Wärme ihrer Leiber spüren könnten. Sie streckt die Arme nach ihm aus, aber er macht ihr ein Zeichen, zärtlich und liebevoll, dennoch ein deutliches Signal, sie solle Geduld haben. Sie läßt die Arme sinken, doch gleich darauf, wie in trotzigem Aufbegehren, hebt sie sie wieder, führt sie zu ihren Schultern, tastet nach den seidenen Trägern ihres Nachthemds und streift sie ab. Sie gleiten über die Schultern, das cremefarbene Hemd rutscht ihr bis zur Taille. Seine Augen ruhen auf ihren Brüsten, doch er berührt sie nicht. Als er es ihr – wieder nur mit einem stummen Wink – befiehlt, läßt sie die Arme sinken.
Er pflückt zwei neue Blütenblätter aus dem Punkt, der flammendrot aus dem verschlungenen Grün des Rosenbusches neben ihnen leuchtet. Einer von den unzähligen Rosenbüschen, die sogar jetzt, im dunklen Wintergarten, grelle Akzente setzen. Er hält die Blütenblätter zwischen den großen, kräftigen Fingern. Sie sieht seine Hände nach oben wandern und schließt langsam die Augen. Und dann spürt sie, wie die samtene Haut der Blüten sie streichelnd berührt, erst auf den geschlossenen Lidern, dann auf den Wangen. Wieder läßt er sie um ihren Mund kreisen, zart wie ein Kuß; es ist nicht mehr als die Ahnung einer Berührung, als sie langsam über ihre halboffenen Lippen gleiten.
Sie fährt sich mit der Zunge über die Lippen. Macht ihm im Spaß Vorhaltungen, daß er eine ihrer preisgekrönten Rosen zerpflückt. Aber er schüttelt wieder den Kopf, er will nicht, daß Worte das Schweigen aufreißen. Sie beugt sich vor. Fast hätte sie es geschafft, ihn mit der erigierten Brustwarze am Arm zu berühren, aber im letzten Augenblick weicht er aus, und wieder spürt sie seinen Körper nicht. Ein einzelnes

Blütenblatt liebkost ihr Kinn, dann gleitet es ihm aus den Fingern, fällt trudelnd nach unten, bleibt auf den Schieferplatten liegen. Er pflückt ein neues, sie hört den Busch rascheln. Sehen kann sie es nicht, weil sie die Augen immer noch geschlossen hält. Auch ihre Arme hängen ruhig nach unten. Wie er es verlangt hat.

Jetzt streichelt er ihr die Ohrläppchen – so sanft, daß sie kaum spürt, wie die zarten Blätter ihre Haut umschmeicheln. Er legt ihr die Finger in die Täler hinter den Ohren und liebkost die Spitzen ihres weißgoldfarbenen Haars.

Und jetzt ihre Schultern – kräftige Schultern, gestählt von der Last unzähliger Kübel Erde, die sie ihren Pflanzen zuliebe geschleppt hat.

Und jetzt ihren Hals, ihre Kehle. Sie legt den Kopf in den Nacken. Wenn sie die Augen aufgeschlagen hätte, hätte sie hoch über dem Glasdach einen Himmel voller Sterne gesehen. Und dann kann er sich nicht mehr zurückhalten, er küßt sie stürmisch. Die Blütenblätter rutschen ihm aus den Fingern, als er ihr die Hände in den Nacken legt und sie zu sich heranzieht. Sie atmet ihr Keuchen ein, zusammen mit seinem, und je lauter es ihr in den Ohren klingt, desto sicherer ist sie sich seines und ihres eigenen Begehrens. Langsam läßt sie den Kopf kreisen, sie will den Druck seiner Lippen stärker fühlen. Aber er ist schneller als sie, er schlüpft ihr davon, weicht ein paar Zentimeter zurück, streift sich ein paar zerdrückte Blütenblätter von den Fingern, greift in den dornigen Busch neben ihnen und pflückt neue.

Sie hält die Augen immer noch geschlossen, kann es kaum erwarten, daß er sie endlich wieder berührt, und dann spürt sie seine Finger, dicht unter ihren kleinen festen Brüsten, wird erlöst von der unerträglichen Qual ihres Verlangens. Die Blütenblätter folgen der Rundung ihrer Brüste. Aber diesmal sind es nicht nur die Rosen, seine Finger kommen dazu, gierige Finger, nicht so schmeichelnd wie die zarten Blüten, aber genauso aufregend. Sanfte Zärtlichkeit, rauhes Begehren – Blüten und Fingernägel. Aus den nackten Füßen auf dem kalten Schieferboden kriecht Kälte in ihr hoch, doch die Glut, die seine Finger in ihr entfachen, erstickt das Frösteln.

Für sie ist es nur wie ein Atemhauch. Sie kann gar nicht glauben, daß so ein großer, kräftiger Mann so zärtlich sein kann. Wieder küßt er sie,

und das ist zuviel. Die heißen Wellen, die seine Finger und seine Lippen in ihr auslösen, schüren die Glut zu lodernden Flammen an.
Aber er läßt sich nicht zur Eile antreiben. Das Streicheln hört auf, seine Lippen lösen sich von ihren. Sie reißt die Augen auf, bettelt ihn mit einem stummen Blick an, weiterzumachen. Er legt ihr sanft die Hände auf die Augen. Wieder gehorcht sie ihm, wieder schließt sie die Augen. Sie hört ein merkwürdiges rupfendes, raschelndes Geräusch. Danach Stille. Bis zwei große Hände über ihren Schultern schweben und sich öffnen und unzählige Blütenblätter auf sie regnen lassen über den Nacken, die Brüste ... sogar ihre Füße sind mit Blüten bedeckt.
Er küßt sie aufs linke Auge, aufs rechte – ein Zeichen, daß sie die Augen öffnen und ihn ansehen soll. Ein paar Sekunden lang halten ihre Blicke einander fest, und dann sieht sie, daß nicht alle Blütenblätter zu Boden gefallen sind. Eines hält er fest. Hält es zwischen sie und sich, ein hellrotes, von einer John-Armstrong-Rose. Er öffnet die Lippen und legt sich das Rosenblatt auf die Zunge, wie ein Priester bei der Kommunion. Sie kann ihr Begehren nicht mehr zähmen, zerrt sich das Nachthemd über die Hüften, streckt die Arme nach ihm aus, hält ihn fest umschlungen, tastet sich mit der Hand seinen Rücken hinunter. Er beugt sich vor. Ihre Zungen berühren sich, und als sie sich zu Boden sinken läßt und ihn auf sich zieht, lassen sie das rote Blütenblatt hin und her wandern, von ihm zu ihr, von ihr zu ihm, bis es sich auflöst und sie das, was davon geblieben ist, gierig verschlingen – und zugleich einander verschlingen.

Einen Augenblick gönnte sich Lis noch, um weiter ihren Erinnerungen nachzuträumen, dann schlug sie die Augen auf, ließ den Blick über die Blumen im Wintergarten schweifen und sich von dem beruhigenden Zischen des Bewässerungssystems einlullen.
»O Owen«, flüsterte sie, »Owen ...«
Sie stellte den fertig gepackten Koffer ab und schlenderte durch den feuchtwarmen, von unzähligen Düften erfüllten Raum. Schließlich ging sie auf die Terrasse und starrte hinaus auf den See.
Das schwarze Wasser schwappte ohne Unterlaß.

Besorgt stellte sie fest, daß der Spiegel der Wasserfläche in den letzten zwanzig Minuten wieder etliche Zentimeter gestiegen war. Links von ihr, wo der Garten ein wenig abfiel, in der Senke hinter der Garage, schlängelte sich der Bach murmelnd auf den See zu. Von der Terrasse aus konnte sie nicht sehen, ob der Damm das angeschwollene Wasser zu bändigen vermochte, die hohen Binsen am schlammigen Ufer versperrten ihr den Blick. Aber hinuntergehen wollte sie auch nicht, es war so morastig und rutschig dort unten. Owen war bei allem, was er tat, gewissenhaft, oftmals nahm er's sogar übergenau. Bestimmt hatte er den Damm hoch genug aufgeschüttet. Weiter rechts, in der Mitte des Gartens – dort, wo sie die Sandsäcke aufgestapelt und wo Owen sie geliebt hatte –, sah es dagegen eher besorgniserregend aus. Das Wasser leckte bereits an der obersten Lage aus Sandsäcken.

Sie ging ein Stück auf den Wall zu. Kein Stern zeigte sich mehr. Sie konnte nicht mal die untere Grenze der Wolken erkennen, der Himmel war ein eintönig verwaschenes Graublau. Hingen die Wolken über dem See fest oder zogen sie weiter? Ballten sie sich zum Greifen nahe? Oder lagen Hunderte von Metern zwischen ihr und dem düsteren Wattehimmel? Sie hätte es beim besten Willen nicht sagen können.

Eine huschende Bewegung, ganz in ihrer Nähe ...

Sie schrak zusammen. Da ... wieder! Und dann sah sie den schaukelnden Panzer einer Schildkröte. Das Tier hatte es offensichtlich eilig, zum See zu gelangen – so eilig, daß es auf seinen plumpen Reptilienbeinen sogar Steine und Wurzeln auf dem kürzesten Weg überwinden wollte, was natürlich dazu führen mußte, daß es sich mehr rutschend und purzelnd als kriechend fortbewegte.

Nur, warum diese Eile? fragte sich Lis. Lag eine geheimnisvolle Vorwarnung in der Luft? Ahnte die Schildkröte, mit welcher Gewalt der Sturm über sie herfallen würde? Hatte sie es darum so eilig, sich im See in Sicherheit zu bringen? Aber was hatte eine Schildkröte schon von einem Regenguß zu befürchten? Nun, sie hatte es jedenfalls geschafft. In einer letzten Anstren-

gung quälte sie sich über die knorrige Wurzel einer Weide und ließ sich mit lautem Platschen in den See rutschen. Einmal im nassen Element, glitt sie dicht unter der Wasseroberfläche mit stromlinienförmiger Anmut dahin, dann tauchte sie ab und war verschwunden. Lis starrte noch eine Weile auf die wirbelnden Kreise, die immer größer wurden und immer mehr zerflossen, bis der See schließlich wieder ruhig dalag – wie geriffeltes, mit schwarzem Nachtstaub überzogenes Silber.
Langsam ging sie zum Haus zurück. Ach, ihr sonst so ordentlich gepflegter Garten! Die ersten Stützstäbe und Rankgitter hatte das schwappende Wasser schon umgedrückt. Und ihre Rosen ... Vor einer, an der der Wind ein paar Blüten noch nicht zerzaust hatte, machte sie halt. Eine *Arizona Grandiflora* ... Als Kind hatte sie sich das Haar so kupferrot wie die Blüten dieser Rose färben wollen und dafür eines Sonntagvormittags, als Vater bei seinem üblichen Kontrollgang durch die Zimmer der Mädchen unter ihrer Matratze die Flasche Clairol entdeckt hatte, eine Tracht Prügel bezogen.
Sie brach einen dürren Zweig ab, zupfte ein paar abgefallene Blütenblätter aus den Ästen und fuhr sich mit den welken Blättern streichelnd über die Wangen.
Ein breitgezackter graugrüner Blitz tauchte den westlichen Horizont in grelles Licht. Ehe Lis sich noch umgedreht hatte, war das Feuerwerk schon vorbei.
Die Blütenblätter glitten ihr aus den Fingern.
Sie hörte die Küchentür schlagen. »Ich bin fertig«, rief Portia ihr zu. »Hast du deinen Koffer?«
Lis ging zu ihr. Sie wollte ihre Schwester nicht ansehen, nahm mit dem Blick Zuflucht beim gelben Lichtschimmer aus den Fenstern im oberen Stock.
»Hör mal, ich muß dir was sagen. Ich hab's mir anders überlegt.«
»Du hast was?«
Lis schob ihren Koffer durch die Küchentür. »Ich mach noch ein bißchen weiter. Sandsäcke aufstapeln und den Wintergarten sichern. Etwa eine Stunde oder so werd ich wohl noch

brauchen. Natürlich hätte ich dich gern hier, aber ich kann's verstehen, wenn du lieber weg willst. Ich werd dir ein Taxi rufen.«

Der Geruch von gegrillten Burgers mit Zwiebeln war der Gipfel der Versuchung für Emil, aber er wußte, was er seinem Ruf als gutausgebildeter Spürhund schuldig war, und blieb auf seinem Hintern sitzen.

Trenton Heck warf zwar auch ein begehrliches Auge auf das Restaurant des Truck-Stops, aber im Augenblick dachte er vor allem an die ausgesetzte Belohnung, und so ließ er sich von dem verlockenden Duft nicht irritieren, sogar dann nicht, als ihm beim Geruch eines Cheeseburgers das Wasser im Mund zusammenlief. Scheinbar ungerührt setzte er das Gespräch mit dem Trooper von der Highway-Patrouille fort.

»Und er schien wirklich darauf aus zu sein, nach Boston zu kommen?« fragte er.

»So hat's uns der Trucker jedenfalls erzählt. Der Kerl hat irgendwas vor sich hin gebrabbelt, daß es die Geburtsstadt unseres Landes wäre oder so was.«

Fennel kam einen Schritt näher. »Er hatte nämlich im Hauptfach Geschichte belegt.«

Heck sah verblüfft hoch.

»Na ja, hab ich gehört«, sagte Fennel.

»Der war auf dem College?« Trenton Heck wurde es ganz flau in der Magengegend. Er selbst hatte den halbherzigen Versuch, nach der Grundschule noch mal die Schulbank zu drücken und zu irgendeinem höheren Abschluß zu kommen, nach lächerlichen elf Stunden aufgegeben.

»Nur ein Jahr lang. Dann fing er an durchzudrehen. Aber bis dahin war er sogar 'n Einserschüler.«

»Aha. Einsen? Scheiß drauf.« Heck befahl seinem schlechten Gewissen im stillen *kusch!* und bat den Trooper von der Highway-Polizei, ihm den Trucker doch mal für einen Moment aus dem Lokal zu holen.

»Ehm ... der ist schon weg.«

»Weg? Haben Sie ihm nicht gesagt, er soll warten?«
Der Trooper zuckte die Achseln und sah Heck gelassen an. So ein lausiger Zivilist brachte ihn nicht so schnell aus der Fassung. »Bei uns lag 'ne Suchmeldung vor, kein Haftbefehl. Ich hab mir von dem Mann Namen und Adresse geben lassen. Meiner Meinung nach war's nicht nötig, daß er hier rumhängt. Mehr hätte er ja als Zeuge sowieso nicht aussagen können.«
Verärgert sagte Heck zu Fennel: »Mit der Adresse können wir überhaupt nichts anfangen. Oder hast du vor, ihm 'ne Postkarte zu schicken?«
»Ich hab ihm Löcher in den Bauch gefragt, mehr hätte er uns bestimmt nicht erzählen können«, warf der Trooper ein.
Heck nahm Emil das Suchgeschirr ab. Dieser Trooper sah unverschämt jung aus. Sogar noch jünger als Bübchen. Himmelherrgott noch mal, wer sollte denn vor so einem Burschen, der noch nicht ganz trocken hinter den Ohren war, Respekt haben? Aber das war eben das Kreuz mit der Highway-Polizei. Die waren zwar Trooper, wurden aber aus einem eigenen Fonds bezahlt, und daß von denen mal einer gefeuert worden wäre, davon hatte Heck nie was gehört. Ihm hatten sie, als er eingetreten war, auch angeboten, zur Highway-Polizei zu gehen. Aber nein, Heck hatte lieber was Vernünftiges machen wollen. Verbrechensbekämpfung und so.
»Was hat Hrubek angehabt?«
»Einen Overall. Stiefel. Baumwollhemd. Eine Wollmütze.«
»Keine Jacke?«
»Jacke? Nein, scheint er nicht angehabt zu haben.«
»Hatte er was getrunken?«
»Ja, also ... davon hat der Trucker nichts gesagt. Ich hab auch nicht direkt gefragt. Was hätte denn das gebracht?«
»Hatte er irgendwas bei sich? Eine Tragetasche oder irgendeine Waffe?« wollte Heck wissen. »Oder vielleicht 'n Spazierstock?«
Der Trooper blätterte mürrisch in seinen Notizen, dann sah er hilfesuchend Fennel an, aber der nickte ihm nur aufmunternd zu. »Tja, so genau weiß ich das nicht.«

»Hat er eine drohende Haltung eingenommen?«
»Nein. Er kam ihm nur irgendwie ein bißchen doof vor, sagt der Trucker.«
Heck grunzte enttäuscht. »Noch was ... Wie groß ist er denn tatsächlich?«
»Der Truckfahrer sagt, zirka einsfünfundneunzig, einssechsundneunzig. Muß so um die drei Zentner auf die Waage bringen. So was wie 'n Catcher von der World Wrestling Federation, wissen Sie? Beine wie 'ne Ochsenlende.«
»Ochsenlende ...« Heck starrte nach Osten ins Dunkel.
Fennel fragte ihn: »Reicht die Witterung, daß wir ihn verfolgen können?«
»Ist gar nicht so schlecht. Aber ich wünschte, es würde anfangen zu regnen.« Nichts ließ einen schwachen Geruch deutlicher hervortreten als ein leichter Nieselregen.
»Wenn ich denke, was der Wetterfrosch prophezeit, geht dein Wunsch kübelweise in Erfüllung.«
Heck nahm Emil wieder an die Leine und hielt ihm, damit er die Witterung frisch in der Nase hatte, noch einmal Hrubeks Unterhose hin. »Such! Such!«
Emil trabte los – die Straße hinunter, immer dicht an der Bankette entlang. Trenton Heck gab mit der Leine Spiel, bis er den Siebenmeterknoten zwischen den Fingern spürte. Dann ging er los, Fennel und die Jagdhunde folgten. Aber sie waren nicht mal ganz zwanzig Meter weit gekommen, als Emil sich zur Seite drehte und zu schnüffeln anfing.
In einem verwilderten Garten lag ein halbverfallenes Haus. Alles dunkel, kein Licht. Ein Geisterhaus, das Dach eingesunken, die Ziegel verwittert wie eine alte Schlangenhaut. In einem der Fenster hing ein Schild. *Jagdzubehör. Trophäen und Medaillen. Tierpräparate. An- und Verkauf von Fellen. Immer frische Forellen vorrätig.*
Bübchen schielte mit finsterer Miene auf die schwarzen Fenster. »Glaubt ihr, er ist da drin?«
»Schwer zu sagen. Felle und Tierpräparate ... so was bringt sogar Emils Nase durcheinander.«

Heck und Fennel führten die Hunde zu einem mit Haken versehenen Zaunpfosten und banden sie fest. Es war auf den Bruchteil der Sekunde ein und dieselbe Bewegung, als sie ihre Waffen aus dem Holster zogen, durchluden und sicherten. Hör mal, du da oben, dachte Heck, laß nicht zu, daß ich wieder was abkriege, ja? Ich bitte dich herzlich darum. Dieses Mal bin ich nämlich nicht mal versichert... Aber sein Stoßgebet hatte in Wirklichkeit nichts damit zu tun, daß er sich im voraus wegen der Krankenhausrechnungen Sorgen gemacht hätte. Das heißt, das vielleicht auch. Aber vor allem war es die Erinnerung an den höllischen Schmerz, wenn einem so eine glühendheiße Kugel ins Fleisch dringt, was ihm angst machte.
»Trent, du mußt da nicht mitmachen.«
Heck sah Fennel an. »Nach allem, was der Trooper am Truck-Stop erzählt hat, wirst du jeden Mann brauchen können.«
Fennel sah das genauso, er nickte Heck zu. Dann gab er Bübchen einen Wink, hinten um die Hütte herumzugehen. Er und Heck näherten sich leise dem Vordereingang. Heck sah Fennel fragend an, der zuckte die Achseln und klopfte laut an die Tür. Nichts rührte sich. Heck beugte sich vor und sah durch die schmutzige Fensterscheibe. Er fuhr zurück, wie von der Tarantel gebissen. »O Gott, o Gott!« schrie er in schrillem Diskant.
Fennel hielt die Dienstwaffe ans Fenster, dann riskierte er auch einen Blick. Er blinzelte erschrocken. Im nächsten Augenblick lachten beide wie auf Kommando los. Hinter der Scheibe, zum Greifen nahe, reckte sich die schwarze Gestalt eines riesigen Bären. Wer immer das Tier präpariert hatte, er hatte die drohende Angriffsgebärde täuschend echt hingekriegt.
»Gottverdammt«, sagte Heck anerkennend, »so ein Mistkerl! Um ein Haar hätte ich mir in die Hosen gepinkelt.«
Fennel deutete auf das Schild im Fenster neben der Tür. *Ab 1. November für eine Woche geschlossen. Waidmannsheil.*
»Der bindet tatsächlich allen auf die Nase, daß er weg ist? Hat der noch nie was von Einbrechern gehört?«

»Für die hat er ja seinen Wachbären«, meinte Fennel.
Heck schielte mit unverhohlener Bewunderung durchs Fenster. »Den würde ich zuallererst klauen.«
Sie entdeckten die Tür, die Hrubek eingetreten hatte, gaben sich gegenseitig Deckung und drangen vorsichtig ein. Der Irre hatte sich hier mit Kleidung eingedeckt, die Spuren waren eindeutig. Aber er war nicht mehr da. Sie schoben die Waffen wieder ins Holster und gingen zurück ins Freie. Fennel rief Bübchen heran und gab ihm den Auftrag, Haversham über Funk zu unterrichten, wo sie waren und daß Hrubek allem Anschein nach tatsächlich nach Boston unterwegs sei.
Sie wollten schon zum Highway zurückgehen, als Bübchen hinter Fennel herrief: »Augenblick mal, Charlie. Da ist noch was, das solltest du dir ansehen.«
Heck und Fennel befahlen ihren Hunden, sich zu setzen, und gingen um das heruntergekommene Gebäude herum. Bübchen wartete mit gezogener Waffe auf sie. »Hier.« Er deutete in einen Werkstattschuppen. Gleich da, wo das schräggezogene Dach anfing, war Blut auf dem Boden.
»Mein Gott!« stöhnte Heck. Also, wieder raus aus dem Holster mit der Walther. Der Sicherungshebel klickte. Heck tastete sich Schritt für Schritt vor. Der Schuppen war die reinste Rumpelkammer, bis in den letzten Winkel vollgestopft mit allem möglichen Krempel: Schläuche, Schachteln, Kisten, Tierschädel, ausrangierte Möbelstücke, verrostetes Werkzeug, ausgeschlachtete Autoteile.
»Komm dir das ansehen. Hier drüben. Da hat wohl 'n Waschbär unser Riesenbaby gebissen.«
Fennel lenkte den Lichtstrahl seiner Stablampe auf den Kadaver des Waschbären.
»Glaubst du, daß Hrubek das getan hat? Warum denn?«
Aber Heck hatte schon etwas anderes im Blick. Den schmalen Deckenbalken, an dem etliche Schlagfallen baumelten. Keine von der gemeinen Sorte, mit scharf gezähnten Schlageisen, aber die Dinger waren höllisch schwer, die schlugen einem Fuchs glatt die Kehle durch oder einem Waschbären den Schwanz...

Oder einem Hund das Bein.
»Gottverdammt.«
Nicht die Fallen an sich machten ihn so wütend, sondern die Tatsache, daß einige Haken an dem Deckenbalken leer waren, und die naheliegende Vermutung, daß da vor kurzem ebenfalls Fallen gehangen hatten. Direkt unter dem Balken zeichneten sich blutverschmierte Fußspuren ab.
»Haben deine Mädels Stahlmanschetten an den Beinen?« fragte er Fennel.
»Nicht, wenn sie eine Fährte verfolgen. Emil etwa?«
»Zumindest halte ich ihn kurz, wenn eine Witterung frisch ist. Und so werden wir's von jetzt an beide machen müssen. Zum Teufel, wenn er die Scheißdinger irgendwo im hohen Gras aufgebaut hat, müssen wir notfalls auf dem Bauch weiterkriechen. Da ist Hrubek schon in Boston, bis wir's auch nur bis zur Countygrenze schaffen.«
Sie gingen zum Highway zurück und knoteten die Fährtenleinen kürzer. Heck ließ seinen Chevy am Truck-Stop stehen, unter der Obhut des dritten Deputy, der dort warten sollte, für den Fall, daß Hrubek noch einmal zurückkäme. Heck und Fennel liefen mit den Hunden los, Bübchen folgte ihnen – ohne kreisendes Dachlicht, nur die gelben Seitenbegrenzungen waren eingeschaltet. Plötzlich nahmen die Hunde erneut Witterung auf und trabten los, wieder nach Osten.
Fennel lachte nervös. »Mitten auf dieser verfickten Straße! Soviel steht fest, der Kerl muß wirklich verrückt sein.«
Heck sagte nichts. Das kribbelnde Jagdfieber war verflogen. Auf einmal lag Eishauch in der Nachtluft. Der Bursche, den sie jagten, war nicht mehr der strohdumme Koloß, für den Heck ihn anfangs gehalten hatte. Er spürte dieselbe dunkle Ahnung wie vor vier Jahren, als er vor der neonbeleuchteten Fassade eines 7-Eleven aus dem Streifenwagen gestiegen war, aus den Augenwinkeln eine huschende Bewegung wahrgenommen und noch gedacht hatte, wird wohl 'n Ast sein, der sich im Wind biegt. Und dann hatte er das flammende Mündungs-

feuer gesehen und gemerkt, wie es ihm die Beine wegriß und der Asphalt nach oben klappte, ihm ins Gesicht.

»Glaubst du etwa, daß er die Fallen für die Hunde stellt?« fragte Fennel knurrend. »So was macht doch keiner. Absichtlich einen Hund verletzen – darauf legt's keiner an.«

Heck griff schweigend nach unten, zog Emils rechtes Ohr hoch und zeigte Fennel das inzwischen an den Wundrändern verwachsene Loch. Exakt Kaliber .30.06. Fennel schnappte nach Luft. Mit dem leisen Pfiff, den er durch die Zähne ausstieß, schien er die Menschheit in Bausch und Bogen zu verdammen.

Trenton Heck rief nur: »Such, Emil, such!«

Lis stand im Wintergarten und klebte x-förmige breite Papierstreifen auf die Glasscheiben. Genauso hatte es vor fünfundzwanzig Jahren hier ausgesehen, fiel ihr ein. Mutter hatte mit verschränkten Armen mitten im halbfertigen Bau gestanden und den Bauarbeitern auf die Finger gesehen. Sie war nie ihr eingefleischtes Mißtrauen losgeworden, daß, wenn sie auch nur einen Augenblick lang weggeschaut hätte, jeder von denen auf der Stelle zu pfuschen anfing.

Lis zog die breiten Klebestreifen über ein Fenster nach dem anderen. Es war fast wie bei einem ihrer täglichen Rundgänge durch den Wintergarten, da kam sie, weil sie immer wieder stehenblieb, auch nur langsam voran. Überall Rosen – Teehybriden in allen Schattierungen, blutrote John Armstrong, zitronengelbe High-Noon-Kletterrosen, die sich an schönen alten Rankgittern emporwanden, Büsche, aus denen es korallenrot leuchtete, und ihre geliebten Eisbergrosen mit auffallend großen weißen Blüten. An die tausend Pflanzen, ein Meer aus Abertausenden von Blüten. Die kräftigen Farben mochte sie am liebsten, gerade bei den Rosen. Sie kannte keine andere Pflanze, die so zarte, so empfindliche Blüten hatte.

Sie konnte gar nicht mehr die Stunden zählen, die sie hier zugebracht hatte. Zuerst als Kind, wenn sie ihrer Mutter geholfen hatte, und nun allein. Wie oft hatte sie die Büsche zurückgeschnitten und Seitentriebe gekappt und die Rosenschere an dürres braunes Holz gesetzt! Immer wieder, jeden Tag viele Male, hatte sie mit wundroten, von Dornen verschrammten Händen tief zwischen die dichtverwachsenen Äste gegriffen; da gab's ein schlafendes Auge zu kappen, dort einen Schnitt in den Wurzelstock zu machen, und anschließend mußte die Kerbe dann sorgfältig mit Raffiabast abgebunden werden.

Während ihr Blick noch auf einigen Büschen ruhte, an denen sie sich erst vor kurzem blutige Hände geholt hatte, hörte sie hinter sich ein Geräusch. Portia kauerte auf dem Fußboden und kramte in einer Schachtel. Sie lief jetzt nicht mehr in ihren modischen Manhattan-Fähnchen herum, sie hatte endlich auf Lis gehört und sich von ihr Jeans und einen langärmeligen Sweater ausgeliehen. Ländlich sittlich, wie sich's zwischen Kuhweiden und Bohnenfeldern gehört. Irgendwann kapiert's jeder.

Lis war ihrer Schwester dankbar, daß sie bei ihr geblieben war, und hatte das Bedürfnis, ihr das auch zu sagen. Aber Portia winkte nur ab, an überschwenglichen Dankesbezeugungen lag ihr nichts. Sie nahm ein paar Rollen Klebeband aus der Schachtel, rief noch: »Es gibt einfach zu viele beschissene Fenster in dem verdammten Haus«, und schon rannte sie wieder polternd die Treppe hoch – temperamentvoll wie ein Teenager, wenn oben das Telefon klingelt.

Erst jetzt fiel Lis auf, daß das Deckenlicht im Wintergarten noch brannte, die Lampenreihe, die Owen vorhin eingeschaltet hatte, wahrscheinlich, weil er beim üblichen Schummerlicht die Leinensäcke nicht gleich finden konnte. Sie drehte am Dimmer. Das gehörte zu ihrem Respekt vor dem Lebensrhythmus der Pflanzen. Sie selbst wollte ja, wenn es nicht unbedingt nötig war, auch nicht jäh aus dem Schlaf gerissen werden. Sie war davon überzeugt, daß es einen engen Zusammenhang zwischen dem Rhythmus des Körpers und dem Pulsschlag der Seele gab. Und das war bei Pflanzen nicht anders. Deshalb hatte Lis – zusätzlich zu den Fünfhundert-Ma-

nometer-Sonnenstrahlern, die nur bei bedecktem Wetter eingeschaltet wurden – ein paar Lichtleisten mit schwachen blauen und grünen Birnen für die Nachtbeleuchtung installieren lassen. Bei diesem Nachtlicht war der Wintergarten ausreichend ausgeleuchtet, und die Pflanzen konnten trotzdem schlafen. Denn die brauchten auch ihren Schlaf, das ließ Lis sich nicht ausreden.
Was bei ihnen Wintergarten hieß, war genaugenommen eher das, was Gartenbauexperten ein Treibhaus genannt hätten. Ruth L'Auberget hatte ringsum an den Wänden Heizkörper aufstellen lassen, aber die antiquierten Dinger hatten nie richtig funktionieren wollen. Mutter hatte eine unüberwindbare Scheu vor allem gehabt, was irgendwie nach Technik aussah, ihrer Meinung nach mußte man es der Natur und dem Schicksal überlassen, ob die Rosen gediehen oder eingingen. Lis dachte anders darüber. Schließlich lebten sie ja im Zeitalter der Computer, sagte sie sich, und so hatte sie ihren Wintergarten mit einer mikroprozessorgesteuerten Klimaanlage ausstatten lassen, durch die die Raumtemperatur immer, auch in den kältesten Nächten, auf dreißig Grad gehalten und überdies die Ventilatoren an der Decke gesteuert und bei zu starker Sonneneinstrahlung (die für Rosen genauso schädlich ist wie Frost) automatisch die Rolläden an den nach Süden gelegenen Glasscheiben heruntergelassen wurden.
Zehn mal acht Meter maß der Wintergarten. An der einen Seite standen die mit Sand gefüllten Pflanzkübel mit den Setzlingen und Stecklingen, an der anderen waren die Keimschalen für die Aufzucht von Mutterpflanzen und Ablegern aufgereiht. Überall unter den Kulturen schlängelten sich irgendwelche Leitungen entlang – Heizdrähte für die Fußbodenheizung und Schläuche für die automatische Bewässerung. Die angrenzende Terrasse und der Bereich, in dem Lis die Topfpflanzen aufstellte, waren mit Betonboden ausgelegt, im Wintergarten hatte sie – bis auf die Schlängelpfade, die mit Schieferplatten abgedeckt waren – Kies ausbringen lassen. Den Schiefer hatte Lis selbst ausgesucht – ein schönes dunkles

Türkis. Die Farbe sollte sie immer an die *L'Auberget-Hybride* erinnern – eine Rose, die es nicht gab, jedenfalls noch nicht. So eine Rose zu züchten, das war insgeheim ihr ehrgeiziges Ziel. Leuchten sollte sie, aber in jenen weichen, gedämpften Farben, wie man sie im Gefieder von Wildenten findet.
Die Kreuzungsversuche hatten einen besonderen Reiz für sie, weil jeder behauptete, daraus könne nie und nimmer etwas werden. Andere Rosenzüchter hatten ihr versichert, eine kaum definierbare Farbe, wie sie ihr vorschwebte, sei durch noch so geduldige Kreuzung nicht zu erreichen. Außerdem lag so etwas absolut nicht im Trend, im Gegenteil, derzeit gingen in Züchterkreisen die Anstrengungen eher dahin, ausgefallene Duftnoten und eine möglichst hohe Resistenz gegen Ungeziefer und Rosenkrankheiten zu erzielen. Irgendwie waren Farben und Wuchsformen, also genau das, was Lis so faszinierte, auf einmal in Mißkredit gekommen. Je beredter man sie vor allen möglichen Schwierigkeiten warnte, desto besessener verfolgte sie ihr Ziel. Rosenfreunden wie Lis lag nun mal ein Hang zur Romantik im Blut, deshalb ließ sie sich so leicht nicht entmutigen. Und so verbrachte sie viele, viele Stunden hier in im Wintergarten bei ihren Versuchen mit verschiedenen gelbblühenden Sorten, pinkfarbenen Rosen und Blue-Moon-Teehybriden und schnitt Triebe ab und pfropfte sie anderen Stämmen auf, als wäre es letztlich nur eine Frage der Zeit, bis sie ihre Traumfarbe herangezüchtet hätte.
Lis hatte viel über die metaphysische Kraft der Phantasie gelesen und war davon überzeugt, daß menschlicher Ideenreichtum und die Fähigkeit, sich etwas vorzustellen, das beste seien, was Gott uns geschenkt hatte. Alles andere, sogar die Liebe, waren – verglichen damit – nur zweitrangig. Aber ihre Blumen hatten sie etwas noch Wertvolleres gelehrt: die Unvergänglichkeit der Schönheit. Knospen brachen auf, wurden zu Blüten, und die fielen irgendwann ab und verdorrten, aber selbst wenn die trockenen Blütenblätter zerbrachen, spiegelte sich im welken Laub der Blüten die Erinnerung an die wundervollen Farben eines großen Sommers wider.

Rosen waren für sie mehr als nur belebte Natur, in Lis' Augen hatten sie etwas Menschliches. »Denkt mal darüber nach«, hatte sie zu ihren Schülern gesagt und sie eingeladen, zu ihr in den Wintergarten zu kommen – an einem Samstag nachmittag, zu einer inoffiziellen Unterrichtsstunde über Rosen. »Nun, zuerst ein paar Worte zur Geschichte der Rosen. Sie stammen aus dem Orient, und später haben sie über Europa den Weg zu uns nach Amerika gefunden. Sie wachsen und gedeihen am besten in sozialen Gruppen, die sich immer weiter verzweigen. Mit Feuer wollten die ersten Christen die Rosen ausrotten, weil es Pflanzen aus heidnischen Herkunftsländern waren. Aber dann – was glaubt ihr, was ist da wohl passiert? Der Papst hat aus ihnen kurzerhand ein Symbol des Schönen gemacht. Fragt jemanden, der katholisch ist, wem die Rose geweiht ist. Natürlich Maria, wird er euch antworten. Und er meint damit die Muttergottes, nicht die andere – Maria Magdalena, die Sünderin.«

Mit neun Jahren hatte Lis ihre Liebe zu Blumen entdeckt. Selber noch ein hageres, hochaufgeschossenes Küken, sollte sie im Garten Portia hüten, freilich nicht allein, eigentlich war es Jolandes Aufgabe, auf beide aufzupassen. Und Jolande, das holländische Au-pair-Mädchen, war es, die sie zu immer neuen Streifzügen losschickte, weit über die Grenzen des großen Gartens hinaus. Natürlich erst, wenn sie die ganze Litanei ihrer Ermahnungen heruntergeleiert hatte: Warnungen vor dem See, vor Schlangen, Hornissen, Wespen und längst aufgegebenen Bohrlöchern, vor irgendwelchen Fremden und vor Männern, die ihnen Bonbons schenken wollten ... und so weiter und so weiter. (All diese Warnungen hatte sich selbstverständlich Andrew L'Auberget ausgedacht, kein sorglos-pausbäckiges Mädchen aus Holland hätte je eine Welt erfinden können, in der so viele Gefahren lauerten.)

Wenn dann die Belehrungen vorbei und die Ängste der Kinder genügend geschürt waren, teilte Jolande ihnen die Aufgaben zu: »Leesbonne – ein golden Blume. Brink mir ein golden Blume.«

Und schon liefen die Kinder los.
»Leesbonne, nu ein rote. Ein rote Blume. Und machet unterwegs keine – wie heißt das? – dummen Heiten. Poortia, ein rote Blume ...«
Wieder strolchten die Kinder durch Felder und Wälder und kamen mit Händen voller Wildblumen zurück. Jolande half ihnen, sie auf die richtige Länge zu schneiden und zu einem Strauß zu ordnen, und den brachten sie dann Ruth L'Auberget, die ihn gebührend bewunderte, hübsch arrangierte und mit ins Pfarrbüro nahm, wo sie ihre Nachmittage verbrachte.
Abends saß Lis dann am Eßtisch und wartete (sie selbst hätte sich nie getraut, davon anzufangen) mit zappelnder Ungeduld darauf, daß Mutter ihrem Vater von den Blumen erzählte oder daß Portia, die nicht so scheu war wie sie selbst, damit herausplatzte. Andrew L'Auberget, der mit der Religion nicht viel im Sinn hatte, tolerierte das Engagement seiner Frau in der St.-John's-Pfarrei (weil es ja, wie er zu scherzen beliebte, ihr einziges Laster war). Und wenn dann endlich von den Blumen die Rede gewesen war, ließ er sich hin und wieder sogar zu ein paar anerkennenden Worten herab. »Ah, sehr schön. Das ist gut für dich, Lisbonne. Und für dich auch, Portia. Hoffentlich habt ihr euch gehörig vor Dornen und Wespen in acht genommen?«
Er sagte das mit ernstem Gesicht, dennoch glaubte Lis, herauszuhören, daß er sich freute. »Ja, Vater.«
»Und rennt mir nicht durchs hohe Gras! Hat Jolande auch gut auf euch aufgepaßt? Ein gebrochenes Bein kann schnell brandig werden, und dann hilft nichts – ratsch, dann muß es ab. Ach und nehmt euch vor Reverend Dalcott in acht. Der stopft euch sonst, ehe ihr's euch verseht, in einen Sack und macht in seiner Episkopalkirche brave kleine Betschwestern aus euch!«
»Andrew!«
»Nein, Daddy, mit dem gehen wir nicht. Der hat gelbe Zähne und riecht so komisch aus dem Mund.«
»Portia!«
Und wenn Vater besonders guter Laune war, konnte es vor-

kommen, daß er ein paar Verse von Robert Burns oder John Donne rezitierte. »Oh, meine Liebe ist wie eine rote, rote Rose ...«
Blumen, Blumen ...
Insgeheim hatte Lis nie aufgehört zu glauben, daß es vielleicht die selbstgepflückten Wildblumensträuße gewesen waren, die ihre Mutter auf die Idee gebracht hatten, sich den Wintergarten bauen zu lassen, damit sie das ganze Jahr über blühende Rosen um sich herum hätte.
Blumen waren es auch, woran Lis sich mit all ihren Gedanken festklammerte, wenn Vaters Laune sich plötzlich verdüsterte und er die unbarmherzige Weidenrute auf ihrem Po tanzen ließ. Irgendwie schien es den Schmerz zu lindern, wenn sie sich die orangefarbene Blüte einer Hybridrose vorstellte.
Sie sah hoch, durch die Ritzen zwischen den Klebestreifen konnte sie den ominösen Baum erkennen – eine schwarze Weide, die Jahr um Jahr mit ihren jungen Trieben das Werkzeug geliefert hatte, mit dem Vater dafür sorgen wollte, daß seine Töchter zu wohlanständigen jungen Frauen heranwuchsen. Sie sah den Baum nur verschwommen, wie ein Traumbild – nicht mehr als eine nicht ganz so rabenschwarze Erscheinung inmitten dieser rabenschwarzen Nacht.
Sie kniff die Augen zusammen und ließ den Blick ein Stück weiter schweifen. Und da erst fiel ihr die seltsam wogende Bewegung auf der Oberfläche des Sees auf ...
Was mochte das sein?
Sie ging nach draußen und starrte in die Nacht, auf die am nächsten gelegene Uferbucht. Ein Schatten, den sie nie zuvor bemerkt hatte, schien dort drüben hin und her zu schaukeln. Und plötzlich begriff sie: Das Wasser war so stark angestiegen, daß es schon gegen die Oberkante des alten Damms schwappte. Was sie da schaukeln sah, war das weiße Ruderboot, das sich vom Liegeplatz losgerissen hatte und immer wieder gegen die Betonmauer geworfen wurde. Das felsige Ufer gleich neben dem Damm stand schon halb unter Wasser. Du meine Güte, nie war das Wasser in den letzten dreißig Jahren so hoch angestiegen!

Der Damm! Der Gedanke traf sie wie ein Schlag in den Magen. Den Damm, den hatte sie völlig vergessen. Natürlich, das war die am tiefsten gelegene Stelle auf ihrem Grundstück. Wenn das Wasser über die Betonmauer schwappte, lief zuerst der dahinter gelegene Abzugsgraben voll, und dann konnte es nicht mehr lange dauern, bis der ganze Garten überflutet war. Eine andere Erinnerung aus Kindertagen wurde in ihr wach. Gab's da nicht ein Schleusentor im Damm? Im Geiste sah sie das riesige Rad vor sich, an dem man drehen mußte, um das Tor zu öffnen. Aus der offenen Schleuse floß das Wasser dann in einen Bach, der ungefähr eine Meile hangabwärts in den Marsden River mündete. Sie erinnerte sich, daß ihr Vater einst – vor vielen, vielen Jahren – das Tor geöffnet hatte, als im Frühjahr überraschend die Schneeschmelze einsetzte. Ob es die Schleuse noch gab? Und wenn – ob sie noch funktionierte?
Lis ging ein paar Schritte aufs Haus zu und rief: »Portia?«
Ein Fenster im oberen Stock wurde geöffnet.
»Ich geh runter zum Damm.«
Ihre jüngere Schwester nickte und blickte besorgt zum Himmel. »Ich hab gerade den Wetterbericht gehört. Sie sagen einen Sturm voraus, wie seit zehn Jahren nicht mehr.«
Lis wollte sie schon damit aufziehen, daß sie sich ja genau die richtige Nacht für ihren Besuch ausgesucht hätte, aber sie besann sich rechtzeitig eines Besseren und machte sich auf den Weg – zur Senke hinunter, die am felsigen Bett des Abzugsgrabens entlang zum Damm führte. Portia schob das Fenster zu und fuhr fort, bedächtig und mit methodischer Gründlichkeit die Scheiben mit Papierstreifen zuzukleben, eine nach der anderen.

Plötzlich gebärdeten sich beide Labradors wie wild und zerrten in heller Aufregung an ihren Leinen. Blitzschnell rissen Heck und Fennel ihre Waffen aus den Holstern. Und dann atmeten sie erleichtert auf. Ein vom Wohlstandsmüll der umliegenden Gehöfte fett gewordener Waschbär watschelte eilends davon; es dauerte nicht lange, und sein buschiger Schwanz mit den

konzentrischen hellen und dunklen Ringen war im Unterholz verschwunden. Komisch, bei dem Watschelgang mußte Heck unwillkürlich an einen ganz bestimmten Kleinstadtbürgermeister denken – Jills Vater.
Heck ließ seine schwere Pistole sinken, beruhigte Emil und wartete, bis Charlie Fennel lange genug mit seinen Jagdhunden geschimpft hatte und ihnen, damit sie die Witterung neu aufnehmen konnten, Hrubeks Unterhosen hinhielt. Während er wartete, ließ Heck den Blick über das schier endlose Busch- und Grasland zu beiden Seiten des Highways schweifen. Fünf Meilen lagen nun zwischen der Stelle, an der sie inzwischen angekommen waren, und dem Schuppen, in dem Hrubek die Fallen gestohlen hatte, und noch immer folgten die Hunde einer Fährte, die keinen Schritt von dem schwarzen Asphaltband abwich. Heck war noch nie hinter einem Flüchtigen hergewesen, der derart an der Straße klebte. Aber ihm kam auf einmal das, was manch einem wie stumpfsinnige Dummheit erscheinen mochte, eher gerissen vor. Der schlaue Kerl tat genau das Gegenteil von dem, was alle erwarteten. Und holte dabei eine gute Zeit raus. Ein, zwei Sekunden lang konnte Heck sich des Gedankens nicht erwehren, daß sie den Burschen womöglich ganz falsch einschätzten. Und wie immer, wenn ihm so etwas durch den Kopf ging, rieselte ihm eine Gänsehaut den Rücken hinunter, vom Nacken bis zum Steiß.
Charlie Fennels Hunde hatten die Fährte wiedergefunden, und die Männer hetzten weiter den Highway entlang, der sich ohne Anfang und ohne Ende unter einem pechschwarzen Himmel dahinzuziehen schien. Eigentlich mehr, weil er sich von seinem mulmigen Gefühl ablenken wollte, fragte Heck: »Weißt du, was übermorgen für ein Tag ist?«
Fennel grunzte irgend etwas vor sich hin.
»Sankt-Hubertus-Tag. Das werden wir gehörig feiern.«
Fennel spuckte im hohen Bogen aus und fragte: »Wer – wir?«
»Emil und ich. Den dritten November. Hubertustag. Hubertus, das ist der Schutzpatron der Jäger. Die Sankt-Hubertus-Hunde, die hat er gezüchtet, und ...«

»Wer?«
»Der heilige Hubertus. Von dem red ich doch die ganze Zeit. Er war ein Mönch oder so was. Er hat die Hunde gezüchtet, von denen die späteren Bluthunde abstammen.« Heck deutete mit dem Kopf auf Emil. »Der Junge hat einen Stammbaum, der reicht weiter zurück als meiner. Am Sankt-Hubertus-Tag werden die Hunde gesegnet, das ist ein alter Brauch. Sag mal, ich hab dich für 'n waschechten Iren gehalten? Wie kommt's, daß du noch nie was davon gehört hast?«
»Meine Familie stammt aus Londonderry.«
»Ja, also – was ich sagen wollte ... Du hast ja die beiden Labradors. Wir sollten uns einen Priester suchen, der unsere Hunde segnet. Was hältst du davon, Charlie? Sollen wir's mal drüben in der St.-Mary-Kirche versuchen? Meinst du, der Priester macht das für uns?« Fennel gab keine Antwort. Und da fiel Heck ein: »Weißt du eigentlich, daß es die ersten Bluthunde schon in Mesopotamien gegeben hat?«
»Wo, zum Teufel, liegt das Kaff denn?«
»Irak – und die Gegend.«
»Ach, das meinst du.« Fennel knurrte gereizt. »War 'n saublöder kleiner Krieg.«
»Ich finde, wir hätten nicht haltmachen dürfen. Immer weiter bis nach Bagdad! Auf sie mit Gebrüll!«
»Bin ganz deiner Meinung.« Und dann fing Fennel auf einmal schallend zu lachen an.
Heck fragte grinsend: »Was ist daran so komisch?«
»Weißt du, mir ist gerade klargeworden: Du bist 'n Verrückter, der hinter einem Verrückten her ist.«
»Sag, was du willst, ich glaube, ich such mir 'n Priester und laß Emil segnen, wenn der Scheiß hier vorbei ist.«
»Falls er den Kerl schnappt.«
»Nein, ich denke, ich mach's auf jeden Fall.«
Die Straße, ein typischer Highway in ländlicher Umgebung, schlängelte sich durch verstreute Dörfer und an einsam gelegenen Gehöften vorbei. Wenn Hrubek tatsächlich nach Boston wollte, hatte er sich nicht gerade die kürzeste Strecke ausge-

sucht. Aber es war trotzdem schlau von ihm, fand Heck. Entlang solcher Straßen mußte man kaum damit rechnen, auf örtliche Polizeiposten zu stoßen, und viel Verkehr gab es auch nicht.

Nur drei Meilen weit folgten sie den Hunden, die sie wegen der Fallen immer noch sehr kurz hielten, auf dem schwarzen Asphaltband Richtung Osten, dann knickte die Fährte an einer unbefestigten Straße scharf nach Norden ab. Ungefähr vierzig Meter neben dem Highway stießen sie auf ein schmuddeliges Gasthaus; das einzige, was an diesem Schuppen einigermaßen proper aussah, waren die x-förmigen Sturmkreuze an den Fenstern, und auch die waren ziemlich schlampig geklebt.

Möglich, daß Hrubek hier Rast gemacht hatte. Fennel schickte Bübchen nach hinten, er und Heck schlichen sich geduckt an eines der Fenster auf der aluminiumverkleideten Frontseite heran. Vorsichtig brachten sie die Köpfe hoch ... und starrten verdutzt in acht weit aufgerissene Augen. Der Koch, die Kellnerin und die beiden einzigen Gäste – schon seit Minuten durch das Hecheln und Bellen der Labradors vorgewarnt – starrten genauso verdutzt zurück.

Heck und Fennel kamen sich ziemlich albern vor. Sie steckten die Waffen weg und gingen ins Lokal.

Die Kellnerin stand da und gaffte. Der Teller, den sie gerade servieren wollte, hing immer schräger in ihren Händen, dicke Tropfen irgendeiner Soße platschten auf den Boden. »Das Überfallkommando«, stammelte sie fassungslos.

Nein, stellte sich heraus, Hrubek hatte sich hier im Lokal nicht blicken lassen. Was auch Emils Verhalten erklärte, einige Schritte vor den Fenstern war er bei der Fährtensuche seitlich abgebogen. Die Männer machten mit ihren Hunden kehrt und verschwanden, wie sie gekommen waren: ohne Gruß und ohne lange Erklärungen. Emil nahm die Fährte auf und führte Heck, Fennel und Bübchen die Schotterstraße entlang nach Nordosten.

Wieder ein kleines Stück weiter war Hrubek von der Straße ins Gelände abgewichen. »Halt mal!« flüsterte Heck. Ein gras-

überwucherter Weg, kaum mehr als eine Fahrspur für Traktoren, zweigte seitlich ab, auf ein kleines Waldstück zu. Im Nachtdunkel unter den Bäumen verlor sich die Spur.
Heck und Fennel nahmen die Hunde noch kürzer – so kurz, daß jedes Schoßhündchen beim sonntäglichen Schaufensterbummel sich bitter beklagt hätte. Eigentlich brauchten sie die Spürnasen ihrer Vierbeiner nicht mehr. Zehn, zwölf Schritte weiter vorn, da, wo der Wald anfing, konnten sie Hrubek schon hören.
Fennel faßte Heck am Arm, beide blieben abrupt stehen. Bübchen kauerte sich hin. Kein Zweifel – dort drüben in der kleinen Baumgruppe. Dieses jammernde Winseln – das konnte nur der Verrückte sein.
Endlich hatten sie ihn gefunden! Heck war innerlich so aufgewühlt, daß er – der einzige Zivilist im Trupp – automatisch, ohne lange darüber nachzudenken, das Kommando übernahm. Lautlos dirigierte er Fennel und Bübchen, wie das bei einem Polizeieinsatz vor der entscheidenden Annäherung üblich ist, mit Handzeichen auf das Ziel zu. Dann beugte er sich zu Emil hinunter und wisperte »Sitz!« und gleich darauf »Leg dich!«. Der Hund streckte sich gehorsam auf dem Boden aus. Aber ein wenig schien es ihn doch zu irritieren, daß er nicht mehr mitspielen durfte. Heck band ihn locker an einem Zweig fest.
»Ab jetzt übernehme ich, wenn's recht ist«, flüsterte Fennel. Ganz lässig, ohne Schärfe, aber doch mit einem Unterton, der Heck daran erinnerte, wer hier etwas zu sagen hatte. Heck zuckte gleichmütig die Achseln. Das Kommando zu haben, danach hatte er sich noch nie gedrängt. Nur, abhängen ließ er sich im letzten Augenblick auf keinen Fall, da hätte Fennel bei ihm auf Granit gebissen. Es sollte hinterher keine langen Diskussionen geben, wem die Belohnung zustand. Er nickte Fennel zu und griff nach der Walther.
Bübchen – der plötzlich, Feuer im Blick und die schwere Automatik in der Hand, gar nicht mehr wie ein Bübchen aussah – schlug einen kleinen Bogen, er sollte sich nach

Fennels Plan von Norden annähern. Heck und Fennel folgten der Fahrspur. Sie gingen sehr langsam. Tiefe Furchen waren in den Weg gegraben, die Tannen schluckten das letzte schwache Licht, überall lagen sperrige Reisighaufen herum – wie übereinander gestapelte Petticoats. Und die Stablampen durften Heck und Fennel natürlich nicht einschalten.
Das Wimmern wurde lauter. Daß ein Mann mit so hoher Stimme vor sich hin jammerte? Das ging einem ja durch Mark und Bein.
Und dann sah Heck den Truck – einen langen Sattelschlepper, halb unter Bäumen versteckt. Vor Schreck verkrampfte sich ihm der Magen. Dieses Winseln ... das war überhaupt nicht Hrubek, schoß ihm durch den Kopf. Der Trucker war's. Der Verrückte war über ihn hergefallen und machte womöglich gerade Hackfleisch aus dem armen Teufel. Vielleicht war das, was Heck für Winseln gehalten hatte, ein Röcheln. Im Geiste sah er den Mann auf dem Boden liegen. Mit einer blutenden offenen Brustwunde ...
Er und Fennel tauschten rasch einen Blick. Eine stumme Vergewisserung, daß sie dasselbe dachten. Vorsichtig, nach allen Seiten sichernd, gingen sie weiter.
Und dann entdeckte ihn Heck. Gar nicht weit weg. Und trotzdem war es ein merkwürdig verwaschener Umriß. Ein deformiertes Bündel Mensch auf dem Waldboden. Michael Hrubek. In der Mitte so unförmig dick wie eine Mißgeburt. Wimmerte wie ein mondsüchtiger Hund.
Er lag auf dem Boden. Versuchte immer wieder, mit unbeholfenen Bewegungen hochzukommen. Vielleicht war er gestürzt und hatte sich verletzt? Oder hatte ihn der schwere Sattelschlepper angefahren?
Aber vielleicht spielte er ihnen auch nur etwas vor? Vielleicht hatte er die Labradors gehört und wartete jetzt nur darauf, daß sie nahe genug herankamen?
Von der anderen Seite der Lichtung schlich sich Bübchen an, tief geduckt. Fennel reckte drei Finger hoch. Bübchen antwortete mit derselben Geste, zum Zeichen, daß er verstanden

habe. Fennel schob die Sicherung seiner Automatik vor und hielt die Hand über dem Kopf. Ein Finger – zwei – drei ... Die Männer rannten los. Drei schwarze Pistolenmündungen waren auf das Ziel gerichtet. Schwankend suchten sich die Lichtstrahlen aus drei großen Stablampen, bis sie sich im Ziel trafen: genau dort, wo der unförmige Fleischkoloß lag.

10

»Keine Bewegung!«
»Okay, bleib ganz ruhig liegen!«
Lieber Himmel, was für 'ne Show wird hier eigentlich abgezogen? dachte Heck und merkte, wie ihm die Knie weich wurden. Der Irre lag vor ihnen auf dem Boden und brüllte wie ein neugeborenes Baby. Und auf einmal klappte er in zwei Hälften auseinander. Und die eine, die obere, kam kreidebleich auf die Beine.
Was, zum Teufel, läuft hier? Heck schwenkte den Lichtstrahl der Stablampe auf die untere Hälfte des Irren – den Teil, der noch am Boden lag und nun in wilder Hast nach Kleidungsstücken grapschte, die er sich überziehen konnte.
Über ... ja, also vor allem wohl über die üppigen Brüste.
»Scheiße, ihr gottverdammten Arschlöcher!« schrie die obere Hälfte mit überschnappendem Tenor, »was, Himmelarschundzwirn, habt ihr hier zu suchen?«
Als erster fing Bübchen schallend zu lachen an, dann stimmte Fennel ein, und wenn Heck nicht die Wut über das Geld, das ihm im letzten Augenblick doch noch durch die Lappen gegangen war, so tief in den Knochen gesessen hätte, hätte er lauthals mitgelacht. Der Anblick dieses mageren Burschen, der verzweifelt nach seiner Unterhose suchte, während das (plötzlich viel zu lange) Kondom auf seinem *a tempo presto* schrumpelnden Familienschmuck auf und ab wippte – also, das war nun wirklich das Spaßigste, was Heck seit Jahr und Tag gesehen hatte.
»Tut mir nichts!« jammerte die Frau.
»Ihr Arschlöcher!« knurrte der hagere Mann noch einmal, und sogar Heck fand seinen Sinn für Humor wieder und fing an, leise die *Dueling-Banjos*-Melodie aus *Deliverance* zu pfeifen.

Charlie Fennel sagte mit breitem Kentucky-Hinterwäldler-Akzent: »Unn nu will ich 'n hab'n. Is so 'n hübsches Kerlchen.«
»Ja, jetzt geht's rund!« schrie Heck. »Piggy-piggy, wie die kleinen Schweinchen!«
Die Frau fing wieder zu jammern an.
»O Scheiße!« Der junge Mann hatte sich mit den Füßen in der Unterhose verheddert.
»Nun beruhigt euch mal«, sagte Fennel und lenkte den Lichtstrahl seiner Stablampe auf das Dienstwappen an seiner Brust. »Wir sind State Trooper.«
»Ist mir scheißegal, wer ihr seid. Das war echt nicht lustig. *Sie* wollte, daß wir's machen. Die hat mich in der Kneipe oben an der Straße angemacht. War *ihre* Idee.«
Die junge Frau hatte offenbar mit jedem Kleidungsstück, das sie sich überstreifen konnte, ein Stück von ihrer Fassung zurückgewonnen. »Was?! *Meine* Idee? Da muß ich ja noch froh sein, daß du mich nicht gleich eine Hure nennst!«
»Ich wollte damit nicht sagen ...«
»Macht das unter euch aus«, mischte sich Fennel ein, »das ist eure Sache. Aber unsere Sache ist ...« Er wandte sich an den jungen Mann. »... ob auf Ihren Truck auf den letzten zehn Meilen ein Anhalter aufgesprungen ist? Ein Flüchtiger?«
Heck fiel es wie Schuppen von den Augen. Verdammt noch mal, genauso mußte es gewesen sein! Er hätte sich sonstwohin beißen können, daß ihm die Möglichkeit nicht früher eingefallen war. Hrubek war auf der Stoßstange mitgefahren oder hatte sich weiß Gott wo festgeklammert. Also, darum war die Witterung so schwach gewesen. Und darum hatte sich die Fährte immer schnurgerade an der Straßenmitte entlanggezogen.
»Großer Gott, etwa der Kerl vom Truck-Stop in Watertown? Dieser wandelnde Kleiderschrank? O Gott im Himmel, das darf ja nicht wahr sein!«
»Was denn?« Heck starrte ihn verblüfft an. »Waren Sie das? Sind Sie etwa *der* Trucker? Der, den er gefragt hat, wo's nach Boston geht?«

»Gottverdammte Scheiße! Vielleicht hab ich den Kerl immer noch an Bord?«
Aber Bübchen hatte schon eine Runde um den Sattelschlepper gedreht und das Dach und das Fahrgestell abgesucht. »Nein, der ist nicht mehr da. Und der Hänger ist fest verschlossen. Wahrscheinlich ist er abgesprungen, als Sie angehalten haben.«
»O mein Gott!« Dem Trucker wurde nachträglich noch ganz schlecht. »Das ist 'n Killer, nicht wahr?« flüsterte er beinahe ehrfürchtig. »O Gott, o Gott...«
Die Frau hatte zu weinen angefangen. »Das ist bestimmt das letzte Mal, das schwöre ich. Nie mehr wieder.«
Fennel wollte wissen, wie lange der Trucker schon hier sei.
»'ne Viertelstunde, schätze ich.«
»Habt ihr beiden Turteltäubchen irgendwas gehört?«
Der Mann wollte wenigstens jetzt noch einen guten Eindruck machen. »Nicht die Bohne«, versicherte er eilends.
»Ich hab auch nichts gehört.« Die Frau schniefte. »Und noch was. Ich ... ich mag's nicht, wie ihr euch hier aufführt.«
»Hm«, machte Fennel nur. Dann sagte er zu dem jungen Mann, der an den letzten Hemdknöpfen nestelte: »Und jetzt, schlage ich vor, steigen Sie wieder auf Ihre Maschine, bringen die Lady nach Hause und sehen zu, daß Sie weiterkommen.«
»*Die* nach Hause bringen? Kommt gar nicht in Frage.«
»Du lausiger Schwanz!« fauchte sie ihn an. »Ficken ist wohl alles, was du kannst?«
»Ich glaube, Sie sollten tun, was Ihnen gesagt wurde«, warf Heck ein.
»Ja, gut. Wenn sie nicht zu weit weg wohnt. Ich muß 'ne Ladung Autoersatzteile nach Bangor bringen und spätestens ...«
»Du lausiger Schwanz!«
Fennel hatte das Gebüsch rund um den Sattelschlepper abgesucht. »Nichts von ihm zu sehen«, rief er.
Heck lachte glucksend. »Na ja, bei dem Lärm, den die beiden gemacht haben, wär ich auch abgehauen. Tja, dann packen wir's mal wieder. Er kann noch nicht weiter als 'ne halbe Meile gekommen sein. Wir sollten ...«

Bübchen sagte: »Äh, Trenton … ich glaube, da gibt's ein Problem.«
Heck sah hoch. Der junge Trooper zeigte auf ein unauffälliges, nicht sehr groß gehaltenes Schild. Sie waren zwar vorhin daran vorbeigekommen, hatten ihm aber weiter keine Beachtung geschenkt. Von hier aus war nur die Rückseite zu sehen. Heck schlenderte die paar Schritte zur Schotterstraße zurück, drehte sich um und las:

Willkommen in Massachusetts

Fassungslos starrte er auf die kursiv aneinandergereihten grünen Buchstaben. Wer, in aller Welt, war bloß auf den saublöden Gedanken gekommen, so ein kunstvoll gemaltes Schild ausgerechnet hier an dieser staubigen Nebenstraße aufzustellen, wo sowieso nur entlaufene Irre, geile Trucker und halbseidene Mädchen vorbeikamen? Er seufzte gequält und sah Fennel an.
»Tut mir leid, Trenton.«
»Ach, komm, Charlie!«
»Das ist außerhalb unseres Zuständigkeitsbereichs.«
»Mann, der ist nur 'n Steinwurf weit weg! So um die fünfzig Meter, würd ich sagen, zum Hinspucken! Vielleicht sitzt er irgendwo auf 'm Baum und lacht sich halbtot.«
»Gesetz ist Gesetz, Trent. Da bleibt nichts anderes übrig, wir müssen die Mass-Trooper herrufen.«
»Und ich sage: Wir holen uns den Kerl einfach.«
»Wir dürfen die Staatsgrenze nicht überschreiten.«
»Verfolgung auf frischer Tat«, versuchte Heck ihn zu überreden.
»Haut nicht hin. Er ist kein Verbrecher. Adler sagt, daß er den Burschen im Leichensack nicht umgebracht hat. War Selbstmord.«
»Ach, Mann, Charlie!«
»Wenn er gar nicht so verrückt ist – und es sieht verdammt danach aus, daß er's nicht ist –, kann er uns, wenn wir ihn in Massachusetts schnappen, wegen Körperverletzung und Frei-

heitsberaubung verklagen. Und er hat gute Chancen, den Scheißprozeß zu gewinnen.«

»Nicht, wenn wir uns vorher einig werden, wie wir die Story erzählen.«

»Wie wir uns rauslügen, meinst du.«

Heck brütete einen Augenblick lang dumpf vor sich hin. »Wir suchen ihn ja bloß und bringen ihn zurück. Damit hat sich's.«

»Trenton, hast du früher je bei einer schriftlichen Meldung den Sachverhalt falsch dargestellt?«

»Nein.«

»Oder im Zeugenstand einen Meineid geschworen?«

»Du weißt, daß ich so was nicht mache.«

»Okay, ich weiß, daß du keine Dienstmarke mehr trägst und die Dinge ein bißchen anders siehst. Aber wir als Trooper können nun mal nicht einfach über die Staatsgrenze marschieren, da beißt keine Maus den Faden ab.«

Erst rührte sich nichts als kalte, ohnmächtige Wut in Hecks Brust, dann mischte sich etwas wie Verständnis dazu. Verständnis dafür, daß es für Charlie Fennel und den jungen Trooper ausschließlich darum ging, ihren Job zu tun. Klar, solange sie Michael Hrubek verfolgten, setzten sie alles daran, ihn zu erwischen. Sie liefen sich die Hacken krumm, scherten sich einen feuchten Dreck darum, wie viele Überstunden sie schieben mußten, und riskierten sogar ihren Hals dabei. Aber all das eben einzig und allein mit dem Ziel, ihren Job zu tun.

Die Zuständigkeitsgrenzen zu überschreiten, das gehörte nun mal nicht zu ihrem Job.

»Tut mir wirklich leid, Trenton.«

»Vorher ist kein Arsch auf die Idee gekommen, die Jungs aus Massachusetts zu verständigen«, beschwerte sich Heck. »Jetzt kann's 'ne halbe Stunde dauern, bis der erste Streifenwagen von denen sich hier blicken läßt, vielleicht noch länger. Bis dahin ist der Irre, wenn er auf 'n anderen Truck aufspringt, über alle Berge.«

»Dann ist das eben so«, sagte Fennel, »da kann man nichts machen. Ich ... ich weiß, wie wichtig das Geld für dich ist.«

Heck stand da, die Hände in die schmalen Hüften gestemmt, und starrte auf das Schild. Dann nickte er gelassen. »Gut, laß uns nicht weiter darüber reden. Du mußt tun, was du für richtig hältst, Charlie.«
»Wie ich dir schon gesagt habe, Trenton: Tut mir wirklich verdammt leid für dich.«
»Okay, ist ja kein Beinbruch.« Heck spazierte gemächlich zu Emil hinüber. »Uns beide wirst du dann wohl entschuldigen.«
»Nein, Trenton.« Ohne erhobene Stimme, aber entschieden.
Heck tat so, als habe er nichts gehört und band die Schlaufe auf, mit der er Emil an einem Ast festgebunden hatte.
»Trenton!«
»Was ist?« schnaubte Heck.
»Ich kann genausowenig zulassen, daß du auf eigene Faust weitermachst.«
»Versuch ja nicht, mir Vorschriften zu machen, Charlie. Auf die Idee solltest du gar nicht erst kommen.«
»Trenton, mach kein' Quatsch, du bist Zivilist. Du könntest dich nicht mal darauf rausreden, daß du ihn auf frischer Tat verfolgst. Selbst dann nicht, wenn er ein gesuchter Verbrecher wäre. Sobald du auch nur einen Schritt über die Grenze raus bist, ist es Freiheitsberaubung, darauf kannst du Gift nehmen. Und am Schluß sitzt du selber in der Patsche.«
»Und wenn er nun unterwegs einen umbringt? Du hast ihn laufen lassen. Bist du dann trotzdem stolz darauf?«
»Es gibt Regeln für das, was wir hier tun. Und daran halt ich mich. Und ich sorg dafür, daß du's auch tust.«
»Heißt das, daß du mich aufhalten willst?« fauchte Heck ihn an. »Wie denn? Willst du mir etwa deine tolle Dienstwaffe unter die Nase halten?«
Heck wußte, daß er zu weit gegangen war, dachte aber im Traum nicht daran, einzulenken. Er stand mit geballten Fäusten da, als ginge es um eine Prügelei auf dem Schulhof.
Fennel versuchte es im guten. »Sei nicht so stur, Trenton. Denk darüber nach. Um mal damit anzufangen: Dieser Dr. Adler ist ein Arsch mit Ohren. Denkst du, der zahlt dir auch nur einen

Penny, wenn du sein Riesenbaby außerhalb der Staatsgrenzen schnappst? Du weißt genau, daß der dich bescheißt, wenn er 'ne Chance dazu sieht. Und was ist, wenn irgend so 'n schwuler Anwalt von der Bürgerrechtsbewegung dich in die Mangel nimmt und dich drankriegt, weil du einen armen, geistig Zurückgebliebenen gekidnappt hast? Paß mal auf, wie schnell sie dich da am Arsch kriegen.«

Es wäre alles gar nicht so schlimm gewesen, wenn sie nicht so dicht dran gewesen wären, dachte Heck. Wenn er zum Beispiel erfahren hätte, daß Hrubek, sagen wir mal, in Florida oder in Toronto gesehen worden wäre. Aber sie waren so verdammt dicht dran gewesen ... Eine Sekunde lang sah er Fennel in die Augen, dann ließ er den Blick über das offene Gelände schweifen, das auf einmal in seltsam bleiches Licht getaucht zu sein schien, wie mit Schnee oder mit Kalk bestäubt. Irgendwo in der Ferne – er hätte nicht sagen können, wie weit weg – sah er die geduckte Gestalt eines Mannes davonrennen. Aber als er die Augen zusammenkniff, verwandelte sich der Rücken des Burschen in einen ganz gewöhnlichen Busch. Und da wußte Heck, daß er nur gesehen hatte, was die Phantasie ihm vorgaukelte.

Ohne irgendein Wort der Erklärung nahm er Emil das Suchgeschirr ab und band ihm das Halsband mit der Hundemarke um. »Komm«, sagte er und ging los – die Traktorspur entlang, dann die Schotterstrecke hinunter, zur Straße zurück, wo der Streifenwagen stand. Emil trottete gottergeben neben ihm her.

Eine Weile merkten sie überhaupt nicht, daß er hereingekommen war, und so nutzte Owen die Zeit, um sich in dem schäbigen Büro umzusehen. Der billige Schreibtisch, die flackernden Neonleuchten an der Decke, der schockgrüne Teppich, die Bücher mit den eingerissenen Schutzumschlägen, ganze Stapel von Aktenordnern aus Recyclingpapier, die kitschig tapezierten Wände ...

Als Hausbesitzer kannte Owen sich ein wenig mit Handwerkerarbeiten aus. Die Tapeten sahen nach einfachen Sonderangeboten aus, und sauber geklebt waren sie auch nicht. Auf dem Teppich hätten kaum noch mehr Flecken Platz gehabt. Die Fenster waren verschmiert. Aber das Glas auf den gerahmten Diplomen, das war geputzt, daß man sich darin spiegeln konnte.

»Entschuldigen Sie bitte ...«

Die Männer drehten sich um. Der in Uniform, mit den kurzen Stiefeln, das mußte Captain Haversham sein. Der *gute Mann,* wie der Sheriff gesagt hatte. Und der andere, der mit dem sandfarbenen Haar, das war wohl derjenige, dessen Name draußen an der Bürotür stand. Um die Fünfzig. Er sah aus, als hätte er allenfalls zwei von den mindestens zehn Stunden Schlaf gekriegt, die er dringend brauchte. Trotzdem, auf einmal schien er hellwach zu sein. Er musterte den unerwarteten Besucher scharf.

Owen stellte sich vor und fragte: »Sind Sie Dr. Adler?«

»Bin ich.« In einem Ton, der weder besonders höflich noch feindselig war. »Was kann ich für Sie tun?«

Ein kurzes Flackern in den Augen des Troopers verriet, daß ihm der Name Atcheson etwas sagte. Mit einem langen Blick inspizierte er Owens Aufzug.

»Ich wohne in Ridgeton. Das liegt westlich von hier, ungefähr ...«

»Ja, Ridgeton. Ich weiß, wo das liegt.«

»Ich bin wegen Michael Hrubek hier.«

Adler sah ihn jäh erschrocken an. »Wie haben Sie erfahren, daß er sich vorübergehend aus der Anstalt entfernt hat?«

»Vorübergehend entfernt?« fragte Owen trocken.

»Wer sind Sie eigentlich?«

Der Trooper mischte sich ein. »Ist Ihre Frau diejenige, die ...?«

»Stimmt.«

Adler nickte. »Die bei der Verhandlung ausgesagt hat? Tja – da hat doch vor einer Weile dieser Sheriff angerufen. Es ging um einen Brief, den Hrubek ihr geschickt hat.« Adler zwinkerte nervös. Ganz war ihm noch nicht klar, wie er Owen in die turbulenten Abläufe dieser Nacht einordnen sollte.

»Haben Sie ihn inzwischen wieder eingefangen?«
»Das zwar nicht, aber es besteht keinerlei Anlaß, daß Sie sich irgendwelche Sorgen machen.«
»So? Ich finde, der Brief, den Ihr Patient meiner Frau geschickt hat, kann einem durchaus angst machen.«
»Nun, ich glaube, wir haben das Ihrem Sheriff bereits hinlänglich erklärt.« Adlers huschender Blick signalisierte, daß das *wir* Haversham einschloß. »Hrubek ist paranoid. Ein Schizophrener. Was solche Leute schreiben, ist gewöhnlich belanglos. Es besteht kein Anlaß, daß Sie sich ...«
»*Gewöhnlich* belanglos? Also nicht immer. Ich verstehe. Finden Sie nicht, daß mehr hinter der Sache stecken muß, nachdem er meine Frau schon bei der Gerichtsverhandlung bedroht, drei Monate später diesen Brief geschrieben hat und jetzt aus Ihrer Anstalt ausgebrochen ist?«
Adler sagte: »Das ist ja wohl nicht Ihre Sache, Mr. Atcheson, und wir tun wirklich alles, um ...«
»Die Sicherheit meiner Frau ist sehr wohl meine Sache.« Er schielte auf Adlers linke Hand. »Es gehört zu den Aufgaben eines Mannes, sich um seine Frau zu kümmern. Halten Sie das bei Ihrer Frau anders?« Mit grimmigem Vergnügen stellte er fest, daß der Anstaltsdirektor ihm offensichtlich schon nach diesen wenigen Minuten spinnefeind war. »Erklären Sie mir mal, warum an der Suchaktion nur vier Männer teilnehmen?«
Der Doktor klappte ein paarmal den Mund auf und zu, ehe er schließlich sagte: »Die Männer, die die Verfolgung aufgenommen haben, sind erfahrene Hundeführer. Das ist erheblich effizienter, als wenn ein Dutzend Trooper auf gut Glück durch die Nacht irren.«
»Er ist in Watertown?«
»Er war dort. Er scheint nach Norden unterwegs zu sein. Das heißt, um's korrekt auszudrücken: Er *ist* nach Norden unterwegs.«
Draußen dröhnten Hammerschläge. Owen hatte, als er hereingekommen war, einige Arbeiter gesehen, die Sperrholzplatten

zu einem mit großen Scheiben verglasten Raum schleppten, offenbar die Cafeteria der Anstalt.
»Haben die Männer vom Suchtrupp ihn überhaupt schon gesichtet?« Nach dieser Frage, registrierte Owen, war Dr. Adler ihm nicht mehr spinnefeind gesinnt, der Mann haßte ihn. Aber als Anwalt war er an so etwas gewöhnt.
»Ich glaube nicht«, sagte Adler. »Aber sie sind sehr nahe dran.«
Owen war davon überzeugt, daß Haltung das wichtigste Attribut eines Mannes war. Jemand mochte kahl sein, unrasiert, ein mickeriges Männchen oder weiß Gott was, solange er sich gerade hielt, hatten alle Respekt vor ihm. Aber dieser Doktor knickte ja schon in sich zusammen, wenn man ihn nur scharf ansah. Möglich, daß er Hrubek anfangs wirklich für harmlos gehalten hatte. Aber jetzt war Adler hier, Sonntag nacht, blaß wie der Tod, und der Officer von der Staatspolizei stand ja auch nicht zum Spaß in seinem Büro herum.
»Er ist in Stinson abgehauen?« fragte er.
Dr. Adler schaute zur Decke. Dann warf er dem Captain einen hilfesuchenden Blick zu. Haversham ging zum Schreibtisch, zog die ausgebreitete Karte zu sich herum und tippte mit der Kappe des Kugelschreibers auf eine bestimmte Stelle. »Sehen Sie selber, warum Ihre Frau sich keine Sorgen machen muß. Wir verfolgen seine Spur hier.« Er deutete auf einen Punkt bei der Kreuzung der 236 und 118. »Abgehauen ist er ...« Als Adler ihn mit einem bohrenden Blick fixierte, korrigierte er sich: »Entfernt hat er sich hier – knapp nördlich der eingezeichneten Countygrenze.«
»Und wie ist er nach Stinson gekommen?«
Adler antwortete rasch: »Da gab's eine Verwechslung. Er hat bei einem Transport den Platz eines anderen Patienten eingenommen.« Glatt und routiniert, ohne zu zögern.
Havershams Blick ruhte einen Augenblick lang auf dem unbewegten Gesicht des Anstaltsdirektors, dann zeigte er auf die Karte: »Hier ist er den beiden Wärtern entkommen. Und hier, in Watertown, hat er den Fahrer eines Sattelschleppers gebeten, ihn mit nach Boston zu nehmen. Ach ja – er hatte vorher

schon unterwegs einen Stadtplan von Boston weggeworfen. Zur Zeit befindet er sich auf der Landstraße 118.«

»Boston? Wie groß ist sein Vorsprung?«

»Nur eine halbe Stunde. Unsere Männer schließen rasch auf. Innerhalb der nächsten zwanzig Minuten werden wir ihn wohl haben.«

Adler räusperte sich. »Wenn Sie uns jetzt freundlicherweise entschuldigen würden? Wir haben eine Menge zu tun.«

Owen gönnte sich das Vergnügen, den ohnehin verstörten Mann noch einmal in Grund und Boden zu starren. Dann wandte er sich an den State-Trooper. »Ich darf doch wohl davon ausgehen, daß Sie den Sheriff von Ridgeton über die weitere Entwicklung auf dem laufenden halten? Schon meiner Frau und mir zuliebe.«

»Selbstverständlich mache ich das.«

Owen nickte dem Captain zu, behandelte Adler wie Luft und verließ das Büro. Er wollte gerade den dunklen Flur hinuntergehen, als Haversham hinter ihm herkam.

»'tschuldigung, Sir. Nur eine Frage ...«

Der Trooper war selbst ein großgewachsener Mann, aber Owen war noch ein paar Zentimeter größer. Haversham trat einen halben Schritt zurück, er mochte nicht so steil hinaufstarren. »Haben Sie, als Sie von dem Vorfall hörten, gerade irgendwo im Zelt kampiert?«

»Ich verstehe nicht ganz?«

»Nun, ich frage nur, weil Sie angezogen sind wie für einen Campingurlaub. Oder für die Jagd.«

»Ich hab mir einfach die erstbesten Sachen geschnappt, die mir in die Finger fielen, und bin sofort losgefahren.«

»Den ganzen Weg von Ridgeton?«

»Das sind ja nur ein paar Meilen den Highway runter. Um die Straßensperren, das gebe ich zu, hab ich mich nicht weiter gekümmert.«

»Sie hätten genausogut anrufen können.« Als Owen nichts dazu sagte, hakte Haversham nach: »Sind Sie bewaffnet? Ich meine, für alle Fälle?«

»Wollen Sie meinen Waffenschein sehen?«
»Das wird nicht nötig sein. Was machen Sie beruflich?«
»Ich bin Anwalt.«
»Oh, Anwalt?« Das schien dem Captain zu gefallen. »Welches Spezialgebiet?«
»Hauptsächlich finanzrechtliche Fragen.«
»Der Doktor da drin – also, der hat, um's mal so auszudrücken, keine besonders hohe Meinung von diesem Hrubek. Und Ihre Frau und Sie auch nicht, vermute ich. Nun, der Bursche mag ein unzurechnungsfähiger Krimineller sein, aber deshalb ist er vor dem Gesetz kein tollwütiger Hund. Er ist ein menschliches Wesen. Und wenn jemand auf die Idee käme, ihn einfach über den Haufen zu schießen, würde er sich des Mordes schuldig machen. Aber ich nehme an, da Sie Anwalt sind, muß ich Ihnen das nicht erzählen.«
»Ich würde Sie gern was fragen, Captain. Haben Sie Michael Hrubek je aus der Nähe gesehen? Von Angesicht zu Angesicht?«
»Sie haben mein volles Mitgefühl, Sir. Aber ich versichere Ihnen, wenn wir den Mann irgendwo tot auffinden, komme ich zu Ihnen, um persönlich mit Ihnen zu reden. Selbst wenn Sie mit Totschlag davonkämen, wäre es das Ende Ihrer Zulassung als Anwalt.«
Owen erwiderte stumm den ruhigen Blick des Captains. Und schließlich sagte Haversham: »Das wollte ich Ihnen nur zu bedenken geben.«
»Zur Kenntnis genommen, Captain. Und nun wünsche ich Ihnen eine gute Nacht.«

Aus dem Augenwinkel nahm Michael Hrubek, während er durchs hohe Gras rannte, auf der parallel zum Highway verlaufenden Nebenstraße die Scheinwerfer wahr. Das Fahrzeug hielt genau sein Tempo ein, Hrubek hatte den Eindruck, daß der Fahrer ihn verfolgte. Plötzlich bremste der Wagen, bog scharf rechts ab und kam auf ihn zu. »Verschwörer!« keuchte er. Panische Angst erfaßte ihn, er spürte, wie die Angst ihn einkreiste wie ein Hornissenschwarm. Prompt kam er aus dem

Tritt, stolperte und fiel der Länge nach hin. Schlacke, kleine Steine und Glasscherben bohrten sich in seine Handballen, Blut quoll aus der Wunde. Er stieß einen kurzen Schrei aus, rappelte sich hoch und rannte in den Wald, nur ein paar Schritte weit. Blindlings brach er durch eine Hecke aus niedrigen Büschen und ließ sich zu Boden fallen. Ein paar Atemzüge später sah er den grünen Umriß des Wagens langsam am Waldrand entlanggleiten.
Der Wagen hielt an, eine Tür wurde zugeschlagen, ein Mann stieg aus. Im kleinen Bogen kam der Verschwörer auf den Waldrand zu. Hrubek drehte sich auf die Seite, krümmte den Rücken, zog die Beine an. Er schloß die Augen und fing zu beten an, daß er einschlafen möge. Einschlafen und unsichtbar werden.
»Michael!« rief der Mann halblaut und unentschlossen, fast so, als ob er am liebsten geflüstert hätte. »Michael, bist du da?«
Irgendwie kam Hrubek die Stimme vertraut vor.
»Michael, ich bin's.«
Ah, Dr. Richard! wurde Hrubek klar. Halb betäubt vor Angst, dachte er aufgeregt: Dr. Richard Kohler aus Marsden!
Oder vielleicht doch nicht? Sei vorsichtig. Irgendwas Komisches geht hier vor.
»Michael, ich will mit dir reden. Kannst du mich hören?«
Hrubek öffnete die Augen und riskierte einen Blick, durch zwei Farnkräuter hindurch. Sah tatsächlich genauso aus wie Dr. Richard. Wie hatten die verdammten Wichser das hingekriegt? Er robbte unter einen Busch. Schloß die Augen. Schlug sie auf. Zu und auf. Inspizierte den Mann argwöhnisch. Dieselbe hagere Gestalt wie der Doktor. Dunkelblauer Anzug, schwarze Schuhe, die komischen Acrylsocken, die er immer trug. Und diesmal hatte er einen Rucksack umhängen. Merkwürdige Farbe, schwarzrot wie angetrocknetes Blut. Doch, der Mann sah aus wie Dr. Richard. Auf den Punkt genau getroffen. Respekt. Der Verschwörer hatte sich bei seiner Maskerade eine Menge Mühe gegeben.
Ganz schön gerissen, der Scheißkerl. Mach jetzt bloß keinen Fehler.

»Ich habe gehört, daß du weggelaufen bist. Michael – bist du das? Mir war so, als hätt ich was gesehen.«
Schritte kamen näher, knisternd brachen trockene Blätter unter weichen Schuhen. Hrubek zog seinen Rucksack zu sich heran. Das Ding war schwer, und die Ketten an den Fallen klirrten leise. Einen Augenblick lang lag er wie erstarrt da, dann fing er an, so lautlos wie möglich im Rucksack zu kramen. Ganz unten fand er die Pistole.
»Michael, ich weiß, daß du furchtbare Angst hast. Ich will dir doch nur helfen.«
Hrubek zielte auf den Schatten, der näherkam. In den Schädel würde er ihm eine verpassen, diesem Kerl, der sich als Dr. Richard verkleidet hatte. Oder nein, das war zu barmherzig. Ich werde auf den Bauch zielen, dachte er. Und dann laß ich ihn ganz langsam sterben, mit einer riesigen Wunde in den Eingeweiden. So, wie die Soldaten auf dem Schlachtfeld krepiert sind.
... denn meine Liebe gehört einem hübschen blauen Jungen, der sein Leben gab für mich ...
Immer näher kamen die Schritte. Der Lichtstrahl einer winzigen Taschenlampe huschte über den Boden. Eine halbe Armlänge vor Hrubeks Fuß. Dann schwenkte er zur Seite. Hrubek hielt die Pistole umklammert, dicht vor seinem Gesicht. Er roch das Waffenöl und das Metall. Und als er wieder hochsah, ging ihm ein fürchterlicher Gedanke durch den Kopf. Was, wenn der Mann sich gar nicht verkleidet hatte? Wenn er nun wirklich Dr. Richard war? Vielleicht gehörte der auch zu den Verschwörern? Wer sagte ihm eigentlich, daß Dr. Richard nicht auch zu den Verrätern gehörte? Daß er schon, als sie sich das erste Mal begegnet waren, einer von diesen Verschwörern gewesen war? Von Anfang an? Ihn vier Monate lang belogen und betrogen hatte?
»Ich hab dich schon überall gesucht. Ich will dir ein paar Medikamente bringen. Danach fühlst du dich besser.«
Was glaubst du, wieviel besser du dich fühlst, wenn du tot bist? antwortete Hrubek im stillen. Erzähl mir bloß nicht, daß euer Scheißgift mir guttut. Aber was ich hier für dich habe, das tut dir auch nicht gut, du Arschloch.

Drei Meter war er weg, der Verschwörer. Hrubeks rechte Hand fing zu zittern an, als er die Waffe fester fassen wollte. Die Mündung war immer noch auf den Bauch gerichtet. Auf den Bauch des falschen Dr. Richard. Oder des richtigen, des Verschwörers und Verräters.
»Ich bin deine letzte Chance, Michael. Da sind noch andere hinter dir her, und die werden dir weh tun ...«
Ja, ja, das weiß ich längst. Hast du nichts Neues zu erzählen? Wie wär's denn, wenn ich den Jungs vom CNN was zu erzählen gebe? Die machen aus deinen zerfetzten Eingeweiden 'ne Superstory, sollst mal sehen.
Er zog den Abzugsbügel zurück. Ein ganz leises Klicken. Und doch genügte es, um Hrubek in ein Meer aus brodelnden Ängsten zu stürzen, urplötzlich. Er zitterte am ganzen Leib. Die Waffe rutschte ihm aus der Hand. Einen Augenblick lang lag er da wie betäubt. Und dann wurde es dunkel vor seinen Augen. Dunkler als der Wald ringsum. Irgend etwas blockierte sein Gehirn. Die Gedanken saßen fest. Ließen sich nicht mehr bewegen. Wie bei einem Bohrer, wenn er sich in hartem Eichenholz festgefressen hat.
Minuten waren vergangen, als er die Augen wieder aufschlug und langsam zu begreifen begann, wo er war. Die Luft war jetzt kälter, vollgesogen mit feuchter Fäulnis, die ihm den Atem abschnürte. Der Verschwörer war verschwunden, sein Wagen auch. Hrubek fand seine Waffe, entspannte vorsichtig den Abzug, verstaute sie im Rucksack. Als er sich hochrappelte und wieder – wie benommen und ein bißchen schwindelig – durch die Nacht zu traben begann, fragte er sich, ob das alles vielleicht nur ein Traum gewesen wäre. Aber dann wurde ihm klar: Auch dann, wenn sich das alles gar nicht wirklich ereignet hatte, mußte es ein Zeichen sein, das Gott ihm gegeben hatte. Ein Zeichen, mit dem Gott ihn daran erinnern wollte, daß er heute nacht niemandem trauen dürfe. Auch denen nicht, die seine besten Freunde auf Erden waren. Oder so taten, als wären sie es.

11

Sie nannte es die Berliner Mauer.
Ein mannshoher Staketenzaun aus grauem Zedernholz, der das mehr als zweitausend Quadratmeter große Grundstück der L'Aubergets seitlich und nach hinten abgrenzte. An diesem Zaun kam Lis nun auf ihrem Weg zum Damm vorbei. Das Monstrum errichten zu lassen, hatte Andrew L'Auberget achtzehntausend Dollar gekostet (und das war 1968 gewesen, als man für sein Geld noch was bekam). Aber nicht mal der Preis hatte ihn von seiner Idee abbringen können. Das mit der Berliner Mauer durfte Vater natürlich nicht hören, Lis machte ihre Scherze über den Zaun nur Portia und guten Freunden gegenüber. In gewisser Weise war es sogar ein beziehungsreicher Scherz; Andrew L'Auberget fürchtete sich zwar nicht wie die Erbauer der Mauer in Berlin vor dem Kapitalismus und der freiheitlichen Grundordnung, aber so etwas wie einen Erzfeind hatte auch er: Terroristen aller Schattierungen.
Er war davon überzeugt, als erfolgreicher Geschäftsmann mit weitverzweigten Firmenbeziehungen nach Europa auf der Abschußliste irgendwelcher Terrorgruppen zu stehen. »Die gottverdammten Basken!« schimpfte er, »der Teufel soll sie holen! Und die wissen alles über mich!« Und dann die radikalen Schwarzen, die Black Panther ... »Ich stehe im *Who is Who in American Business,* jeder kann dort meinen Namen nachschlagen. Da findet er alles: wo ich wohne, die Namen meiner Kinder ... Ja, Lisbonne, deinen Namen können die auch darin lesen. Ich hoffe, du hast nicht vergessen, was du machen sollst, wenn's an der Tür klingelt? Sag mir, was du tun sollst, wenn du siehst, daß irgendein Nigger vor dem Haus herumschleicht. Los, sag's mir!«
Sogar Lis, obwohl sie noch ein Kind war, hatte sich leicht

vorstellen können, daß der Zaun kein unüberwindbares Hindernis für irgendwelche finsteren Gesellen war, eher schon ein lästiges Ärgernis für die Familie, weil jetzt jeder, wenn er einen Spaziergang in die Wälder jenseits der Cedar Swamp Road machen wollte, einen Umweg von einer dreiviertel Meile in Kauf nehmen mußte. Aber Vater L'Auberget war es wohl – wie denen, die die Mauer in Berlin gebaut hatten – nicht nur darum gegangen, Eindringlinge fernzuhalten, er wollte auch die, die mit ihm unter einem Dach wohnten, von allzu weiten und zu häufigen Ausflügen abschrecken. »Ich möchte nicht, daß die Kinder irgendwo draußen herumstromern. Lieber Himmel, sie sind ja schließlich Mädchen!« So und in allen möglichen Variationen hatte Lis das oft genug gehört.

Während sie jetzt am Zaun entlangging, mußte sie daran denken, daß – Ironie des Schicksals – die Mauer in Berlin längst zu Staub und Schutt geworden war, Andrew L'Aubergets hölzernes Bollwerk aber immer noch trutzig wie eh und je die Gegend verschandelte. Und dabei wurde ihr auch klar, daß diese Palisade, wenn das Wasser noch weiter anstieg, wie ein Schleusentor wirken mußte. Gerade dieser Zaun würde die Flut daran hindern, in Richtung auf die Wälder abzufließen und dort zu versickern, statt dessen mußte Vaters Bollwerk die Wassermassen direkt auf das Haus zu lenken.

Sie kam beim Strand an – einem schmalen Streifen aus dunklem Sand. Unmittelbar dahinter lag der Damm – die alte, um die Jahrhundertwende erbaute, ungefähr sieben Meter hohe Mauer aus Steinen und Zement; hier an dieser Stelle hatte sie vorhin das weiße Ruderboot schaukeln sehen. Hinter dem Damm zog sich ein schmaler Abzugsgraben entlang, in dem sich gewöhnlich nur bei sehr hohem Pegelstand Wasser ansammelte. Heute nacht aber brodelte und rauschte es in diesem Überlaufgraben wie im Flußbett des Colorados. Schäumend drängten sich die Wassermassen hügelabwärts, auf den Bach zu. Der Damm lag zwar auf dem Grundstück der L'Aubergets, Wartung und Kontrolle oblagen aber den Technikern des Staatlichen Wasserbauamts, für die eigens eine Zufahrt gebaut worden war. Warum, zum Teufel, ließ sich eigentlich heute keiner von denen hier blicken?

Ein paar Schritte wagte Lis noch, dann blieb sie nachdenklich stehen und starrte auf die wirbelnden weißen Schaumkronen, mit denen das Wasser in den Bach schoß. Trotzdem, es war nicht die erschreckende Urgewalt der Natur, die sie zögern ließ, auch nicht die Sorge, der Damm könne urplötzlich unterspült werden. Eine Erinnerung war's, die sie festhielt – die Erinnerung an das Picknick.

Viele, viele Jahre war das her. Einer der wenigen gemeinsamen Ausflüge, die die Familie L'Auberget überhaupt unternommen hatte. Nicht weit, nur hierher ...

Ein Junitag war's gewesen – einer von jenen, an denen der Wettergott sich nicht zwischen Sonne und Schatten entscheiden konnte. Mal war es unerträglich heiß, im nächsten Augenblick eher kühl. Erwartungsvoll und vergnügt war die Familie losspaziert – vom Haus zum kleinen Strand am See. Keine zehn Meter weit waren sie gekommen, als Vater anfing, an Portia herumzunörgeln. »Hör auf, hier herumzujuchzen! Gib endlich Ruhe! Das gilt für alle.« Portia war fünf, aber schon damals ein quirliger kleiner Wirbelwind – und ein Trotzkopf dazu. Lis hatte befürchtet, Vater könne womöglich, weil ihre kleine Schwester so ausgelassen herumtollte, das ganze Picknick abblasen. »Pscht«, hatte sie Portia zugeflüstert, mehr nicht, und sich prompt einen Fußtritt dafür eingehandelt. Weil Portia aber immer noch keine Ruhe gab und Vaters Miene immer finsterer wurde, hatte Mutter die Kleine schließlich auf den Arm genommen und den Rest des Weges getragen.

Lis, seinerzeit elf, und ihr Vater quälten sich mit den Picknickkörben ab. Was ganz schön in die Arme ging, denn Vater hatte die Körbe bis obenhin vollgepackt. Aber Lis hätte an jenem Tag alles ertragen, ohne sich beklagen, denn Vater war gerade erst von einer langen Geschäftsreise durch Europa zurückgekommen; acht Monate hatte sie ihn nicht gesehen, darum wäre sie damals um keinen Preis der Welt von seiner Seite gewichen. Und als er sie dann auch noch lobte, weil sie so stark und so tapfer sei, brachte sie vor Freude kein Wort heraus.

»Wie wär's hier?« fragte Vater und entschied die Sache dann gleich selber: »Ja, ich glaube, hier wär's gut.«

Es kam Lis so vor, als habe er sich während der Reise einen kleinen Akzent zugelegt, einen portugiesischen, vermutete sie. Auch daß er sich jetzt anders anzog, fiel ihr auf: Slacks in einer gedeckten Farbe, ein weißes, im Nacken geknöpftes Hemd, kurzschäftige Stiefel. Das entsprach absolut nicht der gängigen Mode in den Sechzigern, aber Vater hatte nun mal mit dem Schnickschnack der Brook Brothers oder in den Boutiquen in der Carnaby Street nichts im Sinn, er kleidete sich lieber so, wie es dem Geschmack seiner Geschäftsfreunde unter der iberischen Sonne entsprach. Niemand in der Familie hätte es gewagt, sich darüber zu mokieren; erst nach seinem Tod hatten Lis und Mutter ihre Späßchen darüber gemacht und für Andrews modische Extravaganzen den Ausdruck »später Einwanderungsstil« kreiert.

Und so war es dann Nachmittag geworden, und Mutter hatte alles für das Essen im Freien arrangiert. Unter Vaters Regie und nach seinen Anweisungen, versteht sich. Das Fleisch mußte in ordentliche Scheiben geschnitten und alles auf riesigen Platten angerichtet werden – und so weiter und so weiter.

Dann kam der Höhepunkt, Vater brachte eine Flasche Port zum Vorschein, schenkte ein und fragte Mutter nach ihrer Meinung. Er behauptete, sie habe einen unverbildeten Geschmack und könne die Qualität eines Ports daher treffsicherer beurteilen als Gott weiß wie viele geschwätzige Franzosen, die sich für Weinkenner hielten. Und Mutter sagte natürlich nie auch nur ein einziges abfälliges Wort über irgendeinen Wein aus Vaters Sortiment.

Am Tag von Lis' Geburt hatte Andrew L'Auberget sich in Portugal aufgehalten und, als im Büro seines portugiesischen Geschäftspartners jäh das Telefon losschrillte und seine Schwiegermutter am anderen Ende war und ihm mitteilte, er sei soeben Vater geworden, vor lauter freudigem Schreck eine Flasche Taylor, Jahrgang 1879, fallen lassen. Angeblich hatte er über das Mißgeschick schallend gelacht und darauf bestanden, die Tochter müsse Lisbonne heißen nach der Stadt, in der er soeben aus einer Siebenhundertdollarflasche Port einen Scherbenhaufen gemacht habe.

Zwei Dinge waren Lis später bemerkenswert erschienen. Einmal war's die Nonchalance, mit der er den Verlust wegsteckte. Zweitens aber die Frage, warum er zu dieser Zeit nicht bei seiner Frau gewesen war.

Nun, an jenem Tag am Strand hatte er plötzlich ungeachtet aller Proteste seiner Frau einen Silberlöffel genommen und Lis einen winzigen Schluck Port zu kosten gegeben.

»Da, Lisbonne na, was meinst du? Das ist ein 1953er. Kein auserlesenes Tröpfchen, aber gut. Na, wie findest du ihn?«

»Andrew, sie ist elf! Viel zu jung für so was.«

Lis war zwar eher danach zumute gewesen, angewidert das Gesicht zu verziehen, aber sie hatte tapfer gesagt: »Schmeckt mir gut, Vater.« Und, weil sie das für ein besonderes Kompliment hielt, hinzugefügt: »Ein bißchen wie Wick.«

»Der Hustensirup?« hatte er losgebrüllt. »Bist du verrückt geworden?«

»Ich sag ja, sie ist zu jung.« Mutter wußte aus Erfahrung, daß es in solchen Fällen am besten war, die Kinder schleunigst aus der Schußlinie zu nehmen, und so waren Lis und Portia weggeschickt worden; sie sollten irgendwo spielen, bis der Lunch vorüber war.

Portia saß im Gras und pflückte Veilchen. Lis hatte aus den Augenwinkeln zufällig eine huschende Bewegung im angrenzenden State Park bemerkt und schlenderte neugierig ein paar Schritte darauf zu. Ein Junge und ein Mädchen standen da, er war ungefähr achtzehn, sie ein paar Jahre jünger. Sie lehnte mit dem Rücken an einem Baum, und er hatte ihr die Arme um die Schultern gelegt. Und dann beugte er sich auf einmal vor und küßte sie. Lis konnte genau sehen, wie sie die Nase rümpfte, vielleicht nur so zum Spaß, aber er zuckte erschrocken zurück.

Dann nahm er die Hände plötzlich von ihren Schultern und griff nach ihrer Brust. Lis hielt die Luft an. Was machte er denn da? Sie konnte sich nur vorstellen, daß sich eine Biene auf die Bluse des Mädchens gesetzt hatte. Du liebe Zeit, der Junge wollte die wohl doch nicht mit bloßen Händen wegscheuchen? Sie war drauf und dran, ihm zuzurufen, er solle das Tier in Ruhe lassen. Die stechen, wenn man sie anfaßt! wollte sie rufen und wunderte sich, daß ein Junge im High-School-Alter so etwas nicht selber wußte.
Natürlich war's keine Biene, auf die der Junge es abgesehen hatte, der oberste Knopf der Bluse war's. Er knöpfte ihn auf und schob dem Mädchen die Finger unter den Stoff. Das Mädchen verzog wieder das Gesicht und klopfte ihm auf die Finger. Dieses Mal schien er nicht zu erschrecken, er zog zwar die Finger zurück, aber er lachte dazu, und im nächsten Augenblick küßte er das Mädchen wieder. Und schob ihm schon wieder die Hand in den Ausschnitt. Und das Mädchen schien gar nichts mehr dagegen zu haben. Und dann … herrje, nun küßten die sich sogar richtig!
Lis sah es ganz deutlich, beide hatten die Zunge ein Stück vor die Lippen geschoben. Eine unerklärliche Hitzewelle stieg in ihr auf. Sie hätte nicht sagen können, wo die herkam, vielleicht aus den Knien. Genau verstand sie nicht, was die beiden da drüben trieben, aber eine vage Ahnung kam ihr doch. Zögernd hob sie die Hand und ließ sie zwischen ihre Bluse und den Badeanzug gleiten. Auch sie nestelte sich den obersten Knopf auf, versuchte alles genauso zu machen wie der Junge dort drüben, stellte sich vor, daß seine Hand ihre führte, und schob die Finger unter den Badeanzug. Sie tastete hierhin und dahin und merkte zunächst gar nichts. Dann aber, als sie eine Zeitlang herumgefummelt hatte, spürte sie plötzlich die Hitzewellen. Diesmal kam's ihr vor, als stiegen sie von ihren Beinen auf. Oder von irgendwoher aus ihrem Bauch.
»Lisbonne!« rief ihr Vater barsch.
Japsend fuhr sie herum.
»Was machst du denn da? Hab ich dir nicht gesagt, du sollst

nicht so weit weggehen!« Sie war gar nicht so weit weg, aber er schien trotzdem nichts von ihrer Missetat (wenn's denn eine gewesen war) gemerkt zu haben. Ihr Herz schlug wie ein Lämmerschwanz, sie fing fast zu weinen an, ließ sich rasch auf die Knie fallen und schwindelte mit zitternder Stimme: »Ich suche nach Indianerknochen.«

»Wie ekelhaft!« rief ihre Mutter. »Hör augenblicklich damit auf! Komm her und wasch dir die Hände.«

»Du solltest ein bißchen mehr Respekt vor der letzten Ruhestätte der Toten haben, kleines Fräulein! Wenn du tot bist und unter der Erde liegst ... wie würde dir das gefallen, wenn jemand käme und in deinem Grab herumwühlen würde?«

Die beiden Mädchen kamen zurück zur Picknickdecke, wuschen sich die Hände und bekamen dann doch noch was zu essen. Allerdings mußten sie sich dafür Vaters weitschweifige Erklärungen über die Fertignahrung anhören, die die Astronauten auf ihren Raumflügen aßen. Er versuchte auch (ohne sonderlichen Erfolg), Portia das Prinzip der Schwerelosigkeit zu erläutern. Lis bekam von allem nur ein paar Bissen herunter. Und als sie fertig war, behauptete sie, sie wolle sich noch einmal den umgefallenen Grabstein ansehen, und verschwand im Gebüsch.

Aber das Liebespärchen war nicht mehr da.

Dann kam der Teil des Tages, vor dem Lis sich am meisten gefürchtet hatte: Vater ging mit ihr zum dunklen See hinunter. Er zog das Hemd und die Slacks aus und stand in burgunderroten Boxershorts da. Irgendwie sah er straff aus, nicht durchtrainiert, aber die Fettpölsterchen waren bei ihm so verteilt, daß man fast denken konnte, es wären Muskeln.

Lis zog die Bluse aus, danach den Hosenrock. Als sie im Badeanzug dastand, zog sie heftig den Bauch ein. Sie war damals noch magerer gewesen als heute, viel einzuziehen gab's da gar nicht. Aber sie hoffte inständig, wenn auch vergeblich, obenherum, wenn sie den Bauch einzog, entsprechend anzuschwellen.

Sie wateten ins kalte Wasser. Andrew L'Auberget, im College

einst ein Meisterschwimmer (was er immer wieder betonte), war sehr ungehalten darüber, daß seine Tochter sich vor dem Wasser fürchtete. Er ließ keine Gelegenheit aus, mit ihr ins Wasser zu steigen, im Pool, in irgendeinem Fluß oder im Meer. »Es ist gefährlich, das ist wohl wahr. Man ist schnell ertrunken. Aber gerade deshalb mußt du schwimmen lernen – wie ein Fisch.«
Sie knickte in den Knien ein, krümmte die Zehen und balancierte auf den Hacken, weil sie sich vor dem schlammigen Grund ekelte. Und dann fing der Schwimmunterricht an, was bei Vater einer wahren Tortur gleichkam. Als er merkte, daß sie den Kopf nicht ins Wasser tauchen wollte, befahl er ihr, tief einzuatmen, und drückte sie mit beiden Händen unter Wasser, bis sie in panischer Angst zu zappeln anfing und sich freistrampelte. Wenn sie dann prustend und zitternd hochkam, lachte er nur und sagte: »Siehst du, das war gar nicht schlecht. Noch mal, diesmal zehn Sekunden. Ich schaff das zwei Minuten lang. Und dabei halte ich die ganze Zeit über die Luft an.«
»Nein, ich will nicht mehr.«
»Fräulein, nicht in dem Ton! Sonst tauch ich dich zwanzig Sekunden unter!«
Sie übte, machte ein paar Züge, hielt dabei aber die Finger gespreizt. Was er natürlich sofort merkte und korrigierte, ihm entging nichts. Er legte ihr die flache Hand unter den Bauch und ließ sie auf der Stelle schwimmen. »Ganz ruhig, Kind, ganz ruhig. Das Wasser bringt dich nicht um.«
Sie lag auf seiner Hand und versuchte, die Arm- und Beinbewegungen zu koordinieren, und als sie gerade so weit war, daß ihr Strampeln eine gewisse Ähnlichkeit mit dem bekam, was man Brustschwimmen nannte, kam eine Welle angerauscht, hob sie an und spülte sie von Vaters Hand, ihrem einzigen Halt. Einen Moment lang schwamm sie tatsächlich allein weiter. Dann war die Welle vorbei, Lis sackte ein bißchen ab, aber sie schwamm weiter. Vaters Hand suchte nach ihrem Bauch, verirrte sich jedoch und faßte sie plötzlich zwischen den Beinen. Einen Augenblick lang verharrten beide wie erstarrt. Und dann – sie

wußte heute noch nicht, was in sie gefahren war – preßte Lis die Beine zusammen und hielt Vaters Hand zwischen ihren Schenkeln gefangen.
Und dann lächelte sie.
Sie sah ihren Vater an und lächelte. Keine Spur von Verführung oder Stolz oder dem Wissen um weibliche Macht lag in diesem Lächeln, und schon gar nicht Lust. Ach was, es war ein unschuldiges, verlegenes Kinderlächeln, was um ihre blaugefrorenen Lippen spielte.
Aber das genügte schon, das war schon verrucht genug. Wegen dieses Lächelns, vermutete Lis später, und nicht etwa, weil es diese flüchtige körperliche Berührung zwischen ihnen gegeben hatte, war sie so unbarmherzig bestraft worden. Nachträglich konnte sie sich nur noch daran erinnern, daß sie plötzlich aus dem Wasser gezerrt worden war und hart auf dem Ufer aufschlug, wo sie auf dem Bauch liegenblieb, während Vaters Hand – dieselbe Hand, die eben noch so zart die geheimnisvollste Stelle ihres Körpers berührt hatte – unerbittlich auf und nieder fuhr und zuschlug.
»Mach das nie wieder!« schrie er (und mochte wohl ihr sündhaftes Benehmen gar nicht näher beschreiben), »nie wieder, nie wieder!« Wort für Wort im Rhythmus der harten Schläge, die ihren Po trafen. Die Schläge selbst spürte sie nicht einmal so sehr, ihre Haut war noch betäubt vom kalten Wasser, doch um so härter trafen die Schläge, die er mit seinen Worten versetzte, ihre Seele. Sie weinte und schrie, natürlich – doch am lautesten schrie sie, als sie sah, daß ihre Mutter herbeieilen wollte und dann auf halbem Weg stehenblieb. Mutter wandte sich ab, sie mochte nicht hinsehen. Statt dessen nahm sie Portia an der Hand und zog sie weg. Portia drehte sich, ehe sie an Mutters Hand hinter einer Bodenwelle verschwand, noch einmal um. Lis las nichts als kühle Neugier im Blick ihrer kleinen Schwester.
Lis seufzte, schob die Erinnerungen beiseite und ging langsam durch den schwarzgrauen Sand auf den Damm zu. Ausgerechnet auf der zum Haus hin gelegenen Seite war ein kleines Stück

aus der Dammkrone herausgebrochen, dort schwappte das Wasser schon über. Ein Teil davon floß in den Abzugsgraben und wurde weiter in den Bach geleitet, aber ein kleiner Teil lief auch in den Bewässerungsgraben, der zum Haus hinüberführte. Lis setzte mit einem Sprung über den Graben und ging auf das Handrad für das Schleusentor zu, ungefähr in der Mitte des Damms.

Es war ein schweres Eisenrad, etwa sechzig, siebzig Zentimeter im Durchmesser, die Speichen kunstvoll geschmiedet wie ineinander verschlungenes Rebholz, und vorn stand in erhabenen gotischen Lettern der Name der Herstellerfirma. Die Schleuse, die von diesem Rad aus gesteuert werden konnte, war ein einfaches Holztor, etwa siebzig mal einen Meter, fest geschlossen, aber auch an dieser Stelle schwappte das Wasser schäumend über und floß in den Überlaufkanal. Wenn es Lis gelang, das Schleusentor zu öffnen, würde das den Wasserspiegel des Sees um gut und gern einen Meter, wenn nicht anderthalb absenken.

Sie faßte das Rad mit beiden Händen und versuchte, es zu drehen. Rosenzüchter, die daran gewöhnt sind, jeden Tag Säcke mit Erde und Dünger zu schleppen, jeder einen halben Zentner schwer, haben gut durchtrainierte Muskeln, und Lis packte mit aller Kraft zu. Aber der Mechanismus war eingerostet, so daß das Rad sich keinen Deut bewegte.

Sie suchte einen Felsbrocken und schlug damit gegen das Gestänge. Farbsplitter platzten ab, sprühende Funken stoben wie winzige Meteoriten in die Nacht. Sie versuchte noch mal, das Rad zu drehen, erneut ohne Erfolg. Also schlug sie wieder mit dem Felsbrocken zu, aber der war inzwischen vom gischtenden Wasser naß geworden, rutschte ihr aus der Hand und verschwand platschend im Abzugskanal. Sie prallte so hart mit der bloßen Hand auf die Eisenspeiche, daß sie schon fürchtete, sie habe sich die Finger gebrochen. Es war nicht nur der Schreck, der sie laut aufschreien ließ, es tat auch scheußlich weh.

»Lis, ist dir was passiert?« Portia kam vorsichtig über die

schlüpfrigen Kalksteine geklettert, zu Lis herüber. »Ach, guck mal da, den alten Damm gibt's tatsächlich noch?«
»Ja, so ist es«, sagte Lis kurzangebunden, ganz damit beschäftigt, sich die schmerzenden Finger zu reiben. Dann mußte sie lachen. »Na ja, so ein Damm kann sich ja nicht einfach in Luft auflösen, oder? Pack mal mit an, ja? Ich brauch hier ein bißchen zusätzliche Muskelkraft.«
Sie versuchten es gemeinsam, aber das Rad wollte sich keinen Millimeter drehen. Fünf Minuten schlugen sie auf die festgerosteten Speichen ein, ohne auch nur das geringste auszurichten.
»Sieht aus, als hätte seit zwanzig Jahren keiner mehr versucht, das Ding zu öffnen.« Portia musterte stirnrunzelnd das Schleusentor und schüttelte den Kopf. Ein Schwall graugrünes Wasser schwappte über das Tor, genau vor ihre Füße.
»Erinnerst du dich an diese Uferstelle?« fragte Lis.
»Na klar.«
»Hier haben wir das Boot ins Wasser gehievt.« Lis deutete mit dem Kopf auf den schmalen Streifen Strand.
»Richtig. Ach, ist es das etwa? Immer noch dasselbe Boot?« Portia zeigte auf das schaukelnde Ruderboot.
»Das da? Nein, natürlich nicht. Das von damals, das war das alte Segelboot. Aus Mahagoniholz. Das hat Vater vor ein paar Jahren verkauft.«
»Ach, was haben wir uns seinerzeit alles zusammengesponnen! Auf und davon segeln wollten wir. Heimlich abhauen. Irgendwohin. Nach ... nach Nantucket?«
»Nein, nach England. Weißt du nicht mehr? Zu der Zeit haben wir uns abends immer gegenseitig vorgelesen. Sobald Mutter und Vater schlafengegangen waren. Ich hab dir aus den Geschichten von Dickens vorgelesen. Und für uns stand fest, daß wir später in Mayfair wohnen wollen.«
»Nein, Sherlock Holmes war's. Von dem konnte ich gar nicht genug kriegen. Dickens hast du allein gelesen. Der war mir zu anspruchsvoll.«
»Du hast recht. Die Baker Street. Mrs. Hudson. Ich glaube, was

wir am tollsten fanden, war das mit dem Butler, der uns um fünf unseren Lieblingstee bringt.«

»Und danach das Geschirr abwäscht. Kannst du von hier aus nach Boston segeln?«

»Ich? Ich kann nicht mal bis zum anderen Seeufer segeln.«

Portia starrte ins Wasser. »Das Stückchen Strand, das hatte ich ganz vergessen. Ich glaub, eine von meinen Puppen ist hier ertrunken. Barbie. Die wär heute wahrscheinlich hundert Dollar wert. Und wir haben immer Oreos gemopst und heimlich hier unten gefuttert. Fast jeden Tag sind wir hier gewesen.« Sie versuchte, einen Stein flach übers Wasser hüpfen zu lassen, aber es wurde nicht viel daraus. »Bis zu dem Picknick.«

»Bis zu dem Picknick«, wiederholte Lis versonnen und tauchte die Hand ins dunkle Wasser. »Es ist das erste Mal, daß ich seitdem wieder hier bin.«

Portia sah sie verblüfft an. »Seit damals?«

»Ja.«

»Das war – na, wann? Vor zwanzig Jahren?«

»Sag lieber: vor dreißig.«

Portia schüttelte den Kopf, als sie die Bedeutung der Zahl begriff. Das Ruderboot knarrte in den Spanten und schlug heftig gegen die Mauer. Sie beobachtete besorgt, wie die Bootswand am Damm scheuerte, und sagte: »Das können wir vergessen, wenn wir nichts unternehmen.« Sie zog das Boot auf den Strand und band es an einem jungen Baum fest. Während sie sich die Fasern des morschen Seils von den Händen wischte, kam ein schnelles, halb verschlucktes Lachen über ihre Lippen.

»Was ist denn?«

»Ich mußte nur gerade daran denken, daß ich nie gefragt habe, was eigentlich passiert ist.«

»Passiert ist?« fragte Lis.

»Damals. Bei dem Picknick. Er hat wahrhaftig oft genug verrückt gespielt, aber so verrückt hab ich ihn nie gesehen.«

War das wahr? Hatten sie nie darüber gesprochen? Lis hakte den Blick an den zerzausten Kronen dreier Pinien fest, die ein

Stück vor dem Waldrand aufragten. Unwillkürlich fiel ihr dabei – sie wußte selber nicht, warum – der Kalvarienberg ein. »Ich weiß auch nicht«, antwortete sie schließlich. »Ich muß ihm irgendwie frech gekommen sein. Ich erinnere mich nicht mehr.«

»Ich wollte, ich wär damals älter gewesen. Ich hätt ihn zur Vernunft gebracht.«

Lis sagte endlose Sekunden lang gar nichts. Dann zeigte sie auf einen runden Stein, ungefähr so groß wie eine Grapefruit, dessen obere Hälfte aus dem nassen Sand ragte. Knapp zwei Fingerbreit entfernt leckte das Wasser bereits. »Siehst du den? Als er aufgehört hat, mich zu verprügeln, bin ich hierhergekrochen. Ich hab versucht, den Stein aus dem Sand zu ziehen. Ich wollte ihm das Ding auf den Kopf schlagen und ihn in den See stoßen.«

»Ausgerechnet du? Du hast dich doch nie gewehrt?«

»Ich weiß noch, wie ich auf Händen und Knien durch den Sand gekrabbelt bin und mir vorgestellt habe, wie's wohl im Gefängnis sein mag. Und ob's getrennte Gefängnisse für Mädchen und Jungen gibt. Ich wollte nicht zusammen mit Jungen im Gefängnis sein.«

»Und warum hast du's nicht getan?«

Wieder brauchte Lis ein paar Sekunden. Dann sagte sie: »Ich hab das verdammte Ding nicht rausgekriegt. Darum.« Sie drehte sich abrupt um. »Wir holen lieber einen Stapel Sandsäcke her. Sieht aus, als bliebe uns nur noch eine halbe Stunde, bis der Damm überflutet wird.«

Trenton Heck starrte durch die offene Schiebetür des Trailers in den Nachthimmel. Vor ihm stand auf einem roten Vinylset ein Teller mit Thunfischsalat und Reis, Emils Freßnapf war mit einem teuren Fertigfutter und Spinat gefüllt. Viel Appetit hatten sie beide nicht.

»Ach Gott, ach Gott.«

Er schob den Teller mit einem Ruck zurück, griff nach einer Flasche Budweiser und nahm drei große Schlucke. Komisch,

heute schmeckte ihm das Zeug genausowenig wie das Essen. Er stellte die Flasche weg.
Abgesehen von der grellen Lampe über dem Tisch, herrschte im Wohnwagen Dunkelheit. Er schlurfte über den gelbbraunen Noppenteppich nach hinten zu seinem Liegesessel, ein Sears-Sonderangebot, und knipste die Leselampe an. Schlagartig sah es in dem schlauchartigen Trailer ein wenig wohnlicher aus. Ein Riesending, das Modell mit drei Schlafzimmern. Außen Aluminium, eine warme, sonnengelbe Farbe, die Fenster mit schwarzen Schindeln aus Kunststoff gerahmt.
Obwohl Heck schon seit viereinhalb Jahren hier wohnte und sich in der Zeit all der Krimskrams angesammelt hatte, den ein erst verheirateter, später geschiedener Mann eben so braucht, hatte man nicht den Eindruck, als sei der Trailer bis in den letzten Winkel vollgestopft. Die Hersteller von Wohnwagen verstehen sich darauf, genug Einbauschränke und Stauraum einzuplanen, und so war das meiste irgendwo hinter Türen oder Klappen verschwunden. Abgesehen von den Möbeln und den Lampen hingen oder standen nur ein paar Fotos (Familie, Hunde), etliche Trophäen (Silbermedaillen mit Männern mit einer Pistole in der ausgestreckten Hand, Goldmedaillen mit Hunden), einige Stickarbeiten, mit denen seine Mutter sich während der chemotherapeutischen Behandlung beschäftigt hatte (gemütvolle Sinnsprüche, »Trautes Heim, Glück allein« und so was), ein Stapel Stereokassetten (Willie, Waylon, Dwight, Randy, Garth – so was in der Richtung) und zwei Kleinkaliberzielscheiben herum (Treffer im Zentrum und schön dicht drumherum gruppiert).
Es mußte so was wie Selbstmitleid sein, was ihn noch einmal nach dem Brief mit der Mitteilung über die Zwangsvollstreckung greifen ließ. Er lachte bitter. Die Bank hatte es verdammt eilig. Samstag in einer Woche sollte die Versteigerung sein. Am Freitag hatte Heck den Wohnwagen zu räumen.
Der nächste Absatz las sich keinen Deut besser. Darin erklärte ihm die Bank, sie behalte sich das Recht vor, die Differenz

zwischen dem Erlös der Versteigerung und der dann noch offenen Restschuld von ihm einzufordern.
»Verdammt!« Er schlug krachend mit der Faust auf den Tisch. Emil zuckte zusammen. »Verdammt sollen sie sein! Die staubigen Brüder nehmen mir alles!«
Wie, dachte er verbittert, kann ich denen mehr schulden als das, was ich mir von dem geliehenen Geld gekauft habe? Andererseits kannte er sich so weit mit den Gesetzen aus, um mindestens eine Ahnung zu haben, daß die Banker das Recht dazu hatten, zumal dann, wenn sie ihm eine Zahlungsfrist setzten.
Trenton Heck wußte, wie schnell und wie gründlich man mit einer Zahlungsfrist das Leben eines Mannes ruinieren kann.
Na schön, auf den Trailer konnte er zur Not verzichten. Die eigentliche Tragödie – das, was ihn mehr schmerzte als ein gebrochenes Bein – war, daß er das Grundstück verlieren würde. Der Trailer hatte ihm sowieso nur vorübergehend ein richtiges Zuhause ersetzen sollen. Aber an dem Land – gekauft vom Erbe, das eine Tante ihm hinterlassen hatte, zur Hälfte Kiefernwald, zur Hälfte Grasland –, an dem Land hing er. Gleich beim ersten Blick hatte er gewußt: Das ist genau das Stück Land, das ich besitzen will. Der dichte, herrlich duftende Wald dehnte sich bis zu den Ausläufern zweier gelb-grüner, knackig wie der Hintern eines jungen Mädchens geschwungener Hügel. Am Rand seines Grundstücks schlängelte sich ein breiter Bach dahin, zu angeln gab's da nichts, aber es war wundervoll, am Ufer zu sitzen und dem Wasser zuzuhören, wenn es murmelnd über glattgeschliffene Steine sprang.
Und so hatte er das Grundstück gekauft. Ohne sich erst den Rat seines besonnenen Vaters zu holen – oder den von Jill, die seine bedächtige Beraterin in allen finanziellen Fragen gewesen war. Er war – atemlos vor Angst bei dem Gedanken, daß er drauf und dran war, ein Sparguthaben abzuheben, das er niemals wieder in dieser Höhe zusammenkratzen konnte – zu seiner Bank gegangen. Und hatte dem Grundstücksmakler das Geld hingeblättert, bar in die Hand. Und war mit stolzge-

schwellter Brust aus dem Maklerbüro hinausspaziert. Der Eigentümer eines zwei Hektar großen Grundstücks ohne feste Zufahrt, ohne Brunnen und ohne Jauchegrube.

Und ohne feste Bleibe.

Weil er sich ein Haus nicht leisten konnte, hatte Heck den Wohnwagen gekauft. Wenigstens dabei hatte er Jill zu Rate gezogen. Die junge Kellnerin nahm alles genau, sie ließ sich nicht so leicht über den Tisch ziehen. Sie hatte die Wände abgeklopft und die Einbauschränke nachgemessen und dem Verkäufer Löcher in den Bauch gefragt – über die Isolierung und über Garantiebedingungen und Gott weiß was alles. Und dann hatte sie darauf bestanden, daß er den großen Typ nahm, das Supermodell, den *Vorsicht-Überbreite*-Trailer (»Komm, das bist du mir schuldig, Trenton.«). Der Arbeitstrupp hatte den Wohnwagen auf den schönsten Hügel des ganzen Grundstücks gesetzt – genau dahin, wo Heck sein Traumhaus bauen wollte. Anderthalb Stockwerke, mit versetzten Ebenen. Demnächst.

Warum auch nicht? Er war doch auch im Handumdrehen mit der dreißig Meter langen Zufahrt fertig geworden. Die brauchte er natürlich zuerst, wenigstens fünfzigmal am Tag fuhr er mit dem Pick-up zwischen dem Trailer und der Straße hin und her. Sobald er das Sparguthaben wieder aufgestockt hatte, würde er mit dem Hausbau beginnen.

Nur, aus dem Aufstocken wurde nichts. Und folglich auch aus dem Hausbau nicht. Schließlich kam sogar der Punkt, an dem er sich nicht mal mehr den Trailer leisten konnte. Als die ersten Mahnungen eintrafen, erinnerte sich Heck mit Schrekken daran, daß die Bank als Sicherheit für das Darlehen die Abtretung dieses Stücks Land verlangt hatte – seines schönen Grund und Bodens.

Der am Samstag in einer Woche schon jemand anderem gehören würde.

Heck faltete das Papier und steckte es hinter einen Untersuchungsbericht des Veterinärs. Er ging zum großen Panoramafenster, das nach Westen lag – in die Richtung, aus der in wenigen Stunden der Sturm kommen würde. Auf dem Heimweg hatte er im Pick-up mehrere Wettervorhersagen gehört. In einer war die Rede davon gewesen, daß der Wirbelsturm eine Schneise in einen Wohnwagenpark geschlagen habe, nicht ganz siebzig Meilen westlich von hier. Tote waren nicht zu beklagen, aber es hatte einige Verletzte und großen Sachschaden gegeben.

Daß sie das genau in dem Moment brachten, als er sein altes Radio einschaltete, wertete Heck als böses Omen. Ob sein Trailer heil davonkam? Aber dann brummte er grimmig vor sich hin: »Was, zum Teufel, spielt das noch für eine Rolle?« Er kramte Klebestreifen hervor, riß ein Stück ab, klebte es von links oben nach rechts unten auf die Scheibe und wollte gerade darangehen, mit einem zweiten Streifen ein X daraus zu machen, als er's sich mittendrin anders überlegte, alles wieder abriß, zusammenknüllte und auf den Teppich warf.

Er ging ins Schlafzimmer und setzte sich auf das nur flüchtig glattgezogene Doppelbett. Er stellte sich vor, daß Jill hier wäre und er ihr die ganze Sache erzählen könnte – das mit der Zwangsvollstreckung und den zusätzlichen Forderungen, die die Bank geltend machte. Aber irgendwie war er nicht bei der Sache, er konnte sich nicht konzentrieren. Was vermutlich daran lag, daß er sich gleichzeitig, und zwar sehr detailliert, vorstellte, wie seine Ex im pinkfarbenen, duftig-heißen Negligé neben ihm saß.

Ein paar Minuten redete er weiter mit Jill, dann wurde ihm das alberne Spielchen peinlich. Er ließ sich aufs Bett fallen, starrte zu den aufgewühlten Wolken hinaus und fing mit einer anderen stummen Konversation an. Diesmal war's sein Vater, mit dem er sprach. Obwohl der alte Mann viele Meilen weit weg war und wahrscheinlich um diese Zeit friedlich schlief – in seinem großen Haus im Kolonialstil, das ihm schon seit zwanzig Jahren gehörte, frei von Hypotheken und irgendwelchen anderen Lasten. Trenton Heck sagte zu ihm: *Es ist nur für eine Weile, Dad, einen Monat oder so. Es würde mir sehr helfen, wieder festen Boden unter die Füße zu kriegen ...*

O Mann, das hörte sich dünn an. Es hörte sich fast an wie die

Ausreden, mit denen ihn früher Einbrecher und wildgewordene Temposünder die Ohren vollabern wollten, wenn er sie auf frischer Tat ertappt hatte. Und nun sah sein Vater ihn an (von oben herab, die lange Nase entlang, die Heck glücklicherweise nicht von ihm geerbt hatte) und sagte: *Solange du möchtest, mein Junge, das ist doch klar.* Obwohl er in Wirklichkeit wohl eher gesagt hätte: *Ich hab's gewußt. Ich hab's gleich gewußt, du schaffst es nicht. Schon als du dieses Blondchen geheiratet hast, hab ich's gewußt. Das ist keine Frau wie deine Mutter eine war. Ich hab's gewußt...* Der alte Mann hatte ihm nie erzählt, wie das damals gewesen war, als die Eisenhütte im Jahr 1959 dichtgemacht, er von einem Tag zum anderen auf der Straße gestanden, aber nicht aufgegeben, sondern die Zähne zusammengebissen, ein eigenes Geschäft eröffnet und damit den Grundstock für einen behaglichen Lebensabend verdient hatte. Er hatte es ihm nie erzählt, aber das mußte er auch gar nicht. Die Story war Dutzende – ach was, Hunderte von Malen erzählt worden, ohne Worte. Trenton Heck konnte sie seinem Vater an den Augen ablesen, sooft sie sich gegenübersaßen. Zwei Männer, die einander so ähnlich und doch so verschieden waren.
Die Zeiten sind nicht mehr, was sie mal waren, dachte Heck, während er sich im Geiste für Vaters großzügiges Verständnis bedankte. Aber er dachte auch: Ich bin eben nicht wie du, und mehr gibt's dazu nicht zu sagen.
Das Signalhorn eines Trucks röhrte in einiger Entfernung, gespenstisch vom Wind verweht, und Heck mußte an den einsamen, ewig zeternden Ziegenhirten in Hank Williams altem Song denken.
Ach komm, dachte er, laß es regnen wie bei der Sintflut! Er mochte das Geräusch des Regens auf dem Blechdach des Trailers. Es gab nichts, wobei er besser einschlafen konnte. Wenn du mir die ausgesetzte Belohnung schon nicht gegönnt hast, dann gönn mir wenigstens einen gesunden Schlaf.
Er schloß die Augen, und als er gerade anfing einzuschlafen, hörte er das Signalhorn wieder in der Ferne heulen.

12

Owen Atcheson wußte, wie verzweifelt Tiere reagieren können, wenn sie in die Enge getrieben werden, und auch die kalte Logik des Instinkts, der den Jägern gleichermaßen im Blut liegt wie den Gejagten, war ihm nicht fremd.

Stundenlang konnte er in eisigen Marschen stehen, ohne sich zu rühren, so reglos, daß ein Erpel oder eine Gans arglos zehn Meter über ihm vorbeiflatterten und nicht einmal Zeit hatten, im letzten Augenblick den Flügelschlag zu beschleunigen, bevor sie im Widerhall der Explosion aus Owens langläufiger Schrotflinte starben. Er konnte sich – nahezu unsichtbar, weil er sich immer nur wenige Zentimeter vorwärtsbewegte – lautlos an Felshängen entlangtasten, um in den Windschatten des Wilds zu kommen und – ohne Zielfernrohr – dem Bock eine Kugel zwischen die Schultern jagen, mitten ins starke Herz.

Schon als Junge war er beharrlich den Spuren eines Fuchses gefolgt, bis er herausgefunden hatte, welchen Weg das schlaue Tier gewöhnlich nahm, und wußte, wo er seine Schlagfalle aufstellen mußte. Er konnte die Fährte riechen, er erkannte sie an jedem flachgedrückten Grashalm, an jedem geknickten Zweig. Es machte ihm nichts aus, die in der Falle zerschmetterten Kadaver einzusammeln, wenn aber ein Fuchs das Halteseil der Falle durchgebissen hatte und entkommen war, verfolgte Owen ihn meilenweit, nicht etwa, weil er unbedingt die Falle wiederhaben, sondern weil er das Tier von seinem Leiden erlösen wollte. Der Gnadenschuß war etwas, was er geradezu zelebrierte; es gehörte zu Owens Philosophie, daß Schmerz Schwäche bedeutete, der Tod aber Stärke.

Er hatte auch Menschen getötet. Ruhig und berechnend hatte er sich seine Ziele ausgesucht, den Abzug an seinem schwarzen

M 16 durchgezogen, die leeren Kartuschen seitlich davonwirbeln sehen und das hohle Klingeln gehört, wenn sie zu Boden fielen. Dieses Geräusch war es, was sich ihm von allen Erinnerungen an den Krieg am meisten eingeprägt hatte, viel mehr als das seltsamerweise fast lautlose Rauschen, mit dem die Salven aus dem Schnellfeuergewehr sich ihr Ziel suchten. Wie Kinder, die Soldat spielen, waren sie ihm vorgekommen, diese kleinwüchsigen Männer und Frauen in den schwarzen Pyjamas. Unerbittlich, fast gedankenlos hatte er ihr Leben ausgelöscht.
Aber Michael Hrubek war kein Tier, das nur seinem Instinkt folgte. Er war auch kein Soldat, den die Ekstase des tödlichen Spiels auf dem Schlachtfeld vorwärtstrieb oder die Liebe zu seinem Vaterland oder die Sorge darum.
Nur, was war er dann?
Owen Atcheson gestand sich ein, daß er es nicht wußte.
Während er langsam die 236 kurz hinter Stinson entlangfuhr, hielt er links und rechts Ausschau nach einem Laden oder einer Tankstelle; er wollte Lis anrufen. Aber dieses verlassene Fleckchen Erde sah eher danach aus, als sei er am Rande der Zivilisation angekommen. Nirgendwo ein Licht. Nur aus der Ferne, von einem der Häuser, die – viele Meilen entfernt – an den Hängen der Hügel klebten, blinzelte hin und wieder matter gelber Schimmer zu ihm herüber. Er fuhr weiter, ein paar hundert Meter den Highway hinunter, bis er an eine Stelle kam, an der sich zwischen die Straße und die Bankette eine schmale Standspur zwängte.
Er hielt an, griff nach hinten, löste den sorgfältig geölten Bolzen aus der Kammer des Jagdgewehrs und verwahrte ihn in der Tasche. Er nahm die lange schwarze Halogen-Stablampe aus dem Handschuhfach. Die Linse hatte er mit gerollter Pappe ummantelt, damit der Lichtstrahl noch besser gebündelt wurde. Er schloß den Wagen ab und machte sich auf den Weg, im Zickzack am Straßenrand entlang, bis er auf Bremsspuren stieß. Nur vier winzige Striche auf dem Asphalt, aber er las daraus, daß hier ein Auto angehalten und dann mit durchgetretenem Gaspedal wieder losgejagt war.

Im tanzenden Licht der Stablampe erkannte er noch mehr: die Stelle, an der Hrubek vom Leichenwagen gesprungen war, niedergedrücktes Gras, aufgewühlte Steine, Spuren von nackten Füßen. Owen schlug einen kleinen Kreisbogen um die Stelle. Warum hatte sich Hrubek im Gras gewälzt? Warum hatte er ein paar Grasbüschel ausgerissen? Weil er eine Wunde abdecken wollte? Oder hatte er es sich in den Mund gestopft? Damit er irgendwas erbrechen konnte, was er geschluckt hatte? Oder brauchte er das Gras zur Tarnung?

Was ging im Kopf dieses Mannes vor?

Etwa zwei Meter weiter war der Boden regelrecht zertrampelt. Die meisten Spuren stammten von Hrubek, aber auch Stiefelabdrücke der Fährtensucher waren dabei – und die Abdrücke von Hundepfoten. Drei Tiere. Von hier aus war Hrubek losgegangen, zunächst mit langen Schritten, dann im Laufschritt durch das beinahe schulterhohe Gras und Unterholz. Owen folgte der Spur fünfzig Meter weit, dann bog sie seitlich ab, nach Süden, immer weiter von der Straße weg. Auf die Hügelkette zu, die sich parallel zum Highway erstreckte.

Owen folgte der Spur, bis sie urplötzlich aufhörte. Sie war ganz einfach verschwunden. Er ging auf die Knie und inspizierte den Boden. War Hrubek so schlau, daß er die Flucht im Pirschgang fortgesetzt hatte? Gewiefte Wilderer machten das manchmal. Man mußte den Fuß bei jedem Schritt fest auf den Boden setzen, denn nicht so sehr der Abdruck war es, an dem man eine Fährte erkennen konnte, viel verräterischer waren die geknickten Zweige, umgedrückten Grashalme und unabsichtlich mit dem Fuß bewegte kleine Steine, bei denen man an der noch vom Erdreich feuchten Oberfläche sah, daß sie vor kurzem noch andersherum gelegen hatten. Aber Owen fand keinen einzigen geknickten Halm – das sicherste und oftmals das einzige Indiz für einen Pirschgänger. Was nur den Schluß zuließ, daß Hrubek – immer entlang seiner eigenen Spur – denselben Weg zurückgegangen sein mußte, den er gekommen war. Nicht weiter nach Süden, sondern zurück in die Nähe der Straße.

Zwanzig Meter weiter östlich stieß Owen auf die Stelle, an der Hrubek dasselbe Spiel noch mal gemacht hatte: abschwenken nach Süden, einige Schritte weit die neue Richtung beibehalten und dann in der eigenen Spur zum Ausgangspunkt zurückkehren. Aha. Er war nach Osten unterwegs, aber gleichzeitig schien ihn irgend etwas südlich der Straße immer wieder magisch anzuziehen. Und das alles in Sichtweite vom Highway. Owen folgte auch bei diesem zweiten Verwirrspiel Hrubeks Spur, die immer tiefer ins hohe Grasland führte. Und wieder kam er an eine Stelle, an der die Fährtensucher eine Weile pausiert hatten.

Er knipste die Stablampe aus, zog die Pistole aus der Tasche und drang tiefer in dieses Sammelbecken kalter Dunkelheit ein, die von vorn von den felsigen Hügeln auf ihn zuwehte und ihm bei jedem Schritt das Gefühl vorgaukelte, gleich den Rand eines Schneefeldes zu erreichen. Er blieb stehen und schloß – obwohl es sicherlich das Unvernünftigste war, was er in dieser Situation tun konnte – die Augen.

Er wollte sich völlig von sich selbst lösen und sich hineindenken in diesen vom Wahnsinn umnebelten Mann. Er wollte nicht mehr der vom Leben gestählte, beruflich erfolgreiche, achtundvierzigjährige Anwalt sein (ein typischer Weißer, angelsächsischer Abstammung, Protestant), sondern mit jeder Faser seines Denkens hineinkriechen in Michael Hrubek. Und so stand er eine Weile da, mehrere Minuten lang, eingehüllt vom Dunkel und ein wenig benommen von einem leichten Schwindelgefühl.

Nichts.

Er konnte nicht nachempfinden, was in Hrubeks Kopf vorgehen mochte. Er schlug die Augen auf und schloß die Finger fester um die Waffe.

Er war schon entschlossen, zu seinem Geländewagen zurückzukehren und weiterzufahren zu diesem Truck-Stop bei Watertown, als ihm plötzlich ein Gedanke durch den Kopf ging. Was, wenn er Hrubek und den Grad seiner geistigen Verwirrung ganz falsch einschätzte? Konnte es nicht sein, daß dieser Mann

– auch wenn *seine* Welt die eines Wahnsinnigen war – die Regeln der normalen Welt genauso logisch nachzuvollziehen vermochte wie jeder andere? Adler redete leichtfertig irgend etwas daher von einer Verwechslung und von starkem Medikamenteneinfluß. Aber mal alles mit innerem Abstand betrachtet ... Wie war Michael Hrubek denn vorgegangen? Was hatte er alles fertiggebracht? Er hatte einen Plan entwickelt, um aus einer Heilanstalt für geistesgestörte Kriminelle zu entkommen, hatte den Plan in die Tat umgesetzt und machte bis jetzt gar keine schlechte Figur bei dem Bemühen, seinen professionellen Häschern zu entkommen. Owen kam zu dem Schluß, daß es an der Zeit war, das Bild, das er sich von Hrubek gemacht hatte, gründlich zu revidieren.

Er ging dahin zurück, wo Hrubeks Spur endete, setzte seinen Fuß in den riesigen Abdruck, den der Irre im aufgeweichten Boden hinterlassen hatte, und blickte starr geradeaus. Genau auf den Kamm eines felsigen Hügels. Das also war Hrubeks Ziel gewesen. Und dorthin ging nun auch er – bis zum Fuß des Hügels. Er tauchte die Finger in den feuchten Boden, schmierte sich graubraune Erde über die Stirn und die Wangen, kramte eine marineblaue Wollmütze aus der Gesäßtasche und stülpte sie sich über das graue Haar. Dann fing er zu klettern an.

Nach fünf Minuten fand er seine Vermutung bestätigt. In der kleinen Vertiefung auf dem Felsvorsprung stieß er auf geknickte Zweige, eingedrücktes Gras und die Abdrücke von Stiefeln. Tiefe Abdrücke. Der Mann, der sie gemacht hatte, mußte an die drei Zentner wiegen. Und sie waren frisch. Die Spuren verrieten ihm noch mehr. Der Abdruck von Knöpfen in der feuchten Erde ... Hrubek hatte sich nach vorn gebeugt und nach unten gestarrt. Richtung Highway. Offensichtlich hatte er hier oben in aller Ruhe abgewartet, bis die Männer mit ihren Hunden weitergezogen waren. Und noch etwas entdeckte er: den Abdruck einer riesigen Hand. Direkt über dem mit dem Finger ins Erdreich geschriebenen Wort *R-EVA-NGE.*

Nicht mehr als eine Stunde konnte vergangen sein, seit Hrubek hier gewesen war. Ja, richtig, er war nach Osten gegangen.

Aber nur, weil er irgend etwas brauchte, was er sich überziehen konnte. Und natürlich, um seine Verfolger in die Irre zu führen. Aber dann war er in seiner eigenen Fährte hierher zurückgekehrt, zu diesem überhängenden Felsen, den er schon viel früher ausgemacht hatte, schon als er noch ostwärts unterwegs gewesen war.

Dieser gottverdammte gerissene Hund!

Er begann mit dem Abstieg. Gerade weil er spürte, daß sich Übermut in ihm regte, zwang er sich, langsam und vorsichtig zu klettern. Ein gebrochenes Bein konnte er sich jetzt nicht leisten. Am Fuß des felsigen Hügels ließ er den Lichtstrahl seiner Stablampe über den Boden huschen. In einer kleinen ausgetrockneten Pfütze wurde er fündig. Stiefelabdrücke im schlammigen Boden. Dieselben Abdrücke wie oben auf der Felsnase. Sie führten vom Hügel weg. Und waren an den Stiefelspitzen tiefer eingedrückt. Was bedeutete, daß Hrubek sich entweder im Laufschritt bewegte oder sehr schnell ging. Die Spuren führten zur Straße und dann zurück ins freie Gelände. Und von dort an stetig nach Westen.

Owen konnte sich auf seinem Weg durchs hohe Gras leicht an dieser eindeutigen Fährte orientieren. Er nahm sich vor, ihr so lange zu folgen, bis er sicher war, daß Hrubek tatsächlich nach Westen wollte, dann zum Cherokee zurückzukehren, langsam, im Schrittempo den Highway hinunterzufahren und vom Wagen aus nach dem Mann, den er jagte, Ausschau zu halten.

Nur ein paar Schritte noch, dachte er, als er sich durch die schmale Lücke in einem niedrigen Steinwall zwängte.

Und in diesem Augenblick passierte es. Er blieb mit dem Fuß an dem versteckt gespannten Draht hängen und kippte nach vorn. Direkt auf die Stahlfalle zu.

Im ersten Bruchteil der Sekunde, die ihm blieb, schoß ihm durch den Kopf: Eine Kojotenfalle. In Ottawa stellten sie solche Dinger her. Geschickt gelegt. Hier gab's links und rechts nichts, woran er sich festklammern konnte, um den Sturz aufzufangen. Und direkt hinter dem Steinwall, während ein Fuß noch in der Luft schwebte ...

Im zweiten Bruchteil der Sekunde riß er die Stablampe hoch, schirmte das Gesicht mit dem linken Arm ab und feuerte vier Schuß aus seiner Magnum auf die Bodenplatte der Falle ab. Seine einzige Chance. Obwohl es eher eine verzweifelte Hoffnung war – die Hoffnung, daß eine der Kugeln traf und die Bügel zusammenschnappten, bevor er aufschlug.
Die blaue Stahlplatte tanzte unter der Wucht der großkalibrigen Geschosse. Kleine Steine und winzige heiße Metallsplitter spritzten hoch. Owen versuchte noch, sich seitlich zu drehen, damit er den Sturz mit der Schulter abfangen konnte. Und dann schlug er auf. Schlug mit dem Kopf auf die Bodenplatte – direkt neben den zugeschnappten Stahlbügeln.
Er blieb halb betäubt liegen. Spürte, daß ihm Blut über die Stirn lief. Und brauchte Sekunden, um eine Horrorvision abzuschütteln: das Bild einer Falle, deren schwere Bügel noch offen klafften, während er mit dem Kopf hineinstürzte. Dann kam ihm der Gedanke, daß Hrubek möglicherweise in der Nähe lauerte, um über den herzufallen, der in die Falle getappt war – so hätte er es jedenfalls gemacht. Er ließ sich blitzschnell über die Schulter abrollen, kauerte sich geduckt neben den Steinwall und suchte mit gehetztem Blick die Umgebung ab.
Nichts. Kein Überfall. Kein Laut, außer dem Raunen des Windes in den Wipfeln der Bäume.
Also war die Falle wohl mehr für einen der Fährtenhunde bestimmt gewesen. Owen zerrte sie wütend aus der Verankerung und schleuderte sie im hohen Bogen ins Gras. Dann nahm er die Patronen aus dem Magazin und lud die Waffe neu. Er tastete sich das Gesicht und die Schulter ab. Viel hatte er offensichtlich nicht abgekriegt.
Seine Wut verflog rasch, er fing sogar zu lachen an. Nicht etwa aus Erleichterung darüber, daß er ohne ernste Verletzung davongekommen war, nein, es war eher ein heiteres, befreites Lachen. Immerhin hatte er aus der Geschichte mit der Falle gelernt, daß Michael Hrubek ein ebenbürtiger Gegner war – skrupellos und schlau. Und nichts vermochte Owens Ehrgeiz

so sehr anzustacheln wie das Wissen, es mit einem starken Gegner zu tun zu haben. Mit einem, der ihn wirklich herausforderte.
Auf einmal hatte er es eilig, zur Straße zurückzukommen. Er startete den Motor und fuhr langsam nach Westen, immer das Gelände links der Straße im Auge. Er war so darauf erpicht, Michael Hrubek irgendwo dort unten zu entdecken, daß er den Cherokee zu weit nach rechts lenkte und mit der rechten Wagenkante ein Verkehrsschild abriß. Ein Höllenlärm. Erschrocken trat er auf die Bremse und starrte nach unten. Da lag das Schild.
Immerhin wußte er jetzt, daß er genau siebenundvierzig Meilen von zu Hause entfernt war.

Michael Hrubek kauerte sich ins hohe Gras und fragte sich – während er liebevoll mit der Hand über den John-Worker-Overall strich, auf den er sehr stolz war –, was es wohl mit diesem Auto auf sich haben mochte, das auffallend langsam den Highway entlangfuhr.
Sicherlich eine Falle. Wahrscheinlich saßen Scharfschützen drin, die ihn schon im Visier ihrer langläufigen Musketen hatten. Genau wie vor ihm in den Bäumen. Da wimmelte es auch von Scharfschützen. Die warteten nur darauf, daß er unvorsichtig wurde und sich blicken ließ. Darum stand auf der Straße, nicht weit von den Bäumen, auch dieser Sportwagen bereit. Hrubek atmete ganz flach und ermahnte sich selbst immer wieder, nichts zu tun, was seine Position verraten konnte.
Nachdem er an dem GETTO-Schild vorbeigekommen war, war er im Laufschritt weiter Richtung Westen geeilt. Aber nicht oben auf der Straße, nein, unten im freien Feld, durch hohes Gras und verschlungene Kürbisranken. Er hatte eine gute Zeit rausgeholt und nur ein einziges Mal kurz haltgemacht, um eine der Fallen aufzustellen, hinter einem knapp hüfthohen Wall aus Feldsteinen. Hatte zur Tarnung noch ein paar Blätter darauf geworfen und war weitergerannt.
Er stemmte sich ein Stück hoch und warf wieder einen Blick

auf den Wagen unter den Bäumen. Zu sehen war niemand. Aber er wollte lieber in seinem Fuchsbau aus hohem Gras bleiben, schön versteckt, die Waffe auf die Bäume gerichtet und jeden Moment darauf gefaßt, daß sich da vorn doch jemand blicken ließ.

Als er den würzigen Duft der Gräser einatmete, tauchte eine halbversunkene Erinnerung in ihm auf. Er versuchte, die Bilder aus längst vergangener Zeit zu verdrängen, aber sie wollten einfach nicht verschwinden.

O Mama, was hast du denn auf dem Kopf? Was ist das denn für ein komisches Ding? Nimm das ab, Mama, ich kann das ulkige Ding nicht leiden.

Vor fünfzehn Jahren war Michael Hrubek ein stämmiger Junge gewesen, mit Muskeln bepackt, ziemlich dick – und schon damals mit einem ausgeprägten Stiernacken. Und alle hatten gesagt, er habe so einen lustigen Watschelgang. Etwa zu dieser Zeit mußte das gewesen sein – eines Nachmittags, als er auf der Wiese gespielt hatte, hinter der knorrigen alten Weide. In Pennsylvania, in einem hübschen Vorort von Westbury.

»Michael! Miiii-chael!« rief seine Mutter, lief die Stufen der Veranda hinunter und kam auf ihn zu. Sie trug einen breitrandigen roten Hut, unter dem ihr wunderschönes Haar züngelte wie gelbe Flammen im Wind. Schon von ferne konnte er die grell lackierten Fingernägel sehen. Wie rotglühende Zigarettenenden. Ihre Augen kamen ihm sehr dunkel vor. Vielleicht lag das auch an dem Schatten, den der Hut warf, aber hauptsächlich kam das wohl von dieser tollen Schminke, mit der sie sich dauernd darauf herumtupfte. Sie hatte eine Unmenge Tuben und Döschen mit solchem Zeug auf ihrem Make-up-Tischchen stehen. Er vermutete, daß sie die Schminke benutzte, um sich vor ihm zu verstecken.

»Liebchen ... komm mal her, ich brauch dich.« Zögernd stand er auf und ging zu ihr. »Ich bin gerade erst heimgekommen. Ich hatte leider keine Zeit, unterwegs zu halten. Ich möchte, daß du zum Lebensmittelladen gehst. Ich brauch ein paar Dinge, und das kaufst du mir alles, ja?«

Der Junge sah sie entsetzt an. »O nein. Nein, nein.«
Ja, sagte seine Mutter, sie wisse schon, daß er nicht gern zum Kaufmann ginge, aber Mr. und Mrs. Klevan (oder waren's die Abernathys oder die Potters?) müßten jeden Augenblick kommen, und sie brauche Milch und Kaffee.
Oder irgendwas anderes. Sie *brauchte* es eben.
»Nein, ich kann das nicht.«
Doch, doch, er könne das. Er sei ja ihr kleiner Soldat. Und immer so tapfer, oder etwa nicht?
»Davon weiß ich gar nichts«, winselte er. »Es gibt 'ne Menge Gründe, warum ich das nicht machen kann.«
»Und paß mir schön beim Wechselgeld auf. Die geben dir jedesmal zuwenig raus.«
»Die lassen mich nicht über die Straße gehen«, stellte der Junge sich bockig. »Und ich weiß auch gar nicht, wo das ist.«
»Mach dir darum keine Sorgen, Liebchen«, säuselte sie, »ich werd's dir genau erklären. Und ich schreib dir alles auf.«
»Ich kann nicht.«
»Tu's mir zuliebe, bitte. Und beeil dich.«
»Ich weiß nicht.«
»Du bist zwölf, du kannst das.« Sie war entschlossen, nicht nachzugeben.
»Nein, nein, nein ...«
»Da ist doch nichts dabei!« Sie rang sich ein Lächeln ab. »Du mußt nur in den Laden gehen und holen, was ich brauche. Du bist doch mein mutiger kleiner Soldat, du schaffst das schon.«
Nur, die Klevans (oder die Milfords oder die Pilchers) kamen ein wenig früher, und seiner Mutter blieb keine Zeit mehr, ihm alles aufzuschreiben, sie schickte ihn also los. Michael war so vollgestopft mit Angst, daß er sich fast übergeben hätte. Den Fünfdollarschein verkrampft in der Hand, machte er sich auf die weite Reise zum nahegelegenen Lebensmittelladen.
Eine Stunde verging. Seine Mutter wußte nicht, ob sie eher besorgt oder zornig sein sollte. Und dann klingelte das Telefon – der Manager des Supermarkts. Michael sei gerade in den Laden spaziert und habe einen kleinen Aufruhr verursacht.

»Ihr Sohn ...« sagte der Manager gequält, »ihr Sohn wollte *alles* kaufen.«
»Alles?« fragte Michaels Mutter verblüfft.
»Er sagt, Sie hätten gesagt, er solle *alles* kaufen. Ich war nahe dran, die Polizei zu rufen. Er hat ... hat eine unserer Kassiererinnen ... äh – angefaßt. Und zwar ... an der Brust. Sie hat fast einen Nervenzusammenbruch bekommen.«
»Ach du lieber Himmel!«
Mutter rannte zum Laden.
Michael, von Panik geschüttelt, stand in der Warteschlange vor der Kasse. Neben ihm die schluchzende Kassiererin. Und nun kam auch noch seine Mutter und machte ihm Vorhaltungen. Dabei hatte er doch genau das getan, was sie ihm aufgetragen hatte: *»Du kaufst mir alles, ja?«* Er verstand überhaupt nichts mehr. Wütend packte er die pummelige Kassiererin am Arm und stopfte ihr den Fünfdollarschein in die Bluse.
»Da, nimm's!« schrie er sie an. »Nimm das Geld!« Und schrie und schrie und wollte gar nicht mehr aufhören.
Seine Mutter nahm ihn mit, und als sie zu Hause ankamen, brachte sie ihn geradewegs ins Badezimmer.
»Ich hab Angst.«
»Ach, wirklich, Liebchen? Mein mutiger kleiner Soldatenjunge hat Angst? Wovor denn?«
»Wo bin ich denn gewesen? Ich kann mich nicht erinnern.«
»*Daran* erinnern. *Ich kann mich nicht daran erinnern.* Und nun sieh zu, daß du aus deinen schmutzigen Klamotten rauskommst.«
Seine Kleidung war schmutzig, überall klebte Sägemehl. Weil er sich im Laden auf den Boden geworfen hatte. Irgendwo hatte er sich ja verstecken müssen. Und dann war seine Mutter durch die Automatiktür des Supermarkts gerauscht. Mit blitzenden Augen. Und mit ihrem modischen Hut.
»Und wenn du die schmutzigen Sachen ausgezogen hast, kommst du rüber und sagst meinen Gästen, daß es dir leid tut, was du angestellt hast. Und danach verschwindest du für den Rest des Tages im Bett.«

»Im Bett?«
»Ja, im Bett«, fuhr sie ihn an.
Na gut, hatte er gesagt. Ja, ja, schon gut.
Wurde er nun bestraft, oder würde sie ihn trösten? Er wußte es nicht. Michael grübelte ein paar Minuten darüber nach. Dann setzte er sich auf die Toilette. Es gab nämlich ein neues Problem. Seine Mutter hatte die Sachen, die er angehabt hatte, in die Wäscherutsche gestopft. Ab damit in den Keller. Sollte er nackt rüberkommen und sich entschuldigen? Er sah sich im Badezimmer um, ob er irgendwas zum Überziehen finden könnte.
Fünf Minuten später spazierte er aus dem Bad ins Wohnzimmer. In Mutters Nachthemd. Er baute sich vor ihren Gästen auf. »Hallo. Ich hab versucht, in dem beschissenen Laden alles zu kaufen. Das tut mir leid.«
Mr. Abernathy oder Monroe verschlug es mitten in einem angefangenen Satz die Sprache. Seine Frau hielt sich schnell die Hand vor den Mund, damit ihr nicht irgendwas herausrutschte, was ihr womöglich hinterher leid tat.
Aber seine Mutter, seine eigene Mutter ... Nun, sie lächelte! Michael war sehr erstaunt. Obwohl ihre geschminkten Augen ihn so kalt ansahen, lächelte sie ihm zu. »Ja, da steht er also, unser hübscher kleiner Soldatenjunge«, hauchte sie. »Sieht mein Michael nicht elegant aus?«
»Das hing an der Tür.«
Sie schüttelte den Kopf. »Wer hätte das gedacht?«
Michael strahlte. *Elegant.* Er war sehr zufrieden mit sich, lachte krächzend und wiederholte stolz sein Sprüchlein: »Ich hab versucht, in dem beschissenen Laden alles zu kaufen.«
Die Gäste hielten sich an ihren Tassen fest (Tee mit Zitrone, Kaffee und Milch hatte Mutter ja nicht im Haus gehabt) und sahen geflissentlich aneinander vorbei. Und seine Mutter stand auf. »Ich hab's mir anders überlegt, Michael. Du hast dich so hübsch angezogen – willst du nicht nach draußen gehen und ein bißchen spielen?«
Michael strahlte nicht mehr. »Draußen?«

»Komm schon. Ich will dich draußen haben.«
»Ich komm mir aber komisch vor, wenn ich mit so was draußen rumlaufe.«
»Keine Widerrede, Michael.«
»Aber die können mich doch alle sehen!« Er fing zu weinen an. »Kann doch sein, daß mich jemand sieht.«
»Schluß jetzt!« schrie sie. »Raus mit dir!«
Sie faßte ihn an der Hand, brachte ihn zur Tür und schubste ihn nach draußen. Und da stand er nun im blaßblauen Nachthemd auf der obersten Stufe, und zwei Mädchen aus der Nachbarschaft starrten zu ihm herüber. Erst lächelten sie, doch als er zurückstarrte und irgendwas in sich hineinmurmelte, wurde ihnen anscheinend mulmig zumute, jedenfalls verschwanden sie eilends im Haus. Was er auch gern getan hätte. Aber da hörte er schon die Sperrkette klicken. Er reckte sich, um durch die schmuddelige Scheibe einen Blick nach innen zu werfen, sah seiner Mutter ins Gesicht, doch sie schaute weg und drehte sich um. Und so war er dann zu dem alten Weidenbaum zurückgekehrt, hatte sich ein Nest im Gras gesucht und dort – ganz klein und sehr einsam – gesessen, bis es Abend wurde.
So, wie er heute nacht hier im Gras saß. Auf den Sportwagen starrte und nach Scharfschützen Ausschau hielt. Und während er das Gras rascheln hörte und spürte, wie die Halme ihm die Haut streichelten, fiel Michael Hrubek das alles wieder ein – fast alles, was etwas mit jenem Tag vor fünfzehn Jahren zu tun hatte. Natürlich nicht mit aller Klarheit. Denn das war es ja gerade, was diesen Tag so bedeutsam machte: Damals war ihm zum ersten Mal die Realität weggerutscht, zum ersten Mal hatte er eine Psychose erlebt. Durchlebt. Die Erinnerung an die wenigen Stunden hatte sich im Laufe der langen Jahre verwischt, vieles war unter anderen, nicht weniger irremachenden und erschreckenden Erinnerungen verschüttet. Aber heute nacht – weil das Gras so würzig roch und sich so seidenweich anfühlte wie damals – heute nacht hätte er sich mit den Gedanken ganz nahe an das herantasten können, was an

jenem Tag in ihm vorgegangen war. Er wäre vielleicht seinem Ich nahegekommen, so nahe, wie Dr. Richard es sich immer gewünscht hatte.

Doch er wollte es nicht mehr. Es hatte ihn sowieso schon zu sehr aufgeregt. Er wollte auch nicht noch länger hier sitzen und abwarten. Scharfschützen oder nicht, er mußte etwas unternehmen. Und so stand er auf und machte sich auf den Weg zur Straße.

Der Sportwagen mußte irgendwann am frühen Abend mit einer Panne liegengeblieben sein. Die Motorhaube war hochgeklappt, die Türen waren verschlossen. Hinter dem Wagen stand ein rotes Dreieck auf der Straße. Wahrscheinlich eine Zielmarkierung für die Scharfschützen, vermutete Hrubek. Er ließ das Ding wie eine Frisbeescheibe ins Gebüsch trudeln.

»MG«, flüsterte er, als er die Buchstaben des Kühleremblems entziffert hatte. Für ihn keine Frage, das mußte »Mein Gott« heißen. Um das Wageninnere kümmerte er sich nicht weiter, er ging sofort zum Kofferraum. Und da hing es. Ein Geschenk! Guck dir das an! Wieder keine Frage, von wem. »Mein Gott.« Das Ding war zwar abgeschlossen, aber Hrubek packte das Mountainbike einfach mit beiden Händen und riß es los. Kleine Metallsplitter und ein paar Fetzen Plastikschnur flogen ihm um die Ohren. Er stellte das Fahrrad ab und streichelte liebevoll den Rahmen und den Ledersattel und die Gangschaltung. Ein Kribbeln kroch ihm über den Rücken, als er das Metall berührte, ein aufregendes, sehr schönes Gefühl. Er beugte sich über den Lenker und rieb die Wange am blitzenden Chrom.

In einer der Taschen des Overalls hatte er einen Markierstift gefunden. Damit schrieb er sich auf den Unterarm: *Siehe Da, wIE WUNDERbar sind die Werke DES HERRN. O GOTT, ich danke Dir für DIESES WUNDERvolle Geschenk.* Daneben malte er das Bild einer Schlange und das eines Apfels und schrieb das Wort *EVA* dazu. Er fuhr mit der Zunge über den Namen. Dann musterte er sein neues Fortbewegungsmittel mit einem zwar etwas beklommenen, aber dankbaren Blick.

Richard Kohler fand sich in einer fremden Welt wieder.
Sein Anzug war aus Mischwolle, die Krawatte aus Seide, dazu die flachen Lederschuhe (das heißt, im Augenblick nur einer) – also, daß er kein Waldläufer oder so etwas war, mußte eigentlich jeder auf den ersten Blick erkennen.
Er beugte sich weit vor und fischte den zweiten Schuh aus dem übelriechenden Schlamm, wischte ihn, so gut es eben ging, im Gras ab, überwand seinen Ekel, fuhr mit dem Fuß hinein und setzte seine Wanderung nach Westen fort.
Seltsamerweise rief dieser Wald bei ihm Klaustrophobie hervor – diese krankhafte Angst, eingeengt und festgehalten zu sein, die er sonst nirgendwo kannte, nicht mal in seinem dunklen, engen Büro, wo er oft stundenlang über seinen Akten saß. Sein Puls raste, alle Glieder taten ihm weh, auch die typische Atemnot spürte er. Überdies hörte er Geräusche, die es überhaupt nicht gab, und sein Orientierungssinn war miserabel. Er war nahe daran, sich einzugestehen, daß er sich hoffnungslos verirrt hatte. Alle Orientierungspunkte – Bäume, Büsche, einzelstehende Pfosten ... alles war vage. Und einem merkwürdigen Wandlungsprozeß unterworfen: Oft genug kam es vor, daß sich, wenn er näherkam, irgend etwas einfach in Luft auflöste oder auf groteske Weise in Gestalten oder Gesichter verwandelte.
Über der Schulter trug er den rötlich-fehlfarbenen Rucksack und über dem linken Arm den schwarzen Regenmantel – ein Stadtmodell, bestens geeignet für Londoner Nebeltage. Es war sowieso zu warm, um das Ding anzuziehen; er fragte sich, warum, zum Teufel, er es überhaupt mit sich herumschleppte. Nach all den Sturmwarnungen im Radio wäre es gescheiter gewesen, statt des Gabardinemantels einen Schutzhelm und eine Panzerweste mitzunehmen.
Kohler hatte seinen BMW eine halbe Meile die Straße hinunter geparkt und war zu Fuß losgezogen – erst durch mehr oder weniger offenes Gelände, dann durch diesen Wald. Weit war er bis jetzt nicht gekommen. Mit den glatten Ledersohlen rutschte er auf nassem Fels unweigerlich aus, zweimal war er schon

böse gestürzt. Beim zweiten Mal war er auf dem Handgelenk gelandet, fehlte nicht viel, und er hätte es sich verstaucht. Die sperrigen Dornen eines wilden Rosenbusches verhakten sich im Stoff seiner Hose, es kostete ihn fünf Minuten und etliche Kratzer und Schrammen, bis er wieder frei war.

Trotzdem, machte Kohler sich klar, konnte er im Grunde von Glück sagen. Schon allein, daß die Schwester ihn sofort verständigt hatte. Und ihm sagen konnte, daß Hrubek in der Nähe von Stinson aus dem Leichenwagen entkommen war und die Strecke bis Watertown erstaunlich schnell zurückgelegt hatte.

Als Kohler in dieser Richtung über die 236 gefahren war, hätte er schwören können, Hrubek gesehen zu haben – irgendwo auf einer Lichtung. Er war bis zur nächsten Abzweigung weitergefahren, aus dem Wagen gestiegen und hatte das Gelände abgesucht. Wiederholt hatte er laut den Namen seines Patienten gerufen und Michael angefleht, sich freiwillig zu zeigen. Ohne Erfolg. Und so war Kohler wieder losgefahren. Aber nicht sehr weit. Er hatte den BMW auf eine Seitenstraße gelenkt und dort gewartet. Und zehn Minuten später den Eindruck gehabt, dieselbe Gestalt wieder zu sehen – geduckt, in gehetztem Lauf.

Und seither hatte er Michael aus den Augen verloren. In der Hoffnung, ihm zufällig irgendwo über den Weg zu laufen, war er wieder ausgestiegen. Hatte sich noch einmal auf das Abenteuer Wildnis eingelassen. Und sich nach Westen durchgeschlagen – in die Richtung, in die Michael, wenn ihn nicht alles täuschte, ebenfalls unterwegs war.

Wo bist du, Michael?

Und was treibt dich hierher – in so einer Nacht?

Mein Gott, ich hab mir wirklich alle Mühe gegeben, dir ins Gehirn zu schauen. Aber da drin ist es finster wie eh und je. Finster wie der Himmel, der heute nacht über uns hängt.

Er blieb schon wieder mit dem Fuß hängen, diesmal in einem locker gespannten Draht. Riß sich an einem scharfkantigen Felsen die Hose auf. Was freilich nicht so schlimm war wie die

Schürfwunde an der Hüfte. Großer Gott, mußte er jetzt mit einem Wundstarrkrampf rechnen? Die Überlegung machte ihn mutlos. Nicht so sehr aus Angst vor Tetanus, sondern weil ihm klarwurde, wieviel er von der Schulmedizin bereits vergessen hatte. Er war keineswegs sicher, ob all sein Wissen über das menschliche Gehirn die Lücken im Grundlagenwissen über physiologische und organische Zusammenhänge wettmachte. Mit viel Mühe hatte er das einst gelernt. Und perfekt beherrscht. Und mittlerweile das meiste davon vergessen.

Und dann brach er seine Grübeleien über die Vergänglichkeit angesammelten Wissens von einer Sekunde zur anderen ab. Weil er auf den Sportwagen stieß.

An sich gab es gar nichts Besonderes an dem Fahrzeug zu sehen. Kohler kam nicht einen Augenblick lang auf den Gedanken, daß Michael die Motorhaube geöffnet und versucht haben könnte, den Wagen kurzzuschließen. Ach wo. Die Idee, so einen Sportwagen lenken zu müssen, war viel zu erschreckend für den armen Michael, als daß er versucht hätte, ihn zu stehlen. Nein, was Kohler so faszinierte, war der kleine runde Gegenstand hinter dem Wagen. Die weiße Kugel, die unter der hinteren Stoßstange auf dem Boden lag.

Keine Kugel. Ein winziger weißer Schädel. Weiß wie der Lack des Wagens. Kohler hob den Schädel auf und sah sich die zarte Knochenstruktur genauer an. Die Wangenpartie wies eine winzige Fraktur auf. Der Trigeminus, fiel ihm spontan ein, das fünfte Paar der Hirnnerven.

Und dann fing der Schädel auf einmal einen Augenblick lang zwischen seinen Fingern zu tanzen an, rutschte ihm weg, schlug dumpf auf den Kofferraumdeckel und rollte von dort zu Boden in den Splitt der Bankette. Und Kohler stand da wie zur Salzsäule erstarrt. Wie man eben dasteht, wenn einem jemand nachts eine Pistole an die Schläfe drückt, die Mündung langsam aufs Auge zuwandern läßt und einem gleichzeitig die Hand auf die Schulter legt. Eine Hand, die nicht zimperlich war, wenn's darum ging, kräftig zuzupacken.

13

Trenton Heck richtete die Mündung der Walther nach oben, ins wirbelnde Grau der Wolken, entspannte die Waffe, sicherte sie und ließ sie ins Holster rutschen.

Er gab dem hageren Mann die Brieftasche zurück, der Dienstausweis der Heilanstalt und der Führerschein schienen in Ordnung zu sein. Gott sei Dank, der arme Kerl sah nicht mehr ganz so blaß aus wie vor ein paar Minuten, als Heck ihm die Pistolenmündung an die Schläfe gedrückt hatte.

Aber genauso wütend sah er immer noch aus.

Richard Kohler lag auf den Knien und zog den Rucksack auf – gleich unten im Gras. Heck hatte ihn dorthin geworfen, bevor er daran gegangen war, den Mann zu durchsuchen.

»Tut mir leid, Sir«, sagte Heck. »Ich konnte ja nicht wissen, ob er's ist oder nicht. War so dunkel. Man sah ja nichts. Und Sie waren in der Hocke. Na ja – und überhaupt.«

»Wenn Sie mit Michael Hrubek so umspringen, gerät er in Panik, das kann ich Ihnen garantieren«, schnauzte Kohler ihn an. Und kramte weiter in seinem Rucksack herum. Als ob da wunder was Wertvolles drin wäre. Nur ein paar Flaschen, soweit Heck sehen konnte. Komisch, der Mann sah gar nicht wie ein Tippelbruder aus? Na, anscheinend war alles heil geblieben.

»Und ich sag Ihnen noch was.« Der Doktor fuhr herum und musterte Heck scharf. »Auch wenn Sie abgedrückt hätten, hätte er Ihnen vor seinem Tod noch das Genick gebrochen.« Er schnippte mit den Fingern.

Heck lachte kurz auf. »Mit einem Loch im Kopf? Kann ich mir kaum vorstellen.«

»Es gibt anscheinend eine Menge Dinge, die Sie sich bei ihm nicht vorstellen können.« Richard Kohler zog den Rucksack zu.

Heck nahm es dem Mann nicht übel, daß er wütend war, aber ein schlechtes Gewissen, fand er, mußte er wegen des Überfalls nun auch wieder nicht haben. Immerhin war Kohler genau da entlanggelaufen, wo Hrubek sich – offenbar schon vor einer Weile, wie Heck inzwischen wußte – auch herumgetrieben hatte. In so einer dunklen Nacht, wie hätte er da einen vom anderen unterscheiden sollen? Zugegeben, der Doktor war ein paar Nummern mickeriger. Aber so ist das immer bei Verdächtigen, sobald sich erst mal rausgestellt hat, daß sie keine Verdächtige sind.
»Würden Sie mir bitte erklären, Sir, warum Sie hier sind?«
Kohler fixierte Hecks Kleidung, die absolut keine Ähnlichkeit mit einer Uniform hatte. »Sind Sie ein Cop oder was?«
»Eine Art Deputy mit Spezialauftrag«, sagte Heck. Was glatt gelogen war, aber Heck hatte das Gefühl, es könne nichts schaden, wenn er ein bißchen Autorität heraushängen ließ. Der Bursche sah aus, als wolle er ihm Ärger machen. Heck wiederholte seine Frage.
»Ich bin Michaels Arzt«, antwortete Kohler.
»Aha. Und quasi heute nacht unterwegs zu einem Hausbesuch?« Heck ließ den Blick an Kohlers dunklem Anzug abwärts rutschen, bis hinunter zu den weichen Lederschuhen. »Wenn man bedenkt, daß Sie sich ohne Hunde zurechtfinden müssen, war's 'ne tolle Leistung, daß Sie die Spur bis hierher verfolgt haben.«
»Ich hab ihn ein Stück weiter oben von der Straße aus entdeckt. Daher wußte ich, daß er in diese Richtung läuft. Bloß, jetzt ist er irgendwie weggetaucht.«
»Aber Sie meinen, daß er ganz in der Nähe sein muß?«
»Ich hab ihn vor einer halben Stunde gesehen. Er kann also noch nicht weit gekommen sein.«
Heck nickte Emil zu, der mit gerecktem Kopf neben ihm wartete. »Tja, irgendwie ist die Fährte plötzlich weg. Macht mich ganz kribbelig. Und Emil auch. Wir suchen schon 'ne Weile die Ecke hier ab. Mal sehen, ob wir die Witterung irgendwo wiederfinden.«

Heck sagte das in einem Ton, der Kohler auf keinen Fall dazu ermutigen sollte, sich anzuschließen. Und entsprechend war auch das Tempo, das er anschlug. Aber der Arzt hielt, während der Hund im Zickzackkurs den Highway und das angrenzende Gelände entlangschnüffelte, mit Heck Schritt. Kies knirschte unter ihren Füßen, trockene Blätter raschelten. Heck spürte, wie seine Beinmuskeln sich verspannten. Ein Warnsignal, er mußte langsamer gehen. Die Temperatur war zwar für diese Jahreszeit immer noch ungewöhnlich hoch, aber die Luftfeuchtigkeit hatte innerhalb der letzten halben Stunde merklich zugenommen. Man spürte, daß der Sturm näherkam. Immer dasselbe, wenn er müde war und nicht geschlafen hatte, kriegte er leicht einen Krampf in den Beinen.
»Also, wenn Sie mich fragen«, sagte Heck, »sollten Sie den Versuch, ihm ohne Hunde auf der Spur zu bleiben, lieber gleich aufgeben. Er hat uns bei unserer Suchaktion verdammt geschickt an der Nase rumgeführt. Hat uns dauernd in die verkehrte Richtung laufen lassen und war inzwischen schon wieder ganz woandershin unterwegs.«
Kohler schielte nach der Walther. Schon wieder. Zum vierten Mal, wie Heck mitgezählt hatte. »Er hat Sie in die verkehrte Richtung laufen lassen? Wie meinen Sie das?«
Heck erzählte ihm von dem Täuschungsmanöver mit dem Stadtplan von Boston.
Kohler runzelte die Stirn. »Ich hab Michael gestern in der Bibliothek des Hospitals gesehen. Da hat er irgendwas aus alten Zeitungen ausgerissen. Und den ganzen Vormittag gelesen. Irgendwas schien ihn sehr zu beschäftigen.«
»Ach, tatsächlich?« murmelte Heck. Wieder ein Hinweis darauf, daß es in Hrubeks Hirn durchaus nicht nur gähnende Leere geben konnte. Eine eher entmutigende Erkenntnis. »Er hat übrigens«, erzählte er, »mit einem Trick gearbeitet, den ich bisher nur vom Hörensagen kannte. Hat an einen Truck gepinkelt.«
»Er hat was?«
»Er hat 'n Strahl Wasser ins Eck gestellt. An einem Reifen. Der

Truck ist Richtung Maine gebraust. Und die Hunde hinterher. Statt Hrubeks Fußspuren zu folgen. Auf so 'ne raffinierte Idee kommen nicht viele. Und schon gar nicht 'n Psycho.«

»Das ist nicht exakt der Begriff, den wir verwenden«, merkte Kohler kühl an.

»Dann bitte ich tausendmal um Entschuldigung«, sagte Heck, ein bitteres Lachen in der Kehle. »War irgendwie ulkig. Na ja, Sie wissen ja, wie das manchmal so geht: Ich will gerade einschlafen, da hör ich das Signalhorn von einem schweren Laster. Und da geht mir plötzlich auf, was der Junge gemacht hat. Ich meine, Emil ist wirklich gut – aber ein paar Meilen weit eine Fährte verfolgen, wenn der Mann, zu dem die Witterung gehört, nur hinten an einem Sattelschlepper hängt? Da konnte was nicht stimmen. Ich bin noch mal zu dem Truck-Stop gefahren. Und was soll ich Ihnen sagen? Zack, hatten wir die Spur wieder. So was riecht nach Profi. Genau wie die Sache mit dem Zeitungsausschnitt im Gras. Wenn der Fetzen irgendwo offen rumgelegen hätte, wär ich nicht drauf reingefallen, aber so ... Der Kerl ist schlau. Das war mit Sicherheit nicht das erste Mal, daß er Hunde auf die falsche Fährte gelockt hat, da geh ich jede Wette ein.«

»Nein, nein, ausgeschlossen. Er ist noch nie irgendwo ausgebrochen. Jedenfalls nicht geplant.«

Heck fixierte Kohler. Meistens sieht man's jemandem an den Augen an, wenn er lügt. Aber der Doktor schien das ganz ernst zu meinen. »Hm«, machte Heck, »ich hab was anderes gehört.«

»Von wem?«

»Von meinem alten Boß bei der Staatspolizei. Don Haversham. Der wollte mich nämlich bei dieser Suchaktion unbedingt dabeihaben. Und er hat mir was von sieben Klapsmühlen erzählt, aus denen sich unser Freund klammheimlich davongeschlichen hat.«

Kohler lachte. »Ja, ja. Aber fragen Sie Michael mal, welche Anstalten das waren. Er wird Ihnen erzählen, daß das Krankenabteilungen in irgendwelchen mittelalterlichen Kerkern waren. Und daß er hoch zu Roß rausgeritten ist. Und wild mit einer Muskete herumgeballert hat. Verstehen Sie, was ich meine?«

Heck war sich in dem Punkt durchaus nicht sicher. »Aha. Mit einer Muskete rumgeballert, wie? Äh – wir müssen uns mehr dort rüber halten.«

Sie kletterten und schlitterten einen steilen, schlammigen Pfad hinunter in ein schluchtartiges Tal. Eine Tortur, Kohler war schnell außer Atem. Erst als sie unten waren, brachte er keuchend heraus: »Man weiß natürlich nicht genau, ob er nicht doch nach Boston will.«

»Wieso?«

»Nun«, erklärte der Arzt, »wenn er schlau genug war, Sie glauben zu lassen, er sei nach Osten unterwegs, könnte er's ja jetzt darauf anlegen, Sie in dem Glauben zu wiegen, daß er nach Westen will. Ein Doppelbluff.«

Na gut. Das war etwas, worüber Heck noch nicht nachgedacht hatte. Sicher, warum sollte es Hrubek nicht noch mal mit demselben Trick versuchen und in Wirklichkeit Richtung Osten unterwegs sein? Vielleicht wollte er ja tatsächlich nach Boston. Aber nachdem er eine Weile darüber nachgedacht hatte, sagte er Kohler rundheraus die Wahrheit: »Mag schon sein. Aber ich kann nicht den ganzen Nordosten absuchen. Alles, was ich tun kann, ist, der Nase meines Hundes zu folgen.«

Obwohl ihm schmerzlich bewußt war, daß diese Nase im Augenblick nicht den leisesten Schimmer hatte, wo der Kerl stecken konnte.

»Tja, ich wollte das nur zu bedenken geben«, sagte Kohler.

Sie folgten dem Pfad, der an einem alten Steinbruch entlang tiefer in das Tal führte. Heck erinnerte sich, daß er sich als Junge (und schon damals ein Einzelgänger) lebhaft für Geologie interessiert hatte. Stundenlang hatte er in einem Steinbruch – ähnlich dem, an dem sie jetzt vorbeikamen – herumgehämmert und Gesteinsbrocken für seine Sammlung losgeschlagen. Glimmer, Granit und sogar echtes Quarz. Heute kam

ihm der Anblick dieser steilen Felswände eher erschreckend vor. Genauso wie er damals im Gestein, hatte der Arzt später mit seinem Metallbesteck in Hecks Bein herumgestochert. Er sah im Geiste wieder die Röntgenbilder von seinem zerschmetterten Bein, auf denen man genau erkennen konnte, wo die Kugel den Oberschenkelknochen erwischt hatte. Warum, hatte er sich damals gefragt und fragte sich jetzt wieder, mußte ihm der Doc so was überhaupt unter die Nase halten?
Emil schlug ein paarmal scharfe Haken, blieb aber jedesmal nach wenigen Schritten stehen und kam zurück.
»Hat er die Spur wiedergefunden?« fragte Kohler flüsternd.
»Nein«, antwortete Heck in normaler Lautstärke, »wenn's soweit ist, merken wir's schon.«
Emil führte sie weiter am Fuß der steilen gelbweißen Klippen entlang. Immer um die tiefen Brackwasserpfützen herum. Das Gelände stieg wieder an, sie mußten klettern. Und als sie die Steilstrecke hinter sich gebracht hatten, waren sie wieder bei dem liegengebliebenen MG angekommen. Heck verzog das Gesicht. »Verdammt. Zurück auf Feld eins.«
Kohler schnaufte noch, als er fragte: »Sagen Sie mal, warum sind *Sie* eigentlich hier?«
»Ich bin eben hier.«
»Ist eine Art Kopfgeld auf ihn ausgesetzt?«
Heck spielte ein paar Atemzüge lang mit der Fährtenleine. Dann fragte er: »Woher wissen Sie das?«
»Ich wußte es nicht. Aber es beantwortet meine Frage.«
»Und wie steht's mit Ihnen, Doc? Als Sie ihn gesehen haben, warum haben Sie da nicht die Marines gerufen?«
»Er gerät leicht in Panik. Ich kann ihn zurückholen, ohne daß jemand verletzt wird. Er kennt mich. Und vertraut mir.«
Plötzlich versteifte sich Emil, drehte den Kopf hinüber zum Wald und spannte sich zum Sprung. Heck zog mit einer schnellen Bewegung die Pistole und brachte sie in Anschlag. Im Unterholz rumorte irgend etwas.
»Nein!« rief Kohler und starrte entsetzt auf die Waffe. Er wollte losrennen, auf das Waldstück zu.

Aber Heck erwischte ihn am Arm. »Jetzt würd ich mal 'n Augenblick mucksmäuschenstill sein, Sir. Wir müssen ja nicht unbedingt verraten, wo wir sind.«
Einen Augenblick lang war es tatsächlich still. Dann brach ein muskelbepackter Damhirsch aus dem Gehölz, setzte mit einem mächtigen Sprung über die Büsche und war im nächsten Moment im Dunkel verschwunden.
Heck steckte die Waffe weg. »Sie sollten ein klein bißchen vorsichtiger sein. Sie sind ein wenig zu vertrauensselig, wenn Sie verstehen, was ich meine.« Er sah nach Süden, das schwarze Band der Straße hinunter, dorthin, wo es sich in den Hügeln verlor. Emil schien sich keinen Deut für diese Himmelsrichtung zu interessieren, aber Heck dachte, sie sollten es trotzdem dort versuchen. Er wollte Emil schon den Plastikbeutel mit Hrubeks Unterhose hinhalten, als ihm Kohler in den Arm fiel.
»Wieviel?« fragte der Arzt.
Heck zuckte zurück. »Was soll das, Sir?«
»Wie hoch ist das Kopfgeld?«
Emil zitterte vor Ungeduld, er roch die Witterung aus dem Plastikbeutel. Heck klappte, um den Hund nicht noch nervöser zu machen, den Beutel wieder zu. »Das geht eigentlich nur mich und die Leute, die zahlen, etwas an, Sir.«
»Mit den Leuten, die zahlen, meinen Sie Adler?«
Heck nickte zögernd.
»Nun«, sagte Kohler, »Adler ist ein Kollege von mir. Wir arbeiten zusammen.«
»Wenn Sie und er so gute Kumpel sind, wie kommt's dann, daß Sie nichts von der ausgesetzten Belohnung wissen?«
Kohler fragte nur: »Wieviel, Mr. Heck?«
»Zehntausend.«
»Ich gebe Ihnen zwölf.«
Einen Augenblick lang hakte Heck den Blick auf Emil fest, der ungeduldig vor und zurück tänzelte. Dann sagte er zu Kohler: »Sie wollen mich verarschen.«
»O nein. Ich meine es ganz ernst.«
Heck brachte schnaubend ein Lachen zustande. Aber er

spürte, wie ihm das Blut siedendheiß in die Wangen schoß bei dem Gedanken, daß da leibhaftig einer vor ihm stand, der tatsächlich einen Scheck über zwölftausend Dollar ausschreiben konnte. Und dann wahrscheinlich immer noch was auf der hohen Kante hatte.

»Warum?« fragte er.

»Dreizehn.«

»Nein, ich will nicht mit Ihnen handeln. Ich will wissen, was Sie für so viel Geld von mir verlangen?«

»Fahren Sie nach Hause. Vergessen Sie Michael Hrubek.«

Heck sah sich bedächtig um. Weit drüben im Westen huschte der Lichtstrahl eines Blitzes über den Himmel. Hunderte Meilen riß das Licht das geballte Grau auf, hätte man meinen können. So wie sich auch das Bauernland vor ihm unendlich weit zu dehnen schien, bis der Horizont, der schmutzig verwaschen unter dem schwarzen Himmel hing, es verschluckte. Ein Bild, bei dem einem schwindelig werden konnte, fand er. Gerade deshalb, weil das unverhofft angebotene Geld so verlockend war. Wie, fragte er sich verwirrt, sollte er einen Menschen in dieser einsamen Weite aufspüren? Und warum, dachte er, hält uns der liebe Gott die schönsten Versuchungen immer dann vor die Nase, wenn sie genau das sind, was man sich am sehnlichsten wünscht?

»Was springt denn für Sie dabei raus?« fragte er. Einfach, um das Angebot abzublocken.

»Ich will nicht, daß ihm jemand weh tut.«

»Ich hab nicht vor, ihm weh zu tun. Nicht unbedingt.«

»Aber Sie haben vor, diese Kanone zu benutzen.«

»Nun, wenn's sein muß, würd ich's tun. Aber ich bin keiner von denen, die jemanden von hinten abknallen. So was hab ich als Trooper nicht getan und tu's auch jetzt nicht.«

»Michael ist nicht gefährlich. Nicht wie ein Bankräuber.«

»Es spielt keine Rolle, ob er gefährlich ist wie eine verrückte Maus, die ihre Jungen beschützen will, oder gefährlich wie ein Killer von der Mafia. Ich muß an mich und meinen Hund denken. Und wenn das bedeutet, daß ich schießen muß, weil

einer mit einem Felsbrocken oder einer Brechstange auf mich losgeht, dann muß ich's eben tun.«
Bei Kohlers winzigem Lächeln hatte Heck das Gefühl, daß die Runde an den Arzt gegangen war.
»Sehen Sie, er stellt zum Beispiel Fallen auf. Für Hunde. Ich halt nicht viel von einem, der so was tut.«
Kohlers Lächeln verkümmerte. »Der was tut?«
»Fallen. Schlagfallen, mit denen man Tiere fängt.«
»Nein. Michael würde das nie tun.«
»Tja, das sagen Sie so, aber ...«
»Haben Sie so eine Falle gesehen?«
»Ich weiß, daß er welche mitgenommen hat. Draußen im Gelände bin ich bis jetzt noch auf keine gestoßen.«
Der Arzt sagte eine Weile nichts. Dann sah er Heck an. »Ich glaube, da nutzt jemand Sie ganz schön aus, Mr. Heck.«
»Was wollen Sie damit sagen?« Heck war entschlossen, in die Offensive zu gehen. Aber irgend etwas in Kohlers Tonfall irritierte ihn. Lullte ihn ein. Gab ihm auf einmal das Gefühl, die Stimme eines Freundes zu hören, der es gut mit ihm meinte.
»Adler weiß, daß ein Hund einen Schizophrenen dazu bringt, überzuschnappen. Jemanden wie Michael zu jagen, ist das allerschlimmste, was man ihm antun kann. Einen Patienten wie ihn in die Enge zu treiben ... Er gerät sofort in Panik. In helle Panik. Dann müssen Sie ihn erschießen. Genau das will Adler. Es soll alles so glatt wie möglich ablaufen. Vierzehntausend.«
Du lieber Gott. Heck schloß die Augen. Und schlug sie genau in dem Moment wieder auf, als der nächste Blitz über den Himmel zuckte. Zu seinen Füßen tänzelte Emil immer unruhiger hin und her. Ganz offensichtlich hatte er die Schnauze gestrichen voll von dem endlosen Gerede der beiden Männer. Nimm das Geld und geh heim. Ruf die Bank an, stopf den Brüdern mit einem dicken Scheck das große Maul. Vierzehntausend – damit konnte er sich neun, zehn Monate lang Ruhe erkaufen. Und vielleicht trieb die Staatspolizei in der Zwischenzeit irgendwie genug Geld auf, um die Trooper wieder

einzustellen, die in den letzten drei Jahren nach Hause geschickt worden waren. Oder bei einem der sechsunddreißig Bewachungsunternehmen, bei denen Heck sich beworben hatte, wurde doch mal eine Stelle frei.
Vielleicht kam dann Jill wieder nach Hause. Mit ihrem harten Knöchel. Und dem schönen Trinkgeld, das sie jeden Tag kassierte. Und dem duftigen Nachthemd.
Vierzehntausend Dollar.
Heck seufzte. »Sir, ich verstehe, daß Sie sich Sorgen um Ihren Patienten machen, und ich respektiere das. Es gibt aber ein paar andere Leute, an die ich auch denken muß. Emil und ich haben eine Chance, den Jungen einzufangen. Ich würd sagen, daß das im Endeffekt besser ist als alles, was Sie vorhaben. Auch wenn Sie noch soviel reden. Mit dem Doppelbluff und so weiter. Nichts für ungut.«
»Aber er ist nicht gefährlich. Warum will das niemand verstehen? Sie *jagen* ihn, und das macht ihn gefährlich.«
Heck lachte. »Na ja, ihr Psychiater habt 'ne eigene Art, so was zu sehen, da hab ich keinen Zweifel. Aber die beiden Burschen, die er heute nacht fast umgebracht hätte, denken sicher ganz anders darüber.«
»Umgebracht?« Kohlers Blick flatterte. Der arme Kerl schien wieder genau so ein Nervenbündel zu sein wie vorhin, als Heck ihm die Pistole an die Schläfe gedrückt hatte. »Wovon reden Sie überhaupt?«
»Von den beiden Pflegern.«
»Was für Pfleger?«
»Die beiden und Hrubek sind sich in der Nähe von Stinson in die Quere gekommen. Ich dachte, das wüßten Sie. War kurz, nachdem er abgehauen war.«
»Kennen Sie die Namen?«
»Nein, natürlich nicht. Die arbeiten für diese Klapsmühle. Marsden. Das ist alles, was ich weiß.«
Kohler drehte Heck den Rücken zu und ging auf den Sportwagen zu. Er bückte sich nach dem kleinen Schädel. Und rieb ihn heftig. Wie unter einem unwiderstehlichen Zwang.

»Tja, also«, druckste Heck herum, »ich glaube, ich muß Ihr Angebot ablehnen.«
Einen Augenblick starrte Kohler in den nächtlichen Himmel. Dann drehte er sich zu Heck um. »Tun Sie mir wenigstens einen Gefallen. Wenn Sie ihn finden, jagen Sie ihm keine Angst ein. Er darf nicht denken, daß Sie ihn in die Enge treiben wollen. Und was immer Sie tun, hetzen Sie ihm, um Himmels willen, nicht Ihren Hund auf den Hals.«
»Das hab ich auch nicht vor«, sagte Heck kühl. »Emil ist ja kein Foxterrier.«
Kohler drückte ihm eine Karte in die Hand. »Das ist meine Praxis. Wenn Sie sicher sind, daß Sie ihn gleich haben werden, rufen Sie diese Nummer an. Die geben das dann an mich weiter. Tun Sie's bitte, ich wär Ihnen wirklich dankbar.«
»Wenn's möglich ist, tu ich's«, sagte Heck. »Mehr kann ich nicht versprechen.«
Kohler nickte, sah sich um, versuchte sich zu orientieren. »Da drüben – ist das die 236?«
»Ja, Sir.« Und dann lehnte sich Trenton Heck an den Wagen und sah, ein leises Lachen in der Kehle, diesem seltsamen Mann nach, der – mit Schlips und Kragen, dreckig wie ein Kanalarbeiter, über dem Arm einen schicken Staubmantel, über der Schulter einen Rucksack – die einsame nächtliche Landstraße entlangmarschierte, auf den Highway zu.

Dr. Ronald Adlers Augen huschten auf der Karte mit dem Marsden County hin und her. »Hat's bis zur Staatsgrenze geschafft, wer hätte das gedacht? Na schön, die Massachusetts Highway Patrol wird ihn wohl bald geschnappt haben.« Was sich so anhörte, als wäre es ihm im Grunde egal. »Ich will einen Plan für den denkbar schlimmsten Fall haben.«
»Sprechen Sie von der Belohnung?« fragte Peter Grimes.
»Belohnung?« blaffte der Direktor ihn an.
»Hm. Was meinen Sie mit dem denkbar schlimmsten Fall?«
Adler schien durchaus konkrete Vorstellungen zu haben, sagte aber zunächst gar nichts – vielleicht unter dem Einfluß rudi-

mentärer Spuren eines Aberglaubens, die sogar das Medizinstudium nicht völlig ausgelöscht hatte. »Nun, wenn die Trooper ihn zum Beispiel aufspüren und er einen der Männer tötet. Oder wenn er jemand anderen tötet. Das meine ich damit.«
Grimes versuchte einen Balanceakt zwischen Zustimmung und Widerspruch. »Ja, gut, das ist möglich, nehme ich an. Aber unwahrscheinlich.«
Adler widmete sich wieder dem Bericht des Oberaufsehers im Block E. »Ist das alles korrekt, was hier steht?«
»Absolut. Da bin ich sicher.«
»Hrubek hat also tatsächlich am Milieu-Anpassungs- und Arbeitsprogramm teilgenommen? Kohler hat individuelle Psychoanalyse mit ihm betrieben? Diese völlig illusionäre Therapie, mit der er allen Leuten auf den Wecker fällt?«
Und über die er in den angesehensten Fachzeitschriften publiziert, dachte Grimes, sagte aber nur: »Sieht ganz so aus.«
»Und was ist mit den Richtlinien der staatlichen Heilfürsorge? Speziell für psychisch Kranke? Da steht doch klipp und klar, daß individuelle therapeutische Behandlung bei Schizophrenen nur in Frage kommt, wenn der Patient jung und intelligent ist und aus der Krankengeschichte hervorgeht, daß bereits eine gewisse Besserung eingetreten ist. Es muß sich um eine eher akute als chronische Erkrankung handeln. Aha – und beim Sexualverhalten der Patienten muß ein Fortschritt nachweisbar sein. Das dürfte bei Michael Hrubek kaum zutreffen.«
Grimes hatte schon auf der Zunge, zu sagen: Wenn man nicht eine Vergewaltigung als Anzeichen fortgeschrittenen Sexualverhaltens bezeichnen will. Aber er war nicht ganz sicher, ob Adler darüber gelacht oder ihn rausgeschmissen hätte.
»So eine Krankengeschichte!« Adler ratschte mit zwei Fingern über die Seiten. »Und trotzdem setzt Kohler weiterhin auf Therapie! Schon allein daran sieht man, wie nachlässig er in diesem Fall vorgegangen ist. Mehr als nachlässig. Bleiben wir mal einen Augenblick bei diesem Thema, ja? Äh – steht die Tür etwa offen? Meine Tür? Ja, warum machen Sie sie nicht zu?«

Während Grimes zur Tür ging, überflog Adler den Bericht eines früheren behandelnden Arztes, in dem ausgeführt wurde, daß der Patient Hrubek gedroht habe, dem Arzt sämtliche Eingeweide mit bloßer Hand aus dem Leib zu reißen. Wobei Hrubek sein geplantes Vorgehen anschaulich, detailliert und mit einer beeindruckenden Kenntnis der menschlichen Anatomie beschrieben hatte.

Als Grimes wieder Platz nahm, hatte Adler die Akte bereits zugeklappt und starrte an die Decke. Dabei kratzte er sich am Hosenzwickel, irgendwas gab's da anscheinend zu richten. »Ist Ihnen eigentlich klar, was *Herr* Dr. Kohler getan hat?«

»Er ...«

»Kennen Sie den Fall Burton Scott Webley? Burton Scott Webley der Dritte. Oder der Vierte, das weiß ich nicht mehr so genau. Wissen Sie was über den Fall? Oder standen solche eher bizarren Vorfälle nicht auf dem Lehrplan der ... Wo haben Sie studiert?«

»An der Columbia, Sir. Nein, mit diesem Fall bin ich nicht vertraut.«

»Co-lum-bi-a.« Das Gummiband verächtlicher Geringschätzung, an dem Adler die Silben aufhängte, war zum Zerreißen gespannt. »Nun – also, Webley der Dritte oder Vierte war Patient in New York. Ich weiß nicht – im Creedmore, vielleicht. Oder im Pilgrim State. Egal, halten wir uns nicht mit derlei Details auf. Oder – warten Sie mal, es war was Privates. Lauter Top-Ärzte. Wie unser Freund *Sigmund* Kohler. Cum-laude-Typen. Co-lum-bi-a-Typen, könnte ich auch sagen.«

»Angekommen.«

»Sehen Sie, Kohler ist von der fixen Idee besessen, daß unsere Heilanstalten vollgestopft sind mit van Goghs. Verkappte Dichter und Denker und Maler und so was. Verkannte Genies. Genie und Wahnsinn haben dieselben Wurzeln. Die Bestie mit den zwei Gesichtern – und so weiter, und so weiter.« Als er feststellte, daß Grimes ihn verständnislos anstarrte, fuhr er fort: »Webley war paranoider Schizophrener. Wahnvorstellungen. Monosymptomatisches Krankheitsbild. Achtundzwanzig

Jahre alt. Hört sich irgendwie bekannt an, nicht wahr, Grimes? Seine Wahnvorstellungen kreisten um die Familie. Jeder von denen wollte ihm irgendwas anhaben und ihn ... ach, bla-bla-bla. Bildete sich ein, daß sein Vater und seine Tante eine inzestuöse Beziehung unterhielten. Einschließlich sodomitischer Ausschweifungen per Fernsehen. Nicht daß wir uns mißverstehen: Die beiden sollten via Fernsehen Sodomie betrieben haben. Irgendwann hat's ihn so schlimm erwischt, daß er mit der Mistgabel auf seine Tante losgegangen ist. Also gut, das Gericht hat ihm Unzurechnungsfähigkeit zuerkannt. Damals war gerade die Insulintherapie en vogue, seine Ärzte haben ihn hundertsiebzigmal bis zur Bewußtlosigkeit damit vollgepumpt.«

»Gott im Himmel.«

»Als der Blutzucker bedrohlich abgesackt war, haben sie ihn sechs Monate lang unter Strom gesetzt. Irgendwann war die Amperezahl zu hoch. Es passierte genau das, was passieren mußte: Am Schluß war er körperlich ein Wrack.«

»Und wann passierte das alles?«

»Das tut doch jetzt überhaupt nichts zur Sache. Nachdem sie den Stöpsel rausgezogen hatten, wurde er zum Chefpsychiater bestellt. Und der stellte eine völlig neue Diagnose. Webley ist gesund und bei klarem Verstand, faßt alles rasch auf. Erstaunlich genug nach all den Hexencocktails, die sie ihm zu schlukken gegeben hatten. Er ist höflich, kooperativ, seinerseits an der Fortsetzung der Therapie interessiert. Der Chefarzt macht die üblichen Tests mit ihm, Webley besteht alle fünfundzwanzig mit Bravour. Eine geradezu wundersame Heilung. Die dann auch im APA-Journal gebührend gewürdigt wird.«

»Ich ahne schon, was jetzt kommt.«

»Oh, glauben Sie wirklich, Grimes?« Adler fixierte ihn mit amüsiertem Grinsen. »Ahnen Sie wirklich, daß er, sobald er als geheilt entlassen war, ein Taxi genommen hat, zu seiner Tante gefahren ist, sie vergewaltigt und zerstückelt und dann gründlich ihr Schlafzimmer umgekrempelt hat, auf der Suche nach dem versteckten Mikrofon, mit dessen Hilfe das alles aufgezeichnet worden war, und zwar, wie er behauptete, weil die Familie von vornherein entschlossen war, ihn der Tat zu überführen? Ahnen Sie wirklich, daß, während er noch vollauf mit seiner Suchaktion beschäftigt war, ahnungslos die fünfzehnjährige Tochter ins Haus spaziert kam, und daß er dasselbe mit ihr gemacht hat? Ahnen Sie etwa auch, daß der achtjährige Sohn nur dadurch mit dem Leben davonkam, weil Webley, während er gerade dabei war, das Mädchen zu zerfleischen, plötzlich vom Schlaf übermannt wurde? Nanu, Grimes, Sie sehen so merkwürdig blaß aus?«

»Aber ich muß Ihnen noch das Ende der Geschichte erzählen«, fuhr Adler fort. »Den schockierenden Teil. Das Ganze war kalt vorausberechnet. Webley hatte einen IQ von 164. Er hat nämlich rechtzeitig seine täglichen Medikamente selbständig abgesetzt, sich in die Bibliothek geschlichen und die richtigen Antworten für alle fünfundzwanzig Tests auswendig gelernt und sich, wie ich zugeben muß, beim abschließenden Gespräch mit dem Chefarzt wacker geschlagen.«

Grimes schluckte. »Und Sie meinen, Hrubek hat das mit Kohler genauso gemacht? Ihn genauso reingelegt wie Webley den Chefarzt?«

»Ja doch! Natürlich meine ich das! Kohler hat blind einen Wechsel auf das Gute im Menschen unterschrieben. Sich mit Haut und Haaren ausgeliefert. Callaghan ist tot. Und wer weiß, es kann gut sein, daß heute nacht noch andere dran glauben müssen. Letztendlich ist das alles Kohlers Schuld. Er allein ist daran schuld, Peter.«

»Sicher. Ja, natürlich.«

»Mal ehrlich, was halten Sie von ihm? Von Kohler?«

»Ein aufgeblasenes Stück Scheiße.«

Adler war froh, daß außer ihm noch einer so dachte. Obwohl er sich andererseits daran erinnerte, daß er Grimes im Laufe der Nacht wiederholt genauso eingeschätzt hatte. »Ich glaube, daß mehr dahintersteckt. Warum stellt der Mann sich so blind und taub? Er ist ja nicht dumm. Alles kann man ihm nachsagen, aber nicht, daß er dumm ist. Also warum?«

»Ja, ich weiß wirklich nicht ...«
»Peter, ich möchte, daß Sie etwas für mich tun.«
»Ja, sehen Sie, Sir ...«
»Ein paar Nachforschungen anstellen.« Als Dr. Ronald Adler den Kopf senkte, um Grimes über den Brillenrand zu fixieren, wölbte sich über dem Hemdkragen ein beachtliches Doppelkinn, das bei einem so schmächtigen Mann besonders grotesk wirkte.
Weil es schon sehr spät geworden war und weil er keine Lust mehr hatte, sich mit den Querelen zwischen Adler und Kohler zu beschäftigen, beschloß Grimes, sich ausnahmsweise mal nicht zu ducken. »Ich glaube nicht, daß ich das machen möchte.«
»Möchte?« fuhr Adler ihn an. »Spielen Sie hier ja nicht den starken Max, junger Mann! Ich rate Ihnen, ganz schnell kleine Brötchen zu backen. Sie sind nicht in der Gewerkschaft. Wenn ich Ihnen an die Eier will, ist das viel einfacher als mit den verdammten Wärtern. Vergessen Sie das nicht. Und nun hören Sie genau zu: Sie werden für mich Detektiv spielen. Schreiben Sie mit, wenn Sie sich nicht alles merken können. Fertig?«
Adler badete in seinem eigenen Sarkasmus. Einen Augenblick lang hatte er völlig vergessen, daß er es nicht mit einer subalternen Sekretärin, sondern mit einem Doktor der Medizin zu tun hatte.

Vorhin, als sie wieder zum Sportwagen zurückgekommen waren, hätte Heck jede Wette gehalten: Der Fahrer hatte den Notdienst angerufen, die Jungs von der Werkstatt waren gekommen, Hrubek hatte sie gebeten, ihn per Anhalter mitzunehmen, oder er hatte sich im Kastenaufbau des Reparaturwagens versteckt.
Nur, mittlerweile kamen ihm Zweifel. Schon wieder derselbe Trick? Vielleicht war das Hrubeks Spezialität, sich in Lastwagen zu verstecken? Er lümmelte sich an den Sportwagen. Kühler Wind kam auf, ein Frösteln überlief ihn.
O Mann, da laß ich nun so einfach ein Jahreseinkommen

sausen und spucke große Töne – und was passiert? Ich verlier die Fährte und hab keine Ahnung, wie ich sie wiederfinden soll.
Was hättest du an meiner Stelle getan, Jill? Sag mir, daß du auch nein gesagt hättest.
Nein, hätte sie nicht. Das wußte er. Jill hätte sich heimlich, still und leise nach Hause verdrückt und den Scheck ins Schmuckkästchen gelegt. Und jetzt würde sie friedlich im Bett liegen und tief schlafen.
In ihrem pinkfarbenen Nachthemd.
O Baby ...
Und plötzlich schoß Emils Nase hoch, er fing zu schnüffeln an, spannte sich und trottete los. Nach Norden, auf die Route 236 zu. Heck folgte ihm, merkte, wie die Leine immer straffer und Emil immer schneller wurde.
Was war denn nun los?
Der Wind frischte wieder auf, Emil rannte los.
Heck, den Blick aufs Asphaltband geheftet, schloß plötzlich die Augen. Er mochte es nicht glauben. »Gottverdammt noch mal, wo hab ich bloß meine Gedanken gehabt? Ein Fahrrad!«
Er brachte Emil zum Stehen und inspizierte den Asphalt. Eine Reifenspur, ganz eindeutig, wenn auch reichlich wackelig. Vom Sportwagen in Richtung Highway. Die Spur sah ungewöhnlich breit aus. Der Bursche, der da im Sattel saß, brachte gut und gern um die hundertfünfzig Kilo auf die Waage.
Alles klar. Und der beste Beweis war Emil, der die Nase in die Luft reckte. Wenn ein Hund, statt weiter auf dem Boden zu schnüffeln, die Nase reckt, hängt die Witterung in der Luft. Und dann kann man meistens darauf tippen, daß derjenige, hinter dem man her ist, auf einem Fahrrad oder einem Motorrad sitzt. Sie waren vermutlich im Luv der Fährte, anscheinend hatte der auffrischende Wind ihnen die Witterung zugeweht. Emil spitzte die Ohren, tänzelte nervös und wollte weiter.
Heck auch. Wenn die Witterung in der Luft hängt, ist es gar nicht so einfach, ihr zu folgen. Selbst ein leichter Wind kann

sie schnell verwehen. Ein Sturm von der vorausgesagten Stärke mußte erst recht alles zerstören.
Heck zog sich die Schlaufe der Fährtenleine über die Pistole und wickelte sich die Leine ein paarmal ums Handgelenk.
»Such, Emil! Such!«
Der Hund schnellte los, die Straße hinunter. Sie waren wieder auf der Spur.

Was war auf einmal so anders?
Lis – nicht weit vom Seeufer und gleichzeitig nur ein paar Schritte von der Terrasse entfernt – war einen Augenblick lang völlig verwirrt. Die Umgebung kam ihr vertraut vor und dennoch fremd. Und plötzlich begriff sie, was los war. Der See war inzwischen so stark angestiegen, daß die Uferlinie sich verschoben hatte. Vom Rasen, der sich eigentlich bis weit nach hinten erstrecken mußte, war nur noch eine kleine Sichel übriggeblieben. Die meisten Büsche und Sträucher badeten ihre Wurzeln im See. Und die kleinen Findlinge, die Lis so angeordnet hatte, daß man das Sternbild des Orion in ihnen erkennen konnte, waren völlig verschwunden.
Sie drehte sich abrupt um und machte sich wieder an die Arbeit.
Sie und Portia hatten die ursprüngliche Absicht, den Damm zu verstärken, rasch aufgegeben und beschlossen, statt dessen lieber eine neue Sandsackbarriere aufzurichten, näher am Haus, ungefähr dort, wo der Rasen abfiel. Die würde, sogar wenn die alte Mauer überflutet würde, das Wasser wenigstens daran hindern, bis zum Haus vorzudringen. Vorausgesetzt, dieser neue Wall aus Sandsäcken hielt. Unten am Damm hätten sie den Kampf gegen die Flut ohnehin auf verlorenem Posten geführt. Weder die Zeit noch ihre Kräfte hätten gereicht, um all den Sand – mit Sicherheit etliche Tonnen – durch steiniges, unebenes Gelände, das zudem immer schneller mit Wasser vollief, bis zum Seeufer zu karren.
Portia füllte die Säcke, und Lis zerrte oder schleppte sie zu ihrer improvisierten Auffanglinie. Lis warf, während sie arbei-

tete, von Zeit zu Zeit rasch einen Blick auf ihre Schwester. Die Ringe und die glitzernde Halskette waren verschwunden. Portias zarte Hände steckten in groben Leinenhandschuhen, von den grellroten Fingernägeln war nichts mehr zu sehen. Und statt des schwarzen Stirnbands trug ihre jüngere Schwester nun eine flotte Boston-Red-Sox-Baseballkappe.

Portia legte sich mächtig ins Zeug, sie schien ganz in ihrer Aufgabe aufzugehen. Mit Schwung schaufelte sie einen Sandsack nach dem anderen voll. Lis hatte immer gedacht, sie – mit etlichen Jahren Gartenarbeit auf dem Buckel und vielen Tonnen umgegrabener Erde in den Bizeps – sei die stärkere. Nun mußte sie allerdings zugeben, daß sie einander, soweit es um körperliche Kraft ging, in nichts nachstanden. Vermutlich dank der Stunden, die Portia in den Foltermühlen irgendwelcher Fitneßcenter und auf dem Tennisplatz verbrachte. Hin und wieder legte Portia ein paar Sekunden Pause ein, streifte den Handschuh ab, um nachzusehen, wie viele Schwielen sie sich schon eingehandelt hätte, und langte danach wieder um so kräftiger zu. Einmal beobachtete Lis, wie Portia bei einem kurzen versonnenen Blick hinüber zum Waldrand sich eine Strähne ihres blonden Haares um den Finger wickelte und in den Mund steckte. Dieselbe nervöse Angewohnheit war ihr schon vorhin, am frühen Abend, aufgefallen. Komisch, das mußte neu sein, früher hatte Portia das nie getan.

Aber gut, dachte sie, was spielt es schon für eine Rolle, wann sie sich das angewöhnt hat? Mal abgesehen davon, daß ihr bei dieser zufälligen Beobachtung klarwurde, wie wenig sie eigentlich über das Leben ihrer Schwester wußte. Mit achtzehn Jahren war Portia von zu Hause ausgezogen und nur höchst selten – und nie für lange – in ihr Elternhaus zurückgekommen. Meistens nur für eine Nacht, zum Dinner am Samstag- oder Sonntagabend, den Jungen im Schlepptau, in den sie gerade verliebt war. Sogar den größten Teil der Ferien verbrachte sie woanders, überwiegend mit Freunden, manchmal auch mit Kommilitoninnen. Also, für Lis wäre das nichts gewesen. Weihnachten zu zweit irgendwo im Schnee, so romantisch das auch sein mochte – sie konnte das nicht reizen. Während der Collegeferien reiste Portia kreuz und quer durchs Land, oder sie nahm einen Ferienjob in der Stadt an. Ein Jahr vor dem Examen hatte sie dann das Studium ganz aufgegeben und war aus ihrem Bronxville-Apartment nach Manhattan umgezogen. Lis war zu jener Zeit Lehrerin an der Ridgeton-High-School und wohnte in einem kleinen Häuschen in Redding zur Miete. Sie hatte gehofft, daß Portia, nachdem sie nun nicht mehr am Sarah Lawrence war, vielleicht nach Hause zurückkäme, oder wenigstens in die Gegend. Aber nein, das war eine Vermutung, über die Portia nur lächeln konnte, als wär's ein völlig abartiger Gedanke. Sie *müsse* nach New York ziehen, hatte sie Lis erklärt. Es sei an der Zeit, »die City zu machen«.

Lis wußte noch, wie sie daran herumgerätselt hatte, was das wohl bedeuten möge und warum ihre Schwester das so darstellte, als sei's ein unabdingbares Muß.

Wie mochte das Leben aussehen, wenn man »die City machte«? Vergingen die Stunden schneller oder langsamer? Flirtete Portia mit ihrem Chef? Verbrachte sie ihre Zeit mit Klatsch und Tratsch? Was war abends auf dem Teller, wenn sie sich was zu essen machte? Wo kaufte sie Seifenpulver für die Waschmaschine? Schnupfte sie Kokain bei einer Party – einer von der Sorte, zu der man durch irgendeine Kleinanzeige eingeladen wird? Gab's ein bestimmtes Kino, in das sie besonders gern ging? Was brachte sie mehr zum Lachen – *Monty Python* oder *Roseanne*? Welche Zeitung las sie beim Frühstück? Schlief sie nur mit einem Mann?

Lis versuchte sich zu erinnern, wann sie und ihre Schwester sich während der letzten Jahre mal richtig ausgesprochen hatten. Vielleicht in der Zeit, als es mit Mutter zu Ende gegangen war, vermutete sie.

Aber selbst für diese Phase gab der Ausdruck »aussprechen« das Verhältnis zwischen den beiden Schwestern kaum zutreffend wieder.

Die Ärzte hatten der vierundsiebzigjährigen Ruth L'Auberget

im August eröffnet, daß es keine Hoffnung mehr gebe, und sie war augenblicklich in die Rolle der pflegebedürftigen Kranken geschlüpft. Erwartungsgemäß. Die Rolle schien ihr auf den Leib geschrieben. Das Leben (sie war in einer betuchten Mittelklassefamilie in Boston aufgewachsen) hatte sie stoischen Gleichmut gelehrt, so wie es ihre Generation Fatalismus – und ihren Mann gelehrt hatte, stets mit dem Schlimmsten zu rechnen. Im Grunde blieb Ruth der Rolle treu, die sie ihrer Umgebung seit Jahren vorspielte: die des lieben kleinen Frauchens mit dem unsichtbaren Heiligenschein und dem gottergebenen Augenaufschlag. Bis Andrew – ein paar Jahre vor ihr und nicht gerade unter glanzvollen Umständen – auf dem Klo eines britischen Flughafens von der Bühne des Lebens abgetreten war, hatte sie in seinem Schatten gestanden, nun trat sie bereitwillig in den Schatten einer unheilbaren Krankheit.

Niemand hätte im Witwenstand eindrucksvoller leiden können als sie. Sie brauchte einfach irgendeine Bürde, die ihre Duldermiene erklärte und rechtfertigte. Und nun hatte sie sie gefunden. Aber während sie die Prüfungen und Heimsuchungen ihrer Ehe stumm erduldet hatte, schien der Krebs paradoxerweise ihre Lebenslust anzustacheln.

Da sie mehr und mehr abmagerte, brauchte sie neue Kleider. Nun aber wählte sie nicht mehr die Farben, die sie ihr Leben lang getragen hatte – das Beige und Sand und Braungrau, das so gut zu ihrer Rolle im Hintergrund gepaßt hatte, nun bevorzugte sie gelbe, rote und smaragdgrüne Töne – Farben, mit denen sich die Blumen schmückten, die sie züchtete. Das schütter werdende Haar verbarg sie nicht unter sittsamen Häubchen oder schlichten Kopftüchern, nein, sie entdeckte auf einmal ihr Herz für turbanartige Hüte in schreiend bunten Mustern. Und einmal – Lis konnte es kaum fassen – war sie zur chemotherapeutischen Behandlung mit einem übermütigen »Hallöchen, meine Lieben, ich bin's, Tantchen Ruth!« ins Schwesternzimmer gestürmt.

Erst als es zu Ende ging, wurde sie verdrossen und mürrisch –

vor allem beim Gedanken an einen unwürdigen Tod in körperlicher Hilflosigkeit. Zu jener Zeit hatte sie – unter Morphiumeinfluß – das Gespräch, das sie kurz zuvor mit ihrem verstorbenen Mann geführt haben wollte, so anschaulich geschildert, daß Lis sich einer Gänsehaut nicht erwehren konnte.
Natürlich hatte ihre Mutter sich das Ganze nur eingebildet, machte Lis sich klar. Obwohl sie es heute abend Owen gegenüber auf der Terrasse bestritten hatte.
Nur, das Schaudern war, sooft sie daran dachte, wieder da, genau wie damals.
Lis hatte gehofft, Mutters Krankheit werde ein neues, engeres Band zwischen Portia und ihr knüpfen. Aber es war nicht so gekommen. Wie auch? Portia kam während der Zeit, in der Mutter immer mehr verfiel, kaum häufiger nach Ridgeton als früher.
Lis war sehr zornig über so viel lieblose Gleichgültigkeit. Und einmal, als sie mit ihrer Mutter in die Stadt mußte, zu einem Arzttermin an der Columbia Presbyterian, nahm sie sich vor, Portia deswegen zur Rede zu stellen. Doch als Mutter und sie in der Wohngemeinschaft auftauchten, ließ Portia sie ins Leere laufen. Sie richtete eines der Zimmer als Krankenzimmer her und bestand darauf, daß beide ein paar Tage bei ihr blieben. Sie ließ wichtige Termine platzen, nahm sogar Urlaub und kaufte schließlich ein Kochbuch mit Spezialrezepten für Krebskranke. Lis sah ihre Schwester heute noch in der winzigen Küche stehen, Lockenwickler im Haar, und Mehl anrühren und Gemüse schneiden und die meiste Zeit irgendwelche Küchengerätschaften suchen, die sie noch nie benutzt hatte und von denen sie folglich auch nicht wußte, wo, zum Teufel, sie versteckt sein mochten. Anrührend und komisch zugleich.
Nun, damals in der Stadt waren sie nicht über Kreuz geraten. Allerdings hatte sich auch nichts geändert. Portia ließ sich so selten wie eh und je blicken, Lis mußte weiterhin allein für ihre todkranke Mutter sorgen. Inzwischen war viel Zeit vergangen, Lis hatte ihrer Schwester vergeben. Nachträglich war sie sogar dankbar, daß nur sie in den letzten Minuten an der Seite ihrer

Mutter gewesen war; diese Zeit hätte sie gar nicht mit jemand anderem teilen wollen. Sie würde nie vergessen, wie Mutter, kurz bevor ihre Lebensreise zu Ende gegangen war, nach ihrer Hand gefaßt hatte. Mit einem verblüffend kräftigen Griff. Und zweimal zugedrückt hatte. Zweimal kurz, wie ein Morsezeichen.

Plötzlich merkte Lis, daß sie völlig außer Atem war, und begriff, daß sie, in ihre Erinnerungen versunken, wie besessen hin und her gehetzt war und immer schneller gearbeitet hatte. Die Sandsäcke türmten sich schon drei Lagen hoch, jetzt mußte sie sich eine kleine Pause gönnen.

Erschöpft lehnte sie sich gegen den Wall aus Sandsäcken und schloß die Augen, bis Portias Stimme sie hochschrecken ließ.

»So!« Portia ließ die Schaufel mit lautem Klirren auf den Sandhaufen fallen. »Ich denke, es wird Zeit, daß ich dich frage. Warum wolltest du unbedingt, daß ich hierherkomme?«

14

Sieben leere Säcke lagen zu Füßen ihrer Schwester, zählte Lis automatisch mit. Während sie die ersten beiden vollschaufelte, sagte Portia: »Wegen der Erbschaftsregelung hätte ich nicht extra herkommen müssen, stimmt's? Das hätte ich genausogut bei einem Notar in der Stadt erledigen können. Sogar Owen gibt das zu.«
»Du bist schon lange nicht mehr hier gewesen. Und ich komme eben selten in die Stadt.«
»Wenn du damit meinst, daß wir uns nicht gerade häufig sehen – nun gut, das ist wahr. Aber dir geht's ganz sicher nicht nur darum, wie oft wir beide Händchen halten. Du hast bestimmt noch irgendeinen Hintergedanken.«
Lis sagte nichts, sah nur stumm zu, wie ihre Schwester nassen Sand in den nächsten Sack schaufelte.
»Was spielen wir hier?« hakte Portia nach. »Große Umarmung mit Küßchen und allem Pipapo?«
Lis nahm sich fest vor, sich durch Portias spöttischen Ton nicht reizen zu lassen. Sie packte einen vollen Sandsack an den Zipfeln, schleppte ihn zu ihrem neuen Schutzwall und stemmte ihn mit Schwung hinauf. »Warum versuchen wir's nicht gleich mit fünf Schaufeln pro Sack?« keuchte sie.
Portia füllte den nächsten Sack, stellte die Schaufel weg, zog den rechten Handschuh aus und inspizierte die wundgescheuerte Stelle am Zeigefinger. Sie ging zu Lis und setzte sich neben sie auf den halbhohen Wall aus Sandsäcken.
Nach einer Weile sagte Lis: »Ich spiele mit dem Gedanken, den Schuldienst zu quittieren.«
Ihre Schwester schien keineswegs überrascht zu sein. »Dich am Lehrerpult – das hab ich mir sowieso nie richtig vorstellen können.«

Lis ging durch den Kopf: Und in welcher Rolle hast du mich statt dessen gesehen? Sie vermutete, daß Portia sich schon immer ihre Gedanken über die beruflichen Ambitionen ihrer älteren Schwester gemacht hatte. Und über alles andere in ihrem Leben. Aber was für Gedanken das sein mochten, das hätte sie zu gern gewußt.
»Lehrerin zu sein, das hat mir gelegen. Ich hab viel Freude daran gehabt. Aber ich denke, es wird einfach Zeit, mal etwas anderes zu machen.«
»Tja, du bist ja nun eine reiche Frau. Leb doch einfach von der Ernte, die du eingefahren hast.«
»Ich will nicht einfach ganz aufhören.«
»Warum nicht? Bleib zu Hause und kümmere dich um deine Blumen. Denk an Oprah und Regis. Die hatten es schwerer.«
»Kennst du den Gartenbaubetrieb der Langdells?«
»Nein.« Portia schüttelte den Kopf, dann tauchte eine vage Erinnerung auf. »Oh, da draußen neben der 236?«
»Wir sind da oft hingegangen. Mit Mutter. Die Wasserpflanzen im Wintergarten, die haben wir bei den Langdells geholt.«
»Ja, ich glaube, mir dämmert was. Waren es nicht die, die diese mordsdicken Zwiebeln hatten?«
Lis lachte leise. »Knollen wie Astern.«
»Ja. Gibt's denn den Laden noch?«
»Steht zum Verkauf. Die Pflanzschule und die Landschaftsgärtnerei, die auch zum Familienbetrieb gehört.«
»Ach du lieber Gott – sieh mal!« Portias Blick war über den See auf den State Park gerichtet, wo die Flut ein altes Bootshaus von den Stützpfeilern gedrückt hatte. Gespenstisch neigte sich der weiße, aus halbverrotteten Holzplanken zusammengezimmerte Würfel zur Seite.
Lis nickte gelassen. »Das wollten sie sowieso abreißen. Auf die Weise haben die Steuerzahler ein paar Dollar gespart, würde ich sagen. Also, die Gärtnerei, von der wir gerade gesprochen haben ...« Sie rieb sich die Hände. Schweiß brach ihr aus allen Poren. Kalter Schweiß. Ein Zeichen, wie nervös sie war. »Ich glaube, ich werde sie kaufen.«

Portia wickelte sich wieder eine Haarsträhne um die Finger, die Spitzen verschwanden zwischen ihren Lippen. Im gedämpften Licht sah ihr Gesicht seltsam bleich aus, die Lippen schienen um so kräftiger hervorzutreten, fast schwarz. Ob sie sich tatsächlich die Lippen nachgezogen hatte, bevor sie in den Garten gekommen war, um Sand in die Säcke zu schaufeln?
»Ich brauche einen Partner«, fuhr Lis zögernd fort. »Und – und dabei kam mir der Gedanke: am liebsten hätte ich dich.«
Portia lachte. Sie war eine hübsche junge Frau, aber es war ein wenig irritierend, wie schnell sie – von einem Moment zum anderen, als müßte sie nur einen Schalter umlegen – liebenswürdig oder schelmisch oder sinnlich aussehen konnte. Trotzdem hatte Lis schon oft gedacht, daß dieses tiefe, kehlige Lachen ihr viel von ihrem Charme nahm. So lachte sie gewöhnlich, wenn sie irgend etwas ablehnte, sich das aber nicht allzu deutlich anmerken lassen wollte. Typisch Portia – sollten doch die anderen sehen, wie sie aus ihrer Miene schlau wurden.
Ein Hauch Rot huschte über Lis' Gesicht, sie spürte, wie es ihr heiß bis in die Schläfen stieg. »Ich kenne mich mit geschäftlichen Dingen nicht so aus. Finanzierungen, Marketing – so was alles. Du bist da fit.«
»Ich bin nicht Donald Trump. Die Geschäfte, mit denen ich zu tun habe, sind ein paar Nummern kleiner. Mittelständisch, würde ich sagen.«
»Jedenfalls verstehst du wesentlich mehr davon als ich. Und du hast doch immer gesagt, du wolltest nicht mehr in der Werbung arbeiten. Letztes Jahr hast du davon gesprochen, daß du vielleicht eine Boutique eröffnen willst.«
»In der Werbebranche reden dauernd alle davon, daß sie demnächst alles hinschmeißen und eine Boutique aufmachen wollen. Oder einen Partyservice. Weißt du … du und ich in einem Unternehmen?«
»Es ist ein Schnäppchen. Langdell ist letztes Jahr gestorben, und seine Frau will den Betrieb nicht allein weiterführen. Sie wollen alles in allem drei Millionen. Zwei ist allein der Grund

und Boden wert. Die Hypothekenzinsen sind zur Zeit sehr hoch. Aber Angie sagt, wenn sie anderthalb Millionen bei Vertragsschluß bekäme, wäre sie bereit, sich an der Restfinanzierung zu beteiligen.«

»Dir ist es ernst damit, nicht wahr?«

»Ich muß mal etwas anderes machen, Portia. Ich liebe alles, was mit Gartenarbeit zu tun hat, und ...«

»Nein, das meine ich nicht. Daß es für dich genau das Richtige ist, glaube ich auch. Ich wollte sagen: Du meinst das offenbar ernst mit uns beiden. Daß wir zusammenarbeiten sollen.«

»Natürlich meine ich das ernst. Du kümmerst dich um das Geschäftliche und um die Finanzen – und ich um das Produkt. Na, klingt das nicht schon ganz professionell? Das Produkt?«

Portia nahm einen von den Sandsäcken, die sie gefüllt hatte, schleppte ihn zu ihrem Wall und rückte ihn zurecht. »Verdammt schwer, die Mistdinger«, japste sie. »Vielleicht sollte ich wirklich eine Schaufel weniger nehmen.«

»Ich habe eine Menge Ideen entwickelt. Wir erweitern die Gartenabteilung und bauen ein zusätzliches Treibhaus, speziell für Rosen. Wir können Kurse anbieten. Wie man Kreuzungen züchtet. Oder wie man einen Garten anlegt. Vielleicht mit Videovorführungen. Du kennst doch genug Leute im Filmgeschäft. Wenn wir's richtig anpacken, könnte das ein Knüller werden.«

Erst nach ein paar Sekunden sagte Portia: »Nach dem ersten Januar kündige ich sowieso, das steht fest. Ich will nur noch so lange warten, damit ich meinen Bonus bekomme.«

»Wirklich? Das paßt genau zu meinen Kaufplänen. Im Februar oder März.«

Portia fügte schnell hinzu: »Nein, ich wollte damit sagen: Ich habe vor, ein Jahr ganz freizunehmen. Vielleicht auch ein paar Jahre. Ich wollte überhaupt nicht mehr arbeiten.«

»Oh.« Lis rückte einen Sandsack zurecht. »Und was willst du dann machen?«

»Reisen. Eine Weile Club Med. Windsurfen lernen. Ein bißchen Windsbraut spielen.«

»Und einfach ... überhaupt nichts tun?«
»Ich hör schon wieder diesen besonderen Ton, Mütterchen.«
Lis schluckte ihren Ärger hinunter. »Nein, ich bin nur ein wenig überrascht.«
»Vielleicht mach ich noch mal Europa. Als ich auf die Rucksacktour gegangen bin, war ich arm wie eine Kirchenmaus. Und – o Gott – die Reisen mit Mutter und Vater ... zum Kotzen. Señor L'Auberget als Reiseführer und Zuchtmeister. ›Kommt, Mädchen, warum trödelt ihr so rum? Der Louvre macht in zwei Stunden zu. Portia, willst du dich wohl nicht nach diesen jungen Burschen umdrehen?!‹ Ach – und du ... du bist wahrscheinlich das einzige Kind in der Geschichte der Menschheit, das ohne Abendessen ins Bett gehen mußte, weil sie's dir heimzahlen wollten, daß du dich irgendwo davongestohlen hast. Wo war das gleich?«
»Im Skulpturengarten des Rodin-Museums«, sagte Lis mit leiser Stimme, mußte aber, als sie sich daran erinnerte, doch ein bißchen lachen. »Ein Opfer der Kultur, und das mit siebzehn.«
Portia sagte lange nichts, dann schüttelte sie den Kopf. »Nein, Lis, ich glaube, wir sollten das lassen. Es würde doch nicht klappen.«
»Versuch's doch wenigstens. Nur für ein Jahr. Wenn's nicht klappt, kannst du deinen Anteil immer noch verkaufen.«
»Könnte aber auch sein, daß das Geld dann schon futsch ist, oder?«
»Ja, theoretisch schon. Aber ich hab nicht vor, den Betrieb herunterzuwirtschaften.«
»Was hält Owen denn davon?«
Aha. Das hatte ja kommen müssen.
»Er hat gewisse Bedenken, könnte man sagen.«
Man hätte allerdings auch sagen können, daß um ein Haar ihre Ehe daran zerbrochen wäre. Der Gedanke, eine Pflanzenzucht und Baumschule zu eröffnen, war Lis zum ersten Mal kurz vor dem Tod ihrer Mutter gekommen – also zu einem Zeitpunkt, als bereits abzusehen war, daß sie ein beträchtliches

Barvermögen erben würde. Owen wollte das Geld in seriösen Papieren anlegen oder in seine Anwaltskanzlei investieren – junge Anwälte einstellen und weitere Kanzleien einrichten. So was, hatte er ihr erklärt, bringe am meisten.

Aber sie war eisern geblieben. Es war *ihr* Geld, und ein Gartenbaubetrieb war genau das Richtige für sie. Wenn nicht der von den Langdells, dann eben ein anderer, irgendwo in der Nähe.

Wenn es um praktische Fragen des Lebens ging, setzte sich gewöhnlich Owen mit seinen Ratschlägen und Bedenken durch. »Du bist verrückt, Lis. Eine Gärtnerei ... das ist ein Saisongeschäft. Wetterabhängig. Und bei Landschaftsgärtnerei gehst du eine Reihe unkalkulierbarer Risiken ein. Du mußt zum Beispiel die Arbeiter versichern. Wenn du so versessen auf Gartenarbeit bist, kaufen wir einfach noch ein Stück Land dazu. Wir lassen einen Gartenbauarchitekten kommen und ...«

»Ich will *arbeiten*, Owen. Mein Gott, ich sag ja zu dir auch nicht, du sollst zu Hause bleiben und nur so zum Spaß juristische Fachliteratur lesen.«

»Von der Arbeit als Anwalt kann man recht gut leben«, wollte er sie abfertigen.

Je mehr Argumente er auftischte, desto bockiger wurde sie.

»Gott im Himmel, Lis, mit Gartenarbeit holst du bestenfalls ein paar tausend Dollar im Jahr raus. Sogar wenn du das Geld auf ein ganz normales Sparbuch legst, kriegst du mehr.«

Sie hatte ihm ein Wirtschaftsmagazin vor die Nase gehalten. »Da drin ist ein Artikel über den Profit, den verschiedene Unternehmen abwerfen. Bestattungsunternehmen halten Platz eins. Aber ich will nun mal kein Bestattungsunternehmen aufmachen.«

»Hör auf, so dickköpfig zu sein! Auf der Bank wäre das Geld wenigstens sicher. Willst du denn alles aufs Spiel setzen?«

»Mrs. Langdell hat mir die Geschäftsbücher gezeigt. Sie haben seit fünfzehn Jahren Gewinn gemacht.«

Er reagierte verdächtig ruhig. »Du hast also schon mit ihr darüber gesprochen. Bevor du damit zu mir gekommen bist?«

Sie schluckte, dann gab sie's zu. Ja, hatte sie.

»Findest du nicht, du hättest zuerst mich fragen sollen?«

»Ich war mir ja selber noch nicht sicher.«

»Du hast das Geld noch nicht, und schon läßt du dir irgendwelchen Blödsinn einfallen, wie du's zum Fenster rausschmeißen kannst, verdammt noch mal.«

»Es ist das Geld von *meiner* Familie, Owen.«

In jedem Protokoll über einen zünftigen Ehekrach hätte man es nachlesen können: An diesem Punkt fing das Duell erst richtig an. – Dein Geld? *Dein* Geld? Aber als die Lehrer gestreikt haben, hab *ich* dich durchgebracht ... Ja, aber als du vor zwei Jahren deinen dicken Bankklienten verloren hast, haben wir von meinem Gehalt gelebt, von meinem Lehrergehalt ... Ich habe nie einen Penny dafür berechnet, daß ich hier sämtliche Rechtsangelegenheiten im Zusammenhang mit dem Haus und dem Grundstück bearbeite ... Und wie war das damals, als wir monatelang nicht mal die Stromrechnung bezahlen konnten, weil du unbedingt in den Country-Club eintreten mußtest?

Nun, schließlich hatte Owen getan, was er in solchen Fällen immer tat: Er war wortlos gegangen, hatte sich seine alte .22-Pumpgun geschnappt, war in den Wald marschiert und hatte leere Blechdosen durchlöchert und Hasen und Eichhörnchen erschreckt.

Ein paar Stunden lang hatte sie sich allen Ernstes gefragt, ob sie nun ihren Ehemann verloren hätte.

Und dann war er wiedergekommen, ruhig und gefaßt. Das einzige, was er zu diesem Thema noch gesagt hatte, war: »Ich rate nach wie vor davon ab. Aber wenn du an deinem Plan festhältst, werde ich dir natürlich in allen juristischen Fragen zur Seite stehen.«

Danke, hatte sie gesagt. Aber ein paar Tage lang hatte die dumme Geschichte doch noch zwischen ihnen gehangen.

Lis wollte ihrer Schwester einige von den Bedenken aufzählen, die Owen damals vorgebracht hatte, aber Portia war nicht daran interessiert. Sie schüttelte den Kopf. »Nein, ich glaube nicht, daß ich mich darauf einlasse.«

Lis atmete tief durch. »Warum nicht?«
»Ich bin noch nicht so weit, daß ich der Stadt den Rücken kehren möchte.«
»Das mußt du auch gar nicht. Den alltäglichen Kleinkram erledige ich. Wir treffen uns jeden Monat ein paarmal – entweder kommst du raus aufs Land, oder ich komm zu dir in die Stadt.«
»Wenn ich aufhöre, brauche ich den Urlaub. Wirklich.«
Lis war, als schnüre es ihr den Atem ab. »Denk bitte wenigstens noch mal darüber nach, ja?« Sie starrte in das im Dunkel seltsam bleiche Gesicht ihrer Schwester.
»Nein, Lis. Tut mir leid.«
Zornig und verletzt packte Lis einen großen Sandsack, wuchtete ihn hoch und beförderte ihn mit so viel Schwung nach oben, daß er auf der anderen Seite des Walls hinunterrutschte und ins Wasser plumpste. »O Scheiße!« schrie sie unbeherrscht und wollte den schweren Sack wieder hochzerren, aber da half alle Mühe nichts mehr.
Portia spielte erneut mit einer Haarsträhne. Lis starrte zu Boden, ein paar Wellen schwappten über die Sandsackbarriere. »Und was ist der wirkliche Grund?«
»Lis!«
»Wie hättest du denn reagiert, wenn's nicht um eine Gärtnerei gegangen wäre? Wenn ich gesagt hätte, ich will eine Boutique auf der Madison Avenue kaufen?« Portias Mund wurde zu einem schmalen Strich. Aber Lis ließ nicht locker. »Wenn ich dir nun vorgeschlagen hätte: Komm, laß uns gemeinsam durch Europa reisen und Restaurants ausprobieren, einschließlich der feinsten Châteaux? Oder: Laß uns eine Windsurferschule aufmachen?«
»Lis, bitte!«
»Gottverdammt noch mal! Es ist wegen dieser Sache am Indian Leap? Sag's doch!«
Portia fuhr herum und starrte sie an. »Mein Gott, Lis.« Und dann sagte sie kein Wort mehr.
Die Oberfläche des Sees war in grelles Licht getaucht, als ein

riesiger greller Blitz den westlichen Horizont aufriß. Nur Bruchteile von Sekunden, dann verhüllten zerfetzte Wolken das Spektakel.

Schließlich sagte Lis: »Wir haben nie darüber gesprochen. Sechs Monate ist das jetzt her, und wir haben nie darüber geredet, nicht ein Wort. Das steht zwischen uns wie eine Wand.«

Portia griff nach der Schaufel. »Wir sollten lieber zusehen, daß wir hier fertig werden. Das war ein verdammt hundsgemeiner Blitz. Und gar nicht weit weg.«

Ein ächzendes Knarren ließ sie herumfahren. Sie sahen gerade noch, wie das Bootshaus vollends ins Wasser kippte. Portia sagte nichts mehr.

Lis stand am Wall und starrte auf den See. Hinter sich hörte sie die Schaufel immer wieder scharrend in den Sand fahren.

Als der See das Bootshaus verschlungen hatte, war – irgendwo weit hinten, in den Wipfeln der Bäume – plötzlich eine verschwommene weiße Gestalt aufgetaucht. Einen Atemzug lang hätte Lis geschworen, daß es eine alte Frau war. Eine alte Frau, die langsam auf das Seeufer zuhumpelte. Lis kniff die Augen zusammen und beugte sich weiter vor. Seltsam, warum mußte sie bei dieser Erscheinung unwillkürlich an Krankheit und Schmerz denken?

Und dann schien die Gestalt abwärts zu schweben, bis sie am Ende – wie das Bootshaus – in den onyxfarbenen Fluten versank. Wahrscheinlich nur ein Fetzen Stoff, der am Bootshaus gehangen hatte, vermutete Lis, oder ein Stück Segeltuch. Jedenfalls mit Sicherheit keine alte Frau. Kein Gespenst.

Das hatte sie sich nur eingebildet. Was denn sonst?

In jener Nacht, als Abraham Lincoln nach einem viele Stunden dauernden Todeskampf an einer stark blutenden Kopfwunde starb, war der Mond, der zwischen lockeren Wolken rund und voll am Himmel über dem östlichen Teil der Vereinigten Staaten stand, blutrot gewesen.

Diese außergewöhnliche Erscheinung war, wie Michael Hrubek gelesen hatte, unabhängig voneinander durch verschiedene Aussagen bezeugt worden, unter anderem durch die eines Farmers in Illinois. Am 15. April 1865 hatte der brave Mann – er stand auf seinem frisch eingesäten Weizenfeld – zum abendlichen Himmel emporgeblickt und, als er des blutroten Mondes angesichtig geworden war, ehrfurchtsvoll seinen Strohhut abgenommen, weil er wußte, daß in diesem Augenblick, tausend Meilen weit weg, ein großes Leben erloschen war.

Heute nacht war kein Mond zu sehen. Am Himmel ballten sich wirbelnde Wolken, als Hrubek auf der Route 236 nach Westen radelte. Er mußte sich voll konzentrieren. Natürlich, inzwischen hatte er sich an das Mountainbike gewöhnt, kein Teilnehmer an der Tour de France hätte mit mehr Vertrauen in die Pedale treten können. Dennoch mußte er auf der Hut sein. Sooft von vorn oder von hinten Lichtschein über die Straßenkuppe kroch, hielt er sofort an und warf sich zu Boden. Versteckte sich unter einem Busch oder hinter einem Baum, bis das Fahrzeug vorbeigerauscht war. Dann stieg er wieder auf das Vehikel und fing mit seinen fleischigen Beinen zu strampeln an. Unglücklicherweise mußte er sehr schnell strampeln. Er fuhr im niedrigsten Gang, weil er nicht wußte, wie man das Ding hochschalten konnte.

Ein Lichtschein erschreckte ihn. Auf den Feldwegen seitlich der Straße patrouillierte langsam ein Polizeiwagen durch die Nacht, den Suchscheinwerfer auf ein Farmhaus gerichtet, in dem offenbar alle schliefen. Der Scheinwerfer wurde ausgeschaltet, der Wagen fuhr weiter. Gott sei Dank nach Osten, in Gegenrichtung. Aber der Angstpegel in Hrubeks Brust war ein bißchen angestiegen. Und als er so vor sich hin strampelte, mußte er daran denken, wie er seinerzeit zum ersten Mal der Polizei ins Gehege gekommen war.

Zwanzig Jahre war Michael Hrubek damals gewesen. Sie hatten ihn wegen Vergewaltigung festgenommen.

Er war seinerzeit an einem privaten College in der nördlichen Provinz von New York eingeschrieben – in einer Gegend, in der höchstens ein strahlender Sommertag der Landschaft ein wenig Glanz zu geben vermochte; den Rest des Jahres war dort alles so düster und grau, die wirtschaftliche Lage in der kleinen Stadt und der trostlose Anblick der Äcker rund um den Campus.

Während des ersten Semesters hatte Michael sich zwar introvertiert und hochgradig nervös gezeigt, aber gute Noten eingeheimst, besonders in den beiden Kursen über amerikanische Geschichte. Zwischen Thanksgiving und Weihnachten war er allerdings immer mehr zum ängstlichen Sonderling geworden, er konnte sich kaum noch konzentrieren und selbst einfachste Alltagsentscheidungen nicht mehr treffen – welche Hausaufgaben er zuerst erledigen, wann er zum Lunch gehen, ob er sich die Zähne vor oder nach dem Pinkeln putzen sollte. Stundenlang stand er in seinem Zimmer und starrte aus dem Fenster.

Er war damals fast so groß wie jetzt, trug das lockige Haar lang und hatte buschig zusammengewachsene Augenbrauen und ein rundes Gesicht, das paradoxerweise nur dann freundlich wirkte, wenn er nicht versuchte, zu lächeln oder zu lachen. Sobald er auch nur die Lippen verziehen wollte, verzerrte sich sein Gesicht – auf dem gewöhnlich nur der Ausdruck gelinder Bestürzung lag – sich zu einer böswilligen Fratze.

Freunde hatte er nicht. Daher war er um so verblüffter, als es an einem grauen Sonntag im März an seiner Tür klopfte. Seit ein paar Wochen hatte er nicht mehr geduscht, seine Jeans und das Hemd hatte er seit fast einem Monat nicht mehr gewechselt. Niemand, am allerwenigstens er selbst, konnte sich daran erinnern, wann er zum letzten Mal in seinem Zimmer saubergemacht hatte. Sein Zimmergenosse hatte schon vor einer ganzen Weile die Flucht angetreten und war zu einer Freundin gezogen. Sehr zu Michaels Erleichterung. Er war nämlich davon überzeugt, daß der Kerl ihn sowieso dauernd im Schlaf fotografiert hatte. Als es an diesem Sonntag an seiner Tür klopfte, hatte er seit zwei Stunden mit eingezogenen Schultern am Pult gesessen und wieder und wieder T. S. Eliots »Love Song of J. Alfred Prufrock« gelesen. Seiner

Meinung nach hätte er genausogut versuchen können, irgend etwas aus einem Holzklotz herauszulesen.
»Hallo, Mike!«
»Wer ist denn da?«
Zwei Mitstudenten standen auf dem Flur, aus einer der unteren Klassen, sie hatten noch keine eigenen Zimmer, sondern waren im Schlafsaal untergebracht. Michael stand unter der Tür und musterte sie argwöhnisch. Sie lächelten ihr sauber abgezirkeltes Lächeln und fragten, wie's ihm denn so ginge. Michael starrte sie nur an und sagte gar nichts.
»Mickey, du arbeitest einfach zuviel. Komm mit, bei uns im Freizeitzimmer läuft 'ne Party.«
»Gibt auch jede Menge zu futtern. Total gut.«
»Ich muß noch was lernen«, winselte Michael.
»Ach, Quatsch. Komm schon, wir machen einen drauf. Du wirst ja ganz rammdösig, wenn du dauernd nur lernst. Wird dir total gut schmecken, was wir da unten haben.«
Das Problem war, daß Michael gern aß. Drei große Mahlzeiten am Tag und zwischendurch ständig was zu knabbern. Und außerdem mochte er niemandem einen Wunsch abschlagen. Wenn er's mal tat – wenn er wirklich mal nein sagte –, drehte sich ihm hinterher fast der Magen um vor lauter Skrupel und Sorgen. O Gott, was würden sie denn jetzt von ihm denken? Was würden sie über ihn reden?
»Na ja, mal sehen.«
»He, großartig! Dann lassen wir mal richtig die Sau raus!«
Und so folgte Michael widerstrebend den beiden jungen Burschen – den Flur hinunter, durchs Treppenhaus, auf den Gemeinschaftsraum beim Dormatorium zu, wo – man hörte es schon – die Party im vollen Gange war. Unterwegs, als sie an einem Schlafraum vorbeikamen, blieben die beiden kurz stehen und ließen Michael vorangehen. Dann wirbelten sie plötzlich herum, stießen ihn in das Zimmer, schlugen die Tür hinter ihm zu und verrammelten sie von außen.
Michael heulte vor Panik auf und zerrte verzweifelt am Türknauf. Er stolperte umher, suchte vergeblich nach einem

Lichtschalter. Er stürmte ans Fenster, riß die Gardine herunter und war drauf und dran, das Fenster einzuschlagen und sich – zwölf Meter tief – auf den Rasen zu stürzen, als er auf einmal merkte, daß er nicht allein im Zimmer war.

Er kannte das Mädchen, sie waren sich ein- oder zweimal bei einer Party begegnet. Eine pummelige Studentin im ersten Semester. Übergewicht, kreisrundes Gesicht, kurzgeschnittenes Lockenhaar. Sie hatte dicke Fesseln. Trug ein Dutzend Kettchen um die schwammigen Handgelenke. Und sie war bis zur Bewußtlosigkeit betrunken. Sie lag mit hochgerutschtem Rock, ohne Höschen, auf dem Bett, ein Glas mit den letzten Tropfen eines Gemischs aus Orangensaft und Wodka in der Hand. Zwischendurch mußte sie mal kurz zu sich gekommen sein, gerade lange genug, um sich neben dem Bett zu übergeben. Danach war sie anscheinend wieder weggekippt.

Michael beugte sich über sie und sah sie sich genau an. Der Anblick ihrer nackten Genitalien (es war das erste Mal, daß er einen Blick auf die weibliche Anatomie erhaschte), der Geruch des Alkohols und der Gestank des Erbrochenen lösten einen Paroxysmus von Angst in ihm aus. »Was machst du mit mir?« schrie er das bewußtlose Mädchen an. Dann warf er sich gegen die Zimmertür, wieder und wieder. Das dumpfe Poltern hallte durch den ganzen Schlafbereich. Von draußen ertönte Gelächter.

Michael fiel rücklings aufs Bett, mit röchelndem Atem, eine Hyperventilationstetanie. Er spürte den Würgegriff der Angst in einem geschlossenen Raum, der Schweiß brach ihm aus allen Poren. Und einen Augenblick später vernebelte sich sein Hirn, erbarmungsvolle Ohnmacht umfing ihn.

Das nächste, woran er sich erinnerte, waren die groben Fäuste der Männer vom Sicherheitsdienst, die ihn brutal hochrissen. Das Mädchen, wieder bei Bewußtsein, schrie und weinte und zerrte sich den Rock über die Schenkel. Bei Michael stand der Hosenlatz offen. Der Penis hing heraus. Und blutete ein bißchen – dort, wo der Reißverschluß entlanggeratscht war.

Er konnte sich an nichts erinnern. Die Studentin behauptete, sie sei wegen einer Erkältung früh zu Bett gegangen, und als sie die Augen aufgeschlagen habe, hätte Michael über ihr gelegen und ihr die Beine gespreizt und sei in sie eingedrungen, richtig grob und wild, wie sehr sie sich auch gewehrt und wie laut sie geschrien habe.

Nun gut, die Polizei wurde gerufen, die Eltern wurden verständigt. Michael verbrachte die Nacht im Gefängnis, unter den argwöhnischen Blicken zweier Deputys, die nicht gewöhnt waren, daß ein Gefangener sie so finster anstarrte und ihnen androhte, er werde, wenn sie ihm nicht sofort das Geschichtsbuch aus seinem Collegezimmer holten, Hackfleisch aus ihnen machen. Die Beweislage war durchaus nicht eindeutig. In der Vagina des Mädchens und drumherum wurden Spuren von den Gleitmitteln dreier verschiedener Kondome festgestellt, aber Michael hatte, als die Männer vom Sicherheitsdienst in das Zimmer eingedrungen waren, kein Kondom getragen, und in seinem Zimmer wurden auch keine gefunden. Michaels Anwalt baute seine Verteidigung auf der These auf, das Mädchen habe selbst Michaels Hose aufgezogen und ihm den Penis herausgeholt, um eine Vergewaltigung vorzutäuschen und so von dem Umstand abzulenken, daß sie sich, bereits vom Alkohol umnebelt, einer Orgie mit anderen Kommilitonen hingegeben habe. Eine Theorie, von der er sich – obwohl sie gängigen Erfahrungen widersprach – mit Blick auf die Jury eine gewisse Überzeugungskraft versprach.

Andererseits gab es natürlich mehrere Zeugen, unter anderem das Mädchen selbst, deren Aussagen dieser Darstellung klar widersprachen. Im übrigen wurde durch Zeugenaussagen belegt, daß Michael wiederholt Mitstudenten finster angestarrt oder sogar bedroht habe, und zwar insbesondere Mädchen.

Und was am schwersten wog: Michael Hrubek – ein kräftiger, furchteinflößender Bursche, der das doppelte Gewicht des Mädchens auf die Waage brachte – war mit heruntergelassener Hose angetroffen worden. Der Anwalt des Mädchens wurde nicht müde, immer wieder und geradezu genüßlich auf diesen Umstand hinzuweisen. Zudem hatte Michael nach dem Zwischenfall wilde Flüche ausgestoßen und sich, weil er zwar zusammenhanglose, aber eindeutig bedrohliche Beschimpfungen vor sich hingemurmelt hatte, erst recht das eigene Grab geschaufelt. Es war vorauszusehen: Die Gerichtsverhandlung wäre zu einem Desaster für ihn geworden. Daher plädierte sein Anwalt auf sexuelle Nötigung, Michael kam mit einer Bewährungsstrafe davon – mit der Auflage, daß er freiwillig die Schule verließ und sich in einer staatlichen Heilanstalt in der Nähe seines Heimatortes einer Therapie unterzog (was konkret auf die Teilnahme an einer speziellen psychologischen Behandlung für Männer mit Neigungen zu sexueller Gewalttätigkeit hinauslief).

Nach sechs Monaten wurde er entlassen und kehrte nach Hause zurück.

Kaum war er wieder in Westbury, fingen sich bei ihm auf beängstigende Weise – und rapide – Vernunft und Wahnsinn zu vermischen an. Eines Tages, im Herbst nach der ominösen Vergewaltigung, eröffnete er seiner Mutter, er wolle zurück ins College. Er erklärte ihr auch, warum: »Ich höre nur noch Vorlesungen in Geschichte. Und ich kann denen nur raten, daß sie damit einverstanden sind. Oh – und ich möchte übrigens Priester werden. Ich studier nichts anderes. Keine Mathe, keine Algebra, kein Englisch. Den Scheiß könnt ihr alle vergessen. Ich werde nur Geschichte studieren.«

Seine Mutter lag mit glasigen Augen, das blonde Haar zerzaust wie ein Büschel Stroh, faul im Bett und lachte ihn einfach aus. »Du? Zurück ins College? Meinst du das ernst? Nach allem, was du getan hast? Weißt du überhaupt noch, was du dem armen Mädchen angetan hast?«

Nein, Michael wußte nicht mehr, was er getan haben sollte. Er hatte nicht die leiseste Ahnung. Er konnte sich nur daran erinnern, daß er mit irgendeinem Mädchen im Bett gelegen hatte und daß sie ihm deshalb verboten hatten, weiter an den heißgeliebten Geschichtsstunden teilzunehmen. »Die ist ein gemeines, verlogenes Biest! Wieso kann ich nicht zurück ins College gehen? Bin ich denen vielleicht nicht vornehm genug?

Das wollen wir mal sehen! Priester sind sehr vornehm. Eines Tages schreibe ich nämlich die Geschichte der Priester auf. Die ficken mit kleinen Jungs rum, hast du das gewußt?«
»Geh sofort in dein Zimmer!« hatte seine Mutter ihn unter Tränen angeschrien, und er – ein erwachsener Mann in den Zwanzigern, ein Kerl wie ein Baum – war davongeschlichen wie ein geprügelter Hund.
Immer wieder bettelte er weinerlich: »Bitte! Ich will wieder ins College gehen!« Er versprach ihr hoch und heilig, sehr fleißig zu studieren, damit er bald einer von diesen beschissenen Priestern werden und sie glücklich machen könnte. Er werde eine Dornenkrone auf dem blutenden Haupt tragen, versprach er ihr, und die Toten von den Gräbern auferstehen lassen.
Und eines Tages erklärte er ihr: »Jesus hat die Dornenkrone getragen, *weil* er aus dem Grab auferstanden ist. Die meisten Leute wissen das nicht, aber so war's.«
»Ich halt das nicht mehr aus«, schrie sie, »ich geh weg!«
»Du willst vor mir davonlaufen? Wohin denn? Willst du vielleicht ins *Klo*ster gehen? Auf dem *Klo* rumsitzen, während ein Priester dich vögelt?«
Seine Mutter verließ das Haus. Sie nannte ihn schon lange nicht mehr ihren kleinen Soldatenjungen. Und ihre Fingernägel sahen nicht mehr so rot aus wie glühende Zigarettenenden. Und oft weinte sie so, daß ihr die Schminke in kleinen schwarzen Rinnsalen die Wangen herunterlief.
O Mama, was hast du denn da bloß auf dem Kopf? Nimm das ab, Mama. Nimm die Krone ab. Oh, all die blutigen Dornen! Ich mag das nicht, Mama. Ich mag das kein bißchen. Bitte, Mama! Es tut mir leid, was ich über dich und die Soldaten gesagt habe. Ich will's nie mehr wieder tun. Aber nimm das bitte, bitte ab!
Michael Hrubek befand sich in einem Zustand äußerster Erregung, als er auf dem Fahrrad verbissen durch die von feuchter Luft geschwängerte Nacht strampelte – mit einem Tempo von gut dreißig Meilen in der Stunde und so in seine Erinnerungen versunken, daß er den Streifenwagen, der laut-

los und ohne Licht von hinten heranrollte, erst bemerkte, als das Fahrzeug dicht hinter ihm war und plötzlich Scheinwerfer aufflammten und eine Sirene losheulte.
»O Gott, o Gott, o Gott!« schrie Hrubek, von Panik geschüttelt.
Wie bei einem explodierenden Feuerwerkskörper krachte es im Lautsprecher, und im nächsten Moment bellte eine Stimme los: »He, Sie da auf dem Fahrrad! Halten Sie und steigen Sie ab!« Der Suchscheinwerfer wurde eingeschaltet, gleißendes Licht erfaßte Hrubeks Hinterkopf.
Bundescops! schoß ihm durch den Kopf. Agenten. FBI.
Er stemmte den Fuß auf den Boden und hielt an. Die Deputys stiegen aus dem Streifenwagen.
»Verdammt noch mal, steigen Sie endlich ab, junger Mann.«
Hrubek schwang sich unbeholfen vom Fahrrad. Die beiden Männer kamen vorsichtig näher. Einer flüsterte: »Mann, das ist ja ein Riese. Ein Mordsbrocken.«
»Schön, junger Mann. Können wir mal irgendeinen Ausweis sehen?«
Ihr verdammten Verschwörer, dachte Hrubek. Fragte aber höflich: »Sind Sie von der Bundespolizei? Agents?«
»Agents?« Der eine mußte kichern. »Wir sind ganz stinknormale Officers. Aus Gunderson.«
»Kommen Sie mal her, Sir. Haben Sie einen Ausweis dabei?«
Hrubek wandte den Officers den Rücken zu, setzte sich und ließ den Kopf hängen.
Die Polizisten sahen sich verdutzt an. So ein komischer Vogel war ihnen noch nie untergekommen. Und dann waren sie erst recht am Ende ihres Lateins, weil Hrubek plötzlich laut zu lamentieren begann. »Ach, ich bin fix und fertig! Er hat mir alles weggenommen – alles. Schlägt mit einem Stein auf mich ein! Hier – hier, gucken Sie sich meine Hand an!« Er streckte den Polizisten den aufgeschürften Handballen hin. »Ich wollte nur noch weg und Hilfe holen.«
Der eine Officer kam zögernd näher, freilich nur so weit, daß er notfalls schnell den Rückzug antreten konnte. »Jemand hat

Sie überfallen, sagen Sie? Sind Sie verletzt? Wär wirklich hilfreich, wenn Sie uns ein Ausweispapier zeigen könnten.«

»Ist er's?« fragte sein Partner flüsternd.

»Irgendein Ausweispapier, Sir. Den Führerschein. Irgendwas, ganz egal.«

»Der hat mir doch die Brieftasche weggenommen. Alles hat er mir weggenommen.«

»Sie sind also ausgeraubt worden?«

»Es waren mehrere. Die haben mir das Portemonnaie geklaut – und die Uhr«, berichtete Hrubek mit feierlichem Ernst. »Diese Uhr, das war ein Geschenk von meiner Mutter. Ja, ja, wenn Sie die Straßen besser überwachen würden, hätten Sie ein schweres Verbrechen verhindern können.«

»Tut mir leid, daß Sie so ein Pech hatten, Sir. Bitte, geben Sie uns Ihren Namen und Ihre Adresse.«

»John W. Booth ist mein Name.«

»Ich glaube, so hieß der nicht«, sagte der eine Cop zum anderen – ungefähr in dem Ton, in dem Erwachsene sich unterhalten, wenn ein kleines Kind zuhört.

»Kann mich an den Namen nicht erinnern. Aber da hieß es jedenfalls, daß er harmlos ist.«

»Möglich. Aber er ist schon ein Mordskoloß.«

Sein Partner ging zu Hrubek hinüber, der immer noch auf dem Asphalt saß und jammerte und Tränen vergoß. »Wir wären Ihnen dankbar, wenn Sie aufstehen würden, Johnnie. Kommen Sie bitte rüber zum Wagen. Die Jungs im Hospital machen sich Sorgen um Sie. Wir bringen Sie zurück.« Und dann verfiel er in eine Art Singsang. »Du freust dich doch sicher auch, daß du wieder nach Hause darfst, nicht wahr? Die haben da 'n feinen Kuchen. Und vielleicht ein Glas Milch dazu. Na, wie wär's mit einem schönen Stück Apfelkuchen?« Er stand hinter Hrubek, ließ den Strahl der Taschenlampe über dessen leere Hände gleiten und schwenkte ein Stück nach oben, über den speckigen, irgendwie seltsam blaufleckigen Schädel.

»Ich danke Ihnen, Sir. Ja, jetzt, wo Sie's sagen ... doch, ich wär

gern wieder zu Hause. Fehlt mir doch sehr, mein Zuhause.«
Hrubek wandte sich um, sah den Cop mit seinem liebenswürdigsten Grinsen an, reckte ganz langsam die Hand in die Höhe und hielt sie dem Officer hin, als ob er sich bedanken wollte. Der Polizist lächelte ebenfalls. Ein komischer Kauz, dachte er noch, so feierlich und ernst. Und wollte Hrubek die mächtige, fleischige Pranke schütteln.
Wie hätte er auch ahnen sollen, daß der Irre vorhatte, ihm das Handgelenk zu brechen? Ein trockenes Knacken, der Knochen war gebrochen. Der Officer stieß einen quiekenden Schrei aus und sackte auf die Knie. Die Taschenlampe rutschte ihm aus der Hand und fiel polternd auf die Straße. Sein Partner griff nach der Waffe. Aber da richtete Hrubek schon den gestohlenen Colt auf ihn.
»Hast du dir schön ausgedacht«, blaffte er den zweiten Polizisten an und verzog die Lippen zu einem trockenen Grinsen. »Fallen lassen! Na los, laß das Ding fallen.«
Der Cop ließ die Waffe fallen. »O mein Gott.«
Hrubek zog dem anderen die Pistole aus dem Holster und warf sie im hohen Bogen weg. Der Mann kauerte apathisch am Boden und hielt sich das gebrochene Handgelenk.
»Hör mal, Junge«, sagte sein Partner in flehentlichem Ton, »du handelst dir damit bloß eine Menge Ärger ein.«
Hrubek kaute an einem Fingernagel herum, dann sah er zu dem verletzten Polizisten hinunter. »Ihr könnt mich nicht aufhalten. Ich werd's trotzdem tun.« Er steigerte die Lautstärke wie zu einem Schlachtruf und schwang drohend die gereckte Faust. »Ich kann's tun. Und ich werd's ganz schnell tun.«
»Bitte, nehmen Sie die Pistole weg.« Der verletzte Polizist wagte nicht mehr, zu Hrubek hochzublicken, seine Stimme brach. »Bis jetzt ist ja nichts Schlimmes passiert. Keiner ist ernsthaft verletzt worden.«
Hrubek sah ihn triumphierend an. Er spuckte aus. »Das habt ihr euch sauber ausgedacht, ihr Bundesbullen. Aber da irrt ihr euch. Alle sind verletzt worden. Alle, alle, alle. Und es ist noch lange nicht vorbei.«

Owen Atcheson parkte den Geländewagen an der Route 236, direkt neben einem frischgepflügten Feld, etwa sieben Meilen westlich dem hohen Felsvorsprung, den Hrubek als Versteck und Ausguck benutzt hatte. Wie erwartet, fand er tief eingedrückte Fußspuren, aus denen er las, daß Hrubek sich parallel zur Straße bewegte, und zwar, wie der weite Zwischenraum verriet, sehr schnell – er rannte.

Owen fuhr weiter, machte an einer geschlossenen Poststelle halt und rief vom Münzfernsprecher aus das Hotel Marsden Inn an. Der Portier teilte ihm mit, Mrs. Atcheson habe angerufen, bei ihr und ihrer Schwester würde es ein bißchen später werden. Nein, bis jetzt hätten sie noch nicht eingecheckt.

»Ein bißchen später? Haben sie gesagt, warum?«

»Nein, Sir, darüber haben sie nichts gesagt. Wollen Sie eine Nachricht hinterlassen?«

Owen überlegte. Er dachte daran, eine quasi verschlüsselte Nachricht zu hinterlassen: Richten Sie Mrs. Atcheson aus, der Mann, der uns besuchen wollte, sei nach Westen unterwegs. Sie solle aber niemanden deswegen anrufen … Aber das Risiko, daß der Portier mißtrauisch wurde oder das Ganze falsch verstand, war ihm dann doch zu groß.

»Nein«, sagte er, »ich versuch's mal zu Hause.«

Aber dort meldete sich niemand. Tja, dann hatte er sie vermutlich gerade verpaßt. Er würde es später noch mal in dem Hotel versuchen.

Die Nacht war nun sehr dunkel, die Wolkendecke vollständig geschlossen. Es wurde allmählich kühler, er hatte beinahe das Gefühl, er könne die kalte Luft mit Händen greifen. Die Stablampe benutzte er selten – nur, wenn er glaubte, einen neuen Hinweis auf Hrubek entdeckt zu haben, und auch dann ging er in die Hocke und hielt die Lampe dicht über dem Boden, damit möglichst wenig Licht nach den Seiten wegstrahlte. Und so folgte er Michael Hrubeks Spur. Aber langsam, sehr langsam. Jeder gelernte Soldat weiß, daß – ähnlich wie beim Jäger und dem Wild, das er jagt – derjenige, der verfolgt wird, im Vorteil ist.

Ein paarmal stürzte er, blieb mit dem Fuß in Stacheldraht hängen oder an einem sperrigen Zweig. Er schlug jedesmal ziemlich hart auf, schaffte es aber immer, sich über die Schulter abzurollen, damit er sich nicht das Handgelenk oder ein paar Finger brach. Auf Fallen stieß er nicht mehr. Und doch kam der Punkt, an dem Owen alle Hoffnung verlor.

Offenes Grasland. Vier Kilometer in der Länge, schätzte er in der Dunkelheit, und vier in der Breite. Und auf allen Seiten von dichten Wäldern umgeben. An dem Punkt, an dem er jetzt stand, waren es ungefähr zweihundert Meter bis zur 236. Keine Spur mehr von Hrubek.

Weit vorn, wo die felsige Hügelkette aufragte, glaubte er etwas wie eine Schlucht zu erkennen. Immerhin, das konnte eine Möglichkeit sein. Durch den Einschnitt führte der Weg geradewegs nach Süden, zur Eisenbahnlinie und in dichter besiedelte Gegenden. Dort unten, wußte Owen, kamen häufig Güterzüge durch, Hrubek konnte leicht auf einen aufgesprungen sein. Oder er wollte Richtung Boyleston, einem Städtchen, in dem sowohl die Züge der Amtrak als auch die Greyhound-Busse hielten.

Er ging weiter. Ohne große Hoffnung. Und ohne festes Ziel. Von Zeit zu Zeit blieb er stehen und lauschte, ob irgendwo raschelnde Schritte im Gras zu hören wären. Doch alles, was er hörte, war hin und wieder der Schrei einer Eule, das langgezogene Signal eines Trucks oder die gespenstische Leere der schier grenzenlosen Herbstnacht. Nachdem er zehn Minuten lang ziellos durchs Gras gewandert war, sah er links von sich etwas Helles schimmern, bei einer Baumreihe. Instinktiv bog er nach Westen ab, auf den hellen Fleck zu.

Ein paar Ahornbäume, kaum genug, daß man von einem Wäldchen sprechen konnte. Er duckte sich und bahnte sich langsam seinen Weg durch das Gebüsch. Er war so weit, daß er nur noch mit einem Sprung durch die letzten Zweige brechen mußte. Vorsichtig schob er mit der Pistole einen Ast zur Seite. Und zuckte unwillkürlich zusammen, als ihn von den mit Tau benetzten Blättern ein Schwall eiskalter Tropfen traf.

Und da stand der Wagen. Ein alter MG.
Owen ging langsam, den Blick auf den Boden geheftet, um das Fahrzeug herum. Er stieß mit dem Fuß einen weißgebleichten Tierschädel beiseite. Ein Frettchenschädel, das sah er auf den ersten Blick. Dutzende von Fuß- und Reifenspuren auf der Fahrbahn und der Bankette. Ein paar Stiefelabdrücke schienen von Hrubek zu stammen, aber später mußten noch andere hier gewesen sein, fast alle Spuren waren zertrampelt. Er fand auch Spuren von Hundepfoten. Also hatte der Suchtrupp wahrscheinlich auch schon herausgefunden, daß Hrubek nach Westen unterwegs war. Das Merkwürdige war, daß er nur die Spuren von einem Hund entdecken konnte; an der Stelle, an der Hrubeks Flucht begonnen hatte, waren es noch drei Hunde gewesen.
Noch einmal umrundete er den Wagen. Suchte die Bankette ab und jedes Gebüsch in der Nähe. Nichts. Nirgendwo Hrubeks Stiefelspuren, in welche Richtung er sich auch wandte. Owen stemmte die Hände in die Hüften, drehte sich um, starrte ein wenig ratlos auf den Sportwagen. Da erst fiel ihm die Fahrradhalterung am Heck des Sportwagens auf. Aber er zuckte nur die Achseln, der Gedanke, daß Hrubek vielleicht ein Fahrrad gestohlen haben könnte, kam ihm doch zu abwegig vor. Das wäre ja ein Witz gewesen – auf einem Fahrrad zu flüchten, ständig an Straßen oder feste Wege gebunden!
Aber ... mal langsam. Michael Hrubeks Wahnsinn entwickelte nun mal seine eigene Logik. Ein Fahrrad? Warum nicht?
Owen inspizierte den Asphalt neben dem Wagen und entdeckte tatsächlich Reifenspuren. Schon etwas verwischt, aber eindeutig sehr breit. Entweder hatte das Rad Ballonreifen, oder der Kerl im Sattel war ein ausgesprochenes Schwergewicht. Er warf einen Blick zurück zum Wagen. Die Fahrradhalterung schien aufgebrochen worden zu sein, so, als hätte jemand das Rad mit roher Gewalt aus dem Gestänge gerissen.
Er folgte den Reifenspuren. Ein Stück weiter, an der Stelle, an der die Landstraße in den Highway mündete, stieß er auf die nächste Spur. Hrubek hatte angehalten. Wahrscheinlich, um

sich zu überlegen, nach welcher Seite er abbiegen sollte. Kein Zweifel, neben der Reifenspur konnte man eindeutig den Abdruck von Hrubeks Stiefel erkennen. Nun gut, genau das, womit Owen gerechnet hatte.

Und auch, daß der Mann auf dem Fahrrad sich dafür entschieden hatte, nach Westen weiterzufahren, war keine Überraschung.

15

Das Haus sah eher aus wie eine Jagdhütte am Ende der mit Steinen gespickten, mit Schlaglöchern gepflasterten Holperstrecke, die durch den ruppig zerzausten Wald führte. Mit quietschenden Bremsen kam der BMW auf dem schlammigen Viereck vor dem Hof zum Stehen, mitten zwischen ausgeschlachteten Autoteilen, Blechgerümpel, termitenzerfressenen Holzstapeln und aufgeschnittenen Ölfässern. Man hätte denken können, jemand habe – ausgerechnet hier in der Wildnis – einen Barbecue-Stand eröffnen wollen und irgendwann aufgegeben, weil ihm das Acetylen aus- oder vielleicht auch nur die Lust vergangen war.

Richard Kohler stieg aus dem Wagen, ging zur Blockhütte und rieb sich erst mal die tief eingefallenen, rotgeränderten Augen, bevor er an die mit Fliegengitter bespannte Außentür klopfte. Keine Reaktion, obwohl drinnen der Fernseher lief, er hörte leises Stimmengewirr und Musik. Er klopfte noch einmal, dieses Mal lauter.

Als die Tür aufgestoßen wurde, roch er zuerst Schnaps, dann erst den Rauch von einem Holzfeuer. Dabei schien es ein mächtiges Holzfeuer zu sein.

»Hallo, Stuart.«

Nach einer langen Pause antwortete der Mann: »Mit Ihnen habe ich nun wirklich nicht gerechnet. Hätte ich aber sollen, wie? Regnet's schon? Wenn's stimmt, was die im Fernsehen erzählen, muß das ja 'n saumäßiger Sturm werden.«

»Was dagegen, wenn ich ein paar Minuten reinkomme?«

»Äh ... meine Freundin ist da.«

»Es dauert nicht lange.«

»Na gut.«

Kohler ließ den Krankenpfleger vorangehen und folgte ihm

ins kleine Wohnzimmer. Auf der Couch lagen zwei Decken. Vermutlich Stuarts Krankenlager. Ein altes Möbelstück, mit einem Gestell aus Bambus, die Polster mit orangefarbenen, braunen und gelben Farbklecksen bedruckt. Irgendwie mußte Kohler beim Anblick der Couch an Tahiti denken, wo er die Flitterwochen verbracht hatte. Später war er noch mal dort gewesen – nach der Scheidung. Na ja, was heißt später? Drei Monate nach der Hochzeitsreise war das gewesen. Jeweils eine Woche, sein einziger Urlaub während der letzten sieben Jahre.
Kohler nahm in einem Ohrensessel Platz. Stuart Lowe hatte die Dienstkleidung, den blauen Overall, gegen Jeans, ein weißes T-Shirt und weiße Socken eingetauscht. Er lief ohne Schuhe herum. Beide Arme waren bandagiert, um das linke Auge prangte ein schon von Blau in Schwarz spielendes Veilchen, die kleinen Wunden auf der Stirn und den Wangen waren mit Jod abgetupft. Er saß auf der Couch, lehnte sich zurück und starrte auf die Decken, als wüßte er selber nicht, was die hier zu suchen hätten.
Im Fernsehen schrie Jackie Gleason gerade in rüdem Ton und mit schriller Stimme Audrey Meados an. Lowe drehte den Ton zurück. »Haben Sie ihn schon geschnappt?« fragte er und schielte zum Telefon, das wahrscheinlich längst geklingelt hätte, wenn Hrubek aufgegriffen worden wäre.
Kohlers negative Antwort war die endgültige Bestätigung.
Lowe nickte, bekam mit einem Auge mit, wie Jackie Gleason drohend die Faust schüttelte, und lachte ein bißchen zusammenhanglos.
Kohler versuchte es im Plauderton. »Ich würde gern ein paar Fragen zu den heutigen Ereignissen stellen.«
»Da gibt's nicht viel zu erzählen.«
»Trotzdem.«
»Wie haben Sie überhaupt was davon erfahren? Adler wollte, daß nicht darüber geredet wird.«
»Ich hab meine Spione«, antwortete Kohler, ohne die Lippen zu einem Lächeln zu verziehen. »Also, was ist passiert?«
»Hm – ja. Na ja, wir haben ihn gesehen und sind hinter ihm

hergerannt. Aber es war verdammt dunkel. Er muß sich im Gelände gut ausgekannt haben. Wußte, wo die Schlucht ist, und ist drübergesprungen. Und wir sind reingestürzt.«
Lowe schielte wieder zum Fernseher. Der Werbespot irgendeines Automobilherstellers flimmerte über die Mattscheibe. Dazu ein Schriftband, aus dem man etwas über Preise und die Finanzierungsmöglichkeiten erfahren sollte. »Jetzt gucken Sie sich das an! Der ganze Finanzierungsscheiß – in so einem Affenzahn! Wer soll denn das in drei Sekunden alles lesen? Ist doch Blödsinn, so was zu machen.«
Das Zimmer sah eigentlich gar nicht so schäbig aus, es war eher das gedämpfte Licht, was störte. Und der Schmutz. Die Bilder zum Beispiel – schöne Küstenlandschaften, aber mit schmierigem Staub verklebt. Der Teppichboden war grau. Genauso grau wie die beiden Decken, bei denen Lowe aus unerfindlichen Gründen so tat, als habe er nicht noch vor fünf Minuten darunter gelegen.
»Wie geht's Ihnen?«
»Gebrochen ist nichts. Tut ganz schön weh, aber Frank hat's schlimmer erwischt. Er hat am meisten abgekriegt.«
»Was hat Adler Ihnen gesagt?«
Lowe murmelte was von ein paar allgemeinen Worten, nichts Besonderes. Daß Adler gefragt habe, wie's ihm ginge. Und wohin Hrubek seiner Meinung nach wolle. »Um ehrlich zu sein, er war nicht sehr erbaut, daß wir gleich am Anfang alles vermasselt haben und jetzt kein Aas mehr weiß, wo Hrubek steckt.«
Ganz unten lief ein Schriftband über den Fernsehschirm, aus dem zu entnehmen war, daß der Tornado über Morristown hereingebrochen war, es hatte zwei Tote gegeben. Der nationale Wetterdienst ging nun davon aus, daß der Höchststand der Flut und extreme Sturmgeschwindigkeiten morgen früh um drei zu erwarten seien. Lowe und Kohler starrten auf den Bildschirm, als ob sie den Text auswendig lernen wollten, hatten aber, als das Band zu Ende war, das meiste schon wieder vergessen.

»Als Sie ihn heute nacht gefunden hatten ... hat Michael da irgendwas gesagt?«
»Kann mich kaum noch dran erinnern. Ich glaube, so was wie ... na ja, daß wir Klamotten anhätten und er nicht. Vielleicht noch was anderes. Ich weiß es nicht mehr. Ich hab im ganzen Leben noch nie soviel Schiß gehabt.«
Kohler sagte: »Frank Jessup hat mir das mit Michaels Medikamenten erzählt.«
»Frank? Hat der überhaupt was davon gewußt? Ich dachte, der wüßte das gar nicht. Na ja, vielleicht hab ich mal so nebenbei was davon erwähnt.«
Kohler deutete mit dem Kopf zum Fernseher. »Art Carney. Den seh ich am liebsten.«
»Ja, der ist ganz gut. 'n Spaßvogel, das stimmt. Aber Alice gefällt mir noch besser. Die weiß, was ankommt.«
»Frank wußte nicht genau, wie lange Michael sich das Zeug in die Backentaschen geschoben hat. Er hat was von zwei Tagen gesagt.«
»Zwei?« Lowe schüttelte den Kopf. »Wo hat er denn das her? Fünf, würd ich sagen.«
»Soweit ich weiß, wollen die im Hospital das nicht an die große Glocke hängen.«
Lowe wurde allmählich lockerer. »Ja, genau das hat Adler zu mir gesagt. Mir soll's egal sein. Ich meine, ist ja nicht meine Sache, ob die ...« Und auf einmal war Lowe innerlich wieder auf dem Sprung. Seine Hand verkrampfte sich um den Stoffsaum der Decke. »Da haben Sie mir ganz schön die Würmer aus der Nase gezogen, wie? O verdammt!« Er war wütend, daß Kohler ihn so rasch hereingelegt hatte. Und auch ein wenig enttäuscht.
»Ich mußte das rauskriegen, Stu. Ich bin sein Arzt. Es ist mein Job, daß ich so was weiß.«
»Und mich kann's den Job kosten. Die schmeißen mich glatt raus. Scheiße. Warum legen Sie mich so rein?«
Im Augenblick kümmerte es Kohler keinen Deut, ob Lowe seine Stelle verlor oder nicht. Was ihm allerdings unter die

Haut ging – und zwar so, daß er es körperlich spürte –, war die Tatsache, daß er nun seinen Verdacht bestätigt sah. Noch gestern, im letzten Therapiegespräch vor seiner Flucht, hatte ihn Hrubek belogen. Hatte ihm in die Augen gesehen und gesagt, ja, er nehme sein Thorazin, und die Dosis bekäme ihm gut. Dreitausend Milligramm! Vorsätzlich hatte er das Zeug nicht geschluckt und war dann nach fünf Tagen immer noch imstande, ihm einfach ins Gesicht zu lügen. Ohne auch nur mit der Wimper zu zucken. Was wieder mal zeigte, wie berechnend und verschlagen Schizophrene in solchen Dingen sein können. Anders als Psychopathen.

»So, und jetzt machen Sie mal reinen Tisch, Stu. Hrubek ist eine Zeitbombe. Ich glaube nicht, daß Adler das versteht. Und wenn, schert ihn das nicht weiter.« Der Arzt verlegte sich auf einen einschmeichelnden Ton. »Stu, Sie kennen Michael besser als die meisten Ärzte in Marsden. Sie müssen mir helfen.«

»Ich muß vor allen Dingen an meinen Job denken. Das ist es, was ich muß. Ich verdiene einundzwanzigtausend im Jahr und gib zweiundzwanzig aus. Und wenn Adler rauskriegt, was ich Ihnen jetzt schon erzählt habe, kriegt er mich am Arsch.«

»Ron Adler ist nicht der liebe Gott.«

»Ich sag nichts mehr.«

»Gut, Stuart, entweder Sie sind bereit, mir zu helfen, oder ich muß ein paar Telefongespräche führen.«

»Scheiße!« Eine Bierdose flog an die Wand, ein Schwall Bier ergoß sich schäumend über den billigen Teppichboden. Und dann gab es für Stuart Lowe auf einmal nichts Wichtigeres mehr zu tun, als sein Feuer zu schüren. Er sprang hoch und warf drei neue Scheite auf die heruntergebrannte Glut. Orangerote Funken wirbelten hoch. Lowe nahm wieder auf der Couch Platz und sagte eine Weile nichts. Kohler deutete das als Zeichen, daß sie sich handelseinig geworden wären. Obwohl es eigentlich gar nichts auszuhandeln gab. Als Lowe den Fernseher ausschaltete, wußte Kohler, daß er gewonnen hatte. Das leise Klicken war sozusagen die weiße Fahne.

»Hat er das Thorazin gesammelt oder ins Klo gespült? Wissen Sie was darüber?«
»Er hat's aufgehoben. Wir haben's gefunden.«
»Wieviel war's?«
Lowe sagte in resignierendem Tonfall: »Fünf volle Tage. Jeden Tag dreihundertzwanzig. Heute ist der sechste Tag.«
»Als Sie ihm gestern abend begegnet sind, gab's da irgendwelche Anhaltspunkte, was er vorhat?«
»Nö. Plötzlich stand er da. Fast splitternackt. Hat uns angeguckt, als wär er selbst ganz verdutzt. Aber der war nicht verdutzt, ganz bestimmt nicht.«
»Was meinen Sie damit?«
»Nichts.« Lowe spuckte ihm das Wort hin. »Überhaupt nichts mein ich damit, verdammt noch mal.«
»Erzählen Sie mir, was er gesagt hat. Genau.«
»Hat Frank Ihnen das nicht schon gesagt? Ich denke, Sie haben mit ihm gesprochen?« Er musterte Kohler, als wolle er in dessen Augen lesen, wie sehr er sich schon zum Narren gemacht hatte.
Der Arzt hatte keine andere Möglichkeit, er mußte die erste Lüge mit einer zweiten Notlüge kaschieren. »Frank ist noch auf der Intensivstation, vor morgen früh wird er kaum bei Bewußtsein sein.«
»Gott im Himmel.«
»Also, raus damit, Stu, was hat Michael gesagt?«
»Irgendwas über eine Tote. Daß er zu einer Toten gehen müßte. Ich weiß auch nicht, vielleicht hat er 'ne Beerdigung damit gemeint – oder 'n Grab. Ich stand ja mächtig unter Schock, verstehen Sie? Und hab vor allem versucht, Frank rauszuboxen.« Als Kohler nichts sagte, fuhr Lowe fort: »Mit diesen Gummidingern, die sie uns mitgegeben hatten.«
»Schlagstöcke?«
»Ich hab wirklich alles versucht. Hab ihm das Ding mitten auf den Schädel geknallt, aber der hat das gar nicht gespürt. Sie wissen ja, wie das ist.«
»Ja, das ist eins von Michaels Problemen«, bestätigte Kohler

und dachte, daß Lowe ein erbärmlicher Lügner wäre. Irgendwie tat der Mann ihm leid. Er hatte seinen Partner in höchster Gefahr einfach im Stich gelassen.

»Tja, mehr hab ich nicht mitgekriegt. Dann hat Michael mir den Gummiknüppel weggenommen und ist auf mich losgegangen.«

»Ja, gut. Erzählen Sie mir jetzt, was Adler wirklich zu Ihnen gesagt hat.«

Lowe blähte die Backen auf und atmete geräuschvoll aus. Und schließlich sagte er: »Daß ich nichts über die Medikamente sagen soll. Zu keinem. Und er wollte wissen, ob Michael irgendwas über diese Lady in Ridgeton gesagt hätte. Der muß er wohl irgendeine Nachricht geschickt haben oder so was.«

»Was für eine Lady?«

»Die muß im Prozeß gegen ihn ausgesagt haben. Ich weiß auch nicht. Adler wollte wissen, ob Michael von ihr gesprochen hätte.«

»Und? Hat er das?«

»Nö. Nicht zu mir.«

»Was war das für eine Nachricht?«

»Da weiß ich nun absolut nichts drüber. Adler hat gesagt, über die Sache soll ich auch das Maul halten.«

»Wann hat Michael ihr die Nachricht geschickt?«

»Woher, zum Teufel, soll ich das wissen?«

»Wie heißt die Frau?«

»Sie wollen mich fertigmachen, stimmt's? Ich hab Ihnen Ihren Patienten nicht zurückgebracht, und jetzt hauen Sie mich dafür in die Pfanne. Warum geben Sie's nicht wenigstens zu?«

»Den Namen dieser Frau, Stu!«

»Liz Soundso. Warten Sie mal ... Liz Atcheson, glaub ich.«

»Gibt's sonst noch was, was Sie mir erzählen können?«

»Nein.« Das kam blitzschnell, wie aus der Pistole geschossen. Und danach ein langes Schweigen.

Alles, was Kohler tun konnte, war, dem Wärter unverwandt in die Augen zu blicken. Unerbittlich.

Schließlich sagte Lowe wie ein Häufchen Unglück: »Na ja ... der Draht.«

»Was für ein Draht?«
»Ich hab das Adler und Grimes erzählt. Und die haben mich schwören lassen, daß ich's keinem weitersage. O Mann, die haben mir vielleicht zugesetzt.«
Kohler rührte sich nicht. Die geröteten, brennenden Augen hielten Lowe fest. Und der sagte nach einer Weile mit gedämpfter Stimme: »Wir sind nicht einfach so gestürzt.« Und sah den Arzt an, als werde er's ihm nie verzeihen, daß er ihn zu diesem Vertrauensbruch verleitet hat.
»Reden Sie schon, Stu. Na los, reden Sie.«
»Die Schlucht war gar nicht breit, wir hätten leicht drüber springen können. Aber Michael hatte da 'n Stolperdraht für uns gespannt. Er wußte, daß wir kommen. Hat 'n Stück Angelschnur ausgespannt – oder Klingeldraht oder so was.«
Kohler war atemlos vor Verblüffung. »Was erzählen Sie da?«
»Was ich erzähle?« blaffte Lowe ihn wütend an. »Sie hören mir wohl gar nicht zu? Sperren Sie doch die Ohren auf. Ich sage, 's mag ja sein, daß Ihr Patient seine Gehirnschmiere nicht geschluckt hat und ein Schizo ist, aber, verdammt noch mal, er war schlau genug, um uns in 'ne Falle zu locken. Da hat gottverdammt wenig gefehlt, und wir wär'n beide über 'n Jordan gegangen.«
Lowe klickte den Fernseher wieder an. Was so unmißverständlich war wie ein dicker Schlußpunkt. Und mit Sicherheit hieß, daß er nun nichts mehr sagen würde, überhaupt nichts.

Kurz hinter der Stadtgrenze von Gunderson trat Trenton Heck mit dem linken Fuß so heftig auf die Bremse, daß der Truck ins Schlingern geriet. Knapp an dem Reh vorbei, das plötzlich auf die Fahrbahn gerannt war. Und dann blieb das dämliche Viech auch noch stehen. Als ob es endlich mal dahinterkommen wollte, ob so ein Eintonner ihm wirklich was anhaben könnte. Heck lenkte den Pick-up wieder auf die rechte Spur und donnerte weiter die Route 236 hinunter. Er fuhr wie eine gesengte Sau, und das wußte er auch. Sonst hätte er Emil nicht den Sicherheitsgurt angelegt. Was er sonst nie tat. Emil guckte

auch entsprechend unglücklich. Und fing sofort an, den blauen Gurt anzunagen.
»Laß das!« brüllte Heck gegen den lärmenden Motor an. Wenn er »kau nicht drauf rum!« oder gar »laß sofort den Sicherheitsgurt in Ruhe!« gebrüllt hätte, wäre das in Emils Ohren sowieso nur menschliches Kauderwelsch gewesen, er hätte sich gar nicht darum gekümmert. Das Kommando »laß das« kannte der Hund. Aber er kümmerte sich trotzdem nicht darum.
Und Heck auch nicht mehr. »Bist ein braver Kumpel.« Es war wohl eine seiner seltenen Gemütsaufwallungen, die ihn nach rechts greifen und Emils großen Kopf kraulen ließ. Was den armen Kerl so verwirrte, daß er zurückzuckte.
»Verdammt«, murmelte Heck, »jetzt mach ich denselben Scheiß wieder.« Weil ihm gerade eingefallen war, daß Emils instinktives Ausweichmanöver ihn daran erinnerte, wie Jill genauso vor ihm zurückgezuckt war. Einen Tag, nachdem ihm die Scheidungsklage zugestellt worden war. Dabei hatte er sie ja nur in die Arme nehmen wollen.
Hör auf, an das Mädchen zu denken, befahl er sich.
Und dachte natürlich trotzdem weiterhin an sie.
»Seelische Grausamkeit und böswilliges Verlassen«, hatte er in dem Papier gelesen, nachdem der Gerichtsbote gegangen war. Er hatte erst gar nicht verstanden, worum es überhaupt in dem Dokument ging. Er dachte, sie wollten Jill was anhängen. Weil sie den Unfallort verlassen hatte. Sie war eine miserable Autofahrerin. Und dann – als wäre plötzlich ein Feuerwerkskörper in ihm hochgegangen – kapierte er. Danach war er einen Monat lang zu nichts mehr zu gebrauchen gewesen. Alles, was er noch fertigbrachte, war, mit Emil zu arbeiten. Und stundenlang mit Jill über die Trennung zu diskutieren. Das heißt, genaugenommen nur mit ihrem Foto, denn sie selbst war schon ausgezogen. Er saß auf dem Bett, auf dem sie früher so ausgelassen herumgetobt hatten, und versuchte, sich Jills Vorhaltungen in Erinnerung zu rufen. Wie's aussah, hatte er in ihren Augen nichts von dem Handel eingehalten, den sie am

Morgen nach einer sehr romantischen, besonders verspielten Nacht geschlossen hatten. Damals waren sie zum ... ja, zum siebten Mal zusammengewesen. Die Sonne ging gerade auf, als er sie gesucht und schließlich in der Küche gefunden hatte.
Sie kramte in den Schränken herum, weil sie nicht wußte, wo der Mixer stand. Und er platzte mitten in ihr eifriges Suchen und murmelte verschlafen, sie solle mal da und da nachgucken. Sie fuhr erschrocken herum und riß dabei mit dem Ellbogen eine Tüte mit Mehl vom Tisch. Weil sie's so eilig hatte, ihn zu umarmen. Die Tüte platzte. Ein Mordskrach und eine riesige weiße Staubwolke, wie ein Detonationspilz. Na gut, sie stieß einen Schrei aus. Aber ihre Augen schwammen dabei in Glück. Und sie zog ein Klein-Mädchen-Schnütchen. Und plapperte ohne Punkt und Komma drauflos. Um ihm klarzumachen, daß ein Zuhause für sie das war, was sie ihr ganzes Leben lang vermißt hatte.
Die Idee, zu heiraten, war wie ein Wirbelsturm über sie gekommen. Sie hatten es beide eilig gehabt, Heck war der letzte, der das nicht zugegeben hätte. Aber wenn man mit Jill zusammen war, dann stand eben plötzlich der Himmel weit offen. Und sie konnte so verdammt lieb sein. Und wenn man ihr Mann war, gab's schließlich auch eine Menge bei ihr zu naschen. Nur, falls man mal nicht ihrer Meinung war oder – Gott bewahre – ihr sogar zu widersprechen wagte, spannten sich auf einmal ihre Wangenmuskeln, und ihre Zunge ringelte sich so komisch, und dann ...
O Mann, dann fing sie an, einen in Grund und Boden zu stampfen.
Eigentlich war Trenton Heck gar nicht so sicher gewesen, ob er sie überhaupt heiraten wollte. Dämlicherweise hatte ihn der einsilbige Vorname am meisten gestört. Und dann natürlich ihr Temperament. Wenn Jill böse wurde – und man konnte nie voraussagen, wann das geschah – verwandelte sie sich in einen kleinen Kugelblitz. Ihre Augenbrauen zogen sich zusammen, und sie hatte auf einmal ein Reibeisen in der Kehle und einen Ton am Leibe wie eine Hure, die's mit einem nicht ganz

koscheren Kunden zu tun hat – das heißt, soweit Heck das beurteilen konnte. Nicht zu fassen, wie Jill aus der Haut fahren konnte, bloß weil Heck meinte, die grünen Pumps mit den verspielten Troddeln oder die Mikrowelle mit dem Drehteller könnten sie sich im Augenblick nicht leisten.
»Sei nicht so verdammt geizig, das kann ich nicht leiden.«
»Jill! Süße ... Baby ...«
Aber da blieb nun mal die Tatsache, daß diese Frau es fertigbrachte, ihm, wenn er am wenigstens darauf gefaßt war, sogar mitten im Einkaufszentrum, in die Arme zu fallen und die Ohren naß zu küssen. Und daß sie übers ganze Gesicht strahlte, wenn er nach Hause kam. Und plapperte und plapperte – lauter dumme Nichtigkeiten, aber eben doch so, daß es für Trenton ein Abend aus Samt und Seide wurde. Und er konnte nie die Nacht vergessen, in der sie (irgendwann zwischen zwei und drei mußte das gewesen sein) plötzlich zu ihm herübergekrochen war und – ehe er noch kapierte, was los war – schon auf ihm lag und, das Gesicht an seinem Hals vergraben, so drauflosbumste, daß er sich nicht zu rühren wagte – aus Angst, es könnte sonst zu schnell vorbei sein.
Trotzdem, allmählich veränderte sich etwas. Er sah häufiger ihr Schmollmündchen als ihr strahlendes Lächeln, und die ausgelassenen Bettspiele wurden auch seltener. Das Geld war daran schuld. Mit seiner Bitte um Gehaltserhöhung blitzte er ab, etwa zur gleichen Zeit wurde die Monatsrate für den Trailer erhöht. Und seitdem schien es nur noch dieses eine Thema zwischen ihnen zu geben.
Auf einmal gefielen ihm die Kellnerinnen, mit denen sie befreundet war, überhaupt nicht mehr. Von den Kerlen, die sie im Schlepptau hatten, ganz zu schweigen. Die hatten alle nur Saufen im Sinn und quatschten ein Zeug zusammen, das für Erwachsene über Dreißig einfach zu blöde war. Eines kam zum anderen, und plötzlich kam's ihm so vor, als habe er's schon immer geahnt. Nur, als er dann endlich begriff, daß Jill das mit der seelischen Grausamkeit und dem böswilligen Verlassen

todernst meinte, daß sie *ihn* damit meinte – also, da war ihm glatt die Luft weggeblieben.

Vor genau zweiundzwanzig Monaten, Samstagnacht um neun Uhr achtundvierzig, hatte Jill zum letzten Mal die Aluminiumtür des Wohnwagens hinter sich zugedonnert und war nach Dillon gezogen. Und zwar – das war das Tüpfelchen auf dem i – ausgerechnet in einen Wohnwagenpark.

»Wieso bist du dann nicht bei mir geblieben? Ich dachte, du gehst, weil du endlich in einem Haus wohnen willst?« hatte er sie angebrüllt.

Und sie hatte nur geseufzt und mit einer Stimme, aus der er kein Fünkchen Hoffnung mehr heraushören konnte, geantwortet: »O Trent, du begreifst wieder mal überhaupt nichts. Nicht die Bohne begreifst du.«

»Na, ich begreife jedenfalls, daß du in einem Wohnwagenpark wohnst.«

»Trent!«

»Was hab ich denn jetzt wieder Falsches gesagt?«

Kurz und gut, Jill hatte ihn verlassen, um in einem Trailer zu wohnen. Vermutlich, weil sie's da irgendwie schöner hatte als bei ihm. Oder, wie er argwöhnte, weil sie sich dort ungestört mit Männern treffen konnte.

Billy Mosler, ein guter alter Kumpel – und im übrigen auch ein begeisterter Pick-up-Fahrer –, schien über die Trennung erleichtert zu sein. »Trenton, die war nichts für dich. Ich will nichts Schlechtes über Jill sagen – du weißt, so was ist nicht meine Art, aber ...«

Paß auf, was du da zusammenredest, du Arsch, hatte Heck gedacht und seinen Freund streitsüchtig angesehen.

»... aber sie war zu spinnig für dich. Du hast dir die falsche Frau ausgesucht. Nun guck mich nicht so an! Du kannst bestimmt was Besseres finden.«

»Aber ich habe sie *geliebt*«, hatte Heck gesagt, schon nicht mehr ganz so ärgerlich, weil er gerade an den leckeren Eiersalat denken mußte, den Jill immer gemacht hatte. »Verdammt, ich glaub, das hört sich schrecklich weinerlich an, was ich da rede, wie?«

Und Billy Mosler, dieser blöde Besserwisser, hatte gesagt: »Nein, nein, du hast sie nicht *geliebt.* Du hast Liebe mit ihr gemacht. Um's genauer zu sagen: Du hast es mit ihr getrieben. Da ist ein Unterschied, verstehst du?«
Paß ja auf, du Arsch mit Ohren! Hecks weinerliche Stimmung war wie verflogen, er konnte Billy Mosler schon wieder finster anstarren.
Nach ein paar Monaten waren die schlimmsten Wunden verheilt, ein bißchen weh tat's allerdings immer noch. Er fuhr, wer weiß wie oft, an ihrem Restaurant vorbei und rief sie alle paar Tage an, einfach nur, um mit ihr zu reden. Über die Dinge, über die sie noch miteinander reden konnten. Und das war ja nicht viel. Oft erwischte er nur ihren Anrufbeantworter. Zum Teufel, wozu brauchte eine Kellnerin einen Anrufbeantworter, brütete er vor sich hin, es sei denn, es riefen dauernd Männer an? Wenn sich der Anrufbeantworter gleich beim zweiten Klingeln einschaltete (ein Zeichen, daß kurz vorher jemand anderes angerufen hatte), schnappte Heck völlig über. Er sah seine Ex überall, im ganzen County. Wenn er in irgendeinen Laden kam oder irgendwo an einem Picknick vorbeifuhr. In Autos, die er vorher nie im Leben gesehen hatte. Einmal sah er Jill sogar auf dem Parkplatz vor einem Alkoholgeschäft. Die Kleine, die gerade den Rock anhob, um sich den Slip zu richten. Wetten, daß sie wieder das Gummiband zweimal umgeschlagen hatte, weil die Dinger ihr bei ihren eins einundfünfzig nie im Schritt paßten?
Er sah überall Jills. So viele konnte es im ganzen Weltall nicht geben. Aber für Trenton Heck sahen sie auf einmal alle genauso aus. Und heute nacht, während er die Route 236 hinunterpreschte, wollte sie ihm überhaupt nicht mehr aus dem Sinn gehen. Er bog vom Highway ab, nur ein paar Meter weit in eine Seitenstraße.
Emil fing vor Erleichterung zu tänzeln an, als Heck den Wagen scharf abbremste und dem Hund endlich den lästigen Sicherheitsgurt aufhakte. Sein Herr und Meister legte ihm das Suchgeschirr und die Fährtenleine an, und dann trotte-

ten sie gemeinsam los, zurück zur 236 und den Highway hinunter.
Emil hatte rasch Hrubeks Witterung wiedergefunden und folgte den Schlangenlinien, die das Fahrrad beschrieben hatte. Da sie auf Asphalt liefen und man weit genug sehen konnte, hielt Heck es nicht für nötig, Emil kurzzunehmen. Hrubek würde bestimmt keine Falle auf der Straße aufstellen. Sie kamen – vorbei an Scheunen, Farmhäusern und Feldern, die sich weit ins flache Land erstreckten – schnell voran. Nachdem sie zwei Einmündungen passiert hatten, an denen Nebenstraßen auf den Highway trafen, war Heck sicher, daß Hrubek weiter der Route 236 nach Westen folgen wollte. Er ließ Emil kehrtmachen und führte ihn zurück zum Pick-up. Mit dem Fahrrad konnte Hrubek leicht fünfzehn oder zwanzig Meilen in der Stunde zurücklegen. Emil hätte bei dem Tempo wahrscheinlich mithalten können, aber das hätte ihn viel Kraft gekostet. Und Heck war erst recht nicht darauf erpicht, mit seinem lädierten Bein Gott weiß wie weit hinter einem Verrückten herzurennen, der einen Fahrradsattel unter dem Hintern hatte. Also blieb er lieber beim Stop-and-go-Tracking: ein paar Meilen fahren und dann anhalten, damit Emil sich davon überzeugen konnte, daß sie immer noch auf der richtigen Fährte waren.
Während er weiterfuhr – ständig darauf gefaßt, vor sich die reflektierenden Rückstrahler eines Fahrrads oder Hrubeks breites Kreuz auftauchen zu sehen –, dachte er über die Begegnung mit Richard Kohler nach. Im Geiste sah er noch die düstere Miene des Arztes, als er dessen Angebot abgelehnt hatte. Was in Heck nachträglich den Argwohn nährte, daß er womöglich doch eine Riesendummheit gemacht hätte. Jeder andere – jedenfalls, wenn er nicht völlig hirnverbrannt war – hätte zugegriffen. Er dagegen ...
Er entschied sich oft daneben, es fiel ihm schwer, auf Anhieb zu erkennen, was das Gescheiteste war. Alle anderen schienen immer sofort zu wissen, was man in bestimmten Situationen machen mußte. Nur er, er traf so gut wie nie eine Entschei-

dung, bei der Jill (unisono mit seinem Vater) gesagt hätten: »Das hast du gut gemacht, Junge.«
Es war sicherlich saudämlich gewesen, das Geld abzulehnen. Aber wenn er sich dann bildlich vorstellte, wie er den Scheck angenommen und gefaltet und nach Hause getragen hätte ... nein, er hätte das einfach nicht fertiggebracht. Die Talente waren eben unterschiedlich verteilt, und ihn hatte der liebe Gott vielleicht so ähnlich wie Emil haben wollen, sozusagen aus demselben Holz geschnitzt. Was ja nicht hieß, daß er zu nichts nutze war. Im tiefsten Herzen spürte Heck, daß es eben seine Bestimmung war, stundenlang hinter seinem Hund durch die Wildnis zu trotten – so wie heute. Selbst wenn er Michael Hrubek heute nacht nicht fand, selbst wenn er ihn nicht mal von fern zu Gesicht bekam – hier draußen zu sein, das war allemal besser, als zu Hause mit einem Bier vor der Glotze zu sitzen und Emil irgendwo in einem Winkel vor Ungeduld zappeln zu lassen.
Etwas ganz anderes, etwas viel Gefährlicheres, bereitete ihm mehr Sorgen als die Tatsache, daß er Kohlers Angebot abgelehnt hatte. Wenn seine Aufgabe wirklich darin bestand, Hrubek einzufangen, bevor er irgend jemanden ernsthaft verletzen konnte, warum rief er dann nicht einfach Don Haversham an und sagte ihm, daß Hrubek seine Richtung geändert hatte? Er war jetzt in Gunderson, in zehn Minuten würde er Cloverton erreichen. In beiden Orten gab es Polizeistationen, und die konnten – Sturm hin, Sturm her – bestimmt ein paar Männer abstellen, um eine Straßensperre zu errichten. Captain Haversham anzurufen, dachte er, wäre das Vernünftigste gewesen, die sauberste Lösung – die, die das geringste Risiko für alle Beteiligten versprach.
Aber eins stimmte natürlich auch: Wenn Ortspolizisten oder Trooper Hrubek schnappten, würde Adler nicht mal im Traum daran denken, ihm die zehntausend zu zahlen.
Und so drückte Heck – von Gewissensbissen und einem mulmigen Gefühl geplagt – mit dem linken Fuß das Gaspedal noch ein bißchen mehr durch und jagte – im Schutze der

Nacht, heimlich und verstohlen – weiter hinter seiner Beute her nach Westen.
Genauso heimlich und verstohlen wie Hrubek, machte er sich mit grimmigem Galgenhumor klar.

Seit einer halben Stunde trat er, ohne auch nur einen Moment zu verschnaufen, in die Pedale und hatte noch zweiundzwanzig Meilen bis Ridgeton vor sich, als ihm die Idee mit dem Automobil durch den Kopf ging und sich in seinem Gehirn festhakte.
Ein Auto, das hätte viel mehr hergemacht als ein Fahrrad, es wäre viel *eleganter* gewesen. Mit dem Fahrrad war er klargekommen, aber jetzt fand er, sich so abstrampeln zu müssen, das sei doch ziemlich frustrierend. Alle paar Meter rutschte der hintere Reifen weg, weil er über einen Stein fuhr. Und dann die langen Steigstrecken ... da kam er so langsam voran, daß er zu Fuß schneller gewesen wäre. Die Zähne taten ihm schon weh von der kalten Luft, die er einatmen mußte. Als er über irgendein Hindernis fuhr, fingen die schweren Fallen in seinem Rucksack zu klappern an und schlugen ihm gegen die Nieren.
Nichts als Ärger. Aber das Entscheidende war, daß er sich nach einem Wagen sehnte. So ein Ding zu lenken, das konnte ja nicht so schwierig sein. Er war da zuversichtlich. Bis jetzt war er ja mit allem fertig geworden. Er hatte die Wärter reingelegt und die Cops verprügelt und sämtliche gottverdammten Verschwörer, die hinter ihm her waren, ausgetrickst, alle miteinander.
Und jetzt wollte er ein Auto.
Er erinnerte sich noch genau, wie er den Benzintank vollgepumpt hatte. Für Dr. Anne. Als sie ihn und ein paar andere Patienten in dieses Einkaufszentrum in der Nähe des Trevor Hill Psychiatric Hospital kutschiert hatte. Weil sie ihre Schäfchen in eine Buchhandlung führen wollte. Anfangs hatte er eine Heidenangst gehabt. Er kannte die Statistik über Autounfälle auf amerikanischen Highways. Je länger sie allerdings

unterwegs waren, desto mehr entspannte er sich. Die Psychiaterin lud ihn ein, vorn neben ihr zu sitzen, auf dem Beifahrersitz. Und als sie an einer Tankstelle hielten, bat sie ihn: »Michael, hilfst du mir bitte beim Tanken?«
»Naaaa-in!«
»Och, bitte?«
»Auf keinen Fall. Das ist gefährlich. Und kein bißchen elegant.«
»Wir machen es gemeinsam, ja?«
»Wer weiß, was da überhaupt aus diesen Pumpen rauskommt?«
»Komm, Michael, steig aus.«
»Schlau ausgedacht.«
Aber er tat's dann doch. Öffnete die Tankklappe, schraubte den Deckel ab, ging zur Pumpe, nahm den Schlauch und drückte den Hebel. Dr. Anne hatte sich für seine Hilfe bedankt. Und er war mit stolzgeschwellter Brust wieder auf den Beifahrersitz geklettert. Und hatte sogar den Sicherheitsgurt angelegt, ohne daß sie es ihm sagen mußte. Als sie das nächste Mal einen Ausflug gemacht hatten, hatte sie ihn den grauen Mercedes lenken lassen. Einmal quer über den Parkplatz des Hospitals. O Mann, da hatten die anderen Patienten ganz schön neidisch geglotzt. Und die Ärzte und Schwestern – na ja, ein paar hatten gegrinst und ein paar besorgt geguckt.
Schluß, aus, fertig, nahm er sich vor, das Fahrrad hatte zu verschwinden.
Er kam auf der Kuppe eines langgezogenen Hügels an, bei einer Tankstelle. Alles dunkel. Die Fenster starrten vor Dreck. Aber da stand dieser alte limonengrüne Datsun, neben den Luftpumpen. Sehr interessant. Er kletterte vom Fahrrad. Die Autotür war nicht verschlossen. Er setzte sich auf den Fahrersitz. Die Karre roch nach Öl und Moder. Und dann übte er autofahren. Zunächst mit einem kribbeligen Gefühl im Magen. Aber das ließ allmählich nach. Nach und nach fiel ihm alles wieder ein, was er über Autos wußte. Er drehte das Lenkrad hin und her. Legte den Ganghebel in die Stufe D. Übte, das Gas durchzutreten. Und die Bremse.

Er sah nach unten, an der Lenksäule vorbei, und siehe da – der Schlüssel steckte. Er drehte ihn nach rechts. Stille. Also stieg er aus. Er vermutete, daß die Batterie fehlte. Oder daß der Tank leer war. Er klappte die Motorhaube hoch. Und da sah er, was dem Auto fehlte: der Motor. Den hat bestimmt irgendein Arschloch gestohlen, dachte er und knallte die Motorhaube zu.

Man kann doch wirklich niemandem trauen.

Hrubek ging zum Tankhäuschen und warf durch die schmutzigen Scheiben einen Blick nach innen. Aha, ein Getränkeautomat. Einer für Snacks. Ein Drahtgestell mit Doughnuts und verschiedenen Keksen. Auch Twinkies waren dabei. Die mochte er sehr. Er murmelte den Werbespot vor sich hin, den er irgendwann mal im Fernsehen gehört hatte: »Der rundherum bekömmliche Snack.« Der Satz gefiel ihm. Er wiederholte ihn wieder und wieder, während er um das Tankhäuschen herumging. »Sei schlau«, flüsterte er, »nimm die Hintertür.« Er hoffte, daß irgendwo der Motor herumlag. Die Frage war nur, ob er's schaffte, den allein zu installieren. Aber wahrscheinlich mußte man da nur einen Stecker reinschieben. (Mit Steckern kannte Hrubek sich aus. Zu Hause bei seinen Eltern hatte es jede Menge davon gegeben. Aber dort war ja jedes verdammte Elektrogerät mit einer Abhörvorrichtung oder einer versteckten Kamera gekoppelt gewesen. Kein Problem für ihn, er hatte sich angewöhnt, gleich morgens überall die Stecker rauszuziehen. Die Digitalanzeige auf dem Radiowecker blinkte dauernd nur 00:00.)

Er schlich zur Hintertür, schlug eines der darin eingelassenen Glasvierecke ein, öffnete die Türverriegelung, betrat den Raum und sah sich um. Automotoren, fertig zum Einsetzen, standen leider nicht herum. Eine herbe Enttäuschung, die nur durch den Anblick des Regals mit Doughnuts neben der Tür gelindert wurde. Eine Packung aß er sofort auf, eine zweite steckte er in den Rucksack.

Ein Geschmack, der alles andere kaltstellt – versprach das eingerissene, verblaßte Poster an der Pepsi-Kühlbox. War einfach, da ranzukommen, er mußte nur kräftig an der Tür reißen, schon hatte er zwei Flaschen. Daß es das Zeug in Flaschen gab, hatte er ganz vergessen. In Marsden kriegte man so was in Plastikbechern. Oder gar nicht. Er knackte den Kronenkorken mit den Zähnen, setzte sich und fing an zu schlucken.

Ein paar Minuten später fiel Silberschein über den Parkbereich der Tankstelle, dann war plötzlich alles schneeweiß. Das fand er sehr eindrucksvoll. Er wollte herausfinden, woher das Licht so plötzlich kam, stand auf und ging zu der schmutzstarrenden Scheibe. Schau mal an, ein Geländewagen. Allradantrieb, blaumetallic. Die Tür auf der Fahrerseite wurde geöffnet, eine hübsche Frau mit duftig blondem Haar stieg aus. Sie klebte ein Werbeplakat an den Telefonmast neben den Luftpumpen, irgendwas mit einer Versteigerung in der Kirchengemeinde, morgen abend.

»So, so«, flüsterte Hrubek, »werden dort deine *Memorabilien* versteigert? Bieten sie da deine Memory-*Labia* an? Und der liebe Pfarrer steckt dir dazu den Finger in die *Pussy*?«

Er reckte sich, warf einen Blick ins Innere des Wagens. Auf dem Beifahrersitz saß ein Mädchen, ein Teenager. War wohl ihre Tochter. Hrubek redete jetzt mit normaler Lautstärke. Diesmal meinte er das Mädchen. »Hm, du bist mal 'ne Süße. Ein richtiges *Röschen*. Mit rosarotem *Höschen*. Oder hast du gar keines an? Führst du die Muschi ohne Mäntelchen spazieren? Sag mal, weißt du eigentlich, daß neunundneunzig Prozent aller Schizos besonders lange Piep*hähne* haben? Der *Hahn* hat dreimal gekräht, als Jesus verraten wurde. Ja, verraten. So wie *Eva* uns alle verraten hat. Schiebt der Pfarrer dir manchmal seine *Schlange* rein? Na ja, kann sein, daß du das Ding anders nennst.«

Die Fahrerin kam zurück. Oh, die sieht wirklich wunderschön aus, dachte Hrubek. Er konnte sich nicht entscheiden, wer ihm besser gefiel, Mutter oder Tochter. Der Geländewagen fuhr auf den Highway zurück, bog nach hundert Metern rechts ab, und einen Augenblick später hatte die Nacht ihn verschluckt.

Hrubek blieb an der Scheibe stehen, hauchte seinen heißen Atem auf das kalte Glas, bis ein schöner weißer Kreis entstanden war, und malte mit dem Finger einen Apfel hinein. Richtig gut gelungen, mit einem Stengel und mit Blättern. Und als er schließlich noch ein bißchen mit der Fingerkuppe stocherte, war das Bild komplett – samt Wurmloch.

Ihre Maginotlinie, gut eins zwanzig hoch, wurde plötzlich von einem fernen grellen Blitz beleuchtet. Beide Frauen zogen unwillkürlich die Köpfe ein, weil sie auf den Donner warteten. Merkwürdig, das Donnergrollen blieb aus.
Portia stützte sich schwer auf ihre Schaufel. »Darauf sollten wir jetzt eine Flasche Champagner öffnen.«
»Wer weiß, ob der Damm überhaupt hält.«
»Sieht jedenfalls schon verdammt viel besser aus.« Das Wasser, das aus dem Abzugskanal in den Garten drückte, stand inzwischen schon eine Handbreite hoch.
»Sehen wir zu, daß wir noch die letzten Streifen im Wintergarten kleben, und dann machen wir, daß wir wegkommen.«
Sie verstauten das Werkzeug. Lis zog ein altes Stück Segeltuch über den restlichen Sand. Dann gingen sie aufs Haus zu – mit schleppendem Gang, wie zwei Ölarbeiter nach einem schweren langen Tag. Lis hatte, obwohl sie sich durch Portias schroffe Ablehnung immer noch ein wenig verletzt fühlte, auf einmal das Bedürfnis, ihrer jüngeren Schwester den Arm um die Schulter zu legen. Aber irgendwie zauderte sie. Die Geste konnte sie sich gut vorstellen, Portias Reaktion nicht. Bei den L'Aubergets – nun, sie erinnerte sich an Wangenküßchen zu den Festtagen und an Händeschütteln und an nackte Hände auf dem Po.
Mehr körperlichen Kontakt hatte es in der Familie L'Auberget nie gegeben.
Irgend etwas klapperte ganz in der Nähe. Ach so, der Wind hatte einen Stapel Strandstühle neben der Garage umgeworfen. Lis sagte ihrer Schwester, daß sie eben mal nachsehen wolle. Portia ging weiter aufs Haus zu.

Drüben bei der Garage war der Wind schneidend scharf, heulend fegte er die Zufahrt herauf. Die Ausläufer des heranziehenden Sturms. Laut klatschten die Wellen ans Seeufer, und eine Ecke des Segeltuchs, mit dem Lis den Sandhaufen abgedeckt hatte, schlug auf und nieder, es knallte jedesmal wie ein Pistolenschuß. Und dann war es auf einmal wieder still, als hätte sich die Natur nur mal kurz geschüttelt.
In der plötzlichen Stille hörte Lis den Wagen.
Die Reifen glitten knirschend über die schimmernden weißen Steine, die Owen und sie letzten Sommer dort ausgebracht hatten, ausgerechnet während einer schlimmen Hitzeperiode. Lis erinnerte sich noch, wie sie Owen zugeredet hatte, wenigstens bis Sonnenuntergang damit zu warten. Sie hatte einfach Angst gehabt, daß einer von ihnen einen Herzanfall kriegen könnte.
Natürlich wußte sie genau, was da unter den Reifen knirschte. Feiner Marmorkies aus einem Steinbruch in New England. Und doch mußte Lis heute nacht bei dem Geräusch unwillkürlich an Knochen denken, die von schweren Reifen zermahlen wurden. Eine Horrorvision, die, wenn sie sich erst einmal festgesetzt hatte, so schnell nicht wieder weichen wollte.
Der Wagen kam rasch näher, die Scheinwerfer huschten an den Föhren entlang, die die Zufahrt säumten. Auf dem kleinen Parkplatz hielt der Wagen kurz an, dann fuhr er weiter, direkt auf sie zu. Zehn Meter vor ihr machte er endgültig halt. Durch die Scheinwerfer geblendet, konnte Lis nicht erkennen, was für ein Fahrzeug es war.
Sie kreuzte die Arme vor der Brust, stand – die Füße leicht gespreizt – wie ein zu Stein erstarrtes, trotziges Schulmädchen da. Einen Augenblick verharrte sie stocksteif, und auch im Wagen rührte sich nichts. Und schließlich, ehe aus dem unguten Gefühl Angst werden konnte, gab Lis sich einen Ruck und ging entschlossen auf die beiden gebündelten weißen Lichtarme zu.

16

»Sie haben ihn immer noch nicht?«

Lis deutete auf die Hintertür, Richard Kohler folgte ihr in die Küche.

»Ich fürchte, nein.« Er stellte seinen kleinen Rucksack auf der Arbeitsplatte ab. Sehr behutsam, es schien etwas besonders Wichtiges darin zu sein. Er war beängstigend blaß im Gesicht.

»Lis, da steht ein fremder Wagen in der ...«

Portia stand unter der Tür. Sie brach ab, musterte Kohler. Lis machte sie miteinander bekannt.

»Portia?« wiederholte Kohler. »Den Namen hört man heutzutage nicht mehr oft.«

Sie zuckte die Achseln. Weder sie noch ihre Schwester sahen viel Sinn darin, Kohler den Zusammenhang zu erklären zwischen dem Vornamen und der Erblast eines Mannes, der den Sinn seines Lebens im Import von Dessertweinen gesehen hatte.

»Ich geh jetzt die Fenster an der Westseite verkleben. Vor allem im Salon. Dort trifft der Sturm mit voller Wucht auf.«

»Ja, du hast recht«, sagte Lis, »die haben wir ganz vergessen. Danke.«

Als Portia gegangen war, wandte Lis sich an den Arzt. »Ich habe leider nicht viel Zeit. Sobald wir hier fertig sind, fahren wir in ein Hotel. Wir verbringen die Nacht dort.« Betont fügte sie hinzu: »Wegen Hrubek.«

Das war der Augenblick, in dem er ihr eigentlich sagen mußte, daß sie keinen Grund habe, sich Sorgen zu machen. Der Augenblick, in dem er beruhigend lachen und ihr versichern mußte, daß sein Patient so harmlos sei wie ein junges Hündchen. Aber er sagte nichts von all dem.

Statt dessen sagte er: »Das ist vermutlich keine schlechte Idee.«

Besonders beunruhigt kam er Lis allerdings nicht vor. Und er erweckte auch nicht den Eindruck, als ob sie seiner Meinung nach im Interesse ihrer Sicherheit Hals über Kopf aus dem Haus flüchten sollten.

»Weiß man denn, wo er jetzt ist?«

»Nein, nicht genau.«

»Aber er bewegt sich immer noch von hier weg? Nach Osten?«

»Ich hab mit einem der Männer gesprochen, die ihn verfolgen. Das ist gar nicht lange her. Zur Zeit ist er noch ostwärts der Heilanstalt. Aber es sieht so aus, als könnte er die Richtung geändert haben.«

»Dann ... dann geht er also nach Westen?«

»Ich würde sagen, er bewegt sich im Kreis. Er ist zwar keineswegs so stumpfsinnig, wie manche ihn gern darstellen möchten, aber ich glaube nicht, daß er in der Lage ist, über eine große Distanz ein bestimmtes Ziel anzusteuern.«

»Na gut. Was genau kann ich für Sie tun, Doktor? Ich möchte in ungefähr zwanzig Minuten hier aufbrechen.«

»Ich bin in Sorge um Michael. Ich will ihn finden, ehe die Polizei ihn aufspürt. Es gibt nicht viele Leute, die wissen, wie man mit einem Patienten wie ihm umspringen muß. Er könnte sich oder anderen etwas antun, wenn sie ihn bei der Festnahme wie irgendeinen entlaufenen Häftling behandeln.«

»Gut, aber was kann *ich* dabei tun?«

»Ich habe gehört, daß er Ihnen vor einiger Zeit einen Brief geschickt hat?«

»Im September.«

»Gibt es einen Zusammenhang mit ... mit den Ereignissen im letzten Sommer?«

»Von irgendeinem Zusammenhang kann bei diesem Brief allem Anschein nach überhaupt keine Rede sein. Im Grunde steht nur dummes Zeug drin.«

Kohler hielt den Kopf gesenkt, aber seine Augen suchten ihren Blick. »Mrs. Atcheson, ich muß wissen, was am Indian Leap geschehen ist. Wären Sie bereit, mir zu helfen?«

Lis entdeckte auf der Arbeitsplatte sechs große Wasserflecken, gleich neben der Spüle. Sie nahm einen Lappen und wischte sie weg.

»Sehen Sie, ich bin Michaels behandelnder Psychiater. Aber ich habe, um ganz ehrlich zu sein, nicht die geringste Ahnung, was heute nacht in seinem Kopf vorgeht. Die Ereignisse vom Mai letzten Jahres müssen ... müssen sehr bedeutsam für sein Leben gewesen sein.«

»Bedeutsam?« Entsetzt wiederholte sie das Wort.

»Ich will die Tragödie damit keineswegs herunterspielen.«

»Na schön, was genau möchten Sie denn hören?«

»Ich habe ein paar Zeitungsberichte über die Sache gelesen. Und ein paar spärliche Akten habe ich auch. Nur, mein Problem ist: Marsden ist praktisch pleite. Ich habe nicht mal Kopien von der Gerichtsverhandlung und der Urteilsbegründung.«

Ein typisches Beispiel für die Ineffektivität der Bürokratie, fand sie. Und das sagte sie auch.

»Beglaubigte Kopien kosten zwei Dollar pro Seite«, erklärte er ihr. »In Michaels Fall wären das sechstausend Dollar gewesen. Das kann sich der Staat nicht leisten.«

»Meiner Meinung nach hätte es im öffentlichen Interesse gelegen, dieses Geld auszugeben.«

Seine müde Geste signalisierte, daß er genauso dachte.

»Ich fürchte nur, wir haben wirklich nicht genug Zeit.« Sie deutete mit dem Kopf nach draußen. »Wir haben Hotelzimmer vorbestellt, meine Schwester und ich, und der Sturm ...«

»Es dauert ja nicht lange.« Er hakte verkrampft zwei Finger der rechten Hand um zwei Finger der linken. So ungefähr mußte der schlaksige Teenager Kohler ausgesehen haben, als er das hübscheste Mädchen im ganzen Saal um den nächsten Tanz gebeten hatte, ging es Lis durch den Kopf.

»Ganz ehrlich gesagt, ich würde lieber nicht darüber sprechen.«

»Ja, natürlich ...« Kohler stockte. Sein Blick schien in sie hineinzukriechen. »Aber Sie müssen das auch mal aus meiner Sicht sehen. Es ist ungeheuer wichtig, daß ich ihn bald finde.

Wenn er einfach irgendwo bei fremden Leuten ins Haus reinspaziert ... Wenn er Angst bekommt und in Panik gerät ... Es kann leicht sein, daß jemand verletzt wird. Ohne daß er das eigentlich will.«
Lis sagte nichts. Hakte den Blick auf den rötlichen Bodenfliesen fest.
»Das ist es, was mir Sorge macht, verstehen Sie? Es geht mir darum, ihn zurückzuholen, ehe ... ehe es ein Unglück gibt. Und ... ich denke, ich muß es Ihnen ja doch sagen ... es kann sein, daß er nach hierher unterwegs ist. Ich glaube es zwar nicht, aber es ist möglich. Wenn Sie mir helfen, bin ich vielleicht in der Lage, das zu verhindern.«
Nach einer Weile, die sich endlos zu dehnen schien, fragte Lis: »Milch und Zucker?«
Kohler blinzelte erstaunt.
»Sie haben innerhalb der letzten paar Minuten dreimal nach der Kaffeemaschine geschielt.«
Er lachte. »Ich versuche krampfhaft, mich wachzuhalten.«
»Ich gebe Ihnen zwanzig Minuten, Doktor. Aber keine Minute länger.«
»Ich bin Ihnen sehr zu Dank verbunden«, sagte er in beinahe altväterlicher Höflichkeit.
Sie ging zum Hängeschrank.
»Ich hoffe, ich bereite Ihnen nicht zuviel Mühe.« Er schien die Kaffeedose mit den Augen zu verschlingen.
Lis drehte sich zu ihm um. »Darf ich Sie etwas fragen?«
»Ja, bitte.«
»Könnten Sie auf der Stelle fest einschlafen?«
»Verzeihung?«
»Wenn Sie zu Hause wären, könnten Sie sofort einschlafen?«
»Zu Hause? Dort sowieso. Aber auch im Auto. Oder bei Ihnen im Vorgarten. Hier in der Küche, auf dem Fußboden. Egal wo, egal wann.«
Für Lis war das schlicht ein Wunder. Ungläubig schüttelte sie den Kopf, während sie zusah, wie der schwarze Kaffee aus dem Filter in die Kanne tropfte. Plötzlich war ihr auch nach einer

Tasse zumute. »Ich werde, was immer heute nacht passieren mag, nicht vor morgen abend um elf einschlafen können.«
»Insomnie?« fragte er.
Sie nickte und erzählte ihm, daß sie inzwischen so was wie eine Expertin geworden sei. Warme Milch, heiße Bäder, eiskalte Duschen, Hypnose, autogenes Training, Baldrian, Bio-Feedback, Meditation ... »Sie können mir aufzählen, was Sie wollen, ich habe alles schon ausprobiert.«
»In meiner ärztlichen Praxis habe ich es eher mit Patienten zu tun, die zuviel träumen. Mit Schlafstörungen habe ich mich nie beschäftigen müssen.«
Sie gab einen Schuß Milch in ihren Kaffee, Kohler nahm seinen schwarz. »Gehen wir dort rein«, sagte sie.
Die Porzellanbecher mit dampfendem Kaffee in der Hand, gingen sie in den Wintergarten, ganz nach hinten, in die Sitznische. Als sie in den Polstern der schmiedeeisernen Gartensessel Platz genommen hatten, warf Kohler kurz einen Blick durch den großen Raum und machte Lis ein Kompliment. Lis nahm es als artige Höflichkeit; viel konnte er gar nicht gesehen haben, vermutlich machte er sich nichts aus Blumen und Pflanzen. Seine schmächtige Gestalt wirkte – so wie er dasaß, die Beine nebeneinandergestellt, den Oberkörper vorgebeugt – noch ein wenig hagerer. Er schlürfte den Kaffee rasch und geräuschvoll – ein Mann, der offenbar daran gewöhnt war, seine Mahlzeiten allein einzunehmen. Schließlich setzte er den Becher ab und nahm ein Notizbuch und einen vergoldeten Federhalter aus der Jackentasche.
Lis wollte wissen: »Sie haben also keine Vorstellung, wohin er heute nacht will?«
»Nein. Er selber vielleicht auch nicht. Jedenfalls wird es ihm nicht bewußt sein. Das ist das Problem mit Michael: Was er sagt oder schreibt, darf man nicht wörtlich nehmen. Um zu verstehen, was er meint, muß man hinter die Worte schauen. Dieser Brief, zum Beispiel, den er Ihnen geschickt hat: Gab's da mitten in manchen Wörtern Großbuchstaben?«
»Ja. Das fand ich besonders unheimlich.«

»Das ist eine Eigenheit von ihm. Er sieht manchmal in Wörtern einen Hintersinn, den es für alle anderen gar nicht gibt. Dürfte ich mir den Brief mal ansehen?«

Sie holte ihn aus der Küche. Als sie zurückkam, hielt Kohler einen kleinen Keramikrahmen in der Hand.

»Ihr Vater?«

»Ja. Manche sagen, wir ähneln uns.«

»In gewisser Weise, ja. Die Augen und das Kinn. Er war ... ich rate mal: Professor?«

»Eher ein verkappter Scholar.« Lis, damals noch ein junges Mädchen, hatte das Foto gemacht. Es zeigte Andrew L'Auberget, wie er gerade in seinen Cadillac stieg. Zwei Tage nach seiner Rückkehr aus Jerez. Und schon wieder im Begriff, zum nächsten Flughafen zu fahren. Neben ihm stand Lis' Mutter, mit mächtig geschwollenem Bauch, in dem zu jener Zeit Portia schlummerte. Die einzige in der Familie, die noch nichts vom dauernden Abschiednehmen wußte. »Er war Geschäftsmann, aber insgeheim wäre er lieber Lehrer gewesen. Das hat er selber immer gesagt. Als Geisteswissenschaftler wäre er brillant gewesen.«

»Sind Sie im Lehrfach tätig?«

»Als High-School-Lehrerin. Englisch im zweiten Schuljahr. Und wie ist das bei Ihnen? Man sagt ja, daß einem die Neigung zum Arztberuf vererbt wird?«

»In meinem Fall stimmt das, mein Vater war Arzt.« Er lachte. »Aber er wollte, daß ich Kunsthistoriker werde. Davon hat er geträumt. Mit meinem Medizinstudium hat er sich nur äußerst widerstrebend abgefunden. Unter der Bedingung, daß ich Chirurg werde.«

»Aber das war nichts für Sie?«

»Nein, überhaupt nicht. Ich wollte um jeden Preis Psychiater werden. Mit Zähnen und Klauen habe ich darum gekämpft. Er meinte, wenn ich Seelenklempner würde, würde mich das innerlich auffressen. Du wirst dein Leben lang darunter leiden, hat er gesagt. Es macht dich verrückt. Es bringt dich um.«

»Aha«, sagte Lis, »dann war er wohl Psychiater?«

»Stimmt.«
»Hat's ihn umgebracht?«
»Nein. Weil er sich rechtzeitig zur Ruhe gesetzt hat und nach Florida gezogen ist.«
»Dazu will ich keinen Kommentar abgeben«, sagte Lis. Kohler lächelte, und sie fragte: »Warum?«
»Warum – was?«
»Warum mußte es unbedingt Psychiatrie sein?«
»Ich wollte mit Schizophrenen arbeiten.«
»Ich nehme an, wenn Sie reiche Leute auf Ihre Couch gelockt hätten, hätten Sie mehr Geld machen können. Warum wollten Sie sich gerade auf Schizophrenie spezialisieren?«
Er lächelte wieder. »Genaugenommen lag's an der Krankheit meiner Mutter. Äh ... ist das der Brief?«
Er hielt ihn in den kleinen, sehr fraulich wirkenden Händen und las ihn rasch durch, ohne sich irgendeine Reaktion anmerken zu lassen.
Schließlich zeigte er ihr eine Textstelle. »Sehen Sie sich das an: *Die sperren m**ICH** ein und haben mich **B**ei der Regierung **IN** wa-**S**hingt-**O**n mit einer **M**enge L-**Ü**-gen **DE**nunziert* ... Erkennen Sie, was er in Wirklichkeit sagen will?«
»Ich fürchte, nein.«
»Achten Sie auf die Großbuchstaben. ***ICH BIN SO MÜDE.***«
Damit war die Botschaft entschlüsselt. Ein Schaudern überlief sie.
»All diese farblich hervorgehobenen Stellen – da geht es um Dinge, die in Michaels Welt eine spezielle Bedeutung haben. So zum Beispiel der Name ›Eva‹ in dem Wort ›Revange‹.« Er sah den Brief sorgfältig durch. »Eva. Revange. Und hier – da schreibt er sogar das Wort ›Gefahr‹ absichtlich falsch, mit v.«
Er schüttelte den Kopf und legte den Brief beiseite. Dann sah er ihr fest in die Augen. Sie fühlte sich auf einmal nicht sehr wohl unter seinem sachlich-strengen Blick. Und als er sie bat: »Erzählen Sie mir von der Sache am Indian Leap«, verging eine volle Minute, bevor sie zu sprechen begann.

Nordöstlich von Ridgeton führt die 116 in gemächlichen Windungen durch einen Teil des Staates, in dem man Glanz und Elend dicht beieinander findet: malerische Milchvieh- und Pferdefarmen, kleine, aber ertragreiche Waldstücke, in denen hochwertiges Hartholz wächst, danach ein paar heruntergekommene mittelgroße Städtchen mit vielen stillgelegten Fabriken, für die die Banken oder Konkursverwalter keine Käufer finden, und hinter einer dieser heruntergewirtschafteten Kommunen, Pickford, erstreckt sich ein etwa zwei Quadratkilometer großes Gelände aus schroffen Felsen und Kiefernwald.

Der Indian Leap State Park wird von einem Cañon durchzogen, der sich wie ein großes S, das sich nur widerstrebend krümmen will, vom Parkplatz neben der Route 116 eine halbe Meile weit bis zum Rocky Point Beach erstreckt – ein etwas irreführender Name für die mit Steinen und Felssplitt bedeckte Uferbucht an einem anderthalb mal drei Kilometer großen, künstlich angelegten See. Nicht weit von diesem sogenannten Strand ragt aus den Kiefern ein Felsen auf, der im offiziellen Parkführer schamlos übertrieben »das Horn« heißt, obwohl es sich eher um ein abgeplattetes Steinmassiv handelt, das, großzügig geschätzt, seine Umgebung gerade mal um zweihundert Meter überragt.

Es sind Felsen, in denen die Geister der Toten hausen. 1785 hatte sich eine kleine Schar von Mohegan-Indianern, von feindselig gesinnten Pequoten bedrängt, auf diesen Felsen gerettet, wo den Mohegan-Familien, von allen Seiten umzingelt, nur noch die Wahl blieb, sich entweder ihren Feinden zu ergeben oder in die Tiefe zu stürzen. Die Frauen warfen ihre Kinder hinunter, bevor sie selbst an der Seite ihrer Männer in den Tod sprangen. Lis konnte sich genau an die Abbildung in ihrem Schulbuch erinnern: ein Bild in düsteren Farben, auf dem eine Squaw, die allerdings eher wie Veronica Lake als wie eine Prinzessin aus den vereinten Stämmen der Mohikaner aussah, ihr weinendes Kind in den Armen hielt und sich anschickte, mit ihm in den Tod zu springen. Als sie das erste

Mal hier gewesen war, mit elf Jahren, ein mageres, blasses Kind, hatte die Erinnerung an diese schreckliche Tragödie sie zu Tränen gerührt. Sogar jetzt noch, dreißig Jahre später, spürte sie das eiskalte Schaudern, das ihr vor langer, langer Zeit beim Anblick dieses furchtbaren Bildes in ihrem Geschichtsbuch unter die Haut gekrochen war.

Sechs Monate waren seit dem Picknick vergangen, zu dem sich die Atchesons für den ersten Mai mit den Gillespies – einem Ehepaar, das sie aus dem Country Club kannten – verabredet hatten, hier am Indian Leap. Mit von der Partie waren Portia und eine von Lis' früheren Schülerinnen, Claire Sutherland.

Am Morgen des Ausflugs – es war ein Sonntag – hatte es eine ärgerliche Verzögerung gegeben. Als Lis und Owen das Haus verlassen wollten, klingelte das Telefon. Owens Kanzlei, er müsse dringend ins Büro kommen, ein paar Stunden werde die Angelegenheit wohl in Anspruch nehmen. Lis war daran gewöhnt, daß er sich zum Sklaven seines Terminkalenders machte, aber daß Owen sogar heute bereitwillig zusagte, irritierte sie. Seit Wochen verbrachte er jeden Sonntag im Büro, seit Anfang des Frühjahrs ging das so. Es kam zu einem Wortwechsel deswegen, anfangs zurückhaltend, dann immer hitziger. Owen setzte sich mit seiner Meinung durch, versprach aber, spätestens um halb zwei oder um zwei im Park zu sein.

»Erst viel später ist mir klargeworden, was für ein Glück es war, daß ich ihn an diesem Tag nicht umstimmen konnte«, erzählte sie Kohler mit leiser Stimme. »Wäre er nicht ins Büro gefahren ... Es ist schon seltsam, wie das Schicksal mitunter den Finger dazwischenhält.«

Sie fuhr mit ihrer Geschichte fort. Portia, Claire und Lis fuhren bei Dorothy und Robert Gillespie in deren Land-Cruiser mit. Eine angenehme Fahrt, zwei Stunden brauchte man bis zum Park. Aber gleich als sie angekommen waren, hatte Lis das beklemmende Gefühl, daß jemand sie beobachtete. Als sie zur Rezeption der Lodge ging, um von dort aus zu telefonieren, meinte sie, im dichtgewachsenen Gebüsch, etliche Meter entfernt, jemanden zu sehen, der zu ihr herüberstarrte. Sie bildete sich ein, irgend etwas in dem Gesicht, das sie sekundenlang wahrgenommen hatte, käme ihr bekannt vor. Deshalb glaubte sie im ersten Augenblick, Owen habe beschlossen, doch nicht zu arbeiten, und sei schon hier. Aber als sie in der Kanzlei anrief und er sich meldete, wußte sie, daß sie sich geirrt haben mußte.

»Ach, du bist immer noch da?« fragte sie enttäuscht. Es war schon Mittag, er konnte es unmöglich vor zwei Uhr schaffen.

»Eine Viertelstunde, dann bin ich unterwegs«, versprach er. »Ihr seid also schon angekommen?«

»Ja, gerade. Ich stehe hier neben dem Andenkenladen.«

»Oh ...« Owen lachte. »Dann kauf mir doch eines von diesen kleinen Klohäuschen aus Kiefernholz. Das schenk ich Charlie – zum Dank dafür, daß ich mir seinetwegen den halben Sonntag um die Ohren schlagen muß.«

Sie fand das ein wenig albern, sagte aber, ja, sie werde so ein Ding kaufen, und das tat sie dann auch. Als sie anschließend ins Freie kam und auf die anderen zuging, die am Eingang des State Parks auf sie warteten, warf sie unwillkürlich einen Blick über die Schulter zurück. Wieder glaubte sie, den Mann zu sehen, er starrte zu ihnen herüber. Der Schreck fuhr ihr so in die Glieder, daß ihr das Klohäuschen aus der Hand rutschte. Als sie es aufgehoben hatte und noch einmal zurücksah, war der geheimnisvolle Fremde verschwunden.

Kohler fragte sie nach den anderen, die an dem Picknick teilgenommen hatten.

»Robert und Dorothy? Die hatten wir etwa ein Jahr vorher im Club kennengelernt.«

Es war ein Zufall gewesen, die Gillespies und sie hatten im Restaurant am Pool Tische nebeneinander erwischt. Anknüpfungspunkt für das erste Gespräch war der Umstand, daß sie unter den Paaren über Dreißig die beiden einzigen ohne Kinder waren. Eine Art gemeinsamer Freiheit – auch so was kann das Eis brechen, und im Laufe der Zeit lernten sie sich näher kennen.

Anfangs waren Owen und Lis eigentlich keine sozial ebenbürtigen Partner für ihre neuen Freunde. Noch nicht mit den materiellen Gütern des L'Aubergetschen Erbes gesegnet, wohnten die Atchesons in einem kleinen anderthalbgeschossigen Haus in Hanbury, einem finsteren Industriestädtchen zehn Meilen westlich von Ridgeton. Selbst das war eigentlich viel zu teuer für sie, aber Owen hatte darauf bestanden, damit er potentielle Klienten nach Hause einladen konnte, und so mußten sie sich an manchen Abenden mit Sandwiches oder Suppe begnügen, weil auf dem Bankkonto mal wieder Ebbe herrschte. Robert dagegen scheffelte mit dem Verkauf von Hotel-Kommunikationssystemen einen Haufen Geld. Owen, Anwalt in einer kleinen Kanzlei, in der sich auch die Klientel aus kleinen Leuten zusammensetzte, versuchte seinen Verdruß hinter einem sorgfältig ausbalancierten Lächeln zu verbergen, aber Lis merkte ihm die Verbitterung und den Neid an, wenn einer von den Gillespies vor dem schäbigen Haus der Atchesons vorfuhr – Robert in seinem leuchtend grünen Jaguar oder Dorothy in ihrem Mercedes.
Auch vom Temperament her waren sie recht unterschiedlich. Robert hatte in Pacific Heights und an der Michigan Avenue gewohnt und etliche Jahre in Europa verbracht. (»Nein, nein, ich erzähl euch keine Märchen. Das war in *Tourette-sur-Loup*. Schon mal davon gehört? Ein mittelalterliches Städtchen nordwestlich von Nizza. Und was veranstalteten die da gerade auf dem Markt, als wir ankommen? Ein Transvestiten-Festival! Ehrlich! Dot, erzähl ihnen mal, was da gelaufen ist.«)
Robert sah aus, als wäre er noch zehn Jahre vom einundvierzigsten Geburtstag entfernt, den er jüngst gefeiert hatte. Ob man wollte oder nicht, irgendwie wirkte sein jugendlicher Enthusiasmus ansteckend. Wenn man ihn reden hörte, war die ganze Welt ein Versandhauskatalog, und jeder war anscheinend nur darauf aus, sich sehenden Auges ausnehmen zu lassen. Owen hatte mehr Substanz, aber er war ein stillerer Typ. Trotzdem konnte er sein Temperament nicht ganz verbergen, es lag ihm nicht, im Schatten eines gutaussehenden, kerngesunden Char-

meurs, der von der äußeren Erscheinung wie von seinem Charisma her das Abbild von JFK zu sein schien, die zweite Geige zu spielen.
Aber als dann Ruth im letzten Frühjahr starb, waren die Atchesons plötzlich reiche Leute. Lis, die mit Geld aufgewachsen war, beeindruckte das wenig, aber Owen schien plötzlich in eine neue Haut zu schlüpfen, er war wie ausgewechselt.
Lis, um das nicht unerwähnt zu lassen, hatte selbst einige Vorbehalte gegenüber den Gillespies. Aber bei ihr war es mehr Dorothy, an der sie sich insgeheim rieb.
Dorothy – mit einer Stimme wie eines von den hektischen Dingern, die als Cheerleader vor der Tanzgruppe einer High-School einherscharwenzeln. Mit der perfekten Figur und den Kleidern, in denen sie entsprechend zur Geltung kam. Mit dem runden Gesicht eines Mädchens aus dem mittleren Osten. Und mit dem immer makellosen Augen-Make-up.
Trotzdem konnte Lis für sich in Anspruch nehmen, daß nicht die Eifersucht aus ihr sprach, sie war eher ein wenig pikiert. Im Grunde war es Dorothys affektiertes Getue, was sie störte. Wann immer ihr Herr und Gebieter etwas verlangte (oder sie zu ahnen glaubte, daß Robert gleich etwas verlangen könnte), ließ sie alles liegen und stehen und spielte den Laufburschen für ihn. Robert schien diese aufgesetzte Unterwürfigkeit, die irgendwie gespielt und berechnend wirkte, peinlich zu sein, und Lis machte sich von Zeit zu Zeit einen Spaß daraus, zum Schein in die alte Rolle der lieben, bösen Freundin zu schlüpfen, die sich einen fremden Ehemann angeln will. Einfach nur, damit Dorothy endlich begriff, daß Robert sich eine Partnerin wünschte und nicht eine kleine Geisha (auch wenn's, zugegeben, in Dorothys Fall eine mit einer wahrhaft atemberaubend gefüllten Bluse war.)
Als es klar war, daß sie nie wirklich enge Freunde würden, schmolzen Lis' Vorbehalte dahin, sie wurde toleranter. Sie bat Dorothy sogar hin und wieder um Rat, wenn es um Make-up oder um Kleider ging (Themen, die man nur kurz antippen mußte, um eine schier unerschöpfliche Quelle sprudeln zu

lassen). Wie Schwestern standen sie nie zueinander, aber Dorothy erwies sich als jemand, dem Lis kleine Sünden beichten konnte – sagen wir mal, bis zum vierten Grad ewiger Höllenstrafen.

Übrigens war es, wie Lis sich erinnerte, Dorothy gewesen, die irgendwoher wußte, daß für kommenden Sonntag ausgesprochen schönes Wetter vorhergesagt war, und deshalb das Picknick vorgeschlagen hatte.

»Und wer war Claire?«

Ein achtzehnjähriges Mädchen, eine von Lis' Englischschülerinnen in der zweiten Klasse. Sehr zurückhaltend, mit einem blassen, herzförmig geschnittenen Gesicht. »Eins von den Mädchen«, erklärte Lis, »bei denen man nur hoffen kann, daß sie nicht zu hübsch werden, weil man im voraus ahnt, daß sie auf den Erstbesten hereinfallen.«

Aber Claire mußte nicht erst eine auffallende Schönheit werden, sie war es bereits. Als sie – das war schon einige Jahre her – zum ersten Mal in Lis' Klassenzimmer spaziert war, hatte Lis unwillkürlich den Atem angehalten. Das ätherische Gesicht, die stillen Augen und die langen, zierlichen Finger ... Lehrer schließen, wenn sie's tun, ihre Schüler immer im ersten Augenblick ins Herz, und Lis war es mit Claire nicht anders ergangen. Sie bemühte sich darum, mit dem Mädchen auch nach dem Abschluß der High-School in Kontakt zu bleiben. Das war eine Ausnahme, sie achtete gewöhnlich sehr auf Distanz – eben weil sie wußte, wie groß der Einfluß einer Lehrerin auf junge Menschen sein kann. Die Jungs verloren zum Beispiel, wenn sie eine leichte Bluse trug, schnell die Beherrschung. Sie merkte natürlich, wie sich die Blicke der Jungen immer wieder zu ihren Brüsten verirrten. Den verräterischen roten Hauch auf den Wangen der jungen Burschen sah sie, was sich unter den Bänken abspielte, konnte sie nur ahnen. Die schüchternen oder weniger attraktiven Mädchen in der Klasse beteten sie an, die anderen, die aus der inneren Clique, begegneten ihr mit Hochnäsigkeit oder offenkundiger Eifersucht – allein deshalb, weil Lis eine Frau war, und sie waren's noch nicht ganz. Liz reagierte auf all diese Gefühle mit stoischer Ruhe und Würde und zog grundsätzlich einen strengen Trennungsstrich zwischen dem, was sich innerhalb des Klassenzimmers abspielte, und dem, was zum Privatleben gehörte.

Aber bei Claire machte sie eine Ausnahme. Claires Mutter war eine Trinkerin. Und der Mann, mit dem sie zusammenlebte, hatte im Gefängnis gesessen, weil er in einer seiner früheren Ehen ein Stiefkind sexuell mißbraucht hatte. Als Lis davon erfuhr, fing sie an, kleine Türen zu öffnen – Türen, die ein paar Schritte weit in ihr eigenes Leben führten. Sie bat Claire hin und wieder, ihr im Wintergarten oder bei der Vorbereitung für eine Einladung zu helfen. Lis wußte natürlich, daß darin eine nicht konkret greifbare Gefahr lag. Einmal war Claire zum Beispiel nach dem Unterricht im Klassenzimmer geblieben, weil sie noch einige Fragen wegen einer Buchbesprechung hatte, und da war es zu so einer gefährlichen Situation gekommen: Lis kam es so vor, als hätten sich ein paar der blonden Strähnen des Mädchens ein bißchen verfilzt, sie nahm ihre Haarbürste und fuhr Claire damit durchs Haar. Aber dann wurde ihr auf einmal siedendheiß klar: Körperkontakt zwischen Lehrerin und Schülerin ... und die Tür des Klassenzimmers war zu! Lis war abrupt aufgesprungen, war – während Claire, die überhaupt nicht verstand, was los war, sie erschrocken anstarrte – zurückgewichen und hatte sich vorgenommen, in Zukunft ein wenig vorsichtiger zu sein.

Trotzdem, während der letzten beiden Jahre hatten sie sich oft getroffen, und als Claire am Freitag vor dem ersten Mai – der sehnsüchtige Unterton verriet, daß sie's nicht ganz unabsichtlich tat – erwähnte, ihre Mutter werde über Sonntag verreisen, hatte Lis sie spontan zu dem Picknick eingeladen.

Nun, an diesem ersten Mai lagerte die Picknickgruppe also am Rocky Point Beach. Portia brach sofort zum Lauftraining auf – ihr übliches Zehnkilometerpensum, diesmal durch den gewundenen Cañon. Sie nehme nämlich, erklärte Lis dem Arzt, von Zeit zu Zeit an Marathonläufen teil.

»Genau wie ich«, sagte Kohler.

Lis lachte. Es verblüffte sie immer wieder, daß es tatsächlich Leute gab, die so etwas machten und auch noch Spaß dabei hatten.

»Tja, wir haben eine Weile am Strand gesessen, Dorothy, Robert, Claire und ich, den Booten zugesehen und – na, Sie wissen ja, wie das ist: ein bißchen geredet und Limo und Bier getrunken.«

Und nach etwa einer halben Stunde waren Dorothy und Robert auf einmal in Streit geraten. Es ging um ein Buch, das Dorothy im Wagen gelassen hatte – ein Buch, das Lis gehörte, eine kommentierte Hamlet-Ausgabe; sie brauchte das Buch, um sich noch ein wenig auf das Abschlußexamen vorzubereiten. Als sie ausgestiegen waren, hatte Lis, beide Hände voll mit Picknicksachen, Dorothy gebeten, es mitzubringen, aber die mußte das dann wohl irgendwie vergessen haben.

»Nicht schlimm«, sagte Lis, »ich hab im Augenblick sowieso keine rechte Lust, die Nase reinzustecken.« Aber da schoß Robert schon hoch und erbot sich, es ihr zu holen. Dorothy konnte sich die bissige Bemerkung nicht verkneifen, so sei er nun mal, wenn irgendwo ein Rock in der Nähe wäre, würde ihr Robert sofort springen. Ein verunglückter Scherz, vermutete Lis, weder für sie noch für Robert sehr schmeichelhaft. Und überhaupt ... was war bloß auf einmal in die kleine Schmeichelkatze Dorothy gefahren?

»Robert fragte sie spitz, was sie damit gemeint hätte«, erzählte Lis, »aber Dorothy machte nur eine ärgerliche Handbewegung und sagte: ›Nun hol endlich das verdammte Buch, was stehst du noch hier rum?‹ – irgendwas in der Art. Und dann rief sie ihm noch nach, er solle die Strecke bis zum Parkplatz zum Joggen ausnützen. ›Arbeite dir ruhig ein paar Gramm Fett runter. Guckt ihn euch an, der kriegt ja schon Titten.‹«

Lis war das Ganze wegen Claire sehr peinlich. Robert trabte verärgert los. Und Dorothy blätterte weiter in ihrem Modejournal.

Und dann hatte Lis die Shorts ausgezogen und die Bluse

aufgeknöpft, sich im Bikini rücklings auf den warmen Felsen ausgestreckt, aber sich krampfhaft Mühe gegeben, ja nicht einzuschlafen (denn wenn jemand an Insomnie leidet, ist ein Schläfchen während des Tages absolut tabu). Claire, mit der Robert schon auf dem Weg vom Parkplatz zum Strand Freundschaft geschlossen hatte, schien am ungeduldigsten auf seine Rückkehr zu warten. Als eine halbe Stunde vergangen und er immer noch nicht zurückgekommen war, sagte sie, sie wolle mal nach ihm sehen, stand auf und schlenderte los – auf die steil aufragenden Felsen zu, die Lis heute besonders abweisend vorkamen. Wie ein riesiger, von der Sonne ausgebleichter, von Wind und Wetter glattgeschliffener Knochen. Unwillkürlich mußte sie an den gelbschimmernden Schädel denken, der in der Schule im Biologiezimmer lag.
Zuletzt sah sie Claire am Eingang des Cañons, ungefähr eine Viertelmeile vom Picknickplatz entfernt, dann war das Mädchen in der weitgeschwungenen Schlucht verschwunden.
»Und auf einmal dachte ich: Wo sind sie alle? Was ist hier eigentlich los?« erzählte sie Kohler. »Ich war plötzlich sehr beunruhigt, hab meine Tasche genommen und bin Richtung Cañon gegangen, dorthin, wo ich Claire zuletzt gesehen hatte.« Und auf einmal war ihr, als habe sie vor sich irgend etwas Gelbes huschen gesehen – gelb wie die Shorts, die Claire trug. Sie schritt schneller aus, Dorothy blieb allein am Picknickplatz zurück. Hundert Meter mochte Lis vielleicht in die Schlucht eingedrungen sein, als sie das Blut entdeckte.
»Blut?«
Ja, unmittelbar vor einer Höhle. Der Eingang war irgendwann mit einer Kette abgesperrt worden, aber jemand hatte die Pfosten herausgerissen und beiseite geschleudert. Nein, hatte Lis noch gedacht, da gehe ich auf keinen Fall rein. Sie hatte sich hingekniet, um wenigstens einen Blick in den Felsengang zu erhaschen. Frostig kalte Luft wehte sie an, es roch nach feuchtem Gestein und Lehm und Moder.
Und plötzlich war der Schatten über ihr. Ein Mann von riesiger Statur, nur eine Armlänge hinter ihr.

»Michael?« fragte Kohler.
Lis nickte.
Hrubek fing zu jaulen an. Heulte wie ein Tier. Hielt einen blutigen Felsbrocken in der Hand, starrte Lis in die Augen und schrie: *»Sic semper tyrannis!«*
Richard Kohler hob die feingliedrige Hand, zum Zeichen, daß sie einen Augenblick innehalten möge. Dann, zum ersten Mal in dieser Nacht, machte er sich eine Notiz.

»Sind Sie gar nicht auf den Gedanken gekommen, nach einem Park-Ranger Ausschau zu halten?« fragte Kohler.
Lis wurde plötzlich ärgerlich. Warum stellte er ihr so eine Frage? Die Anwälte hatte ihr solche Fragen gestellt – und die Polizei. Mein Gott, würden wir nicht sowieso alle alles anders machen, wenn wir's noch mal zu tun hätten? Würden wir nicht, wenn's einen zweiten Versuch gäbe, unser ganzes Leben umkrempeln? Darum läßt sich ja die Zeit nicht zurückdrehen. Weil wir sonst den Verstand verlieren würden.
»Ja, der Gedanke kam mir schon. Aber – ich weiß nicht, ich war einfach von panischer Angst gepackt. Ich bin in die Höhle gerannt.«
Innen herrschte völlige Dunkelheit. Von irgendwoher – zehn, fünfzehn Meter über ihr – drang bleiches, gebündeltes Licht. Seitlich ragten die Felswände senkrecht auf, oben trafen sie sich in einem mit Stalaktiten gespickten Gewölbe.
Lis, atemlos und von Angst geschüttelt, lehnte sich an die Felswand, sie mußte erst wieder zu sich kommen. Und immer noch lag dieses schrille Wimmern in der Luft. Wie ein gespenstisch fernes Klagelied. Wie der Wind, der übers Ried streicht. Als ob jemand eine Oboe nachahmen würde. Entsetzlich. Sie starrte auf den felsigen Boden, und auch da sah sie überall Blut.
Dann schob sich Hrubek durch den Höhleneingang. Lis drehte sich um und rannte weiter, immer tiefer in die Höhle hinein. Sie hatte keine Ahnung, wohin der schmale, von steilen Felswänden gesäumte Pfad sie führen würde, aber daran

konnte sie jetzt auch keine Gedanken verschwenden, sie rannte einfach nur weiter. Als die Hauptkammer der Höhle hinter ihr lag, bog sie in einen schmalen, etwa zweieinhalb Meter hohen Felskorridor ab. Hrubek war irgendwo hinter ihr. Und während sie rannte und rannte, merkte sie, daß der Tunnel allmählich enger und flacher wurde. Knapp zwei Meter mochten es noch über ihr sein, die seitlichen Wände schienen immer näher aneinanderzurücken. Einmal rannte sie blindlings mit der Stirn gegen einen Felsvorsprung, die Narbe war jetzt noch zu sehen. Die Decke des Felskorridors senkte sich immer tiefer, eins siebzig, schätzte sie, sicher nicht mehr. Sie mußte sich ducken. Eins fünfzig – eins zwanzig ... es dauerte nicht lange, und sie kroch auf allen vieren.

Vor ihr verengte sich der Fluchtweg sogar noch mehr, aber es war ihr, als könne sie jenseits der Engstelle Licht schimmern sehen, als wollte sich der Tunnel zu einer Höhle öffnen. Nur, um in diese Höhle zu gelangen, hätte sie durch einen höchstens dreißig Zentimeter hohen Felsgang kriechen müssen. Und das, während Hrubek dicht hinter ihr war.

»Allein der Gedanke, daß er ... nun, daß er mich so sehen kann. So ... so preisgegeben. Ich meine, ich hatte ja nur den Badeanzug an. Nein, ich konnte das nicht, ich hab das einfach nicht fertiggebracht. Ich bin nach links abgebogen, da war ein etwas größerer Durchschlupf.«

Dort, wo sie ankam, war es finster, rabenschwarze Nacht. Doch sie spürte, daß kühle Luft zirkulierte, und vermutete deshalb, daß sie in einer Höhle angekommen war. Sie kletterte also weiter, auf dem glatten Felsboden ganz auf ihren Tastsinn angewiesen. Hinter sich konnte sie den Durchschlupf sehen, auf der anderen Seite war es eine Spur heller. Aber plötzlich war der Lichtschimmer verschwunden, etwas Dunkles hatte sich in den Felsspalt gezwängt.

Und als es wieder heller wurde, hörte sie ihn – hörte ihn keuchen. Er mußte in der Höhle sein, ganz nahe. Sie legte sich flach auf den Boden, schob sich einen Finger in den Mund und biß fest darauf, damit er ihr Schluchzen nicht hören konnte.

»Sie glauben gar nicht, wie laut in so einer Höhle selbst das kleinste Geräusch sein kann. Ich war sicher, das Dröhnen in meinen Ohren und mein Herzschlag müßten mich verraten. Ich glaube, ich habe sogar gehört, wie meine Tränen auf den Felsboden getropft sind.«
Und die ganze Zeit über hörte sie Hrubek herumschlurfen. Er kam an ihr vorbei, nicht weiter als zwei Armlängen entfernt. Dann blieb er stehen, fing zu schnüffeln an und murmelte: »Da ist eine Frau in der Nähe, ich kann ihre Pussy riechen.«
Lis rannte los. Sie konnte nicht anders, sie hätte einfach nicht die Nerven gehabt, reglos liegenzubleiben.
»Ich hab's irgendwie zurück zu dem Durchschlupf geschafft. Und dann bin ich durch den engen Felsentunnel gerannt. Denselben Weg, den ich gekommen war. Das heißt, ich dachte, es wäre derselbe Weg. Aber ich muß irgendwo falsch abgebogen sein.«
In gewisser Weise war das ein Glück. Es war ein wenig heller, und die Felsdecke hing nicht so tief. Sie sah ausgetretene Zigarettenstummel und leere Bierdosen herumliegen und dachte, es könne nicht mehr weit bis zum Ausgang sein. Sie rannte auf das Licht zu.
»Dann habe ich einen Windhauch gespürt und über mir Wasser rauschen hören. Ich bin auf das Rauschen zugerannt, so schnell ich konnte. Und als ich um die nächste Ecke gebogen bin ... da hab ich den Leichnam gefunden.« Sie wandte den Kopf zu den beschlagenen Scheiben, ihr Blick verlor sich im windzerzausten Garten. »Wer es war, hab ich anfangs gar nicht gesehen. Es war alles voller Blut. So viel Blut ...«

17

Robert Gillespie lag auf dem Felsboden der Höhle.
»Verrenkt wie eine Stoffpuppe und mit einer klaffenden Kopfwunde. Aber er war nicht tot.«
Sie hatte nach Roberts Hand gefaßt, sich über ihn gebeugt und ihm zugeredet, er solle um Himmels willen nicht aufhören zu atmen. Sie werde Hilfe holen, hatte sie gesagt.
Aber dann hörte sie Schritte. Hrubek stand da, drei Meter von ihr entfernt, und starrte sie an. Grinste zynisch und murmelte vor sich hin.
»Irgendwas von Verschwörern hat er gemurmelt«, erzählte sie Kohler.
Sie taumelte zurück, stolperte, fiel auf ihre Tasche. Und fühlte das Messer, das sie für das Picknick eingepackt hatte. Sie habe es absichtlich nicht in den Picknickkorb gelegt, erzählte sie Kohler, damit nicht jemand hineingreift und sich aus Versehen verletzt. Jetzt zog sie es hastig aus der Tasche und riß das Papierhandtuch ab, in dem es eingewickelt war. Es war ein besonders scharfes Messer, die Klinge gut zwanzig Zentimeter lang. Sie richtete es auf Hrubek. Schrie ihn an, nicht näherzukommen. Aber er kam unbeirrt auf sie zu. Und sagte dabei seinen Spruch auf – wieder und wieder: *»Sic semper tyrannis!«*
Sie verlor die Nerven. Ließ das Messer fallen und rannte weg.
»Und dieses Messer hat er dann benutzt?« fragte Kohler. »Ich erinnere mich, daß ich gelesen habe, das Opfer sei durch Schläge und Messerstiche verletzt worden. Und außerdem sexuell verstümmelt worden.«
Lis brauchte einen Augenblick, ehe sie antwortete: »Robert war sehr schwer verletzt, aber er hätte wahrscheinlich überleben können. Nach den Aussagen des Gutachters bei Gericht hätte er sich von den Schlägen erholt. Die Stichwunden waren

es, an denen er gestorben ist.« Ein Atemzug verstrich. »Und diese Verstümmelung ... ja, Hrubek hat ihm Stiche in die Leistengegend versetzt. Mehrere Stiche.«

Nur ungefähr fünfzehn Meter weiter stieß Lis schließlich auf den Ausgang der Höhle. Sie schaffte es, ins Freie zu kriechen, dann brach sie zusammen, lag auf felsigem Grund und rang nach Luft. Und dann wollte sie weiterlaufen, in den Cañon. Aber sie kam nicht weit. Ein Dutzend Schritte, dann zwangen fürchterliche Seitenstiche sie, stehenzubleiben. Höchstens zehn Schritte hinter ihr stand Hrubek.
»Komm her zu mir«, lockte er sie, »komm doch! Du bist eine schöne Lady. Nur, was ist denn mit deinem Haar los? So gefällt mir dein Haar überhaupt nicht. Was hast du denn da im Haar?«
Blut war es, was ihn störte. Roberts Blut. Sie war wohl mit dem Haar an die blutende Wunde gekommen, als sie sich über ihn gebeugt hatte. Und das war's, was Hrubek so in Rage brachte. Er wurde schrecklich wütend. Vermutlich, weil er sich dachte, das Blut sei irgendwie ein Beweis für seine Tat.
»Warum machst du so was?« schrie er sie an. »Warum tust du dir so was an? Das ist nicht *elegant*. Das hättest du nicht tun dürfen!«
Er kam auf sie zu. Lis ließ sich auf die Knie fallen. Warf sich flach zu Boden und rollte zur Seite weg, unter einen etwa vierzig Zentimeter hohen Felsüberhang. Die Aushöhlung darunter reichte knapp zwei Meter tief. In ihrer Angst kroch sie bis an das äußerste Ende, bis zur Felswand. Dort lag sie nun – zusammengekrümmt, zitternd vor Kälte, voller Angst, daß sie vor Panik keinen klaren Gedanken mehr fassen konnte. Sie starrte auf das Ende des Felsüberhangs. Und dort tauchten auf einmal Füße auf. Füße, die in Schuhen steckten. In spitz zulaufenden, vorn abgeflachten Schuhen. Das verblüffte sie. Wahrscheinlich hatte sie – Gott weiß, warum – irgendwie damit gerechnet, daß einer wie er barfuß herumliefe. Daß er mit langen gelben Zehennägeln dastünde. Sie wußte noch, daß ihr

durch den Kopf gegangen war, ob er wohl jemanden umgebracht hätte, um an diese Schuhe zu kommen.
Er beugte sich vor. Lag auf dem Bauch. Starrte zu ihr herein und sagte: »Hübsch ausgedacht, Lady. Komm raus zu mir, na, komm schon. Du bist Eva, nicht wahr? Die schöne Eva. Aber nun komm raus, ich muß dir die verdammten Haare abschneiden.«
Sie preßte sich gegen die Felswand, so fest sie nur konnte. Das Gesicht nach unten, die Augen geschlossen. Als sie spürte, daß er nach ihr greifen wollte, stieß sie einen Schrei aus. Sie schrie so gellend, daß sie beinahe glaubte, von ihrer eigenen Stimme taub zu werden. Und auch er fing zu schreien an. Brüllte sie an, sie solle ruhig sein. Und dann grunzte er irgendwas vor sich hin und stocherte mit der Hand unter dem Felsüberhang herum, um sie doch noch zu erwischen. Sein Arm schnellte nach vorn, man merkte, daß er all seine Kraft in die Bewegung legte. Aber seine Hand reichte nicht weit genug, nur bis zu ihrer Hüfte, und auch die konnte er nur mit der Spitze des Mittelfingers berühren. Lis spürte seinen schwieligen Finger. Spürte, wie er – federleicht, dachte sie noch – nach unten glitt, zu ihrem Knie. Eine Berührung, die ihr wie Feuer auf der Haut brannte. Sie fühlte den Schmerz noch, als Hrubek schon aufgestanden und verschwunden war.
Lis lag wimmernd unter dem Felsüberhang. Sie mußte all ihre Kraft aufbieten, damit die Angst vor der furchtbaren Enge unter dem Fels sie nicht erdrückte.
Wo war dieser Mann? War er tatsächlich verschwunden? Durfte sie es wagen, wieder ins Freie zu kriechen? Eine halbe Stunde war vergangen, seit sie den Picknickplatz am Strand verlassen hatte. Owen konnte noch nicht gekommen sein, das war ihr klar. Aber vielleicht war Portia zurück und suchte sie. Zusammen mit Dorothy. Und auch Claire war vielleicht irgendwo in der Nähe.
Draußen sah sie den Regen prasseln, dicke Tropfen zerplatzten auf dem felsigen Boden.
»Ich hab mich nach vorn geschoben. Und da hab ich etwas

gehört. Zwei Dinge waren es, die ich gehört habe: Hrubeks Stimme – er konnte nicht weit weg sein, redete mit sich selbst – und den Donner.«

Der ganze Fels bebte unter dem Donnergrollen. Lis befürchtete, daß sich einzelne Platten lösen und ihr den Rückweg versperren könnten. Aber das war bald nicht mehr ihre größte Sorge, eine andere Gefahr schien plötzlich viel bedrohlicher: die Gefahr, zu ertrinken. Eine gewaltige Woge wälzte sich auf einmal durch die Schlucht, reißende Wassermassen ergossen sich in die Höhle; die Felsspalte, in der Lis Zuflucht gesucht hatte, lief rasch voll.

Sie kroch näher an die Öffnung heran. Wenn Hrubek dort vorn gestanden und nach ihr gegriffen hätte – diesmal hätte er sie mühelos erwischt. Sie hielt den Kopf halb auf die Schulter gelegt, nur so paßte er in den niedrigen Schlund der Spalte, und reckte den Mund nach oben, um überhaupt noch atmen zu können. Es dauerte nicht lange, bis das schlammige Wasser ihr über die Wangen schwappte. Sie schmeckte die schmutzige Brühe schon auf den Lippen, spuckte aus, fing zu würgen an. Unablässig grollte der Donner, immer neue Wassermassen wälzten sich heran. Voller Angst versuchte sie verzweifelt, näher an die Öffnung heranzukriechen, aber sie merkte, daß sie nicht vorwärtskam. Sie mußte gegen das hereinströmende Wasser ankämpfen wie eine Schwimmerin in rauher See, und schließlich schaffte sie es, sich dem Ausgang der Felsspalte so weit zu nähern, daß sie mit den Händen nach draußen greifen, sich an einem runden Felsen festklammern und weiter nach vorn ziehen konnte.

»Aber auf einmal bewegte sich der Felsen unter meiner Hand. Es war nämlich gar kein Felsen, es war ein Schuh. Ich bin zurückgezuckt und wollte wieder unter den Felsüberhang kriechen. Und da war plötzlich eine riesige Hand, die mich am Handgelenk packte und herauszog.« Lis sah an Kohler vorbei. »Mein Badeanzug hat sich an einer Felskante verhakt. Er ist aufgerissen.«

Sie war halbnackt. Aber sie hätte ohnehin keine andere Wahl

gehabt, in der flachen Ausbuchtung unter dem Felsüberhang hätte sie nicht länger bleiben können. Sie wußte noch, daß sie in diesem Augenblick gedacht hatte: Wäre ich doch da drin geblieben, hätte ich doch genug Mut gehabt, lieber zu ertrinken, als von diesem Wahnsinnigen vergewaltigt und ermordet zu werden! Die Angst gaukelte ihr Horrorvisionen vor. Während die kräftige Hand sie ins Freie zog, hatte sie im Geiste Hrubeks Pranke gesehen und schon zu spüren geglaubt, wie sie nach ihren Brüsten faßte und ihr zwischen die Beine griff. Halb von Sinnen vor Angst fing sie zu schreien an.

Und dann sagte eine Männerstimme: »Ist ja gut, Ma'am, alles ist in Ordnung. Was ist denn überhaupt passiert?«

In den Armen des Park-Rangers brach sie zusammen.

Schließlich lehnte sie im strömenden Regen an der Felswand und erzählte dem Ranger von Robert und Hrubek. Er stellte ihr Fragen, aber Lis konnte sich nicht konzentrieren. Nachträglich kam es ihr so vor, als habe sie nur noch diesen schaurig gellenden, langgezogenen Laut gehört. Ein rätselhafter, gespenstischer Laut. Er schien aus den Tiefen der Erde zu kommen, er brach sich an den Felswänden, wurde immer schwächer, am Schluß so schwach, daß man glauben konnte, nichts als den fernen Widerhall zu vernehmen, aber er hörte nicht auf.

»Was ist das? habe ich stammelnd gefragt. Um Gottes willen, habe ich den Ranger angefleht, tun Sie doch irgend etwas, damit das aufhört!«

Und bald hatte es tatsächlich aufgehört.

Warum, das hatte ihr ein paar Minuten später ein anderer Ranger erklärt. Ein unterirdischer Wasserlauf hatte, vom Regen angeschwollen, die Höhle überflutet – die Höhle, in der Robert gelegen hatte. Die Höhle, in der sie vor wenigen Minuten selber noch gewesen war. Der unheimliche gellende Laut, das waren Claires verzweifelte Hilferufe gewesen. So lange, bis das Mädchen in den ständig steigenden reißenden Fluten ertrunken war.

Owen bremste den Wagen scharf ab, schaltete die Scheinwerfer aus und blickte sich suchend um. Die Straße lag leer und verlassen vor ihm.
Er zog die Pistole, stieg aus, ließ den Lichtstrahl der Taschenlampe über die staubige Bankette huschen. Unmittelbar dahinter – dort, wo die Böschung abfiel, hatte Hrubeks Fahrrad gelegen. Er mußte es dort abgelegt haben oder hinuntergestürzt sein. Ringsum Fußspuren. Einige davon waren Abdrücke von Hrubeks Stiefeln, aber es gab noch andere, die Owen nicht identifizieren konnte. Was er eindeutig feststellen konnte, war, daß Hrubek eine Weile hier gesessen haben mußte, die Hakken seiner Stiefel zeichneten sich ab, und man konnte auch im Gras sehen, wo er die Beine aufgestützt hatte.
Nur, einen Reim konnte sich Owen nicht darauf machen. Warum hatte Hrubek hier gesessen? Er sah, daß die Reifenspuren weiter die 236 hinunterführten. Trotzdem nahm er sich Zeit, die Stelle genauer in Augenschein zu nehmen. Wenn ihm die Spuren schon sonst nichts verrieten, vermittelten sie ihm vielleicht eine klarere Vorstellung davon, was sich in Hrubeks Gehirn abspielte.
Nicht weit von der Stelle, an der er stand, zweigte ein Weg ab. Ein grasüberwucherter schmaler Feldweg, bis zu einem Waldstück konnte Owen ihn erkennen. Etliche Reifenspuren führten auf den Wald zu, einige davon waren frisch. Ein Stück weiter hinten entdeckte er eine schmale Straße, die – halb vom Dunst verschluckt – zwischen Bäumen und Büschen in dieselbe Richtung führte und sich schließlich in den verschwommenen Umrissen des Waldstücks verlor. Am Waldrand – dort, wo das Auge gerade noch hinreichte – stand ein Wagen, mit der Motorhaube ins Gebüsch gelenkt. Owen versuchte, mit der Stablampe hinzuleuchten, aber die Entfernung war zu groß. So viel konnte er immerhin erkennen: Das Auto war zweifarbig lackiert. Das machten sie in Detroit schon lange nicht mehr. Wahrscheinlich eine schrottreife alte Karre, die irgend jemand dort abgestellt hatte. Extra hinzufahren und sich das aus der Nähe anzusehen, lohnte sich nicht.

Er fuhr also weiter – wieder nach Westen, sehr langsam; alle hundert Meter hielt er an, um sich davon zu überzeugen, daß er immer noch der Reifenspur des Fahrrads folgte. Und während er die Route 236 entlangfuhr, ging ihm das Problem durch den Kopf, das ihn heute nacht am meisten beschäftigte. Es waren keine moralische Skrupel, die ihn plagten. O nein, er hatte überhaupt keine Schwierigkeiten bei der Vorstellung, auf Hrubek zuzugehen und ihm eine Kugel zu verpassen – mitten in die Stirn. Es ging ganz einfach um den praktischen Aspekt, an den Haversham ihn ja auch auf dem Flur vor Adlers Büro hingewiesen hatte: Wie konnte er Hrubek töten, ohne daß er selbst am Schluß in Handschellen dastand und wenig später hinter Gittern landete?

Wenn Hrubek ein rechtskräftig verurteilter Verbrecher gewesen wäre, hätte sich das Ganze viel einfacher dargestellt. Einen flüchtigen Verbrecher durfte man notfalls sogar von hinten erschießen. Owen starrte auf das graue Asphaltband, während er sich die einschlägigen Paragraphen des Strafgesetzbuches ins Gedächtnis rief. Nur, da half alles nichts, Hrubek war nun mal kein rechtskräftig verurteilter Verbrecher. Obwohl die Jury zu dem Schluß gekommen war, daß er Robert Gillespie ermordet hatte, hatte sie ihn dennoch wegen geistiger Unzurechnungsfähigkeit »nicht schuldig« sprechen müssen.

Das bedeutete, daß es nur zwei rechtlich unbedenkliche Möglichkeiten gab, Hrubek zu töten. Die erste, wenn Owen an einem Ort, an dem ihm nachvollziehbar keine Fluchtmöglichkeit blieb – also in einem geschlossenen Raum, in einem Tunnel ohne zweiten Ausgang, auf einer Brücke oder in irgendeiner vergleichbaren Situation – von Hrubek angegriffen wurde. Die zweite Möglichkeit wäre gewesen, Hrubek auf dem Grundstück der Atchesons zu stellen. Dort hätte Owen ihn, auch wenn er nicht von Hrubek provoziert wurde, erschießen dürfen. Die einzige Unannehmlichkeit, die er einkalkulieren mußte, hätte darin bestanden, hinterher zur nächsten Polizeidienststelle zu fahren und den Vorfall anzuzeigen. Vielleicht wäre nicht mal das nötig gewesen.

Nun, ein entsprechendes Szenario hätte sich möglicherweise arrangieren lassen. Aber er war viel zu weit von seinem Jagdobjekt entfernt, um einen hieb- und stichfesten Plan dafür zu entwickeln. Nein, er konnte nichts anderes tun als das, was er jetzt schon tat: langsam durch die von Dunstschwaden verhangene Nacht zu fahren und den unvermeidlichen Rest an Ungewißheit mitzuschleppen. Wobei die Ungewißheit nicht darin bestand, was er tun sollte, sondern wie er es tun sollte.

Er steigerte sich geradezu in Kampfeswut, kühl und ohne irgendeine Gefühlsregung dachte er über die Mechanismen des Tötens nach. Was war die effektivste Methode? Welche Waffe sollte er benutzen? Wie weit würde ein Mann von Hrubeks Statur mit einer tödlichen Wunde noch laufen können? (Wahrscheinlich sehr weit, vermutete er, so ähnlich wie ein Kaffernbüffel oder ein Bär.) Und wie verhielt sich Hrubek? Pirschte er sich womöglich seinerseits auch an seine Verfolger heran? Stellte er – vielleicht gerade jetzt – neue Fallen auf? Oder benutzte er inzwischen andere, tödliche Mittel? Aus seiner Zeit beim Militär wußte Owen, wie einfach und in wieviel raffinierten Variationen man Stolperfallen herstellen kann. Man benötigt – abgesehen von Stolperdraht, einer Handvoll Nägel, einem Hammer und einer Holzplatte – nichts als Benzin, Petroleum oder Pflanzenschutzmittel dazu.

Das alles ging ihm durch den Kopf, als er an einer alten Tankstelle mit einem kleinen Verkaufsraum für Bedarfsartikel vorbeikam. Die Station war geschlossen, alles war dunkel. Owen nahm den Fuß vom Gas und inspizierte die Straße. Anscheinend hatte die Tankstelle auch Hrubek angelockt, die Spur des Fahrrads bog von der Straße ab, auf den Tankstellenvorplatz zu. Owen lenkte den Geländewagen an den Parknischen vorbei zum Verkaufsgebäude und bremste sehr langsam ab, damit die feucht gewordenen Bremsen nicht quietschten. Wieder nahm er die Waffe aus der Tasche (überzeugte sich bei der Gelegenheit, daß er den Bolzen des Jagdgewehrs noch einstecken hatte) und stieg aus.

Vor dem Gebäude, nahe einer Pumpe, entdeckte er eine

halbleere Doughnut-Verpackung. Das kam ihm ein bißchen zu auffällig vor, so, als habe Hrubek die zerknüllte Schachtel absichtlich weggeworfen, um seine Verfolger in eine Falle zu locken. Entsprechend leise setzte er seine Schritte, als er um das Gebäude herumging. Aha, in der Tür war eine Scheibe eingeschlagen worden, jemand hatte durchgegriffen und den Riegel zurückgeschoben. Er atmete tief durch, dann stieß er die Tür auf – mit Wucht, damit sie nicht in den Angeln knarrte. Mit einem Sprung war er drin und baute sich – mit dem Rücken zur Wand – neben der Türöffnung auf.

Er stand reglos da, wartete ab, bis seine Augen sich an das Dämmerlicht gewöhnt hatten. Den Mund hatte er weit geöffnet – ein alter Soldatentrick, damit er, falls ihn plötzlich irgend etwas erschreckte, nicht unwillkürlich scharf die Luft einsog. Geschlagene fünf Minuten ließ er verstreichen; als er dann immer noch nichts gehört hatte, schlich er geduckt an den Regalen mit Ersatzteilen und verstaubten Kartons entlang.

Schritt um Schritt suchte er den Raum hinter dem Laden ab – keine Spur von Hrubek. Durch die offene Ladentür und die verschmierten Frontscheiben fiel sein Blick auf den Highway. Ein Wagen fuhr vorbei, sekundenlang war Owen in Licht gehüllt, das über ihn hinwegwanderte und dabei absonderliche Schattengebilde an die Wände warf. Der Wagen war weg, der Raum lag wieder im Dunkel. Aber das Licht hatte Owen geblendet, es dauerte wieder eine Weile, bis seine Augen sich an das Dunkel angepaßt hatten.

Als er die Suche fortsetzen konnte, stieß er auf noch einen leeren Doughnut-Karton. Der Fußboden war mit Zimt und Puderzucker bestäubt. Owen ging auf die schmale Tür zum Verkaufsraum zu. Plötzlich blieb er stehen und lauschte. Ein rumpelndes Geräusch, das rasch lauter wurde. Lichtschein huschte über die altmodischen Benzinpumpen. Und dann war das Rätsel gelöst: ein alter Lastwagen keuchte den Highway entlang, und der altersschwache Auspuff fing, als der Fahrer an der Steigstrecke zurückschaltete, asthmatisch zu spucken an. Wieder nur ein kurzer Spuk, der Lastwagen rumpelte weiter die Straße hinauf. Diesmal war Owen schlauer, er kniff die Augenlider zusammen, um nicht wieder geblendet zu werden. Und in diesem Moment nahm er die Bewegung wahr. Es war mehr so, daß er sie spürte, als daß er sie gesehen hätte. Er riß alarmiert die Augen auf und starrte auf den dunklen Schatten, der plötzlich im Türrahmen auftauchte. Wich blitzschnell rückwärts aus. Aber irgendwie hatte er sich in der Dunkelheit verschätzt und stolperte über einen Blechtisch. Die Pistole glitt ihm aus der Hand. Er schaffte es nicht, die Balance wiederzufinden und den Sturz aufzufangen. Taumelnd kippte er nach hinten, schlug hart mit dem Hinterkopf auf irgendeiner Stahlkante auf, lag schließlich – während die Schattengestalt im Türrahmen, kaum mehr als einen Meter entfernt, sich merkwürdig verzerrte – auf dem Betonfußboden und merkte, wie ihm die Sinne schwanden.

Eine lockende Versuchung, dieser blauschimmernde Geländewagen in der Hauszufahrt, ein richtiges Juwel.
»Der bringt mich in Null Komma nichts nach Ridgeton. Mach jetzt ja keinen Fehler. In Null Komma nichts«, flüsterte Hrubek in sich hinein.
Oh, du wunderschöner kleiner Truck. Ich könnte hinter dem Lenkrad sitzen. Und neben mir könnte die wunderschöne Tochter des Priesters sitzen – auf seinem Schwanz.
Den ganzen Weg von der alten Tankstelle bis hierher hatte er sich mühsam abgestrampelt und dann die lange kiesbestreute Hauszufahrt entdeckt, in die der allradgetriebene Geländewagen eingebogen war, mitsamt der Mutter und der Tochter. Hrubek sah keinen Lichtschimmer, er nahm an, daß das Haus weit zurückgesetzt lag, mindestens eine halbe Meile vom Highway entfernt. Langsam hatte er sich näher herangearbeitet, nicht auf der Zufahrt, sondern durch das angrenzende Weideland. Hatte sich sogar Zeit genommen, stehenzubleiben, die letzte Falle aus seinem Rucksack zu nehmen und im hohen Gras abzulegen. Dann hatte er wieder das Fahrrad geschultert und war weitergeschlendert – dorthin, wo er das Haus vermutete.

Und die ganze Zeit über hatte er denken müssen: Warum soll ich mich auf so einem beschissenen *Fahr*rad abstrampeln, wenn ich viel bequemer auf dem *Fahrer*sitz dieses wunderschönen Autos durch die Gegend *fahren* kann?
Wieder blieb er stehen, faßte das Hinterrad mit beiden Händen, beugte sich in den Schultern zurück und schleuderte das Fahrrad wie ein Diskuswerfer – mindestens zehn Meter weit weg – in das wuchernde Grün. Irgendwie war er enttäuscht, daß es beim Aufschlag nicht explodierte, obwohl er sich andererseits auch nicht vorstellen konnte, was da explodieren sollte.
Und dann machte er sich wieder auf den Weg, diesmal die Zufahrt entlang. Er dachte unterwegs nicht so sehr an den blauschimmernden Wagen, es war eher das wunderschöne blonde Haar der Frau, an das er denken mußte. Das hatte ihn am meisten interessiert, geradezu verzaubert hatte es ihn. Ja, ja, sie hatte auch Brüste, das war klar. Und eine Pussy. Und vielleicht Mascara auf den Wimpern. Aber das alles zählte nichts, verglichen mit ihrem Haar. Es erinnerte ihn an sein eigenes Haar, ehe er es sich abgeschnitten hatte.
Hatte er das wirklich getan? Wann? Etwa heute nacht? Nein, das mußte letztes Jahr gewesen sein. Und warum? Er konnte sich nicht mehr daran erinnern. Wahrscheinlich hatten die Verschwörer Mikrofone drin versteckt.
Eine halbe Meile mußte Hrubek laufen, bis er am Haus ankam. »Nun sei schlau«, redete er mit rauher Stimme auf sich ein. Er meinte damit: Paß auf, in solchen Häusern gibt's einen Mann. Eine Frau mit so weichem Haar und einem so zartgeschnittenen Gesicht lebte bestimmt nicht allein. Nein, die war verheiratet, ganz sicher. Mit einem riesigen, bulligen Kerl mit kalten Augen. Mit einem Verschwörer. Einem wie dieses verdammte Hinkebein mit dem Hund.
Geduckt schlich er sich näher heran und versteckte sich in einer Gruppe Zypressen. Verdammt naß, die Dinger, vollgesogen mit der Feuchtigkeit, die in der Luft lag. Sogar durch den Overall spürte er die Scheißnässe. Die Lichter schimmerten

goldfarben. Der Garten sah gepflegt aus, mit Ziermais und dicken Spalierkürbissen. Das Haus war solide gebaut, symmetrisch, ein richtiges Schmuckkästchen mit einem Kranz aus Trockenblumen an der roten Haustür.

Er wandte sich um und inspizierte den Wagen mit dem schimmernden Lack. Direkt daneben stand ein gelbes Motorrad – eine sportliche kleine Maschine. Er erinnerte sich vage daran, daß er früher, in der Collegezeit, hin und wieder auf einem Motorrad herumgekurvt war. Das war jedesmal eine mächtig aufregende Sache gewesen. Obwohl er sich auch zu erinnern glaubte, daß er immer furchtbare Angst gehabt hatte. Das Motorrad sah wirklich sehr hübsch aus. Schnittig – und so ein leuchtendes Gelb. Aber vor allem hatte es ihm der Geländewagen angetan, den hatte er vom ersten Augenblick an ins Herz geschlossen.

Hrubek schlich sich näher ans Haus heran und spähte – die Lippen auf die Fensterbank gepreßt – durch das Fliegengitter und die dicke Scheibe nach innen. Die Fensterbank schmeckte gallebitter nach Farbe. Aber egal, Hauptsache, er konnte in die Küche sehen. Und da war sie! Da war die Frau mit dem wunderschönen Haar. Ja, wirklich wunderschön. Viel schöner, als sie ihm an der Tankstelle vorgekommen war. Enge Bluejeans, eine weiße Seidenbluse ... und das herrliche blonde Haar, das ihr locker auf die Schultern fiel. Nie durfte sie einen Hut aufsetzen, um Himmels willen nicht. Das hätte ja das weiche blonde Haar verschandelt. Die Tochter sah ein wenig plumper aus. Trug einen dicken Sweater, die Ärmel fielen ihr bis über die Hände. Noch eine dritte Frau war in der Küche, eine dunkelhaarige. Hrubek konnte sie auf Anhieb nicht leiden, sie guckte so streng und verbissen.

Einen Augenblick lang waren die drei Frauen von der Bildfläche verschwunden. Dann wurde die Küchentür geöffnet, Mutter und Tochter trugen Kartons aus dem Haus. »Die letzte Ladung«, sagte die Mutter, »komm gleich noch mal zurück, hörst du?«

»Ach, Mom, ich bin doch so müde!« jammerte das Mädchen mit schriller Stimme.

»Es ist für die Auktion in unserer Kirche. Und du hast dich freiwillig als Helferin gemeldet.«
»Mom!« Nur noch ein hoffnungsloser Stoßseufzer.
Hör auf, rumzuwinseln, du kleiner Arsch! dachte Hrubek.
Er hörte etwas klimpern, kniff die Augen zusammen und spähte in die dunkle Gasse der Zufahrt. O nein! Die Autoschlüssel! Die nahmen ihm die Autoschlüssel weg! Er spannte sich, war auf dem Sprung, loszurennen und ... Großer Gott, da luden sie nun Päckchen und Pakete in den Geländewagen, und er konnte nur dastehen, zugucken und unruhig zappeln, während alles in ihm danach drängte, hinzurennen und einzugreifen!
»Also – bis gleich, Mattie.«
»Ja, bis gleich«, rief die Dunkelhaarige der Mutter zu und ging zurück in die Küche.
Durchs Fenster beobachtete Hrubek, wie sie nach dem Telefonhörer griff. Die wunderschöne blonde Frau und das weinerliche kleine Miststück stiegen in den schimmernden Geländewagen. Hrubek war praktisch festgenagelt. Aus. Keine Chance mehr, irgend etwas zu unternehmen. Die Dunkelhaarige hatte den Hörer in der Hand, sie brauchte nur noch *Hilfe* hineinzuschreien. Der Motor wurde angelassen. In seiner ratlosen Angst wäre Hrubek um ein Haar doch noch losgerannt, aber im letzten Moment riß er sich zusammen, schloß die Augen, hatte das Gefühl, als müsse ihm vor Wut der Schädel platzen, und versuchte krampfhaft, seine Gefühle wieder unter Kontrolle zu bringen. Er kauerte sich unter eine Stechpalme. Die verdammten Blätter waren höllisch scharf.
Der Wagen rollte an ihm vorbei, er hörte den Kies unter den Reifen knirschen. Als das schöne Auto weg war, trat er in die Zufahrt und sah ihm nach. Er schnaubte vor Wut, aber das konnten ja weder die Mutter noch ihre Tochter hören.
Am Schutzblech des Motorrads ließ er seine Wut aus, mit einem kräftigen Tritt. Dann ging er auf die Hintertür des Hauses zu. Leise zog er die mit Fliegengitter bespannte Außentür auf. Die Dunkelhaarige stand immer noch am Telefon.

Machte, während sie irgendwas erzählte, weitausholende Gesten und schüttelte immer wieder den Kopf. Woraus Hrubek schloß, daß sie eine von denen war, die laut schrien. Auf dem Herd stand ein Teekessel. Mußte gleich zu pfeifen anfangen, die Flamme war voll aufgedreht. Sie will sich also Tee machen, dachte Hrubek, während er vorsichtig den Türknauf drehte, um sich davon zu überzeugen, daß nicht abgeschlossen war. Tee ... Das bedeutete, daß sie nicht die Absicht hatte, wegzugehen. Und höchstwahrscheinlich auch keinen Besuch erwartete.

Er gratulierte sich selber, wie schlau er das alles bedachte. Und genauso schlau machte er weiter. Er stieß die Tür erst auf, als die Frau den Hörer aufgelegt hatte und zum Herd ging, weit genug weg vom Telefon.

Owen Atcheson – auf einem Ohr halb taub, weil er auf der Seite mit dem Kopf gegen das Tischbein geschlagen war – kroch von der Tür weg und griff, weil er seine Pistole nicht so schnell finden konnte, nach einer herumliegenden Limoflasche. Mit einem harten Schlag auf den Boden brach er den Flaschenhals ab – immerhin eine Waffe, messerscharf. Er stemmte sich halbhoch, hockte im Dunkel und wartete auf den Angreifer.

Aber der verdammte Kerl rührte sich nicht.

Owen wartete noch eine Weile. Schließlich stand er auf. Sah die Pistole auf dem Boden liegen, griff danach. Und als er immer noch niemanden atmen hörte und auch keine Bewegung erkennen konnte, drückte er auf den Lichtschalter.

Ein Geschmack ...

alles andere ...

... kaltstellt.

Wütend versetzte er der Tür der alten Pepsi-Kühlbox einen Tritt. »Mein Gott!« stieß er aus. Das Schloß war aufgebrochen. Hrubek, gar keine Frage. Und weil die Tür nur noch lose in den Angeln gehangen hatte, war sie, als draußen der Lastwagen vorbeirumpelte, aufgeschwungen. Und er hatte geglaubt, einen drohenden Schatten zu sehen.

Er war so wütend, daß er drauf und dran war, dem Bikinimädchen auf dem halbverblaßten Poster eine Kugel in den Nabel zu schießen. Er schob sich mit einem Ruck die Pistole in die Tasche und stapfte nach draußen, zu seinem Wagen.
Nur ungefähr einhundert Meter westlich fand er Hrubeks Spur wieder. Sie bog vom Highway ab, in eine Privatstraße oder in die Zufahrt zu irgendeinem Anwesen. Von der Straße aus konnte er kein Gebäude sehen, aber nach der Länge der Zufahrt und der Größe des Grundstücks mußte es sich um ein stattliches Anwesen handeln. Reiche Leute, vermutete er, vielleicht Pferdezüchter. Er stellte fest, daß Hrubek von der kiesbestreuten Zufahrt ins Gelände abgebogen war, dort entdeckte Owen im aufgeweichten Erdreich die Stiefelspuren. Ein Blitz zuckte über den westlichen Himmel.
Auch Owen wich von der Zufahrt ins Gelände ab. Er holte sogar noch weiter nach Westen aus, weil er Hrubek die Flanke abgewinnen wollte. Langsam bahnte er sich einen Weg durch hohes, fleischfarben-fahles Gras nach Süden. Und nun sah er das Haus. Wirklich ein stattliches Anwesen. Obwohl es schon so spät war, brannte in mehreren Räumen Licht. Was dem Haus ein heimeliges Aussehen gab und den Eindruck von Sicherheit und Geborgenheit vermittelte.
Aber der Eindruck war schnell verflogen. Eine winzige Kleinigkeit genügte, um ihn auszulöschen. Die Hintertür stand weit offen. Ein seltsam bleicher Lichtstrahl fiel auf den Kiesbelag der Zufahrt. Alles deutete darauf hin, daß jemand in wilder Hast aus dem Haus gerannt war.
Oder, ging es Owen durch den Kopf, daß jemand sehr eilig hineingerannt war. Jemand, der sich vielleicht immer noch in diesem Haus aufhielt.

18

Wer Blumen liebt und die Literatur, wird Gottes Existenz nicht in Zweifel ziehen können. Obwohl die schlichte Formel *Gott ist gut zu uns* nicht jedem in jeder Situation einleuchten mag. Wir erleben zwar jeden Tag Wunder, das ist wahr. Aber Gott ist nun mal der Gott des ganzen Universums, er hat nicht viel Zeit für irgendwelche Menschen, die in irgendeinem Zug sitzen, der mit einem anderen zusammenstößt, oder für Kinder, die hinter einem zurücksetzenden Bus zerquetscht werden, oder für gute Freunde, die in einem State Park von einem gefährlichen Irren ermordet werden.

»Dieser Gedanke«, sagte Lis zu Richard Kohler, »wollte mir nicht mehr aus dem Sinn gehen. Monatelang habe ich dieses Credo nach dem Mord praktisch jedem gepredigt, der mir über den Weg lief. Ich bin sicher, die Leute haben mich für total übergeschnappt gehalten.«

Kohler hakte die kleine Vorlesung über Theologie mit einem höflichen Kopfnicken ab, sein Stirnrunzeln sollte wohl Mitgefühl signalisieren. »Sie haben auf einen Schlag zwei Menschen verloren, die Ihnen gute Freunde waren. Schrecklich, so etwas. Daß da auch ein Mädchen ums Leben gekommen ist, habe ich nicht gewußt.«

Lis sagte lange nichts. Schließlich bestätigte sie: »Nein, darüber haben die Reporter in ihren Berichten über den Prozeß nichts gebracht. Claires Tod galt als Unfall.«

»Darf ich Sie fragen ...«

Lis sah ihn gespannt an.

»Haben Sie jemanden um Hilfe rufen hören?«

»Jemanden? Wen meinen Sie?«

»Claire. Bevor Sie Michael begegnet und vor ihm in die Höhle geflüchtet sind – haben Sie da Schreie gehört?« Als Lis ihm

nicht antwortete, fügte er hinzu: »Es ist nur – ich stelle mir vor, als Michael Sie durch diesen Höhlengang gehetzt hat ... Ich meine, er hat Sie doch gehetzt, oder nicht?«
Lis konnte sich keinen Reim darauf machen, warum er ihr die Frage stellte. Nach kurzem Zögern sagte sie: »Ich habe nichts gehört. Schreie? Nein, da waren keine Schreie.«
»Warum ist das Mädchen überhaupt in die Höhle gegangen?«
»Das weiß ich nicht.«
»Das ist doch merkwürdig, nicht wahr? Man sollte annehmen, daß sie, wenn Michael hinter ihr her war, eher den Cañon hinuntergerannt wäre. In einer Höhle würde ich zuallerletzt Zuflucht suchen, wenn Michael mir nachjagt.«
Lis reagierte gereizt. »Es dürfte auf der Hand liegen, daß ich nicht erklären kann, warum Claire sich so oder so verhalten hat.«
»Ich habe auch nur laut darüber nachgedacht. Ist Ihnen die Frage nicht auch gekommen? Später, meine ich? Ein junges Mädchen, das von einem so riesigen, so bärenstarken Mann verfolgt wird ... Ich hätte gedacht, daß sie irgendwann um Hilfe ruft.«
»Vielleicht hat sie's getan, und ich hab's nicht gehört. Ich kann mich wirklich ...«
Kohler blieb hartnäckig. »Sie müssen doch, als Sie sie gesucht haben, ganz in der Nähe gewesen sein, nicht wahr? Nach Ihrer Beschreibung kann sie ...«
»Ja, ich *war* ganz in ihrer Nähe, aber ...« Lis kam sich vor wie bei einem Kreuzverhör, zwang sich aber, ruhig zu bleiben. »Ich weiß auch nicht. Vielleicht habe ich's einfach verdrängt. Kann sein, daß sie geschrien hat, und ich erinnere mich bloß nicht daran. So was kommt doch vor, oder?«
»Oh, natürlich. Posttraumatischer Streß. So was kommt sehr oft vor.«
»Na also.«
Kohler sagte irgend etwas, vielleicht ein paar entschuldigende Worte, aber Lis hörte ihm gar nicht zu. Sie war mit ihren Gedanken bei Claire. *Meine arme Claire.* Im Geiste sah sie die

blassen Augen vor sich, das Haar, das wie eine weiche Woge über ihre Schultern floß, und den Mund, dem – wenn das Mädchen nur nicht so schüchtern gewesen wäre – ein wenig Lippenstift gut gestanden hätte.

Roberts Tod war ihr nahe gegangen, natürlich, aber Claires Tod hatte sie am schmerzlichsten getroffen. Sie hätte es nicht für möglich gehalten, daß sie sich einem so viel jüngeren Menschen derart verbunden fühlen konnte. Die Nähe von Kindern war ihr immer ein wenig unheimlich gewesen, sogar bei ihren Schülern ging ihr das so. Dabei war es ihr nicht einmal bewußt gewesen, sie hatte ihre kinderlose Ehe eher wie eines jener Dinge im Leben hingenommen, die man eben nicht ändern kann. Eigentlich hatte sie, wenn sie ehrlich war, nie den Wunsch verspürt, einen Sohn oder eine Tochter zu haben. Sie konnte sich das einfach nicht vorstellen: die Familie Atcheson beim Picknick, und ihr stocknüchterner Owen wiegt seinen Stammhalter im Arm, und sie tropft sich ein paar Spritzer aus der Milchflasche auf das Handgelenk, um die Temperatur zu prüfen. Und dann ... das Baby baden, die Windeln wechseln, abends zur Elternberatung, all diese peinlichen Gespräche darüber, wie sich das Eheleben verändert ...

Aber ihre Gefühle Claire gegenüber waren anders, Claire war das Kind, das sie auserwählt hatte. Bei Claire meinte sie, den Blick durch die Mauern der Zeit werfen zu können, fünfundzwanzig Jahre zurück, und in den Augen und im staksig unausgegorenen Benehmen ihrer Schülerin eine Vision zu erkennen: das Bild der hageren kleinen Claire im ersten Kleidchen, ein Kind, das früh gelernt hatte, den Vater zu hassen und sich dennoch nach ihm zu sehnen, ein Kind, dem die Liebe der Mutter nur gehörte, wenn der Vater nicht da war. Wie hätte Lis denn Claires stumme Hilferufe überhören können? Zum Beispiel damals, als das Mädchen nach dem Unterricht dageblieben war und – natürlich nicht ohne Hintersinn – gescheite Fragen zu einem Jakobinerdrama gestellt hatte, oder all die Male, die Claire, wenn Lis während der Lunchpause auf

dem einsamen Uferweg spazierenging, scheinbar ganz zufällig dazugekommen war.
Lis war noch ganz in Gedanken versunken, als ihr – halb unbewußt – klarwurde, daß Kohler eben eine Frage gestellt hatte. Er wollte wissen, wie das seinerzeit mit der Gerichtsverhandlung gewesen war.
»Die Gerichtsverhandlung?« wiederholte sie leise. »Nun, ich bin damals sehr früh hingegangen ...«
»Nur Sie? Ganz allein?«
»Ja, ich habe Owen gesagt, er solle nicht mitkommen. Es ist schwierig zu erklären, aber ich wollte das, was am Indian Leap geschehen war, so weit wie möglich von unserem Privatleben getrennt halten. Owen hat den Tag mit Dorothy verbracht. Sie war schließlich die am meisten Betroffene, sie brauchte eher Trost als ich.«
Als sie Hrubek im Gerichtssaal sah – beinahe sechs Wochen waren seit dem Mord vergangen –, kam er ihr blaß und kränklich vor, verhärmt. Er schielte zu ihr herüber, den Mund zu einem unheimlichen Grinsen verzerrt. Sie gab sich, als sie in den Zeugenstand gerufen wurde, alle Mühe, an ihm vorbeizusehen, hielt sich mit den Augen an der Staatsanwältin fest – einer noch relativ jungen Frau mit einer wilden, geradezu ungebändigten Mähne; Lis kannte sie aus mehreren Vorgesprächen, die sie in den Tagen vor dem Prozeßbeginn mit ihr geführt hatte. Lis saß hinter ihr, Hrubek konnte ihr voll ins Gesicht sehen. Er hielt die in Handschellen gefesselten Hände so weit wie möglich nach oben gereckt und starrte sie – ein ständiges Zucken um die Lippen – unverwandt an.
»O Gott, es war einfach gespenstisch!«
»Dieses Zucken, das war lediglich eine Dyskinesie«, erklärte ihr Kohler. »Nach längerer Einnahme antipsychotischer Medikamente kommt es zwangsläufig zu derartigen Fehlfunktionen bei den Bewegungsabläufen.«
»Trotzdem, mich hat's zu Tode erschreckt. Ich hab jedesmal fast einen Herzanfall gekriegt, wenn er auch nur den Mund aufgemacht hat. Er ist hochgeschnellt und hat geschrien: ›Das

ist eine Verschwörung!‹ Und irgendwas wie ›Rache‹, ›Revange‹ oder so ähnlich – genau kann ich mich nicht mehr erinnern.«
Offenbar waren alle, einschließlich dem Richter, an Hrubeks Ausbrüche gewöhnt, niemand nahm großartig Notiz davon. Doch später, als Lis an ihm vorbeigehen mußte, wurde er auf einmal ganz ruhig und beherrscht und fragte sie, wo sie in der Nacht des vierzehnten Aprils um zehn Uhr dreißig gewesen sei.
»Am vierzehnten April?«
»Ja, das hat er gefragt.«
»Aber der Mord ist doch am ersten Mai geschehen?«
»Ja.«
»Vierzehnter April ... Konnten Sie sich irgendeinen Reim darauf machen?«
Sie schüttelte den Kopf. Kohler machte sich eine kurze Notiz.
»Bitte fahren Sie fort.«
»Hrubek hat gesagt, er habe jemanden ermordet – das heißt, wenn ich's wörtlich wiederholen soll, war es eher so was wie: ›Ich habe jemanden ermordet, und der Mond hat sich blutrot gefärbt, und seit jenem Tag bin ich das Opfer einer Verschwörung‹ ...«
Kohler hob die Augenbrauen. »Der Mord an Lincoln!«
»Wie bitte?«
»War das nicht Mitte April?«
»Ja, ich glaube schon. Irgendwann um die Monatsmitte.«
Kohler machte sich wieder eine Notiz.
Ein kleines Lächeln huschte über seine Lippen. Lis fand das in dieser Situation höchst unpassend, fuhr aber unbeirrt fort: »Er hat gesagt, er sei von Kopf bis Fuß mit Abhörvorrichtungen gespickt worden. Und mit Geräten, die helfen sollten, ihn jederzeit und überall aufzuspüren. ›Man hat mich gefoltert und gequält‹, hat er gesagt. Manchmal hörte sich das, was er sagte, völlig verworren an, aber manchmal hätte man auch glauben können, seinen Arzt oder seinen Anwalt reden zu hören.«
Lis war Hauptbelastungszeugin der Anklage. Sie schwor ihren Eid, dann nahm sie in einem hölzernen Stuhl mit einer

riesigen Rückenlehne Platz. »Die Staatsanwältin hat mich gebeten, dem Gericht zu schildern, was am ersten Mai geschehen ist. Und das habe ich getan.«
Die Befragung schien eine Ewigkeit zu dauern. Später erfuhr sie, daß es gerade mal acht Minuten gewesen waren. Am meisten hatte ihr vor dem Kreuzverhör durch den Verteidiger gegraut, aber Hrubeks Anwalt rief sie gar nicht in den Zeugenstand, er sagte nur »Keine Fragen«, und so verbrachte sie die folgenden Stunden im Zuhörerraum.
»Ich konnte immer nur auf den Plastikbeutel mit dem blutbesudelten Stein starren und auf das Küchenmesser. Ich saß ganz hinten im Gerichtssaal, neben Tad ...« Kohler sah sie fragend an. »Ein früherer Schüler von mir. Er hilft mir manchmal im Garten oder im Wintergarten, verdient sich ein paar Dollar dazu. Ich hatte allen Bekannten gesagt, ich wolle nicht, daß jemand zur Verhandlung mitkäme, aber Tad hat einfach getan, als hätte er's nicht gehört. Er ist den ganzen Tag in meiner Nähe geblieben. Saß neben mir. Hat dauernd gelächelt. Und mich mit seiner Fröhlichkeit ein bißchen aufgemuntert.«
Bevor sie ihre Zeugenaussage machen mußte, war er draußen auf dem Flur auf sie zugekommen und hatte ihr einen Papierbeutel in die Hand gedrückt, darin lag eine gelbe Rose. Er hatte die Dornen weggeschnitten und ein nasses Papierhandtuch um den Stiel gewickelt. Lis war so gerührt, daß sie weinen mußte, als sie ihn auf beide Wangen küßte.
»Hat die Verhandlung lange gedauert?« fragte Kohler.
Nein, eigentlich habe es nicht sehr lange gedauert, antwortete sie. Der Verteidiger bestritt nicht, daß sein Mandant Robert ermordet hatte. Er plädierte auf geistige Unzurechnungsfähigkeit. Hrubek habe gar nicht verstanden, daß er damit ein Verbrechen begehe. Und so sei, erklärte Lis, wie sie's im Laufe der Verhandlung gelernt hatte, Roberts Tod vor dem Gesetz so etwas wie ein gottgewolltes Schicksal gewesen. Der Verteidiger rief Hrubek nicht einmal in den Zeugenstand. Er präsentierte dem Gericht mehrere ärztliche Gutachten, die beim Prozeß laut vorgelesen wurden. Darin wurde übereinstimmend ausge-

führt, daß Hrubek nicht in der Lage sei, die moralischen oder gar die strafrechtlichen Aspekte seines Tuns zu erkennen.
Und er selbst saß die ganze Zeit über auf der Anklagebank, tief nach vorn gebeugt, zwirbelte sich die fettig-schmutzigen Haarsträhnen, lachte leise in sich hinein oder murmelte irgend etwas und kritzelte ein Blatt nach dem anderen mit irgendwelchen sinnlosen Figuren oder mit Notizen voll – in so winzigen Buchstaben, daß ohnehin niemand in der Lage gewesen wäre, das wirre Zeug zu entziffern. Lis hatte dem Gekritzel seinerzeit keine Bedeutung beigemessen, aber später war ihr klargeworden, daß er nicht so verrückt sein konnte, wie es den Anschein hatte. Denn damals, während der Verhandlung, hatte er sich zweifellos auch ihren Namen und ihre Adresse notiert.
Der Urteilsspruch lautete »nicht schuldig« wegen mangelnder geistiger Zurechnungsfähigkeit. Nach Paragraph 403 der Rechtsverordnung zur Behandlung psychisch Kranker wurde Hrubek als gefährlicher Geisteskranker eingestuft. Das Gericht ordnete die Sicherungsverwahrung in einer staatlichen Heilanstalt an, unter der Auflage, daß über seinen Geisteszustand jährlich ein fachärztliches Gutachten zu erstellen sei.
»Ja, dann habe ich den Gerichtssaal verlassen und ...«
»Wie war das mit diesem Zwischenfall?« fragte Kohler. »Die Sache mit dem Stuhl?«
»Mit dem Stuhl?«
»Ist er nicht auf einen Stuhl oder auf den Tisch gesprungen?«
Ach so, das meinte er.
Das war, als der Gerichtssaal sich bereits leerte. Die Zuhörer und die Presseleute drängten nach draußen, und plötzlich übertönte eine laute Stimme das allgemeine Gemurmel. Michael Hrubek schrie der Menge etwas zu. Er hatte einen Justizangestellten niedergeschlagen und war auf seinen Stuhl gestiegen. Und da stand er nun und schrie. Sein Blick kreuzte sich einen Augenblick lang mit dem von Lis, sie erstarrte. Sicherheitsbeamte überwältigten ihn, und ein Gerichtsdiener geleitete Lis eilends aus dem Saal.
»Was hat er gesagt?«

»Was er gesagt hat?«
»Als er auf dem Stuhl stand. Hat er Ihnen irgendwas zugerufen?«
»Er hat nur jaulend geheult. Wie ein Tier.«
»In einem Zeitungsartikel stand, er habe gerufen: ›Du bist die Eva des ewigen Verrats.‹«
»Kann sein.«
»Erinnern Sie sich nicht daran?«
»Nein. Ich kann mich nicht daran erinnern.«
Kohler schüttelte nachdenklich den Kopf. »Ich habe Michael regelmäßig in Therapiestunden behandelt. Dreimal in der Woche. Einmal hat er gesagt: ›Verrat, Verrat. Sie hat das Schicksal herausgefordert. Sie saß im Gerichtssaal. Lauter Lug und Trug! Eva ist an allem schuld. Sie selber hat das Schicksal über ihrem Haupt heraufbeschworen.‹ Als ich ihn gefragt habe, was er meinte, wurde er wütend. Als wäre ihm aus Versehen ein wichtiges Geheimnis herausgerutscht. Er weigerte sich, noch mehr dazu zu sagen. Aber das Wort Verrat hat er später noch ein paarmal gebraucht. Können Sie sich irgend etwas vorstellen, was er damit gemeint haben könnte?«
»Nein. Kann ich nicht. Tut mir leid.«
»Und wie ging es später weiter?«
»Nach der Gerichtsverhandlung?« Lis nahm einen Schluck Kaffee, er war stark und bitter. »Nun, da bin ich durch die Hölle gegangen.«

Als das Interesse der Medien abgeflaut und Hrubek zwangsweise in Marsden eingeliefert worden war, wollte Lis im Ablauf ihres Lebens wieder dort anknüpfen, wo der Alltag jäh durch die Tragödie am Indian Leap unterbrochen worden war. Zunächst hatte es den Anschein, als liefe alles so wie vorher: der Unterricht in der Schule, die Sonntage mit Owen im Country Club, Geselligkeit mit Freunden und die Arbeit im Garten. Sie selbst merkte wahrscheinlich als letzte, daß ihr Leben sich auffaserte.
Hin und wieder vergaß sie, daß sie duschen wollte. Dann waren es die Namen von Gästen bei ihrer eigenen Cocktailparty, die

sie auf einmal vergessen hatte. Es kam vor, daß sie einen der Schulflure hinunterging, zufällig nach unten sah und feststellte, daß sie zwei verschiedene Schuhe trug. Im Klassenzimmer nahm sie, wenn Pope auf dem Stundenplan stand, statt dessen Dryden durch und beschimpfte ihre Schüler, weil sie sich angeblich nicht vorbereitet hätten. Manchmal kam es – während des Unterrichts oder mitten in irgendeiner Unterhaltung – vor, daß sie plötzlich in betretene Gesichter starrte und nur daran merkte, daß sie wieder mal etwas völlig Unpassendes gesagt haben mußte.

»Es war, als würde ich schlafwandeln«, erzählte sie Kohler.

Sie zog sich in den Wintergarten zurück und verkroch sich immer mehr in ihre Trauer.

Owen war anfangs sehr geduldig, aber allmählich wurde er es leid, sich einfach mit Lis' Apathie und Geistesabwesenheit abzufinden. Sie fingen an, deswegen zu streiten. Plötzlich hatte er häufiger geschäftlich auswärts zu tun. Sie dagegen ging immer seltener aus, eigentlich verließ sie das Haus nur noch zu den Unterrichtsstunden. Mit ihren Schlafproblemen wurde es schlimmer, sie gewöhnte sich daran, vierundzwanzig Stunden ohne Schlaf auszukommen.

Und dann Dorothy – sie war nicht schuld daran, aber es lag trotzdem an ihr, daß Lis' Schwierigkeiten noch größer wurden. Dorothy rutschte so selbstverständlich in den Witwenstand wie hinter das Lenkrad ihres Mercedes SL. Freilich, ein paar Monate lang sah sie blaß und verhärmt aus und brachte kein Lächeln zustande. Aber sie wurde mit ihrem Leben fertig, sie funktionierte wie eine Maschine. Owen stellte sie Lis gegenüber immer wieder als Musterbeispiel für jemanden hin, der sich durch ein tragisches Ereignis nicht aus der Bahn werfen läßt. Vorhaltungen, auf die Lis verständlicherweise gereizt reagierte. »Nun, ich bin eben nicht wie sie, Owen. Tut mir leid, aber ich bin ich – und nie wie sie gewesen.«

Als Dorothy im Juli ihr Haus verkaufte und an die Küste von Jersey zog, war es Lis, die beim Abschiedsfest weinte, nicht Dorothy.

Neben der Schule wurde der Wintergarten Lis' ganzer Lebensinhalt. Stundenlang konnte sie dort schneiden, kappen und irgendwas festbinden oder – in Schweiß gebadet wie die Pflanzen, wenn sie in der Treibhausluft zu dampfen anfingen – wie ein verirrtes Kind auf den Schieferplatten der Pfade ziellos umherwandern.
Nur ganz allmählich erholte sie sich. Anfangs nahm sie eine Zeitlang ein Medikament, das bei ihr zu einem unkontrollierten Zittern der Finger und der Kinnpartie führte, ihre krank haften Schlafstörungen verschlimmerte und ihr, wenn sie schlief, wirre Traumbilder vorgaukelte. Aber als sie das Medikament wechselte, hörten die Nebenwirkungen rasch auf, und ihr Zustand verbesserte sich.
Und eines Tages hörte sie einfach auf, irgendwelche Pillen zu schlucken, und hängte die Schürze mitsamt ihrer Rolle als Hausmütterchen an den Nagel.
»Ich kann Ihnen nicht sagen, was da passiert ist. Oder wann das genau war. Plötzlich ist mir einfach klargeworden, daß es Zeit wurde, weiterzuleben. Und das habe ich getan.«

»Es gibt gewisse Anzeichen dafür, daß sich Michaels Wahnvorstellungen zu einem guten Teil um Ereignisse in der amerikanischen Geschichte ranken«, erklärte ihr Kohler, »besonders um Ereignisse aus dem Bürgerkrieg. *Sic semper tyrannis* – das waren die Worte, die Booth ausgerufen hat, nachdem er seine Waffe auf Lincoln abgefeuert hatte.«
Und Lis – ganz in ihrer Rolle als Lehrerin – fiel dazu ein: »Ja. *Thus ever to tyrants* – so lautet auch der Wahlspruch des Staates Virginia.«
»Und dann der Bezug auf den vierzehnten April. Den Tag, an dem Lincoln ermordet wurde.«
»Aber was hat Lincoln mit all dem zu tun?«
Kohler schüttelte den Kopf. »Michael gibt sich extrem verschlossen, wenn es darum geht, mit mir über seine Wahnvorstellungen zu sprechen. Ich kann ihm höchstens Andeutungen entlocken. Verschlüsselte Sätze, sozusagen. Er traut mir nicht.«

»Was denn? Nicht mal Ihnen, obwohl Sie sein Arzt sind?«
»Gerade *weil* ich sein Arzt bin. Das liegt in der Natur seiner Krankheit. Er ist paranoid. Er beschuldigt mich ständig, im Auftrag des FBI oder des Secret Service irgendwelche Informationen aus ihm herauszulocken. Es muß einen Schlüssel zu all seinen Wahnvorstellungen geben, aber ich komme einfach nicht dahinter. Ich vermute, daß seine Wachträume um den Bürgerkrieg und Lincolns Tod und irgendwelche Verschwörer kreisen. Oder, da bin ich nicht sicher, alles dreht sich um irgendein Ereignis, das in ihm Assoziationen zu Lincolns Ermordung weckt.«
»Warum sind seine Wahnvorstellungen überhaupt so wichtig?«
»Weil das, wenn ich so sagen darf, der zentrale Nerv seiner Krankheit ist. Dieses Ereignis, von dem wir nicht wissen, was es ist, ist für ihn die pseudologische Erklärung für sein ganzes Leben – dafür, daß es eine Kette von unerträglichen Tagen ist.« Und nach einer kleinen nachdenklichen Pause fügte Kohler hinzu: »Das Leben eines Schizophrenen ist ein fortwährendes Suchen nach dem Sinn.«
»In wessen Leben wäre das anders?« Es hörte sich an wie eine Frage, die Lis sich selber stellte.
Kohler erklärte ihr, daß es hier um eine in Ärztekreisen immer noch strittige Problematik ging und er selbst eher zu den Abweichlern von der gängigen Lehrmeinung gehörte. Lis glaubte allerdings, auch ein wenig selbstgefällige Eitelkeit herauszuhören.
»Schizophrenie«, dozierte er, »ist eine physische Erkrankung, genau wie Krebs oder Blinddarmentzündung. Daß sie medikamentös behandelt werden muß, wird von niemandem bestritten. Aber die meisten meiner Kollegen folgen mir nicht in der Auffassung, daß man sie auch erfolgversprechend durch psychotherapeutische Maßnahmen behandeln kann.«
»Es tut mir leid, aber ich kann mir Hrubek beim besten Willen nicht vorstellen, wie er bei Ihnen auf der Couch liegt und Ihnen Schlüsselerlebnisse aus seiner Kindheit erzählt.«
»Auch Freud konnte das nicht. Er war der Meinung, man dürfe

Schizophrene nicht durch Psychoanalyse behandeln. Die meisten meiner Kollegen vertreten dieselbe Auffassung. Die gängige Behandlungsmethode besteht darin, ihnen ihre Gehirnzuckerchen zu geben – das ist der zynische Insiderausdruck für die Medikation –, sie dazu zu bringen, die Realitäten zu akzeptieren, und ihnen beizubringen, wie man in einem Restaurant etwas bestellt und eine Waschmaschine bedient, und dann läßt man sie ihre eigenen Wege gehen. Und da ist etwas Wahres dran: ausgedehnte Analysen – mit dem Patienten auf der Couch ... das wäre für jemanden wie Michael völlig falsch. Aber das ist ja auch nicht das, was ich unter Therapie verstehe. Eine bestimmte Art der Psychotherapie kann sich sehr wohl positiv auswirken. Auch schwerkranke Schizophrene können lernen, die alltäglichen Dinge des Lebens zu meistern. Und das auf einem hohen Level.«
Man merkte ihm an, wie sehr ihm das Thema am Herzen lag, er wollte gar nicht mehr aufhören. »Die meisten Psychiater glauben, daß Schizophrene nur unzusammenhängendes Zeug daherreden und daß ihre Wahnvorstellungen absolut bedeutungslos sind. Ich dagegen glaube, daß sie durchaus eine Bedeutung haben. Je mehr wir uns bemühen, ihre Worte in unsere Art des Denkens zu übertragen, desto sinnloser kommen sie uns natürlich vor. Nehmen Sie zum Beispiel einen der vielen Napoleons – das bekannteste Klischeebild eines Schizophrenen. Ich würde nie versuchen, den Patienten davon zu überzeugen, daß er nicht Napoleon ist. Aber ich würde ihm auch nicht einfach kumpelhaft auf die Schulter klopfen und *bon jour* sagen, wenn ich ihm auf dem Flur begegne. Ich würde mich bemühen, herauszufinden, *warum* er glaubt, der Kaiser der Franzosen zu sein. In neun von zehn Fällen gibt es einen ganz bestimmten Grund. Und sobald ich den kenne, kann ich anfangen, Türen zu öffnen. Ich bin da schon zu bemerkenswerten Resultaten gekommen – und zwar bei Patienten, bei denen die Krankheit ausgeprägter war als bei Michael.« Es klang verbittert, als er hinzufügte: »Ich war gerade dabei, eine Tür aufzustoßen, die mich tief in sein Innerstes geführt hätte,

ich hatte quasi schon die Klinke in der Hand, als … als das passiert ist.«
»Das hört sich an, als sei er unschuldig.«
»Er *ist* unschuldig. Ja, das ist der treffende Ausdruck für ihn.«
Ob der gute Doktor nicht zu sehr an Leute gewöhnt ist, die ihm seinen Glauben an das Gute im Menschen bereitwillig abnehmen? dachte sie verärgert. Sie stellte sich die Patienten vor, die sich stundenlang den Kopf an irgendeiner Tür wundhämmern, aber dann, wenn er ihnen nur gut zuredet, brav nicken und gehorsam davonschlurfen. Und die von Kummer zermürbten Familienangehörigen, die jedes seiner pompösen Worte so gierig aufpicken wie ein Vogel die frische Saat.
»Wie, um alles in der Welt, können Sie ihn derart romantisieren?« fragte sie. »Er ist ein Muskelpaket, und wann immer er irgend etwas will, setzt er seine Muskeln ein, um es zu bekommen. Er ist ein Roboter, der Amok läuft.«
»Absolut nicht«, widersprach er ihr. »Michael erstickt geradezu an seinem Unvermögen, irgend etwas zu bekommen, was zum Greifen nahe erscheint. Das Ergebnis dieses ständigen Dilemmas ist genau das, was wir Wahnsinn nennen. Für ihn sind die Wahnvorstellungen barmherzige Erklärungen dafür, daß er eben nicht so sein kann wie der Rest der Welt.«
»Praktisch sagen Sie damit, daß niemand an seiner Krankheit schuld ist.« Sie deutete mit einer weitausholenden Geste auf die Wolken, die rasch über sie hinwegjagten. »Dasselbe können sie mit Fug und Recht über Tornados sagen, und trotzdem würden wir sie aufhalten, wenn wir es könnten. Ich finde, Hrubek müssen wir aufhalten. Jemand müßte ihn … irgendwo einschließen und den Schlüssel wegwerfen.« Beinahe hätte sie gesagt: Jemand müßte ihn zur Strecke bringen und erschießen. »Er ist einfach ein Psychopath.«
»Nein, das ist er nicht. Psychopathen und Schizophrene kann man überhaupt nicht vergleichen. Psychopathen können sich gesellschaftlich problemlos einordnen. Sie scheinen ganz normal zu sein. Sie gehen ihrem Beruf nach, haben eine Familie – aber sie haben keinerlei Zugang zu normalen Moralvorstellun-

gen und Empfindungen. Sie *sind* böse. Ein Psychopath würde Sie skrupellos umbringen, weil Sie ihm einen Parkplatz wegschnappen. Oder weil Sie ihm die zehn Dollar, die er haben will, nicht geben. Und er würde hinterher keinen Gedanken daran verschwenden. Michael würde nur aus einem Grund töten, aus dem Sie es auch tun würden. In Notwehr, zum Beispiel.«

»Ich bitte Sie, Doktor! Michael ist demnach harmlos? Wollen Sie das allen Ernstes behaupten?«

»Nein, natürlich nicht, aber ...« Seine Stimme verlor sich. »Es tut mir leid, ich habe Sie wütend gemacht.«

Nach einer kleinen Weile sagte Lis: »Nein. Wir haben eine unterschiedliche Art, die Dinge zu sehen, das ist alles.« Aber sie sagte es sehr distanziert.

Er stand auf. »Es ist spät. Die zwanzig Minuten sind abgelaufen.« Er ging in die Küche. Als er an der Gartentür stand, fragte er: »Etwas macht mich doch neugierig. Wie kommt er eigentlich darauf, Sie mit dem Begriff Verrat in Zusammenhang zu bringen? Die Eva des ewigen Verrats ... Und diese Wortspiele: ›Revange‹ und ›Gevahr‹ und so weiter ... Warum das alles?«

»Nun, ich vermute, weil ich beim Prozeß gegen ihn ausgesagt habe.« Sie zuckte die Achseln, die Erklärung lag doch auf der Hand.

»Glauben Sie, das ist es?«

»Ich kann das nur vermuten. Wissen kann ich's ja wirklich nicht.«

Kohler nickte, das Thema schien für ihn erledigt zu sein. Und einen Augenblick später fragte er völlig zusammenhanglos: »Gibt's da nicht einen Parkplatz kurz vor der Stadt?«

Lis dachte, sie habe ihn falsch verstanden. »Ein Parkplatz? Oder wovon haben Sie gesprochen?«

»Äh – eine Autohandlung.«

»Ja. Nur ...«

»Ich meine eine sehr große. Alles hell beleuchtet. Es ist, glaube ich, ein Ford-Händler.«

»Ah, Kleppermans Ford, ja, das ist richtig.«

»Wo liegt das genau?«
»Eine halbe Meile vor der Stadt. An der 236. Gleich hinter den Hügeln im Osten. Warum fragen Sie?«
»Ach, reine Neugierde.«
Sie wartete darauf, daß er das näher erklärte, aber er sagte gar nichts mehr, und damit war klar, daß das Gespräch (oder die Befragung oder was immer es gewesen sein mochte) zu Ende war. Plötzlich richtete Kohler sich kerzengerade auf, räusperte sich und dankte ihr, daß sie sich Zeit für ihn genommen habe. Lis war froh, daß er ging; sein Besuch hatte sie ärgerlich gestimmt. Und außerdem verwirrt. Was hatte er denn nun eigentlich erfahren, was ihm weiterhelfen konnte?
Und was hatte er ihr alles verschwiegen?
Draußen, auf dem Weg zu seinem Wagen, starrten sie beide zu den dick geballten Wolken hoch. Der Wind war heftig geworden, er zauste Lis das Haar, wehte ihr Strähnen ins Gesicht.
»Doktor?« Lis faßte nach Kohlers knochigem Arm. »Sagen Sie mir die Wahrheit: Wie wahrscheinlich ist es, daß er hierherkommt?«
Kohler starrte weiter in das dunkelgraue Wolkengebirge über ihnen. »Sie fragen nach der Wahrscheinlichkeit? Nun, am wahrscheinlichsten ist, daß sie ihn bald haben. Wenn nicht, würde ich sagen, die Wahrscheinlichkeit, daß er's ganz auf sich gestellt so weit schafft, ist sehr gering. Aber wenn Sie mich nach meiner persönlichen Meinung fragen, lautet die Antwort: Sie sollten in das Hotel gehen, von dem Sie gesprochen haben.«
An der Art, wie sein Blick über sie hinweghuschte, merkte sie, daß er mit den Gedanken ganz woanders war. Vielleicht wanderte er im Geiste mit seinem von Ängsten geschüttelten Patienten durch die Nacht, hetzte mit ihm durch Wälder und dichtes Unterholz, verirrte sich mit ihm auf Highways und Seitenstraßen, saß mit ihm in irgendeinem einsamen Blockhaus. Als er zum Wagen ging, vergaß sie, während sie ihm nachsah, einen Augenblick lang ihren Ärger und sah nur noch den ganz von seiner Aufgabe erfüllten jungen Psychiater, zäh,

aufopfernd und – ohne Zweifel – verdammt schlau und gerissen. Doch das war nicht alles, was sie sah ... sie fand nur auf Anhieb nicht den passenden Begriff, um es zu beschreiben. Der fiel ihr erst ein, als sein Wagen schon am Ende der langen Zufahrt verschwunden war.
Richard Kohler, dachte sie, ist ein gequälter, sehr bekümmerter Mensch.

Die Ambulanz und der Streifenwagen der Polizei trafen gleichzeitig ein. Im hektisch kreisenden Warnlicht geisterten bizarre, metallisch glänzende Schatten an der Unterseite der Bäume entlang. Auf einmal wimmelte es vor dem Haus von uniformierten Männern und Frauen. Eine Trage wurde aus dem Rettungswagen gezogen, Polizisten schleppten ein Aggregat heran, Kabel wurden ausgerollt. Das Personal vom Rettungsdienst ging langsam, fast hätte man sagen können: mit feierlichem Ernst auf das Haus zu, die Polizisten hetzten an ihnen vorbei.
Owen Atcheson saß, den Kopf in die Hände gestützt, auf den Stufen der Treppe neben der Küchentür, die immer noch weit offenstand. Einer der Männer vom Rettungsdienst fragte ihn: »Haben Sie die Neun-eins-eins gerufen? Durchgegeben, daß hier eine Frau überfallen worden ist?«
Er nickte.
»Wo ist sie?«
»In der Küche.« Jedes einzelne Wort kostete Owen Kraft, die Kehle war ihm wie zugeschnürt von Erschöpfung und Mutlosigkeit. »Aber Sie können sich Zeit lassen.«
»Was heißt das?«
»Es gibt keinen Grund zur Eile, habe ich gesagt. Sie braucht kein Krankenhaus mehr. Alles, was sie noch braucht, sind anderthalb Quadratmeter im Leichenschauhaus.«

III Die Geister der Toten

19

»Wer ist es denn? Nicht Mary Haddon? Großer Gott, doch nicht etwa ihre Tochter?«
»Nein, nein, die ist es nicht.«
»Wie denn, das ist nicht Mary?«
»Meine Güte, mach doch die Augen auf! Das ist nicht Mary.«
Aber so genau wollte gar niemand hinsehen. Sie hakten den Blick auf dem Wandkalender fest, auf den Post-it-Notizen, auf den Scherben der Teekanne und auf den aus Zeitschriften ausgeschnittenen Rezepten, die mit kleinen Magneten an der avocadofarbenen Kühlschranktür festgeklippt waren. Überall konnten sie hinsehen, nur nicht auf die gräßlich zugerichtete Gestalt, die mit Klingeldraht auf dem schönen alten Kapitänsstuhl aus Ahornholz festgebunden war.
Der Truppführer des Rettungswagens machte einen Bogen um die Blutlache auf den Bodenfliesen, beugte sich über die Tote und betrachtete die raffiniert geschlungenen Knoten. Der Kopf der Toten – durch den Schnitt quer durch die Kehle seines natürlichen Halts beraubt – baumelte nach hinten, die Bluse war aufgerissen worden. Fast wie erhabene Lettern sahen die in die bläulich bleiche Brust geschnittenen Buchstaben aus.
»Verdammter Mist«, fluchte einer der jungen Cops.
»Komm, so was will ich hier nicht hören«, rief ihn ein Detective in Zivil zur Ordnung. »Sieh dich im Haus um. Sämtliche Schlafzimmer durchsuchen.«
»Ich nehme an, Joe und Mary sind in der Kirche. Morgen findet doch die Wohltätigkeitsauktion statt, und Joe hat die Organisation übernommen. Ich hab gehört, daß sie bis spät in die Nacht mit den Vorbereitungen zu tun haben. Ach Gott, sie werden doch hoffentlich ihre Tochter mitgenommen haben? Also ehrlich, das hoff ich von ganzem Herzen!«

»Okay, ruf mal drüben an und schick einen Wagen rüber. Und dann sehen wir, daß wir hier weiterkommen.«

Ein Cop, der erst jetzt dazukam, warf nur kurz einen Blick auf die Tote und rief: »Gott im Himmel, das ist Mattie! Mattie Selwyn. Sie ist Haddons Haushälterin. Ich bin mit ihrem Bruder befreundet, daher kenn ich sie.«

Der nervöse junge Cop fing wieder zu jammern an. »O Gott, o Gott, ist das alles schrecklich. Was hat sie denn da im Schoß liegen, dieses kleine weiße Ding? Himmel noch mal, das sieht ja aus wie ein kleiner Schädel oder so was? Ist das 'n Dachs?«

Auch der Deputy fing zu lamentieren an. »Ausgerechnet heute nacht! Der Sturm muß jeden Augenblick hier sein. In Morristown hat der Tornado schon zugeschlagen. Da hat's sogar Tote gegeben. O Mann ...«

Owen stand unter der Tür, den Blick starr auf das Gemetzel gerichtet. Er schüttelte fassungslos den Kopf.

Der Detective fuhr sich mit der Hand durchs Haar, als ob er die grauen Strähnen unter den blonden verstecken wollte. »Sie haben uns verständigt, Sir?« wandte er sich an Owen.

Owen nickte und wischte sich den Schweiß vom Gesicht. Nachdem er die Neun-eins-eins angerufen hatte, war ihm rechtzeitig eingefallen, daß er sich ja zur Tarnung feuchte Erde auf die Wangen und die Stirn gerieben hatte. Er hatte noch genug Zeit gehabt, sich zu waschen, bevor die Polizei eingetroffen war. Trotzdem, als er jetzt aufs Taschentuch blickte, fand er noch deutliche Spuren von Erde. Er vermutete, daß er einen ziemlich komischen Anblick bot. In kurzen Worten erklärte er dem Detective, wieso er hier war: Hrubeks Flucht, das Fahrrad, die Spuren auf dem Highway. »Ja, Sir«, bestätigte der Detective, »wir sind darüber unterrichtet worden, daß jemand aus dem Hospital ausgebrochen ist. Aber da hieß es, daß er nach Osten unterwegs ist.«

»Ich hab gleich gesagt, daß das Unsinn ist. Daß er nach Westen gehen wird.« Owen machte aus seinem Zorn keinen Hehl. »Aber es hat ja niemand auf mich hören wollen. Die haben die ganze Geschichte von Anfang an viel zu sehr auf die leichte

Schulter genommen. Und nun sehen Sie sich an, was dabei rausgekommen ist!«
Der Detective nickte verbittert. »Ja. Uns haben sie gesagt, daß er harmlos ist.« Er musterte Owen. »Was haben Sie eigentlich mit der Sache zu tun?«
Owen erklärte ihm, er habe wissen wollen, was die Staatspolizei unternommen habe, um den Flüchtigen möglichst bald wieder einzufangen. Es gebe nämlich Anzeichen dafür, daß der Mann gewisse Haßgefühle gegen seine Frau hege.
Noch während er redete, wurde ihm klar, daß seine Geschichte sich wie haarsträubender Unsinn anhörte. Er war daher weder erstaunt noch beleidigt, als der Officer fragte: »Kann ich mal irgendein Ausweispapier sehen?«
Owen gab ihm den Führerschein und die Zulassung als Anwalt.
»Was dagegen, wenn wir das kurz überprüfen?«
»Nein, natürlich nicht.«
Der Detective rief in seiner Dienststelle an. Einen Augenblick später nickte er, legte auf, kam zu Owen und gab ihm die Papiere zurück. »Sind Sie bewaffnet, Sir?«
»Ja.«
»Ich nehme an, Sie haben eine Genehmigung, Feuerwaffen mitzuführen, Mr. Atcheson?«
»Ja, die habe ich. Und außerdem vier Jahre Kampferfahrung.«
Das mit der Kampferfahrung erwähnte er nur, weil der Detective etwa in seinem Alter war und auf das entsetzliche Blutbad hier in der Küche mit einer Gelassenheit reagierte, die man nur bei einer einzigen Gelegenheit lernen kann – im Krieg, an der vordersten Front. Vorausgesetzt, man überlebt so ein Nerventraining. Und der Detective reagierte genauso, wie Owen es erwartet hatte. Eine winzige Bewegung der Lider. Das stumme Eingeständnis, daß sie durch dieselbe Schule gegangen waren.
Einer der Cops steckte den Kopf zur Tür herein, würgte ein bißchen, als er die Tote sah, und brachte schließlich heraus: »Ich hab draußen was entdeckt, Bob. Reifenspuren von einem Motorrad. Sehen ziemlich frisch aus.«

Der Detective fragte Owen: »Ihres?«
»Nein.«
Der Cop an der Tür fuhr fort: »Nur, der Helm liegt auf dem Kiesweg. Sieht so aus, als ...«
Der Polizist, der in der Toten die Haushälterin der Haddons erkannt hatte, rief aus dem Wohnzimmer: »Der Helm? Der gehört Mattie. Sie fährt eine Honda. Eine gelbe, glaub ich.«
»In welche Richtung führen die Spuren?« wollte der Detective wissen.
»An der Garage vorbei. Und dann fängt da so ein Feldweg an, der führt zur 106. Also, nach Süden, würde ich sagen.«
Owen fragte: »Zur 106? Das ist die Straße nach Boyleston.«
»Ja. Mit dem Motorrad kann er in vierzig, fünfzig Minuten dort sein.«
»Die nächstgelegene Amtrak-Station, nicht wahr?«
Der Detective nickte. »Stimmt. In der Notiz, die wir bekommen haben, stand, daß er nach Massachusetts will. Die sind davon ausgegangen, daß er's zu Fuß versucht, aber er kann natürlich auch den Zug nehmen. Vielleicht war bisher alles nur ein Täuschungsmanöver? So was wie eine Finte, verstehen Sie?«
»Klingt einleuchtend«.
Der Detective gab einem uniformierten Sergeant den Auftrag, sofort die Polizei in Boyleston über den Mord zu unterrichten und zwei Streifenwagen loszuschicken, die die 106 in südlicher Richtung absuchen sollten.
Während die Polizisten in der Küche nach Fingerabdrücken suchten und Fotos vom Tatort machten, sah Owen sich draußen ein wenig um. Das Haus war ringsum von Weideland umgeben, es gab einen großen Pferdestall und mehrere kleine Schuppen, von denen die meisten jetzt als Garagen genutzt wurden.
Plötzlich stand der Detective hinter ihm. »Irgendwas Interessantes entdeckt?«
»Überhaupt nichts.«
»Tja, Mr. Atcheson ... Wir müssen Ihre Zeugenaussage protokollieren. Und ich bin sicher, daß Mr. Franks, unser Staatsanwalt, gern ein paar Worte mit Ihnen wechseln möchte.«

»Morgen früh stehe ich Ihnen gern zur Verfügung.«
»Nun, ich ...«
»Morgen früh«, wiederholte Owen ruhig und bestimmt.
Der Officer sah ihm ein paar Herzschläge lang fest in die Augen, dann kramte er in der Brieftasche und brachte eine Karte zum Vorschein. »Rufen Sie mich bitte an.« Er hielt Owen die Karte hin. »Um neun. Punkt neun.«
»Ja«, sagte Owen, »mach ich.«
Damit schien der streng dienstliche Teil erledigt zu sein, der Blick, mit dem der Detective Owen von Kopf bis Fuß musterte, verriet eher persönliche Neugier. »Ich kann nachempfinden, was in Ihnen vorgeht, Sir. Wenn ich an Ihrer Stelle wäre, würde es mich auch drängen, ihm so schnell wie möglich nachzujagen. Aber ich möchte Ihnen dennoch den Rat geben, sich aus der ganzen Sache rauszuhalten.«
Owen nickte gedankenverloren, den Blick fest nach Süden gerichtet, auf die verschwommene Lichtglocke, unter der vermutlich Boyleston lag. Er trat ein Stück beiseite, als die Männer vom Rettungsdienst den Leichnam der Frau aus dem Haus trugen. Er starrte auf die Trage, aber es war gar nicht der dunkelgrüne Leichensack, was er wahrnahm. Er hatte den Eindruck, durch die Plastikhülle hindurch die blutigen Kerben zu sehen, die in ihre Brust geschnitten waren.
Die Buchstaben, die sich zu einer Botschaft zusammenfügten. Einer Botschaft, die nur aus einem Wort bestand. *R-EVAnge.*

An den Ausläufern von Cloverton verlor sich die Spur.
Emil schlug – nicht zum ersten Mal – einen scharfen Haken, rannte, seinen Herrn im Schlepptau, im Zickzackkurs über den Asphalt und schnüffelte nach der Witterung. Nur, er fand sie nicht. Sogar Trenton Heck, der normalerweise nichts, aber auch gar nichts auf seinen Hund kommen ließ, merkte auf einmal, daß ihm mulmig zumute wurde.
Das große Problem beim Tracking war, daß man nie genau wissen konnte, was in so einem Hundekopf vorging. Mal angenommen, man hielt ihm gerade das Stück Stoff hin, an

dem er die Witterung aufnehmen sollte – Hrubeks stinkende Unterhose, zum Beispiel –, und genau in dem Moment wehte dem Hund die Duftmarke von einem Stück Rotwild in die Nase ... ja, dann jagte er eben auf das Kommando »such!« hinter irgendeinem Rehbock her, der – vielleicht Stunden vorher – ausgerechnet hier vorbeigekommen war. Der Hund tat genau das, was ihm befohlen worden war – jedenfalls seiner Meinung nach. Und bellte natürlich ärgerlich die Hand an, die ihn diesmal partout nicht mit dem gewohnten Stück Schinken belohnen wollte. Nur, Heck hatte im Geiste wieder und wieder den Verlauf des Abends Revue passieren lassen und war einfach nicht dahintergekommen, wo Emil ein Fehler unterlaufen sein konnte.

Na, komm schon, alter Junge, dachte er inbrünstig, ich hab doch Vertrauen zu dir, versuch's noch mal!

Emil hechelte auf einen Bachlauf zu, aber Heck rief ihn zurück. Einem, der Fallen stellte, traute er auch zu, Wasser zu vergiften. Außerdem war heutzutage sowieso jedes noch so kleine Rinnsal voll mit Chemie und Gülle und weiß Gott was. Er hielt sich an die Regel, den Hund nur Wasser, das er von zu Hause mitgenommen hatte, trinken zu lassen. (Und wenn andere Trooper sich darüber mokiert und irgendwas von Evian oder Perrier vor sich hin gemurmelt hatten, hatte er ihnen gesagt: »In Ordnung, Jungs, macht einfach mal 'n kleinen Trip nach Mexiko und sauft aus der Wasserleitung. Bin gespannt, wie's euch bekommt. Für einen Hund kann schon die nächste Pfütze so was wie Mexiko sein.«) Er holte den Kanister aus dem Wagen und gönnte Emil einen ausgiebigen Schluck, und der Hund schlappte und schluckte, als ob er nie mehr aufhören wollte. Aber schließlich waren sie doch so weit, daß sie wieder nach der Spur suchen konnten.

Weit hinten im Westen nieselte es in Schwaden, der bleiche Lichtschein verwaschener Blitze riß den Himmel auf. Heck vermutete, daß das Wetter die Witterung versaut hatte. Vor einer Weile hatte er den Regen noch herbeigesehnt, aber da war Hrubek eben auch noch zu Fuß unterwegs gewesen. Jetzt strampelte das irre Riesenbaby auf dem Fahrrad durch die Gegend, und das bedeutete, daß sie es mit einer völlig anderen Fährte zu tun hatten. Hunde nehmen drei Arten von Witterung auf: Erstens den Körpergeruch, wenn er in der Luft hängt, zweitens den Körpergeruch, wenn er sich auf dem Boden abgesetzt hat, und drittens die Geruchsablagerungen, die überall, wo die Beute entlanggekommen ist, in der Vegetation oder direkt auf dem Boden zu finden sind. In den beiden letzten Fällen intensiviert der Regen die Witterung und hält sie länger frisch. Aber wenn man's mit Körpergeruch zu tun hat, der in der Luft hängt – und wenn dann auch noch Regen dazukommt (auf Asphalt, wo der Regen Unmengen von Chemikalien freiwäscht, die eine Hundenase vollends irritieren), dann ist das so ungefähr die beschissenste Situation, die man sich fürs Tracking vorstellen kann.

»Ach komm, warum steigst du nicht endlich runter von deinem gottverdammten Fahrrad?« knurrte Heck in sich hinein. »Kannst du nicht zu Fuß latschen, wie das jeder normale Irre macht?«

Emil wurde langsamer und sah sich suchend um. Ein schlechtes Zeichen. Ich hab dich wegen deiner Nase mitgenommen, Kumpel, nicht wegen deiner Augen! Sehen kann ich, verdammt noch mal, besser als du!

Der Hund trottete langsam von der Straße ins freie Gelände. Heck, dem die Hüfte brannte, als hätte jemand ein Höllenfeuer darin entfacht, führte Emil hin und her wie auf einem Gitterrost, weil so die Chance, daß sie die Fährte wiederfanden, am größten war. Aus Furcht vor versteckten Fallen ließ er, während sie ein Quadrat nach dem anderen absuchten, das Licht der Taschenlampe immer ein paar Schritte voraushuschen. Emil legte immer wieder lange Pausen ein, schnüffelte auf dem Boden herum und reckte dann die Nase in die Luft. Und am Schluß kam jedesmal dasselbe heraus: er trabte los und suchte weiter. In Heck wuchs von Minute zu Minute die Überzeugung, daß alles nur noch vergebliche Mühe war.

Dann spürte er, wie plötzlich ein Ruck durch die Fährtenleine ging. Er blickte hoch, ein Funken Hoffnung fing zu glimmen an. Aber da hing die Leine schon wieder schlaff durch. Emil hatte die falsche Spur aufgegeben, trottete weiter durchs Gelände, atmete ein, was immer es hier in der Einöde an Düften und Gestank einzuatmen gab, und suchte vergeblich nach der ganz spezifischen Witterung, die – wie Trenton Heck allmählich einsehen mußte – vielleicht für immer verschwunden war.

Michael Hrubeks Vater war ein verhärmter, zutiefst melancholischer Mann; mitansehen zu müssen, wie seine Familie Jahr um Jahr mehr zerbrach, hatte sein Gemüt verdüstert. Statt aber einen möglichst großen Bogen um sein Zuhause zu schlagen, wie es andere vielleicht getan hätten, kehrte er jeden Abend, sobald er seiner Pflichten als Leiter der Abteilung für gehobene Herrenkonfektion in einem Modehaus ledig war, treu nach Hause zurück.
Er hatte es sogar besonders eilig damit, als fürchtete er, irgendwann über Tage könnte ein neues Übel über seine Familie hereingebrochen sein und nun auch den kläglichen Rest dessen, was noch ein wenig an Normalität erinnerte, zerstört haben.
Zu Hause verbrachte er dann die öden Stunden bis zum Schlafengehen hauptsächlich damit, das allgemeine Chaos geflissentlich zu ignorieren. Um sich zu zerstreuen, las er popularwissenschaftlich geschriebene Bücher über Psychologie und hin und wieder einen Abschnitt aus einem Buch, in dem die bekanntesten Gebete gesammelt waren. Im übrigen verbrachte er, da ihm nie sonderlich viel daran gelegen war, sich einen intellektuellen Anstrich zu geben, die Freizeit vor dem Fernseher, wobei sein besonderes Interesse Reiseberichten und Talk-Shows galt.
Michael war damals Mitte Zwanzig gewesen und hatte seine Hoffnung, doch noch ins College zurückzukehren, weitgehend aufgegeben. Er verbrachte die meiste Zeit zu Hause bei seinen Eltern. Der Vater, ehrlich darum bemüht, seinen Sohn

glücklich zu machen, und sehr darauf bedacht, daß Michael nicht draußen herumstromerte, wo er über kurz oder lang sowieso nur mit jemandem über Kreuz gekommen wäre, brachte ihm Comics, Spiele und Revell-Modelle von Waffen aus dem Bürgerkrieg mit. Sein Sohn nahm die Geschenke jedesmal mit äußerstem Mißtrauen entgegen. Zuallererst schaffte er sie nach oben, ins Badezimmer, und tauchte sie vorsorglich ins Wasser, um versteckte Sensoren und Mikrofone kurzzuschließen, danach schloß er sie – tropfnaß, wie sie waren – in seinem Schrank ein.

»Schau mal, Michael: Candyland! Wie wär's später mit einem kleinen Spielchen? Nach dem Abendessen?«

»Candyland? Candyland? Kennst du etwa irgend jemanden, der Candyland spielt? Hast du irgendwann irgendwo auf der Welt irgendein Arschloch kennengelernt, das so ein beschissenes Spiel spielt? Nö, nö, da geh ich lieber rauf und steig in die Badewanne.«

Soweit es an ihm lag, ließ Michael seinen Vater links liegen. Er ließ überhaupt alle links liegen. Wenn er wirklich mal aus dem Haus ging, was selten genug vorkam, dann nur, weil er eine Mission zu erfüllen hatte. Einmal war er zum Beispiel einen Monat lang damit beschäftigt, einen Rabbi zu suchen, durch dessen Hilfe er zum judäischen Glauben zu konvertieren hoffte. Ein andermal jagte er drei Wochen lang hinter einem schon völlig entnervten Rekrutierungsoffizier der Armee her; der Ärmste wußte einfach nicht mehr, wie er sich den jungen Mann, nachdem er ihm nun schon Dutzend Male erklärt hatte, daß es schon lange keine Unionsarmee mehr gebe, vom Hals halten sollte. Einmal nahm er den Pendlerzug nach Philadelphia, lernte dort zufällig eine attraktive schwarze Nachrichtensprecherin kennen und wich nicht mehr von ihrer Seite, bis sie sich schließlich sexuell belästigt fühlte, weil er sie auf offener Straße ausfragte, ob sie noch eine Sklavin sei und wie ihr Pornofilme gefielen. Sie erwirkte eine Unterlassungsverfügung, und die Polizei – offensichtlich sehr darauf erpicht, ihn auf frischer Tat zu ertappen und ihm die Flausen nötigenfalls mit Gewalt auszutreiben – ließ ihn nicht mehr aus den Augen. Aber da hatte Michael die junge Schwarze und den Vorfall längst vergessen.

Jeden Samstag morgen richtete sein Vater ein großes Pfannkuchenfrühstück her, zu dem sich die Familie anfangs einträchtig in der Küche versammelte, bis die Eltern Michaels schwadronierendes Geschwafel nicht länger ertragen konnten. Seine Mutter, gewöhnlich noch im Nachthemd, stocherte eine Weile lustlos auf dem Teller herum, dann stand sie schweigend auf und ging. Zunächst zog sie sich die Lippen nach, weil sie irgendwo gehört hatte, daß feine Damen das nach dem Essen immer taten, dann verbrachte sie etliche Minuten damit, mit wachsendem Zorn die Fernsehzeitschrift oder die Fernbedienung zu suchen, und sobald sie beides gefunden hatte, verschwand sie wieder im Bett und zappte sich durch die Programme. Sein Vater wusch das Geschirr ab und fuhr danach mit Michael zu einem Arzt, dessen Praxis in der Main Street lag, direkt über einem Eissalon. Alles, woran Michael sich erinnern konnte, war, daß der Mann kaum einen Satz sagte, ohne seinen Patienten mit dem Namen anzureden.

»Michael, heute wollen wir uns mal damit beschäftigen, daß du mir etwas von den frühesten Ereignissen in deinem Leben erzählst, an die du dich erinnern kannst. Meinst du, du schaffst das, Michael? Also, um dir ein Beispiel zu geben, Michael: das Weihnachtsfest in der Familie. Die erste Bescherung, an die du dich erinnerst, Michael ...«

»Davon weiß ich nichts, du Arsch. Kann mich nicht daran erinnern, du Arsch. Ich weiß überhaupt nichts über Weihnachten, du Arsch. Also, warum fragst du mich so 'n Quatsch?«

Toll. Der Doc schaffte es nicht, so oft »Michael« zu sagen, wie Michael es hinkriegte, »du Arsch« zu ihm zu sagen.

Die Besuche bei diesem Psychiater hörten auf, als die Versicherung seines Vaters sich weigerte, weitere Arztrechnungen zu erstatten. Michael hatte also mehr freie Zeit, die er vorwiegend in seinem Zimmer verbrachte. Manchmal schmökerte er in Büchern über amerikanische Geschichte, manchmal machte es ihm Spaß, sich irgendein Kleid seiner Mutter anzuziehen, manchmal stand er auch nur am Fenster und rief den Leuten, die unten vorbeigingen, irgend etwas nach. Das blaßblau gestrichene Haus der Hrubeks war bald bei allen Kindern in Westbury als Horrorhaus verschrien.

Das also füllte sein Leben aus in den drei Jahren, nachdem man ihn vom College verwiesen hatte: zu Hause herumsitzen, hin und wieder einen seiner verrückten Ausflüge machen, Spielzeug in die Badewanne tauchen, sich mit Fast-food vollstopfen, Bücher über amerikanische Geschichte lesen und vor dem Fernseher hocken.

Ungefähr um die Zeit seines fünfundzwanzigsten Geburtstags, im April, zog Michael sich in sein Zimmer zurück und weigerte sich, überhaupt noch mit irgend jemandem zu reden. Einen Monat später versuchte er, das Haus niederzubrennen, weil er wollte, daß die Stimmen, die er ständig aus dem Zimmer seiner Mutter hörte, endlich verstummten.

Am darauffolgenden Samstag zwängte Vater Hrubek den Sohn in einen schlechtsitzenden Anzug, packte ihm drei Bücher, Unterwäsche zum Wechseln und eine Zahnbürste ein und fuhr mit ihm zu einer staatlichen Heilanstalt in New York. Daß es eine Anstalt für geistig Kranke war und daß er bei Gericht die einstweilige Zwangseinlieferung für die Dauer von zweiundsiebzig Stunden erwirkt hatte, sagte sein Vater ihm nicht.

Er umarmte Michael und sagte ihm, im Hospital werde es ihm sehr schnell wieder bessergehen – so gut, daß er bald wieder nach Hause kommen könne. Das müsse er sich erst gut überlegen, erwiderte Michael stirnrunzelnd und ahnte nicht, daß er gerade eben zum letzten Mal im Leben mit seinem Vater gesprochen hatte.

Hrubek senior, ein vom Leben ausgezehrter Mann, kehrte nach Westbury zurück, verkaufte mit Verlust das Haus und zog zurück in den mittleren Westen, von wo seine Familie vor vielen Jahren gekommen war.

Sechs Wochen später gab die Abrechnungsstelle für Patienten dritter Klasse ihre Bemühungen auf, den Vater ausfindig zu machen, Michael Hrubek wurde künftig auf Staatskosten unterhalten.

Das Leben in der Anstalt war öde und freudlos – ein institutionalisiertes Dahinvegetieren, nur skandiert von den Zeiten zum Pillenschlucken, für die Mahlzeiten und zum Schlafengehen. Im damaligen Stadium seiner Krankheit war Michael eher in sich gekehrt und scheu als aggressiv, so daß sich bei ihm eine Behandlung mit Elektroschocks erübrigte. Die Medikamente stellten ihn ruhig, er saß tagsüber still in seinem Zimmer, bis ihm der Hintern weh tat, dann stand er auf und starrte stundenlang durchs vergitterte Fenster auf den grau-schlierigen Dunst, der über der tristen Landschaft lag.

Einmal in der Woche ließ der Arzt ihn rufen.

»Du mußt immer brav deine Medikamente nehmen. Nimmst du sie auch? Sehr schön. Unser Ziel ist es, dich so weit zu bringen, daß du begreifst – ich meine, wirklich *begreifst* –, daß alles, was dich ängstigt und dir Kummer macht, lediglich eine Funktion deiner Krankheit ist und nichts mit den Realitäten rings um dich zu tun hat...«

Michael reagierte jedesmal mit einem Grunzlaut, der erkennen ließ, daß er durchaus nicht dieser Meinung war, und nahm sich im übrigen vor, ein wachsames Auge auf diesen geschwätzigen Burschen zu haben.

Nach sechs Wochen Beobachtung in der Anstalt wurde für den Patienten Michael Hrubek die Diagnose *geringfügig schizophren, ohne Neigung zur Gewalttätigkeit, möglicherweise paranoid* gestellt, sodann wurde er – weil das Hospital infolge einer Budgetkürzung einen Flügel schließen mußte – zusammen mit sechsundachtzig anderen Patienten entlassen.

Da die für die Patienten der dritten Klasse zuständige Abrechnungsstelle die Entlassungsstelle des eigenen Hauses nicht darüber unterrichtet hatte, daß der Wohnsitz des Vaters unbekannt war, wurde die Entlassungsverfügung an eine fiktive Adresse in Valhalla, New York, geschickt. Ein Wärter führte Michael am Entlassungstag ins Wartezimmer, drückte ihn auf eine Bank und sagte ihm, er solle schön hier warten, bis jemand aus seiner Familie käme, um ihn abzuholen. Nach vier Stunden machte Michael der diensttuenden Schwester weiß, er wolle sich von jemandem verabschieden. Tatsächlich aber spazierte er – völlig ungeschoren – durchs Haupttor und verschwand.

Und so begann seine lange, qualvolle Reise, die ihn in die Städte an der Ostküste führte, in Heilanstalten, von denen die eine mehr, die andere weniger für ihre menschenunwürdigen Behandlungsmethoden verschrien war, in die feine, idyllisch gelegene Trevor Hill Psychiatry, wo er die von ihm innig geliebte Dr. Anne kennenlernte, die dann doch Verrat an ihm beging, in die Schlangengrube von Cooperstown, zu den Toten vom Indian Leap, zu Dr. Richard in der Marsden State Mental Health Facility ... und schließlich (was ihm, nachdem er so unendlich viele Meilen durchwandert und unzählige Menschenleben durchlebt hatte, selber wie ein Wunder vorkam) hierhin: auf den Fahrersitz eines schwarzen, dreißig Jahre alten Cadillac *Coupé de Ville,* in dem er allerdings nicht nach Boyleston unterwegs war, sondern in westlicher Richtung den Highway 236 hinunterraste – nach Ridgeton, wohin es nun nicht mal mehr zwanzig Meilen waren.

Und während er durch die Nacht fuhr, formten seine Lippen Worte, und in seinem Kopf entstand so etwas wie eine Melodie dazu:

»Cadillac, harter Treck ... Schwer der Schritt, Mond zieht mit ... Soldatenjungen, grau und blau ...«

Längst war das Lenkrad naß vom Schweiß seiner Hände, ständig rief er sich murmelnd ins Gedächtnis, daß links die Bremse und rechts das Gaspedal war. Er merkte durchaus, daß er manchmal über die Mittellinie kam, hatte aber in seiner Panik ganz vergessen, auf welcher Spur er eigentlich fahren mußte. Als es ihm endlich wieder einfiel, wußte er nicht mehr, nach welcher Seite er das Lenkrad drehen mußte. So fuhr er eben eine Zeitlang nach den englischen Verkehrsregeln, bis es ihm allmählich gelang, den Wagen Zentimeter um Zentimeter wieder auf die rechte Spur zu lenken.

Er fuhr und fuhr – konstant mit vierzig Meilen pro Stunde, in einer Fünfundfünfzigmeilenzone. Schwer schluckte er gegen seine Ängste an, er ächzte und stöhnte und murmelte immer wieder etwas in sich hinein. Nichts hätte er jetzt lieber getan, als sich ins weiche Polster der Sitze zu schmiegen, den Kopf im Arm zu bergen und in tiefen, erlösenden Schlaf zu fallen. Aber das tat er natürlich nicht. O nein, Michael saß aufrecht wie ein Soldat im Wachdienst und starrte unverwandt in die dunkle Nacht, wo die Kanonen seiner Feinde auf ihn warteten.

Nur einmal wandte er den Blick kurz vom dunklen Asphaltband zur Seite, nur so lange, bis er das Schild wahrgenommen hatte, auf dem RIDGETON – 17 MEILEN stand, dann konzentrierte er sich wieder auf den Highway. Mit großem Wohlbehagen sog er die süße Luft ein, die ihm aus dem Heizungsgebläse ins Gesicht wehte. In einem jener seltenen Momente, in dem es plötzlich war, als habe jemand ein Licht in seinem Kopf angeknipst, wurde ihm bewußt, daß die Erinnerungen, die ihn durch diese stürmische Novembernacht begleiteten, so weit gereist waren wie er selbst.

Er dachte an den Nachmittag vor langer, langer Zeit, als er in der Bibliothek einer der vielen Heilanstalten gesessen und ein Lied gesungen hatte – ein Lied, das er sich selber ausgedacht hatte. Wieder und wieder hatte er die Zeilen vor sich hin gesungen, bis die Bibliothekarin gekommen war und ihn gebeten hatte, damit aufzuhören. Da hatte er es nur noch im Kopf weitergesungen und lautlos die Lippen dazu bewegt:

Hart der Treck, hart der Sattel,
Und die Hauptstadt liegt im Schlaf.
Soldatenjungen weinen leise,
Und irgendwo klagt eine Frau.
Schwer der Schritt, Mond zieht mit,
Und blutig rot färbt sich die Nacht.
Die Toten gehe ich besuchen.
Ich weiß, wo sie begraben sind.

Michael lenkte die schwarze Nase des Wagens den langgezogenen Hügel hinunter und freute sich, wie schön weich der Motor reagierte, wenn er den Fuß aufs Gaspedal senkte. Aber als er am allerwenigsten damit rechnete – mitten in den Triumph der gerade erst entdeckten Geschwindigkeit hinein, mitten in seinen Stolz darüber, daß er diese Maschine beherrschte und etwas fertigbrachte, was ihn noch vor einem Jahr vor lauter Angst gelähmt hätte –, mitten in diesem Augenblick fing Michael Hrubek zu weinen an.

Keuchend pumpt er sich heiße Luft in die Lungen und muß nun noch heftiger schluchzen. Schweiß tritt ihm aus allen Poren, rinnt ihm warm über die Wangen. Irgend etwas schnürt ihm die Kehle zu.

Warum weine ich? denkt er erstaunt und weiß eigentlich gar nicht, daß er weint.

Er kann es sich wirklich nicht erklären. Aber irgendwo tief in seinem Hirn formt sich die Antwort, daß er um das Genie jenes Mannes weint, der dieses tolle Auto gemacht hat. Er weint wegen all der Meilen, die er heute nacht zurückgelegt hat. Und er weint auch wegen der allmählich verblassenden Erinnerung an eine Frau, die einen kein bißchen eleganten Hut auf dem sonst so wunderschönen Kopf getragen hat.

Er weint um diejenigen, die schon sterben mußten, und um diejenigen, die noch sterben werden.

Und er weint, weil sich dort oben – hinter den Wolken, die der Sturm vor sich hertreibt – bestimmt ein blutrot gefärbter Mond verbirgt.

Die Toten gehe ich besuchen,
Ich weiß, wo sie begraben sind.

20

Lis klebte gerade die Reihe der obersten Scheiben im Wintergarten zu, als der Sturm losbrach.
Sie stand auf der Leiter, auf die Zehenspitzen gereckt, das Gesicht nur eine Handbreit vom Glas entfernt, und wollte gerade den Streifen auf die Scheibe drücken, als auf einmal heftiger Regen gegen das Glas prasselte. Erschrocken zuckte sie zurück, der Klebestreifen rutschte ihr aus den Fingern, um ein Haar wäre sie von der Leiter gestürzt. Im ersten Moment dachte sie, jemand hätte eine Handvoll Kies gegen die Scheibe geworfen.
Sie kletterte nach unten, zog ein Stück von der fertig verklebten Schutzverkleidung ab und schaute zum Himmel empor. Ob es vernünftiger war, mit der Arbeit aufzuhören? Wenn der Sturm eine Scheibe eindrückte, flogen ihr, während sie auf der Leiter stand, womöglich die Splitter um die Ohren. Andererseits, sie war mit den Scheiben auf der Nordseite noch nicht fertig, und gerade die waren dem Sturm besonders ausgesetzt. Zehn Minuten, nahm sie sich vor. Zehn Minuten gab sie sich noch.
Als sie wieder nach oben kletterte, mußte sie daran denken, daß Kohler ihr geraten hatte, das Haus zu verlassen. Freilich, regelrecht gedrängt hatte er sie nicht. Nicht so, als mache er sich ernste Sorgen um sie. Und abgesehen davon, versuchte sie sich zu beruhigen, hätte der Sheriff von Ridgeton bestimmt sofort angerufen, wenn Hrubek tatsächlich nach hierher unterwegs war.
Während sie die Streifen x-förmig auf die Scheiben klebte, fiel ihr Blick auf den See und den Wald. Dahinter dehnte sich, im Regen kaum zu erkennen, unbewohntes Land – schier unendlich weit, ein bis zum Horizont reichendes, schmutzig-ver-

schwommenes Gewirr aus Weideflächen, Waldstücken und mit Felsen gespicktem und von Steinen übersätem Ödland. Ein so unübersichtliches Gelände, daß sich Hrubek dort überall mühelos verbergen konnte. Warum sollte er also das Risiko eingehen, bis in den Ort zu kommen? Unvorstellbar, daß es je möglich sein konnte, jemanden dort aufzuspüren. Diese unergründliche Wildnis umgab jeden wie mit einer Tarnkappe.

Und dabei fiel ihr Owen ein.

Wo mochte er im Augenblick stecken? Und wie wollte er Hrubek in diesem öden, weiten Land je finden? Oder Hrubek ihn?

Tief im Herzen glaubte sie, daß Owen bald zurück wäre. Möglicherweise noch, bevor sie und Portia das Haus verließen. Im Geiste sah sie ihn schon heimkommen – mit leeren Händen, zornig und enttäuscht, weil bei dem Versuch, wieder einmal Soldat zu spielen, nichts herausgekommen war.

Er hatte die Gelegenheit, Buße zu tun und etwas wiedergutzumachen, nicht nutzen können.

Oh, Lis hatte ihn von Anfang an durchschaut. Sie wußte sehr gut, warum er heute nacht losgezogen war. Sie wußte, was er im Sinn hatte, auch wenn er nicht darüber reden wollte. Er dachte eben immer noch, er sei es seiner Frau schuldig. Eine der verschrobenen Überzeugungen, die typisch waren für Owen.

Aber vielleicht, überlegte sie, hatte er ja auch recht. Immerhin war er im vergangenen Jahr die meiste Zeit über mit einer anderen Frau zusammengewesen.

Er hatte die andere bei einem Fortbildungsseminar kennengelernt. Sie war auch Anwältin. Spezialisiert auf Vermögens- und Grundstücksverwaltung. Siebenunddreißig Jahre alt, geschieden, zwei Kinder.

Fakten, die Owen Lis aufgezählt hatte, als ob sie geradezu ein Beweis für die Ehrenhaftigkeit seiner Untreue wären. *Schau her, kein kaugummikauendes junges Gackelchen.* Nein, an der Yale hatte sie studiert. Cum laude.

»Glaubst du, daß ich auch nur einen müden Furz auf ihre Referenzen gebe?« hatte Lis ihn angeschrien.

Als sie die Mastercard-Quittung für ein Hotelzimmer in Atlantic City gefunden hatte – ausgestellt auf ein Datum, an dem er angeblich geschäftlich in Ohio zu tun hatte –, war es ihr zumute gewesen, als bräche ihr der Boden unter den Füßen weg. Weil sie sich in der Situation der betrogenen Ehefrau befunden und sich darum vorher nie klargemacht hatte, daß es, wenn einer den anderen betrügt, gar nicht nur um Sex geht. Zum Ehebruch gehört auch, daß der Partner sich auf einmal innerlich zu einem fremden Menschen hingezogen fühlt. Sie hätte nicht sagen können, ob die physische Untreue oder die des Herzens sie mehr schmerzte.

Daß er es mit diesem Flittchen in Trump's Palace getrieben, daß sie die Yale-graduierten Schenkel um Owen geschlungen, mit ihrer Zunge seine gesucht, ihm ihre nackten Brüste hingereckt und weiß Gott was getan hatte, bevor sie dann zum Kern der Sache gekommen waren ... ja, das war schlimm genug. Aber was Lis noch demütigender gefunden hatte, war der Gedanke, daß sie vor den Augen Tausender fremder Menschen händchenhaltend am Strand von Jersey entlangspaziert waren und engumschlungen auf einer Bank gesessen und sich Dinge erzählt hatten, die, soweit es um Owen ging, nur ihm und ihr gehörten.

Ihr Owen! Ihr allzeit so verschlossener, schweigsamer Owen, dem *sie* jedes Wort einzeln herauslocken mußte!

Vieles davon waren reine Vermutungen, natürlich. Owen hatte seine Lektion gelernt. Nachdem er ihr im ersten Überschwang den halben Lebenslauf dieser Frau erzählt hatte, hütete er sich, noch mehr auszuplaudern. Aber der bloße Gedanke an eine Intimität, die tiefer reichte als Sex, war für Lis so empörend, daß sie nicht mehr in der Lage war, irgendein vernünftiges Gespräch mit Owen zu führen. Es gab nur noch wilde Wut – in jedem Wort, in jeder Geste. Nachdem er ihr die Affäre gestanden hatte, war sie wochenlang innerlich so aufgewühlt, daß sie allen Ernstes befürchtete, von einem Augenblick zum anderen verrückt zu werden.

Als Lis die Abrechnung für das Hotelzimmer gefunden und

ihn zur Rede gestellt hatte, hatte Owen gesagt, die Sache sei vorbei. Er hatte ihren Kopf in seine großen Hände genommen, ihr übers Haar gestreichelt und mit ihren Ohrringen gespielt – ein Geschenk, das er ihr zu jener Zeit gemacht hatte, als er noch wie ein frischverliebter Collegeboy mit der anderen geturtelt hatte, war Lis wütend klargeworden; sie hatte die Dinger noch in derselben Nacht weggeworfen. Diese Frau, erzählte ihr Owen, habe ihn gebeten, Lis zu verlassen und sie zu heiraten. Als er das strikt abgelehnt habe, sei es zum Streit gekommen, und so sei letzten Endes von der ganzen Affäre nur Verbitterung übriggeblieben.

Nach den ersten katastrophalen Wochen, nach langen Nächten, in denen es nichts als Schweigen gab, nach Sonntagvormittagen in einer Atmosphäre wie bei einer Beerdigung und nach einem Thanksgiving, wie sie es nicht ein zweites Mal erleben wollte, fingen die Diskussionen an. Nach dem Strickmuster, das in solchen Fällen unter Eheleuten üblich ist – zuerst das taktische Herantasten, dann die versteckten Vorwürfe und danach die Phase, in der sich die Vernunft durchsetzt. Lis konnte sich nur noch vage an die Gespräche erinnern. *Du verlangst zuviel. Du gehst nie auf irgend etwas ein. Weil man ja auch nie dahinterkommt, was du wirklich willst. Nein, weil du dich in dein Schneckenhaus verkriechst. Du interessierst dich doch nicht dafür, was ich möchte und was ich tue. Du mußt endlich beim Sex lockerer werden. Du fällst doch immer über mich her wie bei einer Vergewaltigung. Du hast dich nie darüber beklagt. Ja, aber manchmal machst du mir so eine Angst, daß ich einfach nicht begreifen kann, was in deinem Kopf vorgeht. Ja, aber das liegt eben daran, daß du dich so stur und hölzern gibst. Ja, aber ...*

Bei keiner anderen Gelegenheit steht im Mittelpunkt so vieler Sätze das Wort *du,* außer beim Großreinemachen nach einer ehelichen Untreue.

Schließlich kamen sie überein, den Gedanken an eine Scheidung zu erwägen, und lebten eine Weile getrennt. Während dieser Periode kam Lis zu der Erkenntnis, daß die Affäre an sich gar nicht das eigentlich Überraschende gewesen war. Viel ver-

blüffender und schockierender war für sie der Umstand gewesen, daß Owen sich eine Anwältin als Geliebte ausgesucht hatte. Starke Frauen lagen nämlich im Grunde überhaupt nicht auf seiner Linie. Er selbst hatte ihr erzählt, daß seine schönste Beziehung vor der Begegnung mit Lis die mit einer jungen Vietnamesin gewesen sei – in Saigon, während des Krieges. Er war taktvoll genug, sich nicht in Einzelheiten zu ergehen, aber soviel wußte sie aus seinen überschwenglichen Schilderungen: Es mußte eine sehr gefühlvolle, mädchenhaft scheue kleine Fee gewesen sein. Manches hatte Lis ihm durch Fragen entlocken, manches aus Andeutungen heraushören müssen, um zu begreifen, daß er eigentlich sagen wollte, sie sei sehr unterwürfig und bescheiden gewesen und habe kaum Englisch gekonnt.
Das soll eine partnerschaftliche Beziehung sein? hatte sie sich gefragt, beunruhigt von dem Gedanken, daß der Mann, mit dem sie verheiratet war, sich so ein Mädchen ausgesucht hatte. Aber bei dieser Liaison mußte noch irgend etwas anderes mitgespielt haben, etwas, was unter einem dunklen Schleier verborgen lag. Owen wollte nicht darüber reden, so daß Lis auf Vermutungen angewiesen war. Vielleicht hatte er ihr bei irgendeinem Unfall eine Verletzung zugefügt und – entgegen allen militärischen Regeln – eine Weile mit ihr zusammengelebt, um sie zu pflegen und mit gestohlenen Essensrationen und Medikamenten zu versorgen? Oder ihr Vater war ein Vietcong, den Owen getötet hatte, und aus seinem Schuldgefühl heraus hatte er an ihr etwas wiedergutmachen wollen und sich dabei in sie verliebt?
Nur, eigentlich paßte das alles gar nicht zu Owen, es war viel zu romantisch, zu operettenhaft, so daß Lis zu dem Schluß kam, es sei wohl eher das alte Spiel von Jugend und Lust gewesen, und wenn ihm die Erinnerung nun alles verklärt vorgaukelte, dann habe das eben etwas mit den wehmütigen Sehnsüchten zu tun, die zur Midlife-crisis von Männern gehörte. Was freilich nichts daran änderte, daß dieses fügsame junge Ding einen besonderen Reiz auf ihn ausgeübt hatte. Weil er eben – wer hätte das besser gewußt als Lis – nichts so schlecht vertrug wie

Widerspruch. Dann konnte er wütend werden wie ein Stier, Streit lag in der Luft. Hunderte Beispiele hätte sie aus dem Stegreif herunterrasseln können – ihre Idee, die Gärtnerei zu kaufen, oder wenn sie ihn bat, ihr mehr als ein Sexpartner zu sein, oder wenn sie ihn in kritischen Phasen ihrer Ehe gedrängt hatte, einen Psychiater zu Rate zu ziehen, oder ihn auch nur gebeten hatte, nicht sooft zu verreisen.

Und dennoch war es merkwürdigerweise gerade seine dominierende Art, die sie anzog. Sie ärgerte sich zwar darüber, konnte aber nicht leugnen, daß seine Macho-Allüren einen gewissen Reiz auf sie ausübten. Sie brauchte nur an die Zeit zu denken, als sie sich kennengelernt hatten ...

Fünfunddreißig war sie damals gewesen – ein Alter, in dem die meisten Frauen in Ridgeton schon ein paarmal Mutter geworden waren. Lis hatte an einer Bürgeranhörung teilgenommen, bei der Owen einen Bauunternehmer vertrat, der eine Befreiung von verschiedenen Bauauflagen beantragt hatte. Und da stand er nun vorn am Podium, Owen Atcheson, unnachgiebig, unbeugsam, nie um ein Argument verlegen, wenn aufgebrachte Bürger ihn attackierten. Lis verfolgte mit Interesse, wie verbissen er für die Sache seines Brötchengebers focht – der getreue Schwertbube seines Ritters. Alles hatte sie fasziniert – die Art, wie er seine Sätze formulierte, der kühle Tonfall, die großen Hände, die schwer und unerschütterlich auf dem Podium ruhten.

Irgendwie hatte sie es so arrangiert, daß sie sich nach dem Meeting auf dem Parkplatz begegneten, und vorgeschlagen, ihre Telefonnummern auszutauschen. »Kann ja sein, daß ich eines Tages einen guten Anwalt brauche.«

Eine Woche später rief er an, um sie zum Dinner einzuladen. Sie sagte sofort ja.

Ihr erster Abend. Sie hatte sich adrett herausgeputzt, und er war der vollendete Gentleman. Bestellte für sie, erledigte diskret die Rechnung, hielt ihr beim Hinausgehen artig die Tür auf und schloß den Abend mit einem züchtigen Kuß vor der Haustür ab.

Alles streng nach der Etikette. Sie empfand absolut nichts für ihn.
Kein Anruf am nächsten oder übernächsten Tag, und obwohl es ihr Ego verletzte, war sie im Grunde sogar froh, daß er nichts von sich hören ließ. Sie ging hin und wieder mit anderen Männern aus und verschwendete keinen Gedanken mehr an den trockenen Owen Atcheson. Sechs Monate später, eines Samstags, liefen sie sich in einem Laden auf der Main Street über den Weg. Owen behauptete, er habe vorgehabt, sie anzurufen, sei aber dauernd geschäftlich auf Reisen gewesen. Und Lis dachte: Warum bilden sich Männer eigentlich ein, wenn sie nur versichern, sie hätten anrufen wollen, sei alles in schönster Ordnung, obwohl ja die Tatsache bleibt, daß sie nicht angerufen haben?
Sie wußten nicht recht, was sie miteinander anfangen sollten, als sie verlegen nebeneinander am Verkaufstresen des Bau- und Gartenmarkts standen. Owen schielte auf die Plastikrohre, die sie gerade erstehen wollte. Die seien für den Garten, erklärte sie ihm. Ob sie jemanden brauche, der ihr beim Verlegen zur Hand ginge, fragte er. Und als sie zögerte, sah er ihr in die Augen und sagte, er sei kein Multitalent, aber es gebe ein paar Dinge, bei denen er eine gewisse Geschicklichkeit an den Tag lege. Eines davon sei die Klempnerei.
»Na schön«, sagte sie.
Sie fuhren zu dem kleinen Bungalow, den sie gemietet hatte, und dank Owens tatkräftiger Hilfe war das Bewässerungssystem nach einer halben Stunde zusammengeschraubt. Als alles fertig war, schlenderte er zum Wasserhahn und winkte ihr, nachzukommen. Er nahm ihre Hand, führte sie zur Drehspindel, legte seine Hand auf ihre und fragte: »Sollen wir?« Und während sie mit der rechten und er mit der linken Hand den Hahn aufdrehten, faßte er sie mit der rechten Hand unterm Kinn, hob ihren Kopf und küßte sie. Auf den Mund. Sehr stürmisch.
Den Rest des Nachmittags verbrachten sie in ihrem Messingbett. Die von der Arbeit im Garten schmutzige Kleidung lag auf

der Treppe und auf dem Fußboden verstreut. Und auch hinterher blieb ihnen nicht mal genug Zeit, wenigstens die blaugemusterte Baumwolldecke über sich zu ziehen.
Und acht Monate später waren sie verheiratet.
Während all der sechs Jahre waren Lis hin und wieder Zweifel gekommen, ob ihre Ehe lange Bestand hätte. Nur, daß eines Tages Schluß sein könnte, weil er sie betrogen hatte, war ihr nie in den Sinn gekommen. Eher hätte sie geglaubt, daß er oder sie irgendwann packen und ausziehen würden – zum Beispiel nach einem seiner Temperamentsausbrüche, wenn er irgendwann – angedroht hatte er's ja oft genug – tatsächlich zugeschlagen hätte. Oder wenn sie ihn energisch vor die Wahl stellte: Entweder verbringst du das Wochenende mit mir, oder du ziehst gleich um ins Büro, und zwar endgültig.
Und so war seine Affäre eben ein Anlaß gewesen, grundsätzlich über die Zukunft ihrer Ehe nachzudenken. Zunächst war Lis ernsthaft entschlossen gewesen, sich von Owen scheiden zu lassen und ihr eigenes Leben zu leben – ein Zukunftsaspekt, dem sie einen großen Reiz abgewann. Aber sie war nicht dazu geboren, sich in ihrem Zorn und ihrer Wut zu vergraben, im Gegenteil, sie mußte sich hin und wieder selbst daran erinnern, daß eine betrogene Ehefrau gefälligst empört zu sein hat. Als ihr klarwurde, wieviel verkrampftes Bemühen nötig war, um ihr seelisches Gleichgewicht auszutarieren, verlor der Gedanke, in Zukunft allein zu leben, rasch an Reiz. Und davon ganz abgesehen, ihr Owen gab sich auf einmal sehr zerknirscht, er kroch geradezu lammfromm zu Kreuze, was ihr eine seltsame Macht über ihn verlieh. Zum ersten Mal in ihrer Ehe hatte sie das Gefühl, am längeren Hebel zu sitzen.
Dazu kamen praktische Notwendigkeiten. Ruth L'Aubergets gesundheitlicher Zustand verschlimmerte sich rapide, der Augenblick, in dem die beiden Töchter ein nicht ganz unkompliziertes Erbe antreten würden, rückte absehbar näher. Lis, die sich nie um finanzielle Belange gekümmert hatte, stellte auf einmal fest, daß sie mehr als je zuvor auf Owen angewiesen war. Er kannte sich mit finanziellen und geschäftlichen Fragen von

Berufs wegen aus, und als er es schließlich übernahm, den Besitz zu verwalten, ergab es sich zwangsläufig, daß ihre Ehe wieder zusammenwuchs.
Ihr Leben wurde leichter. Ruth L'Auberget sah es gern, und Portia (die sowieso möglichst bald wieder in ihre Wohngemeinschaft zurückkehren wollte) war damit einverstanden, daß Lis und Owen in dem Haus in Ridgeton mit seinem traumhaft schönen Wintergarten einzogen. Lis konnte sich den teuren Geländewagen leisten, und Owen kaufte seine Anzüge bei den Brooks Brothers, erstand ausgefallene Jagdwaffen, fuhr zum Tiefseefischen nach Florida und zur Jagd nach Kanada. Er war weiterhin häufig geschäftlich unterwegs, oft auch über Nacht, aber Lis vertraute auf sein Versprechen, ihr künftig treu zu sein. Zumal sie sich sagte, daß ihm viel an einem Leben in Wohlstand lag. Und das Anwesen, die Wertpapiere und das Barvermögen waren nun mal auf ihren Namen überschrieben.
Und so war ihr heute nacht, als Owen mit grimmiger Miene, Jagdlust im Blick und bis an die Zähne bewaffnet, vor ihr gestanden hatte, sofort klargewesen, was ihn aus dem Haus trieb. Nachdem sie erfahren hatten, daß Hrubek entflohen war, hatte er blitzschnell seine Chance erkannt, Lis' Liebe, die er durch seinen Leichtsinn aufs Spiel gesetzt hatte, zurückzugewinnen.
Nun gut, Owen, dachte Lis, während sie die letzten Fenster zuklebte, möge der Himmel dir beistehen bei allem, was du dir für heute nacht vorgenommen hast. Ich weiß deinen guten Willen zu schätzen. Aber sieh zu, daß du bald wieder nach Hause kommst, hörst du?
Der Wind wurde stärker. Die Regenschwaden, die er vor sich hertrieb, prasselten mit solcher Gewalt auf das Dach des Wintergartens und gegen die Glasfront auf der Nordseite, daß Lis erschrocken zusammenzuckte.
Höchste Zeit, das Haus zu verlassen.
»Portia! Komm, wir gehen.«
»Ich hab aber noch einiges zu erledigen«, rief ihre Schwester von oben.

»Laß alles liegen und stehen.«
Einen Augenblick später kam Portia nach unten. Lis musterte sie und stellte überrascht fest, daß ihre Schwester ihr – wenn sie lässige Kleidung trug, so wie heute nacht – plötzlich viel ähnlicher sah.
Portia bemerkte Lis' Blick. »Ist was?« fragte sie.
»Nein, nichts. Bist du fertig?« Lis hielt ihr einen gelben Regenmantel hin und zog ihren eigenen an.
Portia hängte sich den Rucksack über die Schulter. Lis nahm ihren Koffer und deutete mit dem Kopf zur Tür. Sie gingen nach draußen. Der Regen fiel jetzt dicht wie ein Vorhang aus schweren Perlen. Ein jäher Windstoß riß Portia die Baseballmütze vom Kopf, sie schimpfte wie ein Rohrspatz, rannte, während ihre Schwester die Hintertür doppelt verriegelte, hinter dem guten Stück her, und dann gingen sie gemeinsam den aufgeweichten Pfad hinunter, auf die Garage und den Abstellplatz zu.
Lis drehte sich um, weil sie noch einen Blick auf das Haus werfen wollte. Mit den x-förmig zugeklebten Fenstern und den windschief verzogenen alten Holzschindeln sah die Wohnburg aus der Kolonialzeit wie eine wehrhafte Festung im Niemandsland aus. Lis' prüfender Blick war gerade beim Wintergarten angekommen, als ihre Schwester ausrief: »Du lieber Himmel, was ist das denn?«
Lis fuhr herum. »Ach Gott!«
Vor ihnen breitete sich eine knöcheltiefe Lache aus Schlamm und Wasser aus, der größte Teil der Zufahrt war davon bedeckt, und in die Garage war die braune Brühe auch schon gelaufen. Sie wateten ein Stück weit in das schauerlich kalte, glitschige Wasser und blickten zum See hinüber. Nein, es lag nicht daran, daß etwa der Pegel so hoch angeschwollen wäre, der Wall aus Sandsäcken – jener Wall, von dem Owen behauptet hatte, er habe ihn solide und hoch genug aufgeschichtet – war vom steigenden Wasser weggeschwemmt worden, und nun drückte der überlaufende See in den Abzugsgraben und trieb das Wasser auf das Haus zu. Die Senke bei der Garage hatte es am

schlimmsten erwischt, aber auch ein Teil des Gartens war schon vollgelaufen, es quirlte und strudelte überall, als wären auf einmal Dutzende von kleinen Quellen aufgebrochen.
»Was machen wir jetzt bloß?« rief Portia. Ihr heiserer Tonfall verriet, daß sie nun doch beunruhigt war. Dabei sah die Wasserfläche, wenn sie sich auch bis weit über das Grundstück ausdehnte, gar nicht bedrohlich aus, allenfalls wie ein etwas zu groß geratener Tümpel.
Wir können vermutlich nicht viel machen, ging es Lis durch den Kopf. Die Einbruchstelle am Sandsackdamm, durch die das Wasser strömte, war gut sechs Meter breit. Ein so breites Loch in aller Eile abzudichten, das schafften sie zu zweit nicht. Und der Schaden betraf ja hauptsächlich die Senke rings um die Garage. Solange der See nicht weiter anschwoll, bestand für das Haus keine Gefahr.
»Da gibt's nur eines«, sagte Lis, »wir verschwinden hier.«
»Von mir aus gern.«
Sie wateten in die Garage und kletterten in den Acura. Lis steckte den Schlüssel in die Zündung. Wie von einer bösen Vorahnung geplagt, zögerte sie einen Augenblick. Zwei Möglichkeiten fielen ihr ein: Entweder hatte das Wasser schon zu einem Kurzschluß geführt, oder die Batterie war ruiniert. Achselzuckend sah sie Portia an, dann drehte sie den Zündschlüssel. Der Motor sprang sofort an und lief ruhig und geschmeidig. Langsam und vorsichtig lenkte sie den Wagen rückwärts aus der Garage, hielt auf dem überschwemmten Vorplatz an und schlug das Lenkrad scharf ein, um in die Ausfahrt einzubiegen.
Sie waren fast am Ende der Lache angekommen, vor ihnen lag relativ trockener Boden, als plötzlich ein scharfer Ruck durch den Wagen ging und die Vorderräder – die Antriebsräder – sich in den Schlamm wühlten. Lis trat das Gaspedal durch, aber das half nun auch nichts mehr, der Acura steckte wie festgefroren im Schlick.
Das war die dritte Möglichkeit, dachte Lis. Nur, leider war ihr die vorher nicht eingefallen.

Richard Kohler zog den BMW durch die Kurve, beschleunigte und fuhr stadtauswärts, mitten hinein in den strömenden Regen.
Das Gelände stieg jetzt stetig an, er kurvte durch die Hügel, die Straße machte einen Knick nach Osten – und da lag es vor ihm. Perfekt. Genau das, was er gesucht hatte. Und sogar noch eindrucksvoller, als er's in Erinnerung gehabt hatte. Er fuhr bis ans Ende des großen Parkplatzes und stellte den Motor ab. Dann zog er den Reißverschluß an seinem Rucksack auf und nahm die Akte heraus, in der er heute abend schon einmal gelesen hatte, auf dem Parkplatz des Marsden State Hospital – Michael Hrubeks Akte.
Jede Zeile in diesem aus losen Blättern zusammengestellten Dokument stammte aus der Feder von Dr. Anne Weinfeldt Muller, fünfundsechzig Jahre alt, Mitglied des Psychiaterteams am Trevor Hill Psychiatric Hospital.
Trevor Hill war eine weit über die Staatsgrenzen hinaus renommierte Privatklinik. Nur knapp fünf Monate lang war Michael Anne Mullers Patient gewesen, aber ihre Erkenntnisse über Michaels Zustand und die Fortschritte, die durch ihre Behandlung eingetreten waren, konnten als richtungweisend gelten. Es war wirklich ein Jammer, fand Kohler, daß niemand je herausfinden würde, wie segensreich sich eine weitere Behandlung durch Anne Muller auf Michael ausgewirkt hätte. Wie Kohler arbeitete auch Anne Muller mit mehreren Heilanstalten zusammen. In einer kleinen staatlichen Anstalt, in der sie sich um die schweren Fälle von Schizophrenie kümmerte, war ihr zufällig Michael begegnet. Beeindruckt von seiner Intelligenz und betroffen von seinen ungewöhnlichen Wahnvorstellungen, hatte sie keine Ruhe gegeben, bis sich das teure Trevor Hill bereit erklärte, seine Pforten für Michael Hrubek zu öffnen und ihn als *pro-bono*-Patienten aufzunehmen. Die Krankenhausverwaltung – die »normale« Patienten bevorzugte (wobei sich die Administratoren weniger am Grad der Erkrankung orientierten als vielmehr daran, ob die Familienangehörigen die Rechnungen bezahlen konnten) – hatte sich

lange geweigert, aber schließlich nachgeben müssen, weil Dr. Muller ihr ganzes Prestige in die Waagschale warf und auch, weil sie bei der Verfolgung eines einmal gesetzten Ziels starrsinnig wie ein altes Maultier sein konnte.

Den ersten Tag im Trevor Hill mußte Michael Hrubek noch in der Zwangsjacke verbringen, dann beruhigte er sich, das lästige, von ihm so gefürchtete Ding kam herunter. Hier, in den Notizen, die Kohler auf dem Schoß hielt, stand in Dr. Anne Mullers Handschrift aufgezeichnet, wie die erste Woche verlaufen war:

> *Der Patient verhält sich ablehnend und mißtrauisch. (»Wenn du mich auf den Kopf haust, mach ich dich tot, du Arsch, das kannst du mir glauben.«) Keine erkennbaren visuellen Halluzinationen, gelegentlich akustische ... Die motorischen Aktivitäten sind extrem stark, Zwangsmaßnahmen sind unvermeidlich ...*
>
> *Überraschende oder primitive Reaktionen (Patient fängt beim Anblick eines Buches über amerikanische Geschichte zu schluchzen an; später lacht er bei der Frage nach seiner Großmutter mütterlicherseits und antwortet: »Die hat längst einen kalten Arsch.«)*
>
> *... Kognitive Funktionen gut, aber die Sprunghaftigkeit seiner Einfälle zeigt, daß sich sein Denken nur sehr eingeschränkt an einem Zeitrahmen orientiert ...*

Die Erinnerungen an die vielen staatlichen Anstalten, in die er eingewiesen worden war, hatten sich in Michael, wie Kohler aus seiner Arbeit mit dem Patienten wußte, zu einem unentwirrbaren grauen Knäuel verflochten, an seine Zeit im Trevor Hill mochte Michael sich dagegen durchaus auch angenehme und erfreuliche Erinnerungen bewahrt haben. In den staatlichen Einrichtungen liefen die Patienten in schmuddeliger Anstaltskleidung herum, zur Zerstreuung gab es lediglich lieblos eingerichtete Räume, in denen sie mit stumpfen Buntstiften malen oder sich mit Spielgeld die Zeit vertreiben durften.

Viele der Männer und Frauen trugen die Spuren einer Lobotomie am Kopf, man hatte ihnen die Nervenbahnen zwischen dem Stirnhirn und anderen Hirnteilen durchtrennt. In diesen Anstalten waren elektrokonvulsive Schockbehandlungen oder die Ruhigstellung durch Insulinkomas an der Tagesordnung.
Trevor Hill war ganz anders. Dort gab es, gemessen an der Patientenzahl, wesentlich mehr Ärzte und Betreuungspersonal, eine reich ausgestattete Bibliothek, sonnendurchflutete Zimmer mit unvergitterten Fenstern, einen gepflegten Park und einen Erholungsraum, in dem man moderne Lernspiele fand und Spielzeug, mit dem ein gewisser therapeutischer Effekt zu erzielen war. Gelegentlich wurde auch Elektroschocktherapie angewandt, aber grundsätzlich setzte man auf die Behandlung durch Medikamente.
Das Hauptproblem bei Michael bestand – wie immer bei schizophrenen Patienten – darin, die richtigen Medikamente in der richtigen Dosierung herauszufinden. Ein junger Restant hatte Michael im Trevor Hill einfältig gefragt, welche Medizin er denn bisher genommen habe, und Michael hatte – wie ein Medizinstudent fortgeschrittenen Semesters – geantwortet: »Oh – äh – Lithium. Chlorpromazine und sämtliche Derivative sind grundsätzlich bei mir kontraindikativ. Ich bin schizophren, darüber sollte kein Zweifel aufkommen, aber eine wesentliche Komponente meiner Krankheit sind manische Depressionen. Ihnen dürfte das als bipolare Depression bekannt sein. Kurzum, vorzugsweise bin ich mit Lithium behandelt worden.«
Das hatte den Restanten derart beeindruckt, daß er Michael tatsächlich Lithium verordnete, was prompt zu einem Tobsuchtsanfall führte. Michael warf den Fernsehapparat eines Pflegers aus dem Fenster, sprang hinterher und war schon auf halbem Wege zum Haupttor, als es drei kräftig gebauten Pflegern gelang, ihn wieder einzufangen.
Nach diesem Zwischenfall übernahm Dr. Muller persönlich die Behandlung. Zunächst gab sie ihm Haldol – eine erheblich stärkere Dosis, als letztendlich nötig gewesen wäre, aber es ging

ihr darum, seinen Zustand möglichst rasch zu stabilisieren. Er erholte sich nahezu augenblicklich. Und dann fing das mühsame Laborieren mit verschiedenen Medikamenten an, um die optimale Balance zwischen dem gewünschten Effekt und den Nebenwirkungen wie Gewichtszunahme, Austrocknen der Schleimhäute, unkontrollierbares Zittern der Lippen und Übelkeit herauszufinden – all jene Erscheinungen, die bei der Verabreichung von antipsychotischen Medikamenten auftreten. Dr. Muller versuchte es mit Thorazin, Stelazin, Mellaril, Moban, Haldol und Prolixin – ein elendes Geduldsspiel. Dreißig Milligramm davon, zusätzlich hundert davon ... Gut, erhöhen wir auf zweihundert ... Nein, probieren wir's lieber mit einem Mix ... Eintausendachthundert Einheiten Thorazin – nein, die Dosis muß höher sein ... Oder doch lieber Haldol? Neunzig Milligramm, das würde viertausendfünfhundert Einheiten Thorazin entsprechen ... Zu hoch? Wie reagiert er? Wie stark treten schmerzhafte Fehlfunktionen beim Ablauf von Bewegungsvorgängen auf? ... Gut, lieber wieder Stelazin ...

Dr. Muller kam schließlich zu dem Ergebnis, das Kohler nach seinen Erfahrungen nur bestätigen konnte: auf Thorazin in hoher Dosierung sprach Michael am besten an. Auf der Roßkur mit diesem Medikament und der begleitenden Therapie durch Dr. Anne Muller basierte die Behandlung. Jeden Dienstag und jeden Freitag hatte Michael eine therapeutische Sitzung mit der Ärztin. Und dabei war eben entscheidend, daß sie ihm – anders als viele Ärzte, mit denen er es vorher zu tun hatte – geduldig zuhörte.

»Du hast jetzt schon mehrmals erwähnt, daß du dir Sorgen um das machst, was vor dir liegt, Michael. Meinst du damit deine unmittelbare Zukunft?«

»So was habe ich nie gesagt«, fuhr er sie an.

»Meinst du vielleicht irgend etwas, was du vor dir *siehst?* Auf einem Flur, zum Beispiel? Gibt es da irgendwas, was dich erschreckt oder aufregt?«

»Ich hab davon nie ein Wort gesagt. Andauernd werden solche

Sachen über mich erzählt. Meistens sind die von der Regierung daran schuld, die Ärsche. Ich will darüber nicht mehr reden.«

»Meinst du etwas, was du nicht wirklich siehst, sondern nur ahnst? So etwas wie die Vorsehung? Das Schicksal?«

Michael blinzelte. »Ich kann darauf nicht näher eingehen«, murmelte er.

»Ist es ein bestimmtes Schicksal? Dein Schicksal? Oder das von jemand anderem?«

»Ich kann darauf nicht näher eingehen, verdammt noch mal! Da müssen Sie mir schon Wahrheitsserum spritzen, wenn Sie das aus mir rausbringen wollen. Ich wette, das haben Sie schon getan. Ihnen dürfte das eher unter dem Namen Scopolamin bekannt sein.« Und dann sagte er wirklich nichts mehr, saß nur da und lächelte einfältig.

Solche einfachen Gespräche – das war schon die ganze Therapie. Dr. Muller versuchte nie, Michael dazu zu bringen, sich auf einem anspruchsvolleren Level mit ihr zu unterhalten. Und – genau wie Kohler – versuchte sie auch nie, ihm die Wahnvorstellungen auszureden. Ein paar Einblicke in sein Seelenleben zu tun – das hätte ihr schon genügt. Doch Michael verschanzte sich hinter einer Mauer des Schweigens wie ein Spion, der dem Feind in die Hände gefallen ist.

Nach vier Monaten war er auf einmal wie ausgewechselt, keine Anzeichen mehr von paranoidem und auf innerer Abwehr basierendem Verhalten. Anne Muller wurde mißtrauisch, sie war sich längst darüber im klaren, daß ihr Patient sehr berechnend sein konnte. Er gab sich plötzlich verdächtig fröhlich und ausgelassen. Von den Betreuern hatte Anne Muller erfahren, daß Michael dabei erwischt worden war, wie er aus der Wäschekammer Kleidungsstücke gestohlen hatte. Sie argwöhnte, daß die aufgesetzte Fröhlichkeit nur ein schlau ausgedachtes Ablenkungsmanöver war, damit niemand anfing, irgendwelche Vermutungen im Zusammenhang mit dem Wäschediebstahl anzustellen.

Bevor Anne Muller ihn noch auf den Vorfall ansprechen

konnte, fing er schon an, seine Beute bei ihr abzuliefern. Zuerst zwei einzelne Socken, aus zwei verschiedenen Paaren. Er überreichte sie ihr mit dem verlegenen Grinsen eines schwärmerisch verliebten Jünglings. Sie gab die Socken an die Wäschekammer zurück und sagte Michael, er dürfe nie mehr irgend etwas stehlen. Er wurde schlagartig ernst und erwiderte, daß er sich bedauerlicherweise nicht in der Lage sehe, »zum gegenwärtigen Zeitpunkt ein Versprechen von solcher Tragweite abzugeben«.

Es gehe um wichtige Prinzipien, fügte er hinzu. »Um überaus wichtige.«

Im Laufe der folgenden Wochen erhielt sie fünf T-Shirts und weitere Socken. »Ich möchte Sie anziehen«, teilte Michael seiner Ärztin im Flüsterton mit, danach drehte er sich abrupt um und rannte davon wie einer, der unbedingt noch den letzten Zug erwischen will. Ein paar Wochen lang ging das so weiter, immer wieder brachte er ihr neue Geschenke. Dr. Anne Muller war sehr besorgt – nicht so sehr wegen der gestohlenen Wäschestücke als vielmehr, weil sie sich keinen Reim auf sein merkwürdiges Verhalten machen konnte. Bis ihr eines Morgens – um drei, sie lag noch im Bett – plötzlich die Erleuchtung kam. Sie fuhr aus den Kissen hoch, saß da wie versteinert.

Am Tag zuvor – im Verlauf einer langen Therapiesitzung, die Dr. Muller trotz allem Bemühen nicht auf irgendein bestimmtes Thema konzentrieren konnte – hatte er es ihr ja selber gesagt. Die Augen schamhaft zu Boden geschlagen, hatte Michael ihr mit gedämpfter Stimme anvertraut: »Der Grund ist ganz einfach, daß ich Sie anziehen möchte. Aber sagen Sie's ja niemandem weiter. Es ist nämlich sehr riskant. Sie können sich überhaupt nicht vorstellen, wie riskant!«

Anziehen wollte er sie. *Anziehen.* Er wollte anziehend auf sie wirken.

Dr. Anne Muller sprang aus dem Bett und fuhr sofort in ihr Büro, wo sie einen ausführlichen Bericht diktierte, dessen Anfang sich wie ein mühsam beherrschter Jubelschrei las, den indessen vermutlich nur Psychiater nachempfinden können:

Endlich der entscheidende Durchbruch – gestern! Der Patient bringt unter allen Anzeichen einer lebhaften Erregung seine emotionale Verbundenheit mit der behandelnden Ärztin zum Ausdruck.

Je länger die Behandlung dauerte, desto mehr schwand Michaels Paranoia. Die Wäschediebstähle hörten auf. Er gab sich sichtlich geselliger, wurde immer aufgeschlossener, brauchte immer weniger Medikamente. Auf einmal fand er sogar an der Gruppentherapie Gefallen und nahm jede Gelegenheit wahr, von und über sich selbst zu erzählen – etwas, was früher der reine Horror für ihn gewesen war, wenn er dazu aufgefordert wurde. Er fing an, sich mit kleinen Arbeiten zu beschäftigen, half in der Bibliothek aus und pflegte für den einen oder anderen Betreuer den Garten. Michael, schrieb Dr. Muller in einem ihrer Berichte, habe sogar schon mehrmals ihren Wagen gefahren.

Kohler sah auf, sein Blick glitt über den mit Grus bestreuten Parkplatz. Im Westen zuckten Blitze. Er widmete sich wieder seiner Lektüre – dem letzten Teil der Aufzeichnungen, der in einer anderen Handschrift geschrieben war. Dr. Kohler konnte sich das, was in diesen letzten Zeilen geschildert wurde, so lebhaft vorstellen, als wäre er dabeigewesen.

Michael liegt auf dem Bett und blättert in einem Geschichtsbuch, als der Arzt sein Zimmer betritt, sich auf die Bettkante setzt und den Patienten mit freundlichem Lächeln fragt, was er denn da lese. Michael nimmt sofort eine abwehrende Haltung ein. Die ersten Funken der Paranoia fangen zu sprühen an.

»Wer bist du? Was willst du?«

»Ich bin Dr. Klein. Michael, es tut mir leid, aber ich muß dir leider mitteilen, daß Dr. Muller ... daß sie krank ist.«

»Krank? Dr. Anne ist krank?«

»Ich fürchte, sie kann sich heute nicht mit dir treffen.«

Michael weiß nicht, was er sagen soll. »Und morgen?« bringt er schließlich stammelnd heraus und überlegt sich offenbar fieberhaft, was dieser fremde Mann wohl mit seiner Ärztin und Freundin gemacht haben könnte. »Werd ich sie morgen treffen?«

»Nein, sie kommt nicht mehr in unser Hospital.«

»Was? Sie hat mich verlassen?«

»So kann man das nicht sagen, Michael. Sie hat uns alle verlassen. Sie ist letzte Nacht für immer eingeschlafen. Weißt du, was dieser Ausdruck ›für immer einschlafen‹ bedeutet?«

»Klar. Das heißt, daß irgendein Arsch sie in den Kopf geschossen hat.« Und mit gefährlich leiser Stimme fragt er: »Warst du das?«

»Sie hat einen Herzanfall erlitten.«

Michael blinzelt ein paarmal. Müht sich verzweifelt, aus all dem einen Sinn herauszufiltern. Schließlich verzerrt sich sein Gesicht zu einem bitteren Lächeln. »Sie hat mich verlassen.« Er nickt eifrig dazu, wie einer, der geradezu erleichtert eine lang erwartete, schlechte Neuigkeit erfahren hat.

Dr. Klein redet beruhigend auf ihn ein. »Dein neuer Arzt ist Stenley Williams. Ein ganz ausgezeichneter Psychiater. Er ist an der Harvard ausgebildet worden und hat für das NIHM gearbeitet. Das ist das National Institute of Mental Health. Klingt das nicht vertrauenerweckend, Michael? Ein sehr tüchtiger Mann, er wird dir gut gefallen. Er wird ...«

Der Arzt kann sich gerade noch ducken, als der Stuhl donnernd gegen die Wand kracht. Er rennt auf den Flur.

Nur ein paar Sekunden kann die schwere Eichentür Michael aufhalten, dann hat er sie eingetreten und stürmt durch das Hospital, um seine Dr. Anne zu suchen. Einer der Pfleger will ihn festhalten, Michael bricht ihm den Arm. Schließlich fangen sie ihn wie ein Tier mit einem Netz – eine Methode, die im neunzehnten Jahrhundert üblich war, im Trevor Hill aber seit Bestehen des Hospitals bis jetzt nur ein einziges Mal angewendet worden ist.

Eine Woche nach dem Tod seiner Ärztin und Fürsprecherin wurde Michael mitsamt den wenigen Habseligkeiten – seine Zahnbürste, persönliche Kleidungsstücke und etliche Bücher über amerikanische Geschichte – in eine staatliche Heilanstalt verlegt.

Wieder stand ihm ein Leben bevor, das vom eintönigen Rhythmus der Pillenzeit, der Essenszeit und der Schockzeit bestimmt wurde. Und genauso wäre es gekommen, nur, nachdem Michael, offensichtlich vergessen, zwei Stunden im Warteraum der Aufnahme abgesessen hatte, verlor er die Geduld, schlenderte zum Haupttor, winkte ein paar Pflegern (die ihn ja noch nicht kannten) und einer Gruppe Patienten Lebewohl zu und verschwand auf Nimmerwiedersehen.

Vor genau vierzehn Monaten war das gewesen, stellte Dr. Richard Kohler fest. Das nächste offizielle Papier war die Meldung eines Troopers über die Festnahme von Michael Hrubek am Nachmittag des ersten Mai im Indian Leap State Park.

Kohler legte Anne Mullers Akte beiseite und griff nach dem kleinen Notizbuch mit den Eintragungen, die er sich in Lis Atchesons Haus gemacht hatte. Einen Augenblick lang starrte er, ehe er zu lesen begann, auf die dicken Regentropfen, die gegen die Windschutzscheibe schlugen, und fragte sich, wie lange er wohl hier sitzen und warten müßte.

21

Wo haben Sie das gefunden?«
Unter dem Bett ... in einem Baum ... zwischen Winsel-Monas Beinen ...
Peter Grimes zog es vor, überhaupt nicht zu antworten und stellte erleichtert fest, daß der Anstaltsdirektor seine Frage offensichtlich schon wieder vergessen hatte.
»Mein Gott! Seit drei Monaten korrespondiert der schon mit dem DMH? Drei verdammte Monate schon! Sehen Sie sich das bloß an. Sehen Sie sich mal an, was das für ein Aktenberg ist!«
Der Umfang der Korrespondenz, die Kohler geführt hatte, schien Adler mehr zu verblüffen als der Inhalt.
Grimes bemerkte, daß sein Chef jedes Blatt mit spitzen Fingern anfaßte, als fürchtete er, seine Fingerabdrücke darauf zu hinterlassen. Vielleicht bildete Grimes sich das nur ein, aber nachträglich wurde ihm klar, daß das gar keine schlechte Idee gewesen wäre. Nur, jetzt half ihm das nichts mehr, inzwischen hatte er seine eigenen Fingerabdrücke kreuz und quer über das ganze Dokument verteilt. Eine späte Einsicht, die ihm auf einmal ein ziemlich unbehagliches Gefühl vermittelte.
Adler blickte hoch. Grimes konnte ihm ansehen, was er dachte, und damit der Direktor nicht noch mal auf seine Frage nach der Herkunft dieser Akte zurückkam, las der Assistenzarzt laut vor: »Lieber Dr. Kohler, zu Ihrem Vorschlag vom 30. September dieses Jahres freuen wir uns, Ihnen mitteilen zu können, daß die Finanzplanungsgruppe des State Department of Mental Health sich bereit erklärt, probehalber ein Programm für die stationäre Behandlung von Patienten, die an schweren Psychosen leiden, zu finanzieren. Die Behandlung soll nach den in Ihrem eingangs erwähnten Vorschlag enthaltenen Grundsätzen erfolgen ...«

»Zur Hölle mit dem Kerl!« unterbrach ihn Adler so vehement, daß Grimes vor Schreck erst recht weiterlas.
»Einstweilen wurde ein Budget von 1,7 Millionen Dollar zur Abdeckung der finanziellen Erfordernisse im ersten Erprobungsjahr Ihres Programms zur Verfügung gestellt. Wie zwischen uns besprochen, werden diese Mittel aus dem allgemeinen Fonds für die staatlichen Heilanstalten abgezweigt, so daß sich die Notwendigkeit einer öffentlichen Anhörung nicht stellt.«
»Die Notwendigkeit stellt sich nicht!« murmelte Adler, als sei das eine geradezu obszöne Formulierung, und riß Grimes das Blatt aus den Fingern, um den letzten Absatz selbst zu lesen. »Ich kann Ihnen mitteilen, daß Ihr Vorschlag die einmütige Zustimmung des Ärzteboards des State Department of Mental Health gefunden hat. Die Mitglieder des Boards waren insbesondere von dem Abschlußbericht und den Wortprotokollen zu den sechs Fallstudien (Allenton, Grosz, Hrubek, McMillan, Potter und Yvenesky), die Ihrem Vorschlag zugrunde liegen, sehr beeindruckt. Ein Vertreter des Ärzteboards wird sich in Kürze mit Ihnen in Verbindung setzen, um einen Termin für weitere mündliche Erläuterungen zu diesen Fallstudien abzusprechen ...«
Adler donnerte die Faust, mit der er den Bogen Papier umklammert hielt, mit solcher Wucht auf die Tischplatte, daß Peter Grimes' Mutmaßungen über die Absicht des Direktors, Fingerabdrücke zu vermeiden, ein für allemal widerlegt schienen. Trotzdem hätte Adler ein wenig vorsichtiger sein sollen, denn wenn Kohler feststellte, daß dieses Blatt (und wer weiß, wie viele noch dazukamen) derart zerknittert war, vermutete er natürlich sofort, daß ihm jemand die Akten heimlich entwendet hatte. Wofür es unglücklicherweise auch noch einen Zeugen gab. Es war erst eine halbe Stunde her, daß Grimes einem Wärter befohlen hatte, die Tür zu Dr. Kohlers Büro zu öffnen. Nur, der Assistenzarzt hatte den Fehler begangen, den Mann nicht wegzuschicken. Und so hatte der sich mit seinem breiten Hintern auf den umgestülpten Papierkorb gepflanzt

und genüßlich zugesehen, wie Grimes in Kohlers Papieren wühlte.
»*Unser* Geld! Er läßt sich unser Geld geben! Das ist ja wohl das letzte! Und sehen Sie sich das an. Sehen Sie sich das an, Grimes. Er verwendet *unsere* Patienten für *sein* Programm! Reißt sich unser Geld und unsere Patienten unter den Nagel und verarscht uns auch noch!«
Adler griff nach dem Telefon.
Grimes schielte zum Fenster. Einen Augenblick lang bildete er sich ein, draußen im Nachtdunkel Kohlers Schatten vorbeihuschen zu sehen. Ein jäher Schock. Aber als der erste Schreck sich gelegt hatte, stellte sich etwas wie ein Gefühl der Hochachtung bei dem jungen Assistenzarzt ein. Kohler hatte es fertiggebracht, in Michael Hrubek ein Musterbeispiel für den Erfolg seiner Behandlung zu präsentieren und nachzuweisen, daß man mit der Kombination von Medikamenten, behutsamer therapeutischer Beeinflussung der Wahnvorstellungen und dem Milieu-Anpassungs-Programm sogar bei chronisch schizophrenen Patienten mit latenter Neigung zu Gewalttätigkeiten bemerkenswerte Fortschritte erzielen konnte. Das Department of Mental Health hatte Kohler eine stattliche Summe zur Verfügung gestellt und ihm somit ermöglicht, abseits vom eigentlichen Hospitalbereich und damit außerhalb von Adlers Zuständigkeitsbereich sein eigenes kleines Lehen aufzubauen. Falls jedoch Hrubek nicht in aller Stille wieder eingefangen wurde, falls der Dummkopf vorher jemanden schwer verletzte oder gar tötete, dann würde das Ärzteboard des DMH Kohlers Pläne selbstverständlich sofort als undurchführbar und gefährlich verwerfen.
Trotzdem, es war ein bewundernswertes Programm. Grimes tat es insgeheim leid, daß er auf der falschen Seite stand und mit an Kohlers Stuhl sägte. Wahrscheinlich hätte er unter den Fittichen eines so begabten Mannes eine viel ehrenvollere Karriere machen können als in Adlers Windschatten. Es sei denn, der Teufel wollte es und Kohlers eigene Karriere bekam heute nacht einen irreparablen Knacks.

Schwere, vom Sturm getriebene Regentropfen klatschten gegen die schmutzigen Fensterscheiben. Als plötzlich eine gewaltige Böe dazukam, hörte man es unten klirren: die erste Scheibe war zerborsten. Und nun stimmten auch die anderen Patienten in das Geheul von Nummer 223-81 ein, die hohen Flure schienen von einem ganzen Chor von Klageweibern widerzuhallen. Grimes starrte wie gebannt aus dem Fenster und versuchte, nicht daran zu denken, wie es hier wohl zuginge, wenn irgendwo in unmittelbarer Nähe ein Tornado mit voller Wucht zuschlug.

Adler knallte den Telefonhörer auf die Gabel und sah Grimes an. »Er ist nicht drüben in der halboffenen Abteilung. Irgendein Scheißkerl muß ihm einen Wink gegeben haben.«

»Wen meinen Sie? Kohler?«

»Er hat vor ein paar Stunden einen Anruf bekommen. Und nun ist er irgendwo da draußen. Jagt hinter Hrubek her.«

»Er ganz allein?«

»Er muß es ja auf eigene Faust versuchen. Er muß Hrubek wie ein braves Lämmchen heimbringen. Dann wird er uns weismachen, er sei einfach auf ihn zugegangen und habe ihn gebeten, wieder mit nach Marsden zu kommen. Und genau das wird das Riesenbaby tatsächlich tun. Allerdings nur, weil Kohler ihm vorher eine Nadel in die Vene gejagt oder ihm eine Ladung aus einem Betäubungsgewehr verpaßt hat ... Ach du Scheiße! Der Einbruch!«

Grimes sah ihn verdutzt an. »Wie bitte?«

»Der Sicherheitsdienst hat gemeldet, daß heute nacht jemand in die Apotheke eingebrochen ist.«

»Ja, hab ich auch gehört. Aber da hieß es doch, es sei ein Autounfall gewesen? Na, jedenfalls werden wir vor morgen früh kaum erfahren, ob dort was fehlt.«

»Oh, da fehlt mit Sicherheit was, darauf können Sie wetten. Der verdammte Hund hat bestimmt ein Betäubungsgewehr mitgehen lassen, und jetzt will er ...« Adler wurde aschfahl. »O Gott! Er wird dafür sorgen, daß Hrubek hier ankommt wie ein harmloses kleines Schoßhündchen. Er wird ihn genauso hier anschleppen, wie ich ihn Haversham beschrieben habe. O Gott, o Gott!«

Grimes sah wieder aus wie ein dickmäuliger Fisch, der Wasser kaut, als er fragte, was sie denn jetzt machen sollten.

»Ich werde mich darauf vorbereiten, der Presse den Wind aus den Segeln zu nehmen. Und wenn ...« Er suchte nach den passenden Worten. »... wenn es ganz kritisch wird ...«

»Wenn es zum Schlimmsten kommt, meinen Sie?«

»Ja, wenn es zum Schlimmsten kommt, dann werden wir unverzüglich an die Öffentlichkeit gehen. Ich werde eine Erklärung verfassen. Entwerfen Sie mir mal ...«

»Eine Presseerklärung?«

»Na, was denn sonst? Entwerfen Sie mal was. Kriegen Sie das hin? Subjekt, Prädikat, Objekt. Oder sind Sie da überfordert? Gehen wir das mal gemeinsam durch. Schreiben Sie, daß ein auf Vertragsbasis tätiger Arzt ohne Wissen der Anstaltsleitung ... nein, schreiben Sie lieber: ohne Wissen der Verwaltung und aller sonst zuständigen Stellen dem Patienten Hrubek Privilegien eingeräumt hat, die ihm eine praktisch uneingeschränkte Bewegungsfreiheit im gesamten Anstaltsbereich und damit letztendlich die Möglichkeit zur Flucht eröffnet haben. Schreiben Sie ›Privilegien eingeräumt‹, nicht ›gestattet‹, ein paar Details sollen ruhig ein bißchen undurchsichtig bleiben. Dann sagen Sie, daß dieses Vorgehen eine flagrante Zuwiderhandlung ...«

»Zuwiderhandlung?«

»... der eindeutigen Bestimmung darstellt, derzufolge Patienten der Sektion 403 nur mit ausdrücklicher Zustimmung durch den Direktor an Milieu-Anpassungs- oder Arbeitsprogrammen oder an Therapien teilnehmen dürfen, die außerhalb des Sicherheitsbereiches durchgeführt werden.«

»Ja, die eindeutige Bestimmung«, stammelte Grimes und wagte daran zu erinnern, daß es keine solche Bestimmung gab. Keinerlei Zweifel, das klang alles einleuchtend, und es hätte sicherlich auch eine entsprechende Bestimmung geben müssen, aber ... Aber derzeit, erinnerte er Adler, gab es leider keine.

»Und das Memo?« fragte Adler unwirsch. »Ist Ihnen mein Memo 1978 entfallen?«
Grimes schielte zum Fenster. Er wußte, auf welche Direktive sich Adler bezog. Darin hieß es, daß das Büro des Direktors zu unterrichten sei, bevor geisteskranken Kriminellen der Zugang zu solchen Bereichen der Anstalt gewährt würde, die nicht zum Sicherheitsbereich der Sektion 403 zählten. Das galt auch für einen nur kurzfristig oder vorübergehend gewährten Zugang – wenn also, zum Beispiel, die Duschen im Block E nicht funktionierten. Und es war tatsächlich eine bindende Bestimmung. Sogar eine eindeutige. Nur, abgesehen von ein paar Arschlöchern und Speichelleckern, hielt sich in Marsden kein Aas daran.
»Das scheint mir ein bißchen ...« Jetzt war es Grimes, der nach den passenden Worten suchte.
»Machen Sie mir eine Kopie davon. War noch was?«
»Ich – äh ... Das mit dem Zugang, das ist eigentlich nicht der springende Punkt, nicht wahr?«
»So? Was ist denn dann der springende Punkt?« fragte Adler und hatte dabei einen so höhnischen Kiekser in der Stimme, daß Grimes ihm, wenn ihn das nicht den Job gekostet hätte, liebend gern endlich mal ein paar unflätige Wahrheiten um die Ohren geschlagen hätte.
»Kohler experimentiert mit einer therapeutischen Behandlung von Wahnvorstellungen. Nur *deshalb* konnte Hrubek entkommen. Und *damit* können wir Kohler festnageln.«
Das war, wie Adler sich eingestand, ein guter Punkt. Daß es Hrubek geschafft hatte, sich in die Kühlkammer zu schleichen, war im Grunde die Schuld der Pfleger. Sie hatten nicht gemerkt, daß er seine Medikamente nicht nahm, und auch beim Abtransport der Leiche hatten sie sich nicht sorgfältig genug davon überzeugt, daß es wirklich Callaghan war, der im Leichensack lag. Aber Kohlers Verfehlung wog wesentlich schwerer, da hatte Grimes den Nagel auf den Kopf getroffen. Denn er war es letzten Endes gewesen, der in Hrubek den Wunsch geweckt hatte, zu entfliehen. Die sonstigen Umstände

spielten dabei keine Rolle. Wenn in einem Patienten das Verlangen zur Flucht schlummert, muß man derartige Phantasien ersticken. Mit Stumpf und Stiel ausrotten muß man sie. Da konnte einer sagen, was er wollte, Elektroden und Nahrungsentzug waren probate Mittel, die sogar aus Ratten zahme Tierchen machten. Schau an, schau an, Grimes, der junge Hupfer, konnte ein richtiges Schlaumäulchen sein.
Nur, Kohlers Fehler machten sich eben schlecht in einer für die Öffentlichkeit bestimmten Presseerklärung. Einfache Leute verlangen einfache Erklärungen für den Fall, daß Hrubek unterwegs einen Trooper niederstach oder ein junges Mädchen vergewaltigte. Adler dankte seinem Assistenten für den argumentativen Beitrag und meinte: »Überlassen wir's unserem gemeinsamen Freund, zu gegebener Zeit zu erklären, wieso er Hrubek uneingeschränkte Bewegungsfreiheit gewährt hat. Er wird, wenn das alles vorbei ist, sowieso der allgemeine Sündenbock sein. Dann interessiert sich ohnehin keiner mehr dafür, wann und warum er was veranlaßt oder nicht veranlaßt hat.«
Grimes – dankbar für jede Streicheleinheit, die ihm der Direktor zukommen ließ – nickte beflissen.
»Gehen Sie nicht zu sehr ins Detail. Wir müssen die Fakten ein bißchen glattbügeln. Schreiben Sie, Hrubek konnte nur deshalb in die Kühlkammer und in den Lagerraum für die Transportbehälter gelangen, weil er an einem von Kohlers Rehabilitationsprogrammen teilgenommen hat. Gewöhnlich haben geistesgestörte Kriminelle aus der Sektion 403 keinen Zugang zu den genannten Einrichtungen. Das entspricht ja auch der Wahrheit, oder nicht?«
Voll und ganz, beeilte sich Grimes zu bestätigen.
»Hrubek ist natürlich nicht etwa geflohen, *weil* er an diesem Programm teilgenommen hat. Aber das war eben die *conditio sine qua non.*«
»Äh – soll ich das so ausdrücken?«
»Nun, selbstredend nicht mit der Formulierung *sine qua non.* Sie verstehen, was ich sagen will? Es ist Ihnen klar, worum es

mir geht? Und noch was: Erwähnen Sie Kohler nicht namentlich. Einstweilen noch nicht. Drücken Sie sich so aus, daß man Rücksicht auf ... äh ...«
»Auf seine Reputation?«
»Ja, sehr gut. Daß man Rücksicht auf seine Reputation herauslesen kann.«

Der einzige Mechaniker, der heute nacht überhaupt ans Telefon ging, wohnte in Roenville – ungefähr fünfzehn Meilen entfernt, an der Route 236. Der Mann kicherte und ließ Lis wissen, ja, sicherlich, er habe einen Abschleppwagen, aber vor vier, fünf Stunden werde er niemanden nach Ridgeton schikken können.
»Hier im County, allein rund um Roenville, sind schon drei Straßen gesperrt. Absolut dicht. Und meine Männer sind unterwegs zum Putnam Valley Highway, holen da 'n Wrack ab. Böse Sache. Mit Verletzten. Na ja, ist ja wirklich kein Wunder in so 'ner Nacht. Schon lang keine so beschissene Nacht mehr erlebt. Tja, M'am, soll ich Sie auf die Warteliste setzen?«
»Nein, danke«, sagte Lis, legte auf und rief das Sheriffsbüro in Ridgeton an.
»Ach ... hallo, Mrs. Atcheson!« Die Tochter der Frau in der Telefonzentrale war eine von Lis' Schülerinnen; die Eltern begegneten den Lehrern ihrer Sprößlinge meist respektvoller als die Kinder selbst. »Mächtig windig heut nacht, wie? Da steckt Musik dahinter, wenn ich mal so sagen darf.«
»Na, bis jetzt kommen wir zurecht. Sagen sie, Peg, ist Stan zu erreichen?«
»Tut mir leid, keine Menschenseele hier. Sind alle draußen. Sogar Fred Bertholder, und dabei hat's den erwischt ... also, so eine Grippe würde ich meinem ärgsten Feind nicht wünschen. Und die haben nicht mal das Rockkonzert abgesagt, das ist doch nicht zu glauben! Jetzt sitzen die jungen Leute da haufenweise fest. Also, ich sag Ihnen, hier geht's zu wie im Tollhaus.«
»Haben Sie aus dem Marsden-Hospital irgendwas über Hrubek gehört?«

»Wer soll denn das sein?«
»Dieser Mann, der gestern abend entflohen ist.«
»Oh, der. Ja, wissen Sie, Stan hat, ehe er losgefahren ist, noch mit der Staatspolizei telefoniert. Der Mann ist in Massachusetts.«
»Hrubek? In Massachusetts?«
»Ja, M'am.«
»Sind Sie da ganz sicher?«
»Sie haben seine Spur bis zur Staatsgrenze verfolgt, dort mußten unsere Jungs die Suchaktion abbrechen. Haben die Sache an die Mass-Trooper übergeben. Und Stan sagt, die hätten zwar nicht für 'n Nickel Humor, aber wenn's drum geht, einen aufzuspüren, wären sie einsame Klasse.«
»Haben sie ... haben sie ihn denn schon aufgespürt?«
»Keine Ahnung. Bei denen hat der Sturm mächtig getobt – vor einer Stunde, anderthalb, vielleicht. Ich nehme an, die haben jetzt ganz andere Sorgen, als hinter einem Psycho herzujagen, der sowieso mit allen möglichen Medikamenten vollgepumpt ist. Aber das ist natürlich nur meine ganz persönliche Meinung. Na ja, und es ist ja nicht *ihr* Irrer, er kommt ja aus einem anderen Staat. Wo die doch so stur sind und alles so genau nehmen. Ach, was ich noch sagen wollte, Mrs. Atcheson – ich würde gern mal mit Ihnen über die C-minus reden, die Amy bekommen hat.«
»Könnten wir uns darüber vielleicht nächste Woche unterhalten, Peg?«
»Ja, natürlich. Es ist nur, weil Irv so viel mit ihr geübt hat. Er ist ja selber so 'n Bücherwurm. Hat dauernd irgendein Buch vor der Nase. Und nicht etwa nur Schundromane. Nein, Irv kennt sich aus in Literatur. Er hat den *Letzten Mohikaner* gelesen, noch ehe sie 'n Film danach gedreht haben.«
»Nächste Woche?«
»Ja, natürlich. Ich wünsch Ihnen eine angenehme Nacht, Mrs. Atcheson.«
Lis legte auf und ging hinaus auf die kleine überdachte Veranda vor der Küche, wo Portia ihre Cola trank. Lis und

Owen benutzten die Veranda selten, sie lag zu sehr im Schatten, und die Zypressen verdeckten den Blick auf den See.
»Wirklich hübsch«, sagte Portia und fuhr mit der Hand über die mit kunstvollen Schnitzereien geschmückte Mahagonibrüstung der Veranda. Ein jäher Windstoß blies ihnen eisigen Regen ins Gesicht, die beiden Schwestern flüchteten eilends in den Schutz der Hauswand.
»Ach ja, das kennst du ja noch gar nicht.«
Lis hatte die Balustrade ganz zufällig entdeckt, in der Gegend von Tarringtan, bei Abbrucharbeiten, und sofort gewußt, daß sie das schöne alte Stück haben mußte. Es hatte sie etliche Dollar gekostet, den Vorarbeiter des Abbruchtrupps dazu zu bringen, ihr den Rücken zuzukehren, während sie das Geländer wegschleppte, und danach hatte ihr der Schreiner, der die Balkonbrüstung in das Geländer der Veranda einbauen sollte, dafür noch mal zweitausend Dollar berechnet.
Alle ihre Freunde wunderten sich, daß sie für eine so schöne alte Holzarbeit kein anderes Plätzchen gefunden hatte, wo das gute Stück mehr hergemacht hätte. Aber so verwaist die Veranda tagsüber auch daliegen mochte, es gab doch jemanden, der sie eifrig benutzte: Lis selbst, nachts, wenn die Schlaflosigkeit sie besonders plagte. Dann lag sie – warm zugedeckt – hier draußen auf einer Chaiselongue, ließ sich vom sanften Nachtwind umschmeicheln oder lauschte dem eintönigen Rauschen des Regens. Und so war die abgelegene, tagsüber selten benutzte Veranda in schlaflosen Nächten ihre Zuflucht geworden, auch wenn Owen geschäftlich verreist war. Dann mochte es hier – nachts, so ganz allein – vielleicht nicht ganz ungefährlich sein. Aber wer mit jedem Nerv den Augenblick herbeisehnt, in dem er endlich spürt, wie der Mantel des Schlafes ihn einhüllt, kann sich nicht den Luxus leisten, erst lange darüber nachzudenken, ob er da, wo der erlösende Schlummer ihn am ehesten erreicht, auch wirklich sicher und geborgen ist.
»Kein Abschleppwagen, soweit ich's mitgekriegt habe?« fragte Portia.

»Nein.«
»Schaffen wir's zu Fuß?«
»Zwei Meilen? Bei so einem Regen? Und bei dem Sturm?« Lis lachte. »Lieber nicht.«
»Was gibt's Neues über Hrubek?«
»Er ist vermutlich in Massachusetts.«
»Na gut, warum sitzen wir's dann nicht einfach aus? Machen uns ein schönes Feuer und erzählen uns Gespenstergeschichten?«
Wenn sie nur zwanzig Minuten früher losgefahren wären! Lis dachte ärgerlich an Kohler. Wenn er sie nicht aufgehalten hätte, wären sie längst in dem Hotel. Als ob Michael Hrubek ihr einen heimlichen Verbündeten ins Haus geschickt hätte, mit dem Auftrag, sie lange genug festzuhalten. Ein dummer Gedanke, natürlich. Aber doch einer, bei dem es ihr eiskalt über den Rücken lief.
Portia fragte: »Also, was ist? Bleiben wir?«
Der Wind rauschte mit einem seltsam pfeifenden Geräusch in den Baumwipfeln, es hörte sich an, wie wenn auf einer elektrifizierten Strecke ein Zug vorbeisaust. Ein Zischen, bei dem man unwillkürlich an eine brennende Zündschnur denken mußte. Und dazu trommelte unablässig der Regen auf den aufgeweichten Boden.
»Nein«, sagte Lis, »wir bleiben nicht. Holen wir uns Werkzeug und schaufeln den Wagen frei.«

Tiere können einer Fährte viel länger folgen als Menschen, und zwar aus drei Gründen: Sie fangen, sobald sie hungrig werden, zu fressen an, sie denken nicht dauernd darüber nach, wie weit es von hier nach dort ist, und sie haben, wenn sie irgendwohin wollen, kaum andere Möglichkeiten, als zu laufen.
Diejenigen, die es wissen mußten (oder sich das mindestens einbildeten), mochten Michael Hrubek vielleicht für so etwas wie ein Tier halten, aber nach Trenton Hecks Meinung ließ der bisherige Verlauf seiner großen Wanderung nach Westen

eindeutige Hinweise darauf erkennen, daß er eben doch ein menschliches Wesen war, und zwar ein verdammt schlaues.
Heck war der Verzweiflung nahe. Der vom Sturm gepeitschte Regen hatte offensichtlich die in der Luft hängende Witterung völlig ausgelöscht. Nichts zu machen, sie fanden Hrubeks Fährte einfach nicht wieder. Emil schlug seit einer Stunde einen Haken nach dem anderen auf dem Highway und durchs angrenzende Gelände, nur, gebracht hatte das bisher gar nichts.
Aber jetzt – ziemlich genau da, wo sich die letzten Häuser von Cloverton im Dunkel verloren – war Heck fündig geworden. Der Verrückte hatte einen Fehler gemacht. Der Hunger hatte ihn dazu gebracht, sich einen Augenblick lang wie ein Tier zu verhalten und sich – statt vorsichtig zu bleiben und seine Spuren zu verwischen – heißhungrig über etwas Eßbares herzumachen.
Zuerst hatte Heck sich bei der Doughnut-Schachtel nichts gedacht, solche Sachen liegen nun mal zerknüllt in der Zufahrt von Tankstellen herum. Aber die Schachtel war gar nicht leer, hatte er dann entdeckt. Und daraus den Schluß gezogen, daß sie noch nicht länger als eine halbe Stunde hier herumliegen konnte. Kein Waschbär, der etwas auf sich hielt, hätte die Überreste von süßem Schmalzgebäck länger ungeschoren hier liegen lassen.
Als Heck und Emil sich der Schachtel näherten, spannte sich der Hund sofort an. Und da Heck seinen vierbeinigen Freund lange genug kannte, um zu wissen, daß Emil auf dieses süße, fettige Zeug nicht gerade närrisch war, hatte er den Betonboden im Bereich der Tankstelle sorgfältig abgesucht. Und siehe da – Hrubeks Stiefelabdrücke, hinten bei den Luftpumpen! Ausgezeichnet. Das Herz hüpfte ihm bei so viel Glück. Direkt hinter der Tankstelle stieß er auf die Reifenspur, diesmal nicht auf dem Asphalt, sondern daneben, auf dem weichen Boden der Bankette. Sehr schön. Da ließ sie sich viel besser verfolgen, nach dem heftigen Regen sogar mit bloßem Auge. Die Spur der Fahrradreifen verlief parallel zum Highway in westlicher Richtung.

Heck führte Emil zum Pick-up zurück und fuhr nach Westen. Er hätte das kurze Stück auch zu Fuß gehen können. Nach dreißig, vierzig Metern kreuzte die Reifenspur den Highway und führte in eine Hauszufahrt oder Privatstraße. Also hielt Heck wieder an, legte Emil das Fährtengeschirr an und führte ihn – da er sich immer noch Sorgen wegen der Stahlfallen machte – an der kurzen Leine. Emil fand die Witterung wieder, und von diesem Augenblick an schien er im siebten Himmel aller Suchhunde zu sein. Regen und Schweiß verklebten ihm sein Fell, er pumpte sich die Lungen mit kalter Luft voll, hetzte los und zog – selig, daß er endlich wieder tun konnte, wonach ihm der schlichte Hundesinn stand und wofür ihn Gott geschaffen hatte – seinen Herrn und Meister unerbittlich mit. Nicht etwa die schmale Straße entlang, nein, übers freie Feld. Und während sie rannten, erinnerte sich Heck an einen anderen Hund, der so eine wilde Hatz über Stock und Stein auch besonders gemocht hatte: seine Sally, die Hündin, die vor Emils Zeit seine treue Gefährtin gewesen war.

Sie war noch schlauer gewesen als Emil. Hatte einen leichteren Schritt und einen schnelleren Gang gehabt. Aber gerade das war ihr zum Verhängnis geworden. Eine Mißbildung des Hüftgelenks – das Schicksal, das viele, groß gebaute Hunde ereilt, wenn sie hart arbeiten. Heck hatte Sally vorzeitig aus dem Geschirr nehmen und fast seine ganzen Ersparnisse für eine Operation opfern müssen – und dazu einen guten Teil von dem, was Jill sich zusammengespart hatte. Vergeblich, die Operation war nicht erfolgreich. Es war ein Bild des Jammers, Sal, eine junge Invalidin, ins weite offene Gelände starren zu sehen, durch das sie so gern gejagt war. Oft startete sie den verzweifelten Versuch, noch einmal loszuhetzen, und Heck mußte das nach wenigen Metern erschöpfte Tier dann jedesmal in seinen Armen zurücktragen. Beiden, ihm und Sally, brach es fast das Herz. Die ständigen Schmerzen kamen dazu, der Zustand der Hündin wurde immer schlechter.

Bei seinem letzten Besuch beim Tierarzt ließ Heck sich von ihm die erlösende Spritze mitgeben. Es fiel ihm verdammt nicht leicht, Sally die Nadel in die Haut zu jagen, er weinte bittere Tränen dabei, aber wenn es schon sein mußte, dann überließ Trenton Heck so etwas keinem Fremden.

Als er nach Hause zurückkam, fragte ihn Jill: »Hättest du um mich auch so geweint?« Genau die Art von Fragen, die er gar nicht mochte, so was empfand er immer wie einen Schlag vor den Kopf.

Nun, schließlich gab er ihr wahrheitsgemäß zur Antwort: Ja, natürlich, um sie hätte er genauso geweint. Aber er hatte wohl zu lange damit gezögert, Jill war beleidigt. Sie ging aus, feiern mit ihren Freundinnen – einem Pulk von vergnügungssüchtigen jungen Kellnerinnen. Er saß mit seinem Kummer allein zu Hause. Was ihm allerdings auch lieber war. Am nächsten Morgen um sieben (Jill war erst drei Stunden vorher nach Hause gekommen) stand er auf und fuhr zu einem Züchter, um sich bei ihm nach Welpen von Bluthunden zu erkundigen. Emil suchte er sich mit Hilfe eines klassischen Hundezüchtertricks aus dem durcheinanderwuselnden Gewirr von fünf Welpen aus, die alle gleichermaßen grämlich guckten und einer wie der andere zweifellos die Anlagen hatten, großartige Spürhunde zu werden. Der Züchter stellte ein massives Sperrholzbrett mit einem winzigen Guckloch in der Mitte vor dem eingezäunten Geviert auf, in dem die Welpen spielten. Heck kroch hinter das Brett und verfolgte durch das kleine Loch, wie die jungen Hunde herumtobten und sich neckten und die Kraft ihrer langen Beine erprobten. Nach ein paar Minuten hob einer der Welpen – einen Funken Neugier im Blick, das konnte Heck trotz der unzähligen Falten, in die sich das zerknitterte Hundegesicht legte, deutlich sehen – den Kopf, sah sich einen Augenblick lang suchend um und kam dann unbeholfen auf das Brett zugestolpert. Genau da, wo hinter dem Loch Hecks Auge war, fing der Hund zu schnüffeln an. Zwei Minuten lang nahm er die fremde Witterung auf, dann wurde ihm das Spiel zu langweilig, er kehrte zu der Meute seiner Brüder und Schwestern zurück (die ihm mit unsäglich bekümmerten Mienen entgegensahen – nicht etwa, weil's ihnen so zumute gewesen wäre, sondern weil ihnen der liebe Gott nun mal so faltige Gesichter mit auf den Lebensweg gegeben hatte).

Am nächsten Tag wiederholte Heck das Experiment, und wieder war es (während die anderen überhaupt keine Notiz von dem Fremden hinter dem Brett nahmen, sondern weiter spielten oder vor sich hin dösten) derselbe Welpe, der unbeholfen, fast bei jedem Schritt in Gefahr, über die langen Ohren oder die eigenen Pfoten zu stolpern, neugierig angetapst kam. Und als der junge Hund eine Woche später die Witterung immer noch nicht vergessen hatte und den Test bei drei Versuchen mit Bravour bestand, stand Heck auf, packte den Welpen mit einer Hand und schrieb mit der anderen den – Gott sei's geklagt, ziemlich saftigen – Scheck für den Züchter aus.

Als Emil ein Jahr alt war, fing das Training an. Heck trainierte Hunde immer nach der induktiven Methode – zur Belohnung gab's kleine Leckerchen, Strafen gab es nie. Sechs Monate lang stanken Hecks Hosen nach Hund, weil Emil alle paar Minuten eine Belohnung haben wollte und ständig mit seinen dicken Pfoten an Hecks Hosenbeinen hing. Dann gewöhnte Heck ihm das Betteln ab, fortan gab es zur Belohnung nichts mehr zum Knabbern, sondern nur noch bei besonderen Gelegenheiten irgendwas zum Spielen.

Das Training war für Heck hundertmal anstrengender als für den Hund. Emil mußte lediglich lernen, einigen wenigen Kommandos zu gehorchen, damit er das, was er, seinem Instinkt gehorchend, sowieso irgendwann getan hätte, zu einer ganz bestimmten Zeit tat. Heck dagegen, der seinerzeit noch aktiver Trooper und außerdem mit einer Frau verheiratet war, die eine Menge seiner Zeit beanspruchte, machte eine harte Schule durch. Um vier Uhr morgens stand er auf, um Emil zu trainieren – für ihn ein wahres Martyrium, für den Hund dagegen, der immer sofort hellwach war, ein reines Vergnügen, denn Emil wußte ja: Jetzt ging es los, jetzt durfte er sich im Gelände austoben.

Heck mußte sich immer wieder etwas Neues einfallen lassen,

damit die Ausbildung Emil Spaß machte. Schlaue Hunde wie Emil fangen schnell an, sich zu langweilen, wenn die Fährtensuche nach einem allzu eintönigen Schema abläuft. Heck mußte ein sicheres Gespür dafür entwickeln, wann es genug war, weil sich der Hund sonst Schwielen gelaufen hätte oder mißmutig geworden wäre. Und er mußte ein Händchen dafür haben, den richtigen Gegenstand auszuwählen, an dem der Hund die Witterung aufnehmen konnte. Nur ein Stück Leder – das wäre zu einfach, ein Kugelschreiber oder eines von Jills romantischen Romanheftchen – das wäre zu schwierig gewesen.

O ja, Trenton Heck mußte hart ran – getreu der alten Trackerweisheit: »Wenn du deinen Hund nicht richtig anleitest und er beim Tracking nichts taugt, ist das allein deine Schuld«. Aber bei Emil gab es da keine Probleme, er machte seine Sache beim Tracking sehr gut. Er hatte eine bemerkenswerte Nase. Wie Hecks Tierarzt meinte: eine von jenen ganz seltenen, die zwei- oder dreimillionenmal empfindlicher sind als eine menschliche Nase. Er lernte schnell und brachte so großartige Leistungen, daß Heck – bei dem's in der Ehe kriselte und der in seinem Beruf als Trooper kein rechtes Fortkommen sah – sich neben seinem Hund wie ein Versager vorkam.

Nach sechs Monaten Ausbildung konnte Emil jeder Fährte anderthalb Meilen weit in Rekordzeit folgen; er stellte mit seinem Tempo und seiner Unbeirrbarkeit sogar die deutschen Schäferhunde, aus denen sich die inoffizielle Hundestaffel des Departments rekrutierte, weit in den Schatten. Mit zwei Jahren wurde Emil durch den American Kennel Club die Klassifizierung als Track-Dog zuerkannt und einen Monat später in Ontario das Zertifikat Tracking-Dog-Excellent, nachdem er auf einem Tausend-Yard-Kurs die fünf Stunden alte Witterung eines Fremden spursicher, ohne sich ein einziges Mal von den als Schikanen gelegten Ablenkungsfährten irritieren zu lassen, verfolgt hatte. Das TDE-Zertifikat war eine so begehrte Auszeichnung, daß Emil sofort in Havershams Hundestaffel aufgenommen wurde, in der auch sein Herr Dienst tat, obwohl es diese Staffel strenggenommen überhaupt nicht gab. Der Staat machte kein Geld für die Hunde locker, das Department mußte die nötigen Mittel aus dem allgemeinen Budget abzweigen. Haversham brachte sogar das Kunststück fertig, die Mitgliedsbeiträge (für die Hundeführer und die Hunde) bei der National Police Bloodhound Association zu bezahlen – übrigens der Verband, der Emil vor zwei Jahren den begehrten Cleopatra-Award verliehen hatte, und zwar dafür, daß er einen Jungen aus dem reißenden Marsden-River gerettet hatte. Der Bengel war in einem State Park herumgestrolcht, in den Fluß gestürzt und von der Strömung mitgerissen worden. Emil hatte die Fährte, obwohl sie schon einhundertachtundfünfzig Stunden alt war, durch Wasser, Sumpf, Maisfelder und Wald unbeirrt verfolgt – quasi der inoffizielle Connecticut-Rekord.

Heck hatte eine Menge über Fährtenhunde gelesen und war davon überzeugt (so etwas konnte man natürlich nur nach dem Gespür beurteilen, lückenlose Aufzeichnungen gab es nicht), daß Emil in direkter Linie von Nick Carter abstammte, dem berühmtesten aller Bluthunde, der um die Jahrhundertwende unter Anleitung von Captain Volney Mullikin unten in Kentucky gearbeitet und in über sechshundertfünfzig Fällen flüchtige Kriminelle aufgespürt hatte.

Auch Emil hatte schon eine stattliche Zahl von Ganoven hinter Schloß und Riegel gebracht. Nicht selten ging es bei Spüraufträgen um Verdächtige aus der kriminellen Szene, um Waffenschmuggel oder um Diebesgut. Aufgrund seines Zertifikats durch den American Kennel Club und seiner bemerkenswerten Erfolge war Emil als »Zeuge« vor Gericht zugelassen, obwohl er natürlich nicht selbst im Zeugenstand erscheinen durfte, sondern durch jemanden vertreten werden mußte, der auf zwei Beinen daherkam, zum Beispiel durch Trenton Heck. Aber bei den meisten Aufträgen ging es darum, Flüchtige aufzuspüren – Burschen wie Michael Hrubek.

Das war's wohl, was Emil jetzt vorwärtstrieb: die Vorfreude auf den nahen Triumph, es wieder einmal geschafft zu haben.

Und, wer weiß, vielleicht lag's auch daran, daß er für seinen Herrn die ausgesetzte Belohnung verdienen wollte. Nur, Trenton Heck hätte, während sie durch Gras und Krüppelgehölz jagten, mit seinen Gedanken mehr bei der Sache sein müssen. War er aber nicht. Und so sah er die Schlagfalle erst, als Emil mitten hineinrannte.

»Nein!« schrie er und zog so ruckartig an der Fährtenleine, daß es den Hund von den Beinen riß. »O nein! Was hab ich da bloß getan!«

Emil lag – jaulend vor Schmerz – neben der schweren Stahlfalle. Heck fiel neben ihm auf die Knie. »Mein Gott, Emil ...«

Seine Gedanken fingen zu rasen an. Die Notaufnahme einer Tierklinik. Das Bein schienen. Aber er hatte ja nichts dabei, keine Bandagen und erst recht keine Aderpressen, falls eine Vene oder Arterie verletzt war. Doch dann, während er schon die Arme nach Emil ausstreckte, gewann der Instinkt des alten Troopers die Oberhand. Die Falle ... diese verdammte Falle war womöglich nur ein Ablenkungsmanöver.

Das Ganze ist nur ein übler Trick. Der Kerl lauert mir hier auf, irgendwo in der Nähe!

Er wischte sich den Regen aus den Augen, zog die Walther, fuhr herum und suchte die Umgebung ab. Wo war der Irre? Von wo aus wollte er seinen Angriff starten?

Nichts rührte sich. Nichts war zu hören.

Nur einen Augenblick lang war Heck unschlüssig, dann wußte er, daß er das Risiko eines Überfalls in Kauf nehmen mußte. Er würde auf keinen Fall losziehen und den Hund hilflos hier liegen lassen, das stand fest. Er schob die Walther ins Holster. Und streckte wieder die Arme nach Emil aus. Die Hände wollten ihm kaum gehorchen, so zitterten sie. Und jetzt erst, als der erste Schreck langsam abklang, spürte er, daß ihm das Herz bis zum Hals schlug.

Und dann schüttelte sich der Hund plötzlich und stand auf. Stand unverletzt auf seinen Beinen.

Wie denn? Was war denn jetzt los?

Heck sah den Hund verdutzt an. Hatte er nicht mit eigenen

Augen gesehen, wie Emil mit einem Satz mitten auf der rostigen Bodenplatte gelandet war? Genau dort, wo er den Auslöser für die beiden Stahlzangen treffen mußte?
Und dann dämmerte es ihm allmählich. Die Schlagfalle mußte schon vorher zugeschnappt sein, bevor Emil auf den Auslöser getreten war.
»O mein Gott!« Er schlang Emil die Arme um den Hals und drückte den Hund so fest an sich, daß er ihm beinahe die Luft abschnürte. »O Gott.« Der Hund machte sich frei und schüttelte den Kopf, als ob er sagen wollte: Hör auf, das ist mir irgendwie peinlich.
Heck kauerte sich neben die Falle und sah sie sich genauer an. Derselbe Typ wie die in dem Schuppen neben dem kleinen Laden an der 118. Also mußte wohl Hrubek sie aufgestellt haben. Nur, warum waren die Schlagbügel nicht gespannt? Zwei Möglichkeiten fielen Heck ein. Entweder war ein kleines Tier auf den Auslöser getreten – ein so kleines Tier, daß es, ohne Schaden zu nehmen, unter den zusammenschlagenden Schlagbügeln durchhuschen konnte. Oder es war zufällig jemand vorbeigekommen, hatte die Falle gesehen und mit einem Stein oder einem Stock ausgelöst. Das hielt Heck für die plausibelste Erklärung, weil er in der Nähe der Falle Fußspuren erkennen konnte, die Abdrücke von Hrubeks Stiefeln und noch andere. Was bedeutete, daß außer Hrubek noch jemand anderes hiergewesen war. Er beugte sich tief über die Spuren, die nicht von Hrubeks Stiefeln stammten. Und merkte, wie ihm das Herz in die Magengrube rutschte.
»Oh, verdammt«, murmelte er verbittert.
Das Muster dieser Stiefelsohle kannte er. Abdrücke von sauteuren Stiefeln. L.-L.-Bean-Outdoorsman – das Feinste vom Feinen. Diese Spuren hatte er heute nacht schon einmal gesehen. In der Nähe des Felsüberhangs, unter dem Emil und ihm klargeworden war, daß der Irre seine Richtung geändert hatte und jetzt nach Westen unterwegs war. Aber das lag unendlich viele Meilen zurück.
Ich hab also Konkurrenz bekommen.

Wer mochte das sein? fragte er sich. Vielleicht ein Trooper oder ein Cop, der in Zivil unterwegs war. Oder – was Heck für wahrscheinlicher hielt und was ihm wesentlich mehr Kopfschmerzen machte – einer, der wie er auf eigene Faust hinter Hrubek herjagte. Und auch auf die Belohnung aus war. Adler fiel ihm ein. Hatte der Anstaltsdirektor zusätzlich einen seiner Leute losgeschickt? Versuchte er, einen gegen den anderen auszuspielen?
Lockte er den anderen mit dem Geld, das von Rechts wegen Heck zustand?
Heck stemmte sich hoch. Die Hand auf dem Griff der Walther, studierte er die Spuren der beiden Männer. Hrubek war weiter nach Süden gegangen, parallel zu der kleinen Privatstraße. Die Spuren des anderen führten in die genau entgegengesetzte Richtung, auf die 236 zu. Und er war nach Hrubek hier gewesen, ein paar von seinen Abdrücken waren über Hrubeks Spuren gesetzt. Und er hatte es sehr eilig gehabt. Er war gerannt wie jemand, der genau weiß, wohin Hrubek will, und bei der Verfolgung keine Minute verlieren will.
Heck folgte den L.-L.-Bean-Spuren bis zum Highway 236, fand die Stelle, an der der Mann kurz stehengeblieben war, und entdeckte Reifenspuren von einem schweren Fahrzeug. Auch als er losgefahren war, hatte der Mann, das verrieten die Reifenspuren ganz deutlich, es wieder sehr eilig gehabt. Der Wagen hatte auf der Bankette gestanden, er war mit einem Affenzahn losgeprescht. Richtung Westen. Ein geländegängiger Wagen, allradgetrieben.
Ein Szenario, aus dem er lesen konnte wie aus einem Buch. Michael Hrubek mußte selber motorisiert sein. Und hatte wahrscheinlich nur wenige Minuten Vorsprung vor seinem Verfolger.
Heck musterte den Nachthimmel. Der Sturm trieb die dichtgeballten Wolken vor sich her. Fern im Westen flammte ein Blitz auf. Lautlos, Wetterleuchten. Heck wischte sich den Regen aus dem Gesicht. Stand lange da und schätzte seine Chancen ab. Und kam zu dem Schluß, daß sie praktisch bei

Null lagen. Nicht mal Emil konnte die Witterung eines Flüchtigen verfolgen, wenn der in einem Auto saß. Und er selbst, was konnte er tun? Mit Vollgas den Highway hinunterjagen, nach Westen, und sich auf sein Glück verlassen. Vielleicht stieß er durch Zufall irgendwo unterwegs wieder auf die Spur des Irren.

»Ich laß den Gurt diesmal weg, Emil«, versprach Heck, während er den Hund in den Pick-up dirigierte. »Aber dann mußt du mir versprechen, ruhig und gerade sitzenzubleiben. Wir werden nämlich jetzt eine Menge Benzin zum Auspuff rausjagen.«

Als der Pick-up auf Touren kam und mit rachitischem Keuchen den Highway hinunterraste, wobei er tatsächlich eine stinkende Benzinwolke hinter sich herzog, legte Emil den Kopf auf Hecks ausgestrecktes Bein, schloß die müden Augen und schlief ein.

22

Sieben Meilen hinter Cloverton entdeckte Owen den Wagen an der Route 236. Er war am Straßenrand abgestellt, nahe einer kleinen Gruppe immergrüner Hartlaubgewächse.

Oh, du gerissener Scheißkerl!

Er fuhr an dem alten Cadillac vorbei, bremste dann abrupt, bog vom Highway ab und lenkte den Cherokee in ein von Wacholderbüschen durchwuchertes Gehölz aus Schierlingstannen.

Er hatte alles auf eine Karte gesetzt und gewonnen.

Wurde auch Zeit, dachte er. Ein bißchen Glück hatte er sich wahrhaftig verdient.

Während er sich in Cloverton, solange Polizei und Ambulanz mit der Ermordeten beschäftigt waren, ein wenig rings ums Haus die Beine vertreten hatte, war er auf die Sammlung alter Autos gestoßen – in zwei von den alten Scheunen hinter dem Wohnhaus. In der einen entdeckte er, ordentlich mit blauen Planen abgedeckt, einen 50er Pontiac Chief, einen Hudson und einen Studebaker, purpurfarben lackiert. In der anderen Scheune war eine der Boxen leer, die Abdeckplane lag zusammengeknüllt auf dem Boden. Zunächst kam ihm der Gedanke, daß Hrubek einen der Oldtimer als Fluchtauto gestohlen haben könnte, abwegig vor. Aber dann fiel ihm die Sache mit dem Fahrrad ein. Ein kurzer Blick auf den Boden genügte, um die Reifenspuren von einem schweren Fahrzeug zu finden, das aus der Scheune und dann weiter Richtung 236 gelenkt worden war. Ohne die Polizisten zu verständigen, war Owen losgefahren. Aber nicht Richtung Boyleston, sondern den Highway 236 hinunter, hinter dem alten Cadillac her.

Er war, während er aus dem Geländewagen kletterte und auf das geparkte Fahrzeug zuging, dankbar für den unablässig rauschenden Regen und die immer wieder aufkommenden Windböen, die das Geräusch seiner Schritte dämpften. Er blieb stehen und schaute angestrengt in die Nacht. Knapp zwanzig Meter entfernt erkannte er die dunklen Umrisse einer Gestalt. Ein kräftig gebauter, sehr großer Mann, der mit dem Rücken zu ihm stand und ins Gebüsch urinierte. Der Bursche hatte den Kopf in den Nacken gelegt. Starrte hoch zum Himmel und ließ sich den Regen übers Gesicht rinnen. Owen konnte deutlich seinen kahlen Schädel sehen. Und dann hörte er den leisen Singsang, der Kerl trällerte irgendeine Melodie vor sich hin.

Owen duckte sich tief und zog die Pistole aus dem Gürtel. Er überlegte, wie er weiter vorgehen sollte. Solange er noch davon ausgegangen war, daß der gefährliche Irre nach Ridgeton wollte, war die Sache für ihn klargewesen. Er wäre Hrubek auf den Fersen geblieben, und in dem Moment, in dem der Kerl versucht hätte, ins Haus einzudringen, hätte Owen ihn ohne langes Federlesen über den Haufen geschossen. Vielleicht hätte er ihm hinterher ein Messer oder ein Brecheisen in die Hand gedrückt, um die Notwehrsituation eindeutiger zu machen. Aber jetzt war er durchaus nicht mehr sicher, ob Hrubek überhaupt nach Ridgeton wollte. Immerhin hatte er sich ein Auto beschafft. Vielleicht wollte er tatsächlich nach Süden, nach Boyleston. Oder er blieb einfach auf der 236 und fuhr nach New York. Oder noch weiter nach Westen.

Aber darauf kam es jetzt gar nicht an. Der springende Punkt war: Er hatte seine Jagdbeute gestellt. Dort drüben stand er – wehrlos, ahnungslos und mutterseelenallein. Egal, wohin Hrubek letztendlich wollte, so eine Gelegenheit bot sich vielleicht nie wieder.

Also stand Owens Entscheidung fest. Am besten, er nahm sich den Kerl jetzt gleich vor.

Nur, was wurde dann aus dem Cadillac? Er konnte den Geländewagen hier stehen lassen, Hrubeks Leiche im Kofferraum des Oldtimers verstauen und die alte Karre nach Ridgeton fahren. Sobald er dann den Toten ins Haus geschafft hatte ...

Halt. Nein, so ging das natürlich nicht. Das Blut...
Kaliber .357 – das reißt ganz schöne Löcher. Und irgendwann kam unweigerlich der Moment, in dem einer aus dem Team des Gerichtsmediziners den Cadillac unter die Lupe nahm.
Nach kurzem Überlegen beschloß Owen, den Wagen einfach stehenzulassen. Jeder würde annehmen, Hrubek hätte ihn hier abgestellt. Klar, der Kerl war eben verrückt. Auf einmal hatte er Angst vorm Autofahren bekommen und war zu Fuß weitergegangen. Und zwar nach Ridgeton. Wo Owen ihn...
Ja, richtig. Es war vermutlich besser, Hrubek nicht gleich hier zu erschießen. Wenn er hinterher behauptete, er habe das zu Hause in Ridgeton getan, in Notwehr... Nun ja, möglicherweise kamen die Burschen von der Gerichtsmedizin dahinter, daß Owens Zeitangaben nicht stimmen konnten und Hrubek schon mindestens eine Stunde länger tot war. Aber es genügte ja durchaus, ihn vorläufig kampfunfähig zu machen. Durch einen gezielten Schuß ins Bein oder in den Oberarm. Um ihn anschließend im Laderaum des Cherokee zu verstauen und nach Ridgeton zu bringen.
Dort konnten sie ihn dann finden. Zum Beispiel in der Küche der Atchesons. Und Owen würden sie im Wohnzimmer vorfinden. In dumpfes Brüten versunken, den Blick starr aufs Fenster gerichtet, erschüttert über die Tragödie, bei der er – gezwungenermaßen – zum Handlanger des Schicksals geworden war. Zweimal habe er auf den Wahnsinnigen gefeuert, würde er der Polizei erzählen, und schließlich den dritten, den tödlichen Schuß abfeuern müssen, weil Hrubek der Aufforderung, stehenzubleiben, einfach nicht Folge leisten wollte.
Das Blut im Cherokee? Nun, das blieb ein Risiko. Er durfte eben den Geländewagen nicht offen hinter der Garage parken. Es gab keinerlei Anlaß für eine Hausdurchsuchung. Und erst recht nicht dafür, daß sich die Jungs von der Gerichtsmedizin seinen Cherokee vornahmen.
Er ging den Plan in Gedanken noch mal Schritt für Schritt durch. Ja, das Ganze war zwar riskant, aber er hielt das Restrisiko für kalkulierbar.

Die Waffe im Anschlag, bewegte er sich langsam und vorsichtig auf die Gestalt zu, die sich im Halbdunkel vor dem Gebüsch abzeichnete. Sein Geschäft hatte Hrubek inzwischen erledigt, aber er stand immer noch dort, starrte zum wild wogenden Himmel hoch, lauschte mit schiefgelegtem Kopf dem unheimlichen Heulen des Windes und ließ sich den Regen übers Gesicht rinnen.

Weiter als fünf Schritte kam Owen nicht. Dann hörte er das unverwechselbare metallische Schnappen – zweimal. Eindeutig eine Pumpgun. Und er sah den Polizisten. Und sah, daß die Waffe genau auf seine Brust zielte.

»Auf den Boden! Keine Bewegung!« Die Stimme des jungen Uniformierten zitterte vor Aufregung.

»Verdammt, was soll das?« schrie Owen.

»Keine Bewegung! Waffe weg! Laß die Waffe fallen!«

Und da rannte Hrubek auch schon los. Eine riesige graue Gestalt, die zum Cadillac flüchtete.

»Ich sag's nicht noch mal!« Der junge Cop geriet allmählich in Panik, seine Stimme schnappte fast über.

Owen ging das Temperament durch. »Sie blöder Idiot!« schrie er und riskierte einen Schritt auf den Trooper zu. Sofort ließ der junge Polizist die Mündung ein Stück höher wandern. Owen erstarrte in der Bewegung und ließ die Smith & Wesson fallen. »Okay, ist ja schon gut.«

Ein Motor sprang an. Der Cadillac. Als der Wagen in schneller Fahrt an ihnen vorbeizog, wandte der Trooper verblüfft den Kopf zur Seite. Nur für den Bruchteil einer Sekunde. Aber länger brauchte Owen auch nicht, um die Mündung der Pumpgun beiseite zu stoßen und dem Cop einen Faustschlag ins Gesicht zu versetzen. Der Trooper sackte zusammen wie vom Blitz getroffen. Owen fiel über ihn her und schlug wieder und wieder zu. Schlug die ganze aufgestaute Wut aus sich heraus. Erst als er wieder zur Besinnung kam, wurde ihm bewußt, daß er völlig außer Atem war. Entsetzt starrte er auf das blutverschmierte Gesicht des bewußtlosen Troopers.

»Verdammt«, keuchte er.

Und auf einmal war da ein scharfes Geräusch. Es hörte sich an wie ein Schuß. Owen ließ sich blitzschnell zu Boden fallen. Riß seine Pistole an sich. Lag da und lauschte.
Aber er hörte nichts als den scharfen Wind und das eintönige Rauschen des Regens. Weit in der Ferne huschte Lichtschein über den Horizont, ein Blitz.
Owen rollte den Trooper auf den Bauch und fesselte ihm mit Handschellen die Hände auf den Rücken. Dann nahm er dem jungen Polizisten den Schulterriemen ab und fesselte damit seine Fußgelenke. Einen Augenblick lang starrte er mit Widerwillen und Abscheu auf das Bündel, das er geschnürt hatte. Ob der Officer ihn so deutlich gesehen hatte, daß er ihn wiedererkannte? Vermutlich nicht. Es war zu dunkel. Er selbst hatte das Gesicht des Troopers auch kaum erkennen können. Wahrscheinlich würde der junge Bursche, wenn er wieder zu sich kam, davon ausgehen, daß Hrubek über ihn hergefallen war.
Owen rannte zu seinem Cherokee. Blieb wie angewurzelt stehen. Schloß die Augen. Hämmerte mit der geballten Faust auf die Motorhaube.
»Nein!« schrie er und starrte wütend in den regennassen, stürmischen Himmel. »Nein!«
Der linke Vorderreifen war platt.
Er bückte sich. Ein Geschoß hatte sich in den Gummimantel gebohrt. Mittleres Kaliber. Von einer 38er vermutlich oder einer 9-mm-Pistole. Während er nach hinten hetzte, um den Wagenheber und den Reservereifen zu holen, wurde ihm klar, daß eine Möglichkeit in seinen Plänen und Kalkulationen für diese Nacht überhaupt nicht aufgetaucht war – die Möglichkeit, daß Hrubek in der Lage sein könnte, sich zu verteidigen. Mit einer Schußwaffe.

Seite an Seite standen sie und gruben die langstieligen Schaufeln ins schlammige Wasser. Wie zwei Austernfischer stocherten sie in der braunen Brühe herum, aber bei ihnen war es nur Marmorkies, was sie zutage förderten. Ihre Arme waren noch wie gelähmt vom stundenlangen Sandschaufeln und Säckesta-

peln, sie konnten die Schaufeln nur halbvoll laden. Und was sie gerade erst mühsam ausgegraben hatten, ließen sie anschließend gleich wieder in der tiefen Lache verschwinden – unter den im Schlamm festgewühlten Rädern, damit die beim nächsten Versuch greifen konnten.
Schweiß färbte ihnen das Haar dunkel, der Regen peitschte ihnen ins Gesicht. Schaufel um Schaufel hoben sie aus. Immerhin, der Motor lief rund und geschmeidig, wenigstens das war ein Trost. Im Autoradio brachten sie klassische Musik, hin und wieder von Nachrichten unterbrochen. Aber was dieser Quatschkopf über den Äther von sich gab, schien keinerlei Bezug zur Realität zu haben. Im Augenblick, zum Beispiel, versuchte der Moderator (in sonorem Tonfall, um sich selbst zu beruhigen, wahrscheinlich) ihnen weiszumachen, die Sturmfront werde den County frühestens in ein oder zwei Stunden erreichen.
»Großer Gott!« schrie Portia gegen den strömenden Regen an, »warum guckt der Mann nicht einfach mal aus dem Fenster?«
Dann arbeiteten sie wieder stumm weiter.
Das ist der reine Wahnsinn, dachte Lis, während ihnen der Wind den Regen wie aus Kübeln ins Gesicht trieb. Wirklich, der reine Wahnsinn.
Trotzdem, irgendwie kam es ihr merkwürdigerweise ganz normal vor, daß sie hier neben ihrer Schwester im hüfthohen brackigen Wasser stand und die schwere Schaufel schwang. Vor Jahren, bevor ihr Vater beschlossen hatte, genau hier die Garage errichten zu lassen, hatten sie oft hier Seite an Seite gearbeitet. Dieser Teil des weitläufigen Grundstücks hatte sozusagen den Töchtern der L'Aubergets gehört. Ihr Gemüse- und Kräutergarten. Vielleicht gruben sie heute an derselben Stelle, an der sie früher mit der Hacke den schweren Boden gelockert und Unkraut gezupft hatten? Lis erinnerte sich noch, wie sie nach der Aussaat die Samentüten auf dünne Stöckchen gespießt und ins Beet gesteckt hatten, damit sie, wenn sich das erste Grün zeigte, auch wußten, was hier eigentlich wachsen sollte.

Lis hatte das ihrer kleinen Schwester damals allerdings anders erklärt: »Auf den Samentütchen können die Pflanzen sehen, wie sie aussehen müssen, und dann wissen sie, wie sie wachsen sollen.« Und Portia, damals fünf, hatte das für bare Münze genommen. Später hatten sie beide laut darüber gelacht. »Samentütchen« war so etwas wie ein Geheimcode zwischen ihnen geworden, wenn eine der anderen sagen wollte: Nein, das kaufe ich dir nicht ab.

Lis deutete mit dem Kopf auf den Wagen. »Komm, laß es uns noch mal versuchen«, rief sie ihrer Schwester zu.

Portia kletterte hinters Lenkrad und gab – während Lis von hinten schob – vorsichtig Gas. Der Wagen machte einen kleinen Sprung nach vorn, steckte aber sofort wieder im Schlamm fest. Kopfschüttelnd stieg Portia aus. »Ich hab's ganz deutlich gespürt, wir waren dicht dran. Da hat nicht viel gefehlt.«

Und so fingen sie, während der Regen unaufhörlich rauschte, wieder zu schaufeln an.

Eine ganze Serie von Blitzen erhellte den Himmel im Westen. Lis schielte verstohlen zu ihrer Schwester hinüber. Seltsam, wunderte sie sich, eigentlich hätten ihre Gedanken um Marmorkies und Schlamm und japanische Autos kreisen müssen, aber sie ertappte sich dabei, daß sie die ganze Zeit über Portia nachdachte. Ihre kleine Schwester, die in die fremde, rauhe Großstadt gezogen war und sich schnell deren fremde, rauhe Sprache angewöhnt und noch schneller gelernt hatte, hochmütig und geringschätzig auf die herabzublicken, die in der Provinz geblieben waren. Portia mit ihren modisch-verrückten Fummeln, ihren Miniröcken und all den Klunkern und Ringen hier und Ringen dort. Portia, die sich in der Rolle als männerverschlingender Vamp gefiel.

Und trotzdem ... irgend etwas machte Lis stutzig. Seit gestern abend, zum Beispiel ... Erst seit Portia den Modeschmuck abgelegt und den Glitzerlook gegen ausgebeulte Jeans und einen Rollkragensweater eingetauscht hatte, gab sie sich natürlich.

Und all die Männer in ihrem Leben? Stu, Randy, Lee und weiß Gott, wie sie alle geheißen hatten. Obwohl sie dauernd von Unabhängigkeit redete, schien Portia jedesmal nichts anderes als das Abziehbild des Mannes zu sein, mit dem sie gerade zusammen war. Im Grunde unterschieden ihre Liebschaften sich also gar nicht so sehr von den altmodischen Zweierbeziehungen, die sie so leidenschaftlich ablehnte. Es mußte wohl daran liegen, daß sie die ausnehmend hübschen jungen Burschen mit dem verträumten Schlafzimmerblick, die sie sich aussuchte, eigentlich gar nicht mochte. Wenn einer von ihnen sie sitzenließ – und damit endete es unausweichlich jedesmal –, spielte sie ein paar Tage lang die zu Tode Betrübte, und dann zog sie los, um sich einen neuen zu suchen.
Und so blieb es eben dabei, daß Lis vor einem Rätsel stand. Sie kam einfach nicht dahinter, wer und wie ihre Schwester im Innersten war. Waren sie einander tatsächlich so fremd, wie es Lis manchmal vorkam?
Sie wußte es wirklich nicht. Aber sie war entschlossen, es herauszufinden. Das Gärtnereiprojekt, die geschäftliche Zusammenarbeit, wäre eine gute Gelegenheit dazu gewesen. Wenn aber daraus nichts wurde, mußte sie eben etwas anderes finden. Denn der Gedanke, der ihr kurz nach den Ereignissen am Indian Leap gekommen war, hatte sie nicht wieder losgelassen. Sie war nach wie vor davon überzeugt: Der einzig mögliche Weg, um die dunklen Schatten aus dem Vermächtnis der L'Aubergets abzuschütteln – falls sich die überhaupt abschütteln ließen –, war ein Weg, den sie beide, die einzigen, die es noch von der Familie gab, gemeinsam gehen mußten.
Sie und Portia, gemeinsam.
Sie hätte nicht genau erklären können, warum sie diese Aussöhnung mit der Vergangenheit unbedingt wollte. Trotzdem spürte Lis, daß sich die Mühe lohnte, es wenigstens zu versuchen. Wie einer ihrer Schüler letzte Woche, nachdem er von Lis beim Mogeln erwischt worden war, zu ihr gesagt hatte: »He ... Ihnen macht das wohl Spaß, immer alles rauszufinden?«

Und die ganze Zeit über schaufelten sie unablässig weiter, während der vom Wind gepeitschte Regen sich in den grellweißen Lichtkegeln der Autoscheinwerfer zu Schwaden zu ballen schien. Die Musik im Radio klang aus, der Moderator mit der einschläfernden Stimme meldete sich zu Wort. Eigentlich nur, um anzusagen, daß nach den Kurznachrichten Händels *Wassermusik* käme. Daß er einen unfreiwilligen Witz gemacht hatte, war ihm offenbar nicht aufgefallen, aber Lis und ihre Schwester brachen in schallendes Gelächter aus.

Die Reifen summten auf dem nassen Asphalt eine Tonlage zu hoch, als der Cadillac den Highway entlangjagte, von den acht Zylindern des schweren Motors aber war nur das übliche tiefe, beruhigende Brummen zu hören.
Michael Hrubek pochte noch das Herz von dem Zwischenfall vor zwanzig Minuten. Diese unverhoffte Konfrontation mit den Verschwörern hatte ihn sehr erschreckt. Oh, diese Ärsche! Er war noch mal davongekommen, ja, aber seine Hände zitterten, und in seinem Kopf herrschte ein einziges Durcheinander. Er brachte es einfach nicht mehr auf die Reihe, wo er war und was er vorhatte. Du lieber Himmel, dieser irrsinnig laute Knall, als er abgedrückt hatte! Und wie die Pistole in seiner Hand hochgehüpft war! Das würde er so schnell nicht vergessen.
»Cadillac, hart der Treck«, fing er in seiner verzweifelten Angst zu singen an, *»Cadillac, Tyrannenschreck. Oh, Dr. Anne, nun bist du weg...«*
Nach Dr. Anne Mullers Tod hatte für ihn die große Wanderschaft begonnen. Hin und wieder war er für eine Weile in einer staatlichen Anstalt gewesen, aber die meiste Zeit hatte er auf der Straße gelebt und sich recht und schlecht durchgeschlagen. Mal half ihm ein Käse-Sandwich, das ein Sozialarbeiter ihm zusteckte, bis zum nächsten Morgen, mal das, was er im Hinterhof eines Restaurants in der Mülltonne fand. Die Angst und seine Paranoia hatten ihn ausgezehrt, aber mehr hatte das Leben auf der Straße ihm nicht anhaben können. Um Drogen machte er schon immer einen weiten Bogen, seiner Überzeu-

gung nach waren sie samt und sonders vergiftet. Und so war er von Aids, Hepatitis und von anderen schweren Krankheiten verschont geblieben.
Nachdem er etliche Monate im Nordosten verbracht hatte, war er nach Süden aufgebrochen. Er wollte nach Washington, um sich bei Andrew Johnson, Ulysses S. Grant und beim amtierenden Präsidenten – je nachdem, wem er zuerst begegnete – für jene Verbrechen zu entschuldigen, die er vor langer, langer Zeit begangen hatte. Er schaffte es, das Haupttor zum Weißen Haus zu finden, und klopfte beherzt an die Tür des Wachgebäudes.
»Es ist lebenswichtig, daß ich mit Ihnen über die Sache mit all den Morden spreche, Mr. Torwärter«, sagte er höflich. »Es geht um Leben und Tod.«
Und – zack, schon hatte ihn der Secret Service am Wickel.
»Das war zu blöde«, sagte er bedrückt zu sich selbst, als er in dem Vernehmungszimmer irgendwo im Finanzministerium wartete. »Das hätte ich nicht machen sollen.«
Aber er wurde nicht gefoltert, wie er erwartet hatte. Man stellte ihm lediglich eine Menge Fragen (Fragen, mit deren Hilfe sie seine Gehirnströme vermessen konnten, vermutete er), und nach zwei Stunden ließen sie ihn wieder laufen. Er wußte natürlich, daß die Agents ihm während des Verhörs irgendwelche elektronischen Spürgeräte implantiert hatten, deshalb warf er sich, um die Batterien kurzzuschließen, vorsorglich erst mal in das große Brunnenbecken vor dem Washington Monument. Danach fühlte er sich tatsächlich gleich besser und machte sich auf den Weg zum Nationalfriedhof Arlington, wo er dann einen Monat lang seinen Wohnsitz nahm.
Schließlich wurde ihm die Hauptstadt zu langweilig, er wanderte zurück nach Norden, um seinen Vater zu suchen. So um die vier, fünf Wochen lang war er (obwohl er sich natürlich nicht von morgens bis abends dieser Aufgabe widmen konnte) hinlänglich damit beschäftigt, und eines Tages stieß er in der Nähe von Philadelphia auf ein Haus, bei dem er irgendwie das Gefühl hatte, es müsse das Haus seiner Eltern sein. Die

Haustür war nicht abgeschlossen, also ging er hinein, um zu sehen, ob jemand zu Hause wäre. Es war tatsächlich jemand zu Hause, allerdings, wie sich herausstellte, nicht sein Vater, sondern die Frau eines Detectives.

Und – zack, schon hatten sie ihn wieder am Wickel.

Am nächsten Tag wurde er entlassen und machte sich zu Fuß auf den langen Weg bis nach Gettysburg, wo er sich mitten auf dem Schlachtfeld niederließ und vor Scham über seine schändliche Rolle bei der Ermordung des größten Präsidenten, den es je in den Vereinigten Staaten gegeben hatte, laut heulte und jammerte.

Und – zack ... Ja, sie hatten ihn wieder am Wickel.

Phillie, Newark, Princeton, New York, White Plains, Bridgeport, Hartford.

Das war Michael Hrubeks Leben: staatliche Heilanstalten und die Straße. Er schlief in Pappkartons, badete (wenn er badete) in Flüssen und lernte auf seinen Wanderungen viel dazu. Jeder Tag brachte ihm neue Erkenntnisse. Mit schmerzlicher Klarheit erkannte er die Wahrheiten dieser Welt. Und es gab diese Wahrheiten überall. Wahrheiten, die weh taten und viel Gemeinheit offenbarten. Er erkannte sie in roten Autos, die die Straßen hinunterjagten, in einem Schlepper, der sich gerade anschickte, an der Mole festzumachen, im Haar eines Halbwüchsigen, der die Straße entlanggeschlendert kam, oder in der symmetrischen Anordnung von Armbanduhren im Schaufenster eines Juwelierladens. Über all das, was er erkannte, dachte er lange nach und fragte sich immer wieder, ob sich, wenn er so viele Erkenntnisse sammelte, nicht vielleicht eines Tages seine Ängste doch noch verflüchtigen würden.

Sagte ihm all das denn gar nichts? Spendete es ihm denn keinen Trost?

Michael traf auf seiner Wanderschaft viele Leute, es konnte sogar vorkommen, daß der eine oder andere keine Scheu vor ihm zeigte. Wenn er ordentlich gewaschen und gekämmt war und Sachen trug, die er erst vor kurzem von einem Geistlichen oder einem Sozialarbeiter bekommen hatte, passierte es schon

mal, daß sich jemand neben ihn auf die Parkbank setzte, auf der Michael saß und las. Wenn einer ein anspruchsvolles Buch in der Hand hat, machen viele Leute gleich keinen Bogen mehr um ihn. Dann sehen sie sogar großzügig über ungebügelte Hosen und notfalls auch über ein paar Bartstoppeln hinweg. Michael mochte solche Begegnungen. Wie ein Geschäftsmann am Sonntag nachmittag saß er dann da, die Beine übereinandergeschlagen, die Füße in bequemen braunen Slippern, ohne Socken, mit einem Lächeln um die Lippen, nickte dem neuen Nachbarn freundlich zu und hielt einen kleinen Plausch mit ihm. Themen wie Mord, Vergewaltigung und Secret Service vermied er tunlichst, er redete nur über unverfängliche Dinge. Je nachdem, wie es sich gerade ergab: die Spatzen, die da drüben im Brunnen badeten, schöne alte Parkbäume, spielende Kinder. Wer weiß, vielleicht war einer von den Leuten, mit denen er ins Gespräch kam, ein mächtiger, einflußreicher Mann – ein Industriemanager oder so?
Dieses friedliche Nomadendasein nahm jäh ein unerfreuliches Ende, als er Ende Januar festgenommen wurde. Man warf ihm vor, daß er in eine Boutique eingebrochen sei – in einer wohlhabenden Kleinstadt fünfzig Meilen südlich von Ridgeton. Er war gar nicht eingebrochen, er hatte lediglich das Schaufenster eingeschlagen und eine von den Schaufensterpuppen auseinandergenommen. Ein Gerichtspsychiater begutachtete ihn und kam dabei zu dem Schluß, daß Hrubek (der sich allerdings zu dieser Zeit Michael W. Booth nannte) durch sexuelle Beweggründe zu diesem Akt von Vandalismus getrieben worden und als gefährlicher Psychotiker einzustufen sei. Und so wurde er ins Cooperstown State Mental Hospital eingeliefert.
Dort steckte man ihn – ohne das Ergebnis einer Aufnahmeuntersuchung abzuwarten – in den Block für die schweren Fälle, in eine kalte, dunkle Zelle, in der er drei Stunden saß, bis endlich die Tür aufgeschlossen wurde und ein Hüne hereinkam – ein Kerl, der sogar noch größer als Michael war.
»Wer bist du?« herrschte Michael ihn an. »Bist du der Mister

Zwangsjacke? Arbeitest du für die Regierung? Hör mal, ich war in Washington, der Hauptstadt dieses großen Landes. Wer, zum Teufel, hat dir erlaubt...«
»Hör auf mit dem Scheiß!« John Zwangsjacke schleuderte ihn kurzerhand gegen die Wand und schleifte ihn über den Fußboden. »Komm ja nicht auf die Idee, zu schreien. Ich will kein Wort hören. Und schon gar keine Widerworte. Hör einfach auf mit dem Scheiß und entspann dich.«
Michael hörte auf mit dem Scheiß, entspannte sich aber keineswegs. In Cooperstown entspannte sich keiner. In Cooperstown gaben die Patienten schlichtweg auf. Ergaben sich ihrem Wahnsinn. Michael saß stundenlang einfach stumpfsinnig da und brütete dumpf vor sich hin. Oder er stand am Fenster, starrte ins Freie, zappelte mit den Beinen oder sang murmelnd das Lied von den alten Freunden zu Hause, immer wieder dieselbe Strophe. Der Anstaltspsychologe nahm sich pro Woche etwa sieben Minuten für Michael Zeit, der zwanghafte Singsang fiel ihm nicht auf. Wäre er ihm aufgefallen, dann hätte er vielleicht festgestellt, daß es sich um einen alten Stephen-Foster-Song handelte, in dem es die Textzeile »O meine schöne Schwarze, wie sehnt mein Herz sich nach dir« gab. Und womöglich hätte er sogar erkannt, daß Michael bei der schönen Schwarzen nicht an eine Sklavin dachte, sondern an die Dunkelheit – an die Nacht. Denn die Nacht bedeutete für ihn Hoffnung auf Schlaf, und nur im Schlaf fand er an diesem schrecklichen Ort ein wenig Frieden.
Cooperstown ... wo die Krankenschwestern zwei Patientinnen in eine leere Zelle sperrten, in der es nichts als eine eingefettete Colaflasche gab, und durch den Türspion beobachteten, was die beiden Frauen da drin trieben ...
Cooperstown ... wo Mr. Zwangsjacke Michael über das Waschbecken zerrte und ihm den Kopf ins Wasser tunkte, immer wieder, so lange, bis sich seine Qual durch den Hintern entlud und der Wärter einen Vorwand hatte, ihm – im Rhythmus seiner Flatulenzen – mit dem schweren Schlüsselbund die Schenkel zu peitschen.

Cooperstown ... wo Michael sich unendlich weit von der Realität entfernte und schließlich fest davon überzeugt war, in einer vergangenen Zeit zu leben, in der des Bürgerkriegs. Einen Monat lang hielt man ihn im Block für die schweren Fälle hinter Schloß und Riegel, und während der ganzen Zeit gab es nur ein einziges Buch, in dem er lesen konnte – ein Buch über die Wiedergeburt. Als er es ein dutzendmal gelesen hatte, war ihm auf einmal klar, wieso er tatsächlich John Wilkes Booth sein konnte. Er trug Booths Seele in sich! Booths Geist hatte sich aus dem tödlich verwundeten Körper gelöst, war ein Jahrhundert lang umhergeirrt, und dann hatte es sich gefügt, daß der Geist des Toten über dem Haupt von Michaels Mutter schwebte – gerade in dem Augenblick, als das Baby aus ihr herausgeschlüpft war. Natürlich, davon stammten auch die roten Male auf ihrem Bauch – die Male, von denen sie ihm erzählt hatte, die kämen von ihm, aber er sollte sich deswegen keine Sorgen machen.

Ja, in ihm lebte die Seele von Mr. John Wilkes Booth, einem berühmten Schauspieler. Der aber leider auch ein verdammt raffinierter Mörder gewesen war.

Eines Tages im März nahm Mr. Zwangsjacke ihn am Arm, führte ihn zu Suzies Zelle, stieß ihn hinein, schlug hinter ihm die Tür zu und schaltete die Videokamera ein.

Sie waren allein, Michael und die vierundzwanzig Jahre alte Frau, deren hübsches Gesicht nur einen einzigen Makel aufwies, eine winzige Narbe mitten auf der Stirn. Suzie sah Michael aus ihren tiefliegenden Augen an, sehr lange und sehr aufmerksam. Sie wußte, was Männer von ihr wollten – das war das einzige, was sie vom Leben verstand. Und da sie feststellte, daß Michael ein Mann war, schob sie sich, ohne zu zögern, den Rock über die ausladenden Hüften, streifte das Höschen herunter und ließ sich auf Händen und Knien nieder.

Und Michael, der genau wußte, daß Mr. Zwangsjacke vor der Tür stand, machte es genauso. Hose runter und auf alle viere. Und so knieten sie dann beide da, die nackten Hintern der Welt hingereckt. Was sie nicht ahnen konnten, war, daß Mr.

Zwangsjacke draußen gerade eilends die Flucht antrat, weil zufällig ein Arzt den Flur herunterkam. Der Psychiater warf einen Blick durch den Türspion, riß die Zellentür auf und verlangte eine Erklärung, was die beiden Patienten hier täten. Michael antwortete: »Wir warten auf den Wärter, auf Mr. Zwangsjacke. Ich halte mich für ihn bereit. Und sie auch. Nicht, daß da irgendein Irrtum aufkommt. Mr. Zwangsjacke hat einen Superschwanz. Das ist bei allen Männern so, wenn sie irgendwas mit Medizin zu tun haben.«
»O mein Gott!«
Die anschließende Untersuchung führte zur Entlassung von fünf Pflegern, zwei Schwestern und zwei Ärzten. Michael sollte jedoch nie erfahren, ob auch Mr. Zwangsjacke unter den Entlassenen war, denn als einer der am meisten Betroffenen wurde er unverzüglich in die Abteilung für solche Straftäter verlegt, die bei der Gerichtsverhandlung als schuldfähig eingestuft worden waren. Die offizielle Begründung lautete: »Verlegung mit Blick auf die eingetretene Verbesserung seines Zustandes. Es besteht Aussicht auf vollständige Heilung.« In Wirklichkeit war Michaels Zustand schlimmer als je zuvor, aber die Verwaltung wollte ihn vor neugierigen Reportern isolieren – und vor der Untersuchungskommission, die eingesetzt worden war, nachdem ein Revolverblatt durch die Schlagzeile »Abscheuliche Orgien im Psycho-Knast« für einigen Wirbel gesorgt hatte.
Reformen wurden angeordnet, die Reporter suchten ihre Sensationsnachrichten woanders, und Michael ... nun, Michael war in den weiten Hallen des Hospitals so gut wie vergessen.
Einen Monat nach dem Skandal saß er immer noch in Cooperstown, im Block für die leichten Fälle. Es war an einem Wochenende, als er auf einmal spürte, daß er heute von einer besonderen Unruhe erfüllt war. Am Samstag abend steigerten sich seine Ängste ins Unerträgliche, er merkte, daß die Wände seiner Zelle sich immer enger zusammenschoben und ihn erdrückten. Er nahm an, daß der Secret Service dahintersteck-

te, höchstwahrscheinlich bombardierten dessen Agenten ihn mit Strahlen, die seine Nerven elektrifizierten.
Er konnte nicht ahnen, daß nicht die Bundesregierung seine Ängste schürte, sondern daß der Grund für seine innere Unruhe nur in einer Schlampigkeit lag: Die Anweisung, welche Medikamente er bekommen sollte, war verlegt worden, und so hatte man ihm seit vier Tagen kein Haldol mehr gegeben.
In seiner Verzweiflung beschloß er schließlich, sich an den einzigen Menschen zu wenden, der ihm, soweit er sich zurückerinnern konnte, je geholfen hatte. Er war sich durchaus bewußt, daß er Dr. Anne der Verschwörung bezichtigt und hundertmal den Tod gewünscht hatte. So sagte er sich, daß er nur, wenn er die Vorwürfe und Verwünschungen zurücknahm und Dr. Anne um Verzeihung bat, Erlösung finden könne. Die ganze Nacht verbrachte er damit, einen Fluchtplan auszuhecken. Er dachte an die Möglichkeit, irgendwo Feuer zu legen, oder sich zu verkleiden oder zu maskieren. Freilich, er hätte sich die anstrengenden Grübeleien sparen können, weil er am Sonntag morgen – ganz normal angezogen, in Jeans und T-Shirt – unbehelligt durchs Haupttor des Hospitals spazieren konnte – vorbei an einem Pfleger, der sich nicht vorstellen konnte, daß ein Patient, wenn er als schwerer Fall eingestuft war, aus dem Block für die leichten Fälle kommen konnte.
Michael hatte keine Vorstellung, wo Dr. Anne stecken könnte. Aber er wußte, daß Trevor Hill weiter im Süden lag, und so machte er sich an diesem Frühlingssonntag im Laufschritt dorthin auf den Weg. Bald hatte er sich im Gewirr der Straßen verirrt, und je weniger er sich zurechtfand, desto mehr wucherten seine Ängste. Panik kroch ihm wie Nesselfieber über die Haut. Mitunter bewegte er sich in großen Sprüngen fort, als wäre die Angst ein Raubtier, das nach seinen Fersen schnappte. Manchmal versteckte er sich auch im Gebüsch, bis er das Gefühl hatte, die Verfolger, die sich leider nie offen zeigten, müßten jetzt vorbei sein. Einmal nahm er allen Mut zusammen, schwang sich auf einen Sattelschlepper und fuhr, unter

der Plane versteckt, eine Stunde lang mit, bis der Fahrer bei einem einfachen Speiselokal Rast machte. Weil aber dort auf dem Parkplatz schon vier Lastwagen standen und Michael befürchtete, fünf sei eine Unglückszahl, wartete er die Rückkehr des Fahrers nicht ab, sondern machte sich entlang der nächstbesten Landstraße aus dem Staub.

Etwa um die Mittagszeit stellte er fest, daß er wieder auf einem Parkplatz angekommen war – einem riesigen Parkplatz. Er blieb stehen, rang nach Luft und rannte schließlich, während ihm halb schlecht war vor Angst, auf eine Baumreihe zu, wo er sich im Gebüsch versteckte, gleich hinter einem großen Schild aus Holz. Er starrte auf die Buchstaben, die mit einem glühenden Eisen ins Holz gebrannt waren:

Willkommen im Indian Leap State Park

An diesen Sonntag mußte er jetzt – sechs Monate später – denken, als er den schwarzen Cadillac auf der Route 236 über eine Hügelkuppe lenkte. Vor ihm dehnte sich schnurgerade das dunkle Band der Straße, in der Ferne zuckten Blitze, und von irgendwoher schimmerten gedämpfte Lichter, die womöglich zu den Häusern von Ridgeton gehörten. Ein Schwall Regen klatschte gegen die Windschutzscheibe und trommelte aufs Wagendach.

Michael duckte sich. »Verrat«, murmelte er. Die Angst fraß ihn von innen her auf. Er wiederholte das Wort wieder und wieder. »Eva des ewigen Verrats! Ihr Ärsche!«

Von einem Augenblick zum anderen begann sein Pulsschlag zu rasen, Schweiß brach ihm aus allen Poren. Seine Zähne klapperten – ein Geräusch wie von Pferdehufen auf Beton. Sein Gehirn weigerte sich, irgendeinen Gedanken festzuhalten. Im Nu hatte er alles vergessen. Er vergaß *GETTO*, vergaß Lis-Eva, die Verschwörer, Dr. Anne und Dr. Richard. Er vergaß alles – bis auf den Eispanzer, in dem seine Ängste ihn gefangenhielten.

Seine Hände zitterten auf dem Lenkrad. Erschrocken starrte er auf die Motorhaube des Wagens, als wäre er gerade erst

aufgewacht und fände sich plötzlich auf dem Rücken eines durchgehenden Bullen wieder.
Ich steh das durch, dachte er. Ach bitte, lieber Gott, hilf mir, das durchzustehen! Er neigte den Kopf. Fing hektisch an der Innenhaut der linken Wange zu kauen an. Schmeckte Blut.
Ich werde das durchstehen!
Und einen Moment lang, einen sehr kurzen Moment lang, brachte er es tatsächlich fertig. Er packte mit beiden Händen fest zu, drehte das große Ebenholzrad nach rechts und schaffte es, den Cadillac auf die rechte Spur zurückzulenken.
Solange dieser sehr kurze Moment währte, war Michael Hrubek nicht mehr der ungeschickte Schwachsinnige, nicht mehr nur die Hülle, in die die Seele eines Mörders aus längst vergangenen Zeiten geschlüpft war. Er litt nicht mehr unter unsäglichen Schuldgefühlen, die ihm die Ruhe raubten. Abraham Lincoln war nicht mehr und nicht weniger als eine erhabene Gestalt aus der Geschichte, ein Präsident, dessen Konterfei die kupfernen Pennies zierte, und Michael war nichts als ein großer, starker junger Mann, der voller Zuversicht in die Zukunft blickte und einen protzigen alten Wagen sicher über den Highway lenkte. Vollgestopft mit Ängsten – ja, das schon, aber durchaus in der Lage, die Situation mehr oder weniger zu meistern.
Und dann erlosch diese Wahnvorstellung.
Er konnte es eben doch nicht länger durchstehen. Er hatte vergessen, wie er den Cadillac unter Kontrolle halten mußte. Und als er mit seinem riesigen Fuß zutrat, um der Schreckensfahrt ein Ende zu machen, war es das rechte Pedal, das er erwischte. Entsetzt schlug er die Hände vors Gesicht. Heulte wie ein Tier um Hilfe und stemmte die Beine gegen das Bodenblech, als der Wagen in die Wacholderbüsche schoß und sich zu drehen begann – und sich überschlug und wieder und wieder überschlug.

23

Da geht kein Weg daran vorbei, das muß erledigt werden ... Owen Atcheson sah seinen Zugführer noch vor sich – Stahl im Blick und ein bißchen high von dem billigen Stoff, der auf dem örtlichen Markt angeboten wurde, aber im Tonfall so ruhig und bestimmt wie ein Collegelehrer. »Da geht kein Weg daran vorbei, das muß erledigt werden. Da müßt ihr durch, Jungs.«
Owen und die anderen Marines hatten verstohlen die Augen verdreht. Ja, ja, der Lieutenant hatte leicht reden. Aber dann hatten sie sich eben doch ihre Ausrüstung geschnappt und die Gesichter geschwärzt und waren losgezogen. Irgendwohin in den Dschungel, um einem von den schmächtigen Kerlchen im schwarzen Pyjama die Kehle durchzuschneiden oder einem von den Politkommissaren mit aufgeschraubtem Schalldämpfer oder Plastiksprengstoff oder einer C4-Ladung den Garaus zu machen.
An diese alten Tage in Vietnam mußte Owen jetzt denken, als er auf der Hügelkuppe stand und unten den Cadillac liegen sah. Der Wagen hatte sich am Schluß noch mal gedreht, er stand auf den Rädern, aber das Dach war eingedrückt, und die Fenster sahen nach dem Aufprall aus wie von dichten Spinnweben überzogen. Das Parklicht brannte noch, das auf der linken Seite, die Scheinwerfer hatten den Sturz nicht überstanden.
Owen zog den Verschluß seiner Waffe auf. Er war seit frühester Jugend an den Umgang mit Schußwaffen gewöhnt und ein Sicherheitsfanatiker, darum lud er die Kammer immer erst durch, wenn es wirklich soweit war. Fertig, es ging los. Der Abstieg war sehr steil, er brauchte, als er hinunterkletterte, auf das niedrige Gebüsch zu, eine Hand, um sich festzuhalten.
Er spürte, daß ihm das Blut in den Adern sang, und schärfte

sich ein, daß es unangebracht wäre, sich auf den Augenblick – dem er, zugegeben, lange entgegengefiebert hatte – so zu freuen. Und das Hochgefühl klang auch rasch ab, als er sich daran erinnerte, daß Hrubek bewaffnet war, und überdies feststellte, daß er sich über offenes Gelände an den Oldtimer heranarbeiten mußte, ohne Deckung. Der Wagen war durchs Wacholdergebüsch gebrochen und zehn Meter dahinter im Gras liegengeblieben.

Es regnete nicht mehr so heftig, auch der Wind hatte nachgelassen. Pech für Owen, es gab nichts mehr, was seine Schritte dämpfen konnte. Und Hrubek – vorausgesetzt, er war nicht so schwer verletzt, daß er sich nicht rühren konnte – hatte genug Zeit gehabt, sich ein Versteck zu suchen, aus dem er den taktischen Vorteil des Verteidigers nutzen konnte. Owen ließ sich einen Augenblick lang durch den Kopf gehen, welche taktischen Möglichkeiten ihm in dieser Situation blieben, dann entschloß er sich kurzerhand, alles auf eine Karte zu setzen. Seine Finger schlossen sich fest um den Griff der Pistole, er atmete tief ein, dann rannte er los. Rannte, so schnell er konnte. Jeden Augenblick darauf gefaßt, die Waffe in Anschlag bringen und abfeuern zu müssen, notfalls in vollem Lauf. Tief aus der Kehle artikulierte er ein röhrendes Keuchen, einen Urlaut, der eher an ein Tier als an ein menschliches Wesen denken ließ. Es kostete ihn Beherrschung, nicht laut in den Kampfruf der Marines auszubrechen. Er rannte geradewegs auf den Wagen zu, ließ sich, als er am Ziel war, wie ein erschöpfter Marathonläufer zu Boden fallen, rutschte ein Stück weit übers feuchte Gras und blieb unmittelbar hinter der Heckstoßstange liegen. Das Laub, das er auf den letzten Metern aufgewühlt hatte, raschelte noch einen Augenblick lang, dann herrschte Stille. Er blickte sich wie gehetzt um. Das Heckfenster des Cadillac hatte weniger abgekriegt, das Glas war nicht ganz so zersplittert wie die übrigen Scheiben. Owen konnte einen Blick ins Wageninnere werfen, aber nicht mit Gewißheit erkennen, ob Hrubek irgendwo dort drin kauerte oder lag. Geduckt kroch er – den Kofferraum wie einen Schutzschild zwischen sich und dem Wageninneren – um das Fahrzeug herum, zur anderen Seite.

Nichts.

Oder unter dem Wagen?

Er ließ sich flach zu Boden fallen, die Waffe ins Dunkel unter dem Bodenblech gerichtet. Irgendein Teil vom Auspuff war abgebrochen, hing wie ein bizarr verrenkter Arm über dem Gras. Eine Schrecksekunde ... dann war klar, daß Hrubek sich nicht unter dem Wagen versteckte. Owen stemmte sich hoch, atmete ein paarmal tief durch, nahm die Pistole in die linke Hand und riß mit der rechten die hintere Wagentür auf.

Leer. Nichts in dem alten Cadillac deutete darauf hin, daß Hrubek je drin gesessen hatte. Abgesehen davon, daß es bestialisch nach Moschus und Schweiß stank und ein paar zersplitterte Knochenteile auf dem Wagenboden lagen. Von einem Tierschädel, ähnlich dem, den Hrubek der Frau in der Küche in Cloverton in den Schoß gelegt hatte. Der Zündschlüssel steckte noch.

Owen richtete sich auf und sah sich um. Auf dem nassen Laub konnte er keine Stiefelabdrücke erkennen. Und auch kein Blut. Überhaupt nichts, was wenigstens annähernd Ähnlichkeit mit einer Fährte gehabt hätte. Er lehnte sich an den Kofferraum. Suchte den Waldrand ab, der dampfend und grau vor ihm lag. Engstehende Bäume, undurchdringlich dichtes Unterholz. Das schwierigste Gelände, das er sich für eine Verfolgung vorstellen konnte. Auf laubbedecktem Waldboden in der Nacht Spuren zu entdecken, war so gut wie ausgeschlossen. Zumal er nicht davon ausgehen konnte, daß Hrubek die bisherige Richtung beibehielt. Nach einem so schweren Unfall hatte er womöglich die Orientierung verloren und irrte, Gott weiß wo, herum. Durchaus denkbar, daß er ...

Der Kofferraum!

Owen fuhr herum, brachte die Waffe in Anschlag. Der Kofferraum war ein geradezu ideales Versteck. Er hatte ein eigenes Schloß. Aber bei so einem uralten Caddie gab es natürlich noch keine Zentralverriegelung. Owen legte den Daumen auf den verchromten Knopf, drückte. Der Kofferraumdeckel sprang auf.

Genug Platz, sogar für einen Koloß wie Michael Hrubek. Aber er lag nicht drin.
Also blieb nur der Wald. Owen entdeckte eine schmale Lücke im dichten Buschwerk, das den Waldrand säumte, und rannte geduckt darauf zu. Kalte, feuchte Luft hüllte ihn ein. Und genau die rabenschwarze Dunkelheit, mit der er gerechnet hatte. Er knipste die Stablampe an und suchte den Boden ab – immer zwei, drei Schritte nach vorn, dann, den Lichtstrahl ein Stück seitwärts versetzt, wieder zurück. Nach zehn Minuten stieß er auf die Spur. Zwei Stiefelabdrücke. Von Hrubeks Stiefeln. Die Spur führte tiefer in den Wald. Der Kerl mußte eigentlich auch daran interessiert sein, so rasch wie möglich das dichte Gehölz hinter sich zu lassen. Vielleicht gab es Stellen, an denen der Wald lichter war. Stellen, an denen Nadelbäume wuchsen. Unter Nadelbäumen konnte er Hrubeks Spuren wahrscheinlich deutlicher erkennen.
Er kam nur ein paar Schritte weit. Dann hörte er ein leises Knacken. Offenbar bewegte sich jemand, ohne sich darum zu kümmern, ob man ihn hören konnte.
Owen richtete die Pistole dorthin, wo er das Knacken gehört hatte. Er achtete darauf, mit dem Fuß kein Laub aufzurühren, jedes raschelnde Blatt hätte ihn verraten können. Die Waffe im Anschlag, den Kopf zwischen die Schultern gezogen, bewegte er sich langsam auf eine Lichtung zu. Dort war der Waldboden mit weichen Nadeln gepolstert.
Der Mann saß auf einem umgestürzten Baumstamm und massierte sich das ausgestreckte Bein. Wie ein Spaziergänger am Sonntag nachmittag, der gerade mal eine kurze Pause einlegt.
»Sieht so aus, als wäre er uns entwischt«, sagte der Mann und tippte sich kurz an die Mütze mit dem Emblem der New York Mets. Er sah Owen an, als hätte er schon geraume Zeit auf ihn gewartet. »Sie sind also der andere. Derjenige, der auch hinter ihm und der Belohnung her ist. Ich schätze, es gibt ein paar Dinge, die wir regeln sollten.«

Sie war sechsunddreißig Jahre alt und hatte ihr Leben lang in diesem einfachen kleinen Bungalow gewohnt – die letzten sechs Jahre, seit ihre Mutter gestorben war, allein. Ihren Vater hatte sie seit jenem Tag nicht mehr gesehen, als der alte Mann ihre Schwester geschwängert hatte und deswegen verhaftet und abgeführt worden war. Eine Woche nach dem Prozeß war auch ihre Schwester ausgezogen.
Der Alltag der Frau war hauptsächlich dadurch ausgefüllt, daß sie elektronische Schalttafeln (von denen sie weder wußte noch wissen wollte, wofür sie gut waren) in Kartons verpackte, mit zwei, drei Arbeitskolleginnen die Lunchpause verbrachte und abends ein bißchen nähte. Um sich zu zerstreuen, ging sie am Tag des Herrn in die Kirche und las die Zeitung, an den übrigen sechs Tagen genügte ihr der Fernseher.
Das Haus war die Insel eines anspruchslosen, von ständigem Argwohn geprägten Lebens auf einer Lichtung in einem Wald, der zu den ältesten zusammenhängenden Forstgebieten des Nordostens gehörte. Grasland umschloß den Bungalow, fast kreisrund, zweihundert Meter nach allen Seiten – eine Idylle, in der nur der verrostete Pick-up ein wenig störte, den niemand mehr benutzte (und der sowieso nicht angesprungen wäre), und der Kühlschrank ohne Tür; ihr Vater hatte ihn eigentlich zur Müllhalde karren wollen, an jenem Samstag morgen vor zehn Jahren, an dem er sich dann statt dessen entschlossen hatte, das Schlafzimmer seiner Tochter aufzusuchen.
Sie war blond, schlank und zierlich, mit einem hübschen Gesicht, und eine gute Figur hatte sie auch. Trotzdem trug sie, wenn sie mit ein paar Freundinnen zum steinigen Strand von Indian Leap oder ans Flußufer bei Klamath fuhr (was äußerst selten vorkam), einen hochgeschlossenen Badeanzug. Sie hatte ihn sich aus einem Versandhauskatalog ausgesucht, weil sie so was nie und nimmer in einem Laden anprobiert hätte. Gelegentlich ging sie mit einem Mann aus, meist mit einem, den sie in der Kirchengemeinde kennengelernt hatte, aber viel vermochte sie solchen Abenden nicht abzugewinnen. Es war

noch gar nicht lange her, da hatte sie gedacht, daß sie auf dem besten Wege sei, eine alte Jungfer zu werden. Ein Gedanke, der ihr allerdings keineswegs unangenehm war.
Sie hatte gerade ihr Betthupferl vorbereitet – einen Becher Götterspeise, ein paar Mandarinenscheiben und ein Glas heiße Milch –, als sie draußen, nicht weit vom Haus, ein merkwürdiges Geräusch hörte. Sie sah aus dem Fenster, konnte aber außer den wirbelnden Blättern und dem strömenden Regen nichts erkennen. Also nahm sie am Tisch Platz, sprach ein kurzes Dankgebet, breitete eine Serviette auf dem Schoß aus und fing an, mit der linken Hand in der Fernsehzeitung zu blättern und mit der rechten die Götterspeise zu löffeln.
Es klopfte an der Haustür. Faustschläge, von denen der ganze Bungalow zu erzittern schien. Der Löffel fiel ihr aus der Hand, das wabbelige Stück Götterspeise landete nicht in ihrem Mund, sondern auf dem Umweg über ihren Schoß auf dem Fußboden. Sie sprang auf und rief: »Wer ist draußen?«
»Oh, ich bin verletzt. Ich hab einen Unfall gehabt. Können Sie mir bitte helfen?«
Eine Männerstimme.
Sie zögerte, ging zur Haustür, zögerte wieder und zog dann die Tür so weit auf, wie die Sperrkette nachgab. Der Mann vor der Tür war ein Riese. Er beugte sich ein Stück vor und hielt sich dabei den Arm. Er sah aus wie jemand vom Straßendienst.
»Wer sind Sie?«
»Ich bin da drüben die Straße langgekommen, und mein Auto – ach, das hat sich überschlagen und überschlagen. Oh, mir tut alles weh. Bitte, lassen Sie mich rein.«
Nie und nimmer. Nicht um alles in der Welt. Nein, das wäre ja noch schöner.
»Warten Sie hier, ich werde die Ambulanz rufen.«
Sie schloß die Tür, verriegelte den Knauf, ging zum Tischchen, auf dem das Telefon stand, nahm den Hörer ab und tastete die Rufnummer ein.
Nanu? Sie drückte noch ein paarmal herzhaft zu, aber da tat sich nichts, die Leitung blieb stumm.

»Du meine Güte«, sagte sie leise. Und dabei wurde ihr nachträglich klar, daß dieses Geräusch vorhin ungefähr von dort gekommen war, wo die Buchse für den Telefonanschluß an der Hauswand angebracht war. Ihr blieb nicht viel Zeit, dem Gedanken nachzuhängen, weil Hrubek es leid war, draußen im Regen zu stehen, und die Tür aufgetreten hatte.
Patschnaß und riesengroß kam er ins Wohnzimmer spaziert und sagte: »Hübsch ausgedacht. Nur, dein Telefon, das funktioniert leider nicht. Das hätte ich dir gleich sagen können.«

Sie standen unter einer Piniengruppe, deren dichte Wipfel ein wenig Schutz vor dem strömenden Regen boten. Owen fragte, wie Trenton Heck es geschafft hätte, den Cadillac zu finden.
»Na ja, ich war schon die ganze Zeit hinter Hrubek her. Bin seiner Fährte bis Cloverton gefolgt. Dort hab ich übrigens zum ersten Mal Ihre Spur entdeckt. Die Stiefelabdrücke. Und auch Reifenspuren. Hab festgestellt, daß Sie nach Westen gefahren sind. Tja, und wie ich hier den Jeep gesehen habe, hab ich mir gedacht, daß es Ihrer sein könnte. Und direkt neben dem Caddie hat mein Hund Hrubeks Witterung wiedergefunden.«
»Hat dieser Detective inzwischen schon mehr gewußt?«
»Wen meinen Sie?«
»Der Name fällt mir nicht mehr ein.« Owen klopfte seine Taschen ab, irgendwo mußte die Karte stecken, die ihm der Polizist in Zivil gegeben hatte. »Dieser Detective in Cloverton. In dem Haus, in dem Hrubek die Frau umgebracht hat.«
»Was?« platzte Heck heraus.
»Wußten Sie das nicht? Sind Sie gar nicht in dem Haus gewesen?«
»Ich hab nicht mal 'n Haus gesehen. Nachdem ich Ihre Stiefelabdrücke gefunden hatte, bin ich losgefahren. Mit Volldampf – Richtung Westen.«
Owen informierte Trenton Heck über den Mord in Cloverton. »Ein furchtbares Gemetzel.« Dann erzählte er ihm von den Oldtimern in den beiden alten Scheunen. »Da konnte ich mir gleich denken, daß er uns mit den Reifenspuren des Motor-

rads nur auf die falsche Fährte locken wollte. War auch so. Er ist mit dem Ding nur ein paar hundert Meter weit nach Süden gefahren, dann hat er's in den Straßengraben geworfen, sich den Cadillac genommen und ist hierhergefahren. Der Kerl ist gerissen. Sogar verdammt gerissen.«
Heck fragte: »Warum sind Sie hinter ihm her?«
Owen bückte sich, band die Schnürsenkel seiner Stiefel neu. Die L.-L.-Bean-Stiefel sahen schmutzig aus, lehmverkrustet und schon ein wenig abgewetzt. Aber, dachte Heck, unverschämt teuer sehen sie immer noch aus. Owen richtete sich wieder auf und sagte: »Der Mann, der am Indian Leap ermordet wurde, war mein Freund. Und meine Frau hat gesehen, wie er's getan hat.«
Heck nickte. Das ließ die Sache schlagartig in einem anderen Licht erscheinen. »Hören Sie«, sagte er, »ich will nur mal eben meinen Hund holen. Dem hab ich gesagt, wo er sitzenbleiben soll. Und da bleibt er dann auch sitzen. Aber wenn ich ihn zu lange warten lasse, macht ihn das konfus.«
Er lief zielstrebig los, mitten hinein in den Wald. Er hatte sich vorhin die besonderen Merkmale der Bäume und Büsche eingeprägt, an denen er vorbeigekommen war. Für ihn war das so, als wären überall Schilder aufgestellt.
Owen begleitete ihn. »Sie verstehen was davon, sich lautlos zu bewegen«, sagte er beeindruckt. »Gehen Sie auf die Jagd?«
Heck lachte glucksend. »Hin und wieder.«
Sie fanden Emil genau dort, wo Heck ihn zurückgelassen hatte. Er trat nervös von einer Pfote auf die andere, aber sobald er seinen Herrn und Meister kommen sah, beruhigte er sich.
»Reinrassig?« fragte Owen.
»Edouard Montague of Longstreet der Dritte. Noch reinrassiger geht's nicht.«
»Na ja, nur ein Name.«
»Der, unter dem ich ihn gekauft habe. Aber der taugt nichts für hier draußen. Darum nenn ich ihn Emil, und darauf hört er. Falls ihm irgendwann mal 'ne reinrassige Hündin über den Weg läuft, die ihm gefällt, werd ich wohl seinen vollen Namen

in die Papiere schreiben müssen, aber bis dahin behalten wir den für uns.«
Auf dem Rückweg zur Lichtung fragte Owen: »Wie haben Sie's eigentlich geschafft, der Witterung zu folgen, solange Hrubek mit dem Fahrrad unterwegs war?«
»Das ist für Emil ein Klacks. Teufel noch mal, der hat mitten in einem Blizzard die Fährte nicht verloren. Obwohl man da bis über die Knöchel im Schnee versunken ist ... Äh – Sie vermuten also, daß er hinter Ihrer Frau her ist?«
»Genau weiß ich das natürlich nicht. Aber es ist mir einfach zu riskant, so was irgendwelchen Cops zu überlassen, die von dem Geschäft nichts verstehen.«
Das ging Heck gegen den Strich. »Hören Sie mal – Sie haben es hier mit State-Troopern zu tun.«
»Na, ein paar Schnitzer haben die sich schon geleistet. Ich könnte Ihnen ein Lied davon singen.« Owen schielte auf Hecks Pistole. »Sie erwähnten vorhin, daß eine Belohnung auf Hrubek ausgesetzt ist. Sind Sie so was wie ein Kopfgeldjäger?«
»Ich vermiete meinen Hund, das ist alles.«
»Und wie hoch ist die Belohnung?«
Trenton Heck spürte, wie ihm das Blut in die Wangen schoß. Er starrte ins Dunkel. »Zehntausend Dollar.« Er sagte es sehr betont, als ob er klarstellen wollte, daß man ihn zwar mieten, aber nicht mit einem Taschengeld abspeisen konnte.
Owen nickte. »Nun gut. Dann sollten wir zusehen, daß wir den Psycho erwischen und Sie zu Ihrem Geld kommen. Was halten Sie davon?«
»Ja, Sir, das sollten wir.«
Heck hielt Emil Hrubeks Witterung hin, und los ging's. Die Fährte war jetzt leicht zu verfolgen, die Spur war frisch und der Waldboden feucht. Die Ungeduld des Hundes und die unheimliche Atmosphäre des nächtlichen Waldes stachelten sie an, eine Art Ekstase hatte sie erfaßt, sie waren wie von Sinnen. Und wenn einen das Jagdfieber derart gepackt hat, kann man nichts tun, als vorwärtszuhasten. Stampfend brachen sie durchs Unterholz. Noch aus fünfzig Meter Entfernung hätte

Hrubek sie hören können, aber daran ließ sich nichts ändern. Schleichen und zur gleichen Zeit Tempo machen, das geht nun mal nicht.

Michael ließ sie keinen Augenblick aus den Augen. Es irritierte ihn, daß die blonde Frau weinte. Das machte ihm angst. Sie redete kein Wort. Sie hatte schon eine ganz rote Nase vom Weinen, und auch ihre Wangen und ihr Kinn waren fleckig. Warum zitterte sie denn so? Und zerfledderte so nervös die Papierserviette zwischen den Fingern?

Michael ging auf und ab. »Ich mußte dir das Telefon kaputtmachen. Hör auf zu weinen. Die Telefonleitung war sowieso angezapft. Ganz bestimmt.«

Sie schluchzte. »Was ... was werden Sie mit mir machen?«

Er ging weiter auf und ab, der schwere Schritt seiner riesigen schmutzigen Stiefel hallte dumpf auf dem Bretterfußboden wider. »Ist hübsch hier. Gefällt mir. Hör jetzt endlich auf zu heulen! Ich mag deine Augen. Die sind nicht geschminkt, das ist gut. Wo hast du's her? Das Haus, meine ich? Von dem Haus rede ich.«

Sie schielte hoch. Ließ den Blick über seine Mütze huschen. Er wiederholte seine Frage. Sehr laut und drängend, voller Ungeduld.

»Meine Mama ist gestorben und hat's mir vererbt«, stammelte sie. »Das heißt, ich hab noch eine Schwester. Der gehört's zur Hälfte.« Und dann, als hätte er angedeutet, daß er's ihr wegnehmen wollte, fügte sie hastig hinzu: »Da ist keine Hypothek drauf. Ist alles abbezahlt.«

Michael lüftete die irische Wollmütze, es sah fast aus wie eine höfliche Ehrenbezeigung. Er rieb sich den kahlen Schädel. Im hellen Licht der Deckenlampe war der schwache Rest, der von der blauen Tinte geblieben war, deutlich zu sehen. Er merkte, daß sie ihn, als er sich die Mütze wieder auf den Kopf stülpte, unverwandt anstarrte. Lächelnd fragte er: »Elegant, nicht wahr?«

»Wie bitte?«

Er runzelte die Stirn. »Meine Mütze. *Elegant.* Oder nicht?«

»Doch, doch«, versicherte sie eilends. »Sehr. Äußerst elegant.«
»Mein Wagen hat sich überschlagen und überschlagen. Solange es heil war, war's ein gutes Auto.« Er kam ein Stück näher und ließ den Blick über ihren Körper wandern. Es wunderte ihn, daß sie ihm keine Angst einjagte, obwohl sie doch eine Frau war. Vielleicht lag's daran, daß sie so zierlich war. Er hätte sie mit einer Hand hochheben und ihr das Genick brechen können. Genauso leicht, wie er's mit dem Waschbären getan hatte.
Aber – was roch da so? Ach so, es roch nach Frau. Und mit dem Geruch wehte ihn irgendeine Erinnerung an. Schemenhaft, er hätte nicht sagen können, woran er sich erinnerte. Es war etwas Unangenehmes, ganz bestimmt. Auf einmal spürte er Dunkelheit ringsum. Irgend etwas erdrückte ihn. Er hatte Angst. Felsen und Wasser ... Böse Menschen.
Was mochte das nur sein, woran er sich erinnerte? Er spürte, wie die Angst stärker wurde. Nicht viel, nur ein bißchen. Und gleichzeitig merkte er, daß er eine starke Erektion hatte. Er setzte sich schnell. Die blonde Frau sollte es nicht sehen.
Der Wind zerrte an den Fenstern, der Regen rauschte lauter. Musketen, dachte er, das Feuer aus Musketen. Kugeln flogen und zerfetzten tausend Köpfe ... Ein unerträglicher Lärm, er mußte sich die Ohren zuhalten. Und dann merkte er, daß sie ihn schon wieder so komisch anstarrte.
»Es sind welche hinter mir her«, sagte er.
Sie fragte flüsternd: »Sind Sie ein Sträfling? Sind Sie aus dem Gefängnis drüben in Hamlin geflohen?«
»Hübsch ausgedacht. Glaub bloß nicht, daß du irgendwas aus mir rausbringst. Du weißt jetzt schon zuviel.«
Sie fing wieder zu zittern an, und er beugte sich rasch vor und streichelte ihr das weiche Haar. »Das ist hübsch«, murmelte er. »Ein Glück, daß du nicht so 'n verdammten Hut aufhast. Ja, schön ist das. Sehr schön.«
»Bitte, tun Sie mir nichts. Ich kann Ihnen Geld geben. Alles, was ich ...«
»Gib mir einen Penny.«
»Ich hab was gespart. Ungefähr dreitausend. Aber das liegt auf

der Bank. Wir können uns morgen früh um neun vor der Bank treffen. Ich geb Ihnen gern ...«
Michael brüllte sie an: »Einen Penny!«
Sie fing an, hektisch in ihrem Handtäschchen zu kramen. Er stand dabei und sah ihr über die Schulter. »Du hast doch nicht etwa 'n Mikro da drin? Einen Alarmknopf oder so was?«
Sie sah verwirrt zu ihm hoch. »Nein. Ich suche den Penny, den Sie haben wollen.«
»Na ja, man kann nicht vorsichtig genug sein«, murmelte Michael zerknirscht. Er streckte ihr die große, fleischige Hand hin, sie ließ die Münze hineinfallen und hielt sie so, daß die blonde Frau sie nicht sehen konnte. »Welches Wort mit sieben Buchstaben steht auf dem Penny?«
»Das weiß ich nicht.«
»Rat mal«, verlangte er ungeduldig.
Sie verschränkte die Hände. »Ex pluribus unum ... In God We Trust ... Gesetzliches Zahlungsmittel ... Nein, United States. Ach Gott, mir fällt nichts mehr ein!« Und dann begann sie, mit wispernder Stimme das Vaterunser zu beten.
Michael wollte ihr helfen. »Es kommt gleich hinter dem Namen Abraham Lincoln. Das sind auch sieben Buchstaben, in beiden Namen. Und direkt danach kommt wieder ein Wort mit sieben Buchstaben.«
Er kraulte ihr mit seinem dicken Finger durchs blonde Haar. Sie drückte die Augen fest zu und flüsterte: »Wenn ich's doch nicht weiß!«
»Liberty!« sagte Michael. Er warf den Penny auf den Fußboden. Und auf einmal fiel ihm ein: »Ich bin ganz schön hungrig. Was gibt's zu essen?«
Sie hörte auf zu weinen. »Ach, Sie haben Hunger?« Sie warf einen Blick zur offenen Küchentür. »Ich hab ein bißchen Roastbeef und vegetarischen Chili ... Das mach ich Ihnen gern.«
Er setzte sich an den Tisch, lehnte sich zurück und faltete mit pedantischer Genauigkeit eine Papierserviette auf. Als er sie sich auf den Schoß legen wollte, stellte sich heraus, daß sie viel zu klein war, sie deckte nur einen Schenkel zu.

Sie fragte: »Darf ich aufstehen?«
»Wie willst du mir denn was zu essen machen, wenn du nicht aufstehst?«
Sie huschte in die Küche und fing geschäftig an, den Teller für ihn herzurichten, während Michael drin im Wohnzimmer sang: »Denn ich lieb ein Mädchen, so schön und so klug, und das hat mir sein Herz geschenkt.« Er spielte mit der Pfeffermühle. »In ihren Armen, in ihren Armen, da lieg ich für mein Leben gern.«
Sie kam ins Wohnzimmer zurück und stellte ihm das Tablett mit dem Essen hin. Michael hatte gerade wieder mit dröhnender Stimme angefangen: »Denn ich lieb ein Mädchen, so schön und so klug, und das hat ...« Er brach abrupt ab, nahm das Messer und schnitt ein Stück vom Beef ab. Das – und einen Klacks Götterspeise aus dem Plastikbecher – legte er auf einen Unterteller und schob ihn ihr hin. Sie starrte verwundert auf die beiden Häppchen, dann sah sie Michael fragend an.
»Ich will, daß du das ißt!« sagte er.
»Ich hab schon ... Ach so. Sie meinen, das wäre vergiftet?«
»Ich *meine* nicht, daß es vergiftet ist«, fauchte er sie an. »Ich *meine* auch nicht, daß da draußen vor dem Fenster ein Haufen Cops rumlungert. Und ich *meine* nicht, daß du eine Pinkerton-Agentin bist. Aber man kann nie vorsichtig genug sein. Also, stell dich nicht so an und iß!«
Sie aß. Dann huschte ein Lächeln über ihr Gesicht, aber nur einen winzigen Augenblick lang.
Er beobachtete sie genau, legte seine Gabel weg und fragte: »Hast du Milch im Haus?«
»Milch? Ich hab nur fettarme Milch. Wär das recht?«
Er schnauzte sie an: »Irgendwelche Milch!« Sie sprang hoch und lief in die Küche. Als sie zurückkam, hatte er inzwischen angefangen zu essen. Er stopfte sich den Mund voll, nahm das Glas und spülte alles in einem Zug herunter. »Ich hab nämlich mal in einer Molkerei gearbeitet.«
»Aha? So, so.« Sie nickte höflich. »Ich stell mir vor, daß das eine schöne Arbeit ist.«

»Ja, das war sehr schön. Dr. Richard hat mir damals den Job besorgt.«
»Wer ist das?«
»Er war mein Vater.«
»Ihr Vater war ein Doktor? Ein Arzt?«
»Na ja«, mümmelte er mit vollem Mund, »ich mein ja nicht *so einen* Vater.«
Sie sah den dunklen Schatten über sein Gesicht fallen. »Ja, ja«, sagte sie rasch. Er hörte auf zu essen. Sie sagte zu ihm, daß sie seine Mütze sehr schön fände. Und er fuhr sich mit der Hand über die Mütze und lächelte. »Mir gefällt sie auch. Früher hatte ich Haare. Aber die hab ich abgeschnitten.«
»Warum haben Sie das getan?«
»Darüber kann ich nicht reden.«
»Nein. Sie müssen mir nichts sagen, was Sie mir nicht sagen wollen.«
»Wenn ich's nicht sagen will, sag ich's nicht. Dazu brauche ich nicht erst deine Erlaubnis.«
»Ich wollte es Ihnen ja gar nicht erlauben. Ich meine, so sollte sich das nicht anhören. Sie können tun und lassen, was Sie wollen.«
»Als ob ich das nicht selber wüßte.« Michael schob sich den letzten Bissen in den Mund.
»Wollen Sie noch mehr?«
»Milch. Ich will noch mehr Milch.« Erst als sie in der Küche war, sagte er leise: »Bitte.«
Und als sie wiederkam, erinnerte er sich an den Werbespot, der ihm schon in der Tankstelle eingefallen war. Er rieb sich den Bauch und ahmte die Stimme des Mannes nach, der den Werbespruch immer im Fernsehen sagte: »Ein rundherum bekömmlicher Snack.«
Sie stieß ein nervöses Lachen aus, und er lächelte ihr zu. Während er die Milch trank, wieder in einem Zug, fragte sie: »Was machen Sie eigentlich?«
»Ich trinke Milch«, antwortete er verdutzt.
»Nein, ich meine, was Sie heute nacht zu erledigen haben.

Warum Sie in so einer Nacht unterwegs sind. Im Radio sagen sie nämlich, daß wir einen Sturm kriegen wie seit Menschengedenken nicht mehr.«
Er blinzelte verwirrt. »Was ist ein Menschengedenken?«
Sie starrte ihn verblüfft an. »Äh, jetzt, wo Sie fragen ... also, das weiß ich selber nicht so genau. Man will damit ausdrücken: seit langer, langer Zeit.«
»Ach, das ist nur so ein Ausdruck? Eine Redensart?«
»Ja, so könnte man's nennen.«
Er starrte – mit einem Blick, der so leer war wie das Glas in seiner Hand – auf die Tischplatte. »Hast du gewußt, daß Wut die kleine Schwester der Gefahr ist?«
»Nein, das hab ich nicht gewußt. Aber es wird wohl so sein. Und was bedeutet das?«
Er zuckte die Achseln. »Nur so.«
Schweigen hing zwischen ihnen. Und als sie meinte, es nicht mehr ertragen zu können, fragte sie: »Was haben Sie damals in der Molkerei gemacht?«
Michaels Erektion wollte und wollte nicht verschwinden, der Penis tat ihm schon weh, und das ärgerte ihn. Er schob die Hand in die Hosentasche und rieb sich eine Weile das harte Glied. Dann stand er auf und ging zum Fenster. »Wie heißt die größte Stadt hier in der Nähe?« fragte er. »Eine, die eine Eisenbahnstation hat?«
»Ja, das ist wohl Boyleston, würde ich sagen. Es liegt südlich von hier. Bis dahin sind's ungefähr vierzig, fünfzig Meilen.«
»Wie komm ich dahin?«
»Über die 315. Nach Westen. Die führt Sie direkt hin. Später heißt sie Hubert Street. Die führt am Bahnhof vorbei. Es ist eine Amtrak-Station.«
»In Null Komma nichts?«
»In Null Komma nichts«, bestätigte sie. »Warum wollen Sie dorthin?«
Er wurde sofort wieder böse. »Ich hab dir schon mal gesagt, daß ich darüber nicht reden kann.«
Sie legte die Hände in den Schoß.

Michael fing an, in seinem Rucksack zu kramen. »Es tut mir leid«, sagte er zu ihr. »Es tut mir sehr leid.« Er wiederholte das noch ein paarmal, und es hörte sich von Mal zu Mal seltsamer an. Nicht so, als ob er sich dafür entschuldigen wollte, daß er unhöflich gewesen war. Eher irgendwie begehrlich – als ob er unbedingt irgend etwas haben wollte. Irgendwas, was sehr wichtig für ihn war, das spürte sie ganz deutlich. Viel wichtiger als gutes oder schlechtes Benehmen.
Er setzte sich neben sie. Sehr dicht neben sie. Sie fühlte, wie seine Hüfte sich gegen ihre preßte. Als sie zu schreien anfing, streichelte er ihr ganz sanft übers Haar und legte ihr einen kleinen weißen Tierschädel in den Schoß.

Die dunklen Wolken wirbelten mit einem so unvorstellbaren Tempo durcheinander, daß man meinen konnte, es wäre ein Spezialeffekt in einem Science-fiction-Film. Portia L'Auberget atmete tief durch. Sie glaubte, den Geruch von faulem Laub und brackigem Wasser auf den Lippen zu schmecken. Lis schaufelte – ein paar Meter neben ihr – gerade wieder eine Ladung Kies auf die kleine Erhebung, die sich inzwischen bereits vor den Antriebsrädern des festgefahrenen Wagens befand.
Portia machte Übungen mit den Fingern. Lockerungsübungen. Sie kam sich vor wie eingerostet. Es hätte sie nicht gewundert, wenn ihr unter den nassen Handschuhen schon Schwimmhäute gewachsen wären. In ihren Muskeln brannte es wie Feuer. Und vom unaufhörlich trommelnden Regen tat ihr allmählich der Kopf weh.
Dazu kam, daß sie merkte, wie irgendwas in ihr nagte. Weiß der Himmel, was es war. Nicht der Sturm, irgend etwas anderes. Zuerst hatte sie gedacht, es hätte was mit diesem entsprungenen Verrückten zu tun. Aber im Grunde hatte sie es von Anfang nicht für möglich gehalten, daß jemand wie Michael Hrubek den weiten Weg von der Heilanstalt bis nach Ridgeton schaffen würde. Schon gar nicht in so einer Nacht.
Nein, es mußte etwas anderes sein. Irgendeine verschleierte

Erinnerung – etwas, was in ihr hochkroch und sie ganz kribbelig machte und sich dann, wenn sie gerade zupacken und die Nebelschwaden festhalten wollte, wieder in nichts auflöste. Bestimmt hing es irgendwie mit diesem Teil des Gartens zusammen. Sie versuchte, sich alles mögliche vorzustellen. Blumen? Oder Pflanzen? Hatte es damit etwas zu tun? War denn hier überhaupt ein Garten gewesen? Doch. Der alte Gemüse- und Kräutergarten. Richtig, der war genau hier gewesen.
Und dann fiel ihr Tom Wheeler ein.
Wie alt waren sie damals gewesen? Na, vielleicht zwölf oder dreizehn. Und an einem Nachmittag im Herbst – vielleicht war's auch November gewesen, so wie jetzt – hatte der Junge auf einmal im Garten gestanden. Klapperdürr und rothaarig. Portia war zu ihm hinausgeschlendert, und sie hatten sich auf die Hintertreppe gesetzt. Oh, **sie** war ganz schön biestig zu ihm gewesen. Hatte ihn im einen Augenblick in ein Gespräch verwickelt und im nächsten behandelt, als sei er Luft für sie. Und vor allem hatte sie ihn gnadenlos gehänselt. Schließlich hatte er vorgeschlagen, sie sollten in den State Park gehen.
»Warum?« fragte sie.
»Weiß ich auch nicht. Einfach so rumhängen, verstehst du? Ich hab die neueste Jefferson Starship dabei.« Er deutete lässig, mit gespielter Langeweile auf seinen Kassettenrecorder.
Nö, hatte sie gesagt, dazu habe sie keine Lust. Aber einen Augenblick später war sie wortlos ins Haus gehuscht und hatte eine Decke geholt.
Tom schlug die Richtung zum State Park ein.
»Eh, eh«, machte Portia kopfschüttelnd, »da geht's lang.«
Und führte ihn in den Gemüsegarten. Die Stelle, an der sie die Decke ausbreitete, konnte man vom Haus aus einsehen. Aber sie störte das nicht, sie streckte sich lang aus, kickte sich die Keds von den Füßen und rekelte sich genüßlich.
Aber hier könne sie doch jeder sehen, protestierte er. Wer weiß, vielleicht stand irgendwo da drüben schon jemand hinter der Gardine!
Sie nahm seine Hände und legte sie sich auf die Brüste. Da

waren ihm alle Voyeure dieser Welt auf einmal egal. Sie lagen mitten zwischen den Beeten, Portia auf dem Rücken, er neben ihr, links von ihnen verdorrter Ziermais, rechts vom Ungeziefer angenagte Kürbisse. Tom drückte ihr so stürmisch die Lippen auf ihren heißen Mund, daß sie eine Zeitlang nur durch die Nase Luft bekam.

Ach ja, fiel Portia plötzlich ein, damals hatte es genauso nach faulem Laub und brackigem Wasser gerochen. Und dicke Fliegen waren um sie herumgeschwirrt.

Dann war er frecher geworden. Aber eigentlich hatte es ihn eher verwirrt, daß er keinen Klaps auf die Finger bekam, als er die sommersprossige Hand unter den Gummizug ihres Höschens schob. Er zupfte mit zitternden Fingern hier ein wenig und da ein wenig, was einen seltsam ziehenden Schmerz in ihr auslöste und wohl auch etwas mit dem feuchten runden Fleck zu tun hatte, der auf ihrem nackten Schoß schimmerte – ganz ähnlich dem Fleck am Zwickel seiner Leinenhose.

Sie lagen Seite an Seite, wußten eigentlich nichts mit sich anzufangen, und plötzlich flüsterte er heiser: »Du, ich glaube, da ist jemand« – und weg war er.

Es war niemand da, er hatte nur einen Vorwand gesucht, sich davonzustehlen. Sie sah ihn die Zufahrt hinunterrennen und hörte noch, wie der Klang der Schlaggitarre aus seinem Kassettenrecorder allmählich verebbte, und dann lag sie allein da, starrte in die Wolken, die über ihr am blauen Himmel entlangtrieben, dachte über die Geheimnisse des menschlichen Körpers nach und brauchte eine ganze Weile, um sich einzureden, es sei irgendwie schade, daß er so schnell davongelaufen war.

Und dann spürte sie plötzlich ein Ziehen im Magen, weil ihr klarwurde, daß das, was schon die ganze Zeit über in ihr rumorte, gar nichts mit Tommy Wheeler und dessen überstürzter Flucht zu tun hatte. Sondern mit einer ganz anderen alten Geschichte. Mit dieser Sache am Indian Leap.

Sie wäre damals beinahe nicht mitgefahren. Sie machte sich nichts aus Ausflügen und aus State Parks – schon gar nicht aus solchen, zu denen sie die Lehrer bei jedem zweiten Schulausflug geschleppt hatten und wo sie später – weiß der Himmel, wie oft – in die Baumwipfel gestarrt hatte, während sie unter irgendeinem Kerl lag – einem, mit dem sie befreundet oder der mit ihrem Freund befreundet war, und manchmal auch unter einem Fremden.

Nein, daß sie damals doch mitgefahren war, das war im Grunde so etwas wie eine Flucht gewesen. Eine Flucht vor den lautlosen Ängsten ihres Singledaseins in Manhattan. Die Abendessen mit kalten Truthahnsandwiches und Krautsalat. Die öden Stunden mit ausgeliehenen Videos. Die stinklangweiligen »Na, wie wär's mit uns?« in Bars und bei Partys. Als ob ihr nie vorher einer über den Weg gelaufen wäre, der's mit genau derselben Anmache versucht hatte. Das Herumsitzen mit magersüchtigen Freundinnen, die dir zwar heute noch schöntaten, aber jederzeit bereit gewesen wären, dich von einem Augenblick zum anderen links liegenzulassen, wenn ihnen das einen tollen Job oder einen Kerl mit Geld und ohne Ehering eingebracht hätte, egal, welchen.

Und so hatte sie eben an jenem ersten Mai, wenn auch innerlich murrend, ihre Siebensachen gepackt – und Käsecracker, ein paar Illustrierte, Sonnenschutzcreme und Gott weiß was alles, hatte die mürrische Miene des Burschen am Mietwagenschalter ertragen und den Verkehr in Kauf genommen – und sogar den Umstand, daß ein wildfremdes Mädchen mitfahren sollte, diese verklemmte kleine Claire. So ein Tag auf dem Land war eben ganz schön stressig.

Aber der Ausflug hatte auch einen erfreulichen Aspekt. Auf einmal sah es gar nicht mehr danach aus, als wäre dieser erste Mai nur das kleinere Übel. Obwohl sie zunächst gedacht hatte, Robert Gillespie sei ja wohl kaum das Gelbe vom Ei. Sie hatte während der Fahrt – sie saß mit Lis und Claire hinten – reichlich Gelegenheit, ihn verstohlen zu mustern. Wobei er bei ihr nur Minuspunkte sammelte. Allenfalls halb so clever, wie er sich offenbar selbst vorkam. Gut sieben Kilo Übergewicht. Ein bißchen zu glatt, zu aufgeblasen, zu redselig. Und seine Frau war sowieso die reinste Null.

Es gab keinen vernünftigen Grund, nicht den geringsten, ihn

unwiderstehlich zu finden. Aber irgendwie war er's eben doch. Während Lis hinten im Wagen schläfrig vor sich hin döste und Dorothy (oh, pfui, wie ordinär) sich die roten Nägel nachlackierte, überschüttete Robert Portia mit Fragen. Wo sie wohne, wie ihr die Stadt gefiele, ob ihr Beruf ihr Spaß mache und ob sie dies oder jenes Restaurant kenne ... Wieder nur dieses alte Na-wie-wär's-mit-uns-Spielchen. Natürlich war's das. Andererseits aber ... Er schien sich tatsächlich für sie zu interessieren. Seine Neugier kam ihr ungekünstelt vor. Und wie aufgeregt seine Augen tanzten! Die ganze Zeit über. Sie erinnerte sich noch, daß sie sich auf einmal ganz hilflos vorgekommen war. Es ist schon was Wahres dran: Verdreh mir den Kopf, dann hast du mich mit Haut und Haaren.

Als sie beim State Park ankamen, gehörte ihm Portia bereits. Er mußte sich nur noch eine passende Frage einfallen lassen. Irgendeine.

Die fiel ihm ein, als sie vom Parkplatz zum Strand gingen. Er schielte auf ihre Laufschuhe und fragte – sehr diskret, irgendwie beiläufig und trotzdem seltsam intim –, ob sie nachher vielleicht ein Stück zusammen laufen wollten.

»Mal sehen«, antwortete sie.

Für ihn hieß das ja. »Gib mir ein paar Minuten Vorsprung«, flüsterte er ihr zu. »Wir treffen uns dann bei der alten Höhle. Gib mir zehn Minuten, dann kommst du nach.«

Als sie am Strand angekommen waren, schätzte sie das Kräfteverhältnis ab, kam zu dem Schluß, daß er Wachs in ihren Händen war, und nahm sich vor, dafür zu sorgen, daß es auch dabei blieb. Sie machte rasch ein paar Dehnübungen, und dann joggte sie los – sie zuerst, entgegen der Abmachung. Nach etwa einer halben Meile kam sie zu dem abgelegenen Höhlenschacht, von dem er gesprochen hatte. Nicht weit davon entdeckte sie ein kleines Pinienwäldchen, eigentlich mehr eine Baumgruppe, aber der entscheidende Punkt war, daß sich unter den Wipfeln ein einladendes Nest aus weichen Nadeln angesammelt hatte, ein paar davon noch grün, ein paar schon ins Rötliche verfärbt.

Portia setzte sich auf einen Felsen und fragte sich, ob er überhaupt käme. Vielleicht ärgerte er sich, daß sie sich nicht an die Abmachung gehalten hatte, und rächte sich dafür, indem er bei seiner Frau und Lis blieb. Was ihr einen gewissen Respekt abgenötigt hätte. Nur, Respekt vor Männern zu haben, daran lag Portia nicht sehr viel. Schon gar nicht bei einem Mann wie Robert Gillespie. Alles in allem konnte sie ihm nur raten, sich blicken zu lassen, sonst machte sie ihm für den Rest des Tages die Hölle heiß.

Die Baumgruppe war ein lauschiges Plätzchen, schön schattig durch die Felswand, die dahinter aufragte, und in schummeriges Zwielicht getaucht. Der Himmel war jetzt schon wolkenverhangen und zog sich immer mehr zu. Na gut – nicht ganz so romantisch wie der Strand am Club Med auf Curaçao, aber andererseits lag dafür hier nicht alles voll mit Kondomen. Das Bett aus Piniennadeln war zur Höhle hin durch Gebüsch und ein paar schlanke junge Tannen abgeschirmt – fast so was wie eine zusätzliche grüne Sichtschutzwand.

Eine halbe Stunde verging, dann waren es schon vierzig Minuten – und dann kam er endlich angejoggt. Portia rechnete es ihm hoch an, daß er ihr mit keinem Wort wegen ihrer eigenmächtigen Entscheidung Vorwürfe machte. Er war ziemlich außer Atem, inspizierte seine Brust und zog eine Schnute.

Sie lachte. »Was ist?«

»Meine Frau sagt, daß ich Titten kriege.«

Portia zog das T-Shirt aus und streifte den BH ab. »Laß uns mal vergleichen.«

Sie ließen sich auf das Nadelbett fallen. Robert küßte sie leidenschaftlich. Er streichelte mit den Handrücken ihre nackten Brustwarzen, griff nach ihren Händen und führte sie zu ihren Brüsten. Sie streichelte sich selbst, während er mit der Zunge abwärts glitt, erst zu ihrem Nabel, dann tiefer, zu den Schenkeln und zu den Knien. Dort verharrte er, wahrscheinlich, weil er sie reizen wollte. Bis sie schließlich seinen Kopf in die Hände nahm und zielstrebig nach oben lenkte, zwischen ihre Schenkel. Sie stemmte ihm die Hüften entgegen, legte den Kopf in den Nacken, grub ihn tief in die weichen Piniennadeln und merkte, wie sich immer mehr davon in ihrem schweißnassen Haar verfingen. Sie starrte aus halbgeschlossenen Augen zu den jagenden Wolken empor, und es dauerte nicht lange, bis auch ihr Atem zu jagen anfing. Er rollte sich auf sie. Ihre Münder fanden sich und ließen sich – als wollten sie einander brutal und schonungslos verschlingen – nicht mehr los. Gerade, als er ihr die Schenkel gespreizt und sich ihre Beine um seine Taille geschlungen hatte und anfing, roh und mit brünstiger Ungeduld in sie einzudringen, knackte hinter ihnen ein Ast.

Claire kam zwischen den Bäumen auf sie zu, blieb – anderthalb Meter von ihnen entfernt – wie erstarrt stehen und schlug sich entsetzt die Hand vor den Mund.

»O mein Gott!« rief Portia.

»Claire?« Robert kam auf die Knie. »Hör mal, Kleines ...«

Claire brachte kein Wort heraus. Starrte nur stumm zwischen seine Schenkel. Portia wußte noch, daß sie gedacht hatte: Mein Gott, sie ist achtzehn, das kann ja wohl nicht der erste Steife sein, den sie sieht.

Robert brauchte offensichtlich einen Moment, bis er seine fünf Sinne beisammen hatte. Er suchte verzweifelt nach irgendeinem Kleidungsstück, Hemd oder Shorts, ganz egal. Portia sah, daß das blonde junge Mädchen immer noch fasziniert auf Roberts Erektion starrte. Ein seltsamer Voyeurismus *à trois,* sie merkte, daß sie das zusätzlich erregte. Robert griff schließlich nach seinem Hemd und schlang es sich, verschämt grinsend, um die Taille. Portia rührte sich nicht. Und dann entrang sich Claire ein trockenes Schluchzen, sie drehte sich um und rannte davon – am Höhleneingang vorbei und zurück zum Strand.

»O Scheiße«, murmelte Robert.

»Mach dir deswegen keine Sorgen.«

»Was?«

»Ach, nimm das doch nicht so ernst. Jeder Teenager erlebt so was irgendwann zum erstenmal. Das ist natürlich ein Schock. Ich red nachher mit ihr.«

»Sie ist doch noch ein Kind.«
Portia machte eine wegwerfende Handbewegung. »Vergiß sie.« Und wispernd lockte sie ihn: »Komm wieder her zu mir.«
»Sie wird bestimmt ...«
»Nein, sie wird's bestimmt nicht weitererzählen ... He, was seh ich denn da? Du bist ja noch scharf? Und wie.«
»Großer Gott – und wenn sie's nun Lis erzählt?«
»Komm!« drängte sie ihn mit fliegendem Atem. »Du wirst doch nicht einfach mittendrin Schluß machen? Fick mich!«
»Ich glaube, wir sollten lieber zurückgehen.«
Portia richtete sich auf, kniete sich vor ihn, zog ihm das Hemd weg und nahm sein steifes Glied tief in den Mund.
»Nein«, stammelte Robert atemlos.
Er stand vor ihr – den Kopf in den Nacken gelegt, die Augen geschlossen. Sein ganzer Körper schien zu erbeben.
Und in diesem Augenblick kam Lis.
Claire mußte ihr geradewegs in die Arme gelaufen sein. Entweder hatte sie Lis alles erzählt, oder Portias Schwester hatte ohnehin schon Verdacht geschöpft. Sie stand unter den Bäumen und starrte fassungslos auf das halbnackte Paar. »Portia!« keuchte sie. »Wie konntest du nur?« Sie sah maßlos erschrocken aus. Allerdings auch nicht mehr als Robert.
Portia stand auf und wischte sich den Mund und das Kinn mit dem BH ab. Sie musterte ihre Schwester gleichgültig, fast wie eine Fremde. Der rote Hauch, der an Lis' Kehle hochstieg, ihr den Hals hinaufwanderte und schließlich auf ihren Wangen glühte, schien Portia eher zu belustigen. Robert streifte sich hastig die Shorts über, dann fing er wieder an, sein Hemd zu suchen.
»Wie konntest du nur!« fuhr Lis ihre Schwester an.
Portia dachte gar nicht daran, das ertappte Schulmädchen zu spielen. Lis wollte sie am Arm packen, sie riß sich los. Aber sie sah nicht weg, da konnte Lis sie noch so wütend anfunkeln. Ungerührt zog sie sich an, dann drehte sie sich wortlos um und ließ ihre Schwester mit Robert allein.
Sie ging zurück zum Strand, wo Dorothy gerade anfing, alles

zusammenzuraffen. Es war merklich kühler geworden, mit Sicherheit dauerte es nicht mehr lange, bis die ersten Regentropfen fielen. Dorothy musterte Portia mit einem langen Blick; sie schien zu spüren, daß etwas vorgefallen war, sagte aber nichts. Dann frischte der Wind auf, die beiden Frauen mußten sich ranhalten, um noch rechtzeitig vor dem Regen die Decken zusammenzuraffen, die Picknickkörbe zu packen und alles zum Parkplatz zu bringen. Sie kamen noch mal zum Seeufer zurück, um auf die anderen zu warten. Und auf einmal brachen die Schleusen des Himmels.

Es dauerte nicht lange, da heulten plötzlich überall Sirenen, Polizeifahrzeuge und Rettungswagen fuhren in den Cañon. In Minutenschnelle schwollen Rinnsale zu reißenden Wildwassern an, und irgendwo an einem dieser entfesselten Wasserläufe, die es vor einer Stunde noch nicht gegeben hatte, stieß Portia auf Lis. Zwei baumlange Ranger führten ihre Schwester an den Armen aus dem Gefahrenbereich. Sie sah entsetzlich aus – schlammverschmiert, mit rotunterlaufenen Augen ... und mit einem Blick, in dem sich Todesangst und naher Wahnsinn widerspiegelten.

Portia rannte auf sie zu. »Lis! Was ist denn ...?«

Der Schlag kam ganz schnell, ohne Vorwarnung, aber so heftig, daß er Portia ins Wanken brachte. Sie schrie – mehr vor Schreck, aber auch, weil Lis ihr wirklich weh getan hatte. Sie standen sich wie versteinert gegenüber, und Lis' Hand hing immer noch in der Luft, als ob sie jeden Moment wieder zuschlagen wollte.

Einer der beiden Ranger sagte es Portia schließlich. Robert war tot – und Claire wahrscheinlich auch.

»O nein!« rief Portia.

»O nein!« äffte Lis sie bitterböse nach, schüttelte den Arm des Rangers ab, trat dicht neben Portia und flüsterte ihr mit heiserer Stimme ins Ohr: »Du – du hast das Mädchen getötet, du elende Hure.«

Portia sah ihre Schwester an. Mit Augen, so kalt wie Stein. »Lebwohl, Lis.«

Lebwohl – genauso hatte sie es auch gemeint. Bis auf einige wenige, sehr knappe und sehr förmliche Telefongespräche, waren die beiden Worte im State Park tatsächlich bis gestern abend die letzte Kommunikation zwischen den Schwestern gewesen.

Indian Leap – das war das erste, was Portia durch den Kopf gegangen war, als Lis sie nach Ridgeton eingeladen hatte. Und auch vorhin, als Lis von der Pflanzenschule und dem Gartenbaubetrieb gesprochen hatte. Und, wenn sie ehrlich in sich hineinhorchte, jedesmal, sooft sie (was sie freilich ihrer Schwester gegenüber nie zugegeben hätte) selber den Wunsch verspürt hatte, Lis wiederzusehen.

Indian Leap ...

O Lis, dachte Portia, verstehst du es denn nicht? Das ist der Schatten, der über uns L'Auberget-Schwestern hängt und immer über uns hängen wird. Nicht die Tragödie, nicht die Toten, nicht die verbitterten Worte und die Monate eisigen Schweigens danach, sondern unsere Vergangenheit, das, was in dem Nest aus Piniennadeln geschehen ist, und das Wissen, daß wir eben nicht aus ein und demselben Holz gemacht sind. Unsere Vergangenheit. Und die Geister der Toten.

Portia hörte eine Schaufel klirren und schreckte aus ihren Gedanken hoch. Lis hatte aufgehört zu arbeiten und kam zum Wagen gewatet, zur Tür an der Fahrerseite.

Ihre Blicke trafen sich.

Lis sah ihrer Schwester an, daß irgend etwas nicht stimmte. Stirnrunzelnd fragte sie: »Ist was?«

Und in dem Moment hörten sie aus dem Kühlergrill des Wagens ein leises raschelndes Pfeifen. Der Motor fing zu stottern an. Ein paar harte Schläge, als der Lüfter auf den Widerstand des Wassers traf. Dann ein letztes Keuchen, der Motor erstarb.

Nichts mehr. Nur noch die Nacht und der heulende Wind, der trommelnde Regen und die einschmeichelnde Musik aus dem Autoradio – irgendeine wundersame Melodie, die einem der großen Meister des Barock eingefallen war.

24

Warum ich nicht anschließend gleich zu den nächsten Nachbarn gerannt bin? Meine Güte, die wohnen eine halbe Meile weit weg. Und wenn Sie zufällig mal das Radio eingeschaltet haben, wissen Sie ja wohl, was da für 'n Sturm zu uns rüberzieht. Also, das muß doch jedem einleuchten, oder?«

Die kleine blonde Frau stand – bleich, mit zitternden Lippen – am Tisch, wischte sich die Tränen weg und schenkte sich aus einer angestaubten Flasche noch einen kleinen Brandy ein. Nicht viel mehr als einen Fingerhut voll, als Medizin.

»Und außerdem«, sagte sie zu Trenton Heck, »hat er mir verboten, zu den Nachbarn zu gehen. Und wenn Sie den gesehen hätten, hätten Sie auch getan, was der sagt. O mein Gott! Wissen Sie, was ich die ganze Zeit über gedacht habe? Was für 'n Glück, daß ich heute morgen zur Kommunion gegangen bin, hab ich gedacht.« Sie kippte ihre Medizin, fing wieder zu weinen an und stammelte: »Was für ein Glück.«

Owen Atcheson kam von draußen herein. »Er hat nur den Draht rausgerissen«, berichtete er, ging zum Telefon, nahm den Hörer ab und nickte. »Funktioniert wieder.«

»Er hat mir den Wagen weggenommen. Einen Subaru Kombi. Ein 89er, beige. Hat sich wer weiß wie oft deswegen entschuldigt. Tut mir leid, tut mir leid, tut mir leid ... Pah!« Die Tränen versiegten. »Das meine ich, wenn ich sage, daß er so komisch ist, verstehen Sie? Na, Sie können sich das sicher selber vorstellen. Fragt mich nach den Schlüsseln, und – natürlich, ich geb sie ihm. Und er geht raus und setzt sich hinters Lenkrad. Den Waldweg hat er nicht gefunden, er ist quer durchs Gelände zur Straße gekurvt. Das Auto kann ich bestimmt abschreiben.«

Owen verzog ärgerlich das Gesicht. »Schade, daß wir nicht aus der Richtung gekommen sind. Sonst wär er uns direkt in die Finger gelaufen.«

Heck betrachtete den kleinen Tierschädel, den sie ihm gegeben hatte, in ein Küchenhandtuch aus Papier eingewickelt, weil sie sich davor ekelte, Knochen anzufassen.

»Na ja«, sagte die Frau, »Sie finden ihn bestimmt auf der Route 315.«

»Wieso denn das?«

»Weil er nach Boyleston will. Da führt die 315 hin.«

»Hat er gesagt, daß er nach Boyleston will?«

»Er hat mich gefragt, wo der nächste Bahnhof ist. In Boyleston, hab ich gesagt. Da hat er gefragt, wie er dort hinkommt. Und dann hat er mich um fünfzig Dollar gebeten, für die Fahrkarte. Ich hab ihm das Geld gegeben. Sogar ein bißchen mehr.«

Heck starrte lange auf das Telefon. Ich kann das nicht mehr länger nur für mich behalten, dachte er. Nicht, nachdem Hrubek die Frau so terrorisiert und die in Cloverton sogar umgebracht hat. Er seufzte und sog pfeifend die Luft durch die zusammengebissenen Zähne ein. Irgendwie ließ ihm der Gedanke keine Ruhe mehr, daß Hrubek vielleicht längst gefaßt worden wäre, wenn er, Trenton Heck, seiner ersten Eingebung gefolgt wäre und Haversham angerufen und ihm gesagt hätte, daß das irre Riesenbaby jetzt Richtung Westen unterwegs war. Von Zeit zu Zeit macht eben jeder, der für das Gesetz arbeitete, innerlich Inventur. Und genau das tat Heck jetzt und gestand sich ein, daß es immer an seinen Fehlern und seinen Unterlassungen gelegen hatte, wenn irgend jemand zu Schaden gekommen war. Und manchmal sogar mit dem Leben dafür bezahlt hatte. Dann waren jedesmal die Tage gekommen, in denen er nicht mehr richtig durchatmen konnte, und die Nächte, in denen er keinen Schlaf gefunden hatte. Die Frau in Cloverton ging zum Beispiel in gewisser Weise auf sein Konto, und er konnte – ganz abgesehen von seinen Gewissensbissen – bisher noch nicht abschätzen, wieviel Ärger er sich damit einbrocken würde.

Da half alles nichts, der verdammte Kerl mußte endlich aus

dem Verkehr gezogen werden. Er griff zum Telefon, rief im Büro des zuständigen Sheriffs an und meldete den Diebstahl des beigefarbenen Subaru und Hrubeks vermutliches Ziel. Zu der blonden Frau gewandt, übermittelte er den Vorschlag des Sheriffs: »Er schickt, wenn Ihnen das recht ist, einen von seinen Leuten vorbei, der Sie zu Freunden oder Verwandten bringt, Ma'am.«

»Ja, sagen Sie ihm bitte, das wär mir sehr recht.«

Heck teilte die Antwort dem Sheriff mit. Kaum hatte er aufgelegt, griff Owen zum Hörer, wählte das Hotel Marsden Inn an und erfuhr zu seinem Erstaunen, daß Lis und Portia immer noch nicht angekommen waren. Stirnrunzelnd rief er zu Hause an. Lis meldete sich beim dritten Läuten.

»Lis, was machst du denn noch zu Hause?«

»Owen? Wo steckst du?«

»Ich bin in Fredericks. Ich hab vorhin schon versucht, dich anzurufen. Weil sich niemand gemeldet hat, hab ich angenommen, ihr wärt schon weg. Was macht ihr denn noch zu Hause? Ihr müßtet doch seit mindestens einer Stunde in dem Hotel sein?«

Ein Augenblick lang nichts als ein hohles Summen. Owen hörte Lis rufen: »Es ist Owen.« Was war denn jetzt los? Er hörte durchs Telefon den Donner grollen. Dann war Lis wieder da und erklärte ihm, sie und Portia seien geblieben, um noch weitere Sandsäcke aufzustapeln. »Das Wasser lief schon über den Damm. Wir hätten das Haus verlieren können.«

»Und ihr beide? Geht's euch gut?«

»Mit uns ist alles in Ordnung. Nur, der Wagen steckt fest, hinten bei der Garage. Es regnet fürchterlich. Wir kommen einfach nicht weg. Abschleppwagen sind nicht zu kriegen. Sag mal, was machst du eigentlich in Fredericks?«

»Ich bin Hrubek gefolgt. Richtung Westen.«

»Richtung Westen! Er hat also doch einen Bogen geschlagen!«

»Ja. Und ... Ich muß dir noch etwas sagen, Lis. Er hat jemanden umgebracht.«

»Nein!«

»Eine Frau in Cloverton.«

»Und jetzt kommt er hierher?«
»Nein, danach sieht's nicht aus. Er will nach Boyleston. Um einen Zug zu erwischen, nehme ich an. Möglichst weit weg.«
»Was sollen wir machen?«
Er zögerte einen Herzschlag lang. »Ich werde ihn nicht weiter verfolgen. Ich komme nach Hause.«
Er hörte ihren erleichterten Seufzer. »Danke, Liebling.«
»Bleibt, wo ihr seid. Schließt alle Türen ab. Von hier aus brauche ich nur eine Viertelstunde. Äh ... Lis?«
»Ja?«
Wieder ein kurzes Zögern. »Ich werd mich beeilen.«
Heck und Owen verabschiedeten sich von der blonden Frau und eilten hinaus in den Regen. Der Wind war schrecklich, sie mußten sich mit aller Kraft dagegenstemmen. Über den Waldweg und eine schmale Nebenstraße kamen sie zum Highway. Owen musterte Heck, der sich mit mürrischer Miene ein wenig mühsam vorwärtsschleppte, von der Seite.
»Ihnen geht die Belohnung durch den Kopf?«
»Ja. Kann ich nicht leugnen. So wie die Dinge jetzt liegen, werden sie ihn wahrscheinlich in Boyleston schnappen. Aber ich mußte einfach anrufen und ihnen sagen, was los ist. Ich könnte es nicht verantworten, wenn noch jemand zu Schaden käme.«
Owen dachte einen Augenblick nach. »Sie haben trotzdem Anspruch auf das Geld, würde ich sagen.«
»Nun, ich schätze, die in Marsden werden da anderer Meinung sein.«
»Ich sag Ihnen was, Heck. Sie jagen jetzt den Highway runter nach Boyleston. Wenn Sie ihn als erster erwischen, ist alles in Ordnung. Wenn nicht, verklagen wir die Heilanstalt auf Zahlung. Ich werde mich persönlich darum kümmern.«
»Sind Sie Anwalt?«
Owen nickte. »Ich berechne Ihnen keinen Penny dafür.«
»Das würden Sie wirklich für mich tun?«
»Natürlich mache ich das.«
Von so viel Großzügigkeit war Heck ganz gerührt, er brauchte

einen Augenblick, bis er die Hemmschwelle überwunden hatte, dann schüttelte er Owen bewegt die Hand. Schweigend gingen sie weiter, bis sie bei dem demolierten Cadillac ankamen.
»Gut, Emil und ich brechen von hier aus nach Süden auf. Ein beigefarbener Subaru, stimmt's? Hoffentlich fährt er mit japanischen Autos genau so einen Stiefel zusammen wie mit Nobelkarossen aus Detroit. Okay, packen wir's an.« Dann gab er seinem Herzen einen Stoß. »Wenn das alles vorbei ist ... sollten wir nicht in Verbindung bleiben, Sie und ich? Mal zusammen angeln gehen? Was halten Sie davon?«
»He, die Idee gefällt mir, Heck. Und jetzt – Waidmannsheil für Sie.«
Heck und Emil schleppten sich müde zu dem verbeulten Chevy, der zwanzig Meter die Straße hinunter stand. Sie kletterten in den Fahrerraum. Heck ließ den Motor an, das gewohnte asthmatische Keuchen, dann rasten sie los – in die dichten Regenschwaden hinein, auf die Route 315 zu. Hecks linker Fuß senkte sich immer schwerer auf den Gashebel, und seine Gedanken kreisten um das schöne Geld, dem sie nachjagten.

Die Leuchtreklame über dem Autohaus drehte sich langsam in der stürmischen Nacht. Im Westen zuckten die Blitze jetzt in immer schnellerer Folge.
Kohler erinnerte sich an seine erste Begegnung mit Michael. Vor vier Monaten, kurz nach dem Prozeß und Michaels Einlieferung in Marsden, war Kohler – von professionellem und dennoch irgendwie pathologischem Interesse – in den düsteren Block E, Marsdens Hochsicherheitstrakt, hinübergegangen. Dort hatte er Michael am Boden kauernd vorgefunden, den Blick über buschige dunkle Augenbrauen lauernd nach oben gerichtet.
»Wie geht's dir, Michael?«
»Die hören mich ab. Hören alles mit, was ich sage und denke. Darum muß ich meinen Kopf von Zeit zu Zeit völlig ausräu-

men. Haben Sie das schon mal gemacht? Wissen Sie, wie schwer das ist? Das ist die Ausgangsbasis für transzendente Meditation. Ihnen ist das vermutlich unter dem Kürzel TM bekannt. Versuchen Sie das mal, Doktor, räumen Sie Ihren Kopf völlig leer. Na los, versuchen Sie's.«

»Ich glaube nicht, daß ich das kann.«

»Wenn ich Ihnen eins mit dem Stuhl über den Schädel schlage, ist Ihr Kopf in Null Komma nichts leer. Aber der Nachteil ist, daß Sie dann 'n toter Arsch sind.«

Dann hatte Michael die Lippen aufeinandergepreßt und überhaupt nichts mehr gesagt, mehrere Tage nicht.

Marsden war, wie Cooperstown, ein staatliches Hospital, mit wenigen, bescheiden ausgestatteten Räumen für aktive Freizeitgestaltung. Mit Geduld und List hatte Kohler für die Teilnehmer an seinem Milieu-Anpassungs- und Arbeitsprogramm einen Nebentrakt ergattert. Luxus wurde dort wahrhaftig nicht geboten. Die Zimmer waren zugig und kalt, die Wände in einem unwohnlichen milchigen Grün gestrichen. Aber wenigstens waren die Patienten von den Schwerkranken getrennt, und allein das gab ihnen – ganz im Sinne des Programms, das ja darauf abzielte, die Teilnehmer schrittweise wieder an normale zwischenmenschliche Beziehungen zu gewöhnen – ein bißchen von ihrer Würde zurück. Im Sondertrakt standen ihnen Lernspielzeuge, Bücher, Materialien für kunsthandwerkliche Arbeiten und sogar die sonst überall in Marsden streng verbotenen angespitzten Buntstifte zur Verfügung. Sie wurden dazu ermuntert, ihren Gedanken und Gefühlen Ausdruck zu verleihen, sie durften die Wände mit Graffitis oder Bildern vollmalen oder Gedichte hinschreiben.

Ende Juli startete Kohler seine Bemühungen, auch Michael in diesen Trakt zu verlegen. Den jungen Mann hatte er ausgewählt, weil er klug war, weil er selbst an einer Besserung seines Zustandes interessiert zu sein schien – und auch, weil er einen Menschen getötet hatte. Gelang es, einen Patienten wie Michael zu resozialisieren (heilen konnte man ihn nicht), dann war das der abschließende Beweis dafür, daß Kohlers therapeutische Bemühungen zum Abbau von Wahnvorstellungen sehr wohl erfolgreich sein konnten. Freilich, mehr noch als an den unverzichtbaren Finanzspritzen durch das DMH und an seinem eigenen beruflichen Prestige lag Kohler daran, einem Menschen zu helfen, der unter seiner Krankheit unsäglich litt. Michael war sich – anders als die meisten Schizophrenen – durchaus über seinen Zustand im klaren. Und gerade das machte seinen Fall eben so tragisch: Er war gesund genug, um sich vorstellen zu können, wie ein normales Leben ablaufen könnte und durchlitt Tag für Tag Höllenqualen, weil ihm eben bewußt war, daß ein schier unüberbrückbarer Abgrund klaffte zwischen demjenigen, der er war, und demjenigen, der er seinem sehnlichsten Wunsch nach sein wollte. Ein Patient von der Art, mit der Kohler am liebsten arbeitete.

Anfangs zeigte sich Michael allerdings keineswegs begeistert von der Idee, an Kohlers psychiatrischem Programm teilzunehmen. »Kommt überhaupt nicht in Frage, du Arsch.«

Paranoid und mißtrauisch, ging Michael, so weit das möglich war, Kohler, seinem Programm und dem Trakt, in dem die Teilnehmer untergebracht waren, aus dem Wege. Er hockte verdrossen in der Ecke seines Zimmers, murmelte irgend etwas in sich hinein und musterte jeden, der in seine Nähe kam, mit unverhohlenem Argwohn, egal, ob Arzt oder Patient. Aber Kohler ließ dem jungen Mann keine Ruhe, sondern redete ihm immer wieder geduldig zu. Während der ersten Monate stritten sie sich, sooft sie etwas miteinander zu tun hatten, und das war eigentlich täglich der Fall. Michael schrie und tobte, seiner festen Überzeugung nach war Kohler, genau wie alle anderen, ein Verschwörer. Der Arzt versuchte durch hartnäckige Fragen nach Michaels Phantasien die Mauer zu durchbrechen, hinter der sein Patient sich verschanzte.

Und schließlich – zermürbt von Kohlers aggressivem Bemühen und ohnehin durch all die Medikamente müde geworden – willigte Michael widerstrebend ein: Na ja, gut, er würde es mal mit dem Programm versuchen. Und so machte Kohler ihn nach und nach mit den anderen Patienten bekannt, mal mit dem, mal mit jenem und schließlich mit der ganzen Gruppe. So wollte er Michael dazu bringen, allmählich von sich zu erzählen – von dem, was er erlebt hatte, und von seinen Wahnvorstellungen. Kohler versuchte ihn quasi zu ködern, und zwar, indem er ihn hin und wieder mit Büchern über geschichtliche Themen versorgte (die er heimlich in Framington mitgehen ließ, weil es in Marsden praktisch keine Bibliothek gab, die diesen Namen verdiente). Bei den individuellen Sitzungen drang Kohler unermüdlich weiter in Michael, stachelte seine Emotionen an, drängte ihn, mehr Zeit mit den anderen Patienten zu verbringen, und stellte ihm unablässig Fragen über seine Wahnvorstellungen und seine Träume.

»Michael, wer ist Eva?«

»Aha. Ja, ja. Das werd ich dir gerade auf die Nase binden. Das kannst du vergessen.«

»Was meinst du damit, wenn du sagst, du möchtest nichts mit denen in den blauen Uniformen zu tun haben?«

»Gute Nacht, Doktor, gute Nacht. Licht aus, Zeit zum Schlafengehen.«

So schleppte sich die Therapie mühsam dahin.

Und dann, an einem naßkalten Tag vor zwei Monaten, war Michael ruhelos durch den abgesonderten Bereich für das Arbeitsprogramm gewandert, immer hin und her, von den Wachen aufmerksam beobachtet. Er stand lange am Stacheldrahtzaun und starrte auf die triste kleine Farm. Wie bei den meisten Schizophrenen war auch Michaels Fähigkeit, Empfindungen zu zeigen, stark abgestumpft. Aber an jenem Tag brach ihm plötzlich der Schweiß aus, er fing zu weinen an.

»Die armen nassen Kühe haben mir so leid getan«, erzählte er Kohler später. »Die haben's so schwer. Und nicht mal der liebe Gott hilft ihnen. Man muß sie nur ansehen, dann weiß man, daß da was gebrochen ist.«

»Daß etwas gebrochen ist? Meinst du, eine der Kühe hat sich ein Bein gebrochen?«

»Die armen Kühe. Die werden nie mehr, was sie mal waren. In denen ist was gebrochen, das sieht man sofort.«

Blitzartig kam Kohler die Erkenntnis. »Du meinst, alles ist so traurig, daß es ihnen das Herz gebrochen hat?«
Vor lauter Aufregung konnte er nur flüstern. Kein Zweifel, mit dieser verschlüsselten Botschaft wollte ihm Michael – ähnlich, wie er's Dr. Anne Muller gegenüber versucht hatte – seine geheimsten Gefühle mitteilen. Und wenn es so war, dann hatte sich in seinem Leben etwas grundsätzlich verändert.
Michael zuckte die Achseln und fing zu weinen an. Aber dieses Mal waren es nicht Ängste oder Besorgnisse, die ihm Tränen in die Augen trieben. »Und mir hat es auch das Herz gebrochen. Farmer zu sein, das ist bestimmt ein schweres Leben. Aber mir, glaube ich, würde es trotzdem gut gefallen.«
Kohler spürte, wie sein Puls raste. »Hättest du denn Lust, auf dieser kleinen Farm zu arbeiten?«
»Auf der Farm?«
»Ja, hier im Hospital. Würdest du gern an unserem Arbeitsprogramm teilnehmen?«
»Sind Sie verrückt?« schrie Michael den Arzt an. »Da krieg ich doch sofort eine Kugel in den Schädel verpaßt und bin tot. Spielen Sie jetzt bloß nicht den blöden Arsch!«
Zwei Wochen ständigen Drucks brauchte Kohler, um Michael zu diesem Job zu überreden. Der Schriftverkehr mit den Behörden, die ihre Zustimmung erteilen mußten, kostete ihn weit weniger Zeit. Erstaunlich, weil Michael, der ja nach 403 in Marsden eingeliefert worden war, eigentlich nicht an derlei Programmen teilnehmen durfte. Aber nichts kann man so leicht austricksen wie die staatliche Bürokratie. Erstens war in Kohlers umfangreicher Dokumentation nicht von Michael Hrubek, sondern lediglich vom Patienten 458-94 die Rede, und zweitens war die Leitung des ohnehin ständig überbelegten Blocks E um jeden Patienten froh, den sie loswerden konnte. Michael bekam die erforderlichen Papiere samt Stempel und bürokratischem Segen.
Die Farm produzierte hauptsächlich Molkereiprodukte für den Eigenbedarf des Hospitals, der kleine Überschuß wurde auf dem örtlichen Markt verkauft. Michael begegnete den

Betreuern anfangs mit seinem üblichen Mißtrauen, aber er kam pünktlich zur Arbeit, war gewöhnlich der letzte, der Feierabend machte, und, was in seinem Fall besonders zählte, er erlitt nicht ein einziges Mal einen seiner sonst so häufigen Panikanfälle. Mit den kleinen Handlangerdiensten, die er zu verrichten hatte, kam er gut zurecht – Mist schaufeln, beim Zaunbau den schweren Holzhammer schwingen, Milchkannen schleppen ... Nur einmal konnte man ins Grübeln kommen, ob die Arbeit auf der Farm wirklich das Richtige für ihn wäre, und zwar, als er plötzlich mit der Farbe, mit der er die Zaunpfosten streichen sollte, an den Hereford-Rindern herumpinselte, weil er den Eindruck hatte, sie seien nicht regelmäßig genug gefleckt. Nun, sie sagten ihm, er solle die Kühe bitte nicht mehr anstreichen; er war sehr zerknirscht und hielt sich daran.

Michael Hrubek, der nie in seinem Leben auch nur einen Penny eigenes Geld verdient hatte, bekam nun drei Dollar achtzig pro Stunde ausbezahlt. Er konnte Freunde in die Cafeteria einladen (wo er hinterher ordentlich das Geschirr abwusch), wurde überhaupt aufgeschlossener (verfaßte zum Beispiel ein Gedicht mit vielen Strophen über die Schlacht am Bull Run) und war alles in allem nach kurzer Zeit voll in Kohlers Therapieprogramm integriert – ganz davon zu schweigen, daß er für Kohler natürlich bei dessen Bemühungen um weitere Unterstützung durch das State Department of Mental Health zum Vorzeigeexempel wurde.

Und nun, dachte Kohler betrübt, war er auf einmal zu einem gefährlichen, aus einer geschlossenen Anstalt entflohenen Subjekt geworden.

O Michael, du mit deinem gebrochenen Herzen, wo bist du?

Kohler war davon überzeugt, daß sein Schutzbefohlener nach Ridgeton wollte. Sein Besuch bei Lis Atcheson war in doppelter Hinsicht hilfreich gewesen. Teils deshalb, weil ihm dabei neue Erkenntnisse über Michaels Wahnvorstellungen gekommen waren. Teils aber auch, weil er viel über seine Gesprächspartnerin in Erfahrung gebracht hatte. Sie hatte ihn belogen,

das war klar. Er hatte sich alle Mühe gegeben, dahinterzukommen, in welchen Punkten ihre Geschichte über die Ereignisse am Indian Leap von der Wahrheit abwich, aber das war nicht ganz einfach gewesen. Sie schien daran gewöhnt zu sein, kleine Geheimnisse mit sich herumzuschleppen, ihre Gefühle zu verbergen und sich nicht anmerken zu lassen, was sie innerlich bewegte. So hatte er das, was in ihrem Bericht gelogen war, zwar nicht punktgenau identifizieren können, aber er war sicher, daß gerade das, was sie ihm nicht erzählen wollte, sehr wichtig war – so wichtig, daß es Michael veranlaßt hatte, sein, wenn auch vom Wahn vernebeltes, so doch sicheres Leben in Marsden hinter sich zu lassen und – gehetzt und gejagt – durch eine Nacht zu irren, die für ihn voller Schrecken war.
O ja, Michael wollte nach Ridgeton, das stand für ihn fest.
Und darum wartete Richard Kohler hier im strömenden Regen auf ihn. Was vermutlich so verrückt war wie alles, was er tat. Zum Beispiel, daß er einem Kopfgeldjäger Tausende von Dollar dafür geboten hatte, die Jagd auf seinen Patienten abzubrechen. Eine Summe, die er sich kaum leisten konnte. Und das alles nur, damit er Michael allein stellen und dazu überreden konnte, freiwillig mit ihm zurück nach Marsden zu kommen. Zu Michaels eigenem Besten und zum Besten der vielen Tausende anderer Patienten, um die sich Kohler, wenn es ihm vergönnt war, im Laufe seines Lebens noch kümmern wollte.
Er ließ den Blick über den großen Parkplatz schweifen, zog sich, obwohl das kaum Schutz gegen den heftigen, vom Sturm getriebenen Regen versprach, seinen schwarzen Staubmantel über, nahm die furchteinflößende Spritze aus dem Rucksack und zog ein Anästhetikum auf, eine reichlich bemessene Dosis. Er drehte die Spritze, damit die winzigen Luftblasen nach oben stiegen, und nachdem er kurz abgedrückt hatte, war das Instrument gebrauchsfertig. Mehr konnte er vorläufig nicht tun.
Er lehnte sich zurück, ließ den Regen sein Gesicht mit harten Tropfen peitschen und starrte wieder zu dem bunten Reklameschild hoch, das sich unablässig drehte und seine Lichtsignale in die Nacht schickte.

25

Guck dir das an!«
Eine halbe Meile die Straße hinunter, in der weitgeschwungenen Kurve. Michael ließ vor Verblüffung ein bellendes Lachen hören, rief sich ganz ruhig in Erinnerung, welche Pedale wozu da waren, trat behutsam darauf und bremste den Wagen auf zehn Meilen pro Stunde ab.
»Guck mal da!« Er beugte sich so weit vor, daß er fast mit der Stirn an die Windschutzscheibe stieß, sah mit ungläubigem Staunen zum Himmel hoch und bewunderte die vielen tausend winzigen Lichtsplitter, die sich rot und weiß und blau dort oben spiegelten.
»O Gott, was könnte das bedeuten?« Die Haut summte ihm vor Erregung, ein breites Grinsen dehnte sich auf seinem Gesicht aus. Er lenkte den Subaru auf die Bankette, hielt an, stiefelte in den Regen hinein und ging mit schleppendem Schritt, als wären ihm die John-Worker-Stiefel auf einmal zu schwer geworden, auf den Parkplatz zu.
Und so stand er dann vor dieser merkwürdigen Gedenkstätte, mit andächtig gefalteten Händen, den Blick himmelwärts gerichtet. Er kramte in seinem Rucksack und stellte fest, daß noch zwei von den kleinen weißen Schädeln übrig waren. Der eine kam nicht in Frage, der war an mehreren Stellen gebrochen. Den anderen legte er am Fuß des hohen Mastes nieder, unter dem bunten Schild, das sich auf der Spitze drehte.
»Hallo, Michael!« Eine Stimme, ganz in der Nähe.
Hrubek schrak nicht einmal zusammen. »Hallo, Dr. Richard.«
Der hagere Mann saß auf der Motorhaube eines weißen Wagens, eines von fünfzig Autos, die nebeneinander aufgereiht standen. Sah er nicht noch winziger aus als sonst? dachte Michael. Ganz verhutzelt und patschnaß. Und während er das

dachte, fiel ihm der Waschbär ein, den er – irgendwann am Anfang dieser langen, langen Nacht – getötet hatte. Auch so ein Winzling, genau wie Dr. Richard.
Kohler rutschte von der Motorhaube. Michael behielt ihn im Blick, aber dieses Schild, das sich unablässig hoch über ihnen drehte, lenkte ihn doch ein wenig ab. Drei Zeilen. Die mittlere interessierte ihn nicht sonderlich, höchstens die Tatsache, daß das Wort *MERCURY* blutrot leuchtete. Aber die oberste und die unterste Zeile faszinierten ihn. Ganz oben las er das Wort *FORD*. Und ganz unten den Namen *LINCOLN*. Beide Worte in Blau. Im Blau der Unionssoldaten.
»So hieß das Theater, in dem du ihn getötet hast. Stimmt's, Michael?«
Für all das gibt es nur eine Erklärung. Es muß ein Wunder sein. O Gott in deiner unendlich strahlenden Größe ...
»Ford ... Lincoln ... das Ford-Theater ... Ja, Sir, daß da gar kein Irrtum aufkommt: Natürlich hab ich das getan. Um zehn Uhr dreißig abends bin ich in die Präsidentenloge geschlichen, am 14. April im Jahre des Herrn achtzehnhundertfünfundsechzig. Karfreitag war's. Auf einmal stand ich hinter ihm, und ich hab ihm die Kugel in den Kopf geschossen. Der Präsident war nicht auf der Stelle tot, er hat bis zum nächsten Tag durchgehalten. Hat sich am Leben festgeklammert.«
»Und du hast ›*Sic semper tyrannis*‹ geschrien.«
»Und seit jenem Tag sind sie ohne Unterlaß hinter mir her.«
Michael sah dem Arzt in die Augen. Nein, das war nicht jemand, der mit einer Maske herumlief. Es war wirklich Dr. Richard.
Du siehst müde aus, Doc, dachte Michael. Ich bin hellwach, und du bist schläfrig. Er schielte hoch zur Leuchtreklame. Na, Doc, weißt du eine Erklärung dafür?
»Ich will dir helfen.«
Michael kicherte.
»Ich möchte, daß du mit mir zurück ins Hospital fährst.«
»Das ist Blödsinn, Dr. Richard. Ich bin ja gerade erst von dort

abgehauen. Warum sollte ich denn schon wieder zurückgehen wollen?«

»Weil du dort in Sicherheit bist. Es gibt Leute, die hinter dir her sind. Leute, die dir weh tun wollen.«

»Sehen Sie«, fuhr Michael ihn an, »das sage ich Ihnen schon seit Monaten.«

»Das ist wahr.« Kohler lachte. »Das hast du mir immer wieder gesagt.«

Michael zog die Pistole aus der Tasche. Kohlers Blick folgte einen Moment lang der raschen Bewegung, dann ruhte er wieder auf seinem Patienten. »Michael, ich habe viel für dich getan. Ich hab dir den Job auf der Farm besorgt. Und die Arbeit dort gefällt dir doch, oder? Ich kenn dich doch, es macht dir Freude, mit Kühen zu arbeiten.«

Die Pistole fühlte sich warm an. Und sie schmiegte sich angenehm in die Hand. Sie war, dachte er, irgendwie *elegant.*

»Was ich mich immer wieder frage ... Wär das nicht komisch, wenn's dieselbe wäre, die ich damals benutzt habe?«

»Um Lincoln zu erschießen?«

»Ja. Genau dieselbe Pistole. Dann hätte das eine höhere Bedeutung. Einen tieferen Sinn. Wie finden Sie das, Dr. Richard, wenn das Blut *hochsteigt?* Im gleichen Augenblick, in dem die Seele in den Himmel *aufsteigt?* Oder meinen Sie, daß die Seelen noch eine Weile auf der Erde herumirren?«

Was soll das denn? Warum kommt er denn auf mich zu? fragte sich Michael. Ah, ich weiß schon. Wenn er näher bei mir steht, kann er leichter meine Gedanken lesen.

»Das weiß ich nicht, Michael.«

Michael hielt sich die Pistole vors Gesicht und atmete den Geruch des Metalls ein. »Aber wie erklären Sie sich dann, daß die Pistole dort lag? Als hätte sie jemand für mich hingelegt. Diese Pistole. Die lag in dem kleinen Laden. In dem Laden, wo auch die Köpfe lagen.« Ein Zittern überlief ihn.

»Was für Köpfe?« fragte Kohler.

»All die kleinen Köpfe. Weiß und glatt. Wunderschöne weiße kleine Köpfe.«

»Meinst du die Schädel?« Kohler deutete mit einer Kopfbewegung auf den Mast mit dem Leuchtschild.
Michael blinzelte nur, sagte aber nichts.
»Du hast also Lincoln erschossen, Michael? Habe ich dich da richtig verstanden?«
»Und ob ich das getan hab. Ich wollte es tun, und ich hab's fertiggebracht. Ja, ich hab's fertiggebracht.«
»Warum hast du mir nie etwas darüber erzählt? In keinem unserer vielen Gespräche hast du so etwas erwähnt.«
Angst erfaßte Michael – Angst, die sich nicht abschütteln ließ.
»Weil ... weil ...«
»Warum?«
Michael spürte, wie sich die Haut in seinem Nacken kräuselte. Sein Atem ging stoßweise, stammelnd brachte er heraus: »Es war zu schrecklich. Ich hab was Schreckliches getan. Schrecklich! Er war so ein wunderbarer Mensch. Und ich mach so was! Ich kann's nicht mehr ändern, aber es tut mir weh. Und jetzt fragen Sie mich gefälligst nicht mehr so einen Scheiß.«
»Was war denn so schrecklich daran?« fragte Kohler mit leiser Stimme. »Was war so schrecklich, daß du nicht darüber reden willst?«
»Da kommt vieles zusammen. Zuviel, als daß ich das aufzählen könnte.«
»Nenn mir einen Punkt.«
»Nein.«
»Such dir irgendwas aus, und das erzählst du mir dann.«
»Nein.«
»Bitte. Tu's jetzt. Jetzt gleich. Denk nicht erst lange darüber nach.«
»Nein.« Worauf war der Arsch eigentlich aus?
»Doch, Michael. Sag's mir.« In Kohlers Augen lag plötzlich harter, zwingender Glanz. Und seine Stimme hörte sich fest und fordernd an. »Jetzt sofort. Sag's mir.«
»Der Mond«, stammelte Michael, »er war so ...«
»Was war mit dem Mond?«

»Er war so blutrot. Der Mond ist ein Tuch aus Blut. Eva hat sich das Tuch um die Schultern geschlungen.«
»Wer ist Eva, Michael?«
»Schlau ausgedacht, du Arsch. Glauben Sie bloß nicht, daß ich noch irgendwas sage.« Michael schluckte heftig und blickte sich nervös um.
»Woher kam das Blut?«
»Reden Sie vom Mond? Haha, ich hab bloß Spaß gemacht.«
»Woher, Michael? Woher kam das viele Blut?«
»Von ... ihrem Kopf.« Nur ein Flüstern.
»Von wessen Kopf?« fragte Kohler. Dann wiederholte er seine Frage laut, schreiend. »Von wessen Kopf? Sag's mir!«
Michael wollte schon antworten, aber dann huschte ein grimmiges Grinsen über sein Gesicht, und seine Stimme klang barsch und abweisend. »Versuch bloß nicht, mich reinzulegen, du Arsch. Von *seinem* Kopf. Von seinem, seinem, seinem. Abraham Lincolns Kopf. Aus dem Kopf des sechzehnten Präsidenten der Vereinigten Staaten. Von dem Mann aus Illinois rede ich, der die demokratische Partei gespalten hat. Von dem rede ich. Dem Arsch hab ich eine Kugel in den Kopf verpaßt.«
»Aber da war noch jemand anderes, den du gemeint hast. Wer war das? Wer außer Lincoln ist tödlich verletzt worden?«
Michael blinzelte hektisch, vor Panik zitterte er am ganzen Leib. »Sie meinen Seward, den Minister. Aber der ist erstochen worden. Was übrigens auch kein Vergnügen für ihn war. Oh, wenn Sie mich schon reinlegen wollen, müssen Sie sich vorher wenigstens über die Fakten orientieren.«
»Aber da war noch irgend jemand, der erschossen wurde. Sag mir den Namen, Michael.«
»Nein.«
»Denk nach. Denk weit zurück. Du kannst es mir sagen.«
»Nein.« Michael preßte sich die Hände auf die Ohren. »Nein, nein, nein!«
»Woher ist dann das viele Blut gekommen? Es war doch alles voller Blut.« Kohler redete, weit nach vorn gebeugt, im Flüster-

ton auf seinen Patienten ein. »Michael, so viel Blut, daß der Mond sich rot gefärbt hat. Wie ein blutrotes Leinentuch hat er ausgesehen. Ströme von Blut.«

So viel Blut, daß das Leinentuch sich rot gefärbt hat...

Michael schrie: »Es war so unvorstellbar viel Blut.«

»Wer war das? Wer ist erschossen worden? Bitte, sag's mir.«

»Wenn ich Ihnen das sage, telegrafieren Sie's sofort an den CIA und den Secret Service.«

»Nein, Michael, es bleibt unser Geheimnis. Keiner lebenden Seele sag ich auch nur ein Wort.«

»Aber den toten Seelen verraten Sie's, wie?« brüllte Michael ihn an. Er warf den Kopf in den Nacken, ließ sich vom strömenden Regen das Gesicht waschen. »Die sind's nämlich, vor denen wir uns in acht nehmen müssen. All diese toten Seelen. Von denen droht uns Gefahr.«

»Wer war es, Michael? Sag's mir.«

»Ich ...«

Oh, was hast du denn auf deinem Kopf? Was hast du dir jetzt aufgesetzt?

Daddy kommt bald nach Hause. Er wird ihr sagen, daß sie das absetzen soll.

Ihr wunderschöner Kopf ist ganz verschandelt. O nein!

»Michael, sag doch was! Warum weinst du?« Kohler faßte Hrubek am Arm. »Woran denkst du?«

Und Michael denkt: Ich bin ins Haus gekommen. Aus dem Garten bin ich gekommen, wo ich viele wichtige Dinge zu erledigen hatte. Ich bin ins Haus gekommen. Und da war sie. Diesmal hatte sie die Augen nicht geschminkt. Und ihre Fingernägel brannten nicht wie rote Flammen. Sie war im Schlafzimmer. Trug das Nachthemd, das sie immer anhatte. Sehr *elegant*. Das Nachthemd, das ich angehabt habe, nachdem ich in den Supermarkt gegangen war, um *alles* zu kaufen. In dem Nachthemd lag sie da und hatte die Pistole in der Hand. Diese wohlbekannte Pistole. John Wilkes hat sie ihr gegeben.

»Michael, was ist los? Sieh mich an! Woran denkst du?«

Und er denkt: Booth muß ihr Liebhaber sein. Er hat ihr diese

Pistole gegeben, damit sie sich gegen die toten Unionssoldaten verteidigen kann. Aber mich – mich hat sie verraten und verkauft. Sie hat mich betrogen!

»Hast du eben ›betrogen‹ gesagt? Ich kann dich nicht verstehen, du murmelst so leise. Sag's noch mal, sag's laut.«

Sie hielt die Pistole in der Hand. Lag da – in ihrem Bett, angetan mit ihrem Nachthemd. Und als ich unter der Tür stand, setzte sie sich auf und sagte ... sagte ... sagte: »Ach, du.«

Er hört die beiden Worte. Jetzt, heute nacht, hier auf dem Parkplatz hört er sie. So wie er sie schon so oft gehört hat, millionenmal. Sie klingen nicht erstaunt, nicht vorwurfsvoll, nicht wie eine flehentliche Bitte. Sie klingen nur unsäglich enttäuscht.

Und er denkt: Dann haben die Lippen der Pistole ihr goldenes Haar geküßt, und das Blut ist hoch bis zum Mond gestiegen und überall hingeflossen. Über ihren Kopf und über das Leinentuch. Das Blut hat alles zugedeckt.

Ach, du ... Ach, du ...

Michael hatte wie erstarrt unter der Tür gestanden und gesehen, wie ihr wunderschönes blondes Haar dunkler und dunkler geworden war. Und dann war er zu ihr gegangen, hatte sich über sie gebeugt und sie zitternd, mit plumpen, ungeschickten Fingern berührt. Es war das erste Mal seit vielen, vielen Jahren gewesen, daß Mutter und Sohn einander berührt hatten. Ihr verlorener Blick verfinsterte sich, als wäre es Nacht in ihr geworden. Und dann wich die Wärme aus ihrem Körper. Aber als ihre Haut kalt wurde, hatte Michael schon seine Hand weggezogen.

»Dieser wunderschöne Kopf ...«

»Wessen Kopf, Michael?«

Die Erinnerungen verflüchtigten sich, als habe jemand einen Hahn zugedreht. Die Tränen versiegten. Michael kam zu sich und merkte, daß er unverwandt Dr. Richard anstarrte, seinen Arzt und Freund, der nur eine halbe Armlänge vor ihm stand.

»Wer war das?« drängte Kohler ihn verzweifelt.

»Hübsch ausgedacht«, sagte Michael mit freundlichem Spott, »aber ich glaube nicht, daß was draus wird.«
Kohler schloß einen Herzschlag lang die Augen. Seine Lippen strafften sich. Er seufzte. »Okay, Michael, okay.« Er ließ ein paar Sekunden verstreichen, ehe er sagte: »Wie wär's, wenn wir uns jetzt auf den Weg zum Hospital machen würden? Ich hab den BMW dabei. Haben wir nicht neulich darüber gesprochen, daß du gern mal bei mir mitfahren würdest? Das würde dir Spaß machen, hast du gesagt. So ein BMW, hast du gesagt, sei eine verdammt tolle Karre.«
»Eine verdammt tolle Nazikarre«, korrigierte ihn Michael.
»Also gut, fahren wir.«
»Oh, ich kann leider nicht mitkommen, Dr. Richard. Ich hab nämlich vor, Lis-Eva einen kleinen Besuch abzustatten. Damals mit ihr, da ist auch was Schlimmes passiert. Etwas sehr, sehr Schlimmes. Ich muß zu ihr, darum schlag ich mir ja die Nacht um die Ohren.«
»Warum? Warum mußt du zu ihr?«
»Sie ist die Eva des ewigen Verrats«, antwortete er, als sei das etwas, was Kohler eigentlich selbst wissen müßte.
Langsam entspannte sich Kohlers Miene. Sein Blick irrte irgendwohin ins Nichts. Und dann hellte sein Gesicht sich auf. Ein heller, fröhlicher Glanz schien auf einmal sein Gesicht zu verklären. Nur in den Augen war kein Glanz, fiel Michael auf.
»He, Michael, du hast selber ein Auto. Da bin ich aber sehr beeindruckt.«
»Kein Vergleich mit einem Cadillac«, schnaubte Michael.
»Dann guck mal da rüber«, sagte Kohler in beiläufigem Plauderton. »Ein Auto neben dem anderen. Lauter *Lincolns.* Reihe um Reihe – alles *Lincolns.*«
»Sehr interessant, Dr. Richard«, gab ihm Michael recht, obwohl er gar nicht auf die aufgereihten Autos, sondern dem Arzt ins Gesicht sah. »Aber was mich noch mehr interessieren würde, ist die Frage, warum du schon die ganze Zeit die Hand hinter dem Rücken versteckst, du Arsch!«

»Ach Gott, nicht doch!« Kohlers Linke prallte auf Michaels gewaltigen Brustkasten – ein harmloser Schlag, wie von einer Kinderfaust. Ohne Spritze – die hatte ihm der Hüne längst aus den Fingern gerissen.
»Was haben wir denn hier? Ach, ist das ein hübsches, schimmerndes Ding. Wolltest mir wohl ein kleines Geschenk machen? Oh, ich hab dich durchschaut. Deshalb hast du hier ganz allein auf mich gewartet. Wolltest mir das Ding in den Hintern jagen und mich an die Verschwörer ausliefern. Keiner hätte je erfahren, was aus mir geworden ist. Und daß du's warst, hätte auch keiner erfahren, denn unser guter Dr. Richard hätte sich still und heimlich verdrückt. Zuerst stichst du mich in den Hintern, dann steckst du mich in einen Leichensack, und danach erzählst du den anderen eine schöne Geschichte. So hast du dir das ausgedacht, stimmt's?«
»Nein, tu das nicht, Michael!«
Michael beugte sich über Kohlers schmächtige Gestalt. »Ach, du ...« flüsterte er und kam mit der scharfen Nadelspitze auf die Augen des Arztes zu, der mit aller Kraft, aber vergeblich versuchte, sich aus Michaels Griff zu befreien.
»Bitte nicht!«
Die Nadel wanderte langsam tiefer, war direkt auf Kohlers Brust gerichtet.
»Nein!«
Und nun zahlte sich aus, daß Michael viele Jahre lang aufmerksam zugesehen hatte, was andere mit ihm machten. Dabei gewinnt man eine Menge Erfahrung. Und mit dieser Erfahrung stach er die Nadel in Kohlers Brust und jagte ihm die Lösung unter die Haut.
Ein klägliches Wimmern kam von Kohlers Lippen. Kein Schmerzenslaut, eher ein Laut, der seine ganze Seelenqual verriet – die Qual eines Mannes, der erkennen muß, daß das letzte, was er von dieser Welt wahrnimmt, der Ausdruck tiefer Enttäuschung auf dem Gesicht eines Menschen ist, den er in gewisser Weise geliebt hat.

»Wo war er denn?« fragte Portia.
»In Fredericks. Das liegt knapp acht oder neun Meilen von hier. Aber die Straßen sind ziemlich miserabel.«
Umgezogen waren sie bereits, sie wechselten sich gerade mit dem Fön ab. Lis stand am Küchenfenster. Durch die Regenschwaden sah sie jenseits des Sees ein Licht schimmern, eine Meile weit weg. Das Haus ihrer nächsten Nachbarn – ein Ehepaar, mit dem sie und Owen nur in lockerem Kontakt standen. Für Lis' Geschmack war die junge Frau zu sehr Hausmütterchen. Sooft sich irgendeine Gelegenheit dazu ergab, erzählte sie Lis aufgeregt und mit unangenehm aufdringlicher Offenheit von sich und ihrer Ehe. Und stellte Fragen. Um alles in der Welt, hatte Lis manches Mal gedacht, woher soll ausgerechnet ich wissen, wie du und dein Mann am besten im Bett zurechtkommen, wenn du gerade eine Grippe hast? Als ob's für so was feste Regeln gäbe.
»Hast du fertig gepackt?« fragte Portia.
»Gepackt? Nachthemd, Zahnbürste, Unterwäsche. Auf viel länger als sechs Stunden richte ich mich nicht ein. Ach Gott, wie ich mich auf ein heißes Bad freue! Es kann sogar sein, daß sie Hrubek haben, bevor Owen hier ist. Weißt du was? Ich brauche jetzt einen Drink. Ein Brandy?«
»Uhaa – der schmeckt nach Seife.«
»Na gut, du hast mehr Erfahrung mit Alkohol. Und wie wär's mit einem Grand Marnier?«
»Das liegt mehr auf meiner Linie.«
Lis schenkte zwei Gläser ein und schlenderte mit ihrem zur Verbindungstür zum Wintergarten.
»Wir haben einen prima Damm gebaut. Er hält immer noch.«
Ein heftiger Windstoß ließ die Scheiben erbeben. Der Sturm heulte in den Belüftungsschächten – so laut, daß man kaum noch sein eigenes Wort verstand. Die kahlen Bäume bogen sich unter der Gewalt der Böen, und der aufgewühlte See hatte weiße Häubchen aufgesetzt. Ein riesiger Blitz riß den Himmel im Westen auf. Der Donner kam so schnell und mit solcher Macht, daß Lis das Gefühl hatte, der Fußboden zittere unter ihren Füßen.

»Laß uns nach hinten gehen«, schlug Portia vor. »Ins Wohnzimmer?«
Lis war nur zu gern einverstanden.
Einen Augenblick lang saßen sie sich schweigend gegenüber. Lis blickte starr auf die Fotos auf dem Beistelltischchen. Irgendwo mußte sie den Blick ja festhaken, und Portia mochte sie jetzt nicht in die Augen sehen. Lauter Fotos aus ihrer Kinder- und Jugendzeit. Portia – keck und sexy. Lis – brav, lernbegierig und ... ja, irgendwie langweilig. Übervater Andrew – groß und streng, mit dem Oberlippenbärtchen und dem affektierten, hinten geknöpften weißen Hemd. Und Mutter mit straffen Wangen und wachem Blick, der alle in Zaum hielt – alle außer ihrem Ehemann, dessen Nähe sie immer irgendwie einzuschüchtern schien.
»Portia«, sagte Lis schließlich zögernd, ohne allerdings ihre Schwester anzusehen, »es gibt da was, darüber muß ich mal mit dir reden.«
Portia hob den Kopf. »Geht's wieder um diese Sache mit dem Gartenbaubetrieb?«
»Nein. Um die Sache am Indian Leap. Um das, was damals passiert ist. Zwischen uns, meine ich. Nicht den Mord. Du willst nicht darüber sprechen, das weiß ich. Aber würdest du dir wenigstens anhören, was ich dazu zu sagen habe?«
Portia gab keine Antwort. Sie strich mit der Zunge über den Rand ihres Glases, leckte am süßen Likör und wartete.
Lis seufzte. »Ich wollte dich nach jenem Tag nie mehr wiedersehen.«
»Anscheinend hast du gespürt, daß es mir genauso ging. Deshalb sind wir uns wahrscheinlich aus dem Weg gegangen.«
»Ich bin mir so gemein vorgekommen.«
»Ach komm, ich will jetzt keine Entschuldigungen hören.«
»Daß ich dich geschlagen hatte ... Und solche Sachen zu dir gesagt habe ... Ich hatte völlig die Beherrschung verloren. So außer mir war ich noch nie gewesen, in meinem Leben nicht. Im Gegenteil, ich hatte immer gehofft, daß ich mich nie so gehenlasse.«

Portia schnippte mit dem Finger gegen Vaters Foto. »Du hast eben einen guten Lehrmeister gehabt. An dem Tag hatte ich jedenfalls das Gefühl, daß du seinen Schlag geerbt hast.«
Lis brachte kein Lächeln zustande, ihr war beinahe schlecht vor Scham und Wut. Portia dagegen saß ruhig, fast gelangweilt da, hielt ihr Glas umklammert und starrte in den Wintergarten hinüber. Der Wind heulte immer noch schaurig durch den Anbau.
Geistesabwesend fuhr Lis fort: »Am nächsten Tag bin ich zu dem kleinen Milchshake- und Eiskiosk gegangen. Dairy Queen – erinnerst du dich noch daran?«
»Gibt's den noch? Da bin ich seit Jahren nicht drin gewesen.«
»Nein, da kann man doch gar nicht reingehen. Weißt du nicht mehr?«
»Ach ja, richtig.«
Lis sah es noch vor sich, als wäre es gestern gewesen. Portia und sie, beide noch klein, von ihrem holländischen Kindermädchen Jolande eskortiert – wie sie auf der immer ein bißchen klebrigen Bank vor dem Kiosk gesessen hatten, mit dem Vanilleeisbecher in der Hand, den sie gerade am Kioskfenster erstanden hatten. Am hellen Tag waren ihnen die Bienen um die Nase geschwirrt, und abends hatten sie fasziniert beobachtet, wie die Motten und Käfer sich im purpurrot glühenden Insektenstrahler verfingen und jäh verschmorten.
»Wir wollten das Eis immer mit heißem Kirschsaft haben«, erinnerte sich Portia.
»Und dann ist es ganz schnell geschmolzen und an der Waffel runtergelaufen. Es war jedesmal das reinste Wettrennen, ob wir es noch auflecken können, bevor es uns auf die Hände tropft.«
»Ja, ja, das weiß ich noch.«
Das heulende Geräusch aus dem Wintergarten wurde unerträglich laut, Lis ging hinüber und schloß die Lüftungsklappen. Es half ein bißchen, aber ganz ließ sich der Wind nicht aussperren.
Als sie zurückkam, sagte Lis: »Ich hab dir nie was davon gesagt, Portia, aber ich hatte letztes Frühjahr eine Affäre. Da gibt's ein paar Dinge, über die ich mit dir reden muß.«

Er zieht den Wagen mit Tempo siebzig durch die Kurven, der Motor heult gequält an der Bergstrecke auf, die Tachonadel nähert sich bedenklich der roten Markierung. Am Sav-Mor sind die Fenster mit riesigen Sturmkreuzen verklebt. Lächerlich. Als ob im Radio vor einem Hurrikan gewarnt worden wäre und nicht lediglich vor einem Herbstwind. Na gut, vor einem heftigen Herbstwind. An der Baustelle für die neue Wohnsiedlung kann Owen das Gaspedal noch ein wenig tiefer durchtreten. Vor ihm taucht das Gelände des Ford-Händlers auf, langsam dreht sich das blau-rote Reklameschild unter dem stürmischen Himmel. Komisch. Sieht aus wie die Leuchtreklame für einen Imbißstand.

Danach fangen die scharfen Kurven an, durch die Hügel, die die Ortsgrenze von Ridgeton markieren. Hügel, die zur gleichen geologischen Schicht gehören wie die steilen Felsen am Indian Leap. Dort, wo – zwei Stunden von hier entfernt – seinerzeit Robert Gillespie gestorben ist. Seinen Verletzungen erlegen. Im eigenen Blut ertrunken.

Owen nimmt das Gas weg, bis er den Cherokee durch die engen Kurven gezogen hat, dann beschleunigt er wieder. Fünfzig Meilen pro Stunde zeigt der Tacho, als Owen über die Kreuzung der 236 mit der 115 jagt. Bei Rot. Die Straße steigt jetzt stetig an, an der Bergkuppe entlang. Rechts liegt die Schlucht, zehn Meter unter ihm. Ein rascher Seitenblick in die Tiefe, wo das Wasser durch sein schmales Bett schießt. In Serpentinen windet die dünne schwarze Spur der alten Boston, Hartford & New York-Eisenbahn sich nach oben. Er kommt an die einzige Haarnadelkurve auf dieser Strecke, bremst ab. Dann kann er wieder Gas geben, das Asphaltband führt nun schnurgerade auf Ridgeton zu.

Scheinbar ohne Hast rollt der beigefarbene Subaru aus dem Gebüsch. Auf den Cherokee zu. Aber der Eindruck muß täuschen. Owen sieht, daß bei der scharfen Beschleunigung die Hinterräder durchdrehen. Schlamm spritzt hoch, aber der kleine Japaner bleibt gut in der Spur. In dem Bruchteil der Sekunde, die ihm vor der hohlen Wucht des Aufpralls bleibt, glaubt er, er könne noch mal Glück haben und davonkommen. Aber dann knallt der Wagen frontal gegen den Cherokee. Mit solcher Wucht, daß Owens Kopf ruckartig nach hinten geworfen wird. Schmerz zerreißt ihm den Schädel. Irgendwo – vor ihm oder in ihm – explodiert ein gelber Feuerball.

Während der Cherokee schon seitlich wegkippt, sieht Owen noch, daß der Subaru hart vor der Felsklippe zum Stehen kommt. Eine Ewigkeit scheint zu vergehen, bevor der Sturz in die Tiefe beginnt. Zeit genug, daß Owen deutlich Michael Hrubeks Gesicht erkennen kann, kaum mehr als zwei Meter entfernt. Ein böses Grinsen liegt auf diesem Gesicht. Mit irrer Wut trommelt Hrubek auf das Lenkrad ein. Er schreit irgend etwas – schreit aus voller Lunge, als wollte er unbedingt, daß Owen ihn hört. Aber was immer der Irre ihm zurufen will, Owen wird es nie erfahren. Denn inzwischen ist der Cherokee schon über die Felskante gerutscht, und der trudelnde, nicht enden wollende Sturz in die Schlucht hat begonnen.

IV Die Blüten der Sünde

26

Portia stieß ein scharfes Lachen aus. »Du – und eine Affäre?« fragte sie verblüfft.
Ihre ältere Schwester schien völlig in den Anblick der grauen Regenschwaden vertieft, die wie Kaskaden an den Scheiben herunterliefen.
»Ja, ich. Hättest du nicht gedacht, wie?«
Und dann dachte Lis: So, jetzt habe ich's getan. Zum ersten Mal habe ich's jemandem gestanden. Ringsum zucken Blitze, aber bis jetzt hat mich noch keiner erschlagen.
Portia gab unverhohlen zu erkennen, wie sehr sie das alles amüsierte. »Du hast nie was davon erwähnt. Nicht mal angedeutet.«
»Weil ich Angst hatte, nehme ich an. Angst, daß Owen dahinterkommen könnte. Du weißt ja, wie er ist. Wie schnell er aus der Haut fahren kann.«
»Warum hätte ich's Owen weitersagen sollen?«
»Ich hab nicht gedacht, daß du das tust. Ich hab nur ... na ja, je mehr Leute es wissen, desto leichter kann es die Runde machen, hab ich gedacht.« Ein kurzes Zögern. »Und da war noch was anderes ... Ich hab mich geschämt. Ich wußte ja nicht, was du von mir gehalten hättest.«
»Ich? Warum, um alles in der Welt, hätte ich mir was dabei denken sollen?«
»Eine Affäre ist schließlich nicht gerade was, worauf man stolz sein kann.«
»Habt ihr nur gebumst? Oder habt ihr euch geliebt?«
Lis war schockiert, aber Portia schien tatsächlich nur aus purer Neugier zu fragen. »Nein, nein, da ging's nicht bloß um Sex, wir haben uns wirklich geliebt. Ich frag mich heute selbst, warum ich dir nicht schon längst was davon erzählt habe. Hätte

ich wohl tun sollen. Es gibt so viele Dinge, die wir wie Geheimnisse behandeln.« Ihre Augen schienen Portia zu suchen, huschten dann aber doch an ihr vorbei. »Owen hatte auch eine Affäre.«

Portia nickte. Das hatte sie sich gedacht. Aber nicht etwa, wie Lis zu vermuten schien, weil Owen ihr gegenüber etwas dergleichen angedeutet hätte. Nein, einen wie Owen brauchte man nur eine Weile zu beobachten, dann wußte man, daß er seine Augen nicht stillhalten konnte.

Wieder etwas, was Lis schockierte. Sie fühlte sich irgendwie verpflichtet, Owen in Schutz zu nehmen. »Na ja, es war nur dieses eine Mal.«

»Ehrlich gesagt, Lis, ich wundere mich, daß du so lange damit gewartet hast, dir einen zu suchen.«

»Wie kannst du so was sagen?« empörte sich Lis. »Ich bin ja nicht ...« Sie ließ den Rest in der Luft hängen.

»Nicht wie ich?« fragte ihre Schwester trocken.

»Ich wollte nur sagen: Ich hab keinen gesucht. Wir wollten das in Ordnung bringen, Owen und ich. Er wollte die Frau, mit der er sich getroffen hatte, aufgeben. Wir haben uns wirklich aufrichtig darum bemüht ...«

»Aufrichtig bemüht?«

Lis lauschte Portias Einwurf, konnte aber keinen Spott heraushören und blieb dabei: »Wir haben uns darum bemüht, unsere Ehe zu retten. Diese Affäre ... das ist so über mich gekommen.«

Angefangen hatte alles im unpassendsten Augenblick. Letztes Jahr, mitten im Winter, als sowieso alles drüber und drunter gegangen war: Owens Verhältnis mit dieser anderen, das langsame Dahinsterben von Lis' Mutter, ihre wachsende Unlust, weiterhin als Lehrerin tätig zu sein, die Übernahme des Hauses und des Grundstücks ... Unpassender hätte es tatsächlich nicht kommen können. Aber dann korrigierte sie sich in Gedanken: Hätte es denn überhaupt irgendeinen passenden Augenblick dafür gegeben, daß alles, was für ihr Leben wichtig war, in den Grundfesten erschüttert wurde?

Mit ihrer eigenen Affäre hatte sie sich unbarmherzig gequält. In dieser Hinsicht war sie eben anders als Owen. Für ihn, vermutete sie, war es eher ein Spiel mit dem Feuer gewesen – so was wie eine Hollywood-Romanze in Connecticut. Wobei sie sich freilich eingestand, daß alles viel einfacher gewesen wäre, wenn sie es fertiggebracht hätte, einen Trennungsstrich zwischen Unterleib und Seele zu ziehen. Aber das brachte sie eben nicht fertig, für sie mußte es gleich die große Liebe sein. Genau wie für ihren Liebhaber. Anfangs, gestand sie sich ein, waren auch Rachegelüste im Spiel gewesen. Kleinkarierte Gefühle, ja. Aber so war's nun mal gewesen. Sie hatte es Owen mit gleicher Münze heimzahlen wollen. Nur, selbst wenn es tatsächlich als Spiel angefangen hatte ... die Fäden waren ihr schnell aus der Hand geglitten. Die Affäre hatte ein Eigenleben entwickelt.

Portia fragte: »Ist es vorbei?«

»Ja, es ist vorbei.«

»Na schön, was ist dann dabei?«

»Oh«, sagte Lis bitter, »es ist durchaus was dabei. Ich hab dir ja noch nicht alles erzählt.«

Sie öffnete schon die Lippen. Sie war drauf und dran, ihrer Schwester mehr zu erzählen. Nein, alles. In diesem Augenblick unsäglicher Seelenqual hätte sie es fertiggebracht, Portia alles anzuvertrauen.

Wenn da nicht gerade der Wagen gekommen wäre.

»Owen!« Lis starrte durchs Fenster. Überglücklich, daß ihr Mann wieder nach Hause kam. Und zugleich unendlich enttäuscht, daß es gerade jetzt sein mußte. Als ob jemand mit einer großen Schere ihr Gespräch mit Portia mittendurch geschnitten hätte. Sie gingen in die Küche und starrten hinaus in die treibenden Regenschwaden.

»Nein, ich glaube, das ist nicht er«, sagte Portia zögernd.

Schwankend näherten sich die Scheinwerfer über die Zufahrt. Lis zählte mit, wie oft der Lichtstrahl über einen der orangefarbenen Reflektoren huschte, die entlang des Kieswegs als Seitenbegrenzung dienten. Portia hatte recht. Sie konnte den

Wagen wegen der Büsche zwar noch nicht deutlich erkennen, aber er war hell lackiert. Und Owens Cherokee war schwarz. Schwarz wie der Lauf einer Waffe.

Sie stieß die Tür zum Garten auf und starrte in den Regen.

Es war ein Polizeifahrzeug. Ein junger Deputy stieg aus. Er warf kurz einen Blick auf den Acura, der im Schlamm feststeckte, dann kam er zur Küchentür gerannt. Er neigte ein wenig zu Übergewicht, ein paar überflüssige Pfunde schien er allerdings in letzter Zeit schon abgearbeitet zu haben. Die fahrige Bewegung, mit der er sich den Regen vom Gesicht wischte, verriet Verlegenheit. Irgendwie fühlte er sich offenbar nicht wohl in seiner Haut. Oder bei dem Auftrag, den er auszuführen hatte.

»Äh – Lis ...« Er nahm den Uniformhut ab. »Es tut mir leid, aber ich muß Ihnen mitteilen, daß wir gerade Owens Geländewagen gefunden haben. Drüben in der Schlucht.«

»O Gott!« Lis schlug die Hände vors Gesicht.

»Dieser Hrubek ... der Psycho ... tja, es sieht danach aus, als hätte der ihn frontal gerammt und von der Straße gedrängt. Offenbar hat er Owen aufgelauert.«

»Nein, das kann nicht stimmen. Hrubek ist nach Boyleston unterwegs.«

»Tja, also – mit der Karre, in der er gesessen hat, wird er ganz bestimmt nicht nach Boyleston kommen. Sie ist vorn völlig eingedrückt.«

Lis griff nach ihrer Handtasche. Eine Reflexbewegung. »Wie schlimm ist Owen verletzt? Ich muß sofort zu ihm.«

»Das wissen wir nicht. Wir konnten ihn bisher nicht finden. Hrubek übrigens auch nicht.«

»Wo ist der Unfall passiert?« fragte Portia.

»Bei der Eisenbahnbrücke. Praktisch direkt vor dem Ort.«

»Vor welchem Ort?« fuhr Lis ihn an.

Seine schwammigen Lippen strafften sich. Offenbar rechnete er damit, daß Lis jeden Moment einen hysterischen Anfall bekäme. Schließlich murmelte er: »Direkt vor Ridgeton.«

Keine drei Meilen vom Haus entfernt.

Owens Geländewagen sei gar nicht so schwer beschädigt

worden, erläuterte der Deputy. »Wir nehmen an, daß Hrubek weggerannt ist und Owen ihn verfolgt.«
»Oder Owen versucht, sich vor ihm in Sicherheit zu bringen. Und Hrubek verfolgt ihn.«
»Na ja, an die Möglichkeit haben wir auch gedacht. Der Sheriff und Tom Scalon sind draußen und suchen die beiden. Aber in der Ecke sind sämtliche Telefonverbindungen ausgefallen. Darum hat Stan mich losgeschickt. Damit ich Ihnen Bescheid sagen kann. Er meint, Sie sollten nicht im Haus bleiben. Jedenfalls so lange nicht, bis sie ihn gefunden haben. Nur, Ihr Wagen da draußen, der scheint nicht fahrbereit zu sein, wie?«
Lis gab keine Antwort. Portia erklärte dem Deputy, daß kein Abschleppwagen zu kriegen sei.
Er schielte zu dem tief im Schlamm eingesunkenen Acura hinüber. »Tja, mit 'm einfachen Seil wird da wohl nichts zu machen sein. Aber ich kann Sie bei mir im Wagen mitnehmen. Wenn Sie bitte nur schnell Ihre Sachen zusammenpacken würden ...«
Lis schien gar nicht hinzuhören, ihr Blick verlor sich in der Weite. »Owen ...«
Der Deputy drängte: »Ich denke, es kann nichts schaden, so schnell wie möglich loszufahren.«
»Ich fahre nirgendwohin, bevor wir nicht meinen Mann gefunden haben.«
Lis hatte das mit so grimmiger Entschlossenheit gesagt, daß der Deputy nur sehr behutsam widersprach. »Ich verstehe natürlich, wie Ihnen zumute ist... Aber ich wüßte beim besten Willen nicht, was es bringt, wenn Sie hier im Haus bleiben. Damit machen Sie sich höchstens verrückt. Ich würde also ...«
»Ich gehe nirgendwohin«, sagte Lis sehr langsam und betont. »Haben Sie mich verstanden?«
Der Deputy warf Portia einen hilfesuchenden Blick zu, sie reagierte nicht. Schließlich meinte er: »Na gut, Lis, Sie müssen selbst entscheiden, was Sie tun wollen. Aber Stan hat mir ausdrücklich aufgetragen, mich um Sie zu kümmern. Ich werd ihm wohl besser über Funk mitteilen, daß Sie nicht mitkom-

men wollen.« Er wartete einen Augenblick, als rechnete er damit, daß sie sich's doch noch anders überlegen könnte. Als sie sich nur stumm umdrehte, lief er hinaus in den Regen, stieg in den Streifenwagen und gab seine Meldung an den Sheriff durch.

»Lis«, redete Portia auf ihre Schwester ein, »du mußt doch einsehen, daß es wirklich nichts bringt, wenn du hierbleibst.«

»Setz dich zu ihm in den Wagen, wenn dir danach ist. Oder laß dich von ihm zur Inn fahren. Ich bleibe hier.«

Portia schielte nach draußen, wo sich unter der Gewalt der heftigen Böen die Bäume bogen. »Gut, dann bleibe ich auch.«

»Kümmere dich um die Fenster, ich überprüfe die Türen.«

Owen hatte, bevor er weggefahren war, den Knauf der Haustür gesichert, Lis hakte zusätzlich die Sicherheitskette ein. Wobei ihr allerdings durch den Sinn ging, daß diese Messingkette erbärmlich dünn aussah, verglichen mit den schweren Stahlfesseln, die Hrubek während des Prozesses getragen hatte. Sie kam zurück in die Küche, hängte auch an der Tür zur Gerätekammer die Kette ein. Ob Owen an den kleinen Schuppen gedacht hatte? Es war der einzige Zugang, der vom Garten in den Wintergarten führte. Besser, wenn sie selbst noch mal nachsah.

Unterwegs, im Wintergarten, blieb sie stehen. Die Chrysler-Imperial-Hybride, zu einer Stammrose gezüchtet ... Owen hatte sie ihr gebracht, letztes Jahr, eine Woche, nachdem er ihr das Verhältnis mit der Anwältin gestanden hatte. Das einzige Mal, daß er eine Pflanze allein ausgesucht hatte, ohne sie vorher um Rat zu fragen. Sie sah im Geiste noch vor sich, wie er mit dem Cherokee angekommen war, hinten im Stauraum das Rosenbäumchen mit den scharlachroten Blüten. Seinerzeit hätte sie es am liebsten auf den Komposthaufen geworfen, sich aber dann eines Besseren besonnen. Auch die Pflanze hatte ein Recht auf so etwas wie eine Gnadenfrist – getreu der Mahnung aus dem Hamlet-Text, den Lis gerade mit ihrer Klasse durchnahm:

In meiner Sünden Blüte hingerafft ...
Die Rechnung nicht geschlossen, ins Gericht
Mit aller Schuld auf meinem Haupt gesandt.

War das nicht wie ein Fingerzeig des Himmels? Diese auffallende Übereinstimmung zwischen dem literarischen Text, den sie in der Schule besprach, und dem, was Lis im wirklichen Leben am eigenen Leibe erfuhr? Was hätte sie also anderes tun können, als dem törichten Impuls zu widerstehen, ihre Wut an dem armen Rosenbäumchen auszulassen? Nachdem es ein paar Tage unbeachtet dagelegen hatte, pflanzte sie es schließlich ein. Sie glaubte selbst nicht mehr daran, daß es sich noch erholen würde. Aber, schau an, die Chrysler Imperial erwies sich als zäh, sie gedieh prächtig.

Lis strich spielerisch mit der Hand über die Zweige. Es war fast ein trauriger Witz: Sie, die Blumen so liebte, hatte sich bei der Gartenarbeit so schwielige Hände geholt, daß sie nicht mal mehr spürte, wie zart und weich die Blütenblätter sich anfühlten. Sie wandte sich um, wollte zur Tür des Schuppens gehen, als sie draußen im Garten die huschende Bewegung wahrnahm.

Vorsichtig trat sie an die nächste Scheibe, aber die war so beschlagen, daß sie erst mit dem Handrücken ein Guckloch freiwischen mußte. Erschrocken starrte sie auf die Gestalt im Garten. Ein großgewachsener Mann, mehr konnte sie vorläufig nicht erkennen. Er stand, die Hände in die Hüften gestemmt, vor dem Haus und sah sich um. Anscheinend suchte er die Tür. Der junge Deputy war es nicht. Vielleicht, dachte Lis, ein anderer Officer, den der Sheriff nachgeschickt hatte. Aber die Sachen, die der Mann trug, sahen nicht nach einer Uniform aus.

Jetzt schien er die Tür zur Gerätekammer entdeckt zu haben, er ging darauf zu und klopfte höflich an. Lis schlich vorsichtig, auf Zehenspitzen, näher und hob den Vorhang ein Stück an. Ein Fremder, sie hatte ihn noch nie gesehen. Aber er hatte ein so gutmütiges, vertrauenerweckendes Gesicht und sah so

durchnäßt aus, daß sie die Tür öffnete und den Mann eintreten ließ.
»Gu'n Abend, Ma'am. Sie sind sicher Mrs. Atcheson?« Er rieb sich linkisch mit der rechten Hand übers Hosenbein (trockener wurde sie davon nicht) und streckte sie ihr hin. »Entschuldigen Sie bitte, daß ich so spät störe. Mein Name ist ...«
Weiter kam er im ersten Anlauf allerdings nicht. Ein großer Hund kam plötzlich in den Wintergarten geschossen und fing an, sich mit solchem Ungestüm zu schütteln, daß ein Schauer aus Millionen Regentropfen über Lis und dem Fremden niederging.

Owen kam langsam zu sich. Er lag zur Hälfte im eiskalten Bachwasser, richtete sich auf und hoffte inständig, nicht gleich wieder in Ohnmacht zu fallen.
Der Cherokee, erinnerte er sich, hatte sich unzählige Male überschlagen, und als die verdammten Saltos endlich aufhörten, hatte Owen nicht darauf gewartet, bis Hrubek den steilen Hang heruntergehetzt kam und über ihn herfiel. Seine linke Schulter schmerzte, und beim Abtasten hatte er mit jähem Schreck festgestellt, daß dort, wo eigentlich ein Knochen sein mußte, auf einmal eine Hohlstelle war. Er hatte sich davon überzeugt, daß die Pistole und die Munition noch in seiner Tasche steckten, und war, als er den Bolzen des Jagdgewehrs im hohen Bogen in die Schlucht geworfen hatte, verblüfft zusammengezuckt. Himmel noch mal, wieso tat selbst diese harmlose Bewegung so verdammt weh?
Er hatte sich hochgerappelt und war – ziemlich unsicher auf den Beinen – durchs Bachbett gehetzt. Nur weg vom Cherokee, so schnell wie möglich!
Fünfzig Meter weiter – im Schutz des Waldes, der den Ortskern von Ridgeton nach Osten begrenzte – hatte er haltgemacht, sich rücklings gegen das weiche Moospolster eines flachen Felsens gestützt, sich ein Stück von einem Eichenast zwischen die Zähne geschoben und fest zugebissen, während seine rechte Hand nach dem linken Oberarm faßte und den Bizeps umklam-

merte. Am wichtigsten war gewesen, daß er sich völlig entspannte, aber gerade das hatte ihn nahezu übermenschliche Anstrengung gekostet. Langsam, ganz langsam – mit stoßweise keuchendem Atem, die Augen fest geschlossen, die Zähne tief ins Holz gegraben – hatte er den Muskel so massiert, daß der den Druck nach oben weiterleitete, dorthin, wo das Gelenk aus der Pfanne gesprungen war. Plötzlich hatte es kurz geknackt, dann saß der Schulterknochen wieder dort, wo er sitzen mußte. Ein unvorstellbarer Schmerz war durch seinen Körper gerast, sogar mit zusammengebissenen Zähnen hatte Owen den Schrei nicht ganz unterdrücken können. Und während er noch gedacht hatte, gleich werde sein Magen rebellieren, waren ihm die Sinne geschwunden, und er war ins kalte Wasser gerutscht.
Er kroch ans Ufer, dort blieb er auf der Seite liegen.
Mehr als fünf Minuten Pause gönnte er sich nicht, dann stemmte er sich hoch, zog den Gürtel aus den Schlaufen und schnallte sich damit den linken Arm am Körper fest. Er merkte, wie ihm einen Augenblick lang die Knie weich wurden. Er fing zu schwanken an und fürchtete schon, daß er wieder in Ohnmacht fallen würde. Das Kinn hochgereckt, riß er den Mund auf und atmete tief ein. Strömender Regen wusch ihm das Gesicht, der Wind peitschte ihm die Haut. Er stand da, den Kopf in den Nacken gelegt, und sog, gierig wie ein Ertrinkender, die naßkalte Luft ein.
Er brauchte eine Weile, dann war er soweit, daß er weitergehen konnte. Noch ein wenig unsicher, bahnte er sich langsam seinen Weg nach Norden, in einem weiten Bogen um den Ortskern von Ridgeton herum. Natürlich ging es ihm vor allem darum, daß Hrubek ihn nicht fand, aber er wollte auch sonst niemandem begegnen. Schon gar nicht dem Sheriff oder einem der Deputys. Die hätten sich bloß eingemischt in eine Sache, die sie nichts anging.
Eine Meile quälte er sich durchs Unterholz, dann kam er an die Kreuzung der North Street mit der Cedar Swamp Road. An der Straßenecke entdeckte er ein öffentliches Telefon. Das natürlich nicht funktionierte, damit hatte er rechnen müssen.

Es gab nur einen Weg, der zu seinem Haus führte, die Cedar Swamp. Theoretisch wäre es auch möglich gewesen, von der anderen Seite ans Haus heranzukommen. Aber das hätte bedeutet, den Weg rund um State Park in Kauf zu nehmen. Und zwar zu Fuß, denn Hrubek hatte den Cherokee mit solcher Wucht frontal gerammt, daß der Subaru mit Sicherheit auch fahruntüchtig war. Wenn das Haus der Atchesons sein Ziel war, mußte er die Cedar Swamp nehmen.
Obwohl er einige Zeit damit verloren hatte, seine Schulter wieder einzurenken, bezweifelte Owen, daß Hrubek schon vor ihm hiergewesen war. Der Psycho kannte sich in der Gegend nicht aus, er mußte sich erst eine Karte besorgen. Und an die kam er vermutlich nur, wenn er in eine Tankstelle einbrach. Dann mußte er sich orientieren und sich mit den Straßen zurechtfinden. Was gar nicht so einfach war, weil die meisten Straßen in Ridgeton nicht deutlich ausgeschildert waren.
Owen schleppte sich auf die Kreuzung. Ein Soldat auf Spähtrupp. Wo konnte der nächste Hinterhalt lauern? Wo war freies Schußfeld? Wo gab es beherrschende Höhen? Wo fand der Gegner eine verdeckte Stellung? Der Abzugsgraben dort drüben und das dicke Zulaufrohr, über einen Meter im Durchmesser – das wäre ein ideales Einmannloch. Er fing ganz automatisch in den alten militärischen Begriffen zu denken an. Malte sich aus, wie Hrubek irgendwo dort vorn die Straße hinuntertorkelte und wie er ihm die Flanke abschnitt und ihn plötzlich mit gezogener Pistole stellte.
Der Regen war kühl. Vollgesogen mit allen Gerüchen, die zum Herbst gehörten. Owen atmete die Luft tief ein, als er – vorsichtig, weil er auf seinen linken Arm Rücksicht nehmen mußte – in das eiskalte Wasser des Abzugsgrabens stieg. Aber glücklicherweise war das Schwindelgefühl weg, es gelang ihm weitgehend, den Schmerz zu ignorieren. Tief geduckt arbeitete er sich vor – auch so eine alte Gewohnheit aus der Militärzeit. Die Zielpunkte, die sie ihnen seinerzeit in der Rekrutenausbildung eingetrichtert hatten, fingen in seinem Kopf zu rotieren an: Brust–Kopf–Unterbauch–Leistengegend. Die Ziel-

punkte für den tödlichen Schuß: Brust–Kopf–Unterbauch–Leistengegend. Immer wieder murmelte er lautlos die grausame Litanei in sich hinein.

Lis Atcheson führte den späten Besucher in die Küche und gab ihm ein Handtuch. Entfernt erinnerte er sie mit der Baseballkappe und dem fast schulterlangen lockigen Haar an den Baggerführer, der letztes Jahr bei ihnen den Zulaufgraben für den neuen Faulbehälter ausgehoben hatte. Merkwürdig steif stand er da, irgendwie in sich schief, eine Hüfte ein bißchen nach vorn verschoben. Ob er unterwegs gestürzt war und sich verletzt hatte? Gut möglich, ramponiert genug sahen die Sachen, die er anhatte, ja aus.

»Ich wohn drüben in Hammond Creek, östlich von hier«, sagte er, aber so, wie er es erzählte – mit einem stumm angehängten Fragezeichen – hörte es sich an, als rechne er nicht ernsthaft damit, daß jemand das Nest kennen könnte. Lis hatte den Ortsnamen zwar schon mal gehört, aber mehr wußte sie tatsächlich nicht über Hammond Creek.

Sie machte ihn mit Portia bekannt, die den Fremden nur mit einem knappen Blick musterte. Der ausgefallene Vorname schien ihn zu amüsieren. »Ach, Portia?« erkundigte er sich mit lausbübischem Grinsen, »wie die Automarke?« Portia ging nicht darauf ein, sie hatte nicht mal ein Lächeln für ihn übrig, als sie ihm die Hand gab.

Der junge Deputy saß draußen im Streifenwagen, er versuchte, über Funk zu erfahren, ob es inzwischen Neues über Hrubek gäbe.

»Mr. Heck ...« wollte Lis anfangen.

Er lachte gutmütig. »Trenton«, korrigierte er, »oder Trent. Mr. Heck? Ach du liebe Zeit.«

»Darf ich Ihnen irgendwas anbieten?«

Eigentlich wäre ihm nach einem Bier zumute gewesen, aber er entschied sich doch lieber für eine Cola, die er in nicht ganz dreißig Sekunden durch die Kehle rinnen ließ. Danach lehnte er sich gegen die Arbeitsplatte und starrte durchs Fenster in die Dunkelheit. Irgend etwas schien er dort draußen zu suchen. Irgendwie sehr gründlich, wie jemand, der daran gewöhnt ist, alles genau unter die Lupe zu nehmen. Lis fragte sich gerade, ob er vielleicht so etwas wie ein Zivilfahnder aus einer Spezialabteilung der Polizei wäre, aber da fing er schon an zu erklären: daß die Trooper ihn von Zeit zu Zeit hinzuzögen, mehr in beratender Funktion. Als er berichtete, wie raffiniert Hrubek immer wieder irreführende Spuren gelegt habe, nickte Lis. »Mir soll keiner erzählen, daß der ein einfältiger Trottel ist.«

»Nein, das ist er bestimmt nicht«, gab ihr Heck recht.

Portia kümmerte sich um Emil, sie rieb ihm mit einer Begeisterung, die der Hund offensichtlich nicht teilte, das Fell trocken. »Aber alle sagen doch, daß er verrückt ist?« warf sie ein.

»Ja, das ist er wohl auch. Aber gleichzeitig ist er ein gerissener Bursche. Verdammt gerissen.«

Lis wollte wissen, wie er den Weg zu ihnen gefunden hatte.

»Ich bin drüben in Fredericks Ihrem Mann über den Weg gelaufen. Wir waren zusammen bei dieser Frau. Der hatte Hrubek erzählt, daß er nach Boyleston wollte, und wir haben ausgemacht, daß ich ihm allein hinterherjage. Ihr Mann wollte zurück nach Ridgeton fahren. Tja, und dann hat mir der Deputy erzählt, daß der Kerl Ihren Mann von der Straße gedrängt hat.«

»Ja, wir wissen noch nicht, wo er jetzt ist. Und wo Hrubek ist, auch nicht. Aber wie sind Sie überhaupt in unsere Gegend gekommen? Ich meine, wenn Sie nach Boyleston wollten ...«

Intuition, erklärte ihr Heck. Er hatte schon den halben Weg nach Boyleston hinter sich, als ihm klargeworden war, daß Hrubek sie bestimmt wieder auf die falsche Fährte gelockt hatte. »In dem Punkt geht er nämlich auch methodisch vor. Er war von Anfang an nach Westen unterwegs, hat's aber immer wieder verstanden, uns aufzuhalten oder abzuschütteln. Hat sogar Fallen aufgestellt – für meinen Emil.«

»Nein!«

»Wenn ich's Ihnen sage. Er war bisher verdammt gerissen, und ich kann mir keinen Grund vorstellen, warum er auf einmal nicht mehr gerissen sein sollte.«

»Aber warum haben Sie nicht einfach Ihren Verdacht an die Polizei durchgegeben?«

Die Frage schien ihn in Verlegenheit zu bringen, Lis hatte den Eindruck, daß er errötete. Den Blick starr aufs Fenster gerichtet, erklärte er es ihr schließlich. Hastig, ohne Punkt und Komma, als ob er's möglichst schnell hinter sich bringen wollte. Die Sache mit der Belohnung. Und daß ihn die Bank geleimt hatte. Und daß er mal State-Trooper gewesen war – fast zehn Jahre lang, aber eben nur fast, so daß es nicht ganz für die Mindestpension reichte. Und daß er auf das Geld angewiesen war. Weil er sogar den Trailer an die Bank verpfändet hatte.

Und dann fragte er nach Owen.

»Der Sheriff und ein Deputy suchen nach ihm.«

»Ich bin sicher, daß er durchkommt«, meinte Heck. »Auf mich macht er den Eindruck eines Mannes, der weiß, was er tut. Jede Wette, daß er gedient hat.«

»Ja«, sagte Lis geistesabwesend, den Blick nach draußen gerichtet, »er hat sich, als seine Zeit in Vietnam um war, sogar freiwillig weiterverpflichtet.«

Heck ging in die Knie und fing an, Emil mit Papierhandtüchern trockenzureiben. Eine Arbeit, in die er sich offensichtlich so vertiefte, daß er die beiden Frauen ganz zu vergessen schien. Er ging sehr gründlich zu Werke, sogar die Ohren und die Pfoten vergaß er nicht. Und mit der gleichen Gründlichkeit nahm er sich anschließend seine Pistole vor. Während er damit beschäftigt war, die Waffe zu reinigen, kam der Deputy herein.

»Stanley sagt, daß er die Meldung über Owens Geländewagen inzwischen an die Trooper weitergegeben hat. Und die haben das sofort weitergeleitet an einen Burschen namens Haversham oder so ähnlich ...«

»Das ist mein früherer Boß, er leitet die Suchaktion«, warf Heck ein. Aber irgendwie schien ihm die Neuigkeit nicht in den Kram zu passen. Vermutlich, weil er fürchtete, das ausge-

setzte Kopfgeld zu verlieren, nahm Lis an. Indirekt bestätigte er das auch. »Der wird wohl jetzt einen Trupp vom Tactical Service losschicken ...«
»Was ist denn das für 'n Verein?« fragte der Deputy.
»Nie was davon gehört? So was wie das Antiterrorkommando.«
Der Deputy war tief beeindruckt. »Ehrlich? Kein Scheiß?«
»Die könnten in etwa vierzig Minuten hier sein«, fuhr Heck fort, »viel länger dauert das nicht.«
»Warum setzen sie sie nicht mit 'm Hubschrauber ab?«
»Hubschrauber?« wiederholte Heck und knurrte verächtlich.
Lis starrte wie gebannt zum Himmel, wo jetzt ein Blitz den anderen jagte. Sie schien mit ihren Gedanken ganz woanders zu sein. Der Deputy fragte sie irgend etwas, aber sie hörte es nicht mal. Plötzlich drehte sie sich um und rannte zur Treppe. Portia lief ihr erschrocken zwei, drei Schritte hinterher und rief: »Lis, was ist denn los? Alles in Ordnung mit dir?«
Aber da nahm Lis schon zwei Stufen auf einmal.
Im Schlafzimmer suchte sie den Colt Woodsman. Die handliche kleine Automatik, die Owen griffbereit irgendwo neben dem Bett aufbewahrte. Richtig, da lag sie ja, im Nachttisch. Owen hatte darauf bestanden, daß sie sich mit der Waffe vertraut machte. Ein dutzendmal hatte er sie hinter der Garage auf ein Pappziel feuern lassen. Na gut, sie hatte ihm den Gefallen getan. Sich sogar Mühe gegeben. Aber sie war so verkrampft und nervös gewesen, daß sie die Pistole bei jedem Schuß nach oben verrissen hatte. Drei oder vier Jahre war das her, und seitdem hatte sie die Waffe nicht mehr angefaßt.
Jetzt nahm sie sie in beide Hände und merkte, daß sie – anders als bei den Blütenblättern der Rosen – das kühle, harte Metall sogar mit ihren schwieligen Händen deutlich spürte. Und dazu einen seltsamen Schauder der Erregung, der sich von der Pistole auf ihre Haut zu übertragen schien.
Sie ließ die Waffe in der Tasche ihrer Jeans verschwinden. Dann – angezogen vom undurchdringlichen Dunkel, in dem es keine Orientierungspunkte mehr gab – trat sie ans Fenster. Wie in Trance, wie eine Schlafwandlerin beugte sie sich vor

und versuchte, irgend etwas dort draußen zu erkennen. Einen Ast, einen markanten Baumstamm, die Wetterfahne auf der Garage – egal was, wenn es ihr nur das Gefühl gab, daß die Dunkelheit nicht gar so beherrschend war. So unendlich und unaufhörlich.

Grelle Blitze rissen die Dunkelheit auf. Sie starrte hinüber zur Zufahrt. Dachte daran, wie sie Owen nachgewinkt hatte, vor ein paar Stunden, als er losgefahren war. Und erschrak bei dem Gedanken, daß diese stumme Geste vielleicht die letzte Kommunikation zwischen ihnen gewesen war. Und daß er sie – was noch schlimmer für sie gewesen wäre – vielleicht nicht einmal bemerkt hatte.

Sie starrte in die Nacht. Wo bist du, Owen? Wo?

Sie ahnte, daß er in der Nähe sein mußte. Denn es war ihr klar, daß er, verletzt oder nicht, unter allen Umständen versuchen würde, Hrubek hier abzufangen, auf seinem eigenen Grund und Boden. Owen würde nicht lockerlassen, bis er seine Mission zu Ende gebracht hatte. Er wollte Hrubek töten. Natürlich so, daß es wie Notwehr aussah.

Wo waren sie? Sie konnten noch eine Meile weit weg sein – oder nur ein paar Schritte. Alles war nur eine Frage der Zeit.

Wieder zerriß ein Blitz den Himmel. Er mußte irgendwo in der Nähe eingeschlagen sein, die Fensterscheiben – immerhin war es fast ein Jahrhundert her, daß der Glaser sie eingesetzt hatte – erzitterten unter der Wucht des Donners. Lis wich erschrocken zurück. Der Sturm raste wie eine gewaltige Woge auf das Haus zu und wühlte den See auf. Ein gespenstisches Glühen schien über der Wasserfläche zu liegen, als fingen die Regentropfen, sobald sie sich mit dem dunklen Seewasser vermischten, radioaktiv zu strahlen an.

Wieder erschütterte ein mächtiger Donnerschlag das Haus. Er rollte nicht aus, er brach einfach – wie ein Peitschenknall – scharf ab. Lis eilte die Treppe hinunter. Sie riß die Ölzeugjacke vom Haken und sagte: »Ich gehe jetzt los. Ich gehe los, um meinen Mann zu suchen.«

27

Am 15. April 1865 schiente der Arzt Samuel A. Mudd einem Mann namens John Wilkes Booth das Bein und bettete ihn auf eine der Pritschen, die in seiner Praxis aufgestellt waren, solange sie als provisorisches Feldlazarett diente.
Dr. Mudd ahnte, wer sein Patient war und was er am Vorabend getan hatte, aber dann beschloß er, doch nicht in die Stadt zu fahren und die zuständigen Behörden zu unterrichten, weil seine Frau sich davor fürchtete, mit dem unheimlichen, im Fieberwahn phantasierenden Fremden allein zu sein, und ihren Mann inständig bat, bei ihr zu bleiben. Dr. Mudd wurde als Mitverschwörer beim Mordkomplott gegen Lincoln verhaftet, lediglich die Fürsprache seiner Mitbürger rettete ihn vor dem Galgen. Später wurde ihm ein Teil seiner Haftstrafe erlassen. Er starb verarmt und vereinsamt – ein Mann, der sein Leben verpfuscht hatte.
Was er seiner Frau zu verdanken hatte, dachte Michael Hrubek, während er über Samuel A. Mudds Leben und Wirken nachdachte. *Quod erat demonstrandum.*
Und er dachte auch, einen Arzt zur Hand zu haben, das wäre in diesem Moment gar nicht so schlecht. Sein Handgelenk brannte höllisch. Er war damit, als er den Subaru gegen den Cherokee des Verschwörers gelenkt hatte, mit voller Wucht gegen das Lenkrad geprallt. Die Schmerzen wären nicht mal das schlimmste gewesen, aber der Unterarm war stark angeschwollen. Fast doppelt so dick wie normal kam er ihm vor, und auch dieser seltsame rosarote Glanz auf der Haut schien ihm bedenklich zu sein. Von den Fingern bis zum Ellbogen – ein unförmiger Fleischklumpen.
Und dennoch war er, während er jetzt durch Nacht und Regen marschierte, innerlich viel zu erregt, um sich wegen der

Verletzung große Sorgen zu machen. Denn er war am Ziel. Oder fast am Ziel.
Ridgeton, das war der Ort, der ihn magisch anzog. Ridgeton, das bedeutete das Ende einer langen Wanderschaft. Ridgeton war für ihn das Gelobte Land. Jedes herbstfahle Grasbüschel, jeder vom Regen in eine einzige große Pfütze verwandelte Meter Parkstreifen kam ihm wie geheiligter Boden vor. Der Sturm hatte dafür gesorgt, daß der Ort fast völlig in Dunkelheit gehüllt war. Nur die batteriebetriebenen Blinkleuchten an den Warn- und Umleitungsschildern brannten – Dreiecke aus rotem Licht, die der Umgebung einen zusätzlichen mystischen Anstrich gaben.
Er stand in einer Telefonnische, blätterte im aufgeweichten Telefonbuch und fand, was er suchte. Rasch sandte er ein Dankgebet zum Himmel, klappte das Buch zu und studierte den Stadtplan, der auf dem vorderen Deckel aufgedruckt war. Aha, da lag sie also, die Cedar Swamp Road.
Er eilte los, nach Norden. Vorbei an finster gähnenden Läden – ein Spirituosenladen, ein Spielwarengeschäft, eine Pizzeria, ein Leseraum der Christian Science. Moment mal ... ist unser Herr Jesus, der seine segnende Hand über uns hält, etwa ein Wissenschaftler? Christus als Physiker? Als Chemiker? Eine Vorstellung, die ihn zum Lachen reizte. Er hastete weiter. Hin und wieder erhaschte er in einem der Schaufenster einen kurzen Blick auf sein eigenes Spiegelbild. Einige Scheiben waren mit Wellblech oder mit sandfarbenen Spanholzplatten geschützt. Ein paar Schaufenster waren mit schwarzer Farbe zugemalt. Zweifellos eine Überwachungsmaßnahme. (Michael kannte sich in solchen Dingen genau aus. Einwegspiegel konnte man beispielsweise bei der Redding Science Supply Company bestellen. Für 45.95 Dollar pro Stück, zuzüglich Versandkosten, Bestellungen per Nachnahme wurden nicht angenommen.)
»Gut' Nacht, Ladies«, sang er laut, während er durch eine tiefe Pfütze patschte, die sich rings um einen Gully gebildet hatte. »Gut' Nacht, Ladies ...«

Und auf einmal endete die Straße in einer Wegspinne. Drei Straßen zweigten ab. Michael blieb abrupt stehen. Spürte, wie sein Herzschlag vor Panik zu stolpern anfing.
O Gott, welchen Weg sollte er nun nehmen? Nach rechts oder nach links? Die Cedar Swamp verlief in beide Richtungen. Aber wenn die eine die richtige war, mußte die andere die falsche sein. Welche denn nun? Links oder rechts?
»Wo geht's lang?« heulte er laut in die Nacht.
Wenn die eine Richtung ihn zur Hausnummer 43 brachte, konnte die andere nicht zu demselben Ziel führen, so weit war ihm das klar. Er starrte auf das Straßenschild. Fing aufgeregt zu blinzeln an. Und in dem winzigen Bruchteil einer Sekunde, den man für einen Lidschlag braucht, tat sein Gehirn das, was jeder Motor tut, wenn er heißgelaufen ist: Es hörte einfach auf zu arbeiten.
Ängste explodierten in ihm. Mit einer solchen Urgewalt, daß er die Eruptionen sogar sehen konnte. Gelbe, orangefarbene und sogar schwarze Funken stoben durch die Straßen, zerplatzten auf regennassen Bürgersteigen oder an Hauswänden. Unter unsäglichen Schmerzen versuchte er, seinen Verstand wieder anzuwerfen. Ein Zittern lief über sein Gesicht. Und plötzlich fingen überall Stimmen zu raunen an. Er sank auf die Knie. Da ... war das nicht Abe Lincolns Stimme? Die Schreie der sterbenden Soldaten mischten sich dazu. Und das gellend laute Hohngelächter der Verschwörer ...
»O Dr. Anne«, wimmerte er, »warum hast du mich verlassen? Dr. Anne, ich habe solche Angst. Ich weiß nicht, was ich tun soll. Was soll ich denn nur machen?«
Michael klammerte sich am Mast des Straßenschilds fest, als wäre er die Röhre, die sein Leben speiste – durch die das Blut in seine Adern und die Luft in seine Lungenflügel gepumpt würde. Er begann verzweifelt zu weinen, und dann wühlte er seine Taschen durch. Er brauchte die Pistole. Weil er seinem Leben ein Ende machen mußte. Er mußte sich töten, er hatte keine andere Wahl. Seine Panik war zu gewaltig. Alle Schrekken dieser Welt regneten auf ihn nieder, Kaskaden der Angst

hüllten ihn ein. Eine Kugel in den Schädel, wie bei Old Abe, und alles war vorbei.

Er dachte nicht mehr an die Mission, die er erfüllen mußte, nicht an Verrat und Betrug, an Lis-Eva und an Rache. Er mußte diesen unerträglichen Ängsten ein Ende machen.

Jetzt ... jetzt kann er sie fühlen, er weiß, in welcher Tasche die Pistole steckt. Er kann die Hand darunter halten und spüren, wie schwer sie ist. Aber seine Hand zittert so furchtbar, daß er sie nicht in die Tasche schieben und nach der Waffe greifen kann.

Schließlich reißt er den Stoff auf. Er reißt und reißt, bis er die Hand durch das Loch schieben und um den Griff der Waffe schließen kann.

Ich kann's ... KANN'S NICHT MEHR AUSHALTEN! O BITTE!

Er spannt den Hahn.

Und da huscht gleißendes Licht über die Straße, bohrt sich in seine Augen, blendet ihn, füllt sein Gehirn mit schaurigen Visionen voller Blut. Eine Stimme spricht zu ihm. Sagt Worte, die er nicht hört. Er lockert den Griff, mit dem er die Pistole umklammert hält. Reckt den Kopf hoch. Und ihm wird klar, daß da wirklich jemand mit ihm spricht. Aber nicht Dr. Anne, nein, sie ist es nicht. Auch nicht der ermordete Präsident der Vereinigten Staaten. Auch keine Verschwörer. Und nicht der gute alte Dr. Mudd.

Ein knochiger Mann Ende Fünfzig ist es, der mit ihm redet. Er sitzt in einem Auto, streckt den Kopf aus dem Fenster und redet mit ihm. Kaum mehr als einen Meter von der Stelle entfernt, an der Michael kauert. Offenbar hat er die Pistole noch nicht gesehen. Michael läßt sie rasch in der Tasche verschwinden.

»Nun sagen Sie doch was, junger Mann. Brauchen Sie Hilfe?«

»Ich ...«

»Haben Sie sich verletzt?«

»Mein Wagen ...« Und wieder murmelt er: »Mein Wagen ...«

Der grauhaarige hagere Mann saß in einem eingebeulten alten Jeep. Das Verdeck war aus Segeltuch, in die Seitenteile waren Vierecke aus Vinyl eingelassen, als Fenster.

»Ach so, Sie hatten einen Autounfall? Und jetzt finden Sie kein Telefon, das noch funktioniert? Ja, verstehe, die meisten Verbindungen sind unterbrochen. Kommt von dem Sturm. Hat Sie's denn schlimm erwischt?«
Michael atmete ein paarmal tief durch. Die Panik legte sich ein wenig.
»Nicht so schlimm. Aber mein Wagen ist böse zugerichtet. Er hat sowieso nicht viel getaugt. Kein Vergleich mit dem alten Cadillac.«
»Tja, die guten alten Autos. Na, kommen Sie – ich fahr Sie ins Krankenhaus. Sie sollten sich untersuchen lassen.«
»Nein, nein, mir geht's gut. Aber ich hab die Orientierung verloren. Wissen Sie, wo der Cedar Swamp ist? Nein, ich meine, die Cedar Swamp Road?«
»Natürlich kenne ich die. Wohnen Sie dort?«
»Nein, jemand, den ich besuchen will. Ich bin ziemlich spät dran. Die Leute werden sich schon Sorgen machen.«
»Na gut, ich fahr Sie hin.«
»Würden Sie das wirklich für mich tun?«
»Ich glaub allerdings, ich sollte Sie lieber zur Notaufnahme bringen, so wie Ihr Arm aussieht.«
»Nein, bringen Sie mich einfach zu meinen Freunden. Da ist ein Doktor im Haus. Dr. Mudd, kennen Sie den?«
»Nein, ich glaube nicht.«
»Ein guter Arzt.«
»Na prima. Weil ... ich würde sagen, Ihr Handgelenk ist mit ziemlicher Sicherheit gebrochen.«
»Bringen Sie mich hin.« Michael stand langsam auf. »Bringen Sie mich hin, und ich werd's Ihnen seit Menschengedenken nicht vergessen.«
Der Mann sah ihn betreten an, zögerte einen Moment und sagte dann: »Hm – ja. Na gut, springen Sie rein. Aber passen Sie mit der Tür auf. Sie sind für meine alte Karre ein paar Zentimeter zu groß.«

»Owen wird auf jeden Fall versuchen, sich nach Hause durchzuschlagen«, sagte Lis, »da bin ich ganz sicher. Und ich hab das Gefühl, daß Hrubek ihn verfolgt.«

»Wenn's so wäre, würde er dann nicht direkt zur Polizeistation gehen?« fragte der Deputy.

»Nein. Weil er sich Sorgen um uns macht«, antwortete Lis. Den wahren Grund, warum Owen ganz bestimmt nicht zum Büro des Sheriffs ging, behielt sie für sich.

Der Deputy runzelte die Stirn. »Also, ich weiß nicht – ich meine, Stan hat ausdrücklich gesagt ...«

»Da gibt's nichts mehr zu diskutieren«, unterbrach ihn Lis, »ich geh jetzt los.«

Dem Deputy war sehr unbehaglich zumute, er versuchte es noch einmal. »Schauen Sie, Lis ...«

Portia stieß ins selbe Horn. »Lis, das bringt doch nichts. Was willst du da draußen schon tun?«

Heck nahm die Baseballkappe ab und kratzte sich am Kopf. Als er sie wieder aufsetzte, erwischte er eine von seinen lockigen Strähnen nicht, sie hing ihm wie eine blonde Bommel in die Stirn. Er sah Lis lange an. »Waren Sie's, die bei der Verhandlung gegen ihn ausgesagt hat?«

Lis erwiderte seinen Blick. »Ich war die Kronzeugin der Anklage.«

Er nickte. Schließlich meinte er: »Nun, ich hab eine ganze Reihe von üblen Burschen festgenommen und im Prozeß gegen sie ausgesagt. Keiner von denen hat mir je an den Kragen gewollt.«

Lis sah ihm in die Augen. Er schaute schnell weg. »Dann haben Sie Glück gehabt, finden Sie nicht?«

»So wird's wohl sein«, sagte er. »Aber, wissen Sie, es passiert äußerst selten, daß einer, der gerade ausgebrochen ist, dem auf die Pelle rückt, der mal gegen ihn ausgesagt hat. Normalerweise haben die nichts anderes im Sinn, als schleunigst über die Staatsgrenze zu kommen.«

»Nun«, sagte Lis, »Michael Hrubek ist wohl nicht gerade der Normaltyp eines Flüchtigen.«

Heck gab auf. »Dagegen kann ich kaum was sagen.«
Lis, endgültig auf dem Weg zur Tür, sagte zu Portia: »Bleib du hier. Falls Owen vor mir da ist, gib mir ein Zeichen mit der Hupe.«
Portia nickte.
»Äh ... Ma'm?«
Lis wandte sich um und sah Heck fragend an.
»Das ... äh ... sieht 'n bißchen auffällig aus, finden Sie nicht?«
»Was meinen Sie?«
»Äh ... das Gelb.« Heck nahm ihr die Öljacke vom Arm, hängte sie wieder an den Haken und hob, als Lis nach ihrer dunklen Fliegerjacke greifen wollte, abwehrend die Hand. »Ich sag Ihnen was. Ich glaube, es bringt nichts, wenn wir alle hier rumstehen und uns gegenseitig auf die Füße treten. Ich verstehe gut, wie's Ihnen ums Herz ist und so ... Wo's ja um Ihren Mann geht und so ... Aber hören Sie auf einen, der schon öfter mit solchen Dingen zu tun hatte. Ich werd dafür bezahlt, daß ich Männer wie Hrubek aufspüre. Also lassen Sie mich das lieber erledigen. Nein, hören Sie mich weiter an. Ich werd mich draußen umsehen und Ihren Mann suchen. Und wenn er irgendwo in der Nähe ist, stehen meine Chancen, daß ich ihn finde, gar nicht so schlecht. Vielleicht 'n Quentchen besser als Ihre. Außerdem – wenn Sie auch dort draußen rumlaufen, irritieren wir uns bloß gegenseitig.« Er sagte das alles in sehr energischem Ton. Weil er insgeheim damit rechnete, daß sie ihm sowieso widersprechen würde.
Lis vermutete, daß es ihm vor allem um die Belohnung ging. Trotzdem war jedes Wort, das er gesagt hatte, wahr. Und selbst wenn sie Glück hatte und ihren Mann fand, war es fraglich, ob sie ihn dazu überreden konnte, die Jagd auf Hrubek aufzugeben und mit ihr nach Hause zu kommen. Er hatte gestern abend nicht auf sie gehört, warum sollte er es jetzt tun?
»Okay, Trenton«, sagte sie.
»Ich denke, wir sollten es so machen: Ich geh vorn raus, in Richtung Wald. Natürlich, er könnte auch über den Zaun klettern, aber das Risiko muß ich eingehen. Durch den See

schwimmt er bestimmt nicht. Nicht bei dem Sturm, da bin ich sicher.«
Heck wandte sich an den Deputy. »Ich würde sagen, Sie halten sich in der Nähe des Hauses auf. Sozusagen als zweite Verteidigungslinie. Möglichst nicht zu weit weg.«
Der Deputy war Feuer und Flamme. Er hatte ausgerichtet, was er ausrichten sollte, mehr konnte er, wenn diese Frau so störrisch war, nicht tun. Jetzt gab's was zu tun. Falls es gefährlich wurde, war er nicht allein auf weiter Flur. Und wenn alles ein gutes Ende nahm, fiel ein bißchen vom Ruhm auf ihn ab.
»Ich werd den Wagen da drüben in die Büsche fahren«, schlug er begeistert vor. »Was halten Sie davon? Da hab ich den ganzen Garten im Blick, aber er kann mich nicht sehen.«
Das sei eine gute Idee, erwiderte Heck und sagte zu Lis: »Ich weiß, daß Ihr Mann Jäger ist. Na ja, könnte sein, daß Sie sich mit einer Waffe in der Hand nicht so recht wohl fühlen ... Würden Sie trotzdem mal nachsehen, ob Sie was Passendes für sich finden?«
Lis nahm die Pistole aus der Tasche. Sie hielt sie mit der Mündung nach unten, den Finger ausgestreckt neben dem Abzug – genauso, wie Owen es ihr eingeschärft hatte. Portia sah ihre Schwester fassungslos an, der Deputy grinste nur dreckig, aber Heck nickte zufrieden – wie einer, der wieder einen Punkt auf seiner Checkliste abgehakt hat.
»Ich laß Emil hier. Der Sturm ist zu stark, sogar für ihn. Halten Sie ihn in Ihrer Nähe. Er ist kein Kampfhund, aber ganz schön groß, und falls einer ungebeten hier eindringt, macht er einen Heidenlärm.«
Lis nickte, warf einen Blick auf die Garderobehaken und zuckte die Schultern. »Außer der Ölzeugjacke wird Ihnen wohl nichts passen. Was Dunkleres habe ich leider nicht.«
Heck winkte ab. »Das ist schon in Ordnung. Ich bin ziemlich unempfindlich gegen Regen. Aber meine Pistole werd ich lieber wasserdicht verstauen. Ist 'ne alte deutsche Walther, die Dinger rosten leicht.«
Er schob die Waffe in einen gummierten Beutel, band ihn zu

und steckte ihn ins Holster. Nach einem prüfenden Blick durchs Fenster machte er eine Streckbewegung mit dem rechten Bein und verzog vor Schmerz das Gesicht. Lis dachte sich: Was immer mit dem Bein nicht stimmt, besser wird's von dem Sauwetter bestimmt nicht.

Der Deputy ging nach draußen zu seinem Wagen, verzichtete aber nicht darauf, vorher demonstrativ den Riemen der Waffentasche zu öffnen und ein paarmal dramatisch den blitzschnellen Griff zur Automatik zu üben. Wahrscheinlich hatte er zu viele drittklassige Western gesehen. Lis hörte, wie er den Motor anließ, und sah, wie er den Streifenwagen rückwärts auf halbem Weg zwischen Garage und Haus ins Gebüsch lenkte. Der Platz war gut gewählt, das mußte sie zugeben. Von dort aus konnte er mit dem Suchscheinwerfer den ganzen Garten bestreichen.

Trenton sagte mit gesenkter Stimme zu ihr: »Ich bin sicher, daß Sie mit der Waffe umgehen können. Aber Sie waren, nehm ich an, noch nie gezwungen, sie tatsächlich anzuwenden. Ich meine, in einer Situation wie heute.« Er wartete ihre Bestätigung gar nicht erst ab. »Ich möchte, daß Sie überall im Haus das Licht ausmachen. Und sitzen oder stehen Sie bitte nicht am Fenster herum. Ich halte, wenn's irgendwie geht, von unterwegs Blickkontakt. Falls Sie mich brauchen, schalten Sie das Licht ein, dann komme ich angerannt.«

Ohne ihr oder dem Hund ein Abschiedswort zu geben, stapfte er in den strömenden Regen hinaus. Lis verschloß hinter ihm die Tür.

»O mein Gott, Lis«, seufzte Portia leise. Aber weil es im Augenblick so viele Dinge gab, die einen dazu bringen konnten, herzhaft zu seufzen, wußte Lis nicht so genau, was ihre Schwester speziell meinte.

An seine Frau dachte Dr. Ronald Adler nicht mehr. Ihren Duft, den Schwung ihrer Hüften, wie ihre Haut sich anfühlte, wie ihr Haar roch ... ja, vor ein paar Stunden waren das noch lebendige Erinnerungen für ihn gewesen, aber die hatten sich jetzt in Luft aufgelöst.

Spätestens seit dem Anruf von Captain Haversham.

»Cloverton«, hatte der Trooper ins Telefon gebrüllt. »Dort hat Hrubek gerade eine Frau umgebracht. Jetzt wird nichts mehr unter den Teppich gekehrt. Schluß mit der Mauschelei, Doc.«

»O mein Gott.« Adler schloß die Augen. Er spürte, wie ihm das Herz zu flattern anfing bei dem Gedanken, daß Hrubek dieses Verbrechen vielleicht nur begangen hatte, um ihn Lügen zu strafen. Mit zitternden Händen hielt er den Hörer umklammert, während Haversham ihm mit kaum verhohlener Wut die Einzelheiten erzählte. Daß Hrubek die Frau ermordet, mit einem Messer verstümmelt und dann die Flucht auf einem Motorrad in Richtung Boyleston fortgesetzt habe.

»Auf einem Motorrad! Äh – verstümmelt hat er sie?«

»Hat ihr irgendwas in die Titten geritzt. Und zwei Cops aus Gunderson werden vermißt gemeldet. Die sind auf der 236 Streife gefahren und wollten gerade eine Meldung über Hrubek absetzen. Danach haben wir nichts mehr von ihnen gehört. Wir gehen davon aus, daß er sie getötet und die Leichen irgendwo in den Straßengraben geworfen hat. Keine kriminellen Neigungen, wie? Harmlos? Mann, was haben Sie sich dabei gedacht? In einer halben Stunde bin ich in Ihrem Büro.« Dann war die Leitung tot.

Das alles war noch nicht lange her.

Und jetzt ist Adler auf dem Weg zurück in sein Büro, wo inzwischen Haversham auf ihn wartet. Aber der Captain muß sich noch eine Weile gedulden, Adler kommt nur schleppend voran. Er bleibt alle paar Meter auf dem dunklen Flur stehen. Steht wie erstarrt da und horcht in sich hinein. Und denkt über die rätselhafte Kettenreaktion nach, die in diesen Sekunden in seinem Körper abläuft. Seine Nackenhaare sträuben sich. Wasser tritt ihm in die Augen. Seine Genitalien ziehen sich zusammen – sehr beängstigend. Natürlich fällt ihm der *nervus vagus* ein. Natürlich kennt er den Zusammenhang zwischen dem Absinken des Adrenalinspiegels und einer verlangsamten geistigen Auffassungsgabe. Lauter hochgestochener akademi-

scher Quatsch. Das einzige, was ihn in diesem Augenblick wirklich interessiert, ist die Scheißangst, die er hat.
Der Flur ist vierzig Meter lang. Zwanzig Türen gehen links und rechts ab, und alle – bis auf die ganz hinten, seine Tür – sind geschlossen. In sämtlichen Deckenlampen – bis auf die ganz hinten, über seiner Tür – sind die Glühbirnen herausgedreht. Eine Sparmaßnahme. Außerdem waren die meisten sowieso durchgebrannt. Drei Seitenflure zweigen ab. Auch dort liegt alles in Dunkelheit und Grabesruhe.
Adler starrt nach vorn. Steht da und fragt sich: Warum gehe ich eigentlich nicht weiter? Er weiß, daß Captain Haversham im Büro auf ihn wartet. Aber er bleibt wie angewurzelt stehen. Es ist die Angst, die ihn lähmt. Seine Arme hängen schlaff herunter. Er spürt keine Kraft mehr in den Beinen.
Auf einmal sieht er einen Schatten auftauchen. Für den Bruchteil einer Sekunde streckt eine riesige, seltsam bleiche Gestalt den Kopf aus einer Nische, zuckt zurück und verbirgt sich wieder.
War es die Gestalt, die eben so schaurig geheult hat? Jetzt heult nur noch der Wind. Gespenstisch. Das wimmernde Geräusch hallt in Adlers Brust wider. Er gibt sich einen Ruck und denkt: Gut. Schluß jetzt. Genug. Bitte.
Fünf Schritte schafft er, dann bleibt er wieder stehen, tut so, als suche er irgendwas in den Akten, die er mitschleppt.
Und in diesem Moment durchzuckt ihn der fürchterliche Gedanke, Michael Hrubek sei zurückgekommen, um ihn zu töten.
Daß das völlig unlogisch ist, mindert Adlers wachsende Panik überhaupt nicht. Er schielt zum Fahrstuhl. Jemand hat den Rufknopf gedrückt, in einem der unteren Stockwerke, die Kabine rumpelt nach unten. Irgendwo hört Adler einen seiner Patienten stöhnen – laut und kehlig. Wie eben Menschen stöhnen, die keinen Namen für ihre Ängste kennen. Und keine Worte, um ihr Leid anderen mitzuteilen. Wie von diesem Stöhnen vorwärtsgetrieben, setzt Adler einen Fuß vor den anderen und bewegt sich langsam auf sein Ziel zu.

Nein. Nein, Michael Hrubek hat überhaupt keinen Grund, ihn zu töten. Er kennt ihn ja nicht einmal persönlich. Und selbst wenn ihm danach zumute wäre, seinem Anstaltsleiter etwas anzutun – ihn bei lebendigem Leibe auszuweiden oder weiß Gott was mit ihm anzustellen –, er hätte es in der kurzer Zeit unmöglich schaffen können, nach Marsden zurückzukommen.
Nein. Nein, Dr. Ronald Adler, einer der Veteranen im System der staatlichen Heilanstalten, Absolvent der medizinischen Fakultät an einer Provinzuniversität, graduiert mit einem Notendurchschnitt zwischen zwei und drei – dieser Dr. Ronald Adler weigert sich zu glauben, daß ihm irgendeine Gefahr droht.
Und dennoch, der Mann, den gestern abend ein alarmierender Anruf jäh von der zarten Haut zwischen den Schenkeln seiner Frau fortgerissen hat, der Mann, der sich erheblich besser darauf versteht, bei irgendwelchen Besprechungen hitzige Debatten durch Kompromißvorschläge zu besänftigen, als etwa darauf, seine Patienten zu heilen, der Mann, der jetzt mit schlurfenden Schritten über den schäbigen, dunklen Flur geht – *dieser* Dr. Ronald Adler ängstigt sich sogar vor dem Widerhall seiner eigenen Schritte fast zu Tode.
Bitte, ich will nicht sterben.
Auf einmal scheint sein Büro unerreichbar weit entfernt zu sein. Er starrt auf das weiße Trapez grellen Lichtscheins, das durch die offene Tür auf den Flur fällt. Er geht auf das Licht zu. Passiert die Einmündung eines Seitenflurs. Bricht in halb ersticktes, röchelndes Lachen aus, als ihm klar wird, daß er es nicht fertigbringt, den Kopf zu drehen und wenigstens einen Blick zur Seite zu werfen. Weil er weiß: Wenn er es täte, würde er ein Videoclip sehen – Hrubek, der seine riesige Pranke in Adlers weitaufgerissenen Mund stößt. Hrubek, der ihm antut, was er anderen Ärzten, die ihn früher behandelt hatten, angedroht hatte. Adler hat es ja selbst in den Akten gelesen.
Schluß jetzt. Genug. Bitte.
Der Seitenflur liegt hinter ihm, nichts ist passiert. Aber nun

taucht ein neues Problem auf. Er merkt, daß plötzlich seine Blase schrecklich drückt. O Gott, er kann das Wasser nicht mehr halten! Und obwohl er weiß, daß es unsinnig ist, richtet seine Wut sich gegen seine Frau. Sie ist schuld, sie. Weil sie ihn gestern abend am Schwanz gepackt, ihm den Steifen massiert hat. Davon kommt der Druck. Er muß urinieren. Unbedingt. Dringend. Aber die Herrentoilette liegt ganz hinten, am Ende des Flurs. Ob er einfach gegen die Wand pinkeln soll?
Ich will nicht sterben.
Er hört Schritte. Nein. Oder doch? Wer kommt da?
Die Geister der Toten. Eine Frau und zwei Cops.
Aber weshalb schlurfen sie so? Ach so, es sind seine eigenen Schritte. Oder vielleicht doch nicht?
Quälend deutlich taucht vor seinem geistigen Auge das Bild eines Urinals auf. Ein richtiges schönes Pinkelbecken. Er geht darauf zu. Immer schneller. Und während er seine Schritte beschleunigt, wird ihm klar, daß sich in Michael Hrubeks Flucht all das manifestiert, was er je falsch gemacht hat – als Medizinstudent und als Arzt. Die Spickzettel während des Examens in organischer Chemie. Krankengeschichten, die er verlegt hat und nicht wiederfinden kann. Falsche Medikamentierungen. Die krankhafte Arterienerweiterung, die er nicht festgestellt hat, bevor er einem Patienten eine viel zu hohe Dosis Nardil gegeben hat.
Hrubeks Flucht ... das ist, als stünde er an einem schlammigtrüben Teich, holte die Angelrute ein und sähe einen Fisch am Haken hängen – einen stinkenden, aufgedunsenen, schon halbtoten Fisch. Der Beweis, daß er alles falsch gemacht hat. Und der Augenblick der Erkenntnis, daß es zu spät ist, um irgendwas wiedergutzumachen.

»Und jetzt hört mir verdammt gut zu, ihr Idioten – alle beide!« brüllte Haversham, als er den Hörer aufgelegt hatte. Alle beide – damit waren Ronald Adler und Peter Grimes gemeint, die ihn mit bedrückten Mienen anstarrten. Regen trommelte an die Fensterscheiben, Sturm heulte ums Haus.

»Gerade ist eine neue Meldung eingetroffen«, fuhr der Captain fort. »Diesmal aus Ridgeton. So wie's aussieht, hat dort jemand einen schweren Geländewagen frontal gerammt und von der Straße gedrängt. Die Fahrer beider Fahrzeuge sind spurlos verschwunden. Der Geländewagen war zugelassen auf den Namen Owen Atcheson.«

»Owen Atches …?«

»Genau. Der Mann, dessen Frau im Prozeß gegen Hrubek ausgesagt hat. Der Mann, der heute nacht hier war.«

Also vielleicht schon vier Tote.

»Steht denn fest, daß es Hrubek war?«

»Sie nehmen es an. Mit Sicherheit wissen sie es nicht. Aus dem Grund brauchen wir Sie.«

»O Gott«, murmelte Adler. Er legte die Fingerkuppen auf die Augen und drückte so kräftig zu, daß er sich einbildete, hinter den Lidern ein leises Knistern zu hören. »Vier Tote«, flüsterte er.

»Das hängt von Ihnen ab, Doc. Wir müssen wissen, wo wir unsere Kräfte konzentrieren sollen.«

Wovon redete er? Was denn für Kräfte?

»Ich will jetzt kein windelweiches psychiatrisches Fachchinesisch hören. Ich will hören, was Sache ist. Uns liegen zwei einander widersprechende Meldungen vor: Boyleston und Amtrak – oder Ridgeton und diese Frau, die Kronzeugin der Anklage war. Wohin ist Hrubek wirklich unterwegs?«

Adler sah Haversham verwirrt an.

Grimes räusperte sich diskret. »Ich glaube, sie wollen wissen, wohin sie ihre Leute schicken sollen.«

»Das ist das Problem, ja«, bestätigte Haversham. »Zwei Meldungen, die nicht übereinstimmen. Und was solche Brüder wirklich vorhaben, weiß im voraus niemand genau.«

Adlers Blick pendelte zwischen seinem Assistenten und dem großgewachsenen Trooper hin und her. Euer Problem, dachte er. Meines ist, daß mir ein paar Stunden Schlaf fehlen. »Nun«, sagte er schließlich, »der Sheriff von Ridgeton hat ja wohl selbst Leute, die er losschicken kann, oder?«

»Hat er, ja. Aber eben nur vier Mann, mehr nicht. Einen davon hat er zum Haus der Atchesons geschickt, so daß wenigstens ein gewisser Schutz für die Frau gegeben ist. Und deshalb muß ich wissen, wo wir die örtlichen Kräfte verstärken sollen. Wir müssen den Burschen schnappen. Ich habe vier Trooper vom Tactical Service auf Abruf bereitstehen. Weitere Kräfte stehen in frühestens einer Stunde zur Verfügung. Also – wohin soll ich den Einsatzwagen schicken? Das ist jetzt Ihre Entscheidung.«

»Meine?« platzte Adler heraus. »Ich kenne doch die Fakten gar nicht. Ich brauche *Fakten.* War es tatsächlich Hrubek, der Atcheson gerammt hat? Woher hat er überhaupt ein Auto? Und das mit dem Motorrad ... hat ihn denn wirklich jemand darauf *gesehen?* Zu einem Entschluß können wir nur kommen, wenn wir darüber gesicherte Erkenntnisse haben. Und im übrigen ...«

»Sie kennen sämtliche Fakten, die es gibt«, knurrte Haversham. Sein Blick nagelte Adler fest. »Der Knabe hat vier Monate hier unter Ihrer Aufsicht gestanden. War Ihnen anvertraut. Was immer Sie über ihn wissen – es muß Ihnen als Grundlage für Ihre Entscheidung genügen.«

»Fragen Sie Dick Kohler. Er ist Hrubeks behandelnder Arzt.«

»Hätten wir getan. Aber wir wissen nicht, wo er ist. Und er reagiert auch nicht auf den Funkrufempfänger. Falls er seinen Piepser überhaupt dabeihat.«

Adler starrte ihn an, als ob er fragen wollte: Weshalb ich? Dann sackte er wieder in sich zusammen. Hielt die Hände verkrampft vor der Brust. Nagte hektisch am sowieso schon rotgelutschten Zeigefinger herum.

Boyleston ...

Er nahm den Finger aus dem Mund. Fuhr damit suchend auf der Karte herum, auf der er in dieser Nacht schon mehrmals irgendeinen Punkt gesucht hatte. Die Stelle, an der Hrubek aus dem Leichentransporter entkommen war. Und die, an der Richard Kohler zum ersten Mal gesichtet worden war.

Ridgeton ...

Plötzlich straffte sich seine Miene zu grimmiger Entschlossenheit. Nichts, aber auch gar nichts auf dieser idiotischen Welt war so wichtig wie das Ziel, seinen flüchtigen Patienten wieder einzufangen. Lebend, wenn möglich. Und wenn nicht, dann eben auf einer Bahre. Kalt und blau und leichenstill. Mit dem kleinen Pappschild am großen Zeh, fertig fürs Urnengrab.

Oh, laß endlich diese Nacht vorbei sein, betete er stumm in sich hinein. Laß mich wieder nach Hause kommen, damit ich mich an die warmen Brüste meiner Frau schmiegen und unter der schönen dicken Steppdecke Schlaf finden kann. Laß nicht zu, daß es noch mehr Tote gibt, bevor diese Nacht endlich vorüber ist.

Adler riß den Klettverschluß an Hrubeks Akte auf und fing nervös zu blättern an. Die Blätter rutschten heraus, sie lagen verstreut auf dem Schreibtisch. Er fing zu lesen an.

Hrubek, überlegte er, läßt die klassischen Symptome des Paranoid-Schizophrenen erkennen. Von logischen Brüchen gekennzeichnetes Denken, sprunghafte Einfälle, oberflächliche Assoziationen, hastige Sprechweise, gesteigerte motorische Aktivitäten, die auf manische Phasen schließen lassen, plötzliche, für den Beobachter nicht nachvollziehbare Zuneigung zu irgend jemandem oder Vorliebe für bestimmte Dinge.

»Nein, nein, nein!« Adler sprach zwar im Flüsterton, aber mit solcher Bestimmtheit, daß Haversham und Grimes ihn besorgt ansahen. Was, haderte der Anstaltsleiter mit sich selbst, wollen solche Lehrbuchweisheiten *ausdrücken?* Enthalten sie überhaupt eine Aussage darüber, was Hrubek *tut?* Was ihn innerlich *antreibt?*

Erfahren wir etwa daraus, wer Hrubek *ist?*

Adler gab seinem Schreibtischsessel Schwung, ließ sich zum Fenster herumwirbeln und starrte auf die vom Regen schlierige Scheibe.

Punkt eins: Hrubek leidet unter akustischen Halluzinationen und redet einen für Schizophrene typischen Wortsalat zusammen. Es kann leicht sein, daß »Boyleston« gemeint war, als er diesem Trucker gegenüber von »Boston« gesprochen hat.

Punkt zwei: Rachegefühle – und das ist ja die vermutete

Antriebsfeder dafür, daß er nach Ridgeton will – sind durchaus übliche Begleiterscheinungen bei paranoid-schizophrenen Wahnvorstellungen.

Punkt drei: Ein Schizophrener würde im Regelfall den Umweg über Cloverton vermeiden, wenn er nach Boyleston will.

Punkt vier: Durch Boyleston führt das Schienennetz der Amtrak. Bahnreisen bedeuten erheblich weniger Streß als Flugreisen. Daher ist anzunehmen, daß psychisch Kranke die Bahnreise vorziehen.

Punkt fünf: Obwohl er kein Thorazin bekommt, fährt er Auto. Das läßt den Schluß zu, daß Hrubek – sei's durch Willenskraft, sei's durch ein Wunder – seine Ängste unter Kontrolle hat. Was es durchaus möglich erscheinen läßt, daß er sich doch eher für die schwierige, komplizierte Strecke nach Süden – nach Boyleston – entschieden hat, statt nach Ridgeton zu fahren, was von der Verkehrslogistik her einfacher wäre.

Punkt sechs: Durch alle seine Tricks heute nacht – die falschen Fährten, die er gelegt hat, und die Gerissenheit seines Vorgehens – zeigt Hrubek eine verblüffende Befähigung zu kognitivem Denken. Es würde ihm nicht schwerfallen, irreführende Spuren nach Ridgeton zu legen, tatsächlich aber an der Absicht festzuhalten, nach Boyleston zu fahren.

Punkt sieben: Andererseits könnte er natürlich auch derart ausgeklügelt denken, daß er – in der Erwartung, man werde solcher Offenkundigkeit mißtrauen – ganz unverhohlen die Absicht erkennen läßt, nach Ridgeton zu wollen, und dann auch tatsächlich dorthin will.

Punkt acht: Er ist zu unmotivierten Morden fähig.

Punkt neun: Einige seiner Wahnvorstellungen haben etwas mit der Geschichte der Vereinigten Staaten, mit Politikern und mit Geheimdiensten zu tun. Bei therapeutischen Sitzungen hat Hrubek wiederholt von Washington D.C. gesprochen. Und dahin kann er via Amtrak von Boyleston aus reisen.

Punkt zehn: Er hegt Haßgefühle gegenüber Frauen. Er ist der Vergewaltigung überführt worden. Und vor wenigen Monaten hat er Mrs. Atcheson einen Drohbrief geschickt.

Punkt elf: Er fürchtet sich vor jeglicher Konfrontation.
Punkt zwölf: Er hat seine Medikamente nicht genommen, sondern in der Backentasche versteckt. Was zweifellos als Fluchtvorbereitung zu verstehen ist. Und mithin als Indiz für langfristige Planung gelten kann.
Punkt ...
Punkt – Punkt – Punkt!
Tausende von Fakten wirbelten ihm durch den Kopf. Dosierungen von Haldol und Stelazin. Äußerungen beim Aufnahmegespräch. Protokollierte Aussagen bei Kohlers therapeutischen Sitzungen. Verbale, durch Wahnvorstellungen motivierte Drohungen, wenn er wieder einmal ausgerastet war. Zahllose Beobachtungen, die von Mitarbeitern schriftlich festgehalten worden sind ...
Adler ließ den Sessel zurückschnellen und fing wieder an, in den Akten zu wühlen. Mal hätte man denken können, er wolle mit seinen spitzen Fingern irgendein Blatt Papier aufspießen, mal packte er so zu, als wolle er den Bogen in der Faust zerknüllen. Er starrte auf den Wust Papier, aber in Wirklichkeit sah er Michael Hrubeks Gesicht – Augen, die weder überschwengliche Gefühle noch Lethargie, weder Zu- noch Abneigung, weder Vertrauen noch Mißtrauen verrieten.
Adler saß lange gedankenversunken am Schreibtisch. Dann sah er auf einmal hoch, blickte in Captain Havershams von Übermüdung und Erschöpfung gezeichnetes Gesicht und sprach aus, was er in frommer Einfalt für die Wahrheit hielt: »Hrubek will zum Bahnhof. Er will nach Washington D.C. fahren. Schicken Sie Ihre Trooper nach Boyleston. Tun Sie es schnell.«

Die beiden Schwestern erledigten, was erledigt werden mußte, löschten überall das Licht, überprüften jeden einzelnen Raum. Sie taten es schweigend, zuckten bei jedem Geräusch zusammen, auch wenn's nur fernes Donnergrollen war, und schraken vor jedem dunklen Schatten zurück, auch wenn sie ihn sich nur eingebildet hatten. Am Schluß brannten nur noch die paarweise angeordneten Außenleuchten und ein paar schwache blaue Oberlichter im Wintergarten, die Lis angelassen hatte, weil sie annahm, man könne sie von außen sowieso nicht sehen. Nun huschten allerdings erst recht überall Schatten über die Flure und an den Wänden entlang.

Sie gingen gemeinsam zurück in die Küche und setzten sich auf eine Bank, von der der Blick auf den vom Regen aufgeweichten Garten fiel. Fünf Minuten saßen sie stumm nebeneinander. Der Regen trommelte aufs Glasdach des Wintergartens, der Sturm heulte in den Winkeln und Ritzen des alten Hauses. Schließlich konnte Lis es nicht länger aushalten.

»Portia, ich hatte gerade angefangen, dir was zu erzählen.«

»Die Sache von vorhin?«

»Von meiner Affäre.« Unwillkürlich verfiel Lis in ein diskretes Flüstern, als sei Owen irgendwo in der Nähe.

»Ich weiß nicht, ob das der richtige Moment ist, um ...«

Lis legte ihr die Hand aufs Knie. »Das hängt schon zu lange zwischen uns. Ich kann das nicht mehr ertragen.«

»Was hängt zwischen uns? Mein Gott, Lis, das ist doch wirklich nicht der richtige Augenblick für eine Aussprache.«

»Ich muß mit dir darüber reden.«

»Später.«

»Nein, jetzt!« sagte Lis erregt. »Jetzt gleich. Wenn ich's jetzt nicht tue, bringe ich's vielleicht nie mehr fertig.«

»Und warum ist das so furchtbar wichtig?«

»Weil du verstehen mußt, warum ich all diese schrecklichen Dinge zu dir gesagt habe. Und es gibt auch einen Punkt, in dem brauche ich eine ehrliche Antwort von dir. Bitte, sieh mir in die Augen. Sieh mich an!«

»Okay, du hast mir gesagt, daß du was mit irgendeinem Mann gehabt hast. Na und? Was hat das mit der Sache am Indian Leap zu tun?«

»O Portia ...«

Sie mußte unwillkürlich zu tief eingeatmet haben. Plötzlich spürte sie, wie es in ihren Lungen brannte und stach. Schnell beugte sie sich vor, zog die Knie an und bettete den Kopf

darauf, bis der Schmerz nachließ. Endlich konnte sie sich wieder aufrichten und Portia ins Gesicht sehen. Sie wollte weitersprechen, aber da rollte ein so gewaltiger Donner auf das Haus zu, daß die ganze Küche davon zu erzittern schien.
Und in diesem Moment verengten sich Portias Augen, sie ahnte, was Lis ihr sagen wollte. »O nein«, hauchte sie.
»Doch«, sagte Lis. »Doch. Es war Robert Gillespie.«

28

»Wie lange kennen Sie die Atchesons schon?«

Der Fahrer des Jeeps hatte ein hageres Gesicht, die Kehllappen an seinem faltigen Hals erinnerten unwillkürlich an einen betagten Truthahn. Er schaltete seine alte Klapperkiste in den zweiten Gang und zog sie die Hügelkuppe hinauf – den letzten Ausläufer der Erhebungen nördlich des Ortskerns von Ridgeton. Der Auspuff knatterte, der Ganghebel schlackerte bedenklich. Komisch, dachte er, wie interessiert dieser riesige Kerl neben mir jeden Handgriff verfolgt. Das ist doch nicht normal.

»Seit Jahr und Tag kenn ich die«, antwortete der merkwürdige Kauz schließlich. »O ja, seit vielen Jahren.«

»Ich kenn eigentlich nur Owen«, sagte der Fahrer. »Wenn wir uns im Ace-Baumarkt über den Weg laufen, reden wir manchmal 'n paar Worte miteinander. Ist 'n angenehmer Mensch. Wenn man bedenkt, daß er Anwalt ist.«

»Gut hundert Jahre, würde ich sagen.«

»Wie bitte?«

»Vor allem Lis-Eva.«

»Äh – ich glaube, sie heißt irgendwie anders. Aber Sie werden sie wohl besser kennen.« Der Jeep holperte durch ein großes Schlagloch. »Tja, da haben Sie Glück gehabt, daß ich gerade vorbeigekommen bin. Heut nacht ist sonst kein Mensch unterwegs, bei dem Sturm. Diese Wetteronkels im Fernsehen ... Also, was die alle für komische Namen haben. Und jeder von denen hat 'n Toupet auf, ist Ihnen das schon mal aufgefallen? ... Na ja, die haben jedenfalls vorausgesagt, daß wir mit dem beschissensten Sturm aller Zeiten rechnen müssen. Und was ist nun draus geworden? Ein bißchen Regen, das ist alles.«

Der Große gab keine Antwort.

Der Jeep jagte keuchend über die Kreuzung Cedar Swamp und North Street. Einen Augenblick lang glaubte der Fahrer, er habe jemanden am Straßenrand gesehen. Einen Mann, der sich rasch weggedreht hatte, offensichtlich erschrocken, und dann hinter dem kleinen Hügel verschwunden war. Obwohl, dahinter gab's ja außer dem Abzugsgraben gar nichts?
Ein gewaltiger Blitz zuckte über den Himmel, überall fingen Schatten zu tanzen an, vor ihnen schlug ein Ast krachend auf den Asphalt ... Aha, dachte der Fahrer, da werd ich mich wohl geirrt haben. War gar niemand da, war wohl bloß 'ne optische Täuschung. Kein Wunder, bei dem Sauwetter. Er gab Gas, zog den Jeep durch die Kurven der Cedar Swamp Road und schüttelte ärgerlich den Kopf über die vielen Schlaglöcher. »Ist 'ne wahre Schande für den ganzen County. Warum schicken die nicht mal 'n paar von ihren Leuten los und bringen das in Ordnung? Da gehört neuer Asphalt drauf. Nichts als Schlamm und Äste.«
»Schlamm und Äste!« rief der Große enthusiastisch aus. »Ja, Schlamm und Äste!«
O verdammt. Ich glaub, das war 'n Fehler, den mitzunehmen.
»Was ist denn eigentlich mit Ihrem Wagen passiert?«
»Schlamm und Äste. Sie scheinen sich mit so was gut auszukennen.«
Mehr sagte der Typ nicht. Darum schien es dem Fahrer angebracht, sich auch nur auf ein »Hm« zu beschränken.
»Dieses Auto, nach dem Sie gefragt haben, ist auf so einer Schlammstrecke plötzlich unter mir weggerutscht. Und hat sich gedreht. Und überschlagen. Immer wieder und immer wieder überschlagen.«
»Und? War die Polizei da?«
»Ach, die hatten woanders was zu tun. Zwei von denen. Zwei junge Männer. Ein bißchen haben die mir sogar leid getan. Arme Jungs aus Gunderson. Nur, ich hatte gar keine andere Wahl.«
Also, nie mehr wieder! dachte der Fahrer. Nie. Ob's regnet oder nicht. Gebrochenes Handgelenk oder nicht.

Der Typ starrte eine Weile fasziniert auf die Bäume, an denen sie vorbeikamen. Dann probierte er aus, wie der Verschlußhaken der Seitenklappen funktionierte, mehrmals nacheinander, sehr konzentriert. »Waren Sie in der Army?« fragte er.
O verflucht. Was sollte er da am besten antworten?
»Ja, bin eingezogen worden«, sagte der Fahrer. »Sie haben mich nach …«
»Militärischer Geheimdienst?«
»Ach wo. Ich war 'n einfacher GI.«
Der Große runzelte die Stirn. »Was ist das?«
»Government Issue. Infanterie. Fußlatscher.«
»Ein GI. Aha.«
»So is' es, Sir.«
»GI, GI – ei, ei. Ich frag mich, ob Sie wissen, wo Abraham Lincoln der tödliche Schuß getroffen hat.«
»Äh – hm.«
»Da gibt's zwei Antworten. Die sind beide richtig. Im Kopf. Oder: im Theater.«
»Ja, ja, das ist mir natürlich bekannt.« O Mann! Was für 'n Vogel hab ich mir da bloß angelacht? »Ist aber doch 'n ziemlicher Sturm. Ich glaub, da hab ich den Wetteronkels Unrecht getan. Bin froh, daß ich Vierradantrieb hab.«
»Vierradantrieb«, wiederholte der Mann. »Was ist das genau? Ich meine, Vierradantrieb, was ist das?«
»Wie, das wissen Sie nicht?« Der Fahrer stieß ein meckerndes Lachen aus. »Das weiß doch jeder.«
Der Große drehte sich zur Seite und sah den Fahrer böse an. Der Hagere rieb sich mit dem Handrücken über die Bartstoppel am Kinn und murmelte. »War mehr so 'n Scherz von mir.«
»Hübsch ausgedacht«, fuhr der Mann ihn an. Er beugte sich über den Ganghebel zu ihm herüber, brachte sein rundes Riesengesicht bis auf zwei Fingerbreit an das Gesicht des Jeepfahrers heran. »Wenn aber nun jemand lange Zeit weg war. In einem sehr, sehr fremden Land. Ist es da nicht möglich, daß er nicht weiß, was ein Vierradantrieb ist?«
»Ja, wenn man's so sieht … Das ist leicht möglich.«

»Wenn jemand, zum Beispiel, gerade erst hier angekommen ist – sagen wir mal: von 1865 –, wollen Sie da behaupten, es wäre unmöglich, daß er nicht weiß, was ein Vierradantrieb ist?«
»Im Gegenteil, das wäre sehr gut möglich.« Der Fahrer hatte ein flaues Gefühl im Magen. »Wissen Sie, ich glaube, wir sollten wirklich erst beim Krankenhaus vorbeifahren. Damit sich dort jemand Ihren Arm ansieht.«
Der Große fuhr sich mit seinen dicken Bauernfingern durchs Gesicht. O Mann, die sind so gelb wie seine Zähne, dachte der Fahrer gerade noch. Aber da zog der Typ auf einmal eine blauschwarz schimmernde Pistole aus der Tasche, hielt sie sich unter die Nase, schnupperte daran und leckte am Lauf.
»Oh«, hauchte der Fahrer und fing stumm zu beten an.
»Du fährst mich dahin, wo die Atchesons wohnen«, schnauzte der Große ihn an. »Und zwar ein bißchen schnell. Hau den verdammten Vierradantrieb rein und gib Gas!«

Einige Meilen weiter brachte er den Jeep zum Stehen. Seine Hände zitterten. Er hatte das Gefühl, daß er sich gleich in die Hosen pinkeln würde. Bis ans Ende meiner Tage verzeih ich mir nicht, was ich den Atchesons antue, dachte er, aber was hätte ich denn machen sollen?
»Das da drüben, das ist die Hauszufahrt.«
»Hübsch ausgedacht. Aber ich seh kein Schild.«
»Da ist es doch. Da! Unter der Rose beim Briefkasten. Sehen Sie's? Wollen Sie ... wollen Sie mich jetzt umbringen?«
»Du steigst jetzt aus. Und dann werd ich was an der Karre machen. Damit sie nicht mehr fährt.«
»Der Jeep?«
»Ja. Ich will, daß er nicht mehr fährt.«
»Okay. Ich weiß, was man da machen muß. Steigen wir doch am besten beide aus. Ich bitte Sie nur, daß Sie mir nichts tun.«
»Hattest du je die Absicht, nach Washington zu fahren?«
»Meinen Sie Washington D.C.?«
»Klar, D.C.! Wer gibt denn was auf das Scheißnest Seattle?«
»Nein, nie. Das hatte ich nie vor. Ich schwör's.«

»Gut. Und jetzt zeig mir, wie man die Karre tot macht.«
»Sie nehmen den Verteilerkopf ab und werfen ihn weg. Dann springt der Wagen nicht mehr an.«
»Mach du das.«
Der Fahrer öffnete die flache Motorraumhaube, riß den Verteilerkopf heraus und schleuderte ihn in den Wald. Er sah aus wie ein Häufchen Unglück. Das Haar klebte ihm am Kopf, der Regen lief ihm die Kehllappen hinunter.
Der Große sah ihn lange an. »Du denkst wohl, ich bin blöde? Den Trick, den du eben versucht hast, nennt man Umkehr-Psychologie. Erzählst mir, daß du nicht nach Washington willst, weil du denkst, daß ich dann sage: Fahr doch hin. Na, hab ich dich durchschaut?«
Der Jeepfahrer brachte vor Angst kaum ein Wort heraus. »Ja, so ungefähr, Sir.«
»Gut. Ich will, daß du losläufst. Lauf bis Washington D.C. und erzähl denen dort, daß der Rächer hier ist.«
»Und Sie werden mich wirklich nicht von hinten erschießen?«
»Du sagst ihnen das.«
»Werden Sie mich von hinten ...?«
»Lauf los!«
Er lief los. Ohne sich auch nur einmal umzudrehen. Fest davon überzeugt, daß er sterben würde, ehe er noch drei Schritte weit gekommen wäre. Einen Herzschlag später gab er sich sieben Schritte. Dann siebzig. Und so rannte er durch den strömenden Regen und wartete auf den Tod. Er drehte sich nicht um. Darum konnte er auch nicht sehen, daß sich der Riese – die Pistole steil nach oben gerichtet, wie es die Pinkerton-Detektive im neunzehnten Jahrhundert gemacht hatten – langsam über die mit Kies und Schlamm bedeckte Zufahrt an das Haus heranpirschte.

Lis starrte ihre Schwester an. Im Dunkel der Küche konnte sie nur die silbernen Reflexpunkte in Portias Augen erkennen. Für ihr Leben gern hätte sie – auch wenn das alle Michael Hrubeks dieser Welt anlockte – Licht gemacht, um in diesem

Augenblick im Gesicht ihrer jüngeren Schwester lesen zu können, ob Portia ihr die Wahrheit sagte oder nicht.
»Sag's mir, Portia. Hast du was von uns gewußt, von Robert und mir, bevor du ... bevor du mit ihm gebumst hast?«
Ich verliere so oder so, dachte sie. Entweder hat mich mein Liebhaber betrogen, oder er *und* meine Schwester haben ein falsches Spiel mit mir getrieben. Trotzdem, sie mußte die Antwort aus Portias Mund hören.
»O Lis, natürlich nicht. Das hätte ich dir doch nicht angetan. Warst du dir da nicht sicher?«
»Nein. Wie hätte ich denn da sicher sein können? Natürlich, du bist zwar meine Schwester, aber ... Nein, ich war mir nicht sicher.« Lis senkte den Kopf, wischte verstohlen ein paar Tränen weg. »Ich hab gedacht, er hätte es dir vielleicht gesagt, und du – na ja, du hättest gedacht: Laß es uns trotzdem tun.«
»Nein, er hat mir natürlich nichts gesagt.«
Seit damals, in der Höhle am Indian Leap, als sie vor Hrubek geflohen war, hatte Lis' Herz nicht mehr so wild geschlagen.
»Ich war nie sicher. All die Monate war ich mir nicht sicher.«
»Glaub mir, Lis. Denk doch mal nach: Warum hätte Robert mir irgendwas davon erzählen sollen? Er wollte es mit mir treiben. Er wär doch nie so dumm gewesen, sich alles zu vermasseln, indem er mir erzählt, daß er der Liebhaber meiner Schwester ist.«
»Als ich euch beide zusammen gesehen habe ...« Lis schloß die Augen und massierte sich die Schläfen. »Und gestern abend, als du mit Owen geflirtet hast ...«
»Lis!«
»War's etwa nicht so?«
Portia preßte die Lippen zusammen. Schließlich sagte sie: »Ja, zugegeben, ich flirte gern. Aber das heißt nicht, daß ich den Kerl jedesmal gleich haben will. Wenn Robert mir auch nur ein Wort von euch beiden erzählt hätte, hätte ich nein gesagt. Männer machen mir nun mal schöne Augen. Irgendwie hab ich eben Macht über sie. Obwohl ich manchmal denke: Das ist alles, was ich überhaupt habe.«

»O Portia, im Grunde war ich natürlich auf Robert wütend. *Ihm* hätte ich gern ins Gesicht geschlagen. Ich hätte ihn glatt umbringen ...« Sie brach ab. »Ich kam mir so jämmerlich betrogen vor. Claire ist seinetwegen umgekommen. Nachdem sie euch beide gesehen hatte, war sie so durcheinander, daß sie einfach drauflos gerannt ist und sich in der Höhle verirrt hat.«

»Robert ... Die Hälfte von den Typen, mit denen ich was habe, sind Roberts. Das sieht man denen schon von weitem an. Er war sowieso nicht der Richtige für dich, Lis.«

»Nein. Es war nicht so, wie du denkst. Es war nicht nur ein oberflächliches Spiel. Wir haben zueinander gepaßt, Robert und ich. Dorothy hat ihn dauernd nur klein gemacht. Sie haben sich gehaßt. Ständig haben sie sich gestritten. Und Owen ... seine Art, mich zu lieben, ist ganz anders. Völlig anders, das spüre ich. Das ist mir erst richtig deutlich geworden, nachdem ich mit Robert zusammen war. An dem Abend vor dem Picknick, an dem Samstagabend ... Owen hatte bis spät in die Nacht in Hartford zu tun. Und da ist Robert zu mir rübergekommen.«

»Lis ...«

»Laß mich's zu Ende bringen. Owen rief an, um mir zu sagen, er wäre nicht vor zwei oder drei zu Hause. Und Robert und ich haben uns im Wintergarten geliebt. Er hat Blütenblätter abgepflückt. Von meinen Rosen. Und mich damit gestreichelt und zugedeckt. Und ...« Wieder schloß Lis die Augen, wieder barg sie den Kopf auf ihren Knien. »Und dann hat er mir einen Antrag gemacht.«

»Einen Antrag?« Portia schnappte nach Luft und verschluckte dabei das Lachen, das ihr auf den Lippen lag. »Er hat dich gebeten, ihn zu heiraten?«

»Er und Dorothy waren seit langem nicht mehr glücklich miteinander. Sie hatte ihn schon seit Jahren betrogen. Er wollte mich heiraten.«

»Und du hast nein gesagt, stimmt's?«

»Und ich habe nein gesagt«, flüsterte Lis.

Portia schüttelte den Kopf. »Ach so, er war also sauer auf dich.

Und als ich ihn im Wagen mit meinen großen haselnußbraunen Augen angeblinzelt habe, ist er prompt drauf angesprungen. Ach du meine Güte, da war ich wohl gerade im richtigen Augenblick der passende Ersatz, wie?«

»Ich wollte gar nicht mit ihm Schluß machen. Nur, ich konnte auch Owen nicht verlassen. Ich war noch nicht soweit. Er hatte ja diese andere für mich aufgegeben. Ich dachte, irgendwie werd ich das schon arrangieren können.«

»Ein Fehler, Lis. Die falsche Entscheidung. Warum hast du Roberts Antrag nicht angenommen? Mein Gott, es war vielleicht deine einzige Chance, dich doch noch zu befreien. Den letzten aus der Familie doch noch loszuwerden.«

Lis sah sie verwirrt an. »Dich?«

»Ach wo. Owen. Du hättest dich schon vor Jahren von ihm lösen sollen.«

»Wieso sagst du: den letzten aus der Familie?«

Portia lachte. »Erinnert dich Owen nicht ein bißchen an Vater?«

»Ach, spinn doch nicht. Du liest zu viele Illustrierte. Vater und Owen, die kann man doch gar nicht vergleichen. Überleg bloß mal, was er heute nacht tut.« Sie deutete mit einer fahrigen Geste zum Fenster. »Daß er dort draußen ist, das tut er für mich.«

»Owen ist ein Despot, Lis. Genau wie Vater.«

»Nein, er ist ein guter Ehemann. Er ist zuverlässig. Und er liebt mich. Jedenfalls auf seine Art.«

»O ja, Vater war's, der uns ein Dach über dem Kopf gegeben hat. Nennst du das allein schon Liebe?« Portia hatte sich in Wut geredet. »Ist es Liebe, wenn dir einer dauernd mit solchen Sprüchen kommt wie: ›Du hast diese Woche nicht ordentlich aufgeräumt‹ und ›Wie kannst du dich unterstehen, in einer Bluse mit so einem tiefen Ausschnitt rumzulaufen‹? Und dann zieht er dir den Rock hoch und läßt seine kleinen Lieblingsspielzeuge auf dir tanzen! Ich sehe, daß der Weidenbaum immer noch im Garten steht. Wenn ich hier im Haus eingezogen wäre – der verdammte Baum wäre das erste gewesen, was verschwindet. Den hätte ich mit Stumpf und Stiel ausgerottet ...«

Auf einmal spielte ein Lächeln um Portias Lippen. »Sag mal, Lis, wie hast du denn den anderen in der Turnstunde die Striemen erklärt? Ich kann's mir schon denken. Wahrscheinlich hast du die Schuluniform gar nicht erst ausgezogen, stimmt's? Weißt du, was ich gemacht habe? Ich hab allen erzählt, ich hätte einen älteren Mann als Liebhaber, der jedesmal total ausflippt, wenn er mich fesseln und auspeitschen kann. Ach, guck nicht so entsetzt! Du redest von Liebe ... Liebe? Gott im Himmel, wenn wir wirklich in so stinknormalen Familienverhältnissen aufgewachsen sind, wie kommt es dann, daß du dich hier draußen in der Einöde verkriechst und ich zum schnellsten Fick auf der East Seventy-second geworden bin?«
Lis barg den Kopf in den Armen, sie konnte die Tränen nicht mehr zurückhalten.
»Es tut mir leid«, sagte Portia. Dann lachte sie. »Guck dir an, was dabei rauskommt, wenn ich hier bin. Ich werd völlig verrückt hier draußen. Soviel Familie kann ich einfach nicht verkraften. Ich weiß, ich hätte damals nicht mitkommen sollen zu diesem Picknick. Und ich hätte auch gestern abend nicht kommen sollen.«
Lis legte Portia die Hand aufs Knie. Erst jetzt sah sie, daß ihre Schwester wieder ihre modischen Silberringe trug und den Anhänger mit dem gesprenkelten Stein. Nach einem Augenblick, der sich endlos zu dehnen schien, legte Portia die Stirn auf die schwieligen Hände ihrer Schwester. Aber nicht wie jemand, der sich anschmiegen will. Nicht mal einen Atemzug lang dauerte es, bis sie sich wieder aufrichtete.
Auch Lis zog ihre Hand weg. Sie blickte zum Fenster, starrte auf die Rinnsale, die der Regen an die Scheiben malte, und plötzlich stand sie auf. »Ich muß rasch was erledigen, ich bin gleich zurück.«
Portia sah sie erschrocken an. »Gehst du nach draußen?«
»Nein, in den Keller. Das Vorhängeschloß – das hab ich vorhin vergessen.«
»Laß das, Lis. Ich bin sicher, daß Owen das überprüft hat.«
»Das glaube ich nicht.«

Kopfschüttelnd sah Portia, wie ihre Schwester die Pistole aus der Tasche nahm und, um die Kammer zu laden, den Verschluß durchzog. Man merkte ihr an, daß sie wenig Übung darin hatte. »Lis ...«
»Was ist?«
»Nichts. Ich ... Ach, nichts.«
Die Mündung der Waffe nach unten gerichtet, zieht Lis sich die Fliegerjacke über. An der Tür zum Garten zögert sie einen Herzschlag lang. Sie schaut zurück. Das alte Haus ist in Dunkelheit gehüllt. Ein Haus voller Bücher und Blumen. Ein Spukhaus, vom Keller bis zum Dach bevölkert von den Geistern der Toten. Ihr geht durch den Kopf, wie seltsam es ist, daß wir uns unserer Sterblichkeit eigentlich eher bei belanglosen Gelegenheiten bewußt sind – während wir uns die Fingernägel lackieren, wenn wir getragene Musik hören oder beim Anblick eines Schlafenden. In dramatischen Augenblicken verdrängen wir den Gedanken.
Sie schiebt den Sicherungshebel nach vorn. Und tatsächlich, sie empfindet keine Angst, nicht mal einen Anflug von Angst, als sie in den vom Regen aufgeweichten Garten tritt.

In dumpfer Agonie, naß bis auf die Haut, die Schultern gegen das schlammige Uferbett gelehnt, lag Owen Atcheson, zusammengekrümmt wie ein schlafendes Kind, im Abzugsgraben. Ein jäher Blitz tauchte den Himmel über ihm in grelles Licht. Der Widerhall des rollenden Donners schüttelte ihn und löste in seinem linken Arm quälende Schmerzwellen aus.
Nach allem, was schon geschehen ist, dachte er – bitte, laß nicht zu, daß ich jetzt an einem tödlichen Stromschlag sterbe.
Er starrte auf die Cedar Swamp, in die Richtung, in die vor wenigen Minuten mit einer wirbelnden Regenfahne im Schlepptau der Jeep verschwunden war. Er hatte den Wagen erkannt, das war Will McCaffreys Rostlaube. Vermutlich hatte der gutmütige alte Trottel sich wieder mal zu Überstunden überreden lassen, jetzt ging's endlich heim.
Owen ließ sich ins schäumende Schmutzwasser zurückgleiten.

Es machte ihm nichts, hier zu liegen. Er hatte schon ganz andere Situationen durchgestanden, bei seinen Jagdausflügen, zum Beispiel. Blutegel, Moskitos, Hitze weit über vierzig und Minustemperaturen weit unter vierzig Grad. Heute nacht waren es nur die Pistole und vierzig Schuß Munition, die er tragen mußte, damals in Vietnam hatte er außer seinen Waffen noch das vierzig Kilo schwere Sturmgepäck und oft genug einen gefallenen Kameraden mitschleppen müssen.
Mit widrigen äußeren Umständen wurde er leicht fertig. Was ihm mehr zusetzte, war die quälende Frage, wo, zum Teufel, der verdammte Kerl steckte, hinter dem er her war.
Wieder und wieder hatte er die Umgebung abgesucht. Na gut, es war natürlich möglich, daß Hrubek einen weiten Bogen um die Straße machte und versuchte, durch den Wald ans Haus heranzukommen. Aber dazu brauchte er einen Kompaß. Und es kostete ihn eine Menge Zeit. Und am Schluß mußte er entweder durch den See schwimmen oder sich am Ufer entlangtasten, wo das Unterholz so dicht wucherte, daß es stellenweise fast kein Durchkommen gab. Abgesehen davon schien sich Hrubek, seinem bisherigen Verhalten nach, lieber an Straßen zu halten. Vielleicht konnte er sich einfach nicht vorstellen, daß es auch andere Wege gab, auf denen Menschen zueinander fanden, als nur Asphalt oder Beton.
Straßen, überlegte Owen. Autos ...
Der Jeep ...
McCaffrey wohnte doch gar nicht so weit nördlich vom Ortskern, sein Bungalow stand drüben am Westrand. Es gab überhaupt keinen Grund für ihn, durch die Cedar Swamp zu fahren. Jedenfalls nicht, wenn er nach Hause wollte. Wer nicht hier im Norden wohnte, nahm die Cedar Swamp Road höchstens als Abkürzung auf dem Weg zum Einkaufszentrum in Chilton. Und dort hatte um diese Zeit kein einziger Laden mehr geöffnet.
Einen Augenblick lang starrte er noch die dunkle, regennasse Straße hinauf. Dann watete er – hastig, mit rudernden Bewegungen – aus dem Wasser und fing zu rennen an. Wie von Furien gehetzt, rannte er nach Hause, zu seiner Frau.

29

Langsam, Schritt für Schritt, tastete sich Trenton Heck an der Felsplatte hoch, die sich wie ein Keil in das Grundstück der Atchesons schob und es in zwei Hälften spaltete.

Der Regen hatte das Gestein rutschig gemacht, aber das war nur das kleinere Übel, mit dem er bei der Klettertour zu kämpfen hatte. Das lädierte Bein machte ihm mehr zu schaffen, die sieben Meter bis zum Scheitel kamen ihm höllisch weit vor. Erschöpft und halb betäubt von den Schmerzen, ließ er sich, als er endlich oben war, auf den harten Felsen sinken. Er brauchte etliche Minuten, um wieder zu Atem zu kommen, und nutzte die Zeit dazu, sich die Hüfte zu massieren und mit zusammengekniffenen Augen die Zufahrt und den Waldrand abzusuchen.

Nichts. Nur das gespenstische Rascheln der Blätter im strömenden Regen.

Als er sich einigermaßen erholt hatte, ging er in die Hocke und kroch ein Stück nach vorn. Seitlich von ihm, parallel zum langgezogenen Felsriff, zeichnete sich wie ein weißes Band im Dunkel der Nacht die Hauszufahrt ab. Heck bewegte sich – tief geduckt, halb kriechend – weiter auf die Cedar Swamp Road zu. Das war die Richtung, aus der Hrubek kommen mußte, und wenn er kam, wollte Heck ihn auf keinen Fall verpassen. Obwohl es ihm, gestand er sich ein, inzwischen beinahe mehr darum ging, Owen irgendwo dort vorn zu sehen. Er mochte den Mann irgendwie, fühlte sich ihm verbunden, vielleicht, weil er spürte, daß sie aus demselben Holz geschnitzt waren. Und weil Owen ihn jetzt brauchte. Der Mann schlug sich – möglicherweise ohne Waffen – allein durch die Nacht, vielleicht war er verletzt.

Während er vorsichtig weiter zur Straße hin kroch, ertappte er sich dabei, daß er mit seinen Gedanken auf einmal bei Lis Atcheson war. Die Frage, die in seinem Kopf rotierte, war noch dieselbe wie vorhin, als er, einer plötzlichen Eingebung folgend, die Fahrt nach Boyleston abgebrochen hatte und nach Ridgeton gekommen war. Und so grübelte er, während er mit hinkendem Schritt hinter dem Wipfel einer hohen Eiche Deckung suchte und den Blick über das aufgeweichte Gelände schweifen ließ, immer noch an der Frage herum, warum Michael Hrubek eigentlich hinter der Frau her war.

Natürlich, der Kerl war eben durch und durch verrückt, das wollte Heck nicht in Abrede stellen. Es gab weiß Gott genug Leute, die das behaupteten und wissen mußten, wovon sie redeten. Nur, wenn Heck nicht völlig auf dem Holzweg war, brauchte auch einer wie Hrubek ein verdammt zwingendes Motiv, um die Strapazen so einer Nacht auf sich zu nehmen. Der Bursche mußte doch unterwegs fast an seiner Angst ersticken. Schon die Idee, sich einsam und von allen gejagt durch die Nacht zu schlagen, mußte ihm so einen Horror einflößen, wie wenn ... ja, wie wenn Heck von sich verlangt hätte, aufrecht, ohne Zögern, auf irgendeinen Kerl zuzugehen, der ihn mit der Waffe bedrohte und ihm womöglich eine zweite Kugel ins Bein jagte.

Warum unterwarf ein Mensch sich freiwillig einer derartigen Tortur?

Weil Lis vor Gericht gegen ihn ausgesagt hatte? Ach was, da mußte mehr dahinterstecken. Es war nun mal so, wie er's vorhin zu ihr gesagt hatte: Wenn jemand hinter Gittern gelandet ist – wo und warum auch immer –, neigt er kaum dazu, sich noch tiefer reinzureiten, indem er auf jemanden losgeht, der im Prozeß Kronzeuge der Anklage war.

Es sei denn ...

Na ja, es sei denn, der Zeuge hätte bei der Verhandlung gelogen. Aber warum hätte Lis so etwas tun sollen?

Plötzlich entdeckte er etwas, was ihn jäh aus seinen Grübeleien riß. Ein schwacher blauer Lichtschimmer, ziemlich genau dort, wo das Haus lag. Er starrte eine Weile angestrengt durch die

Nebelschwaden, dann war ihm klar, daß es die Deckenlichter im Wintergarten sein mußten. Lis hatte offenbar vergessen, sie auszuschalten. Macht sich nicht gut, dieses schimmernde Licht, dachte er. Als ob man einer Ratte ein Stück Schinken hinlegen würde. Aber – so wie die Dinge lagen – konnte er im Augenblick kaum etwas dagegen unternehmen.
Gespenstisch flackerte der Lichtschein eines Blitzes durch den Wald, die Druckwelle des ohrenbetäubenden Donners schüttelte Heck durch. Das grelle Licht war ärgerlich genug. Nicht, daß Heck damit rechnete, vom Blitz erschlagen zu werden, aber er konnte sich in dieser Situation einfach nicht leisten, geblendet zu werden. Und er hatte auch keine Lust, sich, während ein Blitz – sei's auch nur für den Bruchteil einer Sekunde – das Dunkel aufriß, hier auf dem Felsen als lebende Zielscheibe zu präsentieren.
Wieder ein Donnergrollen.
Oder war das gar kein Donner? Für widerhallenden Donner war das Geräusch nicht hohl genug gewesen. Eher hart, wie ein kurzes Knacken. Und wenn er darüber nachdachte – es schien von dort drüben gekommen zu sein, von der Zufahrt. Er sah zum Haus hinüber, wartete beunruhigt darauf, daß dort irgendwo Lichter angingen, aber das vereinbarte Zeichen blieb aus.
Nervös riß er das Holster auf, hielt – ohne die Waffe aus dem gummierten Beutel zu nehmen – den Griff der alten Walther umklammert. Er legte einen Schritt zu, behielt aber das dichte Unterholz am Waldrand wachsam im Auge. Über dem vom Regen dampfenden Teppich aus Laub schienen überall Schatten zu spuken, und wenn Heck nur lange genug hinstarrte, erkannte er in jedem die Umrisse des Mannes, den er suchte. Auf einmal kam ihm die Hoffnung, irgendwo hier draußen zufällig auf Owen oder Hrubek zu stoßen, ziemlich töricht vor. »O Bruder«, murmelte er in sich hinein. Da hatte ihm Kohler nun eine Menge Geld für nichts und wieder nichts geboten, und er hatte abgelehnt. Und war statt dessen mitschuldig geworden am Tod dieser Frau in Cloverton. Im Geiste hörte er

diese Pißnelke von Anstaltsdirektor schon sagen: O nein, Mr. Heck, tut mir leid, aber es waren nun mal die Männer vom Tactical Service, die Hrubek geschnappt haben.
Aber hier haben Sie einen Hunderter für Ihre Mühe.
»Verdammt.«
Minuten später (er war in Gedanken gerade dabei, Jill von seinen Problemen zu erzählen) nahm er aus den Augenwinkeln einen Lichtschimmer wahr, aus der Richtung, in der das Haus lag. Er trat rasch aus der Deckung, weil er im ersten Moment glaubte, Lis habe ihm das verabredete Zeichen gegeben. Er blieb wie angewurzelt stehen. Blinzelte gegen den Regen an, und brauchte ein paar Atemzüge lang, um zu begreifen, daß so etwas tatsächlich möglich war: Daß sich irgendein verirrter Lichtschein wirklich so hell und deutlich auf einem kahlen, blauschimmernden Schädel widerspiegeln konnte.
Michael Hrubek war keine zwanzig Schritte weit weg.
Der Irre hatte Heck noch nicht bemerkt. Er stand im Sichtschatten dichter Büsche und starrte zur Garage hinüber.
Gott im Himmel, dachte Heck, er ist ein Monster. Vor Aufregung brannte es ihm wie Glut in den Wangen. Zum ersten Mal bekam er den Mann, hinter dem er schon die ganze Nacht herjagte, zu Gesicht. Er richtete die Walther, die immer noch im Beutel steckte, auf Hrubeks Rücken, drückte mit dem Daumen den Sicherungshebel nach vorn und ging so leise wie möglich los, um den Abstand zwischen sich und seinem Ziel zu verringern. Als er bis auf sechs, sieben Schritte herangekommen war, atmete er tief ein und rief: »Hrubek!«
Der Hüne zuckte zusammen und stieß einen keuchenden Schrei aus. Er fuhr herum, starrte wie blind in den strömenden Regen und suchte mit flackerndem Blick die Dunkelheit ab.
»Leg dich flach auf den Boden. Na los, mach schon. Ich hab die Waffe auf dich gerichtet.«
Okay, dachte Heck, gleich wird er wegrennen. Was dann, Bruder, schießt du oder nicht? Entscheid dich jetzt. Sonst bleibt dir nachher nichts anderes übrig, als hinter ihm herzuhetzen.

Hrubeks Augen huschten hin und her, er schob die Zunge vor, ließ sie um die offenen Lippen kreisen. Er sah aus wie ein erschrockener Bär, der sich drohend aufstellt.

Heck traf seine Entscheidung. Schieß. Verpaß ihm eine Kugel ins Bein.

Und Hrubek rannte los.

Heck drückte zweimal ab. Die Kugeln ließen das Laub hinter dem fliehenden Riesen aufwirbeln. Und Hrubek rannte. Trampelte Setzlinge nieder, prallte gegen Baumstämme, stürzte, kroch auf dem Laubteppich weiter, kam wieder auf die Beine. Und er jaulte die ganze Zeit über vor Angst.

Heck jagte hinter ihm her. Schlug einen Bogen, um dem Irren den Weg abzuschneiden. Er lief, so schnell er konnte, ohne auf den Schmerz zu achten, der in seiner Hüfte wühlte. Aber obwohl Hrubek beinahe doppelt so schwer war wie er, schaffte der Kerl es, seinen Vorsprung zu halten. Jedenfalls anfangs, dann holte Heck allmählich auf.

Und dann stieß er plötzlich einen gellenden Schrei aus. Ein Krampf lief ihm durchs Bein, von der Wade bis zur Hüfte. Wahnsinniger Schmerz durchzuckte ihn, riß ihn von den Beinen. Wie vom Blitz gefällt, stürzte er zu Boden. Er lag hilflos auf der Seite, reckte das Bein in die Luft und versuchte verzweifelt, mit beiden Händen die stahlharten Muskeln nach unten wegzudrücken. Er wand sich wie ein Fisch, versuchte, irgendeine Position zu finden, in der die Schmerzen wenigstens ein bißchen erträglicher wurden. Langsam, ganz langsam wurde es von selbst besser. Heck blieb liegen, erschöpft und atemlos. Als er sich endlich wieder aufrichten konnte, war Hrubek verschwunden.

Heck stemmte sich hoch. Stand keuchend da. Bückte sich nach der Waffe. Und rannte auf die flache Bodenwelle zu, bei der er Hrubek zuletzt gesehen hatte. Er mußte sich erst wieder orientieren. Da drüben lag das Haus, knapp dreißig Meter entfernt. Und irgendwo zwischen ihm und dem Haus lauerte vielleicht Hrubek. Aber wo? Je länger er in den dichten Regenschleier starrte, desto mehr Bäume und Sträucher waren

auf einmal da und desto mehr Schatten glaubte er, huschen zu sehen.
Er lief los, aufs Haus zu, jeden Augenblick darauf gefaßt, daß der nächste Krampf das Bein schüttelte. Dann hörte er den Schuß brechen. Höchstens drei Meter hinter ihm. Und in derselben Sekunde spürte er den kurzen brennenden Schmerz. Nein, es war wohl eher der Schock, den er spürte, als sich das Geschoß in seinen Rücken bohrte. »O Gott«, japste er. Nur wie ein hastiger Atemzug kam es ihm über die Lippen. Ein paar stolpernde Schritte. Er dachte noch: Komisch, keiner ist auf die Idee gekommen, daß Hrubek eine Waffe haben könnte. Und dann ließ er die Pistole fallen und starrte auf den Fleck in seinem Hemd – vorn an der Brust, dort, wo das winzige Stück glühend heißes Metall ausgetreten war.
»O nein. Verdammt.«
Halb verschwommen tauchte vor Trenton Hecks geistigem Auge das Bild seiner Exfrau auf. Jill – in ihrem frisch gebügelten Servierdreß. Und dann war sie, genau wie im wirklichen Leben, von einem Augenblick zum anderen verschwunden. Als gäbe es für sie Wichtigeres zu tun, als sich um ihn zu kümmern. Um Trenton Heck, der in diesem Moment in die Knie brach, kraftlos vornüberkippte und auf der dicken Schicht aus weichen, vom Regen glitschig gewordenen Blättern eine Ewigkeit lang den flachen Hügel hinunterrutschte.

»Lis!« rief Portia erschrocken.
Ihre Schwester kam in die Küche, hängte die Fliegerjacke an den Haken, schüttelte sich den Regen aus dem Haar, warf Portia nur flüchtig einen fragenden Blick zu und wandte sich wieder zur Tür, um abzuschließen. Zögernd blieb sie einen Augenblick stehen und starrte in den Garten. Aber alles, was sie sah, waren die treibenden Regenschwaden.
»Lis«, stammelte Portia, »dieses Geräusch eben ...«
»Was für ein Geräusch?«
»Hast du das denn nicht gehört? Es kam mir vor ...« Portia machte eine hilflose Geste, trat ein, zwei Schritte auf die Tür

zu. »Ich meine, es war bestimmt kein Donner. Ich hab gedacht, es wären Schüsse. Mein Gott, ich bin vor Angst fast verrückt geworden. Wo hast du denn so lange gesteckt?«

»War gar nicht so einfach, durch den Schlamm zur Kellertür zu waten. Die war übrigens doch zugeschlossen. Den Weg hätte ich mir sparen können.«

Portia sagte: »Vielleicht sollten wir dem Deputy Bescheid sagen?« Ein Blitz schlug in der Nähe ein, sie zuckte zusammen, als der Donner brach. »Scheiße. Ich kann die verdammten Gewitter nicht leiden.«

Fünfzehn bis zwanzig Meter waren es bis zu dem Streifenwagen. Lis winkte von der Tür aus hinüber, doch der Deputy reagierte nicht. Sie zog die Fliegerjacke wieder an und stülpte sich – mehr zur Tarnung, ihr Haar war sowieso schon durchgeweicht – Owens schwarzen Regenhut auf. Portia nahm einen marineblauen Windbreaker und ihre Baseballkappe. Lis stieß die Tür auf, ließ ihre Schwester vorangehen, schob die Hand in die Tasche und schloß die Finger um die Pistole. Die Sturmböen packten sie mit Urgewalt, sie mußten sich gegen den Wind und den Regen stemmen und jeden Schritt erkämpfen. Auf halbem Weg zum Streifenwagen wehte es Lis den Hut weg, er verschwand trudelnd Richtung See.

Und plötzlich tauchte – wie aus dem Boden gewachsen – eine Gestalt neben ihnen auf. Hände krallten sich Lis in die Schultern. Sie wollte sich wegducken, verlor den Halt und stürzte – zusammen mit dem Mann, der sich an ihr festklammerte – auf den aufgeweichten, schlammigen Boden ihres Rosengartens. Vom jähen Sturz blieb ihr die Luft weg. Über sich hörte sie den Fremden atmen, erschöpft und keuchend. Der Mann lag mit seinem ganzen Gewicht auf ihr, erdrückte sie fast, sie konnte nicht mal um Hilfe rufen. Sie zerrte an der Pistole, aber da hatte sich irgendwas im Futter der Jackentasche festgehakt.

Endlich blieb Portia stehen, drehte sich um und sah den Angreifer und – unter ihm begraben – ihre Schwester. Sie schrie laut auf, schnellte herum, wollte zum Streifenwagen rennen. Im selben Augenblick schaffte es Lis, sich mit einem kräftigen Tritt von dem Mann zu befreien. Aber ehe sie richtig hochkam, rutschte sie auf dem glitschigen Boden aus. Wie auf einer Eisfläche schlitterte sie ein Stück nach vorn und verfing sich im dornigen Geäst einer blütenlosen Prosperorose. Hilflos lag sie da und sah, wie der Mann – den Kopf gesenkt wie ein Tier, ein unverständliches, aber um so unheimlicheres Murmeln auf den Lippen – auf allen vieren hinter ihr hergekrochen kam. Sie zerrte an der Naht der Jackentasche, riß sie halb ab und konnte endlich den Colt ziehen. Die schwarze Mündung zielte genau auf den Hinterkopf des Mannes.

Und in diesem Augenblick brachte Trenton Heck den Kopf hoch und murmelte: »Helfen Sie mir.«

»O mein Gott ...«

»Ich bin ... Bitte, helfen Sie mir.«

»Portia!« rief Lis. Sie schob den Colt in die aufgerissene Tasche. »Es ist Trenton. Er ist verletzt. Hol den Deputy her.«

Vier, fünf schnelle Schritte nur, dann stand Portia an der Tür des Streifenwagens.

»Es ist Trenton!« schrie Lis gegen Sturm und Regen an. »Sag dem Deputy Bescheid.«

Aber Portia rührte sich nicht. Sie wich zurück, stieß kleine wimmernde Schreie aus. Lis zerrte an der Fliegerjacke, bis sie sich von dem Rosenbusch losgerissen hatte. Ein Blick noch auf Heck, dann lief sie zu ihrer Schwester hinüber. Einen halben Meter vor dem Ziel blieb sie abrupt stehen, fing stirnrunzelnd zu schnuppern an. Vorn im Wagen, beim Fahrersitz, stieg Rauch auf, es roch verbrannt. Portia ging in die Knie, fing zu würgen an, und im nächsten Augenblick übergab sie sich.

Als der tödliche Schuß den Deputy getroffen hatte – mitten ins Gesicht –, war ihm die brennende Zigarette aus dem Mund gerutscht und auf den Schoß gefallen. Ein Stück von der Uniformhose war verschmort.

»Nein«, wimmerte Portia, »o nein, nein, nein.«

Lis stieß ihre Schwester beiseite, riß die Wagentür auf und schlug die schwelenden Flammen aus. Es stank entsetzlich

nach verbranntem Stoff, versengter Haut und angeschmorten Haaren, auch sie fing zu würgen an.
»Das Funkgerät!« rief Portia. Hastig nahm sie es hoch, wischte sich mit dem Handrücken über den Mund und wollte sich an ihrer Schwester vorbeidrängen. Aber da sah sie schon selbst, daß die schwarze Spiralleitung vor dem Armaturenbrett herabbaumelte, das Sprechgerät war abgerissen worden. Lis beugte sich wieder über den Deputy. Zu spät, sie konnte ihm nicht mehr helfen, er war kalt, die Haut sah bleich aus. Sie drehte sich um. Ihr Acura ... Das Wasser leckte inzwischen am unteren Rand der Fensterverkleidung, es war schon in den Wagen gedrungen. Keine Chance mehr, an das Funktelefon heranzukommen.
Gemeinsam stakten sie durch den aufgeweichten Boden zurück zu Trenton Heck. Sie schafften es, ihn hochzuziehen. Er konnte sich nicht allein auf den Beinen halten, sie mußten ihn mühsam zur Hintertür schleppen. Alles, was sie am Leib trugen, hatte sich mit Regen vollgesogen, es war, als müßten sie nicht bloß Trenton Heck, sondern auch noch ein Dutzend regennasse, schwere Decken mitschleppen. Kurz vor der Tür packte eine gewaltige Sturmböe sie von hinten. Portia verlor im Schlamm den Halt und riß den bewußtlosen Heck mit zu Boden. Eine Ewigkeit schien zu vergehen, bis sie den schweren Mann hochgewuchtet hatten und das letzte Stück bis zur Tür tragen konnten.
Auf der Schwelle knickte Portia in den Knien ein.
»Nein!« fuhr Lis sie an, »mach hier nicht schlapp, halt wenigstens durch, bis wir drin sind.«
»Ich muß einen Augenblick verschnaufen«, japste Portia.
»Stell dich nicht so an. Ich dachte, du bist Langstreckenläuferin? Also los, zeig mal, wie zäh du bist.«
»Oh, du kannst wirklich nerven ...«
Gemeinsam schleppten sie Heck ins Wohnzimmer und legten ihn auf die Couch.
Emil kam hinter ihnen her, aber in wirklich verzweifelten Situationen hakte sein sechster Sinn offenbar aus. Nachdem er

kurz an den Stiefeln seines Herrn geschnuppert hatte, trottete er wieder in die Ecke, in die Lis ihn vorhin geschickt hatte, ließ sich zu Boden gleiten, streckte sich aus und schloß die Augen.

Portia verriegelte die Küchentür und schaltete eine kleine Lampe im Wohnzimmer ein. Lis knöpfte Heck das Hemd auf.

»Mein Gott, er ist ... angeschossen worden.« Portias Stimme klang erstickt. »Hol irgendwas! Ich weiß auch nicht, was ... ein Handtuch.«

Lis ging in die Küche. Sie riß gerade ein paar Papierhandtücher von der Rolle, als sie – irgendwo draußen im Garten – ein Geräusch hörte. Zuerst schwach, dann immer lauter anschwellend, wie launischer Wind. Ihr Herzschlag stockte. Dieses unheimliche Heulen – klang das nicht wie Claires erstickte Hilfeschreie, die damals am Indian Leap hallend aus den Tiefen der Höhle nach oben gedrungen waren? Die Schrecken der Erinnerung und die Ängste dieser Nacht vermengten sich. Sie stolperte zur Tür, starrte durch die Scheibe hinaus, sah aber nichts außer dem Regen und das vom Wind aufgewirbelte Laub.

Doch einen Moment später wurde es ihr klar. Dieses schaurige Geräusch, das waren Michaels Hrubeks Schreie. Schreie, die von nirgendwo und überallher zu kommen schienen:

»Lis-Eva ... Lis-Eva ... Lis-Eva ...«

30

Trenton Heck schwankte zwischen Ohnmacht und Bewußtsein – ein ständiger Schwebezustand. Lis tastete sein Handgelenk ab, aber sie konnte keinen Puls finden. Erst als sie ihm den Kopf auf die Brust legte, hörte sie sein Herz schlagen. Stark, aber zu hektisch.

»Können Sie mich verstehen?« rief sie laut.

Er fing wie ein Schlafwandler zu murmeln an, undeutlich ineinander verschlungene Worte. Die Wunde im Oberbauch sah böse aus, mit schwarzen Schmauchspuren, und das Hautgewebe war aufgerissen. Als Lis mit einem Papierhandtuch fest darauf drückte, zeigte Heck, obwohl der Schmerz teuflisch sein mußte, kaum eine Reaktion.

Portia saß in einer Ecke des Wohnzimmers, den Kopf tief gesenkt, die Arme um die Knie geschlungen. Lis ging an ihr vorbei in die dunkle Küche. Sie stand am Fenster, suchte den Garten ab. Weit und breit keine Spur von Hrubek. Auch die schaurigen Rufe hatten aufgehört. Dennoch war ihr, als hallten sie ihr in den Ohren wider, ihr Kopf dröhnte. Wenn sie nur an dieses entwürdigende, verletzende Wortspiel dachte, das er mit ihrem Namen trieb ... Bitte, dachte sie voller Verzweiflung, o bitte, laß mich in Ruhe!

Sie stand lange am Fenster, dann drehte sie sich nach ihrer Schwester um. »Portia?«

Portia sah hoch. »Nein«, sagte sie und schüttelte entschieden den Kopf. »Nein, Lis.«

Lis hielt ihr die Fliegerjacke hin. »Zieh das an.«

»O nein. Nein, Lis, nein.«

»Du mußt Hilfe holen.«

»Das kann ich nicht.«

»Doch, du kannst es.«

»Ich geh keinen Schritt hier raus.«
»Du weißt, wo das Sheriffbüro ist. Es ist in der ...«
»Der Wagen steckt im Schlamm.«
»Du wirst den Streifenwagen nehmen.«
Portia keuchte erschrocken. »Nein. Da sitzt *er* doch drin.«
»Du nimmst den Streifenwagen.«
»Ich fahr nicht. Nein. Bitte mich nicht darum.«
»Am Ende der Zufahrt links. Ein Stück die Cedar Swamp runter, dann stößt du auf die North Street. Links ab, dann noch ungefähr sechs Meilen. Das Sheriffsbüro liegt auf der rechten Straßenseite. Die Cedar Swamp ist in einem miserablen Zustand, jedenfalls streckenweise. Bis zur North Street mußt du langsam fahren.«
»Nein.« Portias Gesicht war tränenüberströmt.
Lis faßte – mit Händen, die vom Regen gebleicht und rot von Trenton Hecks Blut waren – ihre Schwester an den Schultern und schüttelte sie. »Ich setz dich jetzt in den Streifenwagen, und du fährst zum Sheriffbüro.«
Portia starrte entsetzt auf die Blutflecke auf ihren Schultern. »Du hast mich ... mit seinem ...«
»Portia!«
»Du hast mich mit seinem Blut besudelt.«
Lis zog die Pistole aus der Tasche und hielt sie ihrer verblüfften Schwester vor die Nase. »Ich will kein Wort mehr hören, verdammt noch mal. Du setzt dich in den Wagen und fährst los! Komm schon, gehen wir.«
Sie packte Portia am Kragen und stieß sie hinaus in den Regen.

Die Arme eng um die Schulter der anderen geschlungen, schlitterten sie zum Streifenwagen hinüber. Der Boden war so schlammig, daß sie für die kurze Strecke ein paar Minuten brauchten. Das brackige Wasser umspülte inzwischen die Garage, es stand über einen Meter hoch und war schon weit in die Zufahrt geschwappt, bis zur Kurve. Es fehlte nicht viel, und auch der Streifenwagen steckte im Wasser.
Irgendwo unterwegs rutschten ihnen die Füße weg, sie fielen

hin. Lis' Knie bohrte sich so tief in den zähen Schlamm, daß ihre Schwester mit beiden Händen zupacken und ihr helfen mußte, überhaupt wieder freizukommen. Mit kleinen Schritten, fast nur zentimeterweise, kämpften sie sich zum Wagen durch.

Noch sieben Meter.

»Ich kann da nicht hinsehen«, flüsterte Portia.

Lis ließ sie am Rand des Kieswegs stehen und ging allein weiter. Der Regen war immer noch heftig, aber von irgendwoher schien sich ein schwacher Lichtschimmer ins düstere Schwarzgrau des Himmels zu mischen. Nur, das konnte eigentlich nicht sein, sogar für die ersten Vorboten des Morgengrauens war es noch zu früh. Vielleicht, dachte Lis, lag es daran, daß die Augen sich ans Dunkel gewöhnt hatten. Es kam ihr ohnehin so vor, als seien all ihre Sinne seltsam geschärft, wie bei einem Tier. Sie spürte nicht nur deutlich, daß es kühler wurde, sie roch auch den Regen, den Rauch, den faulen Moder des Laubs unter ihren Füßen. Sie fühlte sich innerlich gerüstet. Wer immer in den Suchradar ihrer Sinne kam, sie würde ihm entschlossen entgegentreten.

Sie warf, während sie den Türgriff des Wagens faßte, einen Blick zurück zu ihrer Schwester. Nanu, was war denn das? Ein paar Schritte hinter Portia schien sich eine große Wolke zu formen, die sich, je dunkler sie wurde, um so deutlicher vom grau-verwaschenen Einerlei hinter dem Regenschleier abhob. Sie wurde das Gefühl nicht los, als schwebte die Wolke von Sekunde zu Sekunde näher auf sie zu.

Und auf einmal trat Michael Hrubek aus dem Regenschleier – einen Arm nach vorn gereckt, der andere hing, vielleicht, weil er verletzt war, nach unten, hielt aber, das sah Lis deutlich, mit kraftlosen Fingern eine Pistole.

Hrubeks Blick war starr auf Portia gerichtet.

»Lis-Eva ... Lis-Eva ...«

Portia wirbelte erschrocken herum, verlor das Gleichgewicht und fiel rückwärts zu Boden.

Lis erstarrte. O mein Gott! Er verwechselt sie mit mir!

Hrubek streckte die Hand nach Portia aus. »Eva ...«
Mit beiden Händen brachte Lis den Colt Woodsman in Anschlag und drückte ab – einmal, zweimal, immer wieder. Ihr Zeigefinger riß den Abzugsbügel so hart durch, daß nicht viel fehlte, und sie hätte ihn sich gebrochen. Mit häßlichem Zischen jagten die Geschosse in die Nacht, sie verfehlten Hrubek nur um Millimeter.
Er heulte auf wie ein Tier, preßte sich die Hände auf die Ohren und flüchtete ins Gebüsch. Lis rannte zu ihrer Schwester hinüber.
Portia zitterte vor Angst. Wie ein Häufchen Unglück lag sie da, mit hängendem Kopf. Lis warf ihr die Pistole zu. Sie fing die Waffe mit beiden Händen auf, starrte aber nur fassungslos auf das schwarze Metall, während Lis zum Streifenwagen zurückrannte, die Tür aufriß und den Deputy an den Schultern packte. Sie mußte alle Kraft aufbieten, um den Körper des Toten aus dem Sitz zu zerren. Erschöpft ließ sie ihn schließlich fallen. Sie ließ einfach los, hörte noch, wie der leblose Körper in den Schlamm fiel, aber da griff sie schon an ihm vorbei und startete den Motor.
Sie hetzte zu Portia zurück. Ihre Schwester versuchte, Lis' Griff auszuweichen. Aber Lis faßte sie energisch am Arm, schob sie vor sich her zum Wagen und drückte sie auf den Fahrersitz, mitten in die Blutlache. Portia wand sich, als ob ihr das Blut des Toten die Schenkel versengte. Sie versuchte sich freizustrampeln, schluchzte, wimmerte.
Lis schlug von außen die Wagentür zu. »Fahr los!«
»Ich ... seine Beine ... zieh seine Beine weg!« schrie Portia und deutete nach vorn. Tatsächlich lagen die Knie des toten Deputys direkt vor dem linken Vorderrad.
»Fahr los!« herrschte Lis sie an, griff durchs offene Wagenfenster, schaltete die Scheinwerfer ein und drückte den Schalthebel in den ersten Gang. Als der Wagen nach vorn schoß, streifte der Seitenspiegel Lis. Sie rutschte auf der nassen Schicht aus zertrampeltem Laub aus und stürzte. Sie schloß die Augen – ein knirschendes Splittern, der Streifenwagen rollte über die

Beine des Toten. Portia lenkte den Wagen langsam auf den Kies der Zufahrt. Aber dann trat sie in panischer Angst das Gaspedal durch und jagte los. Schlamm und Kies spritzten hoch, nur an der Fontäne aus Schmutzwasser konnte Lis sehen, wie rasch sich der Streifenwagen der Straße näherte.

Sie rappelte sich auf – halbblind, die durchdrehenden Hinterräder hatten ihr eine Ladung Schlamm ins Gesicht geschleudert. Sie legte den Kopf in den Nacken, ließ sich vom strömenden Regen das Gesicht abwaschen und die Augen ausspülen. Endlich konnte sie wieder klar sehen, sie blickte sich um.

Da war er. Hrubek watete durch Schlamm und Wasser auf sie zu. Vorsichtig zwar, offensichtlich durch die Schüsse gewarnt, aber stetig und unaufhaltsam.

Lis griff zur Seitentasche. Klopfte das Leder ab.

Die Pistole war nicht mehr da.

Die Waffe mußte ihr, als sie gestürzt war, aus der Tasche gerutscht sein. Sie ging auf die Knie, patschte wie ein Kind mit flachen Händen auf dem matschigen Boden herum, konnte aber die Pistole nicht finden. »Wo ist das Ding?« rief sie verzweifelt, »wo bist du, verdammt noch mal?«

Hrubek war nur noch zehn Meter entfernt, drüben bei der Garage, bis zu den Hüften im Wasser. Er kam langsam voran – aber er kam voran.

Sie konnte nicht mehr länger abwarten. Wie von Furien gehetzt, rannte sie los. Rannte zum Haus, schlug die Tür hinter sich zu, drehte den Schlüssel zweimal im Schloß und schob den Riegel vor.

Der Messerblock! Sie riß das längste Messer heraus. Hastete zurück zur Tür. Starrte in die Nacht.

Aber Hrubek war verschwunden.

Sie trat ans Fenster und suchte sorgfältig den ganzen Garten ab, konnte den Hünen aber nirgendwo entdecken. Ein Schaudern überlief sie bei der Vorstellung, daß er plötzlich dicht vor der Scheibe auftauchen könnte. Schnell wich sie ins Dunkel der Küche zurück.

Wo war er? *Wo?*

Daß sie ihn aus den Augen verloren hatte, machte ihr nur noch mehr angst. Es war erschreckender als die Sekunden vorhin draußen im Garten. Da hatte sie ihn wenigstens kommen sehen.
Sie lief ins Wohnzimmer, kniete sich neben Trenton Heck und beugte sich über ihn. Er war noch ohnmächtig, sein Pulsschlag ging aber regelmäßig. Lis stand auf. Ihr Blick schweifte durch das Zimmer. Die Familienfotos, ihre Sammlung Porzellanvögel, die Don-Quijote-Andenken, die ihr Vater von seinen Reisen auf die Iberische Halbinsel mitgebracht hatte, die chintzbezogenen Möbel, die allzu protzigen Ölgemälde – ihr Blick streifte über alles hinweg, aber bewußt nahm sie nichts davon wahr.
Ein lautes Klirren. Irgendwo splitterte Glas. Hrubek strich ums Haus. Ein Schatten tauchte an einem der Wohnzimmerfenster auf, war wieder verschwunden. Einen Moment später sah sie die Silhouette an einem anderen Fenster vorbeihuschen.
Eine Minute unerträglicher Stille.
Ein schwerer Schlag ließ die Haustür erbeben. Lis stieß ein ersticktes Keuchen aus. Ein heftiger Tritt gegen das Holz der Tür. Splittern, ein Paneel brach aus der Tür. Sie hörte, wie Hrubek zutrat, wieder und wieder, aber das Holz hielt stand. Und dann sah sie seinen Schatten an dem schmalen Fenster neben der Haustür vorbeihasten.
Langsam drehte sie den Kopf, malte sich aus, wie Hrubek das Haus umkreiste, versuchte, ihm mit den Augen zu folgen. Er war an der Tür des Geräteschuppens. Sie hörte, wie er die Lattentür aufriß. Und sie Sekunden später wieder zuschlug.
Stille.
Ein Faustschlag gegen die Butzenglasscheibe im Gästezimmer. Ganz hinten im Haus. Die Scheibe brach. Aber danach hörte sie nichts mehr und vermutete, daß Hrubek die Bleifassung der runden Glasplatten nicht aufbrechen konnte oder es nicht schaffte, sich am Fenstersims hochzuziehen.
Wieder Stille.
Dann heulte er laut, hämmerte irgendwo gegen die Hauswand,

brach ein paar von den Zedernholzschindeln ab. Sie lief durchs Haus, um überall nach dem rechten zu sehen. Ihr Blick fiel auf die Kellertür. Mein Gott, erinnerte sie sich plötzlich, Owens Gewehre! Dort unten war der Schrank mit seiner Waffensammlung. Sie mußte sich eine von den Schrotflinten holen.

Sie stand auf der ersten Stufe der Kellertreppe, als sie Hrubek draußen wüten hörte. Ein gewaltiger Schlag, das ganze Haus schien davon zu erzittern. Holz splitterte. Und dann hatte er mit einem schweren Tritt die Tür aufgebrochen, die vom Garten zum Keller führte. Gerade mal dreißig Sekunden hatte das Vorhängeschloß standgehalten. Er war im Haus. Sie hörte sein bellendes Keuchen. Und seine schlurfenden Schritte auf dem Betonfußboden. Und dann knarrte unten eine Treppenstufe. Eine der Stufen, die zu ihr heraufführten.

O mein Gott ...

Oben in der Diele war die Tür gesichert, der Bolzen stand so, daß man den Knauf nicht drehen konnte. Aber was hieß das schon? Wie lange hielt die Türfassung aus dünnem Messing einem Koloß wie Hrubek stand? Sie sah sich gehetzt um, suchte irgend etwas, womit sie die Tür verrammeln konnte.

Er war oben angekommen. Stand hinter der Tür. Rüttelte. Und in dem Augenblick, als sich der Türknauf bewegte, kam Lis mit einem der schweren Eichenstühle aus dem Eßzimmer angerannt und schob die Lehne unter den Knauf.

Der Türknauf wurde hin und her gedreht. Lis wich ein, zwei Schritte zurück. Noch hielt das Schloß. Ob Hrubek es schaffte, die Tür aufzubrechen? Sie einfach einzutreten?

Das hatte er offenbar gar nicht vor. Nachdem er eine Weile – eher zaghaft – mit dem Knauf gespielt hatte, hörte sie ihn die Stufen hinunterpoltern. Und dann lag erneut wie ein bleiernes Tuch Stille über dem Haus. Nur jäh zerrissen von seinem schaurigen Lachen und vom schlurfenden Geräusch seiner Schritte auf dem Kellerfußboden. Er murmelte irgend etwas, aber sie konnte die Worte nicht verstehen.

Nach ein paar Minuten verstummte das Murmeln.

War er immer noch unten? Was machte er dort? Hatte er etwa vor, das Haus in Brand zu stecken?
Sie hörte keinen Laut mehr aus dem Keller. Und auch draußen rührte sich nichts, nur der Regen rauschte. Michael Hrubek war wieder verschwunden, als hätte die Nacht ihn verschluckt.
Das Messer in der einen Hand, die andere um Emils Halsband geschlungen, schlich sich Lis in den Wintergarten und setzte sich in eine dunkle Ecke.

Regen trommelte auf das Glasdach, schwer wie kleine Kiesel. Portia war vor zwanzig Minuten losgefahren. Es waren nur ungefähr acht Meilen bis zum Sheriffbüro. Aber möglicherweise war die Straße inzwischen unpassierbar? Dann konnte es vielleicht eine Stunde dauern, bis Portia durchkam.
Dennoch, je mehr Zeit verging, ohne daß Hrubek sich rührte, desto mehr entspannte sich Lis. Sie wagte es sogar, wenn auch nur zögernd, die Möglichkeit einzukalkulieren, daß Hrubek vielleicht – nur *vielleicht* – das Weite gesucht hätte. So etwas wie ein wenig Euphorie stellte sich ein. Möglicherweise, ging ihr durch den Kopf, ist das überhaupt der einzige Trost, der uns bleibt: daß wir es – trotz aller Gefahren, die rings um uns lauern – immer wieder fertigbringen, uns in Sicherheit zu wiegen, auch wenn uns nichts als einfaches Glas schützt.
Sie dachte an Owen. Sie weigerte sich, das Schlimmste zu vermuten. Nein. Nein, ihm war nichts zugestoßen. Wahrscheinlich hatte er sich, solange es so stark regnete, irgendwo in einer Garage oder in einem Haus untergestellt und wartete ab, bis der Sturm ein wenig abflaute. Sie starrte hoch zum Himmel, der sich schwarz über dem Glasdach wölbte, und sandte ein kurzes Stoßgebet hinauf: Laß den Morgen grauen, um mehr bitte ich nicht. Genau das Gegenteil von dem, worum sie den Himmel gewöhnlich anflehte, wenn sie ruhelos im Bett lag und sich verzweifelt nach Schlaf sehnte.
Sie betete um Licht. Um den Morgen. Um das Motorengeräusch von Wagen, die mit flackernden roten, blauen und weißen Dachleuchten die Zufahrt heraufkamen.

Der Duft einer Rose wehte sie an.
Noch zwanzig Minuten. Oder neunzehn. Oder fünfzehn. Länger konnte es nicht dauern, bis Hilfe eintraf. Wer weiß, wo Hrubek inzwischen steckte. Bestimmt irrte er wieder durch den Wald. Vielleicht war er gestürzt. Hatte sich das Bein gebrochen.
Sie kraulte dem Hund die Ohren. »Es wird alles wieder gut. Wirst schon sehen, dein Herrchen kommt durch.« Sie schlang ihm die Arme um die Schultern. Der arme Kerl – er sah so niedergeschlagen aus. War bestimmt genauso nervös wie sie. Meine Güte, wie seine Ohren zitterten! Und die Nackenmuskeln – völlig verspannt. Sie lehnte sich zurück. Musterte Emils zerknautschtes Gesicht. Sah ihm in die Augen, die so unglaublich hochmütig dreinblicken konnten. Er hatte die Nase nach oben gereckt und blähte die Nüstern. Sie lächelte. »Aha, du magst den Duft meiner Rosen also auch?«
Emil stemmte sich hoch. Seine Schultern spannten sich. Ein dumpfes, grollendes Knurren kam aus seiner Kehle.
»O Gott«, schrie Lis, »nein!«
Kein Zweifel, er hatte eine Witterung in der Nase. Tänzelte nervös. Warf den Kopf nach links, nach rechts. Lief rasch ein paar Schritte auf und ab. Lis stand auf, faßte nach dem Messer und sah sich suchend um. Ringsum Glas. Aber es war beschlagen, sie konnte nichts sehen.
Wo war er?
Wo?
»Hör auf«, rief sie dem Hund zu, der weiter mit trippelnden Schritten hin und her tänzelte, schnüffelnd den Kopf reckte und immer aufgeregter wurde. Lis spürte, wie ihr auf den Handflächen der kalte Schweiß ausbrach. Sie versuchte, sie am Holzgriff des Messers trockenzuwischen.
»Gib Ruhe! Er ist nicht mehr da. Hör auf zu knurren!« Sie drehte sich langsam um die eigene Achse. Suchte die Glasfronten ab. Suchte den unsichtbaren Feind, dessen Nähe der Hund zu spüren schien.
Emil knurrte nicht mehr, er stieß ein heiseres Bellen aus. Wie

das Heulen der Todesfee, dachte sie. Es brach sich an den Scheiben, hallte von allen Seiten gleichzeitig wider.
»Bitte, hör damit auf!« rief sie verzweifelt.
Und Emil hörte auf.
Plötzlich schnellte er lautlos herum, und im selben Moment jagte er auch schon los. Hetzte in weiten Sprüngen auf die Tür zu, die zur überdachten Terrasse führte.
Die Tür, zu der sie unterwegs gewesen war, als Trenton Heck gekommen war. Die Tür, die sie anschließend völlig vergessen hatte.
Die Tür, die jetzt plötzlich aufbrach. Den Hund, der darauf zu stürmte, mit Wucht traf und zurückgeschleudert wurde, daß er benommen liegenblieb.
Die Tür, durch die Hrubek in den Wintergarten eindrang.
Auf einmal stand er da – naß bis auf die Haut, riesengroß, über und über mit Schlamm besudelt. Sein Kopf zuckte hektisch, seine Augen suchten den Wintergarten ab. Staunend, wie verzaubert, als ob er selbst ein Blumennarr wäre, starrte er auf die Pflanzen, auf die Keramikkübel, auf die Blüten. In den rot angeschwollenen Fingern hielt er die Pistole.
Und dann entdeckte er Lis. Er rief sie beim Namen. Aber es hörte sich nicht drohend an, eher wie ein erstauntes Flüstern. Sein Mund verzerrte sich zu einem Lächeln. Und auch in diesem Lächeln las Lis keine Ironie, keinen hämischen Triumph, nicht einmal das Flackern des Wahnsinns. Es sah aus wie das friedliche Lächeln, das auf den Gesichtern der Toten liegt.

31

So groß hatte sie ihn nicht in Erinnerung.
Im Gerichtssaal war er ihr viel schmächtiger vorgekommen. Ein Klotz von einem Kerl, ja, das schon, aber zermürbt. Ausgelaugt vom Bösen. Hier schien seine riesige Gestalt den ganzen Wintergarten zu beherrschen. Es war ihr, als müsse er nur die Hand ausstrecken, um überall hingreifen zu können – zur linken Wand, zur rechten, zum Dach.
Er wischte sich den Regen aus den Augen. »Erinnerst du dich noch an mich, Lis-Eva?«
»Bitte ...« stammelte sie flüsternd. Angst lähmte sie, sie konnte nicht weitersprechen.
»Ich bin sehr weit gewandert, Lis-Eva. Hab sie alle an der Nase herumgeführt. Irr dich da nicht: Ich kann das gut, andere an der Nase herumführen.«
Sie wich zurück. Ein paar Schritte.
»Du hast ihnen erzählt, ich hätte diesen Mann getötet. Diesen R-O-B-E-R-T. Sechs Buchstaben in seinem Namen. Sechs.« Bei ihm hörte sich das an, als wäre ein Name mit sechs Buchstaben ein Kainsmal. »Du hast gelogen.«
»Tu mir nichts. Bitte.«
Plötzlich stand der Hund hinter ihm, knurrend, mit gebleckten Zähnen. Hrubek blickte zu ihm hinunter, streckte die Hand nach ihm aus, als wollte er ihn streicheln wie ein ausgestopftes Plüschtier. Emil sprang ihn an und grub die Zähne tief in das angeschwollene Fleisch des verletzten Arms.
Lis wartete auf Hrubeks gellenden Schmerzensschrei. Er mußte doch schreien? Wie von Sinnen mußte er schreien!
Aber der Hüne schien den Biß überhaupt nicht zu spüren. Er hob den Arm, hob den Hund, der sich in seinen Arm verbissen hatte, mit hoch, trug ihn zum Wandschrank, löste Emils Zähne

aus seinem linken Unterarm, schleuderte den Hund in den Wandschrank und warf die Tür zu.
Dann wandte er sich wieder Lis zu. Er kam näher. Das große, scharfe Messer in ihrer Hand schien er gar nicht zu bemerken. Aber warum hätte er sich – so groß, wie er war, offenbar abgestumpft gegen Schmerz, mit einer Pistole bewaffnet – auch davor fürchten sollen? Trotzdem, sie hielt den Griff des Messers fest umklammert, zielte mit der Klinge genau auf sein Herz.
»Lis-Eva, du warst bei der Gerichtsverhandlung. Du hast bei all den Lügen mitgemacht. Auch du.«
»Ich mußte zu dieser Verhandlung kommen. Ich hatte gar keine andere Wahl. Wenn man als Zeugin vorgeladen wird, muß man vor Gericht aussagen, das verstehst du doch, oder? Das bedeutet ja nicht, daß ich es aus Bosheit getan hätte.«
»Bosheit?« rief er aufgebracht. »Bosheit? Rings um dich ist nichts als Bosheit. Wie kannst du so blind sein, das nicht zu sehen? Die Verräter lauern überall.«
Um ihn hinzuhalten, sagte sie: »Du mußt müde sein.« Es hörte sich sehr mitfühlend an.
Aber er schien überhaupt nicht zuzuhören. »Ich muß dir was sagen. Ich muß es dir sagen, bevor wir's zu Ende bringen.«
Zu Ende bringen.
Eiskaltes Schaudern überlief sie, von den Schultern bis zu den Hüften.
»Hör mir jetzt gut zu. Ich darf nicht laut reden, weil hier bestimmt alles mit Wanzen gespickt ist. Vermutlich weißt du, daß sie alles überwachen. Ab*schirm*ung nennen sie so etwas. Aus jedem Fernseh*schirm* können sie dich beobachten. Hörst du mir auch zu? Ja, gut.«
Dann fing er an, auf sie einzureden. Aufgeregt, aber nicht mit erhobener Stimme, nicht wie ein Eiferer.
»Gerechtigkeit löscht die Schuld des Verräters. Ja, ich habe jemanden umgebracht, das gebe ich zu. Es war sehr *elegant,* wie ich's getan habe, aber es war nicht klug, das weiß ich inzwischen.« Er kniff die Augen zusammen, als wollte er sich an

einen auswendig gelernten Text erinnern. »Jemanden umbringen, das bedeutet aber nicht, jemanden töten, so wie du es dir vorstellst. Andererseits, das nimmt mir nichts von meiner Schuld. Es nimmt keinem von uns irgend etwas von seiner Schuld. Keinem von uns.« Stirnrunzelnd schielte er auf seine Hand. Er hatte sich die Stichworte mit roter Tinte in den Handteller geschrieben, aber nun waren sie ausgebleicht wie alte Tätowierungen.

Und er redete weiter. Ein nicht enden wollender Monolog über Verrat, Verschwörung und Rache. Und während er redete und redete, ging er ruhelos im Wintergarten auf und ab. Wobei er Lis natürlich hin und wieder den Rücken zukehren mußte. Einmal war sie drauf und dran, sich auf ihn zu stürzen und ihm das Messer in den Rücken zu stoßen. Aber genau in dem Moment drehte er sich, als ob er's geahnt hätte, zu ihr um. Ohne sich etwas anmerken zu lassen, fuhr er in seinem Monolog fort.

Im blaugrünen Dämmerlicht der Deckenleuchten schien ihr der Wintergarten der Zeit und dem Raum entrückt zu sein. Lis fühlte sich an eine Szene aus einem Buch erinnert, das sie – vielleicht als ersten Roman ihres Lebens – vor vielen Jahren gelesen hatte: *20 000 Meilen unterm Meer.* Im Geiste war sie plötzlich nicht mehr in ihrem Wintergarten auf dem Lande, sondern in einem Unterseeboot – so wie es in dem Buch beschrieben war, vollgestopft mit der Technik und mit all den Verzierungen und Schnörkeln der viktorianischen Zeit. Sie sah sich, rings umgeben vom dunklen Ozean, in der Rolle des kreuzbraven Kanoniers am Harpuniergeschütz, der fassungslos seinen Kapitän anstarrt und den Wahnsinn des Mannes zu ahnen beginnt.

Und Michael Hrubek redete und redete. Er faselte irgendwas von den Anhängern der Christian-Science-Sekte und von Frauen, die sich unelegante Hüte aufsetzen, um ihre Gesichter zu verbergen. Er jammerte ihr vor, daß er ein wunderschönes schwarzes Auto verloren habe. Mehrmals erwähnte er eine Dr. Anne und einen Dr. Richard, bei dessen Namen er mürrisch das Gesicht verzog. Meinte er Dr. Kohler?

Er kam noch näher auf sie zu. »Ich habe dir einen Brief geschrieben, aber du hast ihn nie beantwortet.«
»Auf dem Brief stand kein Absender. Und unterschrieben hast du ihn auch nicht. Woher sollte ich wissen, von wem er kam?«
»Hübsch ausgedacht«, fuhr er sie an, »aber du hast sehr gut gewußt, daß er von mir kam.«
Sein Blick war so stechend, daß sie klein beigab. »Ja, ich habe es gewußt. Es tut mir leid.«
»Aber *sie* haben dir verboten, mir zu schreiben, wie?«
»Nun – äh ...«
»Die Geister. Und die *Ungeister*. Die Verschwörer.«
Sie nickte. Und er redete weiter drauflos. Diesmal ging es um Namen mit sechs Buchstaben. Irgendwie schien die Zahl sechs für ihn eine Unglückszahl zu sein. Und während sie mit einem Ohr hinhörte, wurde Lis klar, daß ihr Name – das heißt, so wie er ihn abwandelte, Lis-Eva – auch sechs Buchstaben hatte. Mein Gott, er konnte doch nicht, bloß weil er Schindluder mit ihrem Namen trieb, auf die Idee kommen, daß ...
Was? Wovon redete er auf einmal?
»Und nun ist es Zeit«, hörte sie ihn sagen. Mit Grabesstimme. Mit soviel feierlichem Ernst, daß es ihr wieder kalt über den Rücken lief.
Er zerrte den Rucksack von der Schulter und stellte ihn neben sich auf den Boden. Dann hakte er die Träger des Overalls auf, schob das Kleidungsstück über die Hüften, wühlte mit einer Hand im Eingriff seiner Boxershorts und holte ...
O Gott. Sie starrte wie benommen auf das dunkle, verschrumpelte Stück Fleisch – seinen halb erigierten Penis.
Sie faßte das Messer fester. Wartete darauf, daß er die Pistole weglegte. Sein Glied ganz herausholte.
Dann war es soweit, nahm sie sich vor, dann würde sie mit dem Messer auf ihn losgehen.
Aber Michael legte die Waffe nicht weg. Mit der linken, der verletzten Hand, fummelte er in seiner schmutzigen Unterhose herum – es sah fast aus, als wollte er masturbieren. Aber als die Hand wieder aus dem Schlitz auftauchte, hielt sie zwischen

den Fingern einen kleinen, oben mit einem Stück Bindfaden zugebundenen Plastikbeutel. Wie ein Kind, das ganz in irgendein Spiel vertieft ist, nestelte er den Bindfaden auf. Und dann – als wäre ihm gerade erst klargeworden, wie unschicklich er dastand – zog er hastig den Overall hoch und hakte die Träger fest.

Schließlich zog er ein Stück Zeitungspapier aus dem Beutel. Es war feucht und ein wenig zerknittert. Er legte es sich flach auf die Hand, strich es glatt, bückte sich, nahm aus dem Rucksack einen winzigen, schön geformten Tierschädel. Er legte den Schädel auf den Zeitungsausschnitt und streckte Lis die Hand hin. Als ob er ihr sein Arrangement zum Geschenk machen wollte. Daß sie zurückzuckte, nahm er mit einem verständnisvollen Lächeln zur Kenntnis. Er legte den Tierschädel auf den Tisch neben ihr, faltete den Zeitungsausschnitt auf und drehte ihn so, daß sie, um ihn zu lesen, nur den Kopf ein wenig zur Seite neigen mußte. Danach trat er zurück.

Wie ein Hund, dachte Lis, der gerade die Jagdbeute zu Füßen seines Herrn abgelegt hat. Die Pistole hielt er immer noch in der Hand. Mit der Mündung nach unten.

Ein günstiger Augenblick. Ein schneller Schritt ... und zustechen. Ihm die Klinge in die Augen stoßen.

Ein entsetzlicher Gedanke.

Aber sie mußte handeln. Und jetzt war die beste Gelegenheit dazu. Ihre Finger schlossen sich um den Holzgriff. Sie schielte auf den Zeitungsausschnitt. Aus einem Blatt, das sie kannte – eine der Regionalzeitungen. Ein Bericht über den Mordprozeß in der Sache Robert Gillespie. An den Rändern in winziger Schrift hingekritzelte Notizen. Worte, Sterne, Pfeile, ein gut gelungenes Porträt von Abraham Lincoln, das Wappen des Präsidenten, die amerikanische Fahne ... Und das alles rund um ein Foto angeordnet, das Lis sofort wiedererkannte. Das Foto zeigte sie, schwarzweiß, grobkörnig abgedruckt, nach dem Prozeß. Vor dem Gerichtsgebäude, auf dem Weg zu ihrem Wagen.

Knapp zwei Meter trennten sie von Michael Hrubek. Sie ging

einen Schritt auf ihn zu, griff im Vorbeigehen, als wolle sie darin lesen, nach dem Zeitungsausschnitt, schielte aber unablässig verstohlen auf die Pistole.
Sie roch seinen stinkenden Atem, hörte ihn keuchend atmen.
»Überall nur Lug und Trug«, murmelte er.
Sie spannte sich an. Seine Augen – ziel auf seine Augen! Tu's endlich, stich zu! Zuerst das linke, dann das rechte Auge. Und dann wirf dich zu Boden und roll unter den Tisch. Los, worauf wartest du noch? Sie verlagerte das Gewicht aufs Standbein und setzte zum Sprung an.
»Soviel Lug und Trug.«
Ein paar Speicheltropfen trafen ihre Wange. Aber sie zuckte nicht zurück. Hrubek griff mit der rechten, der unverletzten Hand nach links, faßte die Pistole.
Lis Finger schlossen sich noch fester um den Griff des Messers. Sie konnte in diesem Moment nicht beten. Zu viele Gedanken wirbelten ihr durch den Kopf, alle auf einmal. Gedanken an ihren Vater. An ihre Mutter. Und der Gedanke: Bitte, Owen, ich hoffe inständig, daß du am Leben bist. Unsere Liebe hat vielleicht ein paar Schrammen abgekriegt, aber es gab auch Zeiten, in denen es wirklich Liebe war. Echte Liebe. Und Portia – ja, dich hab ich auch von Herzen lieb. Obwohl nun aus all dem, was ich mir für uns beide gewünscht habe, wohl nichts mehr wird.
»Also gut«, sagte Michael Hrubek. Er drehte die Pistole in der Hand und streckte ihr, die Mündung auf sich gerichtet, den Griff hin. »Also gut«, wiederholte er leise.
Lis' Hand zuckte ein paar Millimeter nach vorn. Sie starrte wie gebannt auf die Pistole. Nur einen Augenblick, den Bruchteil einer Sekunde lang, wagte sie es, einen Blick nach oben zu werfen. Und da sah sie, daß Michael Hrubeks Gesicht tränenüberströmt war.
»Tu's«, sagte er mit erstickter Stimme. »Tu's jetzt. Bitte, tu's schnell.«
Lis rührte sich nicht.
»Hier«, drängte er sie und drückte ihr den Griff der Waffe in

die Hand. Der Zeitungsausschnitt rutschte ihr aus den Fingern, trudelte wie ein welkes Blatt zu Boden. Und Michael sank vor ihr auf die Knie. Kniete sich hin und neigte den Kopf. Ein Zeichen demütiger Ergebenheit. Unbeholfen und plump – wie ein Schmierenkomödiant. Aber es war ihm bitterernst. Er zeigte mit dem Finger auf seinen Hinterkopf. »Hier. Tu's hier.«
Ein Trick, dachte sie verwirrt. Es *kann* nur ein Trick sein.
»Tu's schnell.«
Sie legte das Messer auf den Tisch, hielt die Pistole locker in den Fingern. »Michael ...« Es war ihr, als habe sie Sand auf der Zunge, als sie ihn beim Vornamen ansprach. »Was – was soll das? Was willst du von mir, Michael?«
»Ich will für meinen Verrat mit dem Leben bezahlen. Tu's jetzt. Tu's schnell.«
Ihre Stimme war nur ein Hauch, als sie fragte: »Bist du ... bist du nicht hergekommen, um mich zu töten?«
»Ach Gott, ich könnte dich genausowenig töten wie den Hund da drin.« Lachend deutete er mit dem Kopf auf den Wandschrank.
Sie dachte nicht lange nach, sie sprach einfach aus, was ihr in den Sinn kam. »Aber du hast Fallen aufgestellt. Die waren doch für den Hund bestimmt.«
Er verzog ärgerlich den Mund. »Ich habe Fallen aufgestellt, ja, das stimmt. Aber nur, um die Verschwörer aufzuhalten. Das war ganz schön schlau ausgedacht. Nur, die Fallen waren nicht gespannt. Die Schlagbügel waren zu. Ich würde nie einem Hund etwas zuleide tun. Hunde sind Geschöpfe Gottes, und sie leben in ahnungsloser Unschuld.«
Sie war wie vor den Kopf gestoßen. Wenn es so war – wenn es wirklich so war ... Dann wäre er ja heute nacht all die vielen Meilen ohne Sinn und Ziel gewandert? Alles nur ein dummes, makabres Spiel? Der irre Einfall eines Mannes, der Menschen umbringt, aber Hunde verschont?
»Verstehst du denn nicht?« versuchte er es ihr zu erklären, »alle sagen, Eva ist es, die die Treue bricht. Aber das stimmt nicht. Das ist nicht wahr. Sie ist das Opfer. Genau wie ich. Sie ist

das Opfer des Teufels, so wie ich das Opfer der Verschwörer bin. Wie kann man jemanden, der ein Opfer ist, anklagen? Das darf man doch nicht. Das ist doch nicht fair. Eva ist verfolgt und gepeinigt worden, genau wie ich. Sind wir einander nicht sehr ähnlich, du und ich?« Er lachte. »Ist das nicht verblüffend, Lis-Eva?«
»Michael«, sagte sie mit bebender Stimme, »wenn ich dich um etwas bitte, würdest du es dann tun?«
Er sah sie aus traurigen Hundeaugen an.
»Ich bitte dich, mit mir nach oben zu gehen.«
»Nein, nein, nein. Wir können nicht länger warten. Du mußt es tun. Du mußt! Deshalb bin ich doch hergekommen.« Er weinte. »Es war so furchtbar. So entsetzlich. Ich bin von so unendlich weit weg hierhergekommen. Bitte, es wird Zeit, daß ich Schlaf finde.«
»Aber wenn ich dich sehr darum bitte.«
»Nein, nein. Sie sind dort draußen. Überall, rings um uns. Du ahnst nicht, wie gefährlich das ist. Ich bin müde. Ich bin es müde, wach zu bleiben.«
»Tu's mir zuliebe«, bat sie.
»Nein. Ich glaube, das kann ich nicht.«
»Dort oben bist du sicher. Ich sorge dafür, daß du dort in Sicherheit bist.«
Ihre Blicke trafen sich, hielten einander lange fest. Und was er auch in ihren Augen lesen mochte, Lis ahnte, daß sie es nie erraten würde.
»Arme Eva«, sagte er leise. Dann nickte er. »Wenn ich mit nach oben gehe, dir zuliebe ...« Er schielte auf die Pistole. »Wirst du es dann tun? Wirst du es schnell tun?«
»Wenn du es immer noch willst, ja.«
»Dann werde ich dir zuliebe mit nach oben gehen, Lis-Eva.«
»Ich geh voraus«, sagte sie. »Komm einfach hinter mir her.«
Gern wandte sie ihm nicht den Rücken zu, obwohl sie das Gefühl hatte, als wolle sich gerade so etwas wie ein Faden des Vertrauens zwischen ihnen knüpfen – ein Faden, der nur aus Ahnungen und gerade erst keimenden Empfindungen ge-

sponnen war. Dennoch, es gab ihn, das spürte sie, und sie wollte ihn nicht zerreißen.

Sie ging stumm voran, die schmale Treppe hoch, zu einem der Gästezimmer. Weil Owen in diesem Raum einige Akten aus seiner Anwaltskanzlei aufbewahrte, war an der Tür zusätzlich ein Sicherheitsschloß angebracht. Sie schloß auf, ging voraus, machte Licht und gab Michael mit einer Geste zu verstehen, er solle im Schaukelstuhl Platz nehmen. Es war der Stuhl, in dem ihre Mutter so gern gesessen hatte – der, in dem sie sich an jenem Abend plötzlich vorgebeugt, Lis dreimal fest die Hand gedrückt hatte und gestorben war.

»Ich werde jetzt die Tür von außen verschließen, Michael«, sagte sie in freundlichem, ruhigem Ton. »Du mußt dir nichts Böses dabei denken, ich komme bald wieder. Wie wär's, wenn du einfach so lange die Augen schließt und ein wenig ausruhst?«

Er antwortete nicht, musterte nur den Stuhl, der ihm gut zu gefallen schien, setzte sich und fing sanft zu schaukeln an. Und dann senkte er, wie sie's ihm geraten hatte, die Lider und lehnte den Kopf gegen die hohe Rückenlehne. Das Schaukeln hörte auf. Lis ging aus dem Zimmer, drückte leise die Tür hinter sich zu, schloß ab und ging zurück in den Wintergarten. Lange stand sie dort im grünblauen Dämmerlicht, verloren in ihre Gedanken und aufgewühlt von Gefühlen, die sie noch nicht einzuordnen wußte. Eine Zeile aus einem Shakespeare-Text ging ihr durch den Sinn. Daß selbst die Stunde der Bestie manchmal eine Stunde des Erbarmens sein kann.

»O mein Gott«, flüsterte sie. »Mein Gott ...« Sie fing zu schluchzen an.

Zehn Minuten mochten vergangen sein, sie kauerte im Wohnzimmer neben der Couch und tupfte Heck den Schweiß von der Stirn. Er schien im Fieber zu phantasieren, es dauerte wohl nicht lange, bis er wieder schweißnaß war. Sie drückte sich hoch, um eine Schüssel mit kaltem Wasser zu holen. Und in diesem Augenblick hörte sie ein Geräusch an der Tür. Wahr-

scheinlich der Sheriff, dachte sie auf dem Weg in die Küche, seltsam, daß sie den Wagen gar nicht kommen gehört und auch die Scheinwerfer nicht bemerkt hatte.
Es war nicht die Polizei.
Mit einem Aufschrei rannte Lis zur Tür und ließ Owen herein. Erschöpft, übermüdet, schmutzig, den ausgekugelten Arm in der Gürtelschlaufe festgebunden, wankte er in die Küche.
»O Gott«, schrie sie, »du bist verletzt!«
Sie umarmten sich kurz, dann zog er die Pistole aus der Tasche, drehte sich um und suchte den Garten ab. »Es ist nur die Schulter, sonst fehlt mir nichts. Aber – der Deputy da draußen ... er ist tot.«
»Ja, ich weiß. Ich weiß. Es war so schrecklich. Michael hat ihn erschossen.«
Owen lehnte sich an den Türrahmen und starrte in die Nacht. »Er ist an mir vorbeigekommen. Bei der Kreuzung, unten an der North Street. Ich bin den ganzen Weg gerannt.«
»Er ist oben.«
»Wir dürfen uns nicht zu dicht an den Fenstern ... Was hast du gesagt?«
Lis fuhr ihm sanft über das mit Schlamm bespritzte Gesicht. »Er ist oben«, wiederholte sie.
Owen sah sie fassungslos an. »Hrubek?«
Sie hielt ihm Michaels Waffe hin.
»Ist das seine?« fragte Owen. »Was hat das zu bedeuten?« Er stieß ein kurzes Lachen aus. Aber das Lächeln, das anfangs auf seinem Gesicht lag, wurde, als Lis ihm erzählte, was sich zugetragen hatte, immer dünner. »Er hatte gar nicht vor, dich zu töten? Aber ... warum ist er dann überhaupt hergekommen?«
Sie lehnte den Kopf an seine Brust. »Sein Verstand ist völlig ausgerastet. Er wollte sich ... ich weiß auch nicht ... er wollte sich für mich aufopfern. Genau hab ich's nicht verstanden. Er selbst, glaube ich, auch nicht.«
»Wo ist Portia?«
»Sie holt Hilfe. Sie müßte eigentlich längst zurück sein. Ich fürchte, sie steckt irgendwo mit dem Wagen fest.«

»Die meisten Straßen hier oben sind unpassierbar. Sie wird zu Fuß gehen müssen.«

Lis erzählte ihm von Trenton Heck.

»Ja, ich hab seinen Wagen draußen stehen sehen. Ich dachte, er wäre unterwegs nach Boyleston.«

»Wär besser für ihn gewesen, wenn er dorthin gefahren wäre. Ich bin nicht sicher, ob er durchkommt. Würdest du bitte mal nach ihm sehen?«

Owen ging mit ihr ins Wohnzimmer. In Vietnam hatte er sich oft um Verwundete kümmern müssen, er schien schnell zu wissen, wie es um den Bewußtlosen stand. »Er liegt im Schockkoma. Ohne Blutkonserven oder Plasma ist da nichts zu machen.« Achselzuckend kam er hoch. »Und wo ist Hrubek?«

»Ich hab ihn in dem kleinen Gästezimmer oben eingeschlossen. Wo du auch deine Akten liegen hast.«

»Und er ist einfach freiwillig mit raufgegangen?«

»Wie ein Hündchen.« Sie schlug sich die Hand vor den Mund. »Ach du meine Güte!« Sie rannte zum Wandschrank und ließ Trenton Hecks Hund heraus. Emil war sicherlich froh, aus dem engen Gefängnis freizukommen, aber anmerken ließ er sich's nicht. Er guckte noch grämlicher als sonst.

Lis sah den Zeitungsausschnitt auf dem Boden liegen, bückte sich, hob ihn auf und las:

> *Der AnDeren dAs Haupt zerschMettert, er* ***IST ES, DER DIE*** *Lügen verbreiteT und keine* ***REUE*** *kennt.* ***OB*** *solchem Frevel sp****RICHT*** *der Herr: Erb****ARME****n mit* ***EVA****.*

Sie zuckte zusammen. Alles in ihr wehrte sich instinktiv gegen diesen makabren Text. »Owen, das mußt du dir ansehen ...« Sie blickte hoch und sah, daß Owen Hrubeks Pistole inspizierte. Er hatte das Magazin herausgenommen und prüfte, wie viele Patronen noch drin waren. Sie verstand nicht, was das sollte. Auch nicht, warum Owen die Lederhandschuhe überstreifte, die er gewöhnlich bei Schießübungen trug, und damit gründlich über Hrubeks Waffe fuhr. Die Pistole abwischte und ...

»Owen, Liebling, was machst du da?«
Er gab keine Antwort. Hantierte weiter mit der Waffe herum. Und in dem Augenblick begriff Lis, daß ihr Mann immer noch vorhatte, Michael Hrubek zu töten.
»Nein, das darfst du nicht tun! O nein ...«
Owen sah sie nicht an. Er lud die Waffe durch.
»Er wollte mir doch gar nichts tun«, redete Lis in flehentlichem Ton auf ihn ein. »Er ist hergekommen, weil er mich beschützen wollte. Owen, er ist nicht bei Verstand. Er weiß nicht, was rings um ihn geschieht. Du darfst ihn nicht töten.«
Owen stand da, ohne sich zu rühren, scheinbar tief in Gedanken versunken.
»Tu's nicht. Ich lasse das nicht zu. Owen? ... O Gott!«
Ein greller weißer Lichtstrahl explodierte in seiner Hand. Sämtliche Scheiben im Wintergarten fingen zu klirren an.
Lis hielt sich die Hand vor das Gesicht. Ein sinnloser Versuch, das Projektil abzuwehren. Es verfehlte nur knapp ihren Wangenknochen und schnitt ihr, als es einen Millimeter an ihrem linken Ohr vorbeizischte, eine Locke ab.

32

Sie fiel zu Boden, streifte bei ihrem Sturz einen kleinen gelben Rosenbusch, lag auf den Schieferplatten, hörte es in ihren Ohren dröhnen und roch ihr angesengtes Haar.

»Bist du verrückt geworden?« schrie sie. »Ich bin's doch, Owen. Ich!«

Er hob wieder die Pistole. Und da war auf einmal eine verschwommene Bewegung in der Luft, etwas Braunes ...

Der Hund grub die Zähne in Owens verletzten Arm, genau wie er's bei Hrubek getan hatte. Nur, Owen war – anders als Michael – nicht abgestumpft gegen Schmerz, er schrie laut auf. Die Pistole fiel ihm aus der Hand, rutschte mit einem scheppernden Geräusch über den Boden und blieb irgendwo hinter ihm liegen.

Mit energischen Tritten wehrte er den Angriff des Hundes ab und schlug Emil mit aller Kraft die rechte Faust aufs Schultergelenk. Der Hund jaulte vor Schmerz, trat die Flucht an und hetzte in großen Sprüngen – durch die Tür, die Hrubek eingetreten hatte – ins Freie.

Lis stemmte sich hoch und streckte sich nach der Waffe. Sie schaffte es nicht, Owen fing sie ab, packte sie am Handgelenk und schleuderte sie wieder zu Boden. Sie drehte sich ein paarmal, schürfte sich an den Wangen und an den Ellbogen die Haut auf. Dann blieb sie schwer atmend liegen, zu geschockt, um schreien oder weinen zu können oder auch nur ein Wort herauszubringen. Als sie sich wieder hochrappelte, sah sie ihren Mann langsam dorthin gehen, wo die Pistole lag.

Mein Mann, dachte sie.

Mein eigener Mann ... Der Mann, an dessen Seite ich während der letzten Jahre die meisten Nächte verbracht habe. Der Mann, dem ich, wenn es denn so gekommen wäre, unsere

Kinder geboren hätte. Der Mann, mit dem ich viele Geheimnisse geteilt habe.
Viele, ja. Aber nicht alle.
Als sie losrannte – ins Wohnzimmer und von dort weiter zur Kellertreppe –, nahm sie noch aus den Augenwinkeln den starren Blick wahr, mit dem seine Augen ihr folgten. Unerbittlich. Der Blick eines Mannes, der es gewöhnt ist, seine Beute nicht mehr aus den Augen zu lassen.
Es ging ihm um ihr Geld, das stand deutlich in diesem kalten Blick geschrieben. Und ihr ging durch den Kopf, daß in dem Wahnsinn, der in Michael Hrubeks Augen flackerte, mehr Menschlichkeit lag als in diesem gierigen Blick.
Arme Eva.

Kein Licht. Nicht der geringste Schimmer. Die Risse in den Wänden sind groß genug, um Frischluft eindringen zu lassen. Nicht nur Frischluft, auch braunes Wasser sickert herein. Hier unten ist es kein Regen, sondern Druckwasser; der Boden ist vollgesogen mit Nässe, und die steinernen Fundamente des alten Hauses sind es wohl auch. Wäre es zwei Stunden später, läge vielleicht schon das graue Licht des heraufziehenden Tages auf den Wänden, aber jetzt gibt es hier nichts als Dunkelheit.
Und scharrende Schritte vor der Tür.
Er kommt. Lis bettet den Kopf auf die angezogenen Knie. Die Schürfwunden auf ihren Wangen brennen. Und die an den Ellbogen auch. Sie macht sich ganz klein, als wollte sie sich in sich selbst verkriechen. Und spürt, während sie immer mehr in sich zusammenschrumpft, plötzlich Schmerz an Stellen, an denen sie bisher noch gar keine Verletzungen bemerkt hat. An den Hüften, am Fußknöchel.
Ein wuchtiger Tritt gegen die Holztür.
Bis in den Brustkorb hinein glaubt sie die Erschütterung zu spüren, sie fängt leise zu schluchzen an. Irgendwo draußen im Kellerflur ist Owen. In wortlos stummer Wut. Sie hat die Holztür abgeschlossen. Vielleicht ahnt er gar nicht, daß diese

Tür ein Schloß hat. Vielleicht denkt er, der Keller wäre leer. Die Tür von innen mit einem Schrank verstellt. Vielleicht geht er wieder. Vielleicht setzt er sich in seinen schwarzen Jeep und jagt durch die Nacht. Vielleicht hat er sich überlegt, daß es an der Zeit ist, sich abzusetzen. Nach Kanada. Oder nach Mexiko.
Nein, hat er nicht. Immerhin, hier im kleinen Vorratskeller scheint er sie nicht mehr zu vermuten. Sie hört, wie sich seine Schritte entfernen. Wahrscheinlich will er die anderen Kellerräume absuchen. Das wird lange dauern, der Keller ist groß.
Zehn Minuten kauert sie jetzt schon hier in der Dunkelheit. Wütend auf sich selbst, daß sie sich hier verkrochen hat, statt nach draußen zu flüchten, ins Freie. Sie ist vorhin schon unterwegs zu der Tür gewesen, die vom Keller in den Garten führt. Zu der Tür, die Michael eingetreten hat. Aber dann hat sie sich's anders überlegt. Nein, hat sie gedacht, er wird mir draußen auflauern. Oder mich einholen. Und von hinten erschießen. Deshalb hat sie dann doch hier Zuflucht gesucht. Im hintersten Winkel des Kellers. Hat die Tür leise hinter sich zugedrückt und abgeschlossen. Mit dem Schlüssel, von dem er nichts weiß. Es ist sicherlich schon ein Vierteljahrhundert her, seit sie ihn selbst zum letzten Mal in den Fingern gehabt hat.
Warum, Owen? Warum tust du das? Als ob er sich in Hrubeks Nähe einen Virus eingefangen hätte und nun selbst vom Fieber des Wahnsinns gepackt wäre.
Wieder ein dumpfes Dröhnen in den Wänden, er tritt irgendwo eine andere Tür ein.
Und dann hört sie seine Schritte.
Der Keller ist ein winziges Loch, gerade zwei mal anderthalb Meter, mit einer Decke, die ihr höchstens bis an die Schultern reichen würde. Sie muß an die Höhle am Indian Leap denken. Die dunkle Höhle, in der Michael ihr mit heiserer Stimme zugeflüstert hat, er könne sie riechen. Und auch ihre Kindertage fallen ihr ein. Die schrecklichen Minuten, in denen sie in diesem kleinen niedrigen Loch gekauert hat, das damals noch der Kohlenkeller gewesen ist. Zitternd hat sie hier gesessen, während Andrew L'Auberget schon draußen im Garten war,

um eine frische Weidenrute zu schneiden. Damals sind es *seine* Schritte gewesen, die sie draußen im Kellergang gehört hat. *Das Tagebuch der Anne Frank*, das war eines der Bücher, das sie seinerzeit wohl ein dutzendmal verschlungen hat. Nur, sie hat im voraus geahnt, daß in ihrem Fall der Versuch, sich hier unten zu verstecken, von vornherein aussichtslos sein wird. Vater hat sie jedesmal gefunden. Und doppelt hart bestraft. Dafür, daß sie es gewagt hat, sich vor ihm zu verstecken.
Dennoch hat sie nicht aufgegeben. Hat das finstere Kellerloch zu einer kleinen Festung ausgebaut. Sich einen Vorrat an Crackern und Wasser angelegt und sogar aus der Küche ein Messer stibitzt und alles hier unten vergraben. Nur den großen, mit Grünspan überzogenen Messingschlüssel hat sie nicht mit vergraben, der hing immer griffbereit an einem Nagel über der Tür mit dem altmodisch-klobigen Schloß.
Die Cracker sind längst von den Mäusen gefressen, das Wasser ist verdunstet, und das Messer, das hat neulich einer ihrer Neffen gefunden und mit nach Hause genommen.
Und der Schlüssel? Ach, der hat sowieso nichts genützt.
Wenn Vater es ihr befohlen hat, hat sie eben doch brav aufgeschlossen.
Ein schweres Stück Metall fällt mit hellem Klirren auf den Betonboden. Sie hört Owen ärgerlich knurren, als er sich bücken muß, um das Brecheisen wieder aufzuheben. Den Kopf auf die Knie geschmiegt, fängt sie lautlos zu weinen an. Ihre Finger halten immer noch den Zeitungsausschnitt umklammert – das makabre Geschenk, das Michael ihr gemacht hat. Nur ein Stück Papier, aber es hat sie mehr geschockt als der bleiche Tierschädel.
Und dann hört sie das Kratzen und Scharren, als das Brecheisen sich in die Türlaibung stemmt. Das Eichenholz beginnt zu splittern. Aber Owen hat sich die falsche Tür ausgesucht, die vom Keller nebenan, wo früher der alte Heizungskessel gestanden hat. Natürlich, der Heizungskeller hat ein Fenster, ungefähr in Kopfhöhe. Da hat er wohl gedacht, sie wäre schlau genug, sich in dem Keller zu verstecken, aus dem es

notfalls einen Fluchtweg gab. Aber sie ist noch schlauer gewesen. Auf den Keller, den sie sich ausgesucht hat, ist er nicht gekommen.
Wieder ein heftiger Schlag. Und noch einer. Und dann einer nach dem anderen, in schneller Folge. Ein häßlich kreischendes Geräusch, als das Brecheisen die Nägel aus dem Holz stemmt. Er hat es geschafft. Noch einmal ein wuchtiger Schlag, die Holztür bricht auf. Sie hört seine Schritte. Nun sieht er sich im alten Heizungskeller um. Stellt fest, daß sie nicht drin ist. Und daß das Fenster fest mit Sperrholz vernagelt ist.
Sie hört nichts mehr. Aber sie merkt, daß sie auf einmal wieder sehen kann. Von drüben, aus dem Heizungskeller, dringt durch einen Spalt in der Zwischenwand ein winziger Lichtstrahl zu ihr herüber. Ihre Augen gewöhnen sich schnell an das schwache Licht. Sie nähert ein Auge dem Spalt. Aber Owen ist nicht drüben. Und alles, was sie vernimmt, ist die unheimliche Stille.
Sie ist allein in ihrem winzigen Kellerloch. Allein mit dem Geist ihres Vaters, mit dem vergessenen halbhohen Haufen alter Anthrazitbrocken. Und mit dem Zeitungsausschnitt, der, beginnt sie zu begreifen, wahrscheinlich die Erklärung dafür enthält, warum sie sterben soll.

> *Der AnDeren dAs Haupt zerschMettert, er* ***IST ES, DER DIE*** *Lügen verbreiteT und keine* ***REUE*** *kennt.* ***OB*** *solchem Frevel sp****RICHT*** *der Herr: Erb****ARME****n mit* ***EVA****.*

Das Papier ist schmutzig und zerknittert. Aber die meisten Worte, die Michael in winzig kleiner Schrift an den Rand der Zeitungsnotiz gemalt hat, kann sie entziffern.
... *AnDeren dAs Haupt zerschMettert* ...
A-D-A-M.
Adam.
Er hat einen Kreis um das Wort gemalt, hat es durch einen Strich mit einem der Fotos verbunden. Es ist ein doppelt gezogener Strich, wie eine Vene. Aber mit einem Pfeil an der Spitze. Es ist das Foto, auf dem auch Lis zu sehen ist. Doch

nicht sie ist es, auf die der Pfeil zeigt. Es ist der Mann, der beim Wagen auf sie wartet und ihr die Tür aufhält.

Es ist Owen.

ADAM IST ES, DER DIE TREUE BRICHT.

War das der Grund, warum Michael heute nacht so weit gewandert ist? War er als warnender, nicht als rächender Engel zu ihr gekommen? Sie streicht den Rand des Zeitungsausschnitts glatt. Und findet den Stempel: *Bücherei der Marsden State Mental Health Facility.*

Denk nach. Wie war das wohl?

Michael hat in der Bibliothek des Hospitals diesen Artikel gefunden, vielleicht lange nach dem Prozeß. Vielleicht im September, kurz bevor er ihr den Brief geschickt hat.

Sie versucht, sich an den Wortlaut zu erinnern. Vielleicht wollte er ihr gar nicht vorwerfen, daß sie ihn verraten hätte. Vielleicht war die Botschaft des Briefes, sie sei es, die verraten werde. Vielleicht ...

Ja. Ja! Michael war gar nicht der Mörder vom Indian Leap. Aber er war Zeuge des Mords gewesen.

»Lis?« hörte sie Owen rufen, ruhig und bestimmt. »Ich weiß, daß du irgendwo hier unten bist. Und du weißt, daß es sinnlos ist.«

Sie faltet den Zeitungsausschnitt und legt ihn auf den Betonfußboden. Vielleicht findet die Polizei ihn später bei ihren Ermittlungen, wenn sie das Haus durchsucht. Oder eines Tages der, dem das Haus dann gehört – in fünfzig Jahren oder so. Sicherlich wird er Mühe haben, daraus schlau zu werden. Vermutlich wird er nie herausfinden, wer die Leute auf dem Foto sind. Wegwerfen wird er den Zeitungsausschnitt oder seiner Tochter schenken, die solchen alten Schnickschnack in ihr Album klebt. Aber noch wahrscheinlicher ist, daß Owen – gleich nachher – sorgfältig das Haus durchsucht und alle verdächtigen Spuren beseitigt. Denn gründlich ist er nun mal.

Sie betet nicht mehr darum, daß der Morgen dämmert. Draußen tobt der Sturm, und der Himmel ist so finster wie dieses Kellerloch. Nirgendwo zieht das Morgenrot herauf, das einen schönen neuen Tag verheißt.

Owen wird nur Sekunden brauchen, um zu tun, was er vorhat. Eine Kugel für sie, eine für Michael. Mit dessen Pistole. Die Polizei wird ihn schluchzend hier unten vorfinden, Lis' leblosen Körper in den Armen. Und er wird aufspringen und dem Sheriff zornig Vorhaltungen machen, weil er, als Owen um Schutz für seine Frau gebeten hat, nicht auf ihn hören wollte.
Sie hört seine Schritte im Kellergang.
Und dann tut sie, was sie schon seinerzeit getan hat, wenn ihr Vater gekommen war. Sie steht auf, geht zur Tür, dreht gehorsam den Schlüssel im Schloß und zieht die Tür auf.
»Hier bin ich«, sagt sie. Genau wie damals.
Drei Schritte von ihr entfernt steht Owen mit dem Brecheisen in der Hand. Er ist ein wenig überrascht, daß er sie hier, hinter seinem Rücken auftauchen sieht. Wahrscheinlich verzeiht er sich den Fehler nicht so schnell.
»Was immer du vorhast, Owen«, sagt sie leise, »tu's. Aber nicht hier. Bitte oben, im Wintergarten.« Und ehe er etwas sagen kann, hat sie sich umgedreht und geht die Stufen hinauf.

33

Du hast wohl gedacht, daß ich nie dahinterkomme?« Seine Stimme klingt gefährlich leise.
Lis weicht zurück. Streift mit dem Rücken einen Rosenbusch und spürt, wie ihr ein Dorn ins Fleisch dringt. Aber sie fühlt den Schmerz kaum, so wie sie kaum noch den stetig trommelnden Regen auf dem Glasdach des Wintergartens wahrnimmt.
»Mein Gott, diese Leidenschaft, Lis! Diese dramatische Leidenschaft! Romantisches Händchenhalten am Strand, verstohlene Schäferstündchen in irgendeinem Hotel ...« Mißbilligend schüttelt er den Kopf. »Schau mich nicht so schockiert an. Selbstverständlich habe ich's gewußt. Beinahe von Anfang an.«
Angst schnürt ihr die Kehle zu. »Ist es deswegen? Willst du es deshalb tun? Weil *ich* eine Affäre hatte? Und du?«
»Du Hure!« Seine Hand schnellt auf sie zu, er schlägt sie ins Gesicht. Sie stürzt zu Boden. »Meine Frau! *Meine* Frau!«
»Du hast dich doch auch mit einer anderen getroffen.«
»Und das gibt dir das Recht, mich zu betrügen? Wo steht das geschrieben? In welchem Gesetzbuch steht das?«
Blitze zucken über den Himmel, aber das Gewitter hängt nun weit im Osten. Der Kern der Sturmfront ist schon über sie hinweggezogen.
»Ich hab mich in ihn verliebt«, sagt sie weinend. »Ich hab das ja nicht vorgehabt. Aber, mein Gott, du und ich, wir haben damals wochenlang kaum über was anderes als über die Scheidung gesprochen.«
»Oh, natürlich, das erklärt alles«, sagt er mit schneidend scharfer Stimme, »damit bist du vollauf entschuldigt.«
»Robert hat mich geliebt. Du nicht.«
»Robert war hinter jedem Rock her.«
»Nein, das stimmt nicht.«

»Er hat sich bei der Hälfte aller Weiber in Ridgeton durchgevögelt. Und zur Abwechslung hat er's wahrscheinlich auch mit ein paar jungen Kerlen getrieben.«

»Das ist eine Lüge. Ich dulde nicht, daß du ...«

Aber ihr Protest verstummt, als ihr ein Gedanke durch den Kopf schießt. Sie fängt zu rechnen an. Rechnet die Tage durch, die Wochen, die Monate. Hinter Owens Affäre ist sie gekommen, als ... es muß etwa zu der Zeit gewesen sein, als der Arzt ihrer Mutter eröffnet hat, daß sie unheilbar krank sei. Und warum war er so vehement gegen ihren Plan gewesen, die Gärtnerei zu kaufen? Ihre Tränen versiegen. Sie sieht ihn kalt an.

»Das Ganze hat einen anderen Grund, nicht wahr? Dir geht's gar nicht darum, daß ich mich mit Robert getroffen habe.«

Das Grundstück. Die Millionen. Natürlich.

»Du und Robert, ihr habt darüber gesprochen, daß ihr heiraten wollt«, hält er ihr vor. »Du wolltest dich scheiden lassen. Und ich wäre leer ausgegangen.«

»Du tust, als ob es um Geld ginge, das dir zusteht. Aber es war das Geld meines Vaters. Und ich war dir gegenüber mehr als großzügig. Ich hab ... Moment mal. Woher willst du überhaupt wissen, daß Robert und ich von Heirat gesprochen haben?«

»Wir wußten es eben.«

Sie ist wie betäubt. Seine Worte treffen sie härter als der Schlag, den er ihr versetzt hat. Plötzlich ist ihr alles klar. *Wir wußten es eben.* Wir. »Dorothy?« fragt sie.

Die Anwältin, von der er erzählt hat, hat es nie gegeben. Dorothy ist seine Geliebte gewesen. Und ist es immer noch. Gemeinsam haben sie Lis' Tod geplant. Seit langem schon. Es ging um das Geld. Und um Owens unersättliche Gier nach Ansehen. Robert ist in seiner verspielten, arglosen Art wahrscheinlich zu unvorsichtig gewesen. Wer weiß, was im Haus der Gillespies alles herumgelegen hat. Weil Robert sich nie etwas dabei gedacht hat. Oder weil er den Mund nicht gehalten hat, wenn er's besser getan hätte. Wahrscheinlich hat er Dorothy praktisch mit der Nase darauf gestoßen.

»Was glaubst du denn, wer mich damals morgens, als wir zum Picknick fahren wollten, angerufen hat? Nein, meine Sekretärin war's nicht. Ach, Lis, du warst so blind.«

»Dann warst du also doch im Park. Ich hatte gleich das Gefühl, ich hätte dich gesehen.«

»Ich bin nur auf einen Sprung ins Büro gegangen und hab die Telefongesellschaft angewiesen, alle Gespräche auf das Funktelefon im Acura zu schalten. Ich war eine Viertelstunde vor dir im Park. Und bin euch, als ihr zum Strand gegangen seid, heimlich gefolgt.«

Und dann hatte er gewartet.

Dorothy hatte Lis' Hamlet-Ausgabe absichtlich im Wagen liegen lassen. Weil sie dachte, Lis' würde sie dann später holen. Allein zum Parkplatz gehen, wo Owen schon auf sie wartete.

Aber dann war Robert losgegangen, nicht Lis. Bei ihm war's die Hoffnung gewesen, unterwegs Portia zu treffen. Statt dessen war ihm vor der Höhle Owen über den Weg gelaufen. Und Owen hatte sich auf ihn gestürzt. Hatte auf ihn eingeschlagen. Blutend war Robert in die Höhle gerannt. Owen hinter ihm her. Und Claire mußte Roberts Hilfeschreie gehört haben und dazugekommen sein.

Dann war es auch Owen gewesen, der ... Natürlich. Lis hatte das Messer dort fallen lassen, wo Robert lag. Und Owen hatte es aufgehoben und ...

»Du hast ihn so entsetzlich verstümmelt, du Bastard! Warum tust du so was?«

»Weil die Strafe immer dem Vergehen angemessen sein muß.«

»Es war überhaupt nicht Michael, der auf Robert eingeschlagen hat?«

»Eingeschlagen? Der Scheißkerl wollte ihn retten. Hat mich angeschrien und – ach, irgendwas wie ›sein Blut wird über dein Haupt kommen, wart's nur ab‹ hat er vor sich hin gebrabbelt.« Sie bricht in verzweifeltes Gelächter aus. Ihr Blick richtet sich nach draußen, verliert sich in der Nacht.

»Und dann hast du gewartet. Auf eine Gelegenheit wie heute. Du bist nicht losgezogen, weil du *ihn* töten wolltest. Du wolltest

ihn hierherlocken. Wolltest ihn zwingen, dir ... dir die Arbeit abzunehmen.«
»Anfangs habe ich gedacht, er wäre ausgebrochen, um sich an dir zu rächen. Dann bin ich ihm in Cloverton auf die Sprünge gekommen. Dort hat er nämlich ...«
»O Gott, diese Frau ...«
»Nein, er hat ihr nichts getan. Er hat sie nur an den Stuhl gefesselt, damit sie nicht telefonieren konnte. Und so hab ich sie in der Küche vorgefunden. Sie hat mir erzählt, was er die ganze Zeit über vor sich hin gemurmelt hatte. Daß er nach Ridgeton müßte. Um Eva vor Adam zu retten.«
»Dann hast *du* es getan?« fragt sie flüsternd. »Du hast sie getötet?«
»Es war kein geplanter Mord. Ich hatte gar nicht vor, es zu tun. Aber dann ... nun, es mußte aussehen, als wäre er's gewesen. Ihr Motorrad hab ich in einen Bach geworfen. Die Cops haben mir meine Story abgekauft, daß er nach Boyleston unterwegs ist. Aber ich wußte, wohin er wirklich wollte.«
Natürlich hatte er das gewußt. Er hatte schon lange gewußt, daß Michael ein Motiv hatte, nach Ridgeton zu kommen. Weil er der Frau, die ihn im Prozeß fälschlicherweise des Mordes bezichtigt hatte, endlich sagen wollte, wie es wirklich gewesen war.
»Und du hast auch Trenton angeschossen. Und den Deputy dort draußen getötet.«
Er wird immer ruhiger, unheimlich ruhig. »Die Sache ist mir aus der Hand geglitten. Anfangs sah alles einfach aus, aber es hat sich eben anders entwickelt.«
»Owen, hör mir bitte zu. Hör mir zu!« Sie erkennt in ihrer Stimme dieselbe verzweifelte Eindringlichkeit und zugleich die krampfhaft beruhigende Art wieder, mit der sie vor einer halben Stunde auf Michael eingeredet hat. »Wenn du das Geld haben willst – in Gottes Namen, von mir aus kannst du's haben.«
Aber sie liest in seiner Miene, daß es überhaupt nicht nur um das Geld geht. Die Unterredung mit Richard Kohler fällt ihr

ein. Michael mag geisteskrank sein, aber seine Welt, so wie er sie sich zurechtgezimmert hat, ist zumindest eine Welt, in der er sich durch nichts und niemanden verführen läßt.
Owen, *ihr Mann,* ist der Psychopath. Er ist es, der kein Erbarmen kennt.
Er muß ihren Tod schon seit gestern abend geplant haben, wird ihr klar. Von dem Augenblick an, als er erfahren hat, daß Michael Hrubek ausgebrochen ist. Das ganze Theater, daß der Sheriff gefälligst Männer hier im Haus postieren solle ... Und daß er auf sie eingeredet hatte, sie solle sich ein Zimmer in dem Hotel nehmen ... Das war alles nur Verschleierungstaktik gewesen, damit hinterher ja kein Verdacht auf ihn fallen konnte. Er hatte erst Hrubek töten und dann bei ihr im Hotel anrufen wollen: Keine Gefahr mehr, Liebling, du kannst heimkommen. Aber wenn sie gekommen wäre, hätte er schon hier auf sie gelauert. Auf sie und ...
Ein Wispern kommt von ihren Lippen. »O Gott.«
Auch auf Portia.
Schlagartig wird ihr klar, daß er vorgehabt haben muß, ihre Schwester mit umzubringen.
»Nein!« Ihr wimmernder Schrei hallt durch den Wintergarten. »Nein!«
Und dann hat sie auf einmal die Kraft, das zu tun, was sie sich schon unten in ihrem Kellerversteck vorgenommen hat. Das, was sie sich – so inständig sie auch um Entschlossenheit gebetet hat – bis zu diesem Augenblick nicht zugetraut hat. Jetzt kann sie es. Sie wirbelt herum, reißt das Küchenmesser von der Tischplatte und holt mit aller Kraft aus.
Der Stoß war auf seinen Nacken gezielt, trifft Owen aber an der Wange. Mit solcher Wucht, daß sein Kopf vom Aufprall der Klinge nach vorn geschleudert wird. Die Waffe gleitet ihm aus der Hand.
Er fährt herum. Starrt sie wie versteinert an.
Blut schießt ihm aus der Wange. Hüllt seinen Kopf in Sekundenschnelle in einen karmesinroten Schleier.
Einen Wimpernschlag lang stehen sie reglos da, starren sich

an. Sie sind wie gelähmt. Sie bringen beide kein Wort heraus. Können nicht einmal atmen.
Und dann springt Owen sie an. Springt mit dem alten Kampfschrei der Marines auf sie zu. Reißt sie zu Boden. Windet ihr das Messer aus der Hand. Wirft sich über sie. Drückt ihr die Arme über den Kopf, nagelt ihr mit seinem Griff die Handgelenke auf den Boden. Zwingt sie, ihm in die Augen zu schauen. Und in diesen Augen flackernden Wahnsinn zu lesen.
Der erste Schlag trifft sie seitlich am Kinn. Einen Moment lang wird ihr schwarz vor den Augen, dann holt sie aus, trifft ihn mit aller Kraft an der linken Schulter – dort, wo das Gelenk ausgekugelt ist. Er schreit wie ein Tier, dreht sich zur Seite und hält sich die Stelle, wo ihre Faust ihn getroffen hat.
Aber er erholt sich rasch. Fällt in zügelloser Wut über sie her. Sie ist ihm nicht gewachsen, weder an Kraft noch an Größe und Gewicht. Nicht einmal die tiefe Wunde im Gesicht oder der verletzte Arm können ihn aufhalten. Im Nu liegt sie wieder auf dem Rücken. Kleine Schiefersplitter scheuern ihr die Haut auf. Seine Hände schließen sich um ihren Hals, drücken fest zu. Das Dämmerlicht im Wintergarten wird noch schwächer, der blaugrüne Schimmer verblaßt. Ihre Lungen lechzen nach Sauerstoff. Mit letzter Kraft reißt sie die Arme hoch, will nach Owens blutendem Gesicht greifen, aber auf halbem Wege beginnen ihre Hände zu flattern wie Vögel, deren Flügelschlag erlahmt, und fallen kraftlos zu Boden. Ein Schleier aus dunklem Staub senkt sich über ihre Augen. Sie sagt irgendwas zu ihm. Er kann ihre Worte unmöglich hören, sie versteht ihr stimmloses Murmeln ja selbst nicht mehr.
Im letzten Moment, bevor die Ohnmacht sie umfängt, bildet sie sich ein, einen Schatten zu sehen. Irgendwo im Ungewissen, sie kann nicht mehr sagen, wohin ihr starrer Blick in diesem Augenblick gerichtet ist. Und sie will auch dem Trugbild nicht trauen, sie ahnt, daß ihr schon vom nahen Tod vernebelter Verstand ihr nur etwas vorgaukelt. Es kann nur eine Vision sein, es gibt keine Schatten, die so schnell riesengroß werden und sich dunkler färben als die Sturmwolken, die

am Himmel hängen. Und auf einmal zerbricht das Glas über ihr in Millionen Scherben. Und unzählige Splitter von Glas und Holz hüllen den dunklen Schatten ein, der – wie ein Kunstspringer vom Turm, wenn man aus dem Wasserbecken zu ihm hochstarrt – aus schwindelnder Höhe auf sie herabstürzt.

Der schwere Körper schlägt – am Schluß trudelnd, vom Zufall gelenkt – dicht neben Lis auf, halb auf Owen, halb auf dem hohen schlanken Stamm einer Imperialrose. Ihre Dornen reißen Michael mehrere parallel laufende Striemen in die Wange und den Arm, wie Linien auf einem Notenblatt. Schluchzend liegt er da, von Panik geschüttelt nach diesem Fall aus fast sieben Meter Höhe, der ihm – gerade ihm, der ohnehin mit Horrorvisionen und Ängsten vollgestopft ist – wie ein Höllenflug vorgekommen sein muß.

Eine große gebogene Glasscherbe schneidet Lis in den Nakken. Sie rollt sich ein Stück zur Seite, weg von den verbissen miteinander ringenden Männern, und tastet mit zitternden Händen die Wunde ab.

Durch das Loch, das im Glasdach über ihr gähnt, fällt milchig helles Licht, ein paar Blätter tanzen verloren im Wind. Feuchte, kalte Luft dringt ein. Es dauert nicht lange, bis die ersten Glühbirnen platzen, blaue Dunkelheit breitet sich aus. Und dann liegt auf einmal ein unheimliches Heulen in der Luft. Im ersten Moment denkt Lis, der Sturm sei wieder aufgefrischt, aber dann wird ihr klar, daß es die Stimme eines Menschen ist, den sie heulen hört. Eine Stimme – so voller Wahnsinn, daß ihr das Blut gefriert. Aber sie weiß nicht einmal, ob es Michael ist, der dieses Heulen ausstößt, oder Owen oder sie selbst.

Der vom Sturm verwüstete Garten war die Bühne, von der aus die Deputies des Sheriffs ausschwärmten, um das Haus und seine Umgebung abzusuchen.

Er war die Bühne, von der aus die Männer vom Rettungsdienst loseilten, um sich, nachdem der Vorhang gefallen war, um diejenigen zu kümmern, die am Ende der Tragödie als Opfer zurückgeblieben waren. Trenton Heck, zum Beispiel, nach ihm sahen sie zuerst. Sein Herz schlug kräftig, der Blutverlust war zwar bedenklich, aber nicht dramatisch. Lis – ihr nähten sie an Ort und Stelle die Nackenwunde; die Glasscherbe war zum Glück nicht tief ins Fleisch eingedrungen. Die Narbe würde sie freilich bis ans Ende ihrer Tage an diese Nacht erinnern.

Der Garten war auch die Bühne, auf der Lis und Portia sich in die Arme fielen. Lis roch das Shampoo ihrer Schwester, aber sie roch auch den Schweiß auf Portias Haut. Lange standen sie da und hielten sich umfangen, und als Lis sich schließlich aus der Umarmung löste, war es ihre jüngere Schwester, die ihren Tränen freien Lauf ließ.

Ein über und über mit Schlamm bespritzter Streifenwagen der Staatspolizei hielt im Garten. Das Funkgerät war auf Empfang geschaltet, aus dem Dachlautsprecher dröhnten Meldungen über Sturmschäden und Verkehrsunfälle. Ein großer grauhaariger Mann – ein Cowboytyp, dachte Lis – stieg aus dem Wagen.

»Mrs. Atcheson?«

Er kam auf sie zu, blieb aber auf halbem Wege an der Trage stehen, auf der Trenton Heck lag. Zuerst schien er verblüfft zu sein, dann beugte er sich erschrocken über den Ex-Trooper. Er sagte irgend etwas zu ihm, und Heck, gerade wieder für einen Augenblick bei Bewußtsein, antwortete. Sie hätten einander viel zu sagen gehabt, aber die Männer von der Ambulanz ließen ihnen keine Zeit dazu, sie trugen Heck zum Rettungswagen.

Don Haversham kam zu Lis und fragte sie, ob sie sich kräftig genug fühle, ein paar Fragen zu beantworten.

»Ja, ich denke doch.«

Sie hatten gerade die ersten Worte gewechselt, als der Arzt noch einmal zu Lis kam und ihr die Stichwunde am Arm verband. »Kaum der Rede wert«, sagte er, »tupfen Sie die Wundränder mit einer antiseptischen Lösung ab.«

»Nähen müssen Sie nicht?«

»Ach wo. Und die Beule auf Ihrem Kopf ... na, ich würde

sagen, in zwei, drei Tagen sehen Sie nichts mehr davon. Machen Sie sich keine Sorgen.«
Nein, sagte sie, sie mache sich keine Sorgen. Sie hatte von der Beule gar nichts gemerkt. Dann konnten sie und Haversham endlich ungestört miteinander sprechen. Lis schilderte ihm so, wie ihr die Einzelheiten einfielen, was sich zugetragen hatte. Fast eine halbe Stunde verging darüber.
Als sie fertig war, fiel ihr ein: »Oh – noch etwas ... können Sie mir dabei behilflich sein, mich mit Dr. Kohler vom Hospital in Marsden in Verbindung zu setzen?«
»Kohler?« Haversham zögerte. »Tja, der ist spurlos untergetaucht. Wir suchen nach ihm.«
Der Sheriff kam gerade vorbei. »Geht's etwa um einen gewissen Richard Kohler?«
»Ja, den meine ich«, sagte Lis.
»Hm ...« Der Sheriff kratzte sich hinterm Ohr. »Einen Typen, der so heißt, haben wir vor 'ner Stunde gefunden. Auf dem Kleppermans-Hof – der Ford-Händler, Sie wissen schon. Voll wie tausend Mann.«
»Betrunken?«
»Hat auf einem Mark IV Lincoln Continental gelegen und gepennt. War 'n Mordsrausch, was er da auszuschlafen hatte. Hatte sich so 'n dünnen Regenmantel übergelegt und ... ach ja, so 'n kleiner Schädel lag auf seiner Brust – von 'nem Dachs oder von 'nem Stinktier oder so was. Kein Witz, 's war wirklich so. Wenn das nicht pervers ist, dann weiß ich nicht, was pervers sein soll.«
»Betrunken?« wiederholte Lis fassungslos.
»Na, der wird schon wieder. War ziemlich groggy. Wir haben ihn erst mal zur Ausnüchterung bei uns in 'ne Arrestzelle gesteckt. Kann von Glück sagen, daß er *auf* dem Wagen gelegen und nicht drin gesessen hat. Sonst hätt er seinem Führerschein 'n Abschiedskuß geben können.«
Nein, das hörte sich ganz und gar nicht nach Richard Kohler an. Aber, dachte Lis achselzuckend, heute nacht konnte sie absolut nichts mehr verblüffen.

Als sie mit Haversham und einem der Deputies ins Haus gehen wollte, kamen sie an Michael vorbei, der gerade zum Rettungswagen geführt wurde. Sie begleiteten ihn.
»Wenn Sie mich fragen«, erzählte ihnen der Arzt unterwegs, »das ist nicht bloß ein gebrochener Arm, da kommt noch eine komplizierte Fraktur des Handgelenks dazu. Und ein paar gebrochene Rippen, würde ich tippen. Aber er scheint nicht mal was zu spüren.«
Die Deputies starrten zu ihnen herüber, Angst und Grauen im Blick, als werde ein sagenumwittertes Ungeheuer vorbeigeführt, ein Massenmörder wie Jack the Ripper. Lis mußte Michael feierlich versichern, daß es bestimmt kein Gift sei, bevor er sich ein Sedativum spritzen ließ. Auch den Arzt, der ihm die Wundränder am linken Arm mit einem Antiseptikum abtupfen wollte, ließ er erst an sich heran, als Lis um dieselbe Behandlung an ihrem Handgelenk gebeten und ihm damit Gewißheit gegeben hatte, daß in dem Fläschchen keine Säure war. Dann stieg Michael in den Ambulanzwagen und setzte sich – die Hände verschränkt, die Augen gesenkt – ganz hinten auf die Bank. Ein Lebewohl mochte er niemanden sagen, er fing nur, als die Türen geschlossen wurden, leise zu summen an.
Der nächste, den die Männer vom Rettungsdienst wegtrugen, war Owen – übel zugerichtet, aber bei Bewußtsein. Und schließlich brachten sie auf einer Bahre den jungen Deputy – ein entsetzlicher Anblick, wie eine zerfetzte Puppe.
Die Ambulanzwagen hatten das Grundstück verlassen, kurz danach waren auch die Streifenwagen losgefahren, Lis und Portia waren allein.
Sie standen in der Küche. Portia sah erschöpft aus, irgendwie entrückt, dachte Lis, verwirrt, wahrscheinlich immer noch unter Schock. Aber dann überschüttete Portia sie plötzlich mit Fragen, und Lis ahnte, wie viele Rätsel diese Nacht Portia aufgegeben, in wieviel Ratlosigkeit sie sie gestürzt hatte.
Nur, es waren Fragen, auf die Lis selbst noch keine Antwort wußte. Sie lächelte gedankenverloren, drückte ihrer Schwester kurz den Arm und ging hinaus in den Garten. Allein – nur

Emil kam ihr nach einer Weile nach – schlenderte sie durch das eintönig blaue Licht der Morgendämmerung auf den See zu.
Die Kaltfront hatte Ridgeton erreicht, in den Wipfeln der Bäume knackte der Frost, der Boden war mit Millionen Blättern übersät, die der Sturm von den Zweigen gerissen hatte. Es sah aus, als hätte sich hier im Garten ein vorsintflutliches Riesenreptil gehäutet. Später, wenn die Sonne herauskam – falls sie herauskam –, mußte ein wundersames Glitzern auf dem feuchten Laub liegen, wie Goldstaub.
Lis ließ den Blick durch den Garten schweifen. Abgebrochene Äste, eingedrückte Fensterscheiben, abgerissene Holzschindeln, aufgebrochener Asphalt … wahrhaftig, der Himmel hatte sie seinen Zorn spüren lassen. Aber abgesehen von ihrem Wagen, der fast bis zum Dach im Wasser steckte, waren die Schäden mit geringem Aufwand zu beheben. So war das immer bei den Stürmen, die hier tobten, sie richteten kein großes Unheil an. Ein paar Glühbirnen hauchten ihren Lebensfaden aus, Bäume reckten ihre kahlgefegten Äste in den Himmel, fast überall stand der Rasen unter Wasser – und das war's dann auch schon. Der Wintergarten, zum Beispiel, hatte schon vielen Unwettern getrotzt, und wenn er diese Nacht nicht unbeschadet überstanden hatte, dann lag es, dachte Lis, nicht an der Urgewalt der Natur, daß ein paar Scheiben zu Bruch gegangen waren. Wir Menschen, dachte sie, wir selbst sind's, die so viel zerbrechen und zerstören.
Auch ein Nebeneffekt der Stürme, die über das Land hinwegzogen: die Menschen, die hier zu Hause waren, wurden eine Zeitlang bescheidener und einsichtiger.
Die Kälte machte sie zittern, mit ihrem eigenen Atem blies sie sich kleine weiße Wölkchen vors Gesicht – Wölkchen, die so aussahen, wie sie sich als Kind die Geistererscheinungen vorgestellt hatte. Emil sah sie erwartungsvoll an. Was wohl hieß, daß der Hund Hunger hatte. Sie kraulte ihm den Kopf, und als sie durchs nasse Gras zurück zum Haus ging, trottete Emil brav hinter ihr her.

Epilog

Mit den Blüten der Floribunda – eine Züchtung des zwanzigsten Jahrhunderts – gibt es immer ein paar Probleme.

Die, an der Lis gerade die Gartenschere ansetzte, war zum Beispiel eine schneeweiße Eisberg, so üppig im Wuchs, daß die verschlungenen Zweige bis in den Zugang des Wintergartens wucherten. Bekannte, die zu Besuch kamen, bewunderten jedesmal die reiche Blütenpracht, aber für den Fall, daß sie irgendwann gezwungen sein sollte, den Strauch zu ersetzen, hoffte Lis, eine schöne Blue-Ribbon-Rose zu finden.

Sie hatte sich schon umgezogen, wollte nur rasch noch hier und da einen Sprößling zurückschneiden. Das Kleid, das sie gewählt hatte, erinnerte durch seine Farbe ein wenig an eine Eidechse im Nachtlicht – ein dezent gemustertes Dunkelgrün. Angemessen gedeckt, wenn auch nicht schwarz. Nun, sie ging ja zu einer Urteilsverkündung, nicht zu einer Beerdigung.

Obwohl der Richterspruch sie quasi zur Witwe machen würde. Eine Gewißheit, bei der sie keine Trauer empfand.

Gegen den dringenden Rat seines Anwalts hatte Owen auf mildernde Umstände plädiert. Auch nachdem Dorothy die Fronten gewechselt hatte und nun, um der Anklage wegen Beihilfe zum Mord zu entgehen, als Zeugin der Anklage auftrat. Owen hatte sich – fest davon überzeugt, ungeschoren davonzukommen, wenn ihm verminderte geistige Zurechnungsfähigkeit zuerkannt werde – nicht belehren lassen. Der als Sachverständiger geladene Psychiater hielt einen langen, mit zahlreichen Wenn und Aber gespickten Monolog, der in der Feststellung gipfelte, daß Owen eindeutig als Soziopath einzustufen sei. Aber selbst diese Diagnose half Owen nichts, die Geschworenen legten offenbar andere Maßstäbe an als die Jury, die seinerzeit über Michael Hrubek zu Gericht gesessen hatte. Owen wurde einstimmig wegen vorsätzlichen Mordes schuldig gesprochen.

Vergangene Woche hatte Lis den Kaufvertrag für den Gartenbaubetrieb der Langdells unterschrieben. Und noch am gleichen Tag der Schule den Wunsch mitgeteilt, nach zwölfjähriger Lehrtätigkeit am Ende des Wintersemesters aus dem Schuldienst auszuscheiden.

Zu Lis' Überraschung hatte Portia inzwischen Erkundigungen über die Gewinn- und Verlustrechnung und die Bilanz des Langdellschen Betriebs eingeholt und mit ihrem derzeitigen Lebensgefährten (Eric oder Edward oder wie er hieß) besprochen, einem Investmentbanker, der offenbar einen positiven Eindruck gewonnen und Portia geraten hatte, sich schleunigst in den Vertrag einzukaufen. Typisch Portia – sie hatte erst etliche Tage das Für und Wider erwogen und dann wortreich erklärt, sie müsse sich das Ganze noch gründlich durch den Kopf gehen lassen. Sobald sie aus der Karibik zurück sei, wo sie im Februar und März Sonne tanken wolle, werde sie sich entscheiden.

Gestern abend war Portia wieder nach Ridgeton gekommen, sie wollte Lis heute zur Urteilsverkündung begleiten. Es war nicht ihr erster Besuch nach der Sturmnacht; schon nach Owens Festnahme war sie drei Wochen in Ridgeton gewesen, um Lis bei Ausbesserungsarbeiten und beim Aufräumen zu helfen. Aber als dann das Hauptverfahren eröffnet wurde, hatte Lis das Bedürfnis gehabt, allein zu sein, und Portia gebeten, zurück nach New York zu fahren. Am Bahnhof hatte Portia sie plötzlich gefragt: »Hör mal, warum ziehst du nicht zu mir nach New York?« Ein Anerbieten, das Lis angerührt hatte, zumal sie ahnte, wie schwer es ihrer Schwester gefallen war, so etwas zu sagen.

Aber die Großstadt wäre kaum der richtige Ort für Lis gewesen, sie hatte nein gesagt.

Während sie die oberen Klappfenster im Winterkasten schloß, um die Pflanzen vor der winterlich kalten Luft zu schützen, ging ihr durch den Sinn: Seltsam, es gibt so viele Gelegenheiten, bei denen wir dem Tod ins Angesicht schauen, aber selten sind sie so dramatisch wie die Erfahrung, daß der eigene Ehemann sich eine Nacht um die Ohren schlägt und meilenweit durch Sturm und Regen zieht, nur um ein Alibi zu haben, wenn er sich am Schluß seiner weiten Reise ins Haus schleicht und dir, während du im Schlaf liegst, die Kehle durchschneidet. Dann machten ihre Gedanken einen Sprung und waren auf einmal bei ihrer Schwester. Plötzlich verstand sie, warum Portia so viele Jahre lang einen großen Bogen um ihr Elternhaus gemacht hatte. Nicht aus Herzlosigkeit. Und auch nicht einfach, weil sie anders gewesen wäre. Sie hatte sich einfach innerlich lossagen müssen von ihrer Familie.

Zu viele Weidenruten. Zuviel Gängelei. Zu viele todlangweilige Sonntagsdinner auf der Terrasse.

Und – wer weiß ... vielleicht war der alte L'Auberget nach der schicksalhaften Schwimmstunde, die er Lis unten im See gegeben hatte, auf einmal auf abwegige Gedanken gekommen und, als sie zwölf oder dreizehn war, zu Portia unter die Bettdecke gekrochen? Schließlich war sie schon immer eine kleine Schönheit gewesen.

Es hatte Zeiten gegeben, da wären Lis solche Gedanken abartig vorgekommen, wahnsinnig, geradezu gotteslästerlich. Aber seit der Sturmnacht hatte der Begriff des Wahnsinns eine andere Dimension bekommen, und wenn diese Nacht sie eines gelehrt hatte, dann war es die Erkenntnis, daß es nur zwei Möglichkeiten gibt, tatsächlich Gotteslästerung zu begehen: ein Leben zu leben, das nur auf Lügen aufbaut, und die törichte Demut, ein solches Leben bewußt zu akzeptieren.

Trenton Heck würde heute auch im Gerichtssaal sein. Für ihn verbanden sich mit dem Urteilsspruch auch persönliche Interessen. Bevor Dr. Ronald Adler seines Postens als Anstaltsleiter in Marsden enthoben worden war, hatte er es strikt abgelehnt, die Belohnung zu zahlen, auf die Heck Anspruch zu haben glaubte. Auch Adlers Nachfolger sah sich weder aus moralischen noch gar aus rechtlichen Gründen zur Zahlung verpflichtet, zumal Adler nicht berechtigt gewesen war, eine

Belohnung auszusetzen. Und so hatte Heck in seiner verzweifelten Lage keinen anderen Ausweg gesehen, als Owen, der ihn schließlich hinterrücks angeschossen hatte, auf finanzielle Wiedergutmachung zu verklagen.
Die Versicherung lehnte eine Zahlung ab, weil die Tat vorsätzlich begangen worden war, und Heck wurde mit Erschrecken klar, daß Schadenersatzforderungen gegenüber Owen letztendlich an Lis hängenbleiben würden. Er war sofort bereit, seine Forderungen zurückzuziehen, aber Lis redete ihm das aus. Er hatte ihrer Meinung nach – mehr als jeder andere – Anspruch darauf, am Ende dieser Tragödie nicht mit leeren Händen dazustehen, und so schrieb sie ihm – gegen den zornigen Protest ihres Anwalts – einen Scheck aus, dessen Summe sogar noch über seiner Forderung lag.
Außer ein paar gemeinsamen Stationen auf einem wichtigen, aber kurzen Stück ihres Lebensweges gab es nicht viel, was ihn und sie verband, das war Lis klar. Darum hatte sie auch letzte Woche seine Einladung zum Abendessen dankend abgelehnt. Gewiß, er brauchte mehr in seinem Leben als einen Wohnwagen und einen Hund, aber was immer ihm fehlen mochte, sie war doch sehr im Zweifel, ob sie es ihm bieten konnte.
Einer, der heute nicht bei der Urteilsverkündung dabeisein würde, war Michael Hrubek.
Weil er auf seine schüchterne Art darum gebeten hatte, war Lis an Thanksgiving nach Framington gefahren, um ihn dort im Hospital (wo er nun wieder unter Richard Kohlers Obhut war) zu besuchen. Anfangs hatte Michael ihr ärgerlich vorgehalten, sie habe es – als Agentin Gottes – abgelehnt, sein Leben als Sühneopfer für das eines Präsidenten aus dem neunzehnten Jahrhundert anzunehmen. Aber im Laufe des Gesprächs war in ihm offenbar die Erkenntnis gewachsen, es werde ihm als Teil eines komplizierten spirituellen Opfergangs, den nur er verstehen konnte, auch zu seinen Gunsten angerechnet, daß er Lis' Leben gerettet habe, und so hatte er schließlich eingewilligt, einstweilen noch ein wenig auf Gottes Erde auszuharren.

Michael mußte sich übrigens selbst noch einem Prozeß stellen, und zwar unter dem Vorwurf des Mordes an einem Mitgefangenen bei seiner Flucht aus Marsen. Der Beweislage nach stand aber fest, daß der Mann Selbstmord begangen hatte; der Prozeß wurde im Grunde nur angestrengt, weil sich die Anstaltsleitung und die Polizei zum Narren gehalten fühlten und ihr Mütchen an Michael kühlen wollten. Sein Anwalt versicherte Lis, er werde nicht nur freigesprochen, sondern in den Medien ein besseres Bild abgeben als der Staatsanwalt, der sich tunlichst, wie neulich schon in einem Leitartikel ausgeführt worden sei, um wichtigere Dinge kümmern sollte als um die Umstände des Todes von Bobby Ray Callaghan, einem rechtskräftig verurteilten Mörder.

Allerdings wurden Michael noch weitere Straftaten zur Last gelegt. Autodiebstahl, Einbruch, schwerer Einbruch, wiederholte tätliche Angriffe, zeitweilige Freiheitsberaubung, begangen an zwei unglücklichen Officers der Ortspolizei von Gunderson, die etliche Stunden eingesperrt im Kofferraum ihres Streifenwagens verbracht hatten – wobei auch noch Körperverletzung dazukam, weil einer der beiden einen äußerst schmerzhaften Bruch des Handgelenks davongetragen hatte. Aber, meinte der Anwalt, auch dafür werde Michael nicht ins Gefängnis müssen. Er müsse nichts anderes tun, als dem Richter die Wahrheit zu erzählen, seine Wahrheit: Daß er geflohen sei, um den Pinkerton-Agenten zu entkommen, die ihn wegen des Mordes an Abraham Lincoln verfolgten. Und – um's in Michaels Diktion zu sagen: zack, schon säße er in Null Komma nichts, statt hinter Gittern, wieder im Hospital.

So gesehen war Michael Hrubek ein gutes Beispiel dafür, daß es durchaus zum Vorteil sein kann, wenn man sich mit Geschichte beschäftigt.

Lis zog den Mantel an und rief ihrer Schwester zu, es sei Zeit, loszufahren. Sie fuhren mit zwei Autos; Lis hatte vor, nach der Verhandlung noch auf einen Sprung nach Framington zu fahren.

Sie war seit Thanksgiving mehrere Male dort gewesen, obwohl

es sie jedesmal ein wenig Überwindung kostete, Michael im Hospital zu besuchen. Aber sie hatte festgestellt, daß sich eine gewisse Zufriedenheit, fast ein undefinierbares Wohlgefühl in ihr ausbreitete, wenn sie ihm – manchmal allein, manchmal zusammen mit Dr. Kohler – eine Zeitlang gegenübergesessen hatte. Sobald sie hereinkam, griff Michael mit einem so scheuen Feingefühl nach ihrer Hand, daß sie zu Tränen gerührt war. Nur zu gern hätte sie das ungeheuer verworrene Geflecht seiner Gefühle verstehen gelernt. Sie wünschte sich zu verstehen, warum er all die Anstrengungen und ein so großes Risiko auf sich genommen hatte, um sie zu retten, und was ihn – außer dem Dunkel, das seinen Verstand umfangen hielt – in jener Nacht zu dieser Wanderung über unendlich viele Meilen getrieben hatte.

Doch das waren Fragen, die sie ihm nicht stellen konnte, es mußte ihr genügen, mit Michael in der Lounge zu sitzen und – das Panorama der weiten verschneiten Felder vor den Fenstern, vor sich auf dem Tisch einen Pappbecher mit Kaffee oder Sodawasser – mit ihm über Milchkühe zu plaudern, über Probleme der amerikanischen Politik oder über das Übel der Schlaflosigkeit, unter dem sie anscheinend beide zu leiden hatten.

Mit tanzenden Augen hörte Michael ihr dann zu, beugte sich vor, faßte sie mitunter im Überschwang seiner Gefühle am Arm und breitete wortreich all das vor ihr aus, was ihm durch den Kopf ging – manchmal wahre Geistesblitze, manchmal nur groteskes Zeug, aber was er ihr auch erzählte, aus seinem Mund hörte es sich immer so an, als sei er im Besitz einer Wahrheit, die anderen verschlossen bleibt.

Und wer weiß, dachte Lis bisweilen, ob es nicht tatsächlich so ist?